Robert Merle
Der wilde Tanz der Seidenröcke

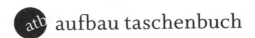

ROBERT MERLES bedeutendstes Werk der Gegenwart ist die Romanfolge »Fortune de France« über das dramatische Jahrhundert der französischen Religionskriege. Sie erzählt die Geschichte dreier Generationen der Adelsfamilie Siorac, zunächst auf Burg Mespech in der Provinz Périgord, später am Hof in Paris, und sie überspannt den Zeitraum von 1550 bis in die vierziger Jahre des 17. Jahrhunderts. In deutscher Übersetzung liegen vor:

Fortune de France
In unseren grünen Jahren
Die gute Stadt Paris
Noch immer schwelt die Glut
Paris ist eine Messe wert
Der Tag bricht an
Der wilde Tanz der Seidenröcke
Das Königskind
Die Rosen des Lebens
Lilie und Purpur
Ein Kardinal vor La Rochelle
Die Rache der Königin
Der König ist tot

Pierre-Emmanuel de Siorac ist schon mit zwölf Jahren das Double seines erfolgreichen Vaters, eines hugenottischen Edelmannes im diplomatischen Dienst am Hofe Heinrichs IV. Er spricht Englisch und Italienisch, weiß den Degen zu führen und hat dank der klugen Erziehung seines Vaters in diesem zarten Alter schon eine achtzehnjährige Soubrette im Bett, die ihm alles über die Liebe beibringt. Seine Mutter ist die Herzogin von Guise, eine verflossene Leidenschaft seines Vaters. Und da König Henri persönlich ihn aus der Taufe gehoben hat, wächst Pierre von Anbeginn im Umkreis des Hofes auf. Dieser Hof amüsiert sich, vögelt, tanzt, während im Hintergrund – dreißig Jahre nach der blutigen Bartholomäusnacht – der dramatische Konflikt zwischen Protestanten und Katholiken weiterschwelt. Frivolität wechselt mit eiskaltem Machtkalkül, die Sinnlichkeit der einen verbirgt kaum den politischen Fanatismus der anderen. Die international verbündete katholische Partei erträgt die Toleranzpolitik des französischen Königs nicht mehr. Und Pierre-Emmanuel als junger Dolmetsch und Vertrauter von Henri wird Zeuge, wie der Mordgedanke keimt und der Königsmörder in der Menge erscheint.

Robert Merle

Der wilde Tanz der Seidenröcke

Roman

*Aus dem Französischen
von Christel Gersch*

atb aufbau taschenbuch

Titel der Originalausgabe
La volte des vertugadins

978-3-7466-1216-4

Aufbau Taschenbuch ist eine Marke der Aufbau Verlag GmbH & Co. KG

8. Auflage 2011
© Aufbau-Verlag GmbH & Co. KG, Berlin
Die deutsche Übersetzung erschien erstmals 1997 bei Aufbau;
Aufbau ist eine Marke der Aufbau Verlag GmbH & Co. KG
La volte des vertugadins © Robert Merle
Umschlaggestaltung Preuße & Hülpüsch Grafik Design
unter Verwendung eines Ausschnitts aus dem Gemälde »Der Ball«
von Pepyn Morten, AKG Berlin
Druck und Binden AALEXX Buchproduktion GmbH, Großburgwedel
Printed in Germany

www.aufbau-taschenbuch.de

VORWORT

Als der Romanzyklus *Fortune de France* beendet war, konnte ich mich endlich zurücklehnen und mein Werk überschauen: neun Jahre Arbeit wie ein Benediktinermönch, viele lange Tage in der Bibliothèque Nationale, fünf Stunden Schreiben täglich, und vor allem habe ich mir vom ersten bis zum sechsten Band und bis auf den heutigen Tag die Gunst des Lesers bewahrt.

Für den Moment war ich recht glücklich, daß ich meine Reihe bis zu einem guten, runden Schluß durchgehalten hatte, bis zum Jahr 1599 nämlich: dem letzten des 16. Jahrhunderts, jenem Jahr, in dem der Pariser Gerichtshof das Edikt von Nantes anerkannte, kraft dessen Heinrich IV. der katholischen Kirche und der protestantischen Gemeinde seines Reiches Koexistenz gebot: denn dies war eine Revolution, eine ebenso bedeutungsvolle wie die des Kopernikus, als er das geozentrische Weltbild, auf dem die Theologie so lange beruht hatte, in den Bereich der Fabel verwies.

Der Weg bis zum Edikt von Nantes war blutig. Der Jahrzehnte währende Kampf zieht sich als roter Faden durch die sechs Bände von *Fortune de France* und hält sie im Innersten zusammen. Und dieser Kampf, der von König Heinrich III. mit einer Hellsichtigkeit und einem Mut aufgenommen wurde, die um so bemerkenswerter sind, als er nur über geringe Kräfte verfügte und dazu ein sehr frommer Katholik war, wurde durch Heinrich IV. beendigt, als er sein Königreich mit dem Schwert zurückerobert hatte und die Fanatiker beider Fronten zum Frieden zwang.

Einige Jahre, nachdem ich *Fortune de France* beendet hatte, sah ich allerdings, daß ich zu optimistisch gewesen war, als ich mein Werk mit dem Edikt von Nantes als dem Sieg der Gewissensfreiheit und dem Anbruch einer neuen Ära schloß. Denn es war ein anfälliger und nur zeitweiliger Sieg gewesen; am Ende der Herrschaft Heinrichs IV. flammte der Kampf erneut heftig auf, und die Prediger der Liga zogen von den Kanzeln herab offen, manchmal sogar mit Drohungen gegen das Edikt von Nantes und gegen den König zu Felde.

Diese letzten drei Jahre seiner Herrschaft sind durch die unbändige Lebenslust des Königs und seines Hofes gekennzeichnet. Er verbrachte soviel Zeit beim Kartenspiel, auf der Jagd und in weiblichen Betten, daß darüber fast vergessen wurde, daß er in der Bastille einen Kriegsschatz anhäufte, eine höchst aktive Diplomatie betrieb und ein schlagkräftiges Heer aufstellte, um endlich mit dem König von Spanien fertig zu werden und dadurch zugleich mit den Fanatikern der Liga in Frankreich.

So kam es, daß ich *Fortune de France* weiterspann. Daraus wurde das Fresko *Der wilde Tanz der Seidenröcke,* welches, um ein getreues Bild jener Zeit zu geben, nicht anders als frivol sein konnte – und es bereits vom Titel her ist –, zugleich aber voll einer untergründigen Spannung und Dramatik, bis all der angestaute Haß gegen die Toleranz des Königs sich in der Bluttat entlädt.

Während ich diesen Roman schrieb, sagte ich mir so manchesmal, wenn ich den Kampf der Gewissensfreiheit gegen den Fanatismus, sei er religiös, sei er ideologisch, weiter verfolgen wollte, müßte ich meine Saga eigentlich bis in unsere Zeit fortführen und die ganze Welt einbeziehen. Weil ich ein so gewaltiges Thema aber nicht bewältigen kann – das einzige ernsthafte Problem unserer Epoche immerhin, denn wenn es nicht gelöst wird, geht unser gefährdeter Planet eines Tages in der Kälte und Finsternis nach einem Atomkrieg unter –, weil ich dies also nicht kann, werde ich mich auf den Anfang des 17. Jahrhunderts und auf jene besagten drei kurzen Jahre beschränken.

Da der Leser sicherlich wissen will, ob ich vorhabe, *La Volte des Vertugadins* fortzusetzen, möchte ich ihm hier antworten. Es ist nicht ausgeschlossen, daß ich es tue, denn während ich an diesem Buch schrieb, verliebte ich mich nicht wenig in den reizenden kleinen Dauphin, der ja in neuem Licht erscheint, seit Madeleine Foisil in einer bewunderungswürdigen Sisyphosarbeit das gesamte *Tagebuch des Doktors Héroard* entziffert und herausgegeben hat. Und es würde sich wirklich lohnen, den Kronprinz Ludwig und seine Verdienste kennenzulernen, besonders in dem Kampf, den er nach dem Tod seines Vaters gegen die mißliche Regentschaft seiner Mutter führte. Aber das ist, wie Kipling sagt, »eine andere Geschichte«.[1]

Robert Merle, 1991

---

[1] Robert Merle hat diese Geschichte des Dauphins Louis, die auch die weitere Geschichte seines jungen Helden Pierre-Emmanuel de Siorac erzählt, in dem Roman *Das Königskind* niedergeschrieben.

ERSTES KAPITEL

Wenn man von der Taufe eines Menschen auf seinen späteren Werdegang schließen könnte, hätte ich mir, da die meine geradezu glorreich war, ohne weiteres erhoffen dürfen, eines Tages die höchsten Staatsämter zu bekleiden. Ob ich mir darauf aber soviel hätte einbilden sollen, weiß ich nicht. Bestimmt hatte ja die Ehre, daß Heinrich IV. bei mir Pate stand, nichts mit den Verdiensten eines quärrenden Knäbleins zu tun, sondern mit der Gunst, die mein Vater genoß, der erste Marquis de Siorac, sowie mit den inständigen Bitten meiner lieben Patin, der Herzogin von Guise, die mir – sogar schon vor meiner Geburt – so zärtlich zugetan war, daß es ihren ältesten Sohn erzürnte. Allerdings war, wie Richelieu es einmal so grausam formulierte, des jungen Herzogs »Verstand nicht größer als seine Nase«; der Hof nämlich fand diesen Fortsatz an ihm lächerlich klein.

Und jetzt, da ich es als reifer Mann bedenke, kann der Prunk meiner Taufe mich erst recht nicht blenden. Von den drei Patenkindern Heinrichs IV. war ich das einzige, dem das Glück hold war, mehr allerdings auf Grund meiner treuen Dienste als eingedenk jenes glänzenden Anfangs. Das berühmteste königliche Patenkind, Heinrich II. von Montmorency, wurde unter Ludwig XIII. wegen Hochverrats enthauptet. Das ruhmloseste, zumindest von der Geburt her, Marie Concini, eine Tochter des Concino Concini und der Leonora Galigai, starb mit acht Jahren.

Ich war schon ein Jahr[1], als ich getauft wurde – späte Taufen waren damals Mode –, und es mag dem Leser einleuchten, daß ich die Ehre, den König zum Paten zu haben, in dem Alter nicht besonders empfand. Ganz im Gegenteil. Denn als ich, wie es mir mehr als hundertmal erzählt worden ist, aus dem molligen Schoß Gretas, meiner elsässischen Amme, gehoben

---

1 Pierre-Emmanuel de Siorac nennt sein Geburtsdatum an späterer Stelle, wo er beiläufig sagt, daß er 1604 zwölf Jahre alt war. Er ist also 1592 geboren.

und den königlichen Händen überantwortet wurde, ergriffen mich diese so ungeschickt, daß ich fast zu Boden gestürzt wäre und nur im letzten Augenblick, noch dazu mit einer Härte gepackt wurde, daß ich, hocherregt ob der gewaltsamen Erschütterung, aus vollem Hals losbrüllte.

»Ist das ein Schreihals!« sagte der König. »Aus dem machen wir einen großen Prediger, wie unser Freund Du Perron ...«

Woraufhin alle Umstehenden lachten, auch der Kardinal Du Perron selbst, der mir unter Beihilfe des Abbé Courtil, Pfarrer von Saint-Germain-l'Auxerrois, und seiner geistlichen Diener, die Ölung gab.

»Oh, Sire!« sagte die Herzogin von Guise, »hütet Euch, meinen Sohn fallen zu lassen.«

»Euren Sohn, liebe Cousine?« fragte der König. »Ihr wolltet natürlich Patensohn sagen.«

Und obwohl Heinrich – unser großer König Henri Quatre – sie damit foppen wollte, rang sich Monseigneur Du Perron, wie Greta mir erzählte, diesmal nur ein dünnes Lächeln ab.

»In Fahrheit«, fuhr Greta fort, die das »w« wie »f«, das »d« wie »t« und überhaupt weiche Laute hart aussprach, weil sie Elsässerin war, »in Fahrheit hatte der König, während der Kartinal seines Amtes faltete, nämlich nur Augen für die Frau Marquise de Verneuil, die ja schön war wie die Liepe selbst und prächtig ganz in Krün gekleidet und mit zwölf Tiamanten im schwarzen Haar.«

»Hast du sie gezählt, Greta?« fragte ich, als ich schon größer war.

»Tas nicht, aber als wir von Saint-Germain-l'Auxerrois zum Loufre zurückkehrten, wo uns ein schönes Mahl erfartete, sagte der König zur Marquise: ›Liebste, Ihr habt ja nur zwölf Diamanten im Haar. Nach der neuesten Mode müßtet Ihr fünfzehn tragen.‹ – ›Woraus ich schließe, Sire‹, gab die Marquise zurück, ›daß Ihr mir die drei fehlenden schenken wollt.‹ Eine Keriebene war tas! Und was für schöne Forte sie machen konnte, um ihren Liephaper zu kirren.«

»Und wie schön war die Marquise?« fragte ich.

»Nun sehe sich tas einer an!« sagte Greta. »Kaum aus dem Ei geschlüpft, noch naß hinter den Ohren, und schon interessiert sich das Hähnchen für die Hennen! Na ja«, fuhr sie fort und vergaß, daß sie Madame de Verneuil eben noch »schön wie die Liepe selbst« genannt hatte, »kenau genommen war sie so eine Lange, Dunkelhaarige, hatte so kelbliche Haut und einen kroßen Mund.«

Hiermit ging Greta wie üblich und holte meine Taufurkunde aus einer Kassette, die auf Anordnung meines Vaters im Geheimfach eines kleinen Ebenholzschrankes aufbewahrt wurde. Sie hielt sie mir hin und forderte, ich solle den Text laut vorlesen, weil sie des Lesens unkundig war.

Da stand denn auf schönem Pergament geschrieben, daß in der Kirche Saint-Germain-l'Auxerrois durch Monseigneur Du Perron die Taufe des Pierre-Emmanuel de Siorac, Sohn des Marquis de Siorac und seiner Gemahlin Angelina geborene de Montcalm, vollzogen wurde und daß Seine Majestät der König und Ihre Hoheit, die Herzogin von Guise, die Paten waren. Die Ölung wurde dem Kinde erteilt in Anwesenheit Seiner Majestät, Ihrer Hoheit, seines Vaters, des Herrn Marquis de Siorac, der Frau Marquise de Verneuil, des Herrn Duc de Sully, des Herrn de Villeroi und des Herrn de Sillery.

Eines Tages betrachtete ich mir die Unterschriften der Beteiligten genauer, als ich es bis dahin getan hatte, weil ich mich zu der Zeit gerade an meinem eigenen Namenszug versuchte: ein Unterfangen, auf das ich seit jüngstem eine heiße Mühe verwandte, als hingen mein Charakter, mein Schicksal, mein Fortkommen im Staate, meine dereinstigen Liebschaften, ja mein ganzes Leben von einem hübsch geschwungenen Schnörkel ab.

»Aber Greta«, sagte ich, »wieso hat meine Mutter nicht unterschrieben?«

»Feil sie nicht dapei war«, sagte Greta.

»Wie? Nicht bei der Taufe ihres Sohnes? War sie leidend?«

»Ich weiß nicht, Liepling«, sagte Greta, »tas mußt du den Herrn Marquis fragen.«

»Und weshalb habe ich denselben Vornamen wie mein Bruder Pierre, der schon fünfzehn Jahre älter ist als ich?«

»Weil es die Herzogin so gefollt hat.«

»Und warum hat das nicht meine Mutter bestimmt?«

»Ich weiß nicht.«

»Und wieso bin ich hier aufgewachsen und nicht bei ihr in Montfort-l'Amaury?«

»Mein Liepling«, sagte Greta ganz bestürzt, »liebt Ihr nicht Euren Vater, und bin ich denn kar nichts für Euch, ebenso wie Mariette und wir alle hier, die wir doch kanz vernarrt in Euch sind?«

Und wie sie dies sagte, rollten Tränen aus ihren blauen Augen auf ihre schönen rosigen Wangen.

»Ach, Greta«, rief ich und warf mich an ihren Hals, »das weißt du doch! Ich habe meinen Vater sehr lieb, und dich auch, und alle hier im Haus.«

Greta war das *Liebchen*[1] von unserem riesigen Lakaien Franz, der bei der Duchesse de Montpensier in Diensten stand, als mein Vater ihn kennenlernte. Während der Belagerung von Paris wäre er verhungert, hätte mein Vater ihm nicht mit ein bißchen Fleisch geholfen, denn der Arme hatte nichts, ebenso wie sein *Liebchen;* er aß heimlich die Wachslichte seiner Herrin – welche sie ihm, nachdem die Belagerung aufgehoben war, vom Lohn abzog und ihn entließ. So nahm ihn denn mein Vater in Dienst, machte ihn zu seinem *maggiordomo* und war es hoch zufrieden, denn Franz regierte unangefochten über unsere Kammerfrauen, weil seine treue Liebe zu Greta ihn gegen alles Schmeicheln und Maunzen unserer Kätzchen wappnete.

In meinen Windel- und Kinderjahren war ich Greta so nahe, trank mich an ihren Brüsten voll Leben, ihre Tochter Friederike an der einen Seite, ich an der anderen, daß ich nicht hätte sagen können, ob Greta groß oder klein, blond oder braun war. Man wird einwenden, daß ich ja wohl zu jung war, um mich jener Zeit zu erinnern. Oh, doch! Denn Greta säugte mich, bis ich vier war. Und wie gut entsinne ich mich des festen, süßen und wohlriechenden Fleisches, in das ich meine Patschen grub, jene runden Wonnekugeln, daran mein beseligtes Auge hing, und sogar, wie köstlich das Saugen selbst war, durch das ich mir die gute Milch in den Mund holte. Bewußt wurde ich mir dieser Herrlichkeiten erst, als ich sie entbehren mußte, aber nun, aus dem erzwungenen Abstand, konnte ich meine Amme endlich im ganzen erkennen.

Was war sie groß und üppig! Blonde Haare, blaue Augen, die Haut rosig, die Schultern breit, der Busen mächtig, die Zitzen groß, runde Hüften, kräftige Beine und eine Taille, ein

---

[1] Deutsch im Original.

Gewicht, ein Umfang, der Gefährtin eines Riesen würdig! Ganz zu schweigen von diesem Herzen, das großmütig unter ihren Rippen pochte, und dem immer ausgeglichenen Wesen bei aller Tagesmühe, einem Blick, so liebreich, und einer so warmen Stimme, daß man kaum glauben mochte, sie sei diesem elsässischen Monument entstiegen.

Da ich das »gr« ihres Namens wohl schwer aussprechen konnte, nannte ich sie »Ta«, und weil ich diese Vereinfachung auf alle anderen übertrug, nannte ich meinen Vater »Pa«, die Mariette von unserem Koch Caboche »Jette« und die Herzogin von Guise nicht eben respektvoll »Ise«.

Mariette kam in meiner Liebe zu unseren Bediensteten gleich nach Greta. Wie ihr Mann Caboche und dessen Cousin Lachaise, unser bärenstarker Kutscher, stammte auch sie aus der Auvergne. Brünett an Haut und Haar, klein, dick, rund, aber mit strammen Muskeln unterm Fleisch, war sie hart und schwarz wie Basalt von Saint-Flour und führte ein Mundwerk, daß kein Pariser Großmaul ihr überkam. Aus dem Grund hatte mein Vater sie ausersehen, den Senf einzukaufen, wie man bei uns für den ganzen Einkauf sagte, der ihr aber, der Senf, meine ich, rasch in die Nase steigen konnte, wenn der Schlächter, der Gemüsehändler oder das Fischweib sie übers Ohr hauen wollten.

Damals war es bei den Pariser Adelsfamilien üblich, sich von einem Lieferanten mit allem versorgen zu lassen, was die Küche täglich brauchte. Mein Vater jedoch, ein »bekehrter« Hugenotte, der sich nur notgedrungen zum Meßgang bequemt hatte, weil er Heinrich III. derweise besser dienen konnte, war als guter Kalvinist viel zu sparsam mit seinen Silberlingen, als daß er einem solchen Manne getraut hätte, der ihn, wie er meinte, bei jeder Gelegenheit betrügen konnte. Die Gefahr lief er bei Mariette nicht, sie war, wie er sagte, keine Frau, die »Maultiere beschlägt«.

»Maultiere beschlägt?« fragte ich. »Was bedeutet das, Herr Vater?«

»Eine Pariser Redensart, mein Sohn«, sagte er lachend. »Die Schmiede, die in Paris Maultiere beschlagen, gelten als die größten Gauner der Schöpfung, sie sollen selbst die Seineschiffer noch übertreffen, die durch die Bank dafür verschrien sind.«

»Und werden sie damit reich?«

»Das will ich meinen! Manch einer sogar so reich, daß er sich in der Provinz ein Landgut kauft, dessen Namen annimmt und den Adligen spielt.«

»So blüht das Geschäft?«

»Großartig! Das Maultier ist das Pferd des armen Mannes. In Paris gibt es viel mehr Maultiere als Pferde, Zigtausende, und obendrein saugt der ekle, kotige Schlamm, der überall das Straßenpflaster überzieht, den Tieren das Eisen aus den Hufen, so daß sie es verlieren, noch bevor es abgenutzt ist.«

Weil mein Vater wollte, daß ich alles lerne, nicht nur die schönen Wissenschaften, in denen ich von Kind auf unterrichtet wurde, sondern alle Dinge des Lebens, auch die bescheidensten, schickte er mich Grünschnabel mit Mariette zum Neuen Markt, Galoschen an den Füßen wegen des dicken Schlamms in den Gassen und ein essiggetränktes Schnupftuch in einer Hand, damit ich es mir vors Gesicht halten konnte, wenn all der Gestank auf den Kreuzungen mir den Atem benahm. Mit der anderen Hand mußte ich mich an der Riesenpranke von Lachaise festhalten und durfte sie unter keinen Umständen loslassen. Unsere beiden Soldaten, die Mariette auch sonst zum Markt begleiteten, trabten in Stiefeln und Waffen hinter uns her, Mariette ging uns allen mit entschlossenem Schritt voraus. Da ihre Körbe ihr die Hüften auf beiden Seiten verbreiterten, furchte sie die Menge wie eine Galionsfigur mit ihren straffen auvergnatischen Brüsten und schrie: »Obacht! Obacht, Leute! Laßt einen durch!«

Wenige Minuten, bevor ich mit dieser Eskorte aufbrach, erhielt mein Vater, wie ich mich erinnere, eine Nachricht aus dem Louvre und teilte allen Umstehenden sogleich frohen Mutes mit, daß die Florentiner Fürstin Maria von Medici, eine Großnichte Karls V., soeben in Marseille gelandet war, um sich mit unserem guten König Henri zu vermählen.

»Mögen Gott und die heilige Jungfrau sie segnen!« sagte Mariette.

»Möge Gott ihn segnen!« sagte mein Vater, ohne Maria zu erwähnen.

Unsere beiden Soldaten, Pissebœuf und Poussevent, waren keine Auvergnaten, sondern Gascogner und trödelten auf dem Weg zum Markt fürchterlich hinter uns her, indem sie nach rechts und links aber schärfste Blicke warfen. Natürlich begleiteten sie Mariette, um ihren Streitereien mit den Händlern Rückhalt zu geben, vor allem aber, um sie zu beschützen, sie samt ihren Münzen, ihrem Fleisch und ihren Kleidern, denn die Langfinger und Mantelabschneider, die wie die Wölfe um die Stände strichen, stahlen einem hast-du-nicht-gesehen den Mantel von den Schultern oder eine Schinkenseite aus dem Korb.

Ehe Mariette kaufte, befühlte, beschnupperte und kostete sie die Waren, roch jeden Betrug und schrie ihn mit schmetternder Stimme aus.

»Was?« fragte sie den Bäcker, »das nennst du Weißbrot aus Gonesse? Willst du mich hochnehmen, Schwindler? Das kommt geradewegs aus Chaillot, dein Brot, wo die Halunken von Müllern Gerste unter den Weizen mischen und das Mehl nachher mit Kreide weißen, damit es die Kunden nicht merken. Sowas will ich nicht!«

Sie wollte auch keine Butter aus Vanves, sondern gute, schmackhafte Butter aus der Bretagne. Und das Gemüse mußte in der Ebene Saint-Denis gewachsen sein und nicht in den Porcherons, das taugte für sie nichts. Und beim Fisch prüfte sie argwöhnisch, ob er nicht alt war.

»Frisch sollen deine Makrelen sein! Wenn ich bloß das Auge seh, weiß ich Bescheid. Beim Teufel, Weib, hältst du mich für eine dumme Trine? Die kannst du zehnmal am Tag mit Salzwasser begießen, die sind nicht frischer als dein Arsch!«

Und wagte das Fischweib ein Widerwort, kam Pissebœuf oder Poussevent, packte mit beiden Händen den Tischrand ihres Standes, als ob er ihn umkippen wollte, und sagte, das eine Auge halb zugekniffen, mit schleppender Stimme: »Gevatterin, solltet Ihr zufällig schlecht erzogen sein?«

Hatte Mariette gute Ware gefunden, dann feilschte sie um den Preis, daß die Händler verzweifeln mußten, und hatte sie sich endlich auf einen Preis geeinigt, ließ sie kein Auge von Ware, Gewicht und Waage. Und bestätigte sich auch nur ihr geringster Verdacht, überschüttete sie den Übeltäter mit einem Schwall von Beschimpfungen, daß ihm das Blut stockte.

Wer wollte glauben, daß diese barsche Auvergnatin, die auf dem Marché Neuf so starke Worte führte, daheim zu meinem

Vater so höflich war, so zärtlich zu ihrem Mann, so freundlich zu den Kammerfrauen und zu mir so liebreich? Sowie ich abgestillt war, trat sie an Gretas Stelle, übernahm, was mich betraf, das Amt von Cabochon und labte mich mit Brühe, weichgekochtem Ei und kleingeschnittenem Lammfleisch, fütterte mich vom kleinen Löffel mit süßer Sahne und Kompott, und alles mit einer Engelsgeduld, mit gütigem Lächeln und süßen Flüsterworten.

Greta hatte sich zwar ein bißchen entrüstet, daß sie so beiseite geschoben wurde, aber mein Vater entschied mit herrschaftlichem Spruch: »Wer Milch hat, gibt die Milch. Wer Braten macht, gibt den Braten.« Greta oblag es aber weiterhin, mich zu wecken, zu waschen, anzukleiden, und sie wohnte auch meinen Mahlzeiten bei, während der meine beiden Ammen, auch wenn sie mich ständig im Auge behielten, ihren Zungen freien Lauf ließen.

Im Kokon dieser weiblichen Wärme wuchs ich schnell an Körper und Geist, frei im Wort, die Ohren offen und die Augen überall. Von der Herzogin von Guise, die ihr Patenkind zwei- bis dreimal die Woche, manchmal auch öfter, besuchen kam, sprachen meine beiden Klatschbasen häufig, stets wohlwollend zwar, aber mit Blicken, Betonungen und Zurückhaltungen, die mir unverständlich waren. Die eine bügelte, die andere nähte, ich saß vor ihren weiten Röcken an einem niedrigen Tischchen, einen Löffel in der Hand und stopfte mich, aber den Kopf hielt ich oben und das Ohr gespannt. Wie schön ich meine Ammen fand! Und wie gerne ich sie abküßte, mit ihnen schmuste und mich von ihnen wie wild liebkosen ließ! Doch wie fremd und unklar blieb mir dabei die Welt ihrer Reden!

Ist es nicht merkwürdig, welche Mühe ich habe, in das Dunkel meiner Kindheit hinabzutauchen, so daß ich nicht einmal genau sagen kann, in welchem Alter ich zu begreifen begann, noch wie viele Monate es dann dauerte, bis mir die Worte meiner Ammen ganz verständlich wurden?

Als erste erweckte Mariette eines Tages meine Aufmerksamkeit, als sie sich darüber verwunderte, daß die Herzogin seit acht Tagen nicht zu uns gekommen war, obwohl sie doch, wie sie sagte, »so närrisch nach dem da« war. Nun, soviel wußte ich schon: mit »dem da« – ein Ausdruck, den die beiden oft gebrauchten – war ich gemeint. Und es erstaunte mich sehr, daß meine beiden Gevatterinnen mich für so dumm hielten, daß ich dies nicht längst begriffen hatte.

»Vielleicht ist die Herzogin leidend«, sagte Greta, »oder sie pesucht ihren Sohn in Reims.«

»Diesen Hohlkopf! Dieses Herzöglein ohne Nase, was nichts wie Schulden macht! Weißt du, Greta, daß dieses Faultier, wenn er, wie er schon groß war und mit den Damen der Herzogin schlief, lieber ins Bett geschissen hat als aufzustehen und sich auf seinen Kackstuhl zu setzen?«

»Meine Liepe, meine Liepe!« sagte Greta, »kleine Ohren können dich hören.«

»Aber, nun erkläre mir einer, meine Gute, wie das menschenmöglich ist, daß bei einer so guten und hübschen Mutter wie der Herzogin und einem Vater, der ja, ehe er in Blois ermordet wurde, doch der schönste Mann gewesen ist, so eine Hofschranze herauskommen kann, noch dazu mit einem Dünkel, daß er auf jedermann heruntersieht.«

»Kewiß ist der nicht den kleinen Finger von tem da wert.«

»Na ja«, sagte Mariette, »gute Milch, gute Katz, das steht mal fest!«

»Dank dir auch schön, meine Liepe«, sagte Greta, Tränen in den Augen. »Aber wenn ich ihn mit dem anderen verkleiche, da könnt ich wütend werden, daß ter da, nur weil er ter jüngere ist, noch nicht einmal Marquis werden kann.«

»Wart's ab, Greta! Das Vögelchen hat Grips. Der bringt es zu was. Sieh nur mal, wie er uns belauert, die Ohren und Augen weit auf.«

»Ach, ist er süß, mein Liepling!« sagte Greta.

Hiermit beugte sie sich unter großem Stoffgeraschel zu mir herunter und umhalste mich.

»Pestimmt«, fuhr Greta fort, »liept die Herzogin den da mehr als den kleinen Herzog.«

»Mit gutem Recht!« sagte Mariette augenzwinkernd.

»Hüt teine Zunge, Mariette, hüt teine Zunge!«

»Meine Zunge«, sagte Mariette, »die ist mir mehr als nütze, und mit so einem Werkzeug muß ich keinen fürchten. Damit haben es die Herrschaften nicht immer leicht. Nicht daß ich frech bin, aber ich weiß dadurch so manches.«

»Was tenn?«

»Wie ich neulich die Herzogin mit dem da schmusen und

ihn abkusseln seh, rutscht mir doch heraus: ›Madame, wißt Ihr noch, wie Ihr damals bei seiner Taufe zum König gesagt habt: ›Sire! Hütet Euch, meinen Sohn fallen zu lassen!‹ – ›Mein Gott, Mariette‹, sagt sie, ›was habe ich da gezittert!‹ Und auf einmal, wie sie sich ein bißchen besinnt, da wird sie doch rot, aber dermaßen rot, über und über! Ich hab mich umgedreht, ich wollt sie ja nicht weiter in Verlegenheit bringen.«

»Aper Mariette! Wie kannst du die Leute so peschämen. Ich kann dir ja nichts mehr erzählen, wenn tu so einen Kebrauch davon machst.«

»Papperlapapp! Was ist denn Schlimmes dabei? Gar nichts. Das war ganz unter uns, hat keiner weiter gehört, einfach von Frau zu Frau ...«

»Von Frau zu Frau!« sagte Greta.

»Ja, was denn, Herzogin hin oder her, sie ist aus demselben Holz geschnitzt wie ich. Und ihre Kinder, die macht sie sich auch nicht mit dem kleinen Finger. Könige und Herzöge gehen in Satin und Brokat und Perlen, aber nimm ihnen den schönen Tand, und sie sind nicht anders wie unsereiner! Sie wollen geliebt werden und fürchten Schläge. Und wenn's ans Sterben geht, pissen sie sich genauso ins Hemd.«

»Aper trotzdem!« sagte Greta. »Ich jetenfalls habe meine Freude tran, wenn ich sie so prächtig in ihren schönen Kewändern sehe. Und es kefällt mir gar nicht, daß die Herzogin, wenn sie uns pesucht, immer nur in einer Mietkutsche mit mageren Käulen kommt, anstatt daß sie in ihrer schönen koldenen Karosse mit Lakaien in Lifree bei uns vorfährt. Es würde uns in unserer Rue Champ Fleuri hier doch kroße Ehre machen.«

»Na ja, aber es gäbe auf die Dauer Gerede.«

»Kerede?« sagte Greta, »wieso Kerede?«

»Aus gutem Grund«, sagte Mariette, »schließlich könnte man sagen, daß sie den da ein bißchen zu sehr liebt.«

Hierauf hob Mariette das Bügeleisen an ihre Wange, um zu prüfen, ob es noch heiß genug war. Greta wiederum ließ ihre Nähnadel ruhen, und alle beide blickten mich schweigend an und umfingen mich mit dem zärtlichen Licht ihrer Augen.

* * *

Als ich fünf geworden war, fand mein Vater, es sei nun Zeit, mich zwar nicht gänzlich der Fürsorge meiner Ammen, wenigstens aber ihrer närrischen Hätschelei zu entziehen und mir Hofmeister zu geben, die meinen Geist bildeten.

Weil mein Vater unter Heinrich III. und unserem König Henri Quatre häufig in die Provinzen und ins Ausland reisen mußte, hatte er nur selten auf seinem Landgut Le Chêne Rogneux in Grosrouvre verweilen können und folglich die Aufgabe, meine Brüder und Schwestern zu unterrichten, seiner Gemahlin Angelina de Montcalm überlassen müssen. Sie hatte sich dieser Pflicht aber nur ungenügend entledigt, da sie zu geistigen Dingen genauso wenig Neigung hatte wie die hochadlige Familie, der sie entstammte.

Diese Gleichgültigkeit widersprach entschieden der hugenottischen Tradition meiner väterlichen Linie, die trotz ihres Aufstiegs in den Adel, den sie ihrer Tapferkeit im königlichen Heer verdankte, und trotz des Reichtums, zu dem sie durch viele Unternehmungen gelangt war, sich ihre arbeitsame Bürgerlichkeit bewahrt hatte. Mein Großvater, Jean de Siorac, Baron de Mespech in der Provinz Périgord – der an meinem fünften Geburtstag rüstig in sein sechsundachtzigstes Jahr ging –, war ein hochgelehrter Mann, Lizentiat der Medizin, und auch äußerst kundig in der Landwirtschaft, da er sich eifrig die neuen Ideen der *Kunst des Ackerbaus* von Olivier de Serres zu eigen gemacht hatte. Mein Vater, Doktor der Medizin, hatte Heinrich III. zunächst in dieser Eigenschaft gedient, bevor er in der königlichen Geheimdiplomatie tätig wurde. Seine Reisen, seine langen Aufenthalte in fernen Ländern, seine Abenteuer, die bestandenen Gefahren hatten zur Ausformung seines Geistes beigetragen, und wenn es auch wahr ist, daß er hie und da so manche Blume pflückte, hielt ihn die Liebe doch nie davon ab, seine Bildung zu vervollkommnen. Im Gegenteil: von den Lippen seiner Damen, Lady Markby, Dona Clara und der *Pasticciera,* der schönen Zuckerbäckerin, lernte er die Sprachen der benachbarten Reiche.

Wie oft hörte ich meinen Vater gegen den stumpfsinnigen Brauch wettern, daß Adlige zu nichts anderem nütze sein sollten als zur Jagd und zum Kriege, weshalb sie ihr Leben lang in einer so krassen Unwissenheit verharrten, daß viele weder lesen noch schreiben und kaum ihre Unterschrift leisten konnten.

Dadurch, sagte mein Vater, schlossen sie sich selbst von den hohen Staatsämtern aus, die deshalb natürlich den gebildeten Bürgern zufielen, ebenso wie die wachsenden Einkünfte aus Gewerbe, Handel und Finanzwirtschaft. »Gewiß«, setzte er hinzu (und dieses »gewiß« verriet den Hugenotten), »gewiß gibt es am Hof einige hochgebildete Adlige: Bassompierre, Bellegarde, Sully, um nur meine Freunde zu nennen. Aber wollte man deren genaue Anzahl ermitteln, so wette ich, man bekäme kaum mehr als dreißig zusammen.«

Der große Freund und Vertraute meines Vaters, Chevalier de la Surie, stand meinen Studien vor. Vom Diener meines Vaters war er sein Sekretär geworden, hatte sein Leben und seine Gefahren geteilt, hatte an seiner Seite in Ivry gekämpft und wurde vom König geadelt. Mit neunundvierzig Jahren war er noch so wißbegierig, daß er sich mit Freuden bereitfand, meine Hofmeister anzuleiten und meinen Stunden beizuwohnen, vermutlich in der stillen Hoffnung, daraus selber Nutzen zu ziehen.

Zu meiner großen Verwunderung, als ich noch Kind war, hatte La Surie verschiedene Augen, eins blau, eins braun, das eine eher kalt, das andere warm, worin die Mischung seines Charakters aus Besonnenheit und Leidenschaftlichkeit treffend zum Ausdruck kam. Von Gestalt war er schlank, fast zierlich sogar, aber geschmeidig und stählern wie eine gute Klinge. Mein Vater hörte auf seinen Rat und ertrug sogar seine Vorwürfe, dermaßen klug war er.

La Surie wählte meine Hofmeister aus und wählte gut. Monsieur Philipponeau lehrte mich Latein, Französisch und Geschichte. Er war von Hause aus Jesuit, hatte aber die Kutte an den Nagel hängen können und eine reiche Witwe geheiratet. Die Witwe fand die Beichtsitzungen mit ihm so anregend, daß sie sich in ihn verliebte. Und er verliebte sich in sie. Die beiden warfen ihren Hausstand zusammen und verschrieben einander vor dem Notar all ihre irdischen Güter. Leicht gesagt, denn seinerseits besaß Monsieur Philipponeau nichts als seine Kutte und die auch nur kurze Zeit, denn die Gesellschaft Jesu wütete über seinen Verrat und entzog sie ihm, und er wäre für den Rest seiner Tage in einem kirchlichen Gefängnis verschwunden, hätte der Bischof von Paris ihm nicht seine Protektion gewährt.

Nicht daß der Bischof den Mann so liebte, vielmehr haßte er die Jesuiten, die sich seiner Amtshoheit verweigerten und sich allein ihrem Ordensgeneral pflichtig erklärten. Also entzückte es ihn, den Bedrohten seiner Gelübde zu entbinden und zu verheiraten. Seitdem war unser Philipponeau der glücklichste Mensch und sollte noch glücklicher werden, als der Gerichtshof die Jesuiten verdächtigte, hinter Châtels Mordanschlag auf den König zu stecken, und sie aus dem Reich verbannte.

Philipponeau war von mittlerer Statur, sehr mager und hatte nichts weiter Bemerkenswertes als seine Augen; sie waren riesengroß, pechschwarz, mit dichten Brauen und Wimpern besetzt und glühten nicht nur in geistigem Feuer, was an der Art, wie er unsere Kammerfrauen beäugte, ersichtlich war. Gleichwohl war er hochgelehrt und bewies in seinem Unterricht, wie ehemals im Beichtstuhl, eine so eindringliche Sanftmut, daß man nicht anders konnte, als sich die größte Mühe zu geben, um diese zu verdienen.

Monsieur Martial, einst Luntenmeister im Heer des Königs, das er verlassen mußte, weil ihn bei der Belagerung von Amiens eine Kugel gegen seine Kanone geschmettert hatte, lehrte mich die Mathematik. Mit Schnurrbart, dicken Brauen, kratzbürstig an Haar und Seele, hätte er mich gerne bei jeder Kleinigkeit geprügelt, wenn mein Vater es ihm erlaubt hätte. Im übrigen kannte er sein Fach und hatte nur einen Fehler: da er eine Abhandlung über Befestigungswerke verfaßt hatte, ließ er sich mit Vorliebe über Sichtweiten, Flankendeckung, Sappen und Kontersappen aus, anstatt bei seinen Zahlen zu bleiben. Trotzdem sind mir seine Auslassungen später äußerst nützlich geworden.

In sehr angenehmer Erinnerung bewahre ich Mademoiselle de Saint-Hubert, die mich Englisch und Italienisch lehrte. Ihre Mutter war Engländerin und hatte einen französischen Edelmann aus gutem, aber armem Hause geheiratet, der Sekretär bei dem Kardinal d'Ossat war, als dieser noch ein kleiner Abbé und in geheimer Mission in Rom weilte, um die Aufhebung der Exkommunikation Heinrichs Quatre zu erwirken. Während die Angelegenheit sich über Jahre hinzog, lernten Mutter und Tochter Italienisch – am besten aber die Tochter, weil sie noch ein Kind war.

Geneviève de Saint-Hubert war ein reizendes, hochgewachsenes Mädchen, brünett, mit versonnenem Blick, biegsamem Hals, anmutiger Taille. Wäre sie ein junger Mann gewesen, sie hätte ihren adligen Namen einer vermögenden bürgerlichen Jungfer mit in die Ehe bringen können. Für ein Mädchen aber war an nichts derlei zu denken. Eine Mitgift hätte selbst ein Kloster verlangt, und ihr Vater, der von einer winzigen Rente lebte, konnte ihr gerade nur das Essen und eine warme Stube bieten.

Sie war achtzehn, als sie in unser Haus in der Rue Champ Fleuri kam und es mit ihrer jungen Schönheit erleuchtete. Ich war fünf und verfiel bei ihrem Anblick in die heftigste Verliebtheit. »Heftigste« ist wirklich das treffende Wort, was immer der Leser denken möge. Friederike, meine Milchschwester, die es mit ihren Tränen durchgesetzt hatte, meinen Lehrstunden beizuwohnen und, da ihr Geist so lebhaft war, auch fortan daran teilzunehmen, bemerkte es als erste und hegte deshalb wütenden Groll.

Wir schliefen in einer kleinen Kammer in zwei nebeneinander stehenden Betten, aber viel öfter eins in des anderen Armen als getrennt, so als hätte uns dieselbe Milch aus derselben reichfließenden Brust gewissermaßen zu Zwillingen gemacht. Geneviève de Saint-Hubert wurde der Gegenstand unseres ersten Streites. Denn da Friederike spürte, welche leidenschaftlichen Gefühle das Fräulein in mir erweckt hatte, kniff sie mich eine Woche lang bis aufs Blut, sowie ich nur einschlafen wollte. Flüchtete ich mich aber in mein eigenes Bett, kam sie mir nach und setzte ihre Quälerei fort.

Schließlich entdeckte Greta, als sie mich badete, daß ich mit blauen Flecken übersät war. Friederike gestand alles, wurde geschlagen, bereute und versprach, sich zu bessern. Acht Tage darauf fing sie wieder an, aber diesmal wußte ich ja, daß sie Böses tat – wessen ich mir vor ihrer Bestrafung nicht sicher war –, und schlug sie. Nun weinte sie, da bekam ich Mitleid, warf mich über sie und küßte ihr die Tränen von den verweinten Wangen. Wenig darauf schloß sie mich in die Arme und erwiderte meine Küsse. Daß wir nun wieder versöhnt, wieder ganz eins waren, gab mir ein unsagbar köstliches Gefühl – ein tatsächlich so lebhaftes Gefühl, daß ich mich seiner noch heutigen Tages mit Wärme erinnere.

Geneviève de Saint-Hubert besaß all jene Talente, die man den Mädchen zugesteht, auch wenn man sie für nutzloses, schmückendes Beiwerk hält. Sie konnte Clavichord spielen, singen, Verse aufsagen. Ich war mehr für die Musik der Worte als des Instrumentes empfänglich, aber ich sah zu gerne, wie ihre leichten Finger über die Tasten liefen und ihre schönen weißen Arme sich bewegten. Sie spielte mit großem Einsatz, und wenn das Stück zu Ende war, perlte ein wenig Schweiß auf ihrer Stirn, und ihre Brust hob und senkte sich von der Erregung, in die sie sich gebracht hatte. Danach blieb sie noch eine Weile mit erhobenem Kopf und träumenden Augen sitzen, ihre Hände ruhten auf der Claviatur, und da mein Gesicht, wenn ich neben ihr stand, gerade in Höhe ihres nackten Armes war, erkühnte ich mich eines Tages, meine Lippen darauf zu drücken, so schön und wohlgerundet fand ich ihn. Zu meiner großen Überraschung erbebte Mademoiselle de Saint-Hubert heftig und errötete. Und erst einen Augenblick später, da sie mich ganz erschrocken sah, fing sie an zu lachen, zog mich an sich und küßte mich.

Kinder sind listiger, als man glaubt. Ich weiß noch sehr gut, daß ich gewartet hatte, bis Friederike aus dem Zimmer war, um diesen Kuß zu wagen, von dem ich mehr als einmal geträumt hatte. Danach fühlte ich mich sehr verwegen und mit der Wirkung höchst zufrieden. Sicherlich hatte ich mir bis dahin vorgestellt, daß Frauen zum Schmusen geschaffen seien, aber doch nicht, daß sie dadurch in Verwirrung geraten könnten. Ich meine erwachsene Frauen. Meine kleinen abendlichen Spiele mit Friederike hatten nach meinem Empfinden nichts mit dem zu tun, was soeben geschehen war.

Madame de Guise erfuhr natürlich von Friederikes Kneifereien und von dem Mademoiselle de Saint-Hubert geraubten Kuß, und das trug meinem Vater eine Auseinandersetzung ein, derer ich mich erinnere, als wäre es gestern gewesen.

Ich spielte am Fußboden mit einer Armee von Bleisoldaten, die mir Monsieur de la Surie auf Anregung von Monsieur Martial geschenkt hatte. Und ich muß wahrheitshalber sagen, daß Monsieur Martial selbst gerne damit spielte unter dem Vorwand, mich die Kunst der Befestigungen zu lehren.

Ich hatte meine Truppen außerhalb des Durchgangs der Kammerfrauen in einem kleinen Raum aufgestellt, der an unseren großen Saal grenzte, und meine Soldaten auf zwei gegnerische Lager gleicher Stärke verteilt. Das eine wurde von mir befehligt, das andere hatte sich folglich zu verteidigen. Und ich fragte mich gerade, wie mein durch Monsieur Martials Erfahrung geschultes militärisches Talent den Sieg herbeiführen sollte, als ich durch die angelehnte Tür Madame de Guise hörte, die mit erregten Worten über mich und Friederike sprach. Ich war sehr beunruhigt und verschob den geplanten Angriff meiner Kavallerie auf später.

»Monsieur«, sagte sie, »Ihr solltet Friederike nicht mehr in Pierres Kammer schlafen lassen.«

»Was soll das?« fragte mein Vater in abweisendem Ton. »Was ist Schlimmes dabei?«

»Aber, sie kneift ihn!«

»Weil sie eifersüchtig ist. Wer wäre das nicht? Ich kenne eine hohe und mächtige Dame, die einmal glaubte, daß ich untreu sei, und mir wer weiß wie viele Salben- und Cremetöpfchen an den Kopf warf, die ich so gut es ging mit einem Schemel abfing. Muß ich«, setzte er lachend hinzu, »Euch daran erinnern?«

»Monsieur, ich rede ernsthaft.«

»Und ich antworte Euch ebenso.«

»Warum soll Euer Sohn unter der dummen Gans leiden?«

»Er lernt aus ihrem Umgang.«

»Schönes Lernen! Sie kneift ihn!«

»Und er schlägt sie. Also hat er gelernt, Madame, daß man von Eurem liebenswerten Geschlecht nicht alles erdulden muß. Und es kann sein, daß ihm diese Erfahrung eines Tages hilft, sich nicht allzu sehr zu ergeben.«

»Aber ein Junge und ein Mädchen im selben Bett! Ist das ehrbar? Pfui!«

»Es gibt kein Beispiel, daß ein Sechsjähriger ein Kind gezeugt hätte.«

»Ich rede von keinem Kind, sondern einfach von Ehrbarkeit.«

»Ich sehe nicht, wodurch sie hier verletzt würde. Auch ich hatte in seinem Alter eine kleine Spielgefährtin. Ich hatte sie sehr lieb. Möge Gott verhüten, daß ich Pierre der seinen beraube. Schließlich ist sie seine Milchschwester. Ich würde mich für sehr töricht, um nicht zu sagen unmenschlich halten, Madame, wenn ich ein so starkes Band zerreißen würde.«

»Langsam, langsam, Monsieur! Wenn Ihr ihn so jung anfangen laßt, macht Ihr Euren Sohn zu einem großen Bock!«

»Madame«, sagte mein Vater mit unterdrücktem Zorn, »fügt noch hinzu: wie sein Vater, und Ihr habt alles gesagt.«

»Monsieur!« sagte Madame de Guise plötzlich mit tränenerstickter Stimme, »sprecht zu mir nicht wie ein Grobian. Das ertrage ich nicht.«

Hierauf gab es ein so langes Schweigen, daß ich, von Neugier getrieben, auf den Knien bis zur Tür des großen Saales kroch und hindurchspähte. Mein Vater, der mir den Rücken kehrte, hielt Madame de Guise in den Armen. Woraus ich erstens schloß, daß Friederike in meiner Kammer bleiben dürfte, womit ich recht behielt, und zum anderen, daß der Streit beendet sei, worin ich mich täuschte, denn kaum war ich zum Schlachtfeld zurückgekrochen, wo meine Pferde vor Ungeduld stampften, als die Feindseligkeiten zwischen meinem Vater und meiner Patin von neuem losbrachen.

»Trotzdem«, sagte diese, »wird Euer Sohn von seinen Ammen ein bißchen zu sehr vergöttert ...«

»Das war so, Madame, ist es aber weniger, seit ich ihm Hofmeister gegeben habe.«

»Hofmeister. Und eine Hofmeisterin.«

»Habt Ihr etwas gegen sie einzuwenden?«

»Soviel ich hörte, hat Pierre ihr, während sie Clavier spielte, den Arm geküßt.«

»Das hätte ich in seinem Alter auch getan.«

»Also ist das Frauenzimmer nach Eurem Geschmack.«

»Ist sie es nach Eurem nicht?«

»Ihr versteht mich sehr gut!« sagte meine Patin gereizt.

»Nein, Madame«, sagte mein Vater laut und deutlich, »ich verstehe Euch nicht. Mademoiselle de Saint-Hubert ist achtzehn Jahre alt, ich bin über fünfzig. Welche Wahrscheinlichkeit gibt es, daß ein Graubart ...«

»Ein sehr grüner Graubart ...«

»Meine Liebste, habt Dank für das Kompliment.«

»Lacht nicht, Monsieur! Habe ich doch gesehen, mit diesen meinen Augen gesehen, daß die Jungfer, wenn sie einen Raum betritt, wo Ihr seid, nur Augen für Euch hat.«

»Madame, da heißt es wählen. Bin ich der Versuchte oder der Versucher?«

»Beides.«

»Ich bin weder eins noch das andere. Wie käme ich dazu,

ein Mädchen aus gutem Haus von seinen Pflichten abzulenken, dessen Vater ich schätze und den ich sehr gut kannte, als er seinerzeit in Rom dem Kardinal d'Ossat diente.«

»In Rom, Monsieur, wo Ihr vor aller Augen und Ohren mit der Pasticciera gehurt habt! Die muß ein feiner Kuchen gewesen sein! Und Ihr habt Euch nicht einmal geschämt, ihn mit einem halbem Dutzend Fliegen zu teilen ...«

Dieser Satz verwunderte mich so sehr, daß ich nicht mehr zuhörte. Ich versuchte mir meinen Vater vorzustellen, wie er einen Kuchen aß, den ihm Fliegen streitig machten. Warum erschlug er sie nicht einfach, so wie ich es machte, mit der flachen Hand, anstatt mit ihnen »zu teilen«? Ein Rätsel, das ich im Kopf drehte und wendete, ohne eine Lösung zu finden. Dann vergaß ich es, doch entsann ich mich seiner mit einer merkwürdigen Klarheit, als ich zehn Jahre später jene Stelle in den Memoiren meines Vaters las, wo er seine Begegnung mit dieser Pasticciera in Rom schildert und die hohen römischen Herren beschreibt, mit denen gemeinsam er sie aushielt.

Meine Patin war besänftigt und gegangen, mein Vater trat in mein Kabinett, warf einen Blick auf meine Schlachtordnung und fragte, indem er ein Knie zu Boden setzte: »Monsieur, wie ist Eure Armee bewaffnet?«

»Säbel und Musketen.«

»Keine Lanzen?«

»Nein, Herr Vater.«

»Dann werft sie nicht frontal in die Spitzen der feindlichen Infanterie. Sonst spießt sie sich auf. Laßt sie eine volle Drehung machen, ihre Schüsse aus der Distanz feuern, die Waffen neu laden, und dann los an den Feind ...«

Hiermit küßte er meinen Generaloberst, dann rief er seinen Pagen und hieß ihn Greta und Mariette holen. Hechelnd kamen sie gelaufen.

»Wer von euch beiden«, sagte mein Vater, »hat Madame de Guise von Friederikes Kneiferei erzählt?«

»Das war ich«, sagte Mariette sofort.

»Und wer von euch hat ihr die Geschichte von dem geraubten Kuß erzählt?«

»Ich«, sagte Mariette.

»Dacht ich mir's doch ... Mariette«, fuhr er fort, »Ihr habt eine lebhafte und redselige Zunge im Mund, die uns große

Dienste tut, wenn Ihr auf den Markt geht. Aber wenn die genannte Dame uns hier besucht, dann haltet besagte Zunge hinter Euren Zähnen fest und die Lippen zugenäht darüber. Euch erspart Ihr Zugluft und Atem und mir Ärger.«

»Das will ich tun, Monsieur le Marquis«, sagte Mariette, und ich sah, daß sie zum Zeichen der Reue den Kopf senken wollte, was aber ihr starrer Busen nicht recht zuließ.

* * *

Meine liebe Patin war damals dem Porträt sehr ähnlich, das mein Vater in seinen Memoiren von ihr zeichnet: »Zierlich und wohlgerundet, frisch und ungestüm, die Augen lavendelblau und geradezu naiv in ihrer Offenheit, ein üppiger Mund und sehr schöne, kräftige blonde Haare, die ihr in künstlichen Löckchen über den molligen Nacken fielen.«

Dies zum Äußeren. Was nun ihr Wesen anging, so hatte Henri Quatre, dessen Cousine zweiten Grades sie durch ihre Mutter, Marguerite de Bourbon, war, zu meinem Vater (der es mir weitersagte) gesagt, sie sei ihm auf Grund ihrer »Naivität« und »Natürlichkeit« eine »liebreiche und angenehme« Gesellschaft.

Das war ein gutes Urteil, aber von der Höhe eines Thrones gefaßt, vor dem die hohen und schönen Damen mit ihren großzügigen Dekolletés das Knie beugten. Wäre der König nur ein Marquis wie mein Vater gewesen und, was mehr heißt, der »vertraute und unwandelbare Freund der Herzogin«, er hätte anders vom Stapel gelassen. Denn mochte meine Patin auch gütig sein und uns, meinen Vater und mich, über alles lieben, so fehlte doch viel, daß ihr Umgang immer angenehm und ihre Liebe leicht zu ertragen gewesen wären. Dazu war sie zu herrisch, sehr eingenommen von ihrem Rang, und sie konnte sich in ihren meist wenig gegründeten Ansichten unglaublich versteifen.

Madame de Guise in ihren guten Stunden, das war wunderbar: sie konnte dann so zärtlich, so fröhlich und sogar ausgelassen sein, daß sie um die Hälfte jünger erschien. Doch verdüsterte sich der Sonnenschein zuweilen, und dann mußte man ihrer dunklen Seiten gewärtig sein, sei es daß sie in Melancholie verfiel, sei es daß sie ihrer Streitlust die Zügel schießen ließ.

War mein Vater daheim, traf ihn die ganze Schwere ihrer Hypochondrie. In seiner Abwesenheit aber und nachdem ich das zehnte Lebensjahr vollendet hatte, mußte ich mich ihrer schwarzen Bataillone erwehren.

»Ach, Söhnchen«, seufzte sie dann, kaum daß sie unsere Schwelle überschritten und ihre Maske abgenommen hatte, »seht mich bloß nicht an! Ich bin häßlich wie die Nacht. Wahrhaftig, ich darf heute in keinen Spiegel blicken, ich mache mir selber Angst! Habt Ihr jemals einen gräßlicheren Teint gesehen? Und es gibt keine Abhilfe. Ich mag fingerdick Rouge auflegen, es nützt nichts! Von meinen Augen ganz zu schweigen, das Weiße ist ganz gelb, die Iris trübe. Nein, nein, Söhnchen, seht mich nicht an, es würde Euch gruseln. Ach, es ist einmal so, ich bin zum Gespenst geworden! Ich brauche mich nur noch auf dem Jahrmarkt zu zeigen, die Maulaffen zu erschrecken! ...«

Und wie die Herzogin zu diesen übertriebenen Reden dann gestikulierte und durch den großen Saal hin und her lief! Sie rang die Hände, bedeckte ihr Gesicht, und wollte ich mich ihr nähern, kehrte sie mir den Rücken. Diese Torheiten dauerten endlos, und es waren wer weiß wie viele Beteuerungen, Schwüre, Komplimente und Schmeicheleien nötig, bis das aufhörte. Da war es mir letztlich lieber, wenn sie zankte, obwohl ich schwerlich vergessen kann, was einmal über mich hereinbrach, nachdem ich zwölf geworden war.

* * *

Meine Männlichkeit hatte sich offenbart, und sowie ich deren unzweifelhafte Zeichen nach den Belehrungen meines Vaters erkannt hatte, lief ich zu ihm, woraufhin er alles stehen- und liegenließ und mitkam, die Beweise in meinem Bett festzustellen.

»Nun denn!« sagte er, indem er mich zugleich stolz und gerührt bei den Schultern faßte, »jetzt seid Ihr ein Mann, mein Sohn! Ich freue mich, aber ich fürchte, es wird Euch kaum gefallen, was daraus folgt. Denn nun muß ich handeln und augenblicklich ein Band zerschneiden, das Euch teuer ist. Mein Sohn, es tut mir für Euch leid, aber Friederike wird künftighin in Gretas Kammer schlafen.«

»Mein Herr Vater!« schrie ich aus einem Gefühl, als sei ich jäh verwitwet und von der grausamen Neuigkeit ganz erschlagen, »muß das sein? Soll ich meine geliebte Schwester verlieren?«

»Papperlapapp! Friederike ist nur insofern Eure Schwester, als Ihr dieselbe Milch getrunken habt. Das ist, Gott sei Dank, kein Blutsband. Wie hätte ich sonst die Augen zugedrückt angesichts eurer Spielchen (ich errötete bei diesen Worten), die meines Erachtens das Gestammel eines Kindleins waren, das sich im Sprechen übt, aber, wahr und wahrhaftig, mein Sohn, jetzt *sprecht* Ihr! Die Sache bleibt nicht mehr folgenlos. Wollt Ihr sie schwängern? Abgesehen davon, daß es für einen Edelmann unschicklich wäre, mit zwölf Jahren einen Bastard zu zeugen, laßt mich als Mediziner zu Euch sprechen: das arme Kind ist zu jung, um eine Mutterschaft durchzuhalten. Ihre Knochen sind noch nicht ausgewachsen. Sie ist sehr schmal. Ihre Brüstchen knospen erst. Wirklich, ich müßte um ihr Leben fürchten, wenn das passierte ...«

Hierauf gab es nichts zu erwidern. Ich schickte mich drein. Aber in den folgenden Tagen wurde ich mürrisch und mißlaunig, selber nun gewissermaßen am Rande der Melancholie, verlor den Appetit bei Tische und ein wenig sogar beim Lernen, zumal Friederike mir nicht nur nachts fehlte, sondern ich sie auch am Tage nie mehr von Angesicht zu Angesicht sah; immer standen Greta oder Mariette oder eine unserer Kammerfrauen als Dritte zwischen uns. Und überdies war sie verändert, man hatte sie aufgeklärt: sie floh meine Liebkosungen. Es sah alles aus, wie wenn die Natur, indem sie mich zum Manne machte, mich um mehr beraubte, als sie mir beschert hatte.

So verstrich ein Monat, ich hatte zu nichts Lust und sah auch für die Zukunft nichts, was mich hätte verlocken können; da trat eines Nachmittags, als ich meinen Kummer zu zerstreuen suchte, indem ich Suetons *De Vita Caesarum* las, ein hübsches brünettes Wesen von etwa zwanzig Jahren, das mir ganz unbekannt war, in mein Kämmerchen.

»Guten Tag, Monsieur«, sagte sie, »wie geht es Euch bei dem schönen Wetter?«

»Gut. Aber besser, wenn ich wüßte, wer du bist.«

»Toinon heiß ich und bin hier die neue Soubrette.«

»Soubrette? Nanu! Ich falle aus allen Wolken. Und was hast du hier zu tun?«

»Ich mach die Betten, räum auf, mach sauber.«

»Das machen bei uns die Kammerfrauen.«

»Aber ich bin nun mal Soubrette«, sagte Toinon, den Kopf aufwerfend. »So wurde ich bei Monsieur de Bassompierre genannt, der mich Eurem Herrn Vater übergeben hat.«

»Monsieur de Bassompierre? Der schönste Galan bei Hofe? Sehnst du dich da nicht zu deinem Herrn zurück? Man sagt doch, bei Monsieur de Bassompierre lebt es sich lustig.«

»Sicher, aber auf die Dauer ist es anstrengend, auch wenn die Herren sehr höflich sind.«

»Was meinst du für Herren, Toinon?«

»Kennt Ihr etwa nicht die Freunde meines Herrn?«

»Vielleicht nicht.«

»Dann will ich sie Euch nennen: Schomberg zum Beispiel, Bellegarde, Joinville, D'Auvergne, Sommerive.«

Ich war sprachlos, zu hören, wie familiär sie diese großen Namen im Munde führte, als ob es sich um kleine Ladenburschen handelte.

»Na und?« sagte ich, »mochtest du sie nicht?«

»Oh, doch, Monsieur«, sagte sie. »Sie sind wirklich sehr liebenswürdig und dazu so schön und so wohlerzogen, drüber geht es schon nicht! Aber bei Monsieur de Bassompierre sind Tag und Nacht eins! Man lebt bei Kerzenlicht wie bei Sonnenschein, man kommt eigentlich nie zum Schlafen. Und ich, Monsieur, ich schlaf leider gern wie ein Murmeltier. Und ich bin froh, daß ich jetzt in ein geregeltes Haus wie Eures komme.«

Und da ich fand, daß sie für eine Kammerzofe sehr munter sprach, hörte ich ihr zu. Und die ganze Zeit, nachdem sie ihre kleine Rede gehalten und sich in meinem Zimmer an die Arbeit gemacht hatte, sah ich ihr dabei zu, und das um so lieber, als sie sich rings um mein Bett zu schaffen machte und ich sie also von vorn und von hinten, von oben und unten betrachten konnte.

Doch weil mein Schweigen mich selbst zu drücken begann und ich die Unterhaltung lieber wieder beleben wollte, beschloß ich zu reden.

»Also«, sagte ich, da ich nichts zu sagen hatte und auch nicht bei der Sache war, »du bist unsere neue Kammerfrau?«

Toinon richtete sich auf, zog eine böse Miene und wirbelte anmutig um sich selbst.

»Soubrette, Monsieur, Euch zu dienen! Geruht bitte, mich so zu nennen, sonst würde ich mich gesunken fühlen.«

»Gesunken fühlen! Toinon, bist du nicht ein bißchen geschraubt?«

»Wie meint das der Herr?«

»Daß du dich ziemlich aufspielst.«

»Oh, nein, Monsieur, das ist nicht meine Art! Ich bin ganz natürlich. Nichts von Getue. Und wenn Ihr Euch davon überzeugen wollt, Monsieur, braucht Ihr mich nur in die Arme zu nehmen.«

Hiermit zeigte sie mir eine neue Miene, so süß, so anreizend, daß ich meinen Sueton zuschlug, vom Schemel sprang und sogleich tat, wie mir geheißen, was mir dann auch sehr gefiel, denn ihr kleiner Körper fühlte sich mollig und prikelnd an.

»Seht Ihr, Monsieur« sagte sie, »hab ich gelogen? Nennt Ihr das geschraubt? Bin ich nicht entgegenkommend, und geh ich nicht aufs Ganze?«

Ach, wäre ich älter gewesen, wie wäre ich aufs Ganze gegangen und hätte das frisch gemachte Bett gleich wieder zerwühlt. Aber ich war gerade erst zwölf geworden, und obwohl ich für mein Alter groß und kräftig war, besaß ich noch nicht jene Kühnheit. Mit Friederike war ich über das Schmusen, zu dem die Dunkelheit und Wärme des Bettes einlud, nicht hinausgegangen. Und um es klar zu sagen, zu dem, was mein Vater befürchtet hatte, war es nie gekommen. Ich hatte die Fähigkeit, aber nicht die Erfahrung.

Ich zauderte. Toinon spürte es. Sie wollte die Dinge nicht zu weit treiben. So löste sie sich liebevoll aus meinen Armen, nicht ohne das Versprechen, dahin zurückzukehren und mich, wie sie es hinlänglich bewiesen hatte, sacht zu dem Ende zu bringen, das ich mir ersehnte.

Unwissend und grün, wie ich noch war, dachte ich, daß ich ihre Gefälligkeit entweder meinem Aussehen verdankte, das von meinen Ammen und meiner Patin ja zur Genüge gefeiert wurde, oder aber einer allgemeinen Nachgiebigkeit der Frauen, derzufolge dieses liebliche Geschlecht sich dem deutlich bekundeten Appetit des unseren sogleich füge. Da mein Vater mich aber nicht ermutigte, mich mit meinem Äußeren zu spreizen, hielt ich mich an die letztere Vorstellung, und ich erinnere mich noch, wie verblüfft und empört ich drei Jahre später war, als eine Person, der ich den Hof machte, mich abblitzen ließ.

In der Unterhaltung mit Toinon kehrte ich, stolz auf meinen Rang sowie auf mein kleines Wissen, ziemlich gerne den Herrn heraus. Aber sobald es zu Taten kam, war ich klug genug, mich ihrer Erfahrung anzuvertrauen und ihr die Führung und Lenkung des Gespanns zu überlassen. Und das tat sie wirklich aufs beste, denn sie ließ es nicht dabei bewenden, mich schlau zu machen. Sie lehrte mich auch das Vorspiel und all die Liebesdienste, die, wie sie sagte, jede Frau bei einem Galan wenigstens ebenso schätzt wie die Männlichkeit.

So sehr und sooft ich sie indessen darum bat, ich konnte sie nie bewegen, daß sie die Nacht mit mir verbrachte. Sie behauptete, dann könnte die andere Kammerfrau, mit der sie das Bett teilte, nicht ruhig schlafen. Für den Augenblick glaubte ich ihr, später nicht mehr, denn ich bemerkte nur zu bald, daß unsere Liebschaft im ganzen Hause kein Geheimnis war. Also dachte ich nun, Toinon, die große Schlafmütze, wolle einfach auf ihre Kosten kommen. Aber auch das war nicht der Grund. Ich erfuhr ihn erst viel später aus dem Munde von Mariette, als Toinon uns längst und von meinem Vater gut belohnt verlassen hatte, um einen Bäcker zu heiraten. »Eine Schlafmütze, Monsieur?« sagte Mariette, »da seid Ihr aber auf dem Holzweg! Man hatte ihr befohlen, Euren Nachtschlaf zu respektieren, weil man ja wußte, daß die heiße Dirne nicht bloß mit einer Arschbacke drangen, und befürchtete, daß sie Euch aussaugt bis aufs Mark.«

Meine arme Friederike, die mich nie mehr allein treffen durfte und, wenn sie mich sah, sich nicht einmal mehr getraute, meine Hand zu berühren, sandte mir aus ihren großen blauen Augen trostlose Blicke. Es bedrückte mein Gewissen, wenn ich sie so traurig sah, während ich fröhlich war und meine Studien und meine Leibesübungen mit neuer Kraft betrieb. Und manchesmal fragte ich mich, weshalb der Grund, den mein Vater genannt hatte, als er uns das gemeinsame Schlafen verbot, nicht auch für Toinon galt. Unverblümt fragte ich es die Betroffene. Sie lachte nur: »Weil ich, mein Schatz, gelernt habe«, sagte sie, »mich vor der Falle zu schützen!

Liebe Zeit, wenn ich so viele Kinder bekommen hätte, wie ich Galane hatte, wär ich schon verhungert, und die Kinderchen auch.«

Wenn ich heute daran denke, bewegt es mich schon ein wenig bitter, daß meine arme kleine Milchschwester zumindest in dieser Welt für ihre Tugend schlechter belohnt wurde als Toinon für ihre Sünden.

Mochte ich auch erst zwölf sein, niemand hätte mich, wie den jungen Herzog von Guise, schmähen können, meine Zeit nicht zu nutzen. Jeden Morgen hatte ich von sieben bis elf Uhr meine Lektionen bei Monsieur Philipponeau, Monsieur Martial und Geneviève de Saint-Hubert. Nach einem kurzen Imbiß um elf nahm ich eine Stunde Unterricht in der berühmten Reitschule von Monsieur de Pluvinel und eine Stunde Fechten bei Monsieur Garé, einem Schüler des großen Silvie. Stets wohnte mein Vater diesen Übungen bei und legte bisweilen selbst gern einen Gang mit Monsieur Garé ein, so trefflich focht er noch immer.

Am Nachmittag, nach einer ebenso leichten Erquickung wie der ersten, hielt ich auf Anweisung meines Vaters eine einstündige Ruhe, während der ich, offen gestanden, mehr träumte als schlief. Danach machte ich mich an die Lektüre und die Übungen, die meine Lehrer mir aufgetragen hatten. Mit dieser Aufgabe war ich bis sechs Uhr beschäftigt, dann speisten wir zu Abend, mein Vater, Monsieur de La Surie und ich.

Seit allerdings Toinon in mein Leben getreten war, wichen die Träumereien meiner Siesta faßbareren Wonnen. Sie brachten mir eher Erholung als Ruhe, aber lebhaft und unermüdlich, wie ich in dem Alter war, brauchte ich auch weniger Schlaf als Entspannung, denn mein Tagespensum war streng: sogar die Abendmahlzeit wollten mein Vater oder Monsieur de La Surie nicht verstreichen lassen, um meinen Kenntnissen auf den Zahn zu fühlen oder sie zu mehren, und es gab tatsächlich nur die Nacht, wo ich nicht lernte.

Es war an einem Dienstagnachmittag, ich pflückte mit Toinon in meiner Kammer die Rosen des Lebens, als ich eine Kutsche in unseren Hof rollen hörte. Da die Herzogin von Guise uns an jedem Dienstag besuchte, zweifelte ich nicht, daß sie es sei, dachte jedoch, sie werde wie gewöhnlich erst eine lange, zärtliche Unterhaltung mit meinem Vater haben, bevor sie zu mir heraufgestiegen käme, außerdem pflegte sie meine Ruhezeit zu achten, also setzte ich ohne viel Bedenken das Begonnene fort.

Später erfuhr ich durch Mariette, daß die Herzogin, da sie meinen Vater nicht daheim fand und anscheinend ganz erhitzt, ganz aufgeregt war, »die Wangen«, sagte Mariette, »wie gebläht von einer großen Neuigkeit, die Euch betraf, mein Liebling, und die sie Euch natürlich gleich mitteilen wollte«, daß also die Herzogin beschloß, unverweilt zu mir hinaufzusteigen, obschon es ihr schwerfiel, die Wendeltreppe zu erklimmen, weil sie sich am Vortag einen Knöchel verstaucht hatte und am Stock gehen mußte. »Aber, Mariette«, sagte ich, »hättest du sie nicht unter irgendeinem Vorwand davon abhalten können?« – »Wie sollte ich! Ihr kennt doch Ihre Hoheit! Wenn sie sich etwas in den Kopf gesetzt hat, könnten selbst die Arquebusiere des Königs sie nicht daran hindern!«

Ich hörte ihren Schritt und ihren Stock auf dem Gang, der zu meiner Kammer führte, und wie sie noch draußen triumphierend rief: »Aufgewacht, Söhnchen! Ihr werdet Page des Königs von Frankreich!« Im nächsten Augenblick ging die Tür auf, und ein Donnerwetter brach über uns herein.

Es brach nicht sofort. Zuerst gab es diese seltsame Ruhe vor dem Sturm. Als ich mich aus Toinons Umschlingung freigemacht hatte (nicht ohne Mühe, denn sie hatte nichts gehört, weil sie dem Diesseits schon entronnen war) und aus dem Bett sauste, hastig in meine Hosen fuhr und zur Tür lief, sah ich die gute Herzogin wie angenagelt auf der Schwelle stehen. Ihre Augen, die an sich schon groß, aber vor Verblüffung nun noch größer waren, wanderten von Toinon zu mir und von mir zu Toinon, als könne sie nicht glauben, was sie sah: eine Szene, die doch immerhin beredt genug war, um ihr zu bestätigen, daß sie sich nicht täuschte. Gleichwohl sah ich, wie die Augen der Herzogin, blau hin, blau her, immer schwärzer wurden und daß das Unwetter nun losbrechen mußte. Tatsächlich, kaum daß sie wieder zu Atem, Besinnung und Sprache gekommen war, platzte die Wolke über unseren Köpfen.

»Was ist das? Was ist das? Was muß ich sehen? In Eurem Alter, Söhnchen! Und vor meinen Augen! Die Spatzen beim Vögeln! Und das an dem Tag, da ich Euch verkünde, daß der König Euch zum Pagen macht! Wie, Ihr rammelt wie eine

Ratte im Stroh! Und noch dazu mit einer dreckigen Spülmagd!«

Sie hielt inne, die Stimme blieb ihr weg.

»Frau Herzogin«, sagte Toinon, rot vor Scham und Zorn, während sie mit zitternden Fingern ihr Mieder zu schnüren versuchte, »ich bin keine dreckige Spülmagd. Ich bin Soubrette in diesem Haus.«

»Zum Teufel mit der Ausverschämten! Sie antwortet auch noch! Diese ausgelutschte Hure wagt es, mir zu widersprechen!«

»Frau Herzogin«, sagte Toinon, vorschnellend wie eine kleine Schlange, »wer die außereheliche Liebe liebt, sündigt gewiß, ist aber deshalb noch längst keine Hure. Sonst müßte man so manch eine in diesem Land so nennen! Und wer weiß was für hohe Damen auch, die sich nicht mal mit ihrer Jugend entschuldigen können wie ich.«

Bei diesem Biß, auf den sie nicht gefaßt war, da er von so weit unten kam, brüllte meine arme Patin auf wie eine verwundete Löwin und trat in ihrem unberatenen Zorn den Rückzug an.

»Pest über die Schamlose! Wie, sie wagt es! So ein kleines Stück Scheiße stinkt nicht nur: es öffnet auch noch sein kleines Drecksmaul! Hinaus, Luder!« schrie sie, und ihre Stimme gellte, »hinaus, Satansbraten! Ich jage dich augenblicklich davon! Los, ab in dein Loch, pack deinen Kram und verschwinde! Daß ich dein widerwärtiges Gesicht nicht noch einmal hier sehe!«

»Meine liebste Patin« rief ich, denn ich fand, daß die Sache nun wirklich zu weit ging.

Aber zwischen zwei so scharfen Zungen kam ich zu keinem weiteren Wort. Meine kleine Schlange erhob aufs neue das Haupt und zielte geradewegs auf den schwachen Punkt dieser Philippika, wobei sie zeigte, daß, wenn es hart auf hart und Gift gegen Gift ging, die Soubrette und die Hoheit einander ebenbürtig waren.

»Frau Herzogin«, sagte sie, »bei allem schuldigen Respekt (den aber ihr Auge und ihr Ton verleugneten), »ich bin hier im Dienst des Herrn Marquis de Siorac. Er hat mich eingestellt, weil ich wahrscheinlich nach seinem Geschmack bin, und nur er kann mich entlassen, niemand anders.«

Man muß schon zugeben, daß dieses »nach seinem Geschmack« von einer seltenen Bosheit war, denn als Mariettes gute Freundin eingeweiht in sämtlichen Hausklatsch, wußte Toinon natürlich um die große Liebe meiner Patin zu meinem Vater.

»Wie?« kreischte die Herzogin, »du wagst es, mir zu trotzen, Bettlerin!«

Und schneller, als man es einem verstauchten Knöchel zugetraut hätte, marschierte sie auf den Feind los und schwang ihren Stock. Ich konnte gerade noch das Ende packen und so rasch an mich ziehen, daß ich ihr den Stock ungewollt aus der Hand riß.

»Söhnchen!« rief sie, indem sie sich halb schmerzlich, halb wütend zu mir umwandte, »Ihr tut mir Gewalt an? Mir, Eurer Patin und gewissermaßen Eurer Mutter?«

Hier lachte Toinon schändlicherweise auf, was den Zorn der Herzogin verdoppelte, so daß sie mit bloßen Händen auf die Soubrette losstürzte. Weil ich mich aber dazwischenwarf, der ich größer und sicherlich stärker war als sie, traf sie in ihrer bösen Raserei nun mich. Der Schlag kam nicht mit der flachen Hand, sondern mit dem Handrücken, und ein großer Diamant, den sie am Ringfinger trug, verletzte meine Wange.

Ich wankte nicht und schaute sie nur wortlos an. Und dieser Blick war schließlich die einzige gute Antwort, die ich ihr geben konnte, denn sie wurde augenblicks ruhig und stand sprachlos vor mir, und Tränen schossen ihr aus den Augen. Ich schämte mich sehr für sie, daß sie ihrer Seele so wenig Herr war und sie vor einer Dienerin weinte, die ihr so hart widerstanden hatte, deshalb schickte ich Toinon unverzüglich auf ihr Zimmer. Mein Ton duldete keinen Widerspruch, sie blieb stumm und gehorchte, doch warf sie mir einen sehr ungehaltenen Blick zu und kehrte mir einen bebenden Rücken, den ich voll Bedauern entschwinden sah: er war sehr hübsch.

Ich glaubte, klug gehandelt zu haben, als ich sie wegschickte. Es war das ganze Gegenteil. Denn auf dem Weg begegnete Toinon meinem Vater, der soeben nach Hause kam. In ihrer Empörung und in ihrer Auslegung erzählte sie ihm alles: von den Beschimpfungen, dem Stock, dem Hinauswurf, meiner Ohrfeige. Alles, was ich stark abgemildert hätte, wenn ich selbst es meinem Vater hätte berichten können, damit er sich nicht übermäßig gegen meine arme Patin erzürnte.

Sowie Toinon fort war, nahm ich Madame de Guise in meine Arme und begann sie zu liebkosen, wie ich es meinen Vater oft hatte tun sehen, da ich trotz meines Alters wohl fühlte, daß in ihr ein Kind steckte, mit dem man behutsam umgehen müsse, so roh sie mich auch behandelt hatte. Die Arme brachte kein Wort heraus. Ihr wurde schwach, und nachdem ich sie gesetzt hatte, kniete ich bei ihr nieder, nahm ihre (sehr kleinen) Hände in die meinen und fuhr fort, auf sie einzureden, ohne groß zu beachten, was ich sagte, wohl wissend, daß es jetzt nicht so sehr auf die Worte ankam, sondern auf den Ton, die Stimme, den Blick.

Hierauf betrat mein Vater den Raum, sein Schritt hämmerte den Fußboden.

»Wie das, mein Sohn!« sagte er laut, »Ihr leckt die Hand, die Euch geschlagen hat! Habe ich Euch nicht hundertmal gesagt und durch mein Beispiel gelehrt, daß man mit dem sanften Geschlecht nicht zu sanft umgehen darf, wenn es diese Sanftheit selbst vergißt? Fühlt Ihr Euch zum Märtyrer berufen? Und Ihr, Madame, weint, wie es aussieht! Das wurde auch Zeit! Konntet Ihr nicht ein Zipfelchen Verstand finden, um nachzudenken, bevor Ihr solche Torheiten begeht und mein Haus auf den Kopf stellt? Ihr beschimpft meine Leute! Hebt den Stock gegen sie! Wollt sie verjagen! Ihr ohrfeigt meinen Sohn! Verflixt, Madame, bin ich noch Herr in meinem Haus? Soll ich Euch Schlüssel und Herrschaft übergeben, wenn Ihr mir die Ehre Eures Besuches erweist?«

Beim ersten Wort dieser Strafpredigt war ich aufgestanden, höchst betreten, daß ich sowohl von der Herzogin wie von meinem Vater getadelt worden war. Letztlich aber war ich nicht unzufrieden, vom »Herrn im Haus« zu hören, daß die Toinon betreffenden Verfügungen der Herzogin in sich zusammenfielen. Eben das entnahm auch sie seinen Reden, allerdings in einem anderen Gemütszustand als ich. Denn ihre Tränen versiegten so schnell, wie sie geflossen waren, sie stand auf, bedeutete mir, ihr den Stock zu geben, und trat erhobenen Hauptes vor meinen Vater.

»Monsieur«, sagte sie, »heißt das, Ihr wollt die Dirne behalten, nachdem ich ihr befohlen habe, ihren Kram zu packen? Diese Person, die ich dabei überrascht habe, wie sie mit meinem Patensohn vögelte?«

»Was ist daran Schlimmes? Glaubt Ihr, er wäre aus Marmor? Wollt Ihr, daß er lebt wie ein Mönch in der Zelle, ewig nur über Büchern?«

»Aber, bedenkt, Monsieur, Pierre ist erst zwölf!«

»Zwölf, ja, in dem Alter hat Madame de Rambouillet geheiratet. Und welches Mädchen zöge eine Ehe nicht dem Kloster vor? Und einen Jungen, meine ich, soll man gleich an Mädchen gewöhnen, sobald er zum Mann geworden ist, damit gar nicht erst diese italienischen Sitten einreißen, die unserem verstorbenen König so übel angekreidet[1] wurden. Außerdem, wenn Pierre Pflichten hat wie ein Mann, indem er von früh bis spät arbeitet, soll er dann nicht auch das Vergnügen haben? Und weshalb sollte ich ihm versagen, was ich in seinem Alter genoß und, wie Ihr wohl wißt, noch immer genieße?«

»Monsieur«, sagte sie, indem sie sich zu voller Höhe straffte, »Ihr seid unverschämt, in der Weise mit mir zu sprechen, und ein großer Libertiner, wenn Ihr Euren Sohn so früh der Schule des Lasters mit dieser Schlampe überlaßt, die Ihr wahrscheinlich selbst ausprobiert habt, ehe Ihr sie ihm abtratet.«

»Die ich ausprobiert habe? Verflixt, wer hätte das gedacht? Und wer hat das behauptet?«

»Die Dirne selbst; ich habe es aus ihrem Mund. Pierre ist mein Zeuge.«

»Madame«, sagte ich, »verzeiht, aber ganz so hat Toinon sich nicht ausgedrückt. Sie hat gesagt, mein Vater habe sie eingestellt, weil sie ›wahrscheinlich nach seinem Geschmack‹ sei. Und das war lediglich eine Spitze gegen Euch, nachdem Ihr sie durch Eure Beschimpfungen so verletzt hattet.«

»Gütiger Gott!« rief die Herzogin händeringend, »das ist ja wohl die Krone meines unglücklichen Lebens! Vater und Sohn gegen mich verbündet! Das überlebe ich nicht! Das ist zuviel.«

»Ja, Madame«, sagte mein Vater in schärferem Ton, »das ist zuviel! Es ist zuviel der Dramen wegen nichts und wieder nichts. Ihr urteilt obenhin, ohne Sinn und Verstand. Und ebenso sprecht Ihr. Sei es Mademoiselle de Saint-Hubert, sei es Toinon oder wer weiß noch! Jeder Unterrock, den Ihr im Hause seht, bringt Euch auf Touren. Die Wahrheit ist: Euer

---

1 Heinrich III. war homosexuell.

Patensohn liebt Euch, und ich auch, und dieses Mädchen hat mir niemals etwas bedeutet.«

Nach dieser Erklärung trat ein langes Schweigen ein, das ein kleiner Seufzer beschloß.

»Monsieur, schwört Ihr mir das?«
»Gewiß.«
»Bei Eurem Heil?«
»Wie Ihr wollt.«
»Monsieur, ich brauche keinen leichtfertigen Schwur. Auf sein Heil zu schwören, ist eine ernste Sache. Wenn Ihr lügt, kommt Ihr in die Hölle.«

»Dort finde ich Euch wieder, denk ich«, sagte mein Vater auf italienisch, eine Sprache, die der Herzogin fremd war.

»Was ist das?«
»Latein.«
»Schwört Ihr?«
»Ich schwöre bei meinem Heil.«
»Was schwört Ihr?«
»Pfui, das wißt Ihr doch! Soll ich Euch meinen Text nachplappern wie ein Schulknabe? Zum Teufel mit Euren Narreteien, Madame: ich habe Toinon nicht gefickt, ich schwöre es bei meinem Seelenheil! So, seid Ihr nun zufrieden?«

Ohne zu antworten, trat sie auf ihn zu, wieder ganz sanft geworden, aber durchaus nicht so reuig, wie mein Vater es gern gesehen hätte, erhob sich auf die Zehenspitzen und küßte ihn auf beide Wangen. Ohne meine Anwesenheit hätte sie mehr getan, das wette ich, so großen Appetit hatte sie auf ihn, den sie bis zur Narrheit liebte und der auch sie liebte, aber nicht ohne Vorbehalte, wie ich später begriff, denn dieses tyrannische Band bedrückte ihn auch. Er erwiderte ihre Küsse nicht sofort, so verärgert war er noch immer, und als er es endlich tat, blieb er aufrecht stehen, so daß sie sich recken mußte, um an seine Wange zu reichen.

Mit welcher Klarheit hat dieses Bild meines Vaters sich meinem Gedächtnis eingeprägt! Was für ein schönes Mannsbild er war: Der Wuchs wohlgeraten, die Gliedmaßen fein, aber muskulös, behende und anmutig in seinen Bewegungen, der Kopf aufrecht auf den Schultern, die Augen klug, die Haare leicht ergraut an den Schläfen – und nach der neuen Mode, anders als in seiner Jugend, trug er den Schnurrbart schneidig gezwirbelt, eine Kinnfliege, den Bart auf den Umriß des Kinns begrenzt, alles übrige glatt rasiert. Seine Miene war zugleich von Mut und Besonnenheit geprägt, er sprach mühelos, aber mit Bedacht, das Blau seiner Augen war bald zärtlich, bald belustigt, bald gereizt, aber niemals stumpf; eine Haltung hatte er, die kein Dünkel beeindrucken konnte, die aber selbst ohne Dünkel war. Er war freundlich zu jedermann, besonders zu den kleinen Leuten, und höflich zu den Damen, gewandt im höfischen Umgang, aber ohne Kriecherei, liebenswürdig mit einem Wort, wie man es nur im Périgord sein kann, von wo er stammte; und als letztes sei gesagt, was in meinen Augen nicht zu seinen geringsten Vorzügen zählte, er war stets mit der größten Sorgfalt gekleidet, aber in dunklen Tönen, und als dann jene Mode aufkam, trug er als erster die großen Spitzenkragen, die den Hals freiließen, anstatt der Halskrause, die ihn einzwängte – »eine italienische Erfindung«, wie er sagte, »und eine der dümmsten.«

Also betrachtete ich in meiner jugendlichen Bewunderung diesen Ausbund aller männlichen Tugenden, wie er Ihre kindische Hoheit umarmte, die so liebreizend war in ihrer Unbefangenheit und so schwierig in ihren Launen. Ich war glücklich, Toinon behalten zu dürfen und zu sehen, daß die beiden sich geeinigt hatten. Aber ach, es war ein kurzer Frieden! Im nächsten Augenblick machte die Herzogin eine Bemerkung, die sie für versöhnlich hielt, und es war mit der Windstille vorbei.

»Wißt Ihr«, sagte sie, »welche große Neuigkeit ich dem da verkünden wollte, als ich ihn mit der Schnepfe überraschte? Ich habe den König gebeten, meinen Patensohn als Pagen zu nehmen, und da ich sicherlich seine liebste Cousine bin, hat er es mir nicht abgeschlagen. Denkt Euch, es ist ausgemacht, Pierre tritt am Montag seinen Dienst beim König an!«

Bei diesen Worten ließ mein Vater die Herzogin los, wich einen Schritt zurück, seine Kiefer knirschten, sein Auge funkelte, und er brach in einen fürchterlichen Zorn gegen sie aus.

»Ihr seid doch eine Törin, Madame, eine Törin! Und, was noch schlimmer ist, Ihr ändert Euch nicht! Wer hat Euch gebeten, den König um so etwas zu bitten? Was maßt Ihr Euch an? Habe ich Euch irgend etwas dergleichen nahegelegt? Müßt Ihr denn immer drauflos wie eine dumme Fliege? Glaubt Ihr, mein Sohn gehöre Euch, daß Ihr über seine Zukunft entscheidet, ohne mich auch nur zu fragen? Seht Ihr nicht, daß Ihr mich durch Eure unsinnige Initiative in die Lage bringt, mich mit Seiner Majestät zu überwerfen?«

»Wieso, überwerfen?« sagte meine arme Patin erblassend. »Einen Sohn als Pagen beim König zu haben, einen Sohn, der Zutritt im Louvre und täglichen Umgang mit der königlichen Person hat, ist das nicht der Traum einer jeden Adelsfamilie in diesem Land?«

»Aber nicht der meine, Madame! Wahrlich nicht! Ihr hättet es von mir erfahren, wenn Ihr geruht hättet, mit mir zu sprechen, bevor Ihr Euch in dieses Abenteuer stürztet. Page im Louvre, das ist für mich allerdings eine Schule des Müßiggangs und der Ausschweifung; bestenfalls kann er Vertrauter sein, schlimmstenfalls ein kleiner Lakai, ein Laufbursche, Kuppler und manchmal sogar Lustknabe! Nun gut, bei dem regierenden König besteht die Gefahr nicht, das gebe ich zu. Trotzdem ist das kein Stand, in dem ich meinen Sohn sehen will.«

»Und wo wollt Ihr ihn dann sehen, Monsieur«, versetzte sie ganz entrüstet, »der Ihr so hochfahrend zu mir sprecht?«

»Bei seinen Studien, damit er nicht, wie so viele Große, die ich aufzählen könnte, ein ungebildeter Pinsel bleibt.«

»Wozu hat er dieses ganze elende Pedantenwissen nötig, wenn er mein Patensohn ist? Wieso muß er Latein lernen? Soll er in Mitra und Hirtenstab wandeln? Und wozu muß er sich den Kopf über Mathematik zerbrechen? Wollt Ihr ihn zum Kaufmann machen? Und was nützt ihm das ganze Englisch und Italienisch, mit dem diese kleine Pute ihm den Kopf vollstopft? Soll er der schäbige kleine Dolmetsch eines Gesandten werden? Ist das der große Ehrgeiz, Monsieur, den Ihr für meinen Patensohn hegt?«

»Verflixt, Madame, Ihr könnt es nicht lassen! Eure falschen Vorstellungen sind wie Quecken, man reißt eine aus, und zehn neue wachsen nach.«

»Weil ich es einfach satt habe, wie unerbittlich Ihr auf dieser Paukerei besteht! Bücher, Bücher, immer nur Bücher! Um es einmal mit aller Deutlichkeit zu sagen, Monsieur, das riecht mir sehr nach dem Hugenotten, da könnt Ihr noch so fest behaupten, Ihr wäret bekehrt. Man sagt ja nicht umsonst: ›Das Faß stinkt immer nach dem Hering.‹«

»Madame«, sagte mein Vater, bleich vor Zorn, »das ist ein schändliches Wort! Wenn dieses Faß hier nach Hering stinkt, kann ich Euch nur den Rat geben: hütet Euch künftighin, ihm nahe zukommen.«

Hiermit kehrte er ihr den Rücken und begann mit verschränkten Armen durch den Raum auf und ab zu schreiten, ohne sie auch nur eines Blickes zu würdigen. Ich fand, es war eine Grausamkeit, einer liebenden Frau so etwas zu sagen. Die Ärmste sah ganz verstört aus, als traue sie ihren Ohren nicht und schwanke ratlos zwischen Stolz und Tränen.

Als mein Vater in seinem Auf und Ab uns einmal den Rücken zuwandte, flüsterte ich meiner Patin ins Ohr: »Gebt nach, Madame, gebt nach!«

Sie gab nach, in ihrer Einfalt aber auf eine Weise, die sich als schlimmer erwies als ihre Auflehnung.

»Gut denn, Monsieur«, sagte sie, »wir wollen nicht mehr zanken, und obwohl ich mir sicher bin, daß ich recht habe, muß ich die Waffen strecken, Ihr seid ein zu großer Tyrann. Gleich morgen gehe ich zu Seiner Majestät und sage, daß Ihr die gewährte Gunst nicht wollt.«

»Beim Himmel, Madame!« brüllte mein Vater, indem er die Hände hilfeheischend zum Himmel streckte, »tut das ja nicht! Wollt Ihr meinem Sohn und mir den Haß des Königs zuziehen? Ihr kennt doch seine Launen und seinen Zorn, so gütig er auch von Herzensgrund ist. Madame, ich bitte Euch, laßt ein für allemal die Finger davon! Ihr habt genug angerichtet. Laßt mich den Knoten allein entwirren und die beste Lösung suchen.«

»Bin ich denn so ungelenk, daß ich vor dem König nicht die richtigen Worte finden würde?«

»Nein, Madame«, sagte mein Vater, allmählich ruhiger, »Ihr seid nicht ungelenk. Ihr seid schlimmer: unüberlegt. Und weil wir schon dabei sind, uns die einfachsten Sachen beeiden zu lassen, schwört, ich bitte Euch, schwört mir, daß Ihr Seiner Majestät kein Wort davon sagt oder daß Ihr am besten seine Nähe meidet, so lange ich die Geschichte nicht mit ihm geklärt habe.«

»Ich schwöre es, Monsieur«, sagte sie, indem sie ihre blauen Augen in einer Weise auf ihn richtete, die trefflich zeigte, daß sie, wenn sie ihren Rang vergaß, meinen Vater sehr wohl zu nehmen wußte.

Hierauf trat ein kleines Schweigen ein, die Blicke begegneten sich, was die Dinge meines Erachtens beilegte, gleichwohl ging das Streiten weiter, aber in einem Ton, der erraten ließ, daß es nur mehr um den Ehrenpunkt und darum ging, dem anderen nicht zu schnell nachzugeben.

»So, so, Madame«, sagte mein Vater mit gerunzelten Brauen, aber schon halb schmunzelnd, »ich bin in Euren Augen also ein großer Tyrann? Ihr schont mich nicht gerade, finde ich.«

»Und ich, Monsieur, wäre nach Euren Worten eine dumme Fliege?«

»Habe ich dumme Fliege gesagt?« fragte meine Vater, eine Braue hebend.

»Gewiß.«

»Dann bitte ich um Vergebung. Mit Rücksicht auf Euer reizendes Geschlecht sollte es Biene heißen. Und um eine so hübsche blonde Biene wie Euch wiederzufinden«, sagte mein Vater in einem zugleich spöttischen und galanten Ton, »würde ich mich in den brausendsten Bienenkorb stürzen.«

»Ich weiß nur nicht, ob ich eine Biene sein möchte«, sagte die Herzogin. »Eine Biene sticht und stirbt.«

»Das ist der Unterschied, Madame: Ihr stecht, aber Ihr sterbt nicht.«

»Wie?« sagte sie mit der drolligsten Miene, »Ihr findet, ich steche?«

»Achtet nur, daß Euer Stachel sich nicht verirrt!« sagte mein Vater, der *giochi di parole*[1] fast ebenso liebte wie Monsieur de La Surie.

»Wann denn? Wie denn?«

»Nun«, sagte mein Vater und zog heftig die Luft um sich ein, »mir scheint, daß es hier nach Faß stinkt.«

»Oh, wie könnt Ihr so boshaft sein!« sagte sie, indem sie ihm einen kleinen Klaps auf die Finger gab, der eher einer Liebkosung glich. »Seit den zwölf Jahren, die ich Euch kenne ...«

»Dreizehn«, sagte mein Vater mit einem Blick auf mich.

»Seitdem jedenfalls habe ich diesen Scherz mehr als zehnmal gemacht.«

»Vielleicht war es einmal zuviel. Oder die Würze stimmte nicht.«

---

1 (ital.) Wortspiele.

»Wieso?«

»Zuviel Essig, zuwenig Öl.«

»Was kann ich tun, damit das Verhältnis besser wird?« sagte meine Patin mit einem entzückenden Glanz in den Augen.

»Würde ein Lächeln genügen?«

»Zu schwach als Gewürz. Ein bißchen mehr Körper müßte es haben ...«

Hierauf mußte die Herzogin lachen, und da ich ja sah, worauf die Neckerei hinauslief, machte ich mich lautlos davon, und ich tat gut daran, denn ich war noch keine zehn Schritte weit auf dem Gang zur Wendeltreppe, als ich den Riegel meiner Kammertür knirschen hörte, den ich eine halbe Stunde früher klüglich selbst hätte vorschieben sollen.

Auf der ersten Stufe der Wendeltreppe fand ich meine Toinon sitzen, nur daß ich sie im Dunkeln zuerst nicht gesehen hatte und an ihr vorbeigehen wollte, da aber faßte sie mich bei der Hand und zog mich zu sich herunter.

»Wie, Toinon?« sagte ich vergnügt, »horchst du an Türen?«

»Muß ich doch«, sagte sie karg. »Es ging schließlich um mich.«

»Du darfst bleiben, weißt du das?«

»Weiß ich«, sagte sie, »und ich bin froh. Ich fühl mich wohl hier. Wenig zu tun und nichts wie Spaß. Ach, ich war auch nicht so besorgt.«

Im Erdgeschoß wurde eine Tür geöffnet, und Licht fiel auf Toinons Gesicht. Sie kam mir nach ihrem großen Duell mit der Herzogin keineswegs zerstört vor. Ich bewunderte sie für ihren Mut, aber den Grund dafür begriff ich erst viel später: sie besaß ein unbesiegliches Vertrauen in ihre Schönheit.

»Vor zehn Minuten«, sagte sie mit einem kleinen Lächeln, »da dachte man noch, sie schlagen sich gegenseitig tot, und jetzt, siehst du, sind sie dabei und lecken sich den Rotz ab. Aber so geht es in der Welt.«

»Jedenfalls«, sagte ich, »ändert sich nichts. Du bleibst im Haus, und ich bleibe bei meinen Büchern. Die große Neuigkeit ist begraben. Gott sei Dank, brauche ich nie Page des Königs zu werden!«

»Wart's ab!« sagte Toinon.

»Was soll das heißen: ›wart's ab‹?«

»Ich hab da meine Zweifel.«

Da ich nichts darauf zu erwidern wußte, hielt ich mich an ihren Ausdruck.

»Habe ich meinen Zweifel.«

»Entschuldigung, Monsieur, aber bei Monsieur de Bassompierre sagt man, habe ich meine Zweifel.«

»Und woher weißt du, daß er recht hat und nicht ich?« fragte ich ein bißchen eifersüchtig.

»Oh, Monsieur! Das ist bestimmt richtig: wo Ihr ein Buch habt, da hat er hundert!«

ZWEITES KAPITEL

Sobald Madame de Guise das Haus verlassen hatte, mußte ich meinem Vater wahrheitsgemäß und vollständig berichten, welche Worte gefallen waren, bevor er kam. Sogleich ließ er Toinon rufen, tadelte sie streng für ihre Dreistigkeit, die sie mit Rücksicht auf den Rang Ihrer Hoheit auch unter Beschimpfungen hätte zügeln müssen. Er verzieh ihr für diesmal, doch sollte sie sich derlei kein zweites Mal erlauben und sich vor allem hüten, darüber mit Mariette oder sonstwem zu schwatzen, wenn sie nicht auf der Stelle fortgejagt werden wollte.

Toinon war ganz Unterwerfung, senkte die Augen, weinte und versprach sich zu bessern, was meinen Vater völlig besänftigte, für mich aber weniger überzeugend war. Wie ich die Schelmin mittlerweile kannte, gratulierte sie sich insgeheim, daß sie jeden Schlag meiner armen Patin pariert hatte.

Mein Vater zog die Geschichte ins Spaßige, als er sie Monsieur de La Surie in der Bibliothek vortrug, wo er sich gerne nach der Abendmahlzeit mit dem Chevalier und mir zurückzuziehen pflegte, die Ereignisse des Tages zu besprechen und auszuwerten. Der Chevalier lauschte ihm bald bekümmert, bald belustigt, und als mein Vater verstummte, blickte er ihn eine Zeitlang schweigend aus seinen zweifarbigen Augen an und fragte ernst, ob er seine Meinung zu diesem Streit hören wolle.

»Genau das will ich«, sagte mein Vater.

»Schön«, sagte der Chevalier, »es gibt zweierlei. Zum einen meine ich, Ihr hättet Toinon entlassen sollen, da ihre Unverschämtheit das Maß überschritt.«

»Es wäre sicher das Richtige gewesen«, sagte mein Vater, »da aber die Herzogin dies ohne meine Zustimmung verfügt hatte, durfte ich mich ihrer Entscheidung nicht unterwerfen, ohne einen gefährlichen Präzedenzfall zu schaffen.«

»Vielleicht hat Euer Ehrgefühl diese Gefahr übertrieben«, sagte La Surie mit einem Lächeln. »In all den Jahren, die Ihr mit der Herzogin befreundet seid, scheint mir, daß eher sie sich Euch unterworfen hat, als umgekehrt ... Wollt Ihr meine zweite Bemerkung hören?«

»Gern.«

»Nach Eurer Erzählung zu urteilen, seid Ihr Madame de Guise ein bißchen sehr rauh begegnet.«

Mein Vater warf mir einen raschen Blick zu, dann wandte er den Kopf ab und blieb schweigsam.

»Nun, es geht mich ja nichts an«, sagte La Surie nach einer Weile.

»Miroul«, sagte mein Vater und wechselte vom »Ihr« zum »du«, indem er den Chevalier bei seinem früheren Namen nannte, bevor er geadelt wurde, »du weißt, mir liegt viel an deiner Meinung, weil ich deiner Weisheit vertraue. Hast du vielleicht eine Idee, wie ich dem König, ohne ihn zu verärgern, beibringen kann, daß ich nicht den geringsten Wert darauf lege, daß Pierre sein Page wird?«

Es entging mir nicht, daß mein Vater auf die Bemerkung des Chevaliers über Madame de Guise nicht eingegangen war und daß er sich durch sein »du« und sein »Miroul« wohl Vergebung für dieses Schweigen erbat. Der Chevalier verstand es auch so, denn über sein feines, kantiges Gesicht flog ein Lächeln, und sein braunes Auge leuchtete, während sein blaues Auge ungerührt blieb. So lange er bei uns lebte – und das, Gott sei Dank, so lange, bis er meinem Vater wenig später ins Grab folgte –, habe ich diesen Ausdruck Tausende Male im Gesicht des Chevaliers gesehen. Und er hat mich stets gerührt, auch wenn ich noch zu jung war, um in Worte zu fassen, was er besagte: eine grenzenlose Liebe zu meinem Vater, die seine kleinen Winkelzüge amüsiert betrachtete.

»Schön«, sagte der Chevalier nach einiger Überlegung, »Ihr kennt den König. Er hat viel Humor, ist klug, schnell entschlossen, erzählt lebhaft und gut, er liebt geistvolle Einfälle, verabscheut langes Gerede: also berichtet ihm bündig und mit Witz, was sich zutrug, nachdem die Herzogin Pierre und Toinon überrascht hatte.«

»Um Himmels willen!« rief ich aus.

Und mein Vater lachte.

»Da seht Ihr's!« fuhr der Chevalier fort, »der König wird ebenso lachen und vor Lachen nicht daran denken, Eure Weigerung übelzunehmen. Außerdem, da auch er, wie die

Herzogin sagt, ›ein Faß ist, das nach dem Hering stinkt‹, wird er Eure hugenottische Sorge um die Erziehung Eures Sohnes bestens begreifen.«

»Ein guter Gedanke«, sagte mein Vater. »Ich hoffe, Seine Majestät übermorgen zu sehen, und wenn ich ihn dann allein sprechen kann, werde ich ihm die Sache so erzählen, wie Ihr gesagt habt. Und hierüber«, fügte er hinzu, indem er aufstand, »will ich jetzt in aller Muße in meinem Bett nachdenken.«

»Denkt auch daran«, sagte La Surie, »daß Ihr der Herzogin ein schönes Geschenk macht ...«

»Wie?« sagte mein Vater mit gespielter Entrüstung, »Ihr, mein Herr Chevalier, wollt mich zu üppigen Ausgaben verleiten? Wo Ihr mit meinen Finanzen sonst so sparsam seid und jeden überflüssigen Luxus ächtet!«

»Im antiken Griechenland«, sagte der Chevalier, »beeilte sich ein jeder, der eine Göttin auch nur im mindesten gekränkt hatte, ihr ein Opfer zu Füßen zu legen.«

»Das ist ja hübsch! Aber wofür, zum Teufel, sollte ich um Verzeihung bitten, etwa dafür daß ich recht hatte?«

»Genau das«, sagte der Chevalier. »Es ist ein großes Unrecht, gegen einen Freund recht zu behalten, viel mehr aber noch gegen eine Geliebte.«

»Dann müßt Ihr mir auch ein Geschenk machen«, sagte mein Vater lachend.

Und nachdem er ihn herzlich umarmt hatte, legte er mir einen Arm um die Schultern und begleitete mich zu meiner Kammer, die neben der seinen lag.

Am Tag nach seinem Streit mit der Herzogin erfuhr mein Vater im Louvre, daß Sully den König am Donnerstag morgen beim Lever allein sprechen sollte, und so bat er diesen, ihn begleiten zu dürfen. Wie er mir sagte, hatte er sich zu diesem Schritt nicht ohne Widerstreben entschlossen. Er hatte den Herzog von Sully sehr gut zu einer Zeit gekannt, als dieser weder Herzog noch Sully war. Damals hieß er schlicht Rosny wie sein Vater, ein hugenottischer Edelmann guter, aber unbedeutender Herkunft. Durch seine Tapferkeit, seine Königstreue und seine Talente in der Finanzverwaltung hatte Sully seine Beförderung unbedingt verdient. Doch hatte er sich überall verhaßt gemacht durch sein anmaßendes Gebaren. Nicht allein, daß er ewig seine Tugenden herausstrich und sich mit seinen Verdiensten brüstete, die ja groß waren – er legte sich auch noch die von anderen bei. Und er hatte eine seltsame Manie: er beleidigte gern. Selbstverständlich erhielt er als Oberintendant der Finanzen zahlreiche Gesuche, die meistens ungegründet waren. Es genügte ihm aber nicht, sie abzulehnen. Er formulierte seine Ablehnung mit einer gewissen Geringschätzung, und je höher der Rang des Bittstellers im Staate war, mit desto mehr Schärfe wurde er beschieden. Es sah aus, als nähre sich sein Ruhm von einer Verachtung anderer, die er auch den Größten bezeigte. Diese Unhöflichkeit war ihm auf die Dauer zur zweiten Natur geworden. Sogar Ihre Majestäten waren vor seinen Ruppigkeiten nicht sicher. Er tadelte die Königin für ihre Unbedachtheiten. Er warf dem König seine Mätressen vor. Und Seine Majestät wurde dies zuletzt in einem Maße leid, daß er kurz vor seinem Tod daran dachte, ihn abzusetzen. Allerdings gab es dafür noch einen anderen Grund. Der König wußte sehr wohl, daß dieser große Moralapostel nicht nur die Staatskasse aufs beste gefüllt, sondern auch seine eigene Kasse trefflich versehen hatte. Natürlich war dies bei einem Oberfinanzverwalter kein Wunder. Aber es ärgerte den König, daß eine solche Habgier sich mit einer so strengen Tugend bemäntelte.

Nun muß man sagen, daß Sully sich so anmaßend in erster Linie gegen Leute betrug, die von Rang oder Geblüt her über ihm standen. Meinem Vater, den er für zu klein hielt, um ihm übelzuwollen, zeigte er sich freundlich, und er willigte ein, daß dieser ihn am Donnerstag früh, um sieben Uhr, zum König begleite, denn donnerstags war immer Staatsrat, und der König bemühte sich, an diesem Tag zeitig aufzustehen.

Selbstverständlich hatte Sully Zutritt zum königlichen Schlafgemach. Auf dem Weg dorthin mußte er den unten liegenden Saal der Schweizer durchqueren (wo es nach Schweiß und Leder stank, wie mein Vater sagte) und dann die »kleine Treppe des Königs« erklimmen, eine sehr steile, aber günstig gelegene, geheime Wendeltreppe, über welche der König meistens den Louvre verließ.

Die Vorhänge des königlichen Betthimmels waren noch fest geschlossen, und obwohl Sully und mein Vater sich ihm nicht geräuschlos näherten, gab das königliche Paar kein Lebenszeichen von sich. Sully, der bei all seiner Hoffart doch die

Formen wahrte und sich nicht einmal erlaubt hätte zu husten, bevor nicht der König das Wort an ihn gerichtet hatte, begann nun, vor den geschlossenen Vorhängen tiefe Reverenzen zu machen, was mein Vater ihm sogleich nachtat, wobei er bemerkte, daß Sully ein steifes Rückgrat hatte, daß seine Gelenke knackten und daß seine Verbeugungen nicht allzu italienisch waren. Mein Vater mit seinem ausgeprägten Sinn für das Komische fand es im stillen unsäglich, sich derweise vor jemandem zu verneigen, der es gar nicht sehen konnte. Mit all ihren stummen Kniebeugen jedoch erweckten sie schließlich die Aufmerksamkeit des Schläfers, sei es, daß er schon halb wach war, sei es, daß er im Halbschlaf Sullys Gelenke hatte krachen hören oder aber seinen Atem wahrgenommen hatte, denn er schnaufte wie ein Blasebalg.

»Was ist? Was ist?« erklang eine heisere Frage.

»Sire«, antwortete Sully, indem er sich mit einer gewissen Feierlichkeit aufrichtete, »Euer Oberfinanzverwalter ist da.«

»Ach, du, Rosny!« sagte der König.

Und er öffnete den Vorhang auf der Besucherseite. Er hatte sich aufgesetzt, sein Oberkörper war nackt. In all den Jahren, da Henri Krieg führte, um sein Königreich zurückzuerobern, und für gewöhnlich wie »eine Schildkröte im Panzer« steckte, hatte mein Vater ihn an die hundertmal nach dem Kampf in gleicher Blöße gesehen. An diesem Tag aber fiel seinem Medizinerauge auf, wie mager der König war. Gewiß war er muskulös, aber sein dürrer Oberkörper glich einem knotigen Weinstock. Auch das Gesicht war gealtert, die Haare ergraut, die Haut trocken, und die lange Bourbonennase ragte noch länger aus den eingefallenen Wangen. Nur die Augen wirkten jung, klug, lebendig, voller Geist, und ihr Ausdruck, der von einer Sekunde zur anderen wechselte, war bald verschmitzt, bald spöttisch, bald gerührt; doch so fröhlich diese Augen auch blicken mochten, sie trugen die Zeichen von Traurigkeit und Ermüdung. Trotzdem, dachte mein Vater, hat er eine Konstitution, daß er hundert Jahre alt werden könnte, wenn er nur nicht alles bis zum Exzeß treiben würde: Trinken, Essen, Arbeit, Spiel und Hurerei.

»Ach, du bist ja nicht allein! Und wenn mich nicht alles täuscht, ist das mein alter *Vollbart* ...«

»Ja, Sire«, sagte mein Vater, »es ist Siorac.«

Wem hätte ein solcher Empfang nicht geschmeichelt? Der König nannte meinen Vater »Vollbart«, weil er ihn seinerzeit so getauft hatte, als er in der Verkleidung eines Tuchhändlers, und tatsächlich durch einen Vollbart getarnt, im aufständischen Paris für Seine Majestät eine Reihe gefahrvoller Aufträge ausgeführt hatte. Henri pflegte seine alten Gefährten stets auf die Weise auszuzeichnen: so zornig er manchmal auf Sully auch war, er nannte ihn immer Rosny und duzte ihn.

»Und was willst du, Vollbart?«

»Sire«, sagte mein Vater, indem er das Knie beugte, »ich habe Euch ein Ersuchen vorzutragen.«

»Ist im voraus gewährt«, sagte Henri und lachte, »falls es weder um Geld noch um einen Gouverneursposten geht ...«

»Es geht weder um dies noch um jenes.«

»Zum Glück! Und du, Rosny, was willst du zu so früher Stunde?«

»Sire, ich bringe Ihrer Gnädigsten Majestät der Königin die zweihundert Ecus, die Eure Majestät gestern für sie bei mir anforderten.«

»Zweihundert?« fragte der König, die Brauen runzelnd.

»Es ist erst ein Vorschuß, Sire. Meine Kommis werden ihr den Rest noch heute Vormittag überbringen. Sire, darf ich sie Ihrer Gnädigsten Majestät persönlich geben?«

»Gnädigst?« sagte der König, »zu mir ist sie es jedenfalls nicht. Sie hat mich die ganze Nacht nur gequält.«

»Madame«, sagte Sully und tat, als habe er nichts gehört, »hier ist ein Vorschuß auf die Summe, die Seine Majestät für Euch befohlen hatte.«

Aber der abgewandte Rücken auf der anderen Bettseite rührte sich keinen Deut.

»Sire, schläft die Königin?« fragte Sully mit gedämpfter Stimme.

»Ihre Gnädigste Majestät schläft nicht«, sagte der König. »So gnädigst sie auch ist, sie schmollt. Gib mir die Ecus, Rosny: ich überreiche sie ihr bei ihrem ersten Lächeln.«

»Kommt nicht in Frrage«, ließ sich Maria de Medici nun vernehmen.

Und ohne sich völlig umzudrehen, streckte sie ihren langen Arm über Seine Majestät hinweg und ergriff den Beutel mit den Ecus.

»Das fehlte noch«, sagte sie in hochfahrendem Ton, »daß Ihrr die gleich mit Bassompierrre verrspielt!«

»Madame«, sagte Sully, »wenn der König mit Monsieur de Bassompierre spielt, gewinnt er immer.«

»Ein Beweis«, sagte Henri, »daß der Deutsche ein guter Untertan des Königs von Frankreich ist.«

»Mein Gott, was werrde ich darrüber strreiten!« sagte die Königin. »Ich bin müde. Ich gehe in mein Kabinett.«

Und den Beutel mit den Ecus in der Hand, erhob sie sich aus dem Bett und verschwand durch eine kleine Tür.

»Herr Vater«, sagte ich, als mein Vater La Surie und mir die Geschichte erzählte, »wie sah Ihre Majestät die Königin im Nachtgewand aus?«

»Groß und fett.«

»Na«, meinte La Surie, »dann hat der König ja Abwechslung von der mageren Verneuil.«

Der König, fuhr mein Vater in seiner Erzählung fort, stieß einen schweren Seufzer aus.

»Rosny«, sagte er, als die Königin fort war, »errinnerst du dich an den Bibelsatz: eine zänkische Frau ist wie ein langer Regentag?«

»Sire«, sagte Sully ohne jeden Humor, »die Königin hat vielleicht gute Gründe, mit Eurer Majestät zu zanken.«

»Rosny«, sagte der König, die Brauen runzelnd, »deine Moral ist früh aufgestanden. Halt sie dir für den Staatsrat warm. Wir werden sie brauchen. Und du, Vollbart«, fragte er mich, wieder in munterem Ton, »was hast du auf dem Herzen?«

»Es ist eher ein Bericht als ein Ersuchen, Sire«, sagte mein Vater.

»Gut, dann erzähl mir deine Geschichte«, sagte der König. »Aber mach sie lustig! Ich habe heut nacht und heut morgen mein Quantum Ärger gehabt.«

Mein Vater hatte seinen Bericht gut gefeilt. Er gab ihn lebendig, knapp und spaßig. Mehr noch, er mimte ihn, indem er mit wechselnden Stimmen bald Toinon, bald die Herzogin nachahmte. Der König lachte schallend, und als mein Vater zum Schluß mit seiner Bitte herauskam, war die Partie gewonnen: in der Vergoldung wurde die Pille geschluckt.

»Gut, Vollbart!« sagte der König mit gewohnter Fröhlichkeit, »es soll nicht heißen, daß ich einen so lernbeflissenen Patensohn seinen Studien entreiße. Übrigens ist es in meinem Interesse. Je mehr er lernt, desto besser dient er mir später! Und was meine gute Cousine von Guise angeht, wollte Gott, sie wäre die einzige intime Freundin der Königin, an Stelle dieser Leonora Galigai, ihrer Busenfreundin! Weißt du, wo die Ecus hingehen, die sie mir eben aus der Hand gerissen hat? Geradewegs in den Schoß dieser Jungfer Habenichts, dieser verdammten Florentinerin, die häßlich ist wie eine Krähe, der stopft die Königin die Taschen, während sie die höchstgeborenen Edelleute meines Hofes vor den Kopf stößt! Aber genug davon! Gegenüber meiner teuren Guise jedenfalls werde ich stumm bleiben wie ein Grab, was ihre kleinen Torheiten betrifft, die du mir erzählt hast. Ich mag sie trotzdem gern. Sie ist geradezu, das gefällt mir an ihr. Vollbart, du wirst ihr, um sie darüber zu trösten, daß ihr Patensohn nicht mein Page wird, von mir diesen kleinen goldenen Rosenkranz bringen. Ich hab ihn auf dem Jahrmarkt in Saint-Germain für die Comtesse de Moret gekauft. Aber sie wollte ihn nicht: ›Sire‹, sagte sie, ›verzeiht, wie könnte ich diesen Rosenkranz abbeten, ohne an den hochedlen Spender und an die Sünde zu denken, zu der er mir die süße Veranlassung ist: Gedanken, die sich zu sehr widersprechen, um mich glücklich zu machen.‹ Was meinst du, Vollbart, ist sie nicht ein geistreicher Engel?«

»Gewiß«, sagte mein Vater, »die Comtesse de Moret ist wunderschön und sehr geistreich.«

»Wie galant!« sagte La Surie, als mein Vater uns dies erzählte. »Wenigstens habt Ihr sie nicht auch noch Engel genannt. Ihr wißt, daß die Moret über Gold die Nase rümpft: sie liebt nur Diamanten.«

»Das wußte ich nicht, aber ich ahnte es«, sagte mein Vater. »Ein so großer Politiker der König auch ist, was seine Mätressen angeht, ist er naiv. Er frißt ihnen aus der Hand.«

* * *

Madame de Guise hegte große Bewunderung für eine uralte, sehr eigentümliche goldene Medaille mit einem Marienbild, die mein Vater um den Hals trug und die er von seiner Mutter, Isabelle de Caumont, auf dem Sterbebett erhalten hatte gegen den Schwur, sie niemals abzulegen. Ein Gelöbnis, das mein Vater, wiewohl er damals Hugenotte war, auch treulich einhielt, was für ihn aber merkwürdige Folgen hatte: das Bild der Jungfrau auf seiner Brust hätte ihn während der Michelade von Nîmes ums Haar das Leben gekostet, weil die Hugenotten ihn für einen Katholiken hielten. Hinwiederum rettete sie ihm das Leben in der Bartholomäusnacht, denn die Katholiken, die ihn verfolgten, sahen darin den Beweis, daß er zu ihnen gehörte: eine traurige Epoche, da die Fanatiker beider Fronten nur daran dachten, sich gegenseitig totzuschlagen.

Als mein Vater Madame de Guise nun den goldenen Rosenkranz von König Henri überbrachte, den sie, anders als die Comtesse de Moret, mit Freude empfing, merkte mein Vater durchaus, daß das Geschenk des Königs ihn nicht von einem eigenen entband, zu dem der Chevalier ihm geraten hatte. So ließ er denn von einem jüdischen Goldschmied eine genaue Kopie des Erbstückes seiner Mutter anfertigen. Für ihn war dies ein Zeichen seiner unwandelbaren Zuneigung. Madame de Guise in ihrem romantischen Sinn indessen nahm es für eine Art Symbol. Sie fühlte sich überglücklich, daß sie ihren hübschen Hals mit der gleichen Medaille schmücken konnte, wie ihr Geliebter eine trug, und sah darin, wie sie ihm schwärmerisch gestand, »das Unterpfand ewiger Liebe«.

* * *

Das Jahr 1607 brachte Madame de Guise ein Ereignis, das für ihr Leben ziemlich bedeutungsvoll war, und mir eine Begegnung, die ich zunächst für unerheblich hielt, die sich aber so folgenreich erwies, daß ich sie schließlich als eine Wende meines Daseins betrachtete.

Es war Mitte Juni, glaube ich, als *L'Astrée* erschien, der berühmte Liebesroman von Honoré d'Urfé. Die Druckerfarbe war auf den Seiten kaum getrocknet, als viele schöne Wangen sich schon mit Tränen netzten, zumindest bei jenen unserer hohen Damen, die lesen konnten. Leider lag für meine Patin da der Hase im Pfeffer! Denn sie kam übers Buchstabieren kaum hinaus. Da sie nun aber hörte, in welche Rührung so viele ihrer Freundinnen durch die Lektüre dieses erhabenen Buches gerieten, engagierte sie unverzüglich eine edle Jungfer, allabendlich den anmutigen und gefühlvollen Wechselreden, deren diese Erzählung übervoll ist, ihre Stimme zu leihen. So kam es, daß sie des abends in Entzückungen einschlief und anderntags meinem Vater vorwarf, sie nicht ebenso zu lieben wie der Schäfer Céladon, der die Schäferin Astrée anbetete, obwohl er von ihr so viele Abfuhren zu erleiden hatte.

»Das kommt«, erwiderte mein Vater, »weil ich ein besserer Schäfer bin als Céladon. Anstatt zu Füßen einer undankbaren Schönen zu seufzen, pflege ich meine Schäfchen ...«

»Ach, Ihr seid nicht liebenswert!« sagte die Herzogin, »es macht ja keinen Spaß, Euch grausam zu kommen: Ihr lacht nur!«

Der Juli, der dem Erscheinen von *L'Astrée* folgte, war so außergewöhnlich trocken und heiß, daß ganz Paris über die stehende Luft und den Gestank in den Gassen und Straßen stöhnte. Da Monsier de Bassompierre nun hörte, daß mein Vater sich nach dem Schloß von Saint-Germain-en-Laye begeben wollte, um sich mit Doktor Héroard zu besprechen, und weil er selbst Monsieur de Mansan besuchen wollte, schlug er vor, die Fahrt gemeinsam in seiner Galiote auf der Seine stromab zu machen und sich der Frische des Wassers zu erfreuen.

Wegen der großen Mäander, welche die Seine westlich von Paris beschreibt, versprach die Reise recht lang zu werden, und so wurde vereinbart, sich vor Tagesanbruch im Hafen Port-au-Foin, gleich am Louvre, einzuschiffen, die Kutschen aber vorauszuschicken, damit sie uns am Fuße des Hügels von Saint-Germain erwarteten, weil wir derweise den steilen Hang zum Schloß bequemer erklimmen könnten, um anschließend nicht zu Wasser, sondern in ebendiesen Karossen zurückzukehren. Denn es war natürlich eines, von Paris nach Saint-Germain unter Beihilfe der Ruder und gegebenenfalls auch der Segel mit der Strömung zu fahren, und ein ganz anderes, von Saint-Germain nach Paris gegen den Strom zu steuern, eine Unternehmung, die endlos lange dauern würde.

Bassompierre empfahl meinem Vater, sich für die Reise mit Musketen wohl zu versehen und sich von Chevalier de La Surie und unseren beiden Soldaten begleiten zu lassen, doch käme auch er mit starkem Schutz. Denn nach der ersten Schleife der Seine, bevor man die große Insel La Jatte erreichte, konnte die Galiote von schwerbewaffneten Flußpiraten angesteuert werden, derer man sich nur durch ein scharfes Musketenfeuer sowie durch rasche Manöver erwehren könnte. Aus dem Grunde hatte Bassompierre, da er den durchweg verrufenen Seineschiffern nicht traute, nur deutsche Schiffer in Dienst genommen, kraftvolle, ehrbare Burschen aus seiner Heimatprovinz und ihrem Herrn treu ergeben. Aus demselben Grunde war auch der Laufgang um die Schiffsbrücke mit Schießscharten versehen. Für mich Zwölfjährigen war diese große Reise auf der Seine fast wie die Meerfahrt des Odysseus, und begeistert stellte ich mir vor, daß es mangels Stürmen womöglich ein Scharmützel zu bestehen gälte. Und nicht allein, daß ich meinen Degen gürtete, erbat ich mir von meinem Vater die Erlaubnis, auch noch eine kleine Armbrust mitzunehmen, die ich mir von eigenem Geld gekauft hatte. Nachher bereute ich, sie mitgebracht zu haben, denn als wir an Bord waren, sah ich natürlich, wie Bassompierres Männer mein kleines Wurfgeschoß belächelten.

Der Kahn maß ungefähr sechs Klafter in der Länge und hatte im Vorschiff einen Mast, der ein großes, viereckiges Segel trug, das jedoch, wie mir erklärt wurde, seinen Dienst nur versehen konnte, wenn der Wind von schräg oder von hinten blies. Die Brücke hinter dem Mast war völlig leer bis zum Heck, wo sich ein großes, wunderschönes Zelt aus Damast erhob, unter welchem wir Platz nahmen und dessen Bahnen herabgelassen oder aufgezogen werden konnten, je nachdem ob man sich vor der Sonne schützen oder die Brise genießen wollte. Auf meine Frage, die ich La Surie ins Ohr flüsterte, erklärte er mir, daß ich die Ruderer deshalb nicht sehen könne, weil sie sich in dem Raum unter der Brücke befänden, und daß man von ihnen steuerbords wie backbords aber auch nur die Kellen sähe, sobald sie aus den Speigatts hervortreten und ins Wasser tauchen würden – nachdem man bereits vom Quai abgelegt hätte.

»Am Anfang«, setzte er hinzu, »werden sie aber wenig zu tun haben, außer vielleicht gegenzusteuern, um die Fahrt zu verlangsamen, denn die Strömung ist heute ziemlich stark.«

»Aber angenommen«, sagte ich, »es legt sich uns an einer engen Stelle ein Piratenboot in die Quere.«

»Dann steuern wir gerade draufzu und spießen es mit dem

starken Eisensporn auf, den Ihr am Bug gesehen habt. Nur, zu Eurem großen Bedauern«, fügte der Chevalier mit einem Lächeln hinzu, »werdet Ihr nichts dergleichen erleben. Das Schiff von Monsieur de Bassompierre ist ja so stark bewehrt, damit es nicht erst angegriffen wird, und seid versichert, die Herren Flibustiere wissen das sehr wohl und machen sich lieber über weniger befestigte Kähne her, die dafür aber Getreide, Fleisch oder Baumwolle geladen haben. Haltet die Augen offen, Pierre, aber richtet sie auf das Land ringsum, Ihr werdet selten etwas Schöneres erblicken als dieses Stück Seine stromab.«

In letzter Minute, als es eben tagte und ein Schiffer unsere Ankertaue zu lichten begann, langte in einer Kutsche mit Bassompierres Wappen eine Schar von fünf oder sechs sehr hübschen, sehr jungen Damen an, die, kaum an Bord gestiegen, mit ihren rauschenden Röcken und flatternden Ärmeln, ihrem Gekicher und Geplapper um Monsieur de Bassompierre wirbelten. Der Anblick des lustigen Bienenschwarms dörrte mir die Kehle und bannte mich an meinen Platz, während ich nur zu gerne zu ihnen gelaufen wäre, und neidisch beobachtete ich von weitem, wie sie Monsieur de Bassompierre umschwirrten. Schließlich zupfte ich La Surie am Rock.

»Monsieur«, fragte ich leise, »sind das ehrbare Personen?«

Der Chevalier lächelte.

»Warum argwöhnt Ihr, sie könnten es nicht sein?«

»Sie tragen keine Masken. Und sie sehen mir so jung aus, daß doch eine Gouvernante über sie wachen müßte.«

Ich sah in La Suries Augen, besonders aber an dem Blitzen in seinem braunen Auge, daß die Beobachtung ihn erheiterte. Doch als er sprach, war sein braunes Auge wieder genauso ernst wie sein blaues.

»Da sie von der Kutsche direkt auf das Schiff gekommen sind, mußten sie durch keine Gassen und fanden die Masken deshalb wohl entbehrlich. Und daß sie keine Gouvernante bei sich haben, nun, wir sind ja nicht dermaßen spanisch, daß wir der Jugend überall eine Dueña auf den Hals schicken. Außerdem sind der Jungfern fünf, sie können sich gegenseitig beschützen.«

»Trotzdem, Monsieur, benehmen sie sich nicht ein bißchen sehr frei gegen Monsieur de Bassompierre?«

»Sie werden gut vertraut mit ihm sein. Vielleicht sind es seine Nichten?«

Ob Nichten oder nicht, sie kamen und setzten sich zu uns unters Zelt, und Monsieur de Bassompierre nannte uns der Reihe nach leichthin ihre Vornamen und kündigte uns zugleich einen Imbiß an, was die Demoiselles mit kleinen Freudenschreien begrüßten.

Da nun die Galiote in Bewegung kam, während ein Tisch gebracht und Speisen aufgetragen wurden, beobachtete ich das Ablegemanöver. Nachdem unsere Schiffer die beiden Anker, den einen am Bug, den anderen am Heck, eingeholt hatten, stießen sie uns mit langen Stangen vom Quai ab, und sogleich reckten sich aus unseren Speigatts die Ruderkellen und begannen das Wasser zu schaufeln, doch ohne große Anstrengung, wie mir schien. Der Steuermann hatte die Ruderstange nach links geworfen, und so gelangten wir in die Mitte des Flusses, darauf wendete er sie nach rechts. Ich sah, daß diese Stange überaus dick, sehr lang und am Ende gekrümmt war, und ich sah auch, daß der Steuermann, so groß und stark er war, für das Manöver beide Hände benötigte. Hiernach legte er die Ruderstange gegen seine Hüfte und blieb so unbeweglich stehen, daß er vor der blassen Scheibe der aufgehenden Sonne und dem Ufernebel wie eine Statue ragte. Das Schiffsheck lag erhöht, so daß er über unser Zelt hinweg seine Bahn überschauen konnte, und ich bemerkte, daß ein anderer Schiffer, der längelang im Bug lag, ihm mit seiner rechten Hand dann und wann Zeichen machte; wahrscheinlich warnte er derweise vor Gefahren oder Hindernissen, die der Steuermann von seinem Standort nicht erblicken konnte.

Wie angenehm der Ruderschlag auch in den Ohren klang, mir kam er dennoch ziemlich langsam vor, als handelte es sich eher darum, die schnelle Strömung zu begleiten als zu beschleunigen, und ich ließ meinen Blick hinter dem Steuermann über das schöne Paris schweifen, denn es verwunderte mich, wie weit wir uns davon schon entfernt hatten. Die Türme des Louvre erschienen jetzt zugleich zahlreicher und bedeutender, dahinter ragten aus dem allmählich sich auflösenden Nebel die Glockentürme der über hundert Kirchen der Hauptstadt, sodann die Türmchen und Zinnen des Quartier de l'Autruche, welche, fern des stinkenden Schlamms der

Gassen, aus denen sie sich erhoben, so blitzblank, so edel und fröhlich aussahen in der Sonne, die sie vergoldete.

Das Schiff hatte linker Hand den Turm de Nesle und zu unserer Rechten den hölzernen Turm des Louvre zurückgelassen, da konnte man auch schon die Befestigungswerke sehen, die Paris mit Türmen und riesigen, streng bewachten Toren umschlossen. Ich betrachtete offenen Mundes jene gewaltigen Mauern, als mein Vater, den ich nicht hatte kommen hören, mir die Hand auf die Schulter legte.

»Traut nicht dem Anschein«, sagte er, »von nahem gesehen ist das alles baufällig. Und selbst wenn es nicht so wäre, hätten diese Befestigungen nicht mehr viel Wert. Schon mein Vater sagte: ›Keine Mauern sind so gut wie gute Männer.‹ Heutzutage wird Paris von einem großen Krieger beschützt: dem König, und von einem starken Heer: dem seinigen. Mein Sohn, kommt essen, Euer Teller langweilt sich allein.«

Unter dem Zelt war der Tisch reich gedeckt mit allerlei Speisen, Früchten und Wein. Während wir Platz nahmen, zeigte Monsieur de Bassompierre seinen Nichten in der Ferne das Tor von Buci.

»Wißt ihr noch, meine Schwälbchen«, sagte er, »wie wir letzte Fasten dort aus Paris hinausgefahren sind, als wir den Jahrmarkt von Saint-Germain besuchten?«

»Oh, weh!« sagte die eine, »diese Vororte von Saint-Germain, durch die wir zum Jahrmarkt mußten – sah es da gruselig aus! Nichts wie Bruchhütten, picklige Mauern und Jauchepfuhle, und wie das da wimmelte, nichts wie Lumpengesindel, Bettler, Mantelschnapper, Huren und Fosenhähne.«

»Jeannette!« sagte eine andere, »es heißt nicht Fosenhahn, das ist nicht mehr vornehm. Es heißt Zutreiber.«

»Was sagt Monsieur de Bassompierre?« fragte Jeannette.

»Ach, eins ist wie das andere«, sagte Bassompierre und biß in eine saftige Geflügelkeule. »Aber Jeannettes Ausdruck ist mir lieber, der gibt wenigstens ein Bild.« Worauf wir lachten und die schwarzäugige Jeannette erstaunt die Brauen hob.

»Was gibt es da zu lachen?«

»Nicht über dich, mein Täubchen«, sagte Bassompierre, indem er den Arm nach der Schüssel ausstreckte, mit der Hand ein tüchtiges Stück vom Kapaun ablöste und es ihr mit dem liebenswürdigsten Lächeln hinhielt.

Da ich an üppige Speisen zu so früher Stunde nicht gewöhnt war, rührte ich kaum Fleisch an, und abgesehen von ein paar verstohlenen Blicken hier und da nach den reizenden Nichten von Monsieur de Bassompierre, wandte ich meine ganze Aufmerksamkeit der Landschaft zu, wie der Chevalier es mir ans Herz gelegt hatte. Offen gestanden, gefielen mir die Pariser Vororte ebenso wenig wie Jeannette. Man hatte den Eindruck, es gäben sich alle Verbrechen und aller Abschaum der Hauptstadt ein Stelldichein in diesen Rattenlöchern, und sogar der Polizeihauptmann mit seiner Garde hätte es, wie mein Vater sagte, nicht gewagt, den Fuß dorthin zu setzen. Doch sowie wir diese Reihen düsterer, baufälliger Hütten hinter uns ließen und rechts und links des Flusses das offene Land begann, stand ich auf und lief zum Bug der Galiote, um ja nichts zu verpassen. Da fühlte ich denn, wie meine Augen sich der Lust zu sehen erfreuten und wie meine Lungen sich weiteten vor Wonne, eine ganz andere Luft einzusaugen als jene erdrückende in Paris, die man kaum ertrug. Sogar in unserer dem Louvre doch so nahe gelegenen Gasse wurde einem das Atmen zu gewissen Stunden eine Qual, während ich an diesem meinem Standort mit jedem Atemzug neues Glück empfand, so rein war die Luft, so leicht und würzig.

Mein Vater und der Chevalier gesellten sich zu mir, woraufhin aber der Schiffer, der im Bug lag, in seinem etwas gutturalen Französisch bat, wir möchten uns mehr auf die Seite stellen, um die Signale, die er dem Steuermann gab, nicht zu behindern. Es dauerte nicht länger als fünf Minuten, bis die elenden Vororte von Saint-Germain hinter uns lagen. Sie wichen Gemüsekulturen, lieblichen Wäldchen und so grünen Weiden, daß man die Herden beneidete, die sich dort labten. An den Südhängen erstreckten sich viele Weingärten, aber am allermeisten entzückten mich die zahllosen Mühlen, deren oft buntgescheckte Leinwandflügel sich in der morgendlichen Brise drehten.

Da und dort auf den Höhen erhoben sich Dörfer und unten am Strom Gasthäuser, ganz aus Schiefer. Dorthin kam, wie der Chevalier mir sagte, das kleine Volk von Paris des sonntags zu Fuß, trank und tanzte und spielte mit Wurfscheiben. Doch gab es etwas höher am Hang auch schöne Sommerhäuser; sie gehörten, wie er sagte, wohlhabenden Bürgern der Hauptstadt, die sich dort alle Sonntage in Schatten und Frische ergingen.

»Und der Adel?« fragte ich.

»Der Adel«, sagte La Surie, »hat seine Schlösser in den Provinzen, und dorthin begibt man sich nur, um aus seinen Ländereien Geld zu ziehen, dann kehrt man zurück, um es am Hofe auszugeben – mit Ausnahme natürlich Eures Herrn Vaters und mir selbst, die wir eine andere Auffassung von der Bewirtschaftung unserer Güter haben.«

»Herr Vater«, sagte ich, »gewinnt Ihr Eure Einkünfte nur aus Eurer Herrschaft Le Chêne Rogneux?«

»Nicht nur. Ich besitze in Paris zwei schöne Hôtels, die ich an Standespersonen vermiete, das eine zu 2400 Livres im Jahr, das andere zu 3000. Allerdings trete ich bei dem Handel nicht in Erscheinung.«

»Warum nicht, Herr Vater?«

»Weil der Hofadel darüber die Nase rümpfen würde. Man fände es ehrlos. Denn wenn diese Herrschaften knapp mit dem Gelde sind, verkaufen sie lieber ihre Güter, verpfänden die Einkünfte ihrer Ämter, trennen sich von ihrem Silber oder betteln beim König um Almosen.«

Mein Vater setzte mit einem Lächeln hinzu: »Monsieur de La Surie ist sogar noch gescheiter als ich. Er gibt nur die Hälfte seiner Einkünfte aus und leiht die andere Hälfte einem Juden.«

»Wieso das?« fragte ich staunend.

»Der Jude verleiht das Geld seinerseits zu einem höheren Zins, als er dem Chevalier bezahlt.«

»Und warum verleiht der Chevalier nicht selbst zu einem höheren Zins?«

»Christen dürfen kein Geld mit Wucher verleihen. Aber das Verbot erstreckt sich nicht auf die Juden.«

»Warum?«

»Weil sie keine Christen sind.«

»Aber«, sagte ich, »gewährt man den Juden damit nicht ein großes Privileg?«

Der Chevalier und mein Vater wechselten einen Blick und ein Lächeln.

»In der Tat ist dies ein großes Privileg, obwohl es ihnen nur mit der tiefsten Verachtung zugestanden wird. Aber ich möchte wetten, daß die Juden darauf pfeifen und daß sie die Christen auf dem Gebiet im stillen für die größten Dummköpfe der Welt halten.«

In diesem Moment nun verdüsterte sich plötzlich das Gesicht meines Vaters. »Seht Ihr dort«, sagte er mit veränderter Stimme, »jenes Dorf auf der Höhe zu unserer Rechten? Wie findet Ihr es?«

»Sehr friedlich in dem schönen Morgenlicht.«

»Es heißt Chaillot. Und wenn es friedlich aussieht, so weil es nicht weiß oder nicht wissen will, was vor Jahren zu seinen Füßen geschah. Ihr werdet bemerken, mein Sohn, daß die Seine hier einen weiteren Bogen beschreibt. Und weil die Strömung am jenseitigen Ufer schwächer ist, wächst dort hohes Schilf, sogar im Wasser. In diesem hohen Schilf sind einst Tausende ermordeter Hugenotten gestrandet. Man hatte sie in Paris niedergemetzelt und in die Seine geworfen, und sie trieben mit der Strömung bis hierhin. Das geschah in der Bartholomäusnacht, und als der Papst die grausige Nachricht erfuhr, ließ er auf den Plätzen Roms Freudenfeuer entzünden. Seht jenes Schilf. Dort lagen Hunderte und aber Hunderte von Leichen.«

Ich starrte ihn an. Tränen rollten über seine Wangen.

»Mein Sohn«, sagte er, »behaltet Chaillot im Gedächtnis. Und das hohe Schilf von Chaillot. Und merkt Euch auch, daß man gewißlich Gott lieben soll, aber niemals so, daß man dafür die Menschen haßt.«

Hiermit wandte er mir den Rücken und begab sich zu Monsieur de Bassompierre unter das Zelt. Monsieur de La Surie folgte ihm auf dem Fuße. Und ich ging ihnen kurze Zeit später nach, so traurig und niedergedrückt fühlte ich mich. Indessen saß ich noch kaum eine Minute am Platz, als eine der hübschen Nichten mir ihren Busen zuneigte, den ihr Dekolleté weit über die Hälfte entblößte (und dazu, was noch aufregender war, eine allerliebste kleine Spalte zwischen den Zwillingsbällchen).

»Monsieur«, sagte sie mit einem bezauberndem Lächeln, »wollt Ihr nicht ein wenig von meinem Marzipan?«

Auf der Stelle vergaß ich Chaillot, so hingerissen war ich von diesem Blick und diesem Lächeln. In meiner Einfalt glaubte ich, die Schelmin böte sich mir damit an. Ich nahm das Marzipan, ohne einen Dank zu stammeln. Mein Herz klopfte. Ich fand keine Stimme mehr. Ich fühlte, wie ich erblaßte. Gott, war ich unbelehrt! Ich wußte damals noch nicht, daß alle Frauen solche Blicke und solches Lächeln ständig als Köder auswerfen, um sich durch die Aufmerksamkeit, die sie so erhaschen, in der nie genug bekräftigten Wonne zu wiegen, daß sie schön sind und gefallen.

Als ich jedoch beobachtete, daß die kokette Person dem Chevalier, meinem Vater und sogar dem riesigen Steuermann die gleichen Avancen machte, indem sie jenem eine Erfrischung anbot, die er mit einem Brummen ablehnte, ohne ihr auch nur den kleinsten Blick zuzuwerfen, schloß ich, daß sie sogar einen Bären mit diesem Schmeichlerblick und diesem Lächeln beschenken würde, wenn sie hoffen könnte, damit in seinem unmenschlichen Auge einen Schein von Bewunderung zu erzeugen. Ich war auf der Stelle entzaubert und sagte es La Surie mit leiser Stimme.

»I was«, sagte er, »macht Euch nichts daraus! Auch bei Männern gibt es Blicke und Lächeln, die falsche Münze sind. Man muß lernen, echt von falsch zu unterscheiden.«

Ich hatte das Marzipan der koketten Person kaum, wenn auch widerwillig, verzehrt, als ein deutsches Kommando erscholl. Und schon hörte man die Ruderkellen mit äußerster Kraft arbeiten. Da ich Bassompierre, meinen Vater und den Chevalier sogleich zum Bug eilen sah, ließ ich die Verräterin sitzen und lief ihnen nach. Und nun begriff ich, daß unsere Ruderer das Wasser so stark und so schnell gegen die Strömung schlugen, um unsere Fahrt zu bremsen und einen Zusammenstoß mit der Fähre von Neuilly zu vermeiden, die soeben den Strom in Richtung des Dörfchens Puteaux überquerte.

»Das ist die Fähre«, sagte Bassompierre, »auf der für gewöhnlich die Karrosse des Königs übersetzt, wenn sie nach Schloß Saint-Germain-en-Laye fährt.«

»Stimmt es«, fragte mein Vater, »daß die Karosse eines Tages umgestürzt ist?«

»Man hat versucht, die Geschichte zu vertuschen«, sagte Bassompierre, »aber, wie ich sehe, hat sie sich herumgesprochen.«

»Wart Ihr dabei?«

»Das nicht. Aber La Châtaigneraie hat mir alles erzählt. Der Kutscher hatte das Gespann falsch auf die Fähre gebracht. Zwei Räder hingen über, und die Karosse stürzte nach der Seite, wo die Königin saß. Zum Glück sprang La Châtaigneraie sofort ins Wasser und hat sie an den Haaren heraufgezogen.«

»Die Königin an den Haaren!« sagte La Surie. »Das ist ja ein Majestätsverbrechen.«

»Ihre Gnädigste Majestät hat sich nicht angegriffen gefühlt. Sie hat das Wasser ausgespuckt, das sie geschluckt hatte, hat durchgeatmet und als erstes gefragt, ob der König wohlauf sei.«

»Welch schönes Beispiel ehelicher Liebe!« sagte mein Vater.

»Na, ich weiß nicht«, sagte Bassompierre mit einem kleinen Lächeln. »Die Person, von der wir sprechen«, fügte er mit gedämpfter Stimme hinzu, »ist die liebloseste und unzärtlichste Frau der Welt, sogar zu ihren Kindern.«

»Ich hörte davon«, sagte La Surie.

»Da habt Ihr es. An einem Hof bleibt nichts geheim. König und Königin haben kein Privatleben. Ihre Zänkereien sind bekannt. Über die Seitensprünge werden Listen geführt. Wäre Henri als Mann ein Versager, wüßte es jeder. Und da er es nicht ist, weiß man, ob die Königin Lust empfunden hat oder nicht. Kaum ist sie schwanger, erfährt man genauestens, wie viele Mahlzeiten sie täglich der Natur zurückgibt. Wenn sie niederkommt, so unter Hunderten von Augen, und wenn der Tod naht, stirbt sie, ebenso wie der König, im Beisein aller, die am Hof etwas gelten.«

»Aus Euren Worten schließe ich«, sagte mein Vater, »daß Ihr nicht gerne König wärt.«

»Was würde ich dadurch gewinnen?« sagte Bassompierre lächelnd.

In dem Moment kam über die ganze Länge der Brücke eine seiner hübschen Nichten und sagte mit einer reizenden Verneigung zu Monsieur de Bassompierre, sie sei von ihren Gefährtinnen gesandt, ihn zu bitten, er möge doch zu ihnen an den Tisch unterm Zelt kommen, sie hätten ihm eine Frage von größter Konsequenz zu stellen.

»Von größter Konsequenz!« sagte Bassompierre. »Donnerwetter! Was werde ich von euren süßen Lippen hören?«

Und er ging zu dem Zelt, indem er der Botin galant den Arm reichte, die über diese Ehre rot anlief und ihn nicht aus den Augen ließ. Hierbei fiel mir ein, daß Toinon einmal gesagt hatte, Bassompierre (der damals achtundzwanzig war,) sei »so höflich und so schön, drüber geht es schon nicht«.

Dieses »drüber«, dessen grammatikalische Richtigkeit ich als Monsieur Philipponeaus guter Schüler anzweifelte, gefiel mir aber in jenem Moment und entzückte mich an diesem Tag geradezu, ich könnte nicht sagen, warum. Und als ich meinem Vater den Ausspruch wiedergab, lachte auch er.

»Bassompierre«, sagte er dann, »ist in der Tat ein sehr schöner Kavalier, aber er ist dazu noch der höchstgebildete Mann bei Hofe, er spricht Griechisch und Latein, dazu vier andere Fremdsprachen, er hat ein umfassendes Wissen und einen so lebhaften, raschen Geist, daß er mit ein wenig Studium auf jedem Gebiet glänzen könnte. Noch einmal, mein Sohn, traut nie nur dem Anschein. Bassompierre kleidet sich nach der neuesten Mode, foppt, scherzt, macht Wortspiele, tanzt wie ein Gott, läuft jedem Unterrock nach, sitzt ganze Stunden am Spieltisch, aber kommt er morgens nach Hause, zündet er die Lampe an und macht sich an seine Studien. Seine Bibliothek ist die reichste in Frankreich. Er besitzt über zweitausend Bände, und seid überzeugt, daß er die alle gelesen hat, womöglich noch mit Anmerkungen versehen.«

Der Gegenstand dieser Lobrede nahm Platz unter dem Zelt, und nachdem er einem Diener gewinkt hatte, der Runde ein Glas Clairet auszuschenken, betrachtete er amüsierten Auges die süßen Mädchen, die bei seinem Kommen verstummt waren und einander anblickten.

»Also, meine Schwälbchen!« sagte er schließlich, »was wollt ihr mich denn nun fragen? Seid ihr plötzlich zu Karpfen geworden? Bin ich so furchteinflößend?«

»Das nicht, Monsieur«, sagte Jeannette, »wir möchten Euch aber keine Frage stellen, die Euch verletzen könnte.«

»Mein Leben ist untadelig«, sagte Bassompierre leichthin. »Ich fürchte keine indiskreten Fragen: das wären sie auch nur, wenn meine Antworten es wären. Ich bin meiner Worte Herr, wie ihr wißt.«

Hierauf wußten die Schwälbchen nicht, sollten sie lächeln oder gekränkt sein, also senkten sie die Augen, und das Schweigen wurde noch dichter.

»Nun hört aber!« sagte Bassompierre. »Muß ich euch die Zunge lösen? Der ersten, die mir die besagte Frage ›von großer Konsequenz‹ stellt, gebe ich diesen Rubinring, den ihr hier an meinem kleinen Finger seht.«

»Gut, dann rede ich eben«, begann lebhaft die Kokette mit dem Marzipan, die mir als die bei weitem durchtriebenste erschien. »Monsieur, wir wollen Euch fragen ...«

Damit stockte sie, und Bassompierre, der den Rubin schon vom Finger gezogen hatte, schob ihn wieder an seinen Platz.

»Schön«, sagte er, »wer nichts sagt, kriegt nichts.«

»Monsieur«, fing das Mädchen wieder an, »wir möchten Euch fragen: Ist es wahr, daß ...«

»Nun sprich schon!«

»Ist es wahr, daß eine Fee sich einst in einen Eurer deutschen Vorfahren verliebte und daß Ihr deshalb ein so schöner Kavalier seid?«

»Das mit der Fee ist wahr«, sagte Bassompierre. »Und wahr ist auch, daß ich von dieser Liebe ein besonderes Privileg geerbt habe. Aber nicht das, was ihr meint.«

»Ach, erzählt uns den Roman«, riefen die Nichten mit einer Stimme. (Ein dummer Ausdruck, ich benutze ihn nur, damit es flüssig weitergeht.)

»Das ist kein Roman«, sagte Bassompierre. »Darin gibt es keine Astrée, die einen Céladon schmachten läßt. Bei Feen geht alles viel natürlicher zu als bei unseren hohen Damen, denn weil sie unsterblich sind, haben sie keine Ehre zu verteidigen.«

»Monsieur«, sagte eine der Nichten, »das verstehe ich nicht.«

»Du wirst schon verstehen, hör zu. Eines Tages ging der Graf von Orgevilliers, mein deutscher Vorfahr, durch einen Wald, wo er immer auf den Anstand jagen ging, da begegnete ihm eine wunderschöne Fee. Nachdem sie ihn eine Zeitlang schweigend betrachtet hatte, faßte sie ihn bei der Hand und führte ihn ohne ein Wort in ein *Sommerhaus*[1], das übrigens dem Grafen gehörte. Dort entkleidete sie sich und gab sich ihm hin.«

»Wie?« fragte die Kokette mit dem Marzipan, »er hat ihr nicht den Hof gemacht? Einfach so und ohne ein Wort zu sagen?«

»Die Worte kamen hinterher. Aber hüte dich, Kleine, die Fee insgeheim für eine schamlose Person zu halten, sie würde

---

1 Deutsch im Original.

deinen Gedanken bestimmt hören und dich mit ihrem Zauberstab genauso häßlich machen wie Leonora Galigai.«

»Leonora Galigai hat noch nie einer gesehen!« sagte La Surie.

»Doch, ich!« sagte Bassompierre. »Sie lebt im Louvre völlig zurückgezogen über den Gemächern der Königin. Eines Nachmittags saß ich mit Ihrer Gnädigsten Majestät beim Spiel, da trat Leonora Galigai herein. Kaum erblickte sie mich, huschte sie auch schon fort. Es war wie ein Blitz. Aber ich sah zweierlei: ihre Häßlichkeit und ihre geistsprühenden Augen. Wo war ich stehengeblieben?«

»Bei den Worten der Fee, die hinterher kamen«, sagte mein Vater.

»Ihre Rede war knapp. Wenn man die ganze Ewigkeit vor sich hat, braucht man seine Zeit nicht an unnütze Worte zu verschwenden. ›Mein Freund‹, sprach sie mit ihrer wohlklingenden Stimme, ›kommt nächsten Montag wieder auf den Anstand jagen.‹ Damit verschwand sie. Und der Graf kehrte heim, im Leibe das Glück, aber die Seele voll Sorgen. Es war ein guter Deutscher, besonnen und arbeitsam. Er scheute keine Mühe, seinen Besitz zu mehren. Er hatte drei Töchter, die er ohne Narretei liebte, und eine Frau, an die er sich gewöhnt hatte. Und natürlich fürchtete er, bei diesem seltsamen Abenteuer Haus und Hof, Töchter und Frau zu verlieren, von seiner Seele ganz zu schweigen.«

»Verlor er sie?« fragte mein Vater.

»Durchaus nicht. Sein Besitz gedieh, seine Töchter wuchsen in Schönheit heran, seine Frau wurde freundlicher als je. Das zum Beweis, daß die Fee kein Sukkubus war, wie der Graf zuerst befürchtet hatte. Nach zwei Jahren indes bemerkte seine Frau, die im Kopf ein bißchen langsam war, daß ihr Mann immer am Montag mit leerer Jagdtasche heimkehrte. Das gab ihr zu denken, und eines Montags nun folgte sie der Spur des Grafen bis zu dem Anstand im Wald. Der war verlassen. Sie ging zu dem Sommerhaus, da fand sie auf einem Lager, nackend, in tiefem Schlaf und innig umschlungen, ihren Mann und die Fee.«

»Da zog sie ihr kleines Schwert blank und durchbohrte ihnen die Brust.«

»Pfui! So ein Salat in einem Sommerhaus, nein! Die Gräfin

machte etwas ganz anderes. Sie nahm den Schleier von ihrem Haupt, warf ihn den Schuldigen über die Füße und ging von dannen. Als die Fee erwachte, sah sie den Schleier und stieß einen lauten Schrei aus. ›Ach, mein Freund!‹ sprach sie und schluchzte (denn Fee hin, Fee her, weinen konnte sie trotzdem), ›nun ist es mit unserer schönen Liebe vorbei! Ich darf Euch nie mehr besuchen. Nicht einmal in Eurer Nähe darf ich weilen, nur mehr als hundert Meilen entfernt!‹ Doch ehe sie den Grafen verließ, machte sie ihm für seine Töchter drei Geschenke: einen silbernen Becher für die älteste, einen vergoldeten Löffel für die mittlere und für die jüngste einen goldenen Ring. ›Mögen Eure Töchter und ihre Nachkommen diese bescheidenen Gaben bewahren. Sie werden ihnen alles Glück der Welt bescheren.‹«

»Und der Graf?« fragte eine der Nichten.

»Mein Kind«, sagte Bassompierre, »ich weiß Euch großen Dank, daß Ihr seiner so mitfühlend gedenkt. An Euch ist alles schön und gut, mein Kind: so das Herz, so der Busen, der es schmückt. Der Graf, Kindchen, ging schweren Schrittes zu seiner Burg, hängte betrübt seine Büchse über den Kamin und sagte zu seiner Gemahlin: ›Nun geh ich nie wieder in den Wald. Ich entsage der Jagd auf dem Anstand.‹ Und um ihr seine Aufrichtigkeit zu beweisen, machte er ihr ein Kind. Es war ein Sohn. Doch gab es wenig Anlaß, sich seiner zu freuen, denn weil er die Frucht der Entsagung war, sah er schon bei seiner Geburt verdrießlich aus. Und sowie er gehen konnte, schritt er von Unglück zu Unglück bis ans Ende seiner Tage. Er liebte das Leben nicht, und das Leben vergalt es ihm.«

»Und die Töchter?« fragte mein Vater.

»Die Töchter«, rief Bassompierre aus, »da liegt eben der Zauber! Als ob es nicht schon Wunder genug wäre, wie die heidnische Fee eine christliche Ehe respektierte. Allerdings war es eine deutsche Fee, sie hatte Ordnungssinn. Gut, ihr wißt wohl noch, meine Schwälbchen, daß die älteste einen silbernen Becher bekam, die mittlere einen vergoldeten Löffel und die jüngste ...«

»Einen goldenen Ring«, sagte die kokette Nichte.

»Nun, eine jede wachte eifersüchtig über das Geschenk der Fee, und sie befanden sich wohl dabei. Sie wurden alle drei wunderbar schön und, was noch besser ist, sie blieben es bis ins hohe Alter. Dazu wurde ihnen, wie es die Fee versprochen hatte, alles Glück der Welt zuteil, oder wenigstens all das Glück, das eine jede sich wünschte. Die Älteste, die den Reichtum liebte, heiratete einen Markgraf, der ein Jahr darauf starb und ihr unermeßlichen Besitz hinterließ. Die mittlere, die nach Glanz und Ehren strebte, bekam einen österreichischen Erzherzog. Und die Jüngste, welche die Männer zu sehr liebte, um sich an einen zu halten, hatte Liebhaber in großer Zahl und alle, wie ich hörte, so befriedigend, daß man sich wunderte, warum sie sie so oft wechselte.«

»Und von welcher stammt Ihr ab?« fragte La Surie.

»Von der Jüngsten natürlich. Und dieser Ring hier an meinem linken Mittelfinger, das ist der ihrige. Gleichwohl habe ich vom Glück keine so begrenzte Vorstellung wie sie. Ich bin gewiß zufrieden, daß ich soviel Glück in der Liebe habe, und im Spiel, und in meinen Studien. Aber ich wollte, ich hätte es auch in großen Unternehmungen.«

Die fünf Nichten waren aufgestanden, das Kleinod von nahem zu betrachten. Sie umringten Bassompierre, bückten sich neben ihm, beugten sich hinter ihm, hockten um seine Knie. Es war ein sehr anmutiges Bild, denn die Hübschen waren in hellfarbige Schnürmieder und Reifröcke, hauptsächlich rosa und malvenblau, gekleidet, die ihre jugendliche Süße voll zur Geltung brachte. Allzugern hätte ich in ihrer Betrachtung verweilt oder gar eine imaginäre Wahl unter ihnen getroffen, hätte nicht die Brise auf einmal kräftig von rückwärts geblasen. Die Schiffer beeilten sich, das viereckige Segel zu hissen, und als sie damit nicht ohne etliche deutsche Flüche fertig waren, überließen wir Bassompierre seinen Nichten, begaben uns zum Bug und bewunderten, mit welcher Kraft der Vordersteven das Wasser pflügte, das rechts und links in eleganten Schwüngen mit einem Geräusch wie reißende Seide zurückfiel.

»Vater«, sagte ich nach einer Weile, »was meint Ihr zu der Geschichte, die Monsieur de Bassompierre uns erzählt hat?«

In einem Ton, der zwischen Scherz und Ironie zu schwanken schien, sagte er: »Ihr wißt doch, daß unser katholischer Glaube uns verbietet, an Feen zu glauben.«

»Dafür«, sagte der Chevalier, »glauben wir an Engel, böse Geister, Hexen und Teufel.«

»Aber der goldene Ring, der vergoldete Löffel und der Silberbecher?« fragte ich.

»Vielleicht«, sagte der Chevalier, »war die Dame so durchtrieben, daß sie sich für eine Fee ausgab, und der Graf so einfältig, daß er es glaubte.«

»Oder«, sagte mein Vater, »der Graf hatte soviel Phantasie, seine Leidenschaft für die Jagd auf dem Anstand damit zu erklären.«

Ich hatte genug gehört. Ich blieb stumm. Nichts auf der Welt konnte mich mehr betrüben als solche Antworten. Wie vieles hätte ich noch weiter glauben mögen! Daß die Dame eine Fee war, das kokette Marzipanfräulein aufrichtig und daß Toinon durch eine Art Wunder in mein Leben getreten war. Das ist es also, sagte ich mir, was man nun Großwerden nennt? Hinterm Anschein erkennen, was wahr ist, die Fäden hinter den Marionetten sehen?

* * *

Mein Vater war dem Doktor Héroard (dessen Namen er: Hérouard aussprach) aus dem Grunde besonders zugetan, weil er an der Schule von Montpellier sein Kommilitone gewesen war und nachher ebenfalls unter Heinrich III. als Arzt gedient hatte. Auch daß Héroard Hugenotte war, trug zu der Sympathie bei, die er für ihn hegte, denn mein Vater war nicht ohne einiges Herzdrücken zur katholischen Kirche übergetreten – »hatte sich bekehrt«, wie man sagte. Aber er hatte sich einfach dreinschicken müssen, weil Heinrich III., der seine Gewandtheit schätzte, ihm Missionen anvertraute, die er nicht hätte erfüllen können, ohne Katholik zu sein.

Als ich meinen Vater besser kennenlernte, entging mir nicht, daß seine Anhänglichkeit an die reformierte Kirche eher sentimentaler als reliöser Natur war. Ihm war es genug, daß einer Christ war. Streitereien um Dogmen und Riten scherten ihn nicht. Wie der Chevalier, der gleichzeitig mit ihm – und um ihm zu dienen – »die Segel gestrichen« hatte, beschränkte er seine Religionsübungen auf ein Minimum: er besuchte die Sonntagsmesse, hielt freitags Fasten und ging an Ostern zum Abendmahl. Mehr verlangte er auch von mir nicht und machte sich in meiner Gegenwart über das »ewige Getue und den

Aberglauben« meiner Ammen lustig. Und als er eines Abends in meine Kammer trat und mich vor meinem Bett knien sah, sagte er: »Mein Sohn, habt Ihr nicht heute morgen gebetet?« – »Doch, Herr Vater.« – »Das reicht. Fangt mir ja nicht an, von morgens bis abends auf den Knien zu liegen wie diese Mucker und Heuchler, die, wenn es drauf ankommt, die grausamsten Menschen der Welt sind. Mein Sohn, laßt Eure Zunge in Ruhe: betet durch Eure Taten.«

Nach Auskunft meines Vaters war Héroard der Leibarzt des Dauphin Louis und der übrigen Kinder des Königs, die allesamt im Schloß Saint-Germain-en-Laye aufwuchsen. Dieses »allesamt« mag sich heute nichtig anhören, das war es damals aber bei weitem nicht, vornehmlich nicht für die Königin. Denn zu den drei Söhnen und den drei Töchtern, die Henri Quatre von ihr hatte, hatte Seine Majestät ohne weiteres die acht Kinder gesellt, die ihm seine Mätressen geboren hatten; manch eine der Damen war sogar in derselben Woche niedergekommen wie die Königin, und beide Säuglinge gelangten fast gleichzeitig nach Saint-Germain-en-Laye, um in guter Luft aufzuwachsen, weil die im Louvre und in Paris nicht die allergesündeste war.

Als ich mich eines Tages darüber verwunderte, daß die legitimen und illegimtimen Kinder derweise gleich behandelt wurden, entgegnete mein Vater, daran sei nichts Ungewöhnliches, da ein französischer Edelmann sein eigen Blut achte.

»Euer Großvater, der Baron von Mespech«, fuhr er fort, »hat es nicht anders gemacht. Euer Onkel Samson de Siorac, der mit einer Woche Abstand von mir geboren wurde, wuchs zugleich mit mir in Schloß Mespech auf, weil seine Mutter bald nach seiner Geburt an der Pest gestorben war.«

»Und ging das gut?«

»Meine Mutter und mein Bruder François haßten Samson, aber ich habe ihn geliebt und liebe ihn bis heute.«

»Und wie nimmt der Dauphin Louis die Sache?«

»Nicht allzugut, wie ich hörte.«

In der Karosse, die uns vom Schiff zum Schloß brachte, schlief ich ein, es war meine Mittagszeit, und ich hatte, vielleicht infolge der schweren Hitze, einen Traum, aus dem ich ganz niedergeschlagen erwachte: Ich ging in einem schönen Wald, meine Armbrust in der Hand, auf den Anstand, Vögel zu jagen, da begegnete ich einer wunderbar schönen Dame, die auf meine schüchternen Annäherungen in schroffstem Ton antwortete: »Junger Freund, ich jage nicht mit Falkenkücken. Geht spielen.«

Leider sagte mein Vater mir ungefähr das gleiche, nachdem der Wachhauptmann unsere Pässe geprüft und uns zum Schloßtor eingelassen hatte. »Mein Sohn«, sagte er, »mein Gespräch mit Héroard wird sich ziemlich hinziehen. Ihr würdet vor Langeweile vergehen. Erwartet mich lieber im Garten des Schlosses. Er ist sehr groß, und hinter seinen hohen Mauern findet Ihr sicherlich einen stillen Winkel, Eure Armbrust zu erproben. Dann habt Ihr sie wenigstens nicht umsonst mitgebracht.«

Hiermit wandte er sich an den Hauptmann, der ihm soeben Zutritt zum Schloß gewährt hatte, und fragte: »Monsieur de Mansan, spricht irgend etwas dagegen?«

»Keineswegs«, sagte Monsieur de Mansan. »Zu dieser Stunde ist niemand im Garten, außer vielleicht meinem Sohn.«

Mit gesenkten Augen fügte ich mich so höflich ich konnte der Anordnung meines Vaters, grüßte Monsieur de Mansan und schritt auf den Garten zu, der sich zu meiner Linken erstreckte. Ich fühlte mich tief gekränkt, daß man mich aus der Gesellschaft der Erwachsenen ausschloß und in die Kindheit und zu ihren nichtigen Spielen zurückverwies, obwohl ich mein Interesse für die Welt schon so vielfach bewiesen hatte. Über dieser Ungerechtigkeit schwoll mein Herz vor Zorn, und sobald ich außer Sichtweite war, ließ ich mich gehen und trat wütend gegen einen Stein, dem ich gewiß weniger weh tat als mir. Ja ich dachte sogar daran, meine kleine Armbrust an einem Baum zu zerschmettern, denn so schön und begehrenswert ich sie gefunden hatte, als ich sie vor fünf Tagen im Fenster eines Handwerkers ausgestellt sah, so sehr haßte ich sie jetzt. Nicht doch! dachte ich noch wütender, wenn ich sie zerschlage, dann werde ich erst recht für kindisch gehalten!

Wie kommt man da jemals heraus! dachte ich verzweifelt. Wozu nützt es einem, daß man Latein lernt, fließend Italienisch und ziemlich gut Englisch spricht, daß man einen Schimmer von Mathematik hat und die endlose Reihe unserer Könige auswendig kennt samt den Schlachten – siegreich oder nicht –, in denen sich ihre Waffen ausgezeichnet haben, wenn sie einen dann wie ein Bübchen zum Spielen in den Garten schicken. Bin ich nicht, dachte ich im Gedanken an Toinon, überhaupt längst ein Mann? Wenigstens beweise ich es doch wohl alle Tage?

Nie wurde ein schönerer und mannigfaltiger angelegter Garten mit so undankbaren Augen für seine Schönheiten gesehen. Alles, was ich mir davon gemerkt habe, war hie und da die glühende Sonne, der ich fluchend auswich, eine Platanenallee, eine Laube und ein abgeschlossener Platz zum Bogenschießen. Die Platanen suchte ich auf wegen des Schattens, nicht wegen ihres majestätischen Anblicks. Indessen wirkte ihre Kühle bald wohltuend auf mich. Mein Schritt wurde langsamer, ich beruhigte mich, und nach einer Weile empfand ich Scham, daß ich in meinem Herzen so gegen den besten Vater der Welt gewütet hatte. Ich entsann mich, wie er mich umsorgt hatte, als ich klein war, wie er meine Fehler gutmachte, ohne Hohn und ohne Kränkung; er war unerbittlich in seinen Anordnungen, ja, aber immer bereit, zu verzeihen; nie hat er erlaubt, daß ich gezüchtigt würde, weder von meinen Ammen noch von meinen Lehrern; und immer war er zu mir so freundlich, ich möchte fast sagen, so zärtlich, daß man wohl sagen könnte, er habe mir auch die Mutter ersetzt. Nun bezweifelte ich, daß seine Worte über meine Armbrust ironisch gemeint waren. Denn das war gar nicht seine Art. Und, dachte ich weiter, mochte er nicht sogar gute Gründe haben, wenn er mich bei seiner Unterredung mit Doktor Héroard nicht dabei haben wollte: vielleicht wollte er sich mit ihm ja über die Leiden eines Dritten beraten. Kurz, noch bevor ich die lange Platanenallee hinter mir hatte, war ich völlig ausgesöhnt mit meinem Vater und auch mit mir selbst nun im reinen.

Am Ende der hohen Allee überfiel mich aufs neue die brütende Sonne, doch sah ich unweit eine Laube und lenkte, von ihrem Schatten verlockt, meine Schritte dorthin. Während ich mich aber näherte, erklang Trommelschlag, und dieser Tambour spielte den »Ruf zu den Waffen«. Ich hatte mich von der Überraschung, die Garnisonsweise in einem Garten zu hören, kaum erholt, als ich sechs Schritt von mir, im Eingang zur Laube, einen kleinen Jungen stehen sah, der die Trommelstäbe mit einer Geschicklichkeit und einer so geübten Sicherheit handhabe, daß man auf sein Alter nicht gefaßt war, denn er war wohl kaum über sechs oder sieben Jahre.

Ich verharrte, und da es mich belustigte, daß er beim Trommeln eine so straffe, soldatische Haltung wahrte, machte ich das Spiel mit und nahm einige Schritt vor ihm Habachtstellung ein.

Die Verstärkung schien ihn sehr zu freuen, doch bekundete er dies nur durch einen raschen Blick, denn er war gleich wieder voll bei der Sache, so daß ich ihn in aller Muße betrachten konnte. Seine Augen, die er gesenkt hielt, waren schwarz, wie ich mich entsinne, seine Nase schien mir ein bißchen lang, seine Lippen waren voll und rot, die Wangen kindlich, ich meine, runder als meine, und sein Kinn war vorspringend, aber keineswegs ohne Liebreiz. In dem Moment hob der Kleine die Augen und warf mir einen Blick zu, und ich fühlte, daß ich ihn gern mochte. Wenn ich dies heutigentags erklären sollte, wüßte ich es schwerlich zu sagen: vielleicht, weil sein Blick mir offen begegnete und weil er sich über meine Gesellschaft zu freuen schien. Sollte der Sohn von Monsieur de Mansan sich nicht ein wenig einsam fühlen in diesem Garten und diesem Schloß? Vielleicht war es ihm verboten, mit den Kindern des Königs zu spielen?

Er kam mit dem »Ruf zu den Waffen« ohne jeden Fehler bis zum Schluß, dann schickte er dem letzten Rollen mit seinen Stäben einen Wirbel nach, der einem gestandenen Tambour zur Ehre gereicht hätte. Hierauf steckte er sie nacheinander in die parallelen Futterale an seinem Degengehänge, und sofort lockerte sich seine Haltung, er gönnte sich eine Pause. Wahrscheinlich hatte er eine für mich unhörbare Stimme gehört, die es ihm befahl. Er blickte mich an. Vielmehr, er blickte mit großer Aufmerksamkeit abwechselnd auf meine Armbrust, mein Gesicht und meinen Hut. Schließlich sagte er mit einer Miene höflicher Mißbilligung: »Möschjö, Ih schieht Euen Hut nicht vo mi ...«

Er hatte nicht nur Schwierigkeiten, das »s« und das »z«, die er zum »sch« machte, und das »r« zu sprechen, das er ausließ, sondern er stotterte auch leicht.

»Muß ich das, Monsieur?« fragte ich, indem ich ihm den liebenswürdigen Ernst bezeigte, in dem mein Vater mit mir sprach.

»Isch bin schiche, dasch Ih esch müscht«, sagte er und musterte mich streng.

»Monsieur, ich entblöße mich sofort«, sagte ich im selben Ton, »nennt mir nur zuerst Euren Rang.«

»Isch bin«, sagte er und versuchte, eine Kommandeursstimme anzunehmen, »Hauptmann de fanschöschischen Gaden. Ich befehlige dasch schwanschigste hie im Schlosch.«

Mich rührte die Naivität, mit der er sich für seinen Vater ausgab, und fügte mich in sein Spiel, da es ihm soviel Spaß machte.

»Monsieur«, sagte ich, indem ich mit großer Geste meinen Hut lüftete und mich verneigte, »ich bin Euer Diener.«

»Diene, Möschjö«, sagte er würdevoll, »wie heischt e?«

Er stellte die Frage im Ton eines Offiziers, der sich an einen Soldaten wendet.

»Pierre-Emmanuel de Siorac. Monsier, darf ich mich bedecken?« fragte ich. »Es ist heiß.«

»Tut dasch, Schioac.«

Da mein Hauptmann nun stumm blieb, wohl, weil er keine weiteren Befehle mehr wußte und vielleicht auch durch die Größe seines Rekruten eingeschüchtert war, setzte ich das Spiel fort.

»Monsieur, darf ich eine Frage stellen?«

»Tut dasch, Schioac.«

»Wie kommt es, Monsieur, daß Ihr die Trommel bedient, da Ihr doch Hauptmann seid?«

»Ich eschetsche den Tambu. E isch kank.«

Offenbar war der Einwand im voraus bedacht worden, denn die Antwort kam prompt.

Er fragte: »Schiescht Ih mit de Ambuscht?«

»Nein, ich habe es noch nicht versucht.«

»Kommt mit, da isch eine Schiescheibe.«

Er nahm wieder Haltung und seinen soldatischen Ton an.

»Ich maschie alsch eschte. Ich schlag den Tambu, und Ih müscht mi folgen.«

»Monsieur, was spielt Ihr jetzt?«

»Die Schlachtenode, natülich.«

Die Sache ging ganz selbstverständlich vonstatten, da ich alle hundert Mann seiner Kompanie darstellte. Ich folgte ihm, indem ich versuchte, mich seinem Schritt anzupassen, was nicht ganz einfach war bei meinen langen Beinen und seinen kurzen. Trotzdem kam ich nicht auf die Idee, daß man es unsäglich komisch finden könnte, wie ein langer Bursche die ganze französische Garde vorstellte und mit Trippelschritten hinter einem kleinen Tambour ging. Der Grund, aus dem ich das tat, war in meinen Augen genauso wenig komisch, wie wenn mein Vater sich längelang zu mir auf den Fußboden legte und mir half, meine Soldaten in Schlachtordnung aufzustellen. Nun war ich, Gott sei Dank, kein dummer Junge mehr, den man mit seiner kleinen Armbrust zum Spielen in den Garten schickte, sondern ein duldsamer Erwachsener, der sich einem Kinderspiel bequemte.

Mein Hauptmann führte mich bei Trommelklang auf einen Schießplatz, wo ein Häuschen stand, das eine strohgeflochtene Schießscheibe und mehrere Bogen vor Wind und Regen schützte. Der kleinste dieser Bogen gehörte offensichtlich ihm. Er legte seine Trommel ab, nahm ihn zur Hand, dazu einen Köcher, und bewies mir eine Geschicklichkeit, die mich staunen machte. Denn auf fünfzehn Fuß Abstand schoß er sechs Pfeile mitten ins Schwarze. Ich war mit meiner Armbrust weniger glücklich, denn wenn ich aus dreißig Fuß Abstand auch die drei Bolzen, die ich mitgebracht hatte, in die Scheibe brachte, so steckten sie doch durchaus nicht schön in der Mitte. Ich machte nicht weiter, denn ich sah wohl, daß mein Gefährte vor Begier brannte, seinerseits mit meiner Waffe zu schießen. Zu meiner großen Überraschung weigerte er sich hartnäckig, daß ich ihm half, die Kurbel zu drehen, durch welche die Sehne gespannt wurde. Er wiederholte es zweimal mit zusammengebissenen Zähnen, und das Blut stieg ihm vor Anstrengung ins Gesicht.

Er schoß aus dem gleichen Abstand wie ich, da er sehr schnell begriffen hatte, daß man, wenn die Sehne durch die Mechanik gut gespannt war, nur noch zielen und auf den Abzug drücken mußte wie bei einer Feuerwaffe, jedoch mit dem Vorteil, daß man sie nicht zu schultern brauchte, weil die Waffe keinen Rückstoß hatte, sondern sie an die Wange legte, um das Ziel anzupeilen.

Gleich bei seinem ersten Schuß war sein Ergebnis besser als meins, wahrscheinlich wegen seiner großen Übung mit dem Bogen, aber vielleicht auch, weil die kleine Armbrust besser für seine als für meine Größe geeignet war. Wir schossen abwechselnd eine ganze Zeitlang. Er machte große Fortschritte, ich dagegen machte ziemlich kleine. Und ich begann mich sogar zu fragen, ob der Kauf dieser Waffe besonders klug gewesen war.

Während wir so beschäftigt waren, vergaß der Junge so ziemlich, daß er mein Hauptmann war, und bezeugte mir eine Art Zuneigung, wobei er jedoch immer einen gewissen Abstand zwischen uns wahrte, als könne er nicht ganz aufhören, mir zu befehlen. Was mich anging, war ich seit je von Erwachsenen umgeben gewesen, da ich keine Schule besuchte und zu meinen Geschwistern kaum eine Beziehung hatte, so daß ich nicht umhin konnte, an seiner Gesellschaft Vergnügen zu finden. Ja, er rührte mich ganz und gar. Ich sah mich wieder in seinem Alter, obschon ich damals viel weniger geschickt war als er, dafür aber mit der Zunge, wie mein Vater gesagt hätte, unendlich »geläufiger und flinker«.

Nach einer kurzweiligen Stunde schaute er auf die Uhr, die er an einem Halsband trug – ein Luxus, der mich bei dem Sohn eines Hauptmanns verwunderte –, und sagte, er müsse jetzt heimgehen und sage mir »goschen Dank«. Hiermit trat er auf mich zu, seine schönen schwarzen Augen fest in den meinen, er umschlang mich mit seinen Armen, stellte sich auf die Zehenspitzen und küßte mich auf beide Wangen. Dann errötete er, wie verlegen darüber, was er getan hatte, kehrte mir den Rücken, räumte gesetzt seinen Bogen ein und nahm seine Trommel. In dem Moment, da ich von seiner stürmischen Zuneigung überwältigt und um so mehr davon bewegt war, als er bis dahin so zurückhaltend gewesen war, gehorchte auch ich einer jähen Eingebung.

»Monsieur«, sagte ich, »möge es Euch gefallen, in Erinnerung an diesen Nachmittag diese Armbrust von mir entgegenzunehmen. Sie ist für Euch besser geeignet als für mich, und Ihr schießt sehr viel besser.«

Er errötete wieder, aber diesmal vor Freude, dann erlosch plötzlich die Freude in seinen Augen, und er sagte stotternd, er könne sie unmöglich annehmen, da er mir ja nicht seine Trommel dafür geben könne, die ein »Geschenk von Papa« sei.

»Ich verstehe gut«, sagte ich, »daß Monsieur de Mansan darüber nicht froh wäre ...«

Hier nun sah ich ein Staunen in seinen Augen, und er öffnete den Mund, als wollte er etwas sagen. Aber er ließ es sein. Er sprach wirklich nicht gerne, denn seine Störungen machten ihm die Sache nicht einfach.

»Und was mich betrifft«, fuhr ich fort, »was sollte ich mit einer Trommel? Ich kann nicht darauf spielen, und ich habe niemand in meiner Familie, der es mich lehren könnte. Monsieur, keinen Tausch! Nehmt, ich bitte Euch, die kleine Waffe als Geschenk an, wie ich sie Euch gebe: von Herzen.«

Er widerstand noch ein wenig, aber wie jemand, der besiegt werden will, denn seine Augen blickten in Sekundenschnelle zwischen mir und der Armbrust immerfort hin und her. Schließlich gab er nach; er nahm sie, sagte mir abermals »goschen Dank« und ging.

Als ich mit meinem Vater, mit Bassompierre und dem Chevalier in der Kutsche saß, die uns nach Paris zurückbrachte, fragte ich mich bange, ob mein Vater es wohl gutheißen werde, daß ich mein Eigentum an einen Jungen verschenkt hatte, den ich eine Stunde zuvor noch nicht einmal kannte. Deshalb beschloß ich, den Stier bei den Hörnern zu packen, und erzählte ungefähr in den Begriffen, wie es hier zu lesen steht, mein ganzes Erlebnis, von dem ich nur verschwieg, welchen Zorn das Wort meines Vaters anfangs in mir erregt hatte.

Die Geschichte gefiel meinen Reisegefährten, und als ich endete, beruhigte mich mein Vater wegen des Geschenks, denn er hatte meine Bangnis wohl herausgespürt.

»Monsieur, Ihr wäret sicherlich zu tadeln, wenn Ihr diese Armbrust von Eurer Patin, vom Chevalier oder von mir erhalten hättet. Da Ihr sie aber von eigenem Geld gekauft hattet, stand es Euch frei, darüber zu verfügen.«

»Dennoch«, sagte der Chevalier lächelnd, »laßt es Euch nicht zur Gewohnheit werden, Euer Eigentum ringsum zu verstreuen, so endet man auf dem Stroh.«

»Oder als Heiliger«, sagte Bassompierre.

»Ja, aber das dauert!« sagte mein Vater lachend, »zumindest in Rom. Denn ich wage zu hoffen, daß es im Himmel schneller geht.«

Eine Weile darauf wandte er sich an Bassompierre.

»Ich wußte gar nicht, daß Monsieur de Mansan einen Sohn hat.«

»Gewiß hat er einen Sohn«, sagte Bassompierre, »aber er ist achtzehn Jahre alt. Mit ihm hat Pierre-Emmanuel bestimmt nicht gespielt.«

»Aber mit wem dann?« rief ich aus.

»Im Schloß Saint-Germain-en-Laye«, sagte Bassompierre, »kenne ich nur einen sechsjährigen Jungen, der auf der Trommel fehlerlos den »Ruf zur Schlacht« oder den »Befehl zur Schlacht« spielen kann: es ist der Dauphin Louis.«

»Der Dauphin!« sagte ich. Mir blieb der Mund offen stehen. »Warum hat er das nicht gesagt?«

»Als Ihr ihm begegnet seid«, sagte Bassompierre, spielte der Dauphin die Rolle des Hauptmanns. Und das hat er weiter mit Euch gemacht. Ein Beweis, daß es ihm nicht an Folgerichtigkeit mangelt.«

»Noch an Eigensinn, wie es heißt«, sagte der Chevalier, »weshalb er, wie man hört, alle paar Tage gezüchtigt wird.« –

»Außer im Sommer«, sagte mein Vater.

»Wieso, außer im Sommer?« fragte Bassompierre, der überrascht schien, daß er nicht alles wußte, was am Hofe geschah.

»Héroard hat die Königin schließlich davon überzeugen können, daß das Auspeitschen bei der Hitze seiner Gesundheit gefährlich sein könnte ...«

Hierauf gab es lautes Gelächter und großes Lob für Héroards Menschlichkeit, dann forderte mein Vater von Bassompierre das Versprechen, die Sache nicht weiter zu erzählen – »vor allem nicht«, fügte er mit einem kleinen Lächeln hinzu, »der Tochter einer hohen Dame, mit der ich gut Freund bin.«

»Ich weiß nicht, wen Ihr meint«, sagte Bassompierre, der es sehr wohl zu wissen schien, »aber ich verspreche es.«

Da La Surie nun einen Blick mit meinem Vater wechselte, war ich offensichtlich der einzige, der nicht verstand, worauf die drei anspielten, und ich war gekränkt. Mußte man denn in meiner Gegenwart immer über meinen Kopf hinweg sprechen?

»Wie kommt es«, fragte ich, »daß der Dauphin in dem Garten allein war? Man sagt doch, daß er von morgens bis abends beschützt und bewacht wird?«

»Das wird er auch, junger Mann«, sagte Bassompierre, »aber sehr unauffällig, um ihn nicht zu erzürnen. Seid ganz sicher, daß in der Laube, in die Ihr nicht eingetreten seid, ein paar Leute standen, die Euch die ganze Zeit nicht aus den Augen gelassen haben, während Ihr mit ihm spieltet.«

»Aber wenn es wirklich der Dauphin war«, sagte ich, »wie konnte ihm dann eine kleine Armbrust so große Freude machen?«

»Der Dauphin liebt Waffen«, sagte mein Vater, »er besitzt zig Bogen, Armbrüste und Arquebusen ... Was ihn so beglückt hat, war das Geschenk, vor allem, da es von jemand kam, der nicht wußte, wer er ist. Der Dauphin ist sehr begierig auf Zuneigung.«

»Ist er nicht damit umgeben?« fragte ich.

»In der Tat«, sagte Bassompierre, »er wird von allen geliebt, nur nicht von der einzigen, von der er um alles in der Welt geliebt werden möchte.«

DRITTES KAPITEL

Am Sonntag nach unserer Schiffsreise auf der Seine gingen wir zur Predigt des Jesuitenpaters Cotton, der auch der Beichtvater Seiner Majestät war, in die Kirche Saint-Germain-l'Auxerrois, weil der König mit Madame[1] und seinem Minister Sully hinkam, die beide hartnäckige Hugenotten waren und zur katholischen Religion bekehrt werden sollten. Dazu legte Pater Cotton das Gleichnis vom barmherzigen Samariter aus und besonders den Abschnitt, in dem gesagt wird, daß jener den halbtot geschlagenen und ausgeraubten Reisenden in eine Herberge führte, dem Wirt zwei Groschen gab und sprach: »Pflege sein, und so du was mehr wirst dartun, will ich dir's bezahlen, wenn ich wiederkomme.«

Dieses »so du was mehr wirst dartun«, argumentierte Pater Cotton, rechtfertige den Ablaßhandel, durch welchen der Papst Reichtümer ansammle; dank dieser nämlich könne er wohltätige Werke stiften, die er anders nicht ermöglichen könnte.

Die Predigt fand um elf Uhr statt. Wegen der Anwesenheit des Königs und weil überall für die Bekehrung von Madame und von Sully gebetet wurde, war eine große Menge erschienen. Beim Verlassen der Kirche sah mein Vater Ehrwürden Abbé Fogacer, den Leibarzt des Kardinals Du Perron, im Gespräch mit dem König stehen, und trotz des dichten Gedränges erreichte er ihn gerade, als Seine Majestät von ihm ging, und lud ihn kurzerhand auf Mittag in unser Haus.

Fogacer nahm mit der größten Freude an und beglückte uns, meinen Vater, den Chevalier und mich – mich ganz besonders –, mit den wärmsten Umarmungen. Hierauf fragte er meinen Vater, ob an seiner Tafel auch sein junger Akoluth willkommen sei, den er sich von Venedig mitgebracht habe. Mein Vater willigte ein, nicht ohne ein kleines Lächeln.

---

1 Die Schwester des Königs.

Ausgestattet mit langen Beinen, welche die Soutane noch länger machte, mit endlosen Armen und einem Rumpf von äußerster Magerkeit, erkannte man Fogacer von weitem an seiner spinnenhaften Silhouette und von nahem an seinen schwarzen, wie mit dem Pinsel gezeichneten und zu den Schläfen aufstrebenden Brauen, die ihm einige Ähnlichkeit mit dem Bildnis gaben, das wir uns von Satan machen. Ein Bildnis, sagte mein Vater, das seinen bisweilen ketzerischen Reden nicht widerspreche, das aber durch die Güte seiner nußbraunen Augen widerlegt würde. Wir hatten ihn seit einem Jahr nicht gesehen, weil er dem Kardinal Du Perron nach Italien gefolgt war, der im Auftrag des Königs mit dem Heiligen Vater derzeit in höchst dornenreichen Verhandlungen über Venedig stand.

Unsere Karosse machte einen Umweg über Fogacers Wohnung, um seinen jungen Meßdiener abzuholen. Es war ein pausbäckiger, sehr dunkler, sehr gelockter Bursche, der seinen Teil des Mahls mit Leichtigkeit verschlang, da sein Mund an unserer Tafel weit mehr Vergnügen fand als seine Ohren, denn er konnte überhaupt kein Französisch und Italienisch auch nicht viel besser, weil er einen venezianischen Dialekt sprach.

»Nun erzählt, Fogacer!« sagte mein Vater, nachdem er kaum den ersten Bissen hinuntergeschluckt hatte, »wie steht es mit diesem höchst leidigen Streit zwischen Venedig und dem Papst?«

»Das ganze Übel«, sagte Fogacer, seine diabolischen Brauen hebend, »rührt daher, daß die Kardinäle vor zwei Jahren die sonderbare Idee hatten, einen tugendsamen Papst zu wählen.«

»Ist das nicht an sich eine gute Sache?« fragte der Chevalier mit Unschuldsmiene.

»Ganz und gar nicht. Was die Christenheit braucht, ist ein Papst, dessen Tugend mittelmäßig, dessen Erfahrung jedoch groß ist. Statt dessen haben wir in Paul V. einen Papst mit großer Tugend und geringer Erfahrung. Aus dem Grunde hält er so starr an den Traditionen und Privilegien der katholischen Kirche fest und schleuderte plötzlich Feuer und Flammen, als Venedig zwei verbrecherische Priester verhaftete und einkerkerte.«

»Was hätte Venedig denn tun sollen?« fragte ich.

»Es hätte sie, gemäß besagten Privilegien und Traditionen, dem Papst überstellen müssen, damit sie von einem geistlichen Tribunal in Rom verurteilt würden. Aber der Doge bestand auf der Gerichtsbarkeit der Serenissima über ihre eigenen Bürger und weigerte sich. Also sprach Paul V. in seinem Zorn das Interdikt gegen Venedig. Und, mein Kleiner«, sagte er, indem er sich mir zuwandte (aber die Anrede hatte in seinem Mund nicht denselben Klang wie in dem Bassompierres), »da Ihr mich gleich fragen werdet, was ein Interdikt ist, will ich es Euch sagen: Der Papst verhängte über die gesamte Republik Venedig den kleinen Bann, das heißt, es war den weltlichen wie den Ordensgeistlichen verboten, die Messe zu lesen und die Sakramente zu erteilen. Nun, mein Kleiner, was meint Ihr dazu?«

Ich sah zu meinem Vater hin, der mich durch einen Blick ermutigte, meine Ansicht zu äußern.

»Ich meine, es ist überspannt, wegen einer so kleinen Sache ein ganzes Volk seiner Religionsübungen zu berauben.«

»Ausgezeichnet! Ganz ausgezeichnet!« rief Fogacer und hob seine Spinnenarme gen Himmel. »Junger Eliakim, die Weisheit spricht aus deinem Mund! Wie du dir denken kannst, fand sich Venedig nicht damit ab. Der Doge gebot laut und deutlich, die Geistlichen sollten nach wie vor die Messe lesen und die Sakramente erteilen, und als die Jesuiten sich geschlossen der Anordnung verweigerten, wies der Doge sie aus. Furore im Vatikan! *Un cieco furore!*[1] Der Papst rüstet unverzüglich ein Heer. Venedig ebenfalls. Aufruhr und Angst in der ganzen Christenheit!«

»Und das alles wegen zweier Verbrecher!« sagte ich. »Was kam es letztlich darauf an, von wem sie verurteilt würden!«

»Wahrlich, Ihr seid der gesunde Menschenverstand selbst!« sagte Fogacer, indem er mit seiner langen Hand durch seine langen, schlohweißen Haare fuhr. »Nicht allein Eliakim sehe ich hier, der mit prächtigen Zähnen in sein Fleisch beißt: es ist David, der nach Recht und Gerechtigkeit urteilt!«

»Was hatten die beiden Priester verbrochen?« fragte der Chevalier.

»Der eine hatte einen Mann ermordet, was, wie man zugeben muß, wenig christlich ist, der andere«, fügte Fogacer

1 (ital.) Ein blinder Zorn!

mit angewiderter Miene hinzu, »hatte versucht, seine Nichte zu verführen. *Trahit sua quemque voluptas.*[1]«

»Und was war das Ergebnis?« fragte mein Vater.

»Das Schiedsamt unseres Henri, endlose Verhandlungen, und zum Schluß ein Kompromiß: Venedig ruft die Jesuiten nicht zurück, überstellt aber die beiden Verbrecher dem Papst.«

»Und was tat das päpstliche Tribunal?« fragte La Surie.

»Was das Tribunal von Venedig auch getan hätte. Es verurteilte sie und ließ sie hängen.«

»Kein großer Gewinn für die armen Teufel!« sagte mein Vater.

»Aber ein großer für den Kardinal de Joyeuse und den Kardinal Du Perron, die einen ganzen Winter, dieser in Venedig, jener in Rom, zubringen konnten. Und für mich, da ich mir aus Venedig diese reizende kleine Erinnerung mitbrachte.« Und Fogacer wies auf seinen Meßdiener.

»Trahit sua quemque voluptas«, murmelte der Chevalier.

So leise er sprach, ich hörte es doch und verstand es noch besser, denn Fogacers Aufmerksamkeiten berührten mich nicht eben angenehm.

»Und ist der König mit dem Ausgang zufrieden?« fragte mein Vater.

»Mittelmäßig. Er weiß, daß er in Venedig jetzt wenig und vom Papst gar nicht geliebt wird, denn die Zugeständnisse mußten beiden Parteien entrissen werden.«

»Und was hält er von der Predigt des Paters Cotton?«

»Ich weiß nicht, aber der halsstarrige Sully sagte beim Verlassen der Messe, das sei Geschwätz. Und Madame wahrte das verdrießlichste Schweigen.«

»Man muß aber auch zugeben«, sagte der Chevalier, »für einen Mann von Geist hat es Pater Cotton seltsam ungeschickt angefangen. Vom Ablaßhandel zu sprechen: der ist für Kalvinisten doch ein rotes Tuch.«

»Oder für bekehrte Hugenotten«, sagte Fogacer mit hinterhältigem Lächeln.

»Aber ist es denn nicht ein erwiesener Mißbrauch«, sagte mein Vater, »den Leuten einzureden, sie könnten sich durch zehnmal wiederholte Gebete oder durch Geld, das sie einem

---

1 (lat.) Einen jeden treibt die eigene Begierde.

Priester geben, ein paar Jahre ihrer Buße im Fegefeuer ersparen, bevor sie ins Paradies eingingen?«

»Ein Mißbrauch«, sagte feurig der Chevalier, »zeugt eben immer den nächsten. Der erste war nun einmal bereits diese verdammenswerte Erfindung des Fegefeuers auf dem Tridentischen Konzil, um die ewigen Höllenqualen durch zeitweilige Qualen zu mildern.«

»Meine Herren, meine Herren!« rief Fogacer, indem er seine langen Hände hob, als wehre er sich gegen den Teufel, »ich rieche hier Faßgestank! Verderbt Euer ausgezeichnetes Mahl nicht durch verbotene Reden!«

»Was heißt das?« fragte mein Vater, indem er die Brauen hob. »Fogacer, wo ist Euer Skeptizismus hin?«

»Er ist Vergangenheit«, sagte Fogacer mit frommer Miene. »Meine Soutane ist mir mehr und mehr zur zweiten Haut geworden. So sehr, daß ich an meinem Atheismus heute ernsthaft zu zweifeln beginne. Nicht daß ich mehr glaube, vielmehr bin ich weniger ungläubig geworden.«

»Wenn ich etwas sagen dürfte«, warf ich ein.

»Sprich nur, sprich, mein Kleiner!« rief Fogacer aus. »Du, ein Eliakim an Weisheit und ein David an Gerechtigkeit!«

Diese Ermutigung hätte mein Rad gebremst, wäre ein Blick meines Vaters mir nicht beigesprungen.

»Was mich angeht«, sagte ich, »möchte ich, anstatt für meine Sünden ewig in der Hölle zu schmachten, wirklich lieber eine zeitweilige Strafe verbüßen, die mir übrigens auch mehr der göttlichen Barmherzigkeit zu entsprechen scheint.«

»Ausgezeichnet! Ganz ausgezeichnet!« schrie Fogacer. »Mein Schöner, in dir begrüße ich Ganymed, welcher den Olympiern die Ambrosia des gesunden Menschenverstandes einschenkt.«

»Die göttliche Barmherzigkeit gibt es gewiß«, sagte mein Vater ernst, »aber in einer Weise, über die uns kein vorwitziges Urteil zusteht. Nichts in der Heiligen Schrift weist darauf hin, daß es ein Fegefeuer gibt.«

»Darüber ließe sich streiten«, sagte Fogacer.

Doch tat er es nicht, und ein längeres Schweigen trat ein, da weder der Chevalier noch Fogacer, noch mein Vater Lust hatten, sich weiter in ein theologisches Problem zu vertiefen.

»Alsdann!« sagte Fogacer, »da Ihr meinen Bericht aus Rom

nun vernommen habt: was ist inzwischen in der schönen Stadt Paris passiert?«

»Der König«, sagte der Chevalier, »hat im Februar den Bau des Pont-Neuf beendigt. Und er war damit hoch zufrieden. Immer wieder hat er seine neue Brücke zum reinen Vergnügen überquert, bald in der Karosse, bald zu Pferde, bald zu Fuß. Und jedesmal war er ganz entzückt. Als er dann aber feststellte, daß es bis zum Stadttor, der Porte de Buci, ein langer Umweg über die Rue Pavée und die Rue Saint-André-des-Arts ist, beschloß er, alle Häuser zwischen dem Pont-Neuf und der Porte de Buci zu kaufen, niederzureißen und an ihrer Statt eine neue Straße zu bauen, die von der Brücke geradewegs zum Stadttor verläuft. ›Das‹, sagte er, ›wäre für die Stadt Paris eine große Zier und für ihre Bewohner sehr bequem.‹«

»Aber diese Häuser«, sagte Fogacer, »gehören doch den Augustinerbrüdern: abgesehen vom Hôtel de Nevers, ist von den Seinequais bis zur Rue Saint-André-des-Arts alles in ihrem Besitz.«

»Ihr dürft sicher sein«, sagte der Chevalier, »daß die Augustiner dafür auch einen saftigen Preis verlangt haben, aber der König hat ihn, ohne zu feilschen, bezahlt. Was die guten Patres, nachdem sie die dreißigtausend Livres Kaufpreis einkassiert hatten, nicht hinderte, die Füße Seiner Majestät mit ihren Tränen zu netzen. ›Sire‹, barmten sie, ›nun, da wir Eurem Willen gefrommt haben, sind wir unsere schönen Gärten los.‹ – ›Meine guten Patres‹, sagte der König, ›der Gelderlös aus diesen Häusern ist ja wohl ein paar Kohlköpfe wert!‹«

Hier nun erregte sich Fogacer sehr, denn er teilte alle Vorurteile der weltlichen Geistlichkeit gegen die Mönche.

»Und wie«, fragte er, »will der König die Straße nennen, die vom Pont-Neuf zur Porte de Buci führen soll?«

»Rue Dauphine«, sagte La Surie.

»Ah, wie rührend!« sagte Fogacer. »Aber kein Wunder. Schließlich ist es allbekannt, wie vernarrt Henri in den Dauphin Louis ist.«

»Obwohl er ihn manchmal sehr rauh behandelt«, sagte mein Vater. »Da er in der Kindheit selbst viel gezüchtigt wurde, glaubt er, die Rute bringe Segen. Dabei übersieht er nur, daß die Züchtigung bei ihm, anders als bei dem kleinen Louis, wettgemacht wurde durch die Liebe einer Mutter.«

Nach dieser Bemerkung, die mich betroffen machte, schweifte meine Aufmerksamkeit ab. Und da ich auf einmal feststellte, daß die Mahlzeit meine Siesta beschnitt, wünschte ich, offengestanden, sehr, Fogacer möge gehen, obschon ich ihn nicht ungern sah und ihn ohne alle die Namen, die er mir gab, wirklich gerngehabt hätte. Eliakim und David, schön und gut, da der erste für seine Reinheit berühmt war und der zweite für seine Tapferkeit. Aber dachte er, ich wüßte nicht, zu welchem perversen Zweck Jupiter den Ganymed entführt hatte?

Als hätte er meine Gedanken erraten, erhob sich Fogacer, nahm höflichen Abschied und stelzte auf seinen langen Beinen davon, gefolgt von diesem feisten, dickärschigen, krauslockigen Meßdiener, der in seinem Schlepptau unsäglich klein aussah.

Kaum hatte sich unsere Haustür hinter ihnen geschlossen, hörte man es mehrfach an unserer Toreinfahrt klopfen. Franz ging nachsehen und öffnete sogleich. Es war Madame de Guise, die sich nicht, wie sonst immer, durch ein kleines Wort angekündigt hatte. Ich sah sie vom Saalfenster eiligst aussteigen, kaum daß die Mietkutsche in unserem Hof hielt, und sich wie wütend die Maske abreißen. Ihr Gesicht schien zornesbleich, und mit so großen Schritten, wie es ihre kleinen Füße erlaubten, kam sie in unser Haus gerauscht, ohne mit einem Zeichen, einem Lächeln, wie es ihre Gewohnheit war, auf die Grüße unserer Leute zu antworten. Sie trat nicht ein: sie *brach* ein in unseren Saal.

»Monsieur«, sagte sie, indem sie meinen Vater mit funkelnden Augen fixierte, »Ihr seid ein Verräter! Ich habe einen fürchterlichen Zorn auf Euch.«

»Schöner Auftritt!« sagte mein Vater.

Der Chevalier verschwand mit bewundernswerter Eile so rasch aus dem Raum, daß man bezweifeln konnte, ihn eine Sekunde zuvor überhaupt gesehen zu haben. Ich wollte eben seinem Beispiel folgen, als die Herzogin mich wütend zurückhielt.

»Bleibt da, Söhnchen, Ihr sollt aus meinem Munde erfahren, was für ein Unhold Euer Vater ist!«

Diese Worte mißfielen mir so sehr, daß ich Madame de Guise frei ins Gesicht blickte und ihr weder große Schonung noch große Ehrerbietung erwies.

»Madame«, sagte ich, »ich werde nur dann hierbleiben, wenn mein Vater es mir befiehlt.«

»Bleibt, mein Sohn«, sagte mein Vater ruhig.

Die ganze Zeit, die ich durch Fogacer verloren hatte, war ich bereits auf dem Sprung gewesen, und nun kam noch der Befehl meines Vaters, zu bleiben, der meine Schäferstunde mit Toinon abermals verkürzte. Trotz aller Liebe zu der Herzogin bereute ich in dem Moment heftig, daß ich nicht, bevor sie unseren Saal betrat, um Urlaub gebeten hatte.

»Bleibt da, mein Sohn«, wiederholte mein Vater. »Noch weiß ich den Grund nicht für die gewaltige Woge, die da neuerlich über uns hereinbricht, doch ich wette, es ist alles Schaum.«

»Was soll das heißen?« fragte die Herzogin, die dieses Bild durcheinanderbrachte.

»Daß es sich höchstwahrscheinlich um eine Nichtigkeit handelt.«

»Eine Nichtigkeit?« schrie Madame de Guise voller Wut, »eine Nichtigkeit? Ist es eine Nichtigkeit, wenn ich Euch sage, Ihr könnt mich künftighin aus der Zahl Eurer Freunde streichen, weil ich weder hier noch woanders, nicht in dieser und nicht in jener Welt Eurem Verrätergesicht mehr begegnen will?«

»In dem Fall, Madame«, sagte mein Vater mit einer Verneigung, »werdet Ihr mir erlauben, Euch unverzüglich zu Eurer Kutsche zu geleiten und Euch gute Heimkehr in Euer Hôtel de Grenelle zu wünschen.«

»Wie! Ihr wollt mich nicht einmal anhören?« schrie die Herzogin.

»Madame, wozu? Ich bin bereits verurteilt, da Ihr den Bruch verkündigt habt, ohne vorher den Klagegrund darzulegen.«

»Monsieur«, sagte die Herzogin, »Eure Sprache verstehe ich nicht. Glaubt ja nicht, Ihr macht mich durch Eure Spitzfindigkeiten irre. Ich habe Euch einen unerhörten Vorwurf zu machen, und bei allen zehntausend Teufeln der Hölle, ich mache ihn, ob es Euch gefällt oder nicht!«

»Madame«, sagte mein Vater, indem er sich aufs neue kühl verneigte, »lassen wir die zehntausend Teufel hübsch zur Hölle fahren und kommen wir nach dem heulenden Vorspiel zur Sache.«

Es war seltsam, wie die Herzogin doch ein wenig zauderte, ehe sie mit ihrem »unerhörten Vorwurf« herauskam.

»Monsieur«, sagte sie endlich, »ich hörte heute morgen unzweifelhaft, daß Ihr bei der Ermordung meines seligen Gemahls die Hand im Spiel hattet.«

»Ich hatte die Hand im Spiel bei der Ermordung des Herzogs von Guise?« sagte mein Vater, dessen Beherrschtheit der Verblüffung wich. »Und wie hätte ich dabei die Hand im Spiel gehabt, Madame? Könnt Ihr mir das sagen? War ich an dem Mordplan beteiligt? Oder war ich beteiligt an der Ausführung?«

»Das weiß ich nicht«, sagte die Herzogin, deren Sicherheit etwas ins Wanken geriet.

»Wie? Das wißt Ihr nicht? Es kann doch nur das eine oder das andere sein?«

»Das weiß ich nicht«, wiederholte die Herzogin.

»Nun gut, Madame, da Ihr es nicht wißt, werde ich es Euch sagen. Der Plan, dem Leben des Herzogs von Guise ein Ende zu setzen, wurde von König Heinrich III. gefaßt, weil er fürchtete, daß der Herzog, nachdem er sich zum Herrn von Paris gemacht und ihn, den König, aus seiner Hauptstadt vertrieben hatte, auch noch zum Äußersten schreiten und sich des Thrones bemächtigen werde. Der Beschluß wurde in Blois vom König und einem begrenzten Staatsrat gefaßt, welchem ich nicht angehörte, denn ich war nur der Arzt Seiner Majestät. Und ausgeführt wurde dieser Plan im Gemach des Königs durch acht seiner Leibgardisten.[1] Was nun meine kleine Rolle in dem Fall anbelangt, so beschränkte sie sich auf eines: nach der Ermordung des Herzogs wurde ich als Mediziner vom König gerufen, um den Tod Eures Gemahls festzustellen.«

»Und das habt Ihr mir bis heute verheimlicht!« schrie Madame de Guise. »Ist das nicht die Höhe? Die ganze Zeit, die ich Euch kenne, habt Ihr daran nie auch nur mit einem Wort gerührt!«

»Madame, weshalb hätte ich das tun sollen? Sollte ich Euch durch die Erinnerung an diese furchtbare Prüfung betrüben? Und wußte ich nicht, daß Euch alles, was in Blois geschehen war, von dem Vater Monsieur de Bassompierres getreulich

---

[1] Im Jahr 1588, sechzehn vor der Handlung dieses Romans.

berichtet wurde, da er der Stadt entfliehen konnte und mit verhängten Zügeln nach Paris geeilt ist, um Euch die Dinge mitzuteilen, und sich bemüht hat, Euch zu trösten.«

Bei diesen Worten färbte sich Madame de Guise rosig und wußte nichts zu erwidern. Woraufhin mein Vater, der den Besuch von Bassompierres Vater nicht ohne Absicht erwähnt hatte, seine Spitze noch weiter trieb.

»Wollt Ihr mir nun sagen, Madame, wer Euch diesen ungerechten Verdacht in den Kopf gesetzt hat?«

»Ich werde mich hüten, Monsieur. Ihr würdet hingehen und ihn fordern.«

»Aber nein, Madame, nein!« rief mein Vater leidenschaftlich. »Das würde ich nicht tun! Ich halte Duelle für etwas Abscheuliches. Außerdem wißt Ihr doch, daß ich der einzige bin, der die Jarnacsche Finte beherrscht, die keiner parieren kann. Aus dem Grund fordere ich nie jemanden, und niemand am Hofe hat je mich gefordert. Also, Madame, keine Geheimniskrämerei! Den Namen Eures Informanten, bitte!«

»Schwört mir, daß Ihr nicht hingeht ...«

»Ich habe es Euch soeben versichert.«

»Es ist mein Sohn, der Chevalier de Guise.«

»Der Chevalier de Guise!« rief mein Vater aus, indem er die Hände zum Himmel hob, und sein Gesicht schien zwischen Zorn und dem Verlangen zu lachen hin und her gerissen. »Der Chevalier, das postume Kind! Madame, das ist der Gipfel! Er war noch nicht einmal geboren, als der Mord von Blois geschah! Wenn ich nicht irre, kam er sieben Monate nach dem Tod seines Vaters zur Welt. Was kann er darüber wissen? Hättet Ihr Euch nicht denken können, daß der Unbesonnene nur irgendwelchen Hofklatsch nachplappert? Ach, Madame, geht mir mit Eurer Familie! Alle Eure vier Söhne ...«

»Fünf«, warf Madame de Guise halblaut ein.

»Von allen vieren«, fuhr mein Vater fort, als hätte er es nicht gehört, »ist der Erzbischof von Reims der einzige, der keine Schulden hat. Euer Ältester, der Herzog von Guise, vergeudet seine Zeit mit Müßiggang und Ausgefallenheiten. Wie ich höre, hält er sich neuerdings eine Löwin, in deren Gesellschaft er zu frühstücken vorgibt ... Verhüte Gott, daß sein Frühstück nicht eines Tages böse für ihn ausgeht!«

»Monsieur!«

»Der Prinz von Joinville, gewiß noch der beste von Eurer Löwenbrut und der einzige, der ein bißchen Verstand hat, verschwendet ihn, indem er jedem Unterrock nachläuft wie ein Tollkopf.«

»Dem seid Ihr auch nachgelaufen.«

»Aber nicht wie ein Tollkopf, Madame. Es wäre mir niemals eingefallen, einer Mätresse des Königs den Hof zu machen!«

»Ihr wißt so gut wie ich, daß der König die Comtesse de Moret dies Jahr verschmäht und nur noch Augen für Charlotte des Essarts hat.«

»Aber es mißfällt ihm, wenn einer aus seinem Kelche trinken will, er stellt ihn ja nur beiseite, um darauf zurückzukommen. Und was den Chevalier de Guise betrifft, der so fromm ist, daß man ihn zum Malteserritter gemacht hat, und so scharfsichtig, daß er schon als Fötus alles über den Mord von Blois wußte, so kennt jeder am Hof, und Ihr als erste, seinen Charakter: verleumderisch ohne Grund, streitsüchtig ohne Anlaß, ein Wirrkopf, dem niemand glauben mag, und derart hitzig, daß man wetten kann, er zieht sich eines Tages eine sehr böse Geschichte auf den Hals.«

»Ach, Ihr seid allzu hart!«

»Durchaus nicht. Ich sage, was wahr ist.«

»Wenigstens meine Tochter könnt Ihr nicht schlechtmachen. Sie wird von jedermann bewundert.«

»Gewiß ist Louise-Marguerite wunderschön, dazu sehr gescheit und sehr liebenswürdig. Aber warum, Madame, warum mußte sie so einen alten Trottel heiraten wie den Prinzen von Conti?«

»Monsieur, so spricht man nicht über einen Prinzen von Geblüt! Außerdem ist der Prinz außerordentlich reich, und Ihr wißt doch, es gibt Ehen, die eine Frau befreien, ohne ihr lästig zu fallen.«

»Eine widerliche Moral!«

»Widerlich seid Ihr, Monsieur, mir über die Meinigen soviel Schlechtes zu sagen. Das werde ich mir merken, und ich werde es Euch nur verzeihen, wenn Ihr am sechzehnten August zu meinem Ball kommt.«

Plötzlich hatte Madame de Guise ihren ganzen großen Zorn vergessen; sie trat auf meinen Vater zu, faßte seine beiden

Hände und blickte ihm zugleich treuherzig und schmeichelnd in die Augen.

»Ich komme nicht, ich habe es Euch doch gesagt.«

»Monsieur, wenn Ihr mich liebt, dann kommt Ihr. Das könnt Ihr mir nicht antun. Oh, doch, Ihr kommt, und mit Euch mein schönes Söhnchen! Wozu hätte ich ihm denn einen Tanzmeister gegeben, wenn er nicht tanzen darf?«

Hierauf sagte mein Vater nicht ja, nicht nein. Ich jedoch hatte genug gehört, um dafürzuhalten, daß meine Anwesenheit entbehrlich wurde. Ich fragte nicht einmal um Erlaubnis, sondern verließ den Raum auf Sammetpfoten und lief zu meiner Kammer hinauf, wo ich zu meiner großen Enttäuschung keine Toinon vorfand. Ach, wie leer, wie garstig, kalt und unwirtlich mir mein kleines Zimmer erschien! Ich lief hinunter und erkundigte mich bei Greta, wo meine Soubrette wohl sei.

»Mein Liepling«, sagte Greta, »Toinon hat in deiner Kammer üper eine Stunde auf dich kewartet, dann ist sie mit Mariette und den Soltaten zum Markt kegangen.«

»Sie geht doch sonst nie zum Markt!« rief ich verzweifelt. »Mariette mag sie nicht, und die Soldaten mögen sie allzu sehr.«

»Vielleicht follte sie dir's heimzahlen, taß tu die Siesta versäumt hast.«

»Oh, Greta!« sagte ich und warf mich an ihren Hals, »das ist die größte Ungerechtigkeit! Ich habe sie doch gegen meinen Willen versäumt. Wußte sie denn nicht, wo ich war und mit wem?«

»Kewiß wußte sie tas. Man hätte ja taub sein müssen, um Ihre Hoheit nicht zu hören.«

»Aber dann«, sagte ich, das Gesicht an ihrem Busen und die Kehle zugeschnürt, »warum hat sie mir das angetan?«

»Feil sie ein Feib ist. Liepling, du first dich an die Launen dieser Tierchen kewöhnen müssen.«

* * *

In meinen alten Tagen las ich aus der gequälten Feder Blaise Pascals, der Mensch könne nur unendlich unglücklich sein, da er, irregeführt durch die trügerische Macht der Einbildung, Freuden nachlaufe, die ihn köstlich dünkten. Doch sobald er sie besitze, bereiteten sie ihm nur mehr Widerwillen und Langeweile.

Was mich angeht, ich empfand mein Leben lang nie die mindeste Übersättigung, wenn ich meine Wünsche täglich befriedigt fand. Besonders, wenn sich zu dieser Befriedigung die zärtlichsten Empfindungen gesellten. Zu jener Zeit, als Madame de Guise so aufgeregt war wegen ihres Balls am sechzehnten August, ging ich in mein fünfzehntes Jahr. Schon drei Jahre teilte Toinon mein Lager. Und wenn ich nach meinem arbeitsamen Morgen hinauf zu meiner Kammer eilte, durchpulste mich jedesmal die gleiche köstliche Erwartung. Nie schliff Gewohnheit die Wonnen ab, die ich mit ihr genoß, und als sie drei Jahre später fortging, war ich ihrer noch immer nicht satt.

Meine Soubrette hatte zur Zeit ihrer Herrschaft über mich nur eine Rivalin: das Lernen. Ich gab mich ihm mit einem so außerordentlichen Eifer hin, daß auch der gestrengste Herrscher sich dessen gefreut hätte. Denn ich tat es nicht mit einer Hinterbacke wie die meisten Schüler, sondern mit allen beiden, im Galopp und mit verhängten Zügeln. Bei solcher Gangart machte ich rasche Fortschritte. Mein Jesuit war immer ganz erstaunt; er konnte mir irgendein Thema stellen, dann schrieb ich darüber zehn Seiten auf lateinisch, und wenn er sie korrigiert hatte, disputierten wir die strittigen Punkte in der Sprache Ciceros. Besser noch, oder schlimmer: aus freien Stücken verfaßte ich lateinische Verse. Alle Versfüße stimmten, die Syntax auch. Nur die Poesie, fürchte ich, gewann dabei nicht allzuviel, so sehr ich Vergil auch bewunderte und meine Inspiration aus den *Bucolica* schöpfte.

Mein Vater, der auf schöne Sprache erpicht war und die Gesellschaft Heinrichs III., des gelehrtesten unter den Valois und auch des eloquentesten, reichlich genossen hatte, ermutigte diese meine Versuche. Wie Heinrich III. war er vernarrt in gut geschürzte Geschichten, in Geistesblitze, Wortgefechte, pikante Porträts, witzige Worte. Monsieur de La Surie teilte diese Neigung, die bei ihm aber manchmal ein wenig zu weit ging. Beide sprachen sie eine kraftvolle Sprache, die sie mit Ausdrücken aus dem Périgord oder mit alten Wörtern würzten, die mich entzückten, gleichwohl ahmte ich sie darin nicht nach, denn Monsieur Philipponeau überzeugte mich, daß ich die Sprache meines Jahrhunderts sprechen müsse, nicht die des ihren. Aber ich hätte mich geschämt, wäre ich nicht ebenso wortgewandt gewesen.

»Gute Rede«, sagte mein Vater, »ist nicht allein gute Rede. Ihr seid kein Erstgeborener, wie auch ich es nicht war, Ihr müßt selbst für Euer Fortkommen in der Gesellschaft sorgen, und das findet Ihr nur am Hofe, wo alle Kunst heißt: zu gefallen. Wie aber gefällt man dem König, den Großen und den hohen Damen – die in diesem Lande so mächtig sind –, wenn nicht durch die Kunst, die Dinge gut auszudrücken, also mit einer gewissen Finesse in Geist und Wort.«

Wenn Madame de Guise auch kein Wissen besaß, war sie doch in der großen Welt zu Hause und besaß die Intuition des Herzens, und so bestürmte sie Tag für Tag mit den inständigsten Reden die Wehrmauern meines Vaters, damit er schließlich doch einwillige, mit mir zu ihrem Ball zu kommen.

»Monsieur«, sagte sie, »der sechzehnte August ist mein Geburtstag. Und da Ihr der erste meiner Freunde seid, wäre es Eurerseits höchst unfreundlich, würdet Ihr bei diesem Ereignis, wenn auch nicht voll an meiner Seite stehen, da die Konventionen dies verbieten, so doch in meiner nächsten Nähe. Ich will mich an dem Tage in der Zuneigung meiner Lieben baden und werde nur jene einladen, die mir teuer sind: meine Söhne, meine Tochter, meinen Patensohn, Euch ...«

»Und obendrein eine Menge Gesellschaft«, fiel mein Vater ein. »Den König, die regierende Königin, die geschiedene Königin, beide Favoritinnen (oder alle drei, sofern die Marquise de Verneuil auch kommt), die Prinzen von Geblüt, die Marschälle von Frankreich, den Comte d'Auvergne, die in Paris weilenden Fürsten und Pairs, einschließlich des Herzogs von Sully, den Ihr nicht besonders liebt, aber der Eure Pension bezahlt, und des Herzogs von Épernon, den Ihr haßt, aber dessen Rache Ihr fürchtet, und alle diese Großkopfeten werden in Begleitung guter französischer Edelleute erscheinen, wie es ihrem Rang geziemt. Und das nennt sich dann Euer Familienfest, Madame, wo Ihr Euch nur in der Zuneigung Eurer Lieben baden wollt!«

»Vergeßt Ihr, daß ich durch meine Mutter eine Bourbonin bin?« sagte die Herzogin ohne den geringsten Dünkel, so als wäre es die gewöhnlichste Verwandtschaft, »und daß ich Henri als meinen Cousin einladen muß? Und wie könnte ich Henri einladen ohne die Königin, ohne Königin Margot[1], die Favoritinnen, die Prinzen von Geblüt, die Herzöge, kurz gesagt, jeden mit seinem Gefolge, ein paar hundert Personen alles in allem.«

»Und ebenda, Madame, drückt mich der Schuh. Das ist kein Geburtstag, das ist ein Auflauf! Man frißt, man schnattert, man schwitzt, man erstickt, die Wachslichte Eurer Lüster kleckern einem auf den Kopf, die Standleuchter verräuchern einem die Kleider; Füße und Knie schmerzen, weil man immer auf den Beinen sein muß; man wird von den Parfüms der Schönen und den Duftwässern der Galane betäubt. Und was macht man die ganze Zeit? Man tanzt, oder man tut als ob, denn das Stimmengewirr ist so laut, daß man die Violinen nicht hört. Will man einander begrüßen, muß man brüllen. Keiner versteht, was der andere sagt: ein geringer Verlust, denn man redet sowieso nur Nichtigkeiten, und am Büffet herrscht ein solches Gedränge, daß man kaum durchkommt, um einen Becher Clairet zu ergattern. Und wenn einem die Stunde schlägt, sucht man vergeblich einen Ort, wo man sich erleichtern kann.«

»Dafür habe ich gesorgt!« rief die Herzogin triumphierend. »Ich habe eine Kammer für die Bequemlichkeiten eingerichtet, wo eine ganze Reihe Stühle aufgestellt sein werden.«

»Kackstühle, meint Ihr?«

»Pfui, Monsieur! Das sagt man nicht mehr! Es verletzt die Ehrbarkeit.«

»Dann richtet aber auch eine Kammer für die Damen ein«, sagte mein Vater. »Sonst wird die Ehrbarkeit erst recht verletzt.«

»Selbstverständlich«, sagte die Herzogin. »Und die Tür dazu lassen wir von zwei riesigen Schweizern bewachen. Heutzutage kann man selbst der Tugend blutjunger Damen nicht mehr trauen. Wißt Ihr, daß man unlängst im Louvre, in den Gemächern der Ehrendamen, den jungen Baron des Termes bei Mademoiselle de Sagonne erwischt hat? Die Königin hat aufgeheult. Sie hat die Sagonne auf der Stelle verjagt und ist zum König gelaufen: er solle dem Baron ›den Kopf abschneiden‹.«

»Und was hat der König getan?«

---

[1] Die erste Gemahlin von Henri Quatre.

»Er ist geplatzt vor Lachen. ›Madame‹, hat er gesagt, ›meint Ihr wirklich den Kopf, den ich ihm abschneiden soll? Und ist es nicht an Euch, Eure Jungfern besser zu hüten?‹«

Mein Vater schmunzelte über die Geschichte, und als Madame de Guise ihn nun aufgeheitert sah, faßte sie wieder Hoffnung.

»Ach, Monsieur, ich bitte Euch!« sagte sie so schmeichelnd sie konnte. »Wenn Ihr mir gefallen wollt, macht mir die Freude und kommt.«

»Madame, habt Ihr auch dies bedacht? Um auf Eurem Ball keine allzu klägliche Figur zu machen, bräuchte ich ein Taffetwams, einen doppelten Spitzenkragen, scharlachene Kniehosen, fleischfarbene Seidenstrümpfe, Stiefel mit goldenen Sporen und einen edelsteinbesetzten Degenknauf. Hinzukommt: ich kann diese ganze kostspielige Tracht nur ein einziges Mal anlegen, denn beim nächsten Ball ist sie schon nicht mehr Mode.«

»Nun gut, Monsieur«, sagte die Herzogin, die alles auf eine Karte setzte und sich gleichsam in die Verzweiflung schickte, »dann kommt Ihr eben in Eurem schwarzen Samtgewand. Bei einem bekehrten Hugenotten mag das durchgehen, nur müßt Ihr dann Eure Kette tragen, die Euch als Ritter vom Heiligen-Geist-Orden ausweist. Niemand wird sich über einen Edelmann lustig machen, den ein solches Zeugnis königlicher Gunst auszeichnet.«

»Im schwarzen Samtgewand am sechzehnten August! Und in dem Gedränge! Wollt Ihr mich umbringen? Nein, nein, Madame, keine Rede mehr davon! Wir würden uns nur zanken. Und das ist das ganze Gegenteil von dem, was ich möchte.«

Hiermit ergriff er ihre rundliche kleine Hand, führte sie an seine Lippen und küßte sie auf eine sehr besondere Weise, die eine Art Liebessprache zwischen ihnen beiden sein mußte, denn Madame de Guise erschauerte, färbte sich rosig und wurde stumm wie eine Nonne zur Frühmette.

Nun denn, dachte ich, damit ist die Sache besiegelt und mein schöner Ball ins Wasser gefallen. Denn wiewohl der Respekt es mir verboten hätte, meinen Wunsch vor meinem Vater zu äußern, da er dem seinen widersprach, hatte ich glühend gehofft, er werde die Einladung Madame de Guises annehmen, sowohl um meiner lieben Patin die Freude zu machen, als auch damit ich endlich mit eigenen Augen ihr schönes

Hôtel de Grenelle und alle die hohen Persönlichkeiten des Hofes sähe, deren Namen und Charakterzüge, deren großes oder lächerliches Tun in den Gesprächen ständig eine Rolle spielten, ob man die Herzogin hörte oder Fogacer, Bassompierre oder meinen Vater. Und warum sollte ich verschweigen, welch großes Vergnügen ich mir davon versprochen hatte, wenn auch nur aus einem kleinen Winkel jene berühmten Schönheiten zu betrachten, über die unsere Kammerfrauen den lieben langen Tag zu klatschen hatten: mochten sie die Favoritinnen des Königs nun gewesen sein, gegenwärtig sein oder gerade erst werden: die Marquise de Verneuil, die Comtesse de Moret, Charlotte des Essarts. Ihre Namen allein hatten in meinem Ohr einen Zauberklang, der meine Phantasie beschäftigte und mich zum Träumen verführte.

Obwohl meine Siesta der gesprochenen Sprache wenig Raum ließ, vertraute ich Toinon zwischen zwei Seufzern meine Enttäuschung wegen des verlorenen Balls an. Sie war nicht eben mitleidig.

»Liebe Zeit, Monsieur, ich glaub nicht, daß Ihr daran viel verliert! Diese hochadligen Dirnen sind besser angeputzt als unsereiner, aber nehmt ihnen den Schnürleib weg, den Oberrock, den Unterrock, die falschen Locken, den falschen Hintern, die falschen Farben, womit sie sich schminken, und was bleibt übrig? Weiber wie andere auch, vielleicht nicht mal so hübsch, mit Busen, Bauchnabel und einem Spalt von unten nach oben oder von oben nach unten, wie Ihr wollt, aber nie von rechts nach links! Schwerenot noch mal, wo ist da der Unterschied? Wenn Ihr mich auszieht, mein Schatz, seht Ihr wenigstens einen Arsch von Mutter Natur und einen Busen, der nicht vom Schneider ist. Papperlapapp! Ich werde rasend, wenn ich die Männer vor diesen Ziegen auf den Knien liegen seh! Lecken ihnen die Pfoten und himmeln sie an, bloß weil sie sich vor ihnen zieren und kostbar machen, ihnen den Kopf verdrehen mit ihren niedergeschlagenen Augen, ihren Schmollschnuten und ihrem albernen Getue. Ich sag Euch, Monsieur, bei denen ist alles Schein und wenig in der Hand! Für meine sechzig Livres im Jahr, die der Herr Marquis mir zahlt, samt Kost und Logis, da tu ich Euch mehr Gutes, wie Ihr von diesen koketten Puten im ganzen Leben nicht kriegt. Und das Beste dabei, ich tu es gern, weil Ihr hübsch aussieht, Euch gut anfaßt, blitzeblank seid wie ein neuer Sou, und, was selten ist bei einem Mann: Ihr habt immer Lust.«

Von meiner Enttäuschung, den sechzehnten August betreffend, berichtete sie Greta, der einzigen von unseren Leuten, die Toinons hochmütige Art nicht übelnahm. Greta gab alles brühwarm an Mariette weiter, die wie üblich aus einer Mücke einen Elefanten machte und meine kleine Kümmernis zur großen Verzweiflung aufblähte, welche sie sogleich Geneviève de Saint-Hubert mitteilen mußte, als diese bei uns eintraf. Mademoiselle de Saint-Hubert nun hatte ein Gemüt wie Butter, das auch ebenso leicht schmolz. Sie weinte, wenn sie ein Mäuschen in den Krallen einer Katze quieken sah. An jenem Tage nun sollte ich zu ihrer Begleitung am Clavichord auf italienisch singen, eine vorzügliche Übung, sagte sie, um meine Stimmritze den Klängen dieser schönen Sprache gefügig zu machen. So nahm sie denn anmutig Platz, legte ihre schönen Finger auf die Tasten, kam aber nicht weiter. Indem sie mir ihre schwarzen Augen zuwandte, darin ein Tränchen blinkte, sagte sie, wie sehr sie meinen Kummer verstehe und dessen ganze Bitterkeit nachfühlen könne, da auch sie einem Ball hatte entsagen müssen, von dem sie sich viel erhoffte. Ich sah, welchen Vorteil diese Eröffnung mir gab. Ich senkte die Augen, stieß einen Seufzer aus, tat untröstlich. Das war für sie zuviel. Sie schloß mich in die Arme und überschüttete mich mit Küssen. Ihr mögt Euch denken, daß ich hierauf nicht etwa heiter wurde. Mit gebrochener Stimme dankte ich ihr für ihre Güte, woraufhin sie diese verdoppelte. Nach und nach, wie von soviel zärtlichem Mitgefühl besiegt, begann ich ihre Küsse zu erwidern, aber auf eine so klagende Weise, daß sie sich weder entrüsten noch gar deren Verwegenheit bemerken konnte. Wer hätte gedacht, daß ihre klösterliche Erziehung sie so unbefangen oder so scheinheilig gemacht hatte? Wir verbrachten eine gute Weile damit, daß sie mich wie ein Engel zu trösten suchte und ich ihre Tröstungen wie in tiefster Verzweiflung, aber mit Hintergedanken empfing, die mir den Himmel nicht eben gewonnen hätten.

Mitten in diesem zärtlichen Handel klopfte es an der Tür. Ich löste mich aus den hübschen Armen (wegen der Hitze waren sie nackt), sprang auf und rief »Herein!« Zum Glück war es Greta und Gott sei Dank nicht Mariette, deren scharfem

Blick unsere Verwirrung schwerlich entgangen wäre. Greta war kurzsichtig und sah, wie sie oft sagte, alles nur verschwommen. Was zweifellos zu ihrer natürlichen Güte und ihren unentschiedenen Ansichten beitrug.

»Monsieur«, sagte sie, »da ist eine Art kleiner Etelmann in kroßem Aufputz; ter sagt, er kommt vom König und hat eine Potschaft für Monsieur de Siorac.«

»Laßt ihn eintreten, Greta.«

So kurzsichtig sie auch war, den Ankömmling hatte sie treffend geschildert, denn er war tatsächlich sehr jung und sehr klein, wiewohl er dem durch bedeutende Absätze und einen prächtigen hohen Federbusch aus weißen und amarantroten Straußenfedern abzuhelfen versuchte, der mit einer Perlenschließe an seinen schwarzen Biberhut geheftet war. Sein Seidenwams, seine Kniehosen und Strümpfe schimmerten in so lebhaften und so wohlabgestimmten Farben, daß ich dem erlesenen Geschmack des Trägers vielleicht unrecht täte, wenn ich sie falsch beschriebe. Doch kann ich immerhin bezeugen, daß seinem Gewand von oben bis unten nichts ermangelte – ob Borten, goldene Litzen, ob Seidenstickereien, Schnüre oder Schleifen –, alles, was der eleganteste Elegant seinem Schneider nur abverlangen konnte. Trotzdem beeindruckten mich am meisten seine Handschuhe, denn sie waren aus Samt (was mich bei der Hitze etwas unbehaglich dünkte), sie hatten große bestickte Stulpen und waren vom Handgelenk bis zum halben Ellbogen mit langen Goldfransen versehen, die bei jeder seiner Bewegungen durch die Luft schwirrten.

»Monsieur«, sagte er mit gespitzten Lippen, als wären die Wörter der französischen Sprache allzu schnöde, um dafür den ganzen Mund zu gebrauchen, »darf ich erfahren, ob Ihr in der Tat Monsieur de Siorac seid?«

»Ja, Monsieur«, sagte ich. »Der bin ich. Und dies ist Mademoiselle de Saint-Hubert, die so gütig ist, mich am Clavichord zu begleiten.«

»Madame«, sagte er, indem er sich anmutig entblößte und den Fußboden mit seinem Federbusch kehrte, sehr achtsam allerdings, um ja die Federn nicht zu verletzen, »ich bitte Euch, meine untertänigste Huldigung zu empfangen.«

»Monsieur, ich bin Eure untertänige Dienerin«, sagte Mademoiselle de Saint-Hubert.

Das Männlein bedeckte sich wieder und zog, indem es sich mir zuwandte, sofort aufs neue den Hut, schwenkte ihn aber nicht ganz so tief und legte in seine Unterwürfigkeit eine Spur Herablassung. Offenbar beurteilte er mich nach meinen Kleidern.

»Monsieur«, sagte er, »ich bin Euer Düner.«

»Monsieur«, antwortete ich, etwas erstaunt, daß er »Düner« sagte, »ich bin Euer Diener. Darf ich erfahren, wie Ihr heißt und was Euch zu mir führt?«

»Man nennt müch Rubert de Rumurantin«, sagte der Winzling mit einer leichten Verneigung, die weniger mir als ihm selbst zu gelten schien.

»Rumurantin?« sagte ich. »Ich kenne einen Romorantin.«

»Nücht duch, Monsieur! So sprücht man längst nicht mehr in der guten Gesellschaft. Wir verabscheuen das ›i‹ und das ›o‹ und meiden sü, wu wür können. Demnach sagen wür: Dü Sunne üst unsere Wunne.«

Ich sah, daß Mademoiselle de Saint-Hubert sich die Hand vor den Mund hielt, um ihr Lachen zu verbergen, und ich beschloß, das Spiel weiterzutreiben, wie ich es meinen Vater so manchesmal hatte tun sehen, wenn er sich mit jemand einen Spaß machen wollte, ohne ihn jedoch zu kränken.

»So so!« sagte ich, »das nenne ich galant! Dü Sunne üst unsere Wunne! Es klingt wunderbar!«

»Monsieur, verzoiht«, sagte Romorantin, »duch wür sagen eher wunnerbar. Wür lüben auch das ›d‹ nücht, es üst dental und unfoin. Und wo immer wir ühm begegnen, würd es vun uns kurzerhand ausgelassen.«

»Monsieur, Ihr entzückt mich mehr und mehr«, sagte ich.

»Un Ühr, Monsieur«, sagte Romorantin, »Ühr sprecht, was die Wurte angeht, müt vül Grazie. Gloichwuhl, wenn Ühr mür erlauben wullt, es zu äußern, klüngen Eure Wurte allzu sehr nach Bürger: sü verdünen, glaubt mür, eine su exakte Aussprache nücht. Man muß sü über die Lüppen flüßen und fallen lassen, mit gespützstem Mündchen, einem möh-möh am Satzende und dem nachlässigsten kloinen Lächeln.«

»Dem nachlässigsten kleinen Lächeln?« fragte ich, »Ist das nicht wunnerbar? Wü macht Ühr das, bütte?«

»Uhne die Zähne zu zeigen, bütte, nur müt einem Mundwünkel und ündem Ühr dü entgegengesetzte Braue wölbt, als wäret Ühr selber verwunnert, daß Euch etwas zu amüsüren vermöge.«

»Etwa su?«

»Nücht übel, nücht übel.«

»Monsieur«, sagte ich, »vergebt, daß ich Euch durch meine Fragen so lange aufgehalten habe. Ihr sagtet, daß Ihr mit einem Auftrag zu mir kamt.«

»Ün der Tat«, sagte er mit einer kleinen Verneigung.

Er richtete sich auf, so hoch er bei seiner Kleinheit konnte, und legte eine Hand in die Hüfte.

»Monsieur, üch habe dü Ehre, einer der Pagen Soiner Majestät zu sein, und er hat mür befohlen, düses Schreiben in Eure eigenen Hände zu legen und müt Euch persönlich zu sprechen, von Angesücht zu Angesücht. Seid Ihr wahrlich jener, welchen üch Euch nannte?«

»Ja, Monsieur.«

»Vergebt, Monsieur, aber düse Antwort üst recht dürftig und nücht sehr vurnehm.«

»Und was erfordert hier die Vurnehmheit?«

»Nun, angenommen, man würde müch fragen: Monsieur, seid Ühr Monsier de Rumurantin? So würde üch antwurten: ›Zwoifellos bün üch derselbe.‹ Duch, wuhlverstannen, nur müt den spützen Lüppen, vun welchen es, wü gesagt, unartükulürt fallen muß. Monsieur, müt Eurer gütügen Erlaubnüs, wullen wür düs wüderhulen?«

»Müt Vergnügen. Üch fünde Eure Methude überaus wunnerbar und lerne, ündem üch Euch lausche.«

»Grußen Dank, Monsieur! Nun denn: Monsieur, soid Ühr ün der Tat Monsieur de Siorac?«

»Zweifellus bün üch derselbe.«

»Nun, Monsieur, üch habe für Euch hür ein Sendschroiben des Könügs.«

Damit griff er in eine Tasche, die ins Ärmelloch seines Seidenwamses eingebracht war, und holte mit weitgeschwungener Geste, bei der die goldenen Fransen an seinem Ellbogen wirbelten, einen gefalteten Brief hervor. Er überreichte ihn mir, nicht ohne eine gewisse Zeremonie und Feierlichkeit. Hierauf verneigte er sich einmal vor Mademoiselle de Saint-Hubert und einmal vor mir, wobei er sich wiederum jeweils entblößte. Dann kehrte er mir seine hochhackigen Absätze zu;

sie waren sehr hoch, rosenrot und mit goldenen Sporen geschmückt, und ich glaubte schon, nun wäre ich ihn los, als er mir plötzlich noch einmal seine Wespentaille zuwandte und stillstand.

»Monsieur«, sagte er mit gespitztem Mündchen, »ich bün entzückt, ün Euch oinem Mann begegnet zu soin, der su begürig üst, süch ün Vurnehmhoit zu bülden, und«, setzte er mit dem nachlässigsten kleinen Lächeln hinzu, »Ühr habt müch durch Eure Höflüchkoit vullens oingenummen.«

»Was, zum Teufel, sollte das Kauderwelsch heißen?« fragte ich, nachdem er fort war.

»Daß Ihr ihn durch Eure Höflichkeit vollends eingenommen habt. Er sagt auch ›oi‹ statt ›ei‹, sicherlich hat sein Clan das ›ei‹ ebenso geächtet!«

Über soviel Verschrobenheit lachten Mademoiselle de Saint-Hubert und ich Tränen, allerdings empfand ich bei aller Fröhlichkeit ein leises Bedauern, weil diese uns nicht mehr so nahebrachte wie unsere seligen Traurigkeiten zuvor. Wir waren darin auf einen süßen, verlockenden Hang gelangt, und keiner von uns beiden hatte sich fragen wollen, wieweit er uns führen würde. Dennoch muß sich Mademoiselle de Saint-Hubert hinterher auf einiges besonnen haben, auf ihr Alter und meines, auf die Zwänge ihrer Stellung in unserem Haus, auf die Sünde, der sie fast verfallen wäre, denn ein solcher Augenblick kehrte niemals wieder. Von da an schenkte sie mir nur mehr liebreiche Blicke und drückte mir dann und wann leicht die Hand, aber so leicht, daß ich mich immer fragte, ob ich es nicht geträumt hätte.

»Also, der König schreibt Euch«, sagte plötzlich Mademoiselle de Saint-Hubert. »Wie darf ich es jetzt noch wagen, Euch in irgend etwas zu belehren?«

»Er schreibt meinem Vater, aber wie hätte ich dem Männlein das erklären sollen? Er hätte die Botschaft gleich wüder mütgenummen.«

Wir brachen erneut in Gelächter aus, worauf mein Vater eintrat, und da er etwas verwundert schien, erklärte ich ihm den Grund. Er zuckte die Achseln.

»Solche Affektiertheiten gibt es an allen Höfen, besonders in Friedenszeiten, wenn die Edelleute das Schwert in die Scheide gesteckt haben und nicht wissen, was sie mit sich anfangen sollen. Unter Heinrich III., nachdem sie weiß Gott tapfer gekämpft hatten, pflegten die Herrchen zu lispeln und bei jeder Gelegenheit zu sagen: ›Auf mein Gewissen!‹ oder: ›Es ist zum Sterben!‹ und andere Dummheiten der Art. Manchmal bringen auch die Frauen eine bestimmte Sprechweise auf und setzen sie als Machtmittel ein. Wer sich ihrer nicht befleißigt, ist nicht würdig, geliebt zu werden. Wo ist der Brief des Königs?«

»Auf dem Clavichord, Monsieur«, sagte Mademoiselle de Saint-Hubert, die meinen Vater nicht aus den Augen ließ, seit er eingetreten war, und ich spürte, daß mich deshalb einige Eifersucht stach.

Doch sowie mein Vater das königliche Siegel erbrochen hatte, entsann sie sich ihrer Manieren und ging mit einer hübschen Verneigung hinaus. Mein Vater trat des helleren Lichtes wegen ans Fenster, las die Botschaft und versank in Sinnen.

»Pierre«, sagte er nach einer Weile, »dies bedeutet Neues in Eurem Leben. Etwas sehr Gutes, auf die Dauer gesehen vielleicht auch weniger gut, wer weiß.«

Er klopfte mit dem Finger auf das Pergament.

»Dieser Brief ist der pure Henri: herzlich und herrisch. Er liebkost dich, aber wehe dir, wenn du nicht gehorchst! Lest selbst, denn in erster Linie geht dies Euch an.«

Ich weiß nicht, wo jenes Schreiben hingeraten ist, aber ich kenne es in jedem Wort auswendig und werde es nie vergessen.

Vollbart!
Der Erste im Kampf bei Ivry darf beim Ball nicht der letzte sein. Ich möchte Dich am sechzehnten August bei meiner teuren Cousine de Guise sehen und mit Dir meinen Patensohn, den Chevalier de Siorac, über den ich viel Gutes höre von jenen, die ich liebe.

Henri.

»Warum«, fragte ich, »nennt mich der König denn Chevalier de Siorac?«

»Er nennt Euch nicht. Er ernennt Euch. Ihr könnt Euch wohl denken, daß der König seine Worte gewogen hat. Bisher wart Ihr ein Nachgeborener ohne Titel. Seit heute habt Ihr einen.«

»Ist das für mein Alter nicht eine sehr hohe Gunst?«

»Bei Gott! Ich war ein Nachgeborener wie Ihr, aber erst nach jahrelangen gefährlichen Missionen im Dienst Heinrichs III. wurde ich von Seiner Majestät zum Chevalier ernannt.«

Ich machte große Augen und empfand doch ein gewisses Unbehagen, denn mir schien, ich hätte aus der Stimme meines Vaters eine Spur Bitterkeit gehört.

»Aber wem oder was verdanke ich eine so außerordentliche Beförderung?«

»Das sagt der König in seinem Schreiben. Er hat *von jenen, die er liebt,* viel Gutes über Euch gehört.«

»Madame de Guise?«

»Madame de Guise und der Dauphin.«

»Der Dauphin, Herr Vater?«

»Laut Héroard macht der Dauphin keinen großen Eindruck, weil er schlecht und wenig spricht, aber es mangelt ihm nicht an Verstand. Er beobachtet, schweigt und urteilt. Und seid gewiß, daß er Eure kleine Armbrust nicht vergessen hat, daß ihn dieses Geschenk sehr berührt und daß er dem König davon erzählt hat.«

»Verzeiht, Herr Vater, aber ich kann nicht glauben, daß ich zum Chevalier ernannt werde, weil ich dem Dauphin eine kleine Armbrust geschenkt habe.«

»Ihr habt recht, es ist nicht nur das. Der König ist ein Bourbone, und Ihr seid auch einer.«

Ich wurde rot und blieb stumm, durchaus nicht vor Verlegenheit, sondern weil es das erste Mal war, daß in unserem Haus ohne Umschweife von meiner Herkunft gesprochen wurde. Ich war so erregt, daß ich meine Hände auf den Rücken legte und sie fest verschränkte, damit sie nicht zitterten. Ich konnte damals nicht umhin, festzustellen, daß doch ein großer Unterschied zwischen einer Wahrheit besteht, die jeder kennt, ohne mit einem Wort daran zu rühren, und einer Wahrheit, die ganz plötzlich an Macht gewinnt und einen neuen Sinn allein dadurch erhält, daß man sie ausspricht.

»Wußtet Ihr das nicht, mein Sohn?«

Mein Vater drückte sich wie immer mit einem gewissen Zeremoniell aus, aber aus seiner Stimme und seinen Augen sprachen soviel Güte und Liebe zu mir, daß ich ihm am liebsten um den Hals gefallen wäre. Ich tat es nicht, aus Furcht, ihn zu verwirren.

»Doch, Herr Vater«, sagte ich, und ich empfand meine

Stimme dabei als ziemlich klanglos. »Ich weiß es seit meiner Kindheit. Meine Ammen redeten darüber viel in meiner Gegenwart, weil sie dachten, ich sei zu klein, es zu verstehen. Aber eines begreife ich nicht. Wie kann der König meine Herkunft bedenken, obwohl sie nicht legitimiert ist? Wie die Kirche lehrt, ist die Ehe ein heiliges Band.«

»Aber der König«, sagte mein Vater mit einem kleinen Lachen, »hat kein großes Gefühl für heilige Dinge. Wie sollte er auch, da ihn die Umstände zwangen, so oft die Religion zu wechseln? Außerdem zählt für einen Edelmann aus altem Geschlecht wie Henri das Blut mehr als eine Eheurkunde. Für ihn seid Ihr durch Madame de Guise, Eure Mutter, der Enkel von Marguerite de Bourbon und also sein Großneffe. Gleichwohl ehrt er durch diese Ernennung nicht nur sein Blut. Er ehrt auch einen Siorac. Durch die schwersten Bürgerkriege hindurch sind die Siorac nie den Sirenen der Rebellion erlegen. Sie hielten unerschütterlich treu zu ihrem König, sogar als dieser, wie es unter Charles IX. der Fall war, die Hugenotten verfolgte.«

»Bei alledem bleibt, Herr Vater, daß ich mir diese Auszeichnung nicht verdient habe.«

»Ihr habt die Zukunft, sie Euch zu verdienen. Seid ganz sicher, der König weiß, wie sehr er Euch dadurch an sich und an den Dauphin bindet.«

Wir blickten einander schweigend in die Augen, ein jeder seinen eigenen Gedanken hingegeben, die bei meinem Vater, wie mir schien, von einiger Schwermut geprägt waren, während die meinen der Zukunft entgegenstürmten. Da mir mit einem Male einfiel, wie mein Vater das königliche Schreiben als »herzlich und herrisch« bezeichnet hatte, wurde mir zugleich klar, daß der Wunsch des Königs, uns am sechzehnten August bei Madame de Guise zu sehen, einem Befehl gleichkam. Der Gedanke erheiterte mich.

»Ihr lächelt?« fragte mein Vater, eine Braue hebend.

»Ja, Herr Vater«, fuhr es mir heraus. »Soll ich Euch sagen, was ich soeben dachte? Aber ich möchte Euch nicht kränken.«

»Ihr kränkt mich nicht.«

»Gut denn, ich denke, wir gehen am sechzehnten August zum Ball.«

Mein Vater fing an zu lachen und kam auf mich zu, er umarmte mich kräftig und küßte mich auf beide Wangen.

»Eure Talente machen mich oft vergessen, daß Ihr noch ein Kind seid! Aber Ihr seid es immer weniger. Das sehe ich klar.«

* * *

Am sechzehnten August auf Schlag Mittag schickte Madame de Guise einen Boten mit einem Briefchen an meinen Vater, der es nach dem Lesen mir hinstreckte.

»Liebt Madame de Guise«, sagte er, »respektiert sie, aber schreibt nicht wie sie.«

Und so lautete das Billett:

Mein freud,
Sended mier mein Patnsoon um acht Ur in meinhaus. Ich schikk ihn meine karrose. ich wil ihn eine Stunne for meinm Bal sen.
Catherine.

»Eine Stunde vorher«, sagte ich, »was will sie von mir?«
»Euch Instruktionen geben, wette ich.«
»Und welche gebt Ihr mir, Herr Vater?«
»Eine genügt, aber die kennt Ihr ja. Starrt nicht zu lange, nicht zu oft dieselbe Person, ob Mann, ob Frau, mit Euren unersättlichen Augen an. Lernt, den Gegenstand Eures Interesses unauffällig zu streifen, wie es die Frauen so gut können. In allem übrigen verlasse ich mich auf Eure Unterscheidungsgabe.«

Nun gab es das heftigste Gezänk zwischen meinen Ammen und Toinon, weil jede die Ehre für sich beanspruchte, mir beim Ankleiden für den Ball zu helfen, wobei erstere anführten, das hätten, von den Windeln angefangen, seit jeher sie getan, und die andere, sie mache dies (ebenso wie mein Bett, meine Kammer und das weitere), seit ich das Mannesalter erreicht hätte. So ging es hoch und heiß her im Bedienstetenzimmer, als Monsieur de La Surie, von der herrschaftlichen Gerichtsbarkeit des Marquis de Siorac abgesandt, um die Ordnung unter unserer Dienerschaft wiederherzustellen, entschied: Toinon solle mir den Bart scheren und meine Haare frisieren, ein Talent, das sie sich im Dienst von Monsieur de Bassompierre erworben hatte, und die Ammen sollten mich ankleiden.

Toinon entledigte sich ihrer Aufgabe mit viel Kunstfertigkeit, aber mit verdrossener Miene und redete kaum ein Wort. Da sah ich, wie sie ein Brenneisen zur Hand nahm.

»Toinon, willst du mir die Haare kräuseln?«

»Nein«, sagte sie in schroffem und belehrendem Ton. »Frauenhaare werden gekräuselt, damit sie in kleinen Löckchen an den Wangen herunterhängen. Männerhaare, auch wenn sie genauso lang sind, werden in große Wellen gelegt, die über die Ohren gehen und überm Kragen aufhören.«

»Machst du meine Haare auch so?«

»Das muß sein. Es ist Mode. Aber bei Euch ist es sowieso verlorene Liebesmüh, Ihr werdet dadurch auch nicht schöner.«

»Was soll das?« fragte ich pikiert. »Vor einer Woche hast du mir das ganze Gegenteil gesagt!«

»Da wollt ich Euch trösten, daß Ihr nicht zu dem verdammten Ball könnt.«

»Dann sagst du das heute aus Neid.«

»Nein, Monsieur. Ich sag Euch die Wahrheit. Ihr seid nicht ganz häßlich, das nicht. Und groß seid Ihr und kräftig, habt schöne Augen und guckt auch schön. Die Haare sind auch nicht schlecht, blond, dick und gut zu kämmen. Aber die Nase!«

Und nach einem Laut tiefsten Erbarmens verstummte sie.

»Die Nase?« sagte ich, indem ich einen kleinen venezianischen Spiegel ergriff und mich verdutzt betrachtete. »Ich habe die Nase meines Vaters.«

»Überhaupt nicht. Die von Eurem Vater ist kurz und gerade. Eure ist lang und, was noch schlimmer ist, am Ende krumm. Man möchte fast sagen, die ist jüdisch.«

»Jüdisch! Meine Nase!«

Ich legte den Spiegel auf die Kommode, zog ein barsches Gesicht und sagte keinen Ton mehr, da ich erwartete, daß Toinon sich eines Besseren besinnen werde. Was sie auch tat, aber nicht aus Furcht vor mir, sondern aus Furcht, von meinem Vater getadelt zu werden, wenn er ihre Worte erführe.

»Bei einem Mann«, sagte sie, »geht es ja noch! Besser keine so schöne Nase wie Ihr, als gar keine Nase wie der Herzog von Guise. Wie die Nase des Mannes, so sein Johannes. Das sag ich.«

»Hirngespinst! Der Herzog von Guise stellt jedem Unterrock nach.«

»Heilige Jungfrau, ich frag mich, womit!«

»Toinon! Die Jungfrau anrufen, wenn man von Nase und Johannes redet!«

»Das stimmt«, sagte Toinon und wurde in ihrer Schamlosigkeit tiefrot. »Tausendmal um Vergebung, heilige Jungfrau!«

Sie nahm das Brenneisen von der rechten in die linke Hand und bekreuzigte sich.

»Glaubst du«, sagte ich mit hämischer Miene, »einmal Bekreuzigen, das reicht, um die heilige Jungfrau zu besänftigen, die du so schwer beleidigt hast?«

Und nicht ohne Schändlichkeit fuhr ich fort, da ich wußte, wie sparsam sie mit ihrem Gelde war: »Meiner Ansicht nach mußt du ihr dafür wenigstens eine große, dicke Kerze spenden.«

»Eine große, dicke Kerze!« rief sie erschrocken. »Liebe Zeit, wollt Ihr mich ruinieren?«

Und nun hatte sie vollauf zu tun, an ihrem Ruin zu käuen, das verschloß ihr wenigstens den Schnabel. Ich meinerseits blieb unzugänglich wie eine Auster und grollte ihr, daß sie die Hoffnungen erschüttert hatte, die ich auf mein gutes Aussehen gründete, um die Schönen des Balls zu erobern. Der Leser möge sich erinnern: ich war damals so jung und töricht, daß ich glaubte, es müsse sich jede Frau meinen Wünschen ebenso ergeben wie meine Soubrette.

Bei meinen Ammen, als sie mir beim Ankleiden halfen, hörte es sich ganz anders an, aber, seltsam, die großen Lobreden, mit denen sie mich überhäuften, vermochten die Wunde, die mir Toinons Kralle geschlagen hatte, nicht gänzlich zu heilen.

Ich war kaum eine halbe Stunde bereit, als die goldschimmernde Karosse von Madame de Guise, mit Wappen an den Türen, einem Gespann von vier prachtvollen Füchsen, mit einem Kutscher in nicht minder prachtvoller Livree in den Farben der Guise und mit zwei riesigen, geputzten Schweizern auf dem Tritt Einlaß in unseren Hof begehrte. Das geschah nicht ohne einigen Lärm, und an den Fenstern unseres Hauses erschienen die frischen Gesichter unserer Kammerfrauen, die sich in der Bewunderung dieses Gefährtes gar nicht zu lassen wußten und sich ungemein mit geehrt fühlten, daß es meinetwegen gekommen war. Ihre Wangen waren schon ganz geschwellt von all den Geschichten, die sie darüber den guten Leutchen in unserer Gasse erzählen würden. Der Kutschenschlag wurde mir von einem Schweizer geöffnet, und während er den Tritt herabließ, hob ich den Kopf nach den Frauen und sandte ihnen einen Gruß, indem ich in weitem Bogen meinen Hut schwenkte, dessen parma- und mandelgrüne Federn die Farben meines Wamses aufnahmen. Sie waren entzückt von dieser Hutparade, und mit Lachen, Zappeln und Händeklatschen bereiteten sie mir eine große Ovation, als säßen sie in der Komödie. »Und es war ja eine«, sagte später mein Vater. »Was wäre alles Gepränge unserer Großen ohne das gute Volk, das ihnen mit offenem Munde zuschaut und applaudiert?«

* * *

Erst als ich schon in der Karosse saß, stellte ich fest, daß ich Toinon überhaupt nicht unter den Frauen an den Fenstern gesehen hatte. Ich hätte mich zur Betrübnis darüber, daß ich sie nun allein im Hause wußte, bereit finden können, hätte sie mir nicht diese boshafte Bemerkung über meine Nase an den Kopf geworfen, die ich nicht vergessen konnte. So war ich denn auch meinerseits so boshaft, Toinon aus meinen Gedanken zu vertreiben, indem ich meinen Augen befahl, sich mit der genauen Betrachtung des Karosseninnern zu beschäftigen, worin ich geradezu wollüstig Platz genommen hatte.

Es steht fest, daß es nichts von der spartanischen Nüchternheit unserer Kutsche hatte, deren Bänke mit einem derben Leder bezogen und deren Innenwände mit grauem Köper bespannt waren: »Nie habe ich etwas Klösterlicheres gesehen!« sagte Bassompierre, als er sich eines Tages mit meinem Vater dort hineinschwang. Der Sitz dagegen hier, auf dem ich mich breitmachte, während der Kutscher von Madame de Guise mich zum Hôtel de Grenelle fuhr, ließ an Behaglichkeit nichts zu wünschen übrig, er war ebenso wie die beiden Innenschläge mit einem blaßblauen Samtpolster bezogen, das an den Rändern mit Goldborten gefaßt war, was sich sehr gut zu den Fenstervorhängen aus nachtblauem Damast mit großen schwarzen Blattmustern ausnahm. Eine wunderschöne Dekoration, aber doppelt kostspielig, befand ich (womit der

Hugenottensohn wieder durchschlug), zum ersten, wenn man sie anbringt, und dann, wenn man sie erneuern muß, weil sie verschossen ist.

Es war das erstemal, daß ich den Fuß in diese wunderbare Karosse setzte, und das erstemal auch, daß ich ins Hôtel de Grenelle geladen war. Ein Beweis dafür, wie ich mir sagte, daß die Zeiten sich geändert hatten, daß ich jetzt, wenn auch nicht völlig anerkannt, so doch immerhin empfangen wurde, als ob ich es wäre. Ich vermerkte den Unterschied, ohne mich aber deswegen zu betrüben, da mein Ehrgeiz nicht auf ererbte Ehren gerichtet war. Man mag einwenden, es sei doch wohl übertrieben, in meinem derzeitigen Alter von Ehrgeiz zu sprechen. Doch wenn auch die Ziele noch wenig deutlich waren, so steckten der Wille und die Tatkraft, sie eines Tages zu erreichen, bereits in mir, das fühlte ich.

Ein stämmiger, majestätischer Edelmann empfing mich im Haus der Madame de Guise, sowie der Schweizer mir den Wagenschlag geöffnet und den Tritt herabgelassen hatte.

»Herr Chevalier«, sagte er mit tiefer Verneigung, »ich bin Euer untertäniger Diener. Wollet mir erlauben, mich vorzustellen: ich bin Monsieur de Réchignevoisin, *maggiordomo* Ihrer Hoheit, obwohl sie es bevorzugt, mich ihren Hofmarschall zu nennen.«

»Herr Hofmarschall«, sagte ich, »ich bin Euer Diener.«

Nachdem sein Blick mich milde und wohlwollend geprüft hatte, schien Monsieur de Réchignevoisin mit mir zufrieden und geruhte zu lächeln. Ich lächelte zurück, was mir leichtfiel, da sein Name, der etwa »zänkischer Nachbar« bedeutet, mich amüsierte, da er so wenig zu ihm paßte. Er hatte einen runden Schädel, runde, vorstehende Augen, eine runde Nase, volle, geschürzte Lippen, einen Bauch, der Stöße abfangen konnte, und stämmige Beine, auf denen er zu wippen schien. Seine Stimme blieb so beständig in den gedämpften, tiefen Registern, daß sie auf jeden begütigend wirken mußte und daß man sich bei ihrem Anhören gut vorstellen konnte, wie nützlich ihre unabänderliche Sanftmut im Umgang mit Madame de Guise war – für sie wie für ihn.

»Herr Chevalier«, sagte er, »Ihre Hoheit wünscht, daß ich Euch unseren großen Saal zeige, bevor ich Euch zu ihr führe. Was allerdings nicht schwerfällt«, setzte er mit einem Lächeln hinzu, das seine dicken, runden Wangen den Ohren zutrieb, »und sogar unvermeidlich ist, weil das Gemach Ihrer Hoheit ohnehin nur durch diese große Galerie zu erreichen ist.«

Nehmen wir einmal an, der Leser habe in seiner Kindheit einen Ball von einer Treppe hinuntergeworfen und mit Freuden zugeschaut, wie er von Stufe zu Stufe bis nach unten hüpfte. Er möge sich nun vorstellen – indem er die Naturgesetze im Geiste umstülpt –, der Ball hüpfe gleicherweise zu ihm herauf, und er wird sich ein treffendes Bild davon machen, wie Monsieur de Réchignevoisin vor mir die Freitreppe zum Hause erklomm, nämlich derart, daß mich die Leichtigkeit des dicken Mannes und sein federnder Schritt in Erstaunen setzten. Und obwohl die Freitreppe recht hoch war, schnaufte mein behender Hofmarschall nicht im mindesten.

»Dies ist unser Empfangssaal. Man behauptet, es gebe selbst im Louvre keinen schöneren«, sagte er, indem er mit breiter, runder Geste um sich wies. Ich hatte den Louvre noch nie von innen gesehen, auch noch keine seiner edlen Galerien, aber diese hier überwältigte mich durch ihre Ausmaße und ihren Luxus. Der Saal war nicht weniger als fünfzehn Klafter[1] lang und sechs Klafter breit und hatte drei Lüster, deren ein jeder mit Hunderten Lichten besteckt war. Sie waren noch nicht angezündet, ebenso wenig wie die silbernen Leuchterarme, die in regelmäßigen Abständen aus den Wänden ragten. Der Augustabend, der zu beiden Seiten durch die Fensterkreuze hereinfiel, war noch hell genug, daß die Bediensteten des Hôtels überall letzte Hand anlegen konnten. Als ich eintrat, waren kräftige Lakaien in der Livree der Guise, welche auf dem Rücken ein großes Lothringerkreuz trug, damit beschäftigt, zwei prächtige Orientteppiche einzurollen, die sogleich fortgetragen wurden und einen eingelegten Parkettboden freigaben, der zum Tanz sicherlich besser geeignet war.

»An der Wand zu Eurer Rechten«, sagte Monsieur de Réchignevoisin in vertraulichem Ton, »seht Ihr flandrische Tapisserien mit Tieren und Gehölzen. Und zu Eurer Linken Tapisserien, wiederum aus Flandern, aber mit Wiesen und Menschen. Und ebenso symmetrisch sind jene vier großen Porträts angeordnet, rechterhand Monsieur de Clèves und

---

1 Der Pariser Klafter maß 1,949 Meter.

Mademoiselle Marguerite de Bourbon, die Eltern Ihrer Hoheit darstellend, und gegenüber ihren Gemahl, Heinrich von Guise, der in Blois ermordet wurde, und ihren Schwiegervater, François von Guise, der leider ebenfalls einige Jahre zuvor ermordet worden war.«

Dieses »leider« erschien mir sehr angebracht, denn wenn man Monsieur de Réchignevoisin das Wort »ermordet« so schmelzend aussprechen hörte, klang es, als handele es sich um völlig belanglose Ereignisse. Dann schwieg Monsieur de Réchignevoisin, als erwarte er von mir einen Kommentar. Doch mag man sich denken, daß ich als Hugenottensohn und geschworener Feind der Liga mich über die Tunlichkeit dieser Attentate besser nicht äußerte, und ich hielt meine Zunge hübsch im Zaum.

»Ihr werdet bemerken«, fuhr er fort, »daß die Silberarme jeweils rechts und links von den Bildnissen aus der Wand ragen, damit sie am Abend vollkommen beleuchtet sind.«

»Wenn ich dem Porträt glauben darf«, sagte ich, um endlich mein Schweigen zu brechen, das man sonst als Feindseligkeit gegen das Haus Lothringen hätte deuten können, »sah Herzog Heinrich von Guise außerordentlich gut aus.«

»Unbedingt. Ihre Hoheit pflegt zu sagen, wenn er ebenso schlau wie schön gewesen wäre, dann wäre sie heute Königin von Frankreich.«

Ich mußte lächeln, da dieses Wort mir so recht dem mundfertigen Wesen meiner lieben Patin entsprungen schien. Als er es sah, lächelte auch Monsieur de Réchignevoisin, sicherlich nicht, weil er meinen Gedanken gelesen, sondern daraus begriffen hatte, wie groß meine Zuneigung zu Madame de Guise war.

Inzwischen bemerkte ich, daß die Lakaien, die in den Saal nunmehr unter der Führung eines Intendanten zurückgekehrt waren, der ein Register und Schreibzeug mit sich trug, sich anschickten, von den einbeinigen Tischchen und den Konsolen eine Reihe Wertgegenstände abzuräumen: Silberkästchen, Porzellan, Alabasterfiguren, Chinavasen, Uhren und anderes kostbare Gerät, welche von dem Intendanten zuerst in das Register eingetragen und dann in einen Wandschrank gestellt wurde, dessen schwere Eichentür nicht weniger als drei Schlösser aufwies.

»Herr Hofmarschall«, sagte ich staunend, »was soll das? Weshalb wird der Saal seines hübschesten Schmuckes entkleidet?«

»Nach dem letzten Ball Ihrer Hoheit«, sagte Monsieur de Réchignevoisin, indem er schamvoll die Lider über seine runden Augen senkte, »mußten wir unerklärliche Verluste feststellen ...«

»Diebstahl!« sagte ich.

»Das verhüte Gott!« sagte er mit einem frommen Seufzer.

»Also haben sich Eindringlinge unter die Geladenen geschlichen.«

»Ausgeschlossen. Alle unsere Gäste waren Leute von Rang und Namen, und im übrigen kannte ich einen jeden persönlich.«

»Konnte man die Lakaien verdächtigen?«

»Niemals! niemals!« sagte Monsieur de Réchignevoisin diesmal sehr lebhaft. »Es sind alles Lothringer und Ihrer Hoheit fanatisch ergeben.«

Ich blickte ihn an und schwieg, denn wozu sollte ich weiter in ihn dringen. Als er die Lider wieder hob, sah er mich an und seufzte abermals bekümmert, dann schüttelte er dreimal nacheinander den Kopf, als blicke er von weit oben, aber nichtsdestoweniger voller Milde auf die Schwächen der Menschennatur herab.

* * *

Nachdem ich den großen Saal durchschritten hatte, führte Monsieur de Réchignevoisin mich durch einen ziemlich dunklen Korridor bis zur Tür Ihrer Hoheit, wo er behutsam anklopfte. Als nach einer ganzen Weile eine Jungfer ihr hübsches Gesicht durch einen Türspalt schob, teilte ihr Monsieur de Réchignevoisin in liebenswertem Geflüster mit, der Herr Chevalier de Siorac seid da, Ihre Hoheit wünschte ihn zu sehen.

»Er möge eintreten!« sagte die Jungfer mit fröhlicher Stimme. »Bis Ihre Hoheit ihn empfängt, nehme ich mich seiner an.«

»Herr Chevalier, Noémie de Sobol wird sich Eurer annehmen«, wiederholte voller Würde Monsieur de Réchignevoisin, der nach einer tiefen Verbeugung vor mir im Handumdrehen in der Schwärze des Korridors verschwand.

»Tretet ein, tretet ein!« sagte Noémie de Sobol heiter.

Und indem sie mich vertraulich bei der Hand faßte, zog sie mich in ein Zimmer, das mich nach dem dunklen, engen Flur groß, hell und reich ausgestattet empfing.

Da Mademoiselle de Sobol nichts sagte, blickte ich mich um. Die Felder der vergoldeten Kassettendecke waren mit mythologischen Szenen bemalt, die Wände mit golddurchwirktem Satin bespannt, derselbe Satin kehrte auf der Steppdecke und in den Vorhängen des Himmelbettes wieder. Alles in Blautönen, die zu der Lavendeliris von Madame de Guise paßten. Das Ganze hätte lichtvoll, aber ein wenig kalt gewirkt ohne die reichen Farben, die ein Orientteppich und zwei große Porträtgemälde einbrachten, die von der Wand herabschauten; das eine zeigte meine liebe Herzogin in ihrer Reife und, was mich überraschte, ganz in Rosa, und ein anderes, überaus reizendes ...

»Das ist die Herzogin von Nemours«, sagte Noémie de Sobol, die meinem Blick gefolgt war. »Wie Ihr wißt, Chevalier, war sie in erster Ehe mit François de Guise vermählt, und ihr Sohn heiratete dann Ihre Hoheit.«

»Von Madame de Nemours«, sagte ich, »ist viel die Rede in den Memoiren meines Vaters. Er hat sie während der ganzen Belagerung von Paris durchgefüttert. Und es sieht fast so aus, als sei er von ihr platonisch geliebt worden.«

»Das weiß ich!« sagte Mademoiselle de Sobol triumphierend. »Ich weiß auch«, setzte sie hinzu, indem sie mich mit verständnisinniger Miene anblickte, »daß es die einzige Liebe dieser Art war, die der Marquis je erlebt hatte.«

Dieses Wort gefiel mir ebenso wenig wie der Blick, der es begleitete.

»Da Ihr soviel wißt, Madame«, sagte ich, »könnt Ihr mir vielleicht auch sagen, warum Ihre Hoheit das Bildnis ihrer Mutter in den großen Saal gehängt hat und das ihrer Schwiegermutter in ihr Gemach, neben ihr eigenes Porträt?«

»Weil sie die zweite mehr geliebt hat als die erste. Übrigens wurde die Herzogin von Nemours von allen vergöttert. Und als sie vor einem knappen Vierteljahr mit achtzig Jahren starb, hat sogar der Hof geweint.«

»Ich begreife dieses Gefühl«, sagte ich, »sie ist dort im hohen Alter gemalt, im weißen Haar, und ihre Gesichtszüge sind ein wenig eingefallen, aber die Augen blicken so jung, so lebendig, so voller Güte ...«

»Monsieur«, sagte Noémie de Sobol in scherzendem Ton, »Ihr bewundert auf der Welt wohl nur tote, alte Damen?«

Dieser Angriff überraschte mich derart, daß ich ums Haar die Fassung verloren hätte, wäre mir nicht eine Methode eingefallen, die La Surie mich gelehrt hatte. Ich betrachtete mein Gegenüber in Schweigen, als inventarisierte ich sorgfältig die Besonderheiten ihrer Erscheinung und erwöge, welche Wirkung sie auf mich haben könnten. Wenn ich heute darüber nachdenke, glaube ich nicht, daß Noémie de Sobol wirklich so schön war, wie sie mir damals in der Hitze des Augenblicks erschien. Nichtsdestoweniger muß ich sie anziehend gefunden haben, und wäre es nur, weil sie für mich etwas Neues war, denn sie hatte grüne Augen, Sommersprossen, eine schnippische Miene und einen jener Feuerschöpfe, welche die Flammen des Innern nach außen zu kehren scheinen.

Nachdem ich meine Inspektion in Muße beendet hatte, sagte ich ihr unumwunden und in einem Ton, als spräche ich mit Toinon: »Wenn Ihr meine Meinung über Euch hören wollt, würde ich sagen: ich finde Euch sehr schön und wirklich begehrenswert.«

Dieser Schlag traf sie unvorbereitet, und sie errötete; zu hochmütig jedoch, ihre Verwirrung einzugestehen, nahm sie Zuflucht hinter einem großen Lachanfall.

»Mein Gott, Monsieur!« sagte sie. »Glaubt Ihr, so spricht man zu einer Dame von guter Herkunft? Ihr macht mir schöne Augen! Ihr erlaubt Euch ein grobes Kompliment! Das zeigt wenig Umgang! Und dafür habe ich mich nun vorbereitet, Euch das Warten zu versüßen, Euch mit Leckerkram zu füttern und zu kusseln wie ein Kind!«

»Madame«, sagte ich, indem ich mich kalt verneigte, »es ist mir nicht so sehr um den Leckerkram als um die Küsse leid, und wenn ich gewußt hätte, daß man das Bübchen spielen muß, um sie zu bekommen, wäre ich in Windeln erschienen.«

Hierauf lachte sie noch mehr, aber in einer aufgestachelten und aufstachelnden Weise, als hätte sie es mit irgendeinem Laffen zu tun, und während sie sich ausschüttete wie toll, ließ sie sich, eine Hand vor dem Mund, in einen Reifrockstuhl fallen und blitzte mich aus ihren grünen Augen an, als könne sie nicht aufhören, sich über meine Ausgefallenheiten lustig zu machen.

Da stand ich vor ihr, meinen Hut in der Hand, betrachtete sie wortlos und fand, daß sie mir als Ehrenjungfer der Herzogin nicht halb soviel Respekt bezeigte, wie sie dem Sohn ihrer Herrin schuldig war. Doch entsann ich mich des väterlichen Lehrsatzes, daß man eine Verletzung niemals zugeben soll, wenn man nicht in der Lage ist, sie auf der Stelle zu vergelten, und so lächelte ich denn, als ginge ich auf den Spaß ein. Gleichzeitig aber begann ich, sie von Kopf bis Fuß mit der letzten Frechheit zu mustern, meine Blicke an das zu heften, was sie verbarg und was sie nicht verbarg, denn allerdings zeigte sie viel für eine Jungfrau, da ihr Mieder aus rostfarbenem Satin von den Schultern bis zur Herzgrube ausgeschnitten war und ihre gewölbten Brüste gleichsam zur Schau stellte.

Noémie de Sobol wurde es unter meinen unverfrorenen Blicken zusehends unbehaglich, sie hörte auf zu lachen, wurde rot, erhob sich, und indem sie die Hände vor ihrem Reifrock kreuzte, als wolle sie den Eintritt verwehren, sagte sie, schon mit weniger geschwollenem Kamm, aber indem sie sich immer noch stolz und herablassend zu geben versuchte: »Weiß Gott, Chevalier, Ihr scheint erfahrener, als man in Eurem Alter zu sein pflegt, da Ihr die Stirn habt, eine Frau derart anzusehen. Trotzdem solltet Ihr es mit ein bißchen mehr Finesse tun. Ihr vergeßt wohl, daß ich eine Jungfer und eine Jungfer aus gutem Hause bin?«

»Wie könnte ich es vergessen«, sagte ich, »da Ihr mich hier sanftmütiger als ein Lämmlein und scheuer als ein Reh empfangt? Daher werde ich, wenn meine Blicke Euch kränken, diese besser zu Boden richten, wenigstens so lange Ihr Euch meiner annehmt, wie Ihr versprochen habt.«

Mademoiselle de Sobol muß sich gedacht haben, daß es sie ihre Stelle kosten könnte, wenn ich Madame de Guise ihre Worte wiederholte, denn sie änderte plötzlich ihre Miene, zog ihre Krallen ein und wurde wie Samt.

»Ah, Chevalier!« sagte sie ziemlich liebenswürdig, »da muß man die Waffen strecken. Ihr habt zuviel Geist. Euer Gehirn ist älter als Eure Jahre, zumal Ihr schon recht aufgeschossen seid und eine so geschliffene Zunge habt, daß man staunt. Mein Gott, wie Ihr die Dinge wendet! Man fühlt sich ganz verloren vor Euch. Alsdann, laßt uns Freunde sein! Schließen wir Frieden! Vergeßt meine Dummheiten. Und ich Eure entkleidenden Blicke. Und als Zeichen meines guten Willens gebe ich Euch einen Kuß auf die Wange.«

Ich willigte ein, und indem sie mir ihre grünen Augen und ihren Flammenschopf entgegenhielt, stellte sie sich auf die Zehenspitzen und tat, wie sie gesagt hatte. Der kleine Kuß machte mir großes Vergnügen. Mir schien, ich hätte ihn wohl verdient und überdies gezeigt, daß ich mich, auch wenn ich ein Bastard war, nicht herunterputzen ließ, nicht einmal von einer Jungfer.

Während Mademoiselle de Sobol den Frieden mit mir vollends besiegelte, öffnete sich eine kleine Tapetentür links von Madame de Guises großem Himmelbett. Eine Zofe erschien und wandte sich an die Ehrendame, nicht jedoch, ohne mich aus dem Augenwinkel mit heißer Neugier zu betrachten (was mich vermuten ließ, daß bereits sämtliche Domestiken im Haus wußten, wer ich war).

»Madame«, sagte sie, indem sie die Lippen schürzte, in zierlichem Ton, »Ihr mögt den Chevalier de Siorac hereinführen. Ihre Hoheit will ihn jetzt im kleinen Kabinett empfangen.«

Klein war das Kabinett nun nicht, es war so groß wie meine Schlafkammer und hatte dazu ein großes Fenster, vor dem Eichen standen. Der Abend leuchtete noch auf den Blättern, aber sein Licht reichte nicht mehr aus für alle die subtilen Tätigkeiten, denen man sich dort hingab, denn auf einem mit blauem Samt verhüllten Toilettentisch, der mit einer Vielzahl von Näpfen, Salbentöpfen, Puderdosen, Schminkpasten, Bürsten, Kämmen, Nadeln, Scheren, Duftwässern und Brenneisen überhäuft war, erhoben sich zwei silberne Armleuchter mit brennenden Kerzen und erleuchteten einen großen venezianischen Spiegel, vor dem, mit dem Rücken zu mir, Madame de Guise saß.

Um zu ihr zu gelangen, mußte ich mich durch ein überaus köstliches Gewimmel von Weiblichkeit schlängeln: außer den vier geschmeidigen Kammerzofen, die um sie beschäftigt waren, die eine damit, ihr die Haare zu kräuseln, die zweite, die Eisen heißzumachen, die dritte, die Nadeln zuzureichen, und die vierte, ihr die Füße zu massieren, außer diesen also gab es da noch drei junge, sehr hübsche Damen von Stand, die ich für die Ehrenjungfern der Herzogin hielt, wie Mademoiselle de Sobol eine war. In pastellene Töne gekleidet, lächelnd und müßig, standen sie entlang der Wand und schienen nur zur Dekoration dazusein, oder ihrer Herrin zu Ehren, oder vielleicht, um alle zusammen auf ihre Reden zu antworten wie der Chor in der griechischen Tragödie.

»Da seid Ihr ja, mein Herr Patensohn«, sagte Madame de Guise, sowie sie mein Bild in dem venezianischen Spiegel erblickte, »was war das für ein großes Gelächter, das ich da hörte? Seid Ihr gekommen, um meinen Jungfern den Kopf zu verdrehen?«

»Durchaus nicht, Madame. Mademoiselle de Sobol neckte mich wegen meines Alters, und ich sagte, ich sei bereit, das Bübchen zu spielen, wenn sie mir Süßes gäbe.«

Hierauf lachten die Ehrenjungfern wie Nonnen in der Freistunde. Mademoiselle de Sobol dankte mir durch einen Wimpernschlag für diese Version *ad usum dominae*[1] unseres kleinen Zwistes. Und Madame de Guise nickte lächelnd.

»Gott sei Dank, Ihr seid doch noch ein Kind!« sagte sie mit befriedigter Miene, als sei sie dadurch, daß sie mich jung fand, gleich selbst verjüngt. »Kommt, Söhnchen, tretet näher«, fuhr sie fort, »bleibt doch nicht so weit entfernt stehen!«

Ich gehorchte, sie drehte sich auf ihrem Schemel herum, und als ich ein Knie zu Boden setzte, gab sie mir ihre linke Hand zum Kuß, weil sie in der rechten einen kleinen perlmutternen Handspiegel in Rautenform hielt, mit dessen Hilfe sie das Werk der Friseuse an ihrem Hinterkopf beobachtete. Deshalb sah sie mich auch nicht an, denn ihre Augen waren völlig mit dieser Überwachung beschäftigt. Ich war darüber ein wenig betrübt, denn ich freute mich so sehr, sie zu sehen, nicht wie ich sie immer in unserem Haus in der Rue Champ Fleuri sah, von Kopf bis Fuß gewappnet und sozusagen gepanzert in ihrem Schnürleib, ihrer Baskine und ihrem Reifrock, sondern nur in einem Hausgewand, das mir, abgesehen von der Freiheit, die es ihrem Körper gab, auch wunderschön erschien, denn es war aus blaßblauer Seide mit Goldposamenten und hatte nachtblaue Seidenknöpfe. Ich verschlang sie mit den

---

1 (lat.) Version für die Herrin.

Augen und war sehr bewegt, sie zum erstenmal in ihrem Heim, in ihrer vertrauten Umgebung zu sehen, in diesem ungekünstelten Gewand, in dem sie mich weiblicher, mütterlicher, mir näher anmutete. Wie gerne hätte ich es gehabt, wenn sie, und wäre es auch nur durch einen Blick, meine Freude wahrgenommen und geteilt hätte! Aber es war unmöglich: offensichtlich drängte die Zeit. Sie hatte voll damit zu tun, die Herstellung ihrer Löckchen zu überwachen, und wer hätte sie dafür schelten dürfen? Aber damals war ich zu jung, um zu begreifen, daß es ein Beruf ist, Frau zu sein, und daß dessen Pflichten nicht immer die Muße lassen, gerührt zu sein. Der Knoten in meiner Kehle schnürte sich immer fester, und ich merkte nicht ohne Scham, daß mir zum Weinen war.

»Mein Gott, mein Gott!« murmelte Madame de Guise mit einem Blick auf die Uhr, die unweit von ihr auf dem Toilettentisch stand, »ich werde niemals fertig! Und Ihr werdet sehen, einer dieser Störenfriede wird es darauf anlegen, pünktlich auf die Stunde anzukommen! Und was das Schlimmste ist, es wird mein Schwiegersohn sein! Mein Söhnchen«, setzte sie hinzu und ließ ihre ruhelosen Augen über mich hin und her wandern, »bleibt doch nicht da kleben! Perrette, einen Schemel für den Chevalier!«

Perrette, die von den vier Kammerzofen am wenigsten beschäftigte, denn sie hatte der Friseuse auf deren Verlangen die Haarnadeln zuzureichen, brachte mir einen Schemel. Sie nützte diesen Augenblick, um mich, wie vorher bereits, als sie mich in das Kabinett rief, mit einer mehr als einfältigen Neugier zu betrachten. Es war gerade so, als hätte sie laut gesagt: »Die Mutter kenne ich, also sehen wir uns doch einmal den Sohn näher an, der uns so lange vorenthalten wurde.« Woraufhin sie, von ihrer raschen Musterung befriedigt, mich mit einem liebreichen Blick umfing, den ich sogleich erwiderte, da ich mich einigermaßen traurig und vernachlässigt fühlte.

Gleichwohl setzte ich das Manöver nicht zu lange fort; es hätte Madame de Guise auffallen können, denn mochte sich auch alles hinter ihrem Kopf abspielen, so doch, wie ich feststellte, nicht außerhalb des Sichtfeldes ihrer zwei Spiegel. Also verfolgte ich besser, wie ihre Frisur Schritt für Schritt bis zur Vollendung gedieh. Als es soweit war, fand ich sie allerdings eher gekünstelt als wirklich kleidsam. Doch war die

Mode so tyrannisch, daß fast alle Damen, die ich dann auf dem Ball sah, damals die gleiche Frisur trugen, mit Ausnahme der Königin Margot, die einer anderen Epoche angehörte, und der Königin Maria, die sich von Leonora Galigai im Florentiner Stil hatte frisieren lassen.

Kurz, man hatte sich zu wenig um mich gekümmert, und ich war so trotzig und aufsässig, daß ich im stillen ebenso ungnädig die Samtschleife bekrittelte, welche die Friseuse an der rechten Schläfe über dem Lockenbausch band. Und warum keine auf der linken Seite? Und warum, wenn man einmal dabei war, nicht noch eine auf dem Scheitel?

»Mein Gott, mein Gott!« schrie Madame de Guise, »es ist gleich soweit!«

Und da sie wohl fand, daß ihr Hausgewand kein Kleid sei, setzte sie hinzu: »Und ich bin nackt!«

Eiligst lief sie in ihr Zimmer, alle Zofen und Mademoiselle de Sobol im Gefolge, und ließ mich mit den drei Ehrenjungfern allein. Sofort stand ich von meinem Schemel auf und machte ihnen eine tiefe Verbeugung, die sie mit einem hübschen Knicks erwiderten. Darauf beschränkte sich unser Gespräch, denn wenn sie mich auch musterten, als wollten sie mir die Haut vom Gesicht ziehen, schienen sie doch fest entschlossen, nicht Piep zu sagen.

Während ich mich über die Gründe dieser Stummheit befragte, ertönte aus dem benachbarten Zimmer ein Schmerzensschrei.

»Was ist das?« fragte ich.

»Das ist Ihre Hoheit«, sagte eine der Ehrenjungfern. »Man schnürt ihr die Baskine, und ihr bleibt die Luft weg.«

»Warum schnürt man sie denn so fest?«

»Damit sie ihr Mieder anlegen und ihren Reifrock einhaken kann.«

»Aber warum sind Mieder und Reifrock so eng?«

Sie sahen mich erstaunt an. Woraufhin sie untereinander lächelnde Blicke wechselten, ohne mir auch nur mit einer Silbe zu antworten, so abgeschmackt mußte ihnen die Frage vorgekommen sein.

Perrette steckte den Kopf durch die Tapetentür und sagte mit zierlich geschürzten Lippen: »Ihre Hoheit verlangt den Herrn Chevalier de Siorac.«

Man legte Madame de Guise soeben ihren Schmuck an, der, wenn ich ihn mit dem der Königin und den anderen Fürstinnen des Hofes vergleiche, die ich auf dem Ball sah, von bemerkenswerter Schlichtheit war. Außer dem kleinen Diadem, das ihr glattes Haupthaar krönte, trug sie nur eine dreireihige Perlenkette um den Hals, Perlen im Ohr, einen goldenen Ring an der linken Hand und einen großen von Diamanten bekränzten Rubin am rechten Mittelfinger. Meine schönen Leserinnen werden gerne einräumen, daß dies für eine Fürstin von Geblüt wenig war und daß Henri recht hatte, als er, wie ich später hörte, Madame de Guise der Königin zum Vorbild empfahl, welche gerade auf diesem Ball mit einem vollkommen mit Diamanten besetzten Armband im Wert von 360 000 Livres erschien, was in etwa dem Jahresbudget entsprach, das sie vom König für den Unterhalt ihres Hausstandes erhielt. Henri weigerte sich zu ihrer Verzweiflung, die riesige Schuldensumme zu bezahlen.

»Ah, mein Herr Patensohn!« sagte Madame de Guise, als wäre ich soeben eingetroffen, »da seid Ihr endlich! Während ich mir die Schuhe anziehe, will ich Euch zwei Worte, die Königin betreffend, sagen. Wenn der König, wie ich annehme, Euch ihr vorstellt, gebietet die Etikette dies: Ihr macht ihr zuerst eine Verbeugung aus drei oder vier Schritt Abstand, dann tretet Ihr näher, beugt das Knie zu Boden, Ihr ergreift den Saum ihres Kleides und führt ihn an Eure Lippen. Dann richtet Ihre Majestät Euch auf, indem sie Euch ihre Hand zum Kuß reicht und sagt: ›Ihr seid willkommen!‹«

»Warum das ›Ihr‹?« fragte ich.. »›Seid willkommen‹ genügt doch.«

»Mein Patensohn«, sagte sie zähneknirschend, »sagt das der Königin und seid versichert, Euer Glück ist gemacht! Wäre ich nicht schon behängt und müßte nicht um meine Schminke bangen, ich machte Euch jetzt ein fürchterliches Donnerwetter! Wahr und wahrhaftig, ich könnte rasen, dazu würgt mir meine Baskine die Luft ab, und meine Schuhe drücken. Weiß der Teufel, weshalb ich die so klein bestellt habe! Da man sie unter dem Reifrock ohnehin nicht sieht! Mein Patensohn, was muß ich hören? Man stellt Euch der Königin von Frankreich vor, und Ihr korrigiert ihre Grammatik! Das ist doch rein zum Platzen! Wo nehmt Ihr das her? Habt Ihr über

Eurer Bücherhockerei den Verstand verloren? Euer Vater und Ihr, ihr macht mich noch verrückt mit Euren Spitzfindigkeiten! (Hier wechselten die Kammerzofen hinter ihrem Rücken lächelnde Blicke.) Also, hört zu, Söhnchen, sucht mir jetzt nicht Mittag im Dunkeln! Ich werde Euch die Uhr aufziehen und stellen. Die Königin sagt: ›Ihr seid willkommen‹, weil sie schlecht Französisch spricht. Genügt Euch das als Räson, Herr Räsonneur? Sie spricht schlecht und spricht schlecht aus. Was Ihr zu hören bekommt, wird sein: ›Ihrrr said willkumen!‹ (Noémie de Sobol kicherte hinter vorgehaltener Hand.) Nachdem Ihr nun ihre Wurstfinger mit mehr Diamanten daran, als Ihr je im Leben sehen werdet, geküßt habt, wird sie zu Euch besonders hochfahrend, ruppig und böse sein.«

»Zu mir! Was habe ich ihr denn getan?«

»Der König liebt Euch. Das reicht.«

Ein leises Klopfen an der Tür unterbrach den ungestümen Vortrag.

»Was ist nun wieder?« rief die Herzogin ungehalten. »Herein! Herein! Luft, Sobol, Luft! Ich glaub, ich werde ohnmächtig.«

»Madame«, flüsterte Monsieur de Réchignevoisin, indem er sein mildes Gesicht zeigte, »Eure Frau Tochter und Seine Hoheit der Prinz von Conti sind eingetroffen.«

»Das ist der Gipfel!« schrie Madame de Guise und hob ihre kurzen Arme gen Himmel. »Dieser Ball wird eine Katastrophe! Ich weiß es! Habe ich es nicht prophezeit: mein Schwiegersohn wird auf den Stundenschlag erscheinen! Und da ist er schon! Kommt als erster! Ein Prinz von Geblüt! Nicht allein, daß er stocktaub, verstottert und blöde ist, nein: er muß auch noch pünktlich sein!«

VIERTES KAPITEL

Nachdem meine liebe Patin jenen Partherpfeil gegen ihren Schwiegersohn, den Prinzen von Conti losgelassen hatte, eilte sie zu seinem Empfang in den großen Saal, so schnell es ihre gemarterten Füße erlaubten. Da Madame de Guise aber mir nichts befohlen hatte, stand ich da und wußte nicht recht, was ich mit mir anfangen sollte, reichlich begafft von den vier Zofen, die sich anschickten, aber wirklich nur anschickten, die verstreuten Sachen ihrer Herrin aufzuräumen, um ihre Anwesenheit im Zimmer zu rechtfertigen. Sie taten es mit penelopenhafter Langsamkeit, die eine riß jeweils ein, was die andere gemacht hatte, und all das mit unterdrücktem Gekichere, mit verstohlenen Blicken und endlosem Flüstern.

Das dauerte so gute fünf Minuten, bis es durch das vorsichtige Erscheinen der drei Ehrenjungfern unterbrochen wurde, die Madame de Guise in dem kleinen Kabinett (ebenfalls!) vergessen hatte und die, weil sie ihre gebieterische Stimme nicht mehr hörten, sich in das Zimmer wagten. Als sie nur mich erblickten und da sie wohl keinen Grund sahen, mich zu fürchten, traten sie vollends herein, machten mir einen schönen Knicks und setzten sich reihum auf die Reifrockstühle. Ich verneigte mich meinerseits und nahm froh, es ihnen gleichzutun, auf einem Schemel Platz. Die Zofen setzten ihre Scheinbeschäftigung fort, nun ohne zu lachen und zu flüstern, sondern mit lauernden Augen und Ohren darauf, was sich jetzt wohl für ein Dialog zwischen den Ehrenjungfern und mir abspielen werde. Ich enttäuschte sie, denn im Gedenken an deren albernes Lachen auf meine Frage vorhin, weshalb Mieder und Reifrock so eng sein müßten, gab jetzt ich keinen Laut und schaute zur Decke. Die Dirnen ahmten mich nach, aber wie ich durch Seitenblicke feststellte, spielten sie die Eingeschnappten weit besser als ich, denn nie trafen sich bei meinen raschen Sondierungen unsere Augen, obwohl ich fest überzeugt war, daß auch sie mich ausspähten, ohne aber hinzusehen.

Ich weiß nicht, wie lange wir derweise einander gegenüber und ernster als vorsitzende Richter zubrachten, ich mit den Augen gen Himmel, sie so stumm, so blind – und so zum Anbeißen in ihren pastellfarbenen Gewändern.

»Chevalier!« rief Noémie de Sobol, indem sie mit großem Rauschen ihres schwingenden Rockes in das Zimmer zurückkehrte, »was macht Ihr denn hier? Ihre Hoheit erwartet Euch im Saal, um Euch ihren Söhnen vorzustellen. Und Ihr, meine Damen, hütet das leere Zimmer? Seid Ihr die einzigen, die auf dem Ball keinen Mann suchen?«

Hierauf faßte sie mich bei der Hand und führte mich, weil ihr Reifrock so weit war, daß er mehr als die halbe Breite des Korridors einnahm, am ausgestreckten Arm bis zur Schwelle des Festsaals, dann ließ sie mich vorgehen und gab mir mit der Hand einen kräftigen Stubs in den Rücken. Deshalb betrat ich den Festsaal nicht ganz so würdig, wie ich gewollt hätte, zumal er noch zu drei Vierteln leer war. Zum Glück hatte Madame de Guise, wie ich später erfuhr, ihren Kindern befohlen, beizeiten dazusein. Was bei dem Prinzen von Conti Sünde war, gereichte ihnen zur Tugend.

Ihren Wünschen gehorsamer als mein Vater, hatten sich alle Prinzen des mächtigen Hauses Lothringen eingefunden und standen da, mit Ausnahme ihres Onkels, des Herzogs von Mayenne, der in einem Reifrockstuhl Platz genommen hatte, der für seinen Leibesumfang aber immer noch fast zu klein war.

Sie musterten mich, während ich durch den ganzen langen Saal auf sie zuschreiten mußte. Wahrhaftig, ich fand ihn widerlich lang unter all diesen Augen, die sich auf mich richteten, und stellte mir ungefähr vor, mit welchen Gefühlen sie mich kommen sahen, mich, den illegitimen Halbbruder, der obendrein noch der Sohn eines Mannes war, der unter Heinrich III. und Heinrich IV. so glühend gegen ihr abtrünniges Haus gekämpft hatte. Trotzdem, der Gedanke an meinen Vater rückte mir das Herz wieder zurecht, und ich ging ihnen mit festerem Schritt und Blick, aber ohne Hochmut entgegen, indem ich mich bemühte, eine Miene heiterer Gelassenheit aufzusetzen. Ich war von der beeindruckenden Gruppe noch gute zehn Fuß entfernt, als Madame de Guise – die Kleinste der Familie, aber, von Mayenne abgesehen, die Höchstgeachtete –

auf mich zutrat und ihre blauen Augen mich mit jenem liebevollen Ausdruck anstrahlten, den ich mir vor einigen Minuten in ihrem kleinen Kabinett so sehr ersehnt hatte, als das Haarkräuseln ihre volle Aufmerksamkeit gefangennahm. Sie ergriff meine Hand und wirbelte herum, so daß sie an meine Seite kam und in meinen Schritt einfiel (was mich nötigte, den meinen zu verlangsamen), und führte mich zu dem Herzog von Mayenne.

»Mein Bruder«, sagte sie (er war in Wahrheit ihr Schwager und der einzige überlebende Guise seiner Zeit, da seine beiden Brüder von Heinrich III. in Blois ermordet worden waren und seine Schwester, die hinkende Montpensier, nach dem Friedensschluß gestorben war), »ich möchte Eurem Wohlwollen meinen schönen Patensohn empfehlen, den Chevalier de Siorac.«

Der Herzog von Mayenne, vor dem ich das Knie beugte, ein Vielfraß, Vielschläfer, mit kolossalem Gesäß und Schmerbauch, auch ein bißchen schlagflüssig und gichtig, aber mit listigeren Augen als ein Elefant, nickte mir leicht zu, schloß halb die Lider und betrachtete mich eine lange Minute schweigend. Beide Hände auf seinen gewaltigen Schenkeln, sprach er schließlich mit langsamer Stimme, aber wohlartikuliert: »Ich lernte den Marquis de Siorac während der Belagerung von Amiens kennen, nachdem ich die Liga verlassen hatte und in das Lager von Henri Quatre übergetreten war.«

»Mein Vater hat es mir erzählt, Monseigneur.«

»Hat er Euch auch erzählt, wie wir, während wir Amiens belagerten, das von den Spaniern gehalten wurde, unserseits wiederum von Prinz Albert angegriffen wurden?«

»Ja, Monseigneur.«

»Hat er Euch unterrichtet, welchen Teil ich an dieser Schlacht hatte?«

»Ja, Monseigneur.«

»Welchen?«

»Ihr, Monseigneur, habt die Südflanke der Belagerer gegen die Attacke von Prinz Albert verteidigt, welcher vergeblich versuchte, eine Schiffsbrücke über die Somme zu werfen, um seine Kanonen hinüberzuholen. Außerdem hattet Ihr Henri gewarnt, daß der Angriff, da die von Euch befehligte Flanke zu schwach befestigt war, gerade von dort kommen könnte.«

»Und wer widersprach mir hochfahrend in diesem Punkt?«

»Der Marschall von Biron.«

»Wißt Ihr, wann ich die Liga verlassen habe, um mich mit Henri zu verbünden?«

»Als der König sich zum Katholizismus bekehrte, befandet Ihr, daß die Liga ihr Daseinsrecht verloren hatte.«

»Habt Ihr das gehört, Sommerive?« sagte der Herzog von Mayenne.

Hiermit wandte er den Kopf, vielmehr wollte er ihn wenden, aber sein Hals hatte jede Beweglichkeit eingebüßt und saß auf dem Rumpf wie eingewachsen, also mußte er sich im ganzen drehen, um denjenigen zu sehen, zu dem er sprach: einem schönen Kavalier von gut zwanzig Jahren, der zur Linken seines Sessels stand.

»Ja, Herr Vater«, sagte Sommerive, indem er ihm sein klares Gesicht zuwandte, »und ich bin ziemlich sprachlos. Ich wußte diese Einzelheiten über die Belagerung von Amiens nicht. Der Chevalier ist sehr kenntnisreich.«

»Und, ich glaube, auch sehr aufgeweckt für sein Alter«, sagte Mayenne.

Und indem er sich aufs neue zu mir umwandte, mit derselben langsamen Drehung seines gesammten massigen Rumpfes, der seinen Worten so großes Gewicht zu geben schien, sagte er: »Was wäre nach Eurer Ansicht passiert, wenn ich, das Oberhaupt des Hauses Lothringen nach dem Tod meiner Brüder, mich damals Henri nicht unterworfen hätte?«

Ich warf einen Blick zu Madame de Guise, einen zu Sommerive und einen weiteren zu den vier Lothringer Prinzen, die offenen Mundes dem Gespräch lauschten. Da ich zögerte, sagte Mayenne in entschiedenem Ton, aber ohne die Stimme zu heben: »Sagt ohne Furcht, was Ihr denkt.«

Ich blickte von neuem auf meine Patin, dann auf die lothringischen Prinzen und sagte: »Das Haus Lothringen hätte es schwer gebüßt.«

»Habt Ihr das gehört, Sommerive?« fragte Mayenne.

»Ja, Herr Vater.«

»Was sagt Ihr dazu?«

»Es ist die reine Vernunft.«

»Und was sagen meine schönen Herren Neffen?« fragte Mayenne, die Brauen hebend und mit einem durchdringenden Blick auf Charles von Lothringen, von dem er als dem ältesten

Prinzen und regierenden Herzog eine verbindliche Antwort, auch im Namen seiner Brüder, erwartete.

»Ich bin der Meinung von Sommerive«, sagte der Herzog mit allerdings dürrer Stimme. »Und außerdem bin ich Eurem Beispiel gefolgt, mein Onkel, und habe mich ebenfalls Henri unterworfen.«

»Charles«, sagte Mayenne mit verhüllter Ironie, »ich freue mich über Euer Einverständnis. Mir kam es manchmal vor, als gäbe es darüber Zweifel im Hause Lothringen und als dächten einige in ihrem unendlichen Leichtsinn daran, alte Feindseligkeiten neu zu entfachen.«

»Mein Onkel«, sagte Charles betreten, »davon ist mir nichts bekannt.«

»Dann bin ich ja froh. Also vergeßt nicht, ich will keinen Streit mehr zwischen dem Haus Guise und dem Haus Bourbon. Sommerive«, fuhr er fort, »gefällt Euch der Chevalier de Siorac?«

»Sehr. Bassompierre, der ihn sehr schätzt, hat mir schon von ihm gesprochen, und ich denke, sowohl vom Wissen wie von der Erscheinung her wird dieses Hähnchen ein prächtiger Hahn, wenn Gott ihn am Leben läßt.«

»Schön, dann nehmt das Hähnchen unter Eure Fittiche, bis sein Pate, der König, kommt, damit sich hier niemand einfallen läßt, ihm ans Gefieder zu gehen.«

»Mit Vergnügen, Herr Vater«, sagte Sommerive.

Und heiteren Gesichts kam Sommerive auf mich zu, umarmte mich herzlich und küßte mich auf beide Wangen.

»Eure Hand, mein Patensohn«, sagte Madame de Guise.

Sowie ich gehorcht hatte, legte sie ihre Rechte darauf und, indem sie mir durch einen Fingerdruck die von ihr gewünschte Richtung anzeigte, steuerte sie mich beiseite und sagte dann: »Gott sei Dank, Ihr habt dem Herzog gefallen.«

»Habe ich ihm wirklich gefallen?«

»Ihr habt ihm mehr als gefallen. Er ist ein geschickter Mann. Er begünstigt jeden, der in der Gunst des Königs steht. Trotzdem freue ich mich darüber sehr. Meine Söhne werden keinen Piep Widerspruch wagen.«

»Hätten sie sonst widersprochen?«

»Sie sind unbesonnen. Man weiß nie, was sie sagen oder tun werden. Außerdem sind sie, wie Ihr Euch vorstellen könnt, nicht allzu begeistert, daß unter ihnen plötzlich dieser Halbbruder auftaucht, der nun auf einmal von mir anerkannt und vom König befördert wird.«

»Madame«, sagte ich, »ich denke, Ihr beweist großen Mut damit, daß Ihr mich mit dem heutigen Abend anerkennt.«

»Weil ich Euch liebe«, sagte sie und drückte heftig meine Hand. »Ich liebe Euch mehr als meine anderen Söhne. Möge der Himmel mir dieses ruchlose Wort verzeihen!«

Darauf vermochte ich nichts zu antworten, mir stiegen Tränen in die Augen.

»Könnt Ihr mir vielleicht sagen«, fuhr sie in scherzendem Ton fort, »weshalb Ihr in meinem kleinen Kabinett so häßlich mit mir geschmollt habt?«

»Ich war gekränkt! Ihr hattet nur Augen für Eure Löckchen! Ihr habt mich nicht einmal angesehen.«

»Ach, Kindskopf! Ihr müßt noch sehr viel lernen über die Frauen! Wißt, daß ich Euch mit meinen Spiegeln immerzu beobachtet habe und über Euer Grollen sehr amüsiert war.«

»Amüsiert wart Ihr!«

»Aber auch besorgt. Ihr solltet Euer allzu empfindsames Herz wappnen, Pierre. Sonst wird mehr als eine ihre Krallen hineinschlagen. So, genug geschwatzt! Kommt jetzt und nehmt es mit meinen kleinen Monstern auf.«

Kann sein, weil Mayenne sie herausgefordert hatte, kann auch sein, daß sie meinten, sie würden einer so gut gewetzten Zunge nicht gewachsen sein, wenn sie sich mit mir in eine Stichelei einließen, jedenfalls waren die »Monster« gegen mich bei weitem nicht so stachelig, wie ihre Mutter befürchtet hatte. Charles, der »kleine Herzog ohne Nase«, wie man ihn bei Hof nannte, hatte immerhin Manieren. Er drückte sich sehr gut aus, so unwissend er auch sein mochte, und brachte es fertig, in seine Liebenswürdigkeit einige Herablassung zu legen. Immerhin geruhte er sich zu erinnern, daß mein Vater ihm zu Reims »sehr hilfreich und dienstbar« gewesen sei, ohne aber zu sagen, daß er ihm seinerzeit das Leben verdankte.

Diese knauserige Dankbarkeit, dazu jene Spur von Herablassung, die er an den Tag legte, kühlte mich ziemlich ab, und ich gab mir wenig Mühe, ihm zu gefallen.

Mehr wandte ich auch bei François, dem Malteserritter nicht auf, der damals neunzehn Jahre alt und mit Sicherheit von allen der Unbesonnenste war, hatte er doch im Glauben an einen Hoftratsch gewagt, zu behaupten, mein Vater habe bei der Hinrichtung des Herzogs Heinrich von Guise die Hand im Spiele gehabt, wofür er sowohl von seiner Mutter als auch von Sully als auch vom König getadelt worden war. Ich fand, seine Züge wirkten gewalttätig und platt, von Geist keine Spur.

»Wo ist denn Louis geblieben?« sagte Madame de Guise, indem sie ihre Blicke durch den riesigen Saal schweifen ließ, doch ohne viel Erfolg, denn sie sah bekanntlich schlecht.

»Er war doch eben noch hier«, fuhr sie fort, »hat er sich in Luft aufgelöst? Er ist aber auch ein Leichtfuß! Hat man je einen flatterhafteren Erzbischof gesehen?«

»Madame«, sagte ich, »wenn Ihr eine violette Robe sucht, sie ist in der Fensternische dort zu Eurer Rechten gerade dabei, einer sehr jungen, sehr schönen Dame Küsse zu rauben.«

»Was?« fuhr meine Patin auf und eilte beschleunigten Schrittes auf jenes Paar zu, wobei sie wegen ihrer engen Schuhe ein ums andere Mal aufstöhnte. »Aber das ist ja meine Tochter!« rief sie aus, als sie mit der Nase auf die violette Robe und deren Gefährtin stieß. »Louis, Ihr schäkert hier mit Eurer Schwester! Auf meinem Ball! Wollt Ihr Euch in Verruf bringen, so daß Euch der Klatsch mit dem Erzbischof von Lyon vergleicht, der zwanzig Jahre vor aller Augen und Ohren mit der eigenen Schwester gevögelt hat!«

»Frau Mutter, das liegt mir wirklich ferne!« sagte Louis lachend. »Warum muß diese kleine Ziege sich denn auch so sträuben, wenn ich sie auf den Hals küssen will? Habe ich sie nicht über tausendmal geküßt, als sie klein war? Und jetzt ziert sie sich unter dem Vorwand, daß sie mit diesem Idioten verheiratet ist.«

»Ich bin keine Ziege und nicht mehr klein«, sagte die Prinzessin von Conti feurig. »Ich bin nur fünf Jahre jünger als Ihr, mein Alter.«

»Alter!« sagte Louis mit kindischer Entrüstung, »ich, ein Alter! Frau Mutter, Ihr seid mein Zeuge! Seit wann ist man mit dreißig Jahren alt?«

»Zweiunddreißig«, sagte die Prinzessin von Conti.

»Hört zu Louis«, sagte Madame de Guise streng, »ich will hier keine Kindereien. Ihr werdet Euch auf meinem Ball benehmen, wie es Eurer Robe geziemt. Und morgen reist Ihr schleunigst zurück in Euer Erzbistum Reims, und ich verlange, Louis, daß Ihr Euch dort unabweichlich von Jungfern und verheirateten Frauen fernhaltet.«

»Bleiben mir nur die Witwen!« sagte Louis, abermals lachend. »Nur sind nicht alle Witwen so schön wie Ihr, Frau Mama.«

»Mein Herr Sohn«, sagte Madame de Guise, die für meine Begriffe mit ihrem Zorn an sich hielt, um weder ihrer Schminke noch ihrer Frisur zu schaden, »glaubt nicht, Ihr entwaffnet mich durch ein billiges Kompliment. Sollte Euer Gedächtnis schwach sein, helfe ich ihm auf. Erinnert Euch bitte, daß ich gekämpft habe, Monsieur, mit Klauen und Zähnen gekämpft, damit der König Euch zum Erzbischof von Reims machte und Ihr diese Pfründe bekamt! Ihr wäret also sehr undankbar, Monsieur, und ein großer Tor, wenn Ihr die Chancen verspielen würdet, die ich Euch verschafft habe. Mit Euren Einkünften seid Ihr der reichste unter meinen Söhnen. Ihr tragt eine violette Robe, die Euch zum Entzücken steht und Euch überall Respekt verschafft. Man spricht Euch Monseigneur an, küßt Euch die Hand, Prinzessinnen beugen vor Euch das Knie – vor Euch, einem Nachgeborenen! Und wenn Ihr vernünftig seid, Monsieur, aber vernünftig müßt Ihr sein, gibt Euch der Papst in vier, fünf Jahren den Kardinalshut, wie früher Eurem Onkel, und dann steht Ihr am Hof über den Prinzen von Geblüt. Ist das etwa nichts, so hoch im Staate zu steigen? Bei Euren geringen Verdiensten!«

Ich betrachtete den Erzbischof, während Madame de Guise ihm diese Strafpredigt hielt. Tatsächlich stand die violette Robe Louis von Lothringen vortrefflich zu seinem rosigen Gesicht und dem blonden Haar. Er hatte die Lavendelaugen seiner Mutter und wäre ohne sein etwas kurzes Kinn ein sehr schöner Mann gewesen. Er hörte die Rede mit einiger Verlegenheit an, ergriff, als seine Mutter geendet hatte, ihre beiden Hände und bedeckte sie mit Küssen.

»Madame«, sagte er überschwenglich, »Ihr seid die beste aller Mütter! Und Euer Wille geschehe. Ich fahre morgen zurück nach Reims. Übrigens aber«, setzte er mit einer Demut hinzu, die mir nicht gespielt vorkam, »man küßt nicht meine Hand, sondern meinen Ring.«

Sein Ton, seine Worte rührten mich. Wenigstens, sagte ich

mir, ist der Erzbischof unter den Unbesonnenen nicht der Schlechteste. Was er nun auch mir bezeigte, indem er mich herzlich, wenn auch recht unbedacht begrüßte.

»Mein Herr Cousin«, sagte er, »wie freue ich mich, Euch kennenzulernen! Meine Mutter sagte mir, Ihr könnt Latein! Und schreibt Französisch wie ein Engel! Bittet den König, daß er Euch zum Bischof ernennt, und ich nehme Euch auf der Stelle zum Coadjutor. Ich brauche unbedingt jemanden, der meine Homelien verfaßt, die längeren Messen abhält, unterm Baldachin unsere endlosen Prozessionen anführt und der sorgsam über den Gang meiner Diözese wacht: alles Dinge, die Ihr bei soviel Geist unendlich besser könntet als ich.«

»Monseigneur«, sagte ich, »wenn ich Euch recht verstehe, wären wir in dieser Sache ja gleichgestellt. Ich würde Euer Erzbistum verwalten, und Ihr bezöget die Einkünfte.«

Woraufhin Madame de Guise und die Prinzessin von Conti lauthals lachten. Eine Heiterkeit, in welche der Erzbischof mit einiger Verspätung einstimmte, zu gutmütig, um mir die kleine Spitze übelzunehmen.

In dem Moment verkündigte Monsieur de Réchignevoisin, dessen sanfter Stimme ich ein solche Volltönigkeit nie zugetraut hätte, das Eintreffen des Herzogs von Montpensier, des Herzogs von Bellegarde und von Madame Charlotte des Essarts. Und schon stand ich allein. Madame de Guise schritt dem Herzog von Montpensier entgegen. Die Prinzessin von Conti eilte, Bellegarde zu begrüßen, und der Erzbischof, Charlotte des Essarts.

»Seid nicht verärgert, Chevalier«, sagte Sommerive, den ich, als ich mich umwandte, zu meiner Rechten wie einen Schutzengel gewahrte. »Ihr konntet Euch sicherlich denken, daß Madame de Guise die neuen Gäste willkommen heißt und in erster Linie den Herzog von Montpensier, weil er Prinz von Geblüt und ihr Cousin zweiten Grades ist. Doch außer daß ihre Kinder sich verpflichtet fühlen, ihr darin beizustehen, geht hier die Neigung vor der Pflicht. Wie jeder weiß und Ihr es auch wissen müßt, denn etwas am Hofe nicht zu wissen, kann verhängnisvoll sein, war die Prinzessin von Conti vor ihrer Vermählung ziemlich lebhaft dem Herzog von Bellegarde zugetan. Und was unseren mutwilligen Erzbischof betrifft, warum sollte unter einer violetten Robe nicht auch ein Herz schlagen?«

»Für Charlotte des Essarts? Für die Favoritin? Ist das möglich? Und was sagt der König dazu?«

»Den König kümmert das wenig. Er verläßt sich darauf, daß der Erzbischof seiner Mutter gehorcht und daß er seiner teuren Cousine nur ein Wort zu sagen braucht, und sie schickt ihn zurück nach Reims.«

»Das ist soeben geschehen.«

»Meine verehrte Tante ist die Weisheit selbst.«

»Und wie nimmt Charlotte des Essarts die Werbungen des Erzbischofs auf?«

»Ein Erzbischof ist natürlich kein König. Aber die reizende Charlotte denkt an ihre sehr ungewisse Zukunft, denn der König ist sehr unbeständig. Wie findet Ihr sie?«

»Blond und rund.«

»Und klein. Die Comtesse de Moret ist auch klein. Deshalb sagte die Prinzessin von Conti, als sie die halbe Ungnade der Marquise de Verneuil kommentierte, zum großen Ergötzen des Hofes: ›Der König besteigt keine großen Rösser mehr. Neuerdings behagen ihm kleine Pferde besser.‹ Was ist, Chevalier? Ihr rümpft die Nase?«

»Der Scherz ist ein wenig grob.«

»Ah, Chevalier, daran muß man sich gewöhnen! Die meisten Scherze am Hof sind aus diesem Mehl, das allerdings nicht vom feinsten ist. Feinsinnig ist hier einzig die junge Marquise de Rambouillet. Und ich will Euch ihr vorstellen: Ihr werdet nicht umhin können, sie zu lieben. Sie liest die Dichter, sie lernt Latein, sie plaudert zum Entzücken. Außerdem ist sie schön, daß es einen geschworenen Heiligen in Verdammnis stürzen könnte. Aber zappelt nicht im voraus, Chevalier. Die Tugend der Marquise verbietet das mindeste Augenspiel, und ihre Prüderie ist geradezu unbändig.«

In dem Moment steuerte aus einiger Entfernung Noémie de Sobol auf uns zu, und Sommerive sagte leise: »Das Frauenzimmer hat es auf uns abgesehen. Verzeiht, ich werde Euch verlassen, sobald sie da ist. Ich gehe auf eine Plauderei zum Prinzen von Conti und zum Herzog von Montpensier, die man, wie ich sehe, nebeneinander gesetzt hat.«

»Plauderei? Aber der erste ist taub.«

»Und der zweite ein Idiot. Trotzdem, beide sind Prinzen von Geblüt, und ich habe Höflichkeitspflichten, sie sind

Bourbonen und ich ein Guise. Ihr habt meinen Vater zu dem Thema gehört.«

Mit flammendem Haar, belebtem Gesicht und wogendem Busen glitt Noémie de Sobol wie ein Schiff unter Segeln auf uns zu, und der Wind ihres Laufs blähte ihren Reifrock. Sowie sie uns erreicht hatte, warf sie ihren kleinen Enterhaken nach Sommerive aus.

»Ah, Comte!« sagte sie mit bebender Stimme, »wie erfreut ich bin, Euch zu sehen.«

»Und niemand könnte bei Eurem Anblick entzückter sein als ich, Madame«, sagte Sommerive, indem er sich verneigte. »Ihr seid der Inbegriff aller Zierden, die man in diesem Hause sieht, und nichts auf der Welt ziehe ich Eurer liebenswerten Gesellschaft vor. Wollt Ihr mir gütigst vergeben, ebenso der Chevalier, aber ich muß meinen Pflichten gegen die Prinzen von Geblüt genügen. Geruht, mir einen Tanz zu reservieren, und ich werde überglücklich sein.«

Nach diesen Worten, die Sommerive in gekünsteltem Ton und in einem Zuge heruntergespult hatte, ohne die arme Noémie auch nur anzusehen, da er die Augen auf einen Punkt über ihrem Kopf gerichtet hielt, verneigte er sich. Und sich abwendend, eilte er dem Winkel zu, wo der Prinz von Conti und der Herzog von Montpensier nebeneinander hockten wie zwei gestrandete, abgewrackte Schiffe.

»Wie boshaft, er macht sich über mich lustig«, sagte Noémie de Sobol mehr traurig als wütend. »Da habt Ihr unsere Elegants! Sie kriegen es fertig, einen zu beleidigen, indem sie einem Liebenswürdigkeiten sagen.«

»Er hat Euch immerhin um einen Tanz gebeten.«

»Glaubt Ihr, er hält Wort? Alle diese schönen Kavaliere, die um Bassompierre kreisen: Bellegarde, Sommerive, Joinville, Schomberg, sie fliehen Jungfrauen wie die Pest. Für sie sind es Ehefallen. Lieber umschmeicheln sie abgestoßene Tugenden wie die Moret oder die Essarts und begnügen sich fürs Alltägliche mit Bassompierres ›Nichten‹.«

»Aber was mag Sommerive dem Prinzen von Conti erzählen? Der Prinz hört ihn doch nicht.«

»Er hört ihn weder, noch könnte er, wenn er ihn hörte, antworten, denn der arme Prinz stottert so, daß er keine zwei Sätze nacheinander herausbringt. Und der Herzog von Montpensier ist sehr geschwächt. Habt Ihr gesehen, wie erschreckend mager er ist?«

»Ja«, sagte ich, »er sieht schwindsüchtig aus.«

»Das ist er nicht. Er leidet seit vierzehn Jahren an einer gräßlichen Kieferwunde, die er in der Schlacht zu Dreux auf der Seite von Henri Quatre empfing. Wenn er keinen Verband ums Kinn hätte, würdet Ihr den Eiter sehen. Der fließt seit vierzehn Jahren! Der Unglückliche kann nicht mehr kauen, man ernährt ihn mit Frauenmilch.«

»Warum mit Frauenmilch?« fragte ich verblüfft.

»Er verträgt keine Kuhmilch.«

»Ist er, wie Sommerive sagt, idiotisch?«

»Wenn ich Ihrer Hoheit glaube«, sagte Noémie de Sobol, »Eurer Patin, meine ich, hat der Herzog, so tapfer im Kampf er auch war, niemals viel Verstand gehabt. Und das bißchen, das er hatte, haben ihm seine dauernden Leiden geraubt.«

»Wenn er so leidet, warum kommt er dann zum Ball?«

»Der König ist sein Cousin.«

»Liebt ihn der König?«

»Er liebt vor allem seine Tochter.«

»Wie alt ist sie?«

»Ein paar Monate alt: der König will sie mit aller Macht mit seinem zweiten Sohn verheiraten, weil sie nach dem Tod des Herzogs die reichste Erbin des Königreichs sein wird.«

»Das finde ich ein bißchen traurig«, sagte ich nach einem Schweigen.

»Ich auch«, sagte Noémie de Sobol. »Tanzt Ihr mit mir, Chevalier?«

»Ja.«

»Dieses ›ja‹ wäre etwas kärglich, wenn der Blick es nicht auffüllen würde. Ich glaube, Ihr findet mich schön? Wie schade, daß Ihr so jung seid. Euch würde ich gerne heiraten.«

»Madame, könnt Ihr an nichts anderes denken?«

»Nur gezwungen. Was glaubt Ihr denn, was eine Ehrenjungfer ist? Eine wohlgeborene Dienerin, die man nicht bezahlt. Sicher, ich mache keine Betten, aber ich trage den Fächer und trage das Riechfläschchen. Eure Patin ist die Güte selbst, aber ...«

»Aber«, sagte ich lachend, »eine Milchsuppe, die kocht und überkocht ...«

»Und mich mitten in der Nacht weckt, damit ich in ihr Bett komme und ihr die schlaflosen Stunden erleichtere, indem ich mir ihre Vertraulichkeiten anhöre. Glaubt mir, Chevalier, wenn ich hoch genug geboren wäre – denn die Großen vermählen sich doch nur untereinander –, dann hätte ich den Prinzen von Conti auch geheiratet.«

»Pfui, so ein Wrack!«

»Besser, man klammert sich an ein Wrack, als in der Hölle eines Klosters zu versauern.«

»Madame, Eure Metapher stimmt nicht: in der Hölle versauert man nicht, da schmort man.«

Darauf lachte sie wie toll und hätte noch länger gelacht, wäre nicht ein ganz kleiner Page in den Farben der Guise auf uns zugetrippelt gekommen, um ihr zu sagen, Ihre Hoheit wünsche sie an ihrer Seite, damit sie ihr fächele. Noémie de Sobol verdrehte die Augen himmelwärts, seufzte und folgte nach einem letzten Blick auf mich dem Zwerg.

Ich fühlte mich nun ein wenig verloren und fehl am Platze in diesem Festsaal, wo jetzt ein unentwegtes Wandeln und Wogen, ein buntes Kommen und Gehen von reich gekleideten Herren und Damen war, die sich untereinander alle kannten – nur ich kannte niemand. Da längs den Wänden Schemel, Lehnsessel und Reifrockstühle aufgereiht standen, beschloß ich, nicht inmitten des Raumes zu verharren wie eine von fremden Wogen umbrandete Insel, und zog mich auf einen Schemel zurück, von denen viele, Gott sei Dank, noch frei waren, denn solange nicht getanzt wurde, taten auch noch niemandem die Knie weh. Ich hatte meine Bastion gut gewählt, auf einer Estrade zu meiner Linken standen ein gutes Dutzend Geiger und stimmten ihre Instrumente, ohne mich irgend zu beachten, und zu meiner Rechten konnte ich, von einer hohen grünen Pflanze gedeckt, den größten Teil des Saales überschauen.

Erst jetzt stellte ich fest, daß ich beim Betreten dieses Saales, ganz im Bann des voll versammelten Hauses Lothringen, gar nicht bemerkt hatte, daß jene Hunderte von Wachslichtern auf den drei großen Deckenlüstern angezündet waren, die ein zugleich helles und sehr mildes Licht verbreiteten und den Blick um so mehr fesselten, als alle die Flämmchen auf den Dochten jeweils gleichzeitig flackerten, wenn durch die wegen der stickigen Luft weit geöffneten Fenster eine leichte

Brise vom Garten hereinwehte. Und wenn man genau hinhorchte, vernahm man trotz des steigenden Gesprächslärms ein andauerndes feines Knistern, das die Insekten verursachten, die sich mit unbelehrbarer Regelmäßigkeit an den Lüstern versengten. Zum erstenmal gewahrte ich auch, daß jenes Dutzend Wandleuchter, die die Bildnisse der erlauchten Familie bestrahlten, wahrhaftig die Form von menschlichen Armen hatten, wie wenn Sklaven auf der anderen Seite des Mauerwerks sie unbeweglich hielten, um die hochmütigen Gesichter der ermordeten Herzöge zu bescheinen.

Ich wäre kein Hugenottensohn gewesen, aufgewachsen in der strikten Sparsamkeit unseres Hauses, wenn mein Herz sich bei dem Gedanken nicht zusammengezogen hätte, welche unerhörten Kosten an Kerzen und Wachslichten Madame de Guise allein für diese Nacht des sechzehnten August zu tragen hatte. Ganz zu schweigen von dem Büffet das mir gegenüber auf der anderen Saalseite aufgebaut war und mit einer solchen Menge an Getränken, Speisen, Zuspeisen und Früchten beladen war, daß eine ganze Gardekompanie vor der Einkehr ins Quartier daran ihren Durst und Hunger hätte stillen können.

Am anderen Ende des Ballsaals erhob sich eine weitere Estrade, aber nicht kahl wie die der Geiger, sondern reich ausgeschmückt mit einem großen Orientteppich, mit drei großen bronzenen Körben voll weißer Rosen und mit zwei großen goldenen Lehnstühlen, die zum Saal gewandt nebeneinander standen. Ich hatte sie schon gesehen, als Monsieur de Réchignevoisin mich durch das Hôtel de Grenelle führte, aber da zeigte das vergoldete Holz an den Lehnen noch die Wappen der Guise, die inzwischen schamvoll mit goldgefransten Samthoussen überzogen worden waren, damit das Auge des Königs nicht beleidigt werde durch jene Waffenzeichen, die gegen die seinigen und die seines Vorgängers auf dem Thron so lange gekämpft hatten.

* * *

»Ah, mein Kleiner«, sagte Bassompierre, der plötzlich vor mir auftauchte, »find ich Euch endlich! Habt Ihr Euch hinter den Grünpflanzen versteckt? Hier ist der Prinz von Joinville; seine Mutter wollte Euch ihm vorstellen, als ihre Pflichten sie woanders hinriefen. Er brennt darauf, Euch kennenzulernen.«

»Monseigneur«, sagte ich, indem ich mich erhob, »Ihr erweist mir große Ehre.«

Ich blickte ihn an, und was ich sah, gefiel mir. Unter den vier Söhnen von Madame de Guise war Joinville sicher der schönste, kräftigste und auch derjenige, dessen offenes, lebhaftes Gesicht den meisten Geist verriet.

»Ich weiß nicht, ob mir die Anrede Monseigneur zusteht«, sagte er lächelnd. »Joinville ist ein kleines Dorf in der Champagne, bei welchem mein Urgroßvater, Claude von Lothringen, das Schloß Grand-Jardin erbaut hat. Ich weiß auch nicht, wie die Herzöge von Guise, die sich zuerst Seigneurs von Joinville, dann Barone von Joinville nannten, darauf gekommen sind, sich als Prinzen dieses kleinen Nestes auszugeben. Wie dem auch sei, der Titel gebührt rechtens meinem älteren Bruder Charles, der ihn mir bei meiner Großjährigkeit übertrug. Es ist ein rein höfischer Titel. Joinville gehört mir nicht und das Schloß schon gar nicht. Ich beziehe meine Einkünfte aus Saint-Dizier, der König hatte die Güte, mich zu dessen Gouverneur zu ernennen, aber, Gott sei Dank, setze ich nie den Fuß dorthin.«

»Aber«, sagte ich unschuldig, »wer verwaltet dann Saint-Dizier, wenn Ihr nicht dort seid?«

»Eine ausgezeichnete Frage!« sagte Bassompierre und lachte schallend. »Wahrlich, seltsame Dinge geschehen in diesem Königreich! Der Prinz von Joinville verwaltet Saint-Dizier mit Amtssitz in Paris.«

»Mit Hilfe eines Leutnants, den ich dort eingesetzt habe«, sagte Joinville.

»Und dieses Arrangement billigt der König?« fragte ich staunend.

Bassompierre legte mir eine Hand auf die Schulter und sagte, nun ganz ernst: »Mein Kleiner, merke dir eins: was der König auch tut, er hat immer recht.«

»Was auch heißt«, sagte Joinville, nur mit einem Mundwinkel lächelnd, »daß Bassompierre dem König immer recht gibt, weil er der König ist, und der Königin, weil sie die Königin ist, und sogar der Marquise de Verneuil, als sie noch über den König herrschte.« Und er fügte, ernster geworden, hinzu: »Es gibt schon einen Grund, weshalb der König es billigt, wenn der von ihm ernannte Gouverneur sich durch einen Leutnant ersetzen läßt und in Paris sitzt. Wenn besagter Gouverneur in Paris irgendeinen Wirbel anstellt, hat ihn der König als Geisel. Hegt der König gegen ihn einen Groll, einen Verdacht, ersetzt er den Leutnant insgeheim durch einen eigenen Mann. So hat er es mit dem Herzog von Épernon in Metz gemacht. Der Herzog erhält zwar weiterhin seine Gouverneurspension, aber er hat in seiner Stadt nur noch eine nominelle Macht. Er kann sie weder dem König verschließen noch dem Spanier öffnen.«

»Das ist doch sehr geschickt«, sagte ich.

»Für Metz«, sagte Bassompierre, »mag das gelten, es ist eine wichtige Festung, aber doch nicht für Saint-Dizier; das ist ein Nest ohne jede Bedeutung.«

»Da ist das königliche Interesse ein anderes«, sagte Joinville. »Wenn der Gouverneur Seiner Majestät in irgend etwas mißfällt, befiehlt ihm Seine Majestät, sich in sein Gouvernat zurückzuziehen. Das ist ein verkapptes Exil. Für mich hieße Paris zu verlassen und in Saint-Dizier zu leben unzweifelhaft meinen Tod.«

»Dann bereite dich schon mal darauf vor!« sagte Bassompierre, indem er ihm einen verständnisinnigen Blick zuwarf.

»Bereit sein ist alles.«

Und Joinvilles Gesicht, das vorher so lebhaft und sprühend erschien, als er mir die Politik des Königs hinsichtlich seiner Stadtgouverneure erklärte, wurde verschlossen. Er senkte trotzig den Kopf und sprach kein Wort. Bassompierre schwieg ebenfalls, und mir wurde unbehaglich. In dem Moment stieß zum Glück Madame de Guise, von Noémie de Sobol gefolgt, ganz angeregt und vergnügt zu uns.

»Nun, mein Herr Sohn«, sagte sie, indem sie ihn beim Arm faßte, »findet Ihr den Chevalier de Siorac nicht reizend?« Und ohne seine Antwort abzuwarten, setzte sie hinzu: »Wo ist denn Sommerive? Mein Bruder Mayenne hatte ihn doch zum Schutzengel des Chevaliers bestellt.«

»Madame, Ihr seht ihn«, sagte Bassompierre mit eleganter Handbewegung, »in der liebenswürdigsten Plauderei mit dem Prinzen von Conti und dem Herzog von Montpensier.«

»Wenigstens kann ihm da keiner widersprechen«, sagte die Herzogin. »Dem einen fehlt das Gehör, dem anderen das Gebiß. Immerhin«, fuhr sie fort, als reue sie die Bosheit gegen ihre Verwandten, »Sommerive hat ein gutes Herz.«

»Zu mir ist er herzlos«, sagte Noémie de Sobol.

»Weil Ihr ihm viel zu sehr zeigt, daß er Euch gefällt, mein Kind«, sagte die Herzogin, indem sie mit dem Handrücken ihre Wange streichelte. »Mit den Männern ist es wie mit Bettlern: salbe sie, und sie beißen dich. Ich habe es Euch hundertmal gesagt, Kindchen, hütet Euch vor Leuten wie Bassompierre, Joinville, Sommerive, Bellegarde oder Schomberg. Das sind Lerchenfänger. Sie pfeifen sich jeden Morgen eine. Was sollen die mit Euren Gefühlen?«

»Frau Mutter«, sagte Joinville, »mich jucken die Knie! Wird endlich getanzt?«

»Erst, wenn der König da ist. Wollt Ihr den Ball ohne ihn eröffnen?«

»Er kann nicht mehr weit sein: die Comtesse de Moret ist eben angekommen.«

»Ja, ich sah sie «, sagte Madame de Guise.

»Geht Ihr sie nicht empfangen?«

»Sie kann warten.«

»Muß man so unhöflich sein?«

»Das entscheide ich.«

»In dem Falle werdet Ihr wohl erlauben, Madame, daß ich Euch vertrete.«

Und ohne ihre Antwort abzuwarten, machte er eine tiefe Verbeugung, kehrte ihr den Rücken und ging, sehr elegant in der Haltung, die Schultern breit, die Taille schmal. Madame de Guise folgte ihm mit dem Blick.

»Meine Baskine erdrückt mich«, seufzte sie, »aber nicht derart wie meine Familiensorgen! Luft, Sobol, mach mir Luft. Bassompierre, habt Ihr diesem Wespenherrchen klargemacht, was es ihn kosten kann, wenn er des Königs Torte umschwirrt?«

»Den Befehl, nach Saint-Dizier zu verschwinden, die Verbannung, ja. Er weiß es genau. Er sagt, es wäre sein Tod. Trotzdem läuft er voll draufzu.«

»Habt Ihr, bei all Eurem Verstand, denn keinen Einfluß auf ihn?«

»Schon, aber er endet da, wo der Einfluß der Moret beginnt.«

»Euer Vater hat recht, mein Patensohn«, sagte Madame de Guise mit einem neuen Seufzer, »meine Söhne sind große

Toren! Der Erzbischof tanzt um die Charlotte herum. Und Joinville treibt es noch schlimmer mit der Moret! Diese Guise sind doch unverbesserliche Rebellen. Als ob wir noch zu Zeiten der Liga wären! ... Weil sie den König nicht mit Waffen schlagen können, wollen sie ihn zum Hahnrei machen.«

»Bellegarde«, sagte Bassompierre, »hat den König mit der schönen Gabrielle früher auch gehörnt, und der König hat sich sehr wenig daraus gemacht.«

»Ja, nur mit den Jahren hat Henri die Eifersucht entdeckt. Aber was nun Charles angeht, habe ich Euch von seiten seiner Frau einen Handel vorzuschlagen.«

»Ich sehe die kleine Herzogin von Guise nicht«, sagte Bassompierre. »Allerdings«, fügte er mit einer Verneigung hinzu, »habe ich sie auch nicht gesucht. Für mein Empfinden kommt die Schwiegertochter nicht gegen die schöne Schwiegermutter auf.«

»Bassompierre, Ihr seid ein schamloser Schmeichler. Meine Schwiegertochter seht Ihr deshalb nicht, weil sie leidend ist. Sie hat zuviel Melonen gegessen, und ihre Därme sind ganz durcheinander.«

»Wie beim König, und aus demselben Grund. Aber er, Därme hin, Därme her, kommt trotzdem, weil er Euch liebt, Madame.«

»Und weil er ein Auge auf seine Törtchen haben will. Bassompierre, meine Schwiegertochter ist verzweifelt. Sie sagt, Charles hat in einem Jahr im Spiel mit Euch fünfzigtausend Livres verloren. Deshalb ihr Angebot: sie gibt Euch zehntausend Livres im Jahr, wenn Ihr aufhört, mit Charles zu spielen.«

»Unmöglich, so ein Arrangement, Madame.«

»Warum?«

»Weil ich dabei zuviel verlöre.«

Ich lachte, und Noémie platzte hinter ihrer vorgehaltenen Hand.

»Seid nicht so albern, Kindchen«, sagte die Herzogin.

Weiter kam sie indessen nicht. Die Comtesse de Moret steuerte, von Joinvilles Hand geleitet, gerade auf uns zu.

»Mir scheint«, sagte Madame de Guise zwischen den Zähnen, »jetzt muß ich diese Kugel doch noch begrüßen. Ich hasse die Person! Sie hat doppelt soviel Busen wie nötig.«

Hiermit verließ sie uns, Noémie in ihrem Gefolge.

»Der Moret«, sagte Bassompierre, »ist diesmal aber die kürzeste Begrüßung der Welt zuteil geworden. Doch nicht, weil sie zu gut gepolstert ist, sondern weil dort der Comte de Soissons kommt und seltsamerweise in Begleitung des Marquis von B.«

»Wieso seltsamerweise?«

»Weil der Comte de Soissons Prinz von Geblüt ist und Bastarde verabscheut. Aber Soissons hat unrecht. Meines Erachtens sind Bastarde, weil sie Kinder der Liebe sind, oft schöner, gesünder und begabter als legitime Kinder. Wenn die Tochter, die der Prinz von Conti der Prinzessin gemacht hatte, am Leben geblieben wäre, was, glaubt Ihr, wäre diese legitime Tochter wohl für ein Krüppel geworden?«

Auf diese Frage, die mit großer Schärfe gestellt wurde, gab ich keine Antwort. Aha! dachte ich mir, dann ist also Bellegarde nicht der einzige, der sich sehr innig für die Prinzessin von Conti interessiert?

»Ich sehe«, sagte ich, »um Madame de Guise einen ganzen Schwarm blühender Edelmänner, einer schillernder als der andere. Welcher davon ist der dem Comte de Soissons?«

»Der Größte und Hochmütigste. Ihr erkennt ihn auch an seinem eckigen Bart und seiner hohen Stirn, die täuscht aber, denn im Kopf hat der Comte nur wenig. Doch erlaubt Ihr, mein Kleiner, daß ich Euch kurze Zeit verlasse? Die Prinzessin von Conti sendet mir eben einen verzweifelten Hilferuf. Sie wird von einem Klatschmaul des Hofes belagert und wartet, daß ich sie erlöse.«

Damit ging Bassompierre, und ich staunte sehr, wie er in diesem Gedränge die Prinzessin von Conti ausgemacht hatte, die nicht zu den größten Gehörte und, jedenfalls für meine Augen – die allerdings nicht die des Herzens waren –, nirgends zu entdecken war, wohin ich auch blickte.

Ebenso verwunderte es mich, daß ich noch immer weder meinen Vater noch den Chevalier de La Surie gesehen hatte, schließlich hielten doch beide stets auf Pünktlichkeit. Offen gesagt, fühlte ich mich im Hôtel de Grenelle nicht gerade heimisch und sehr verlassen, sobald einer meiner Schutzengel mich stehenließ, und das hatten nacheinander alle getan. Aber wer wollte sie schelten, ging doch ein jeder seiner Pflicht oder seiner Neigung nach. Nur, wie sollte ich ohne sie all jene

Gesichter entziffern, die mich umgaben und deren Blicke mich interesselos streiften?

Mitten in diesen Gedanken hörte ich, wie der Comte de Soissons, jetzt kaum einen Klafter von mir entfernt, mit sehr lauter Stimme Monsieur de Réchignevoisin befahl, ihn dorthin zu führen, wo die Prinzen von Geblüt saßen. Er legte eine Unverschämtheit in diesen Befehl, als stünden nach der Herzogin von Guise, die seine Cousine war, nur seine anderen beiden Cousins und sein Bruder hoch genug im Königreich, daß er das Wort an sie richten könne. Nach einer Verbeugung, die bis zum Knie des Comte hinabreichte, versicherte ihn Monsieur de Réchignevoisin sanftmütig seines Gehorsams und öffnete ihm, voranschreitend, eine Bahn durch die Menge, woraufhin das Gefolge des Comte sich in die Bresche warf.

Der Comte de Soissons nun ging gewichtigen Schrittes einher, mit gewölbter Brust, das Kinn gereckt, den Kopf in den Nacken geworfen. Er wäre ein schöner Mann gewesen, hätte sein Gesicht nicht einen so streitbaren Dünkel ausgedrückt, daß er es um ein groß Teil Menschlichkeit beschnitt. Mit einiger Erheiterung fragte ich mich im stillen, wie der Comte es wohl anstellen werde, mit den von ihm Erwählten trotz ihrer Behinderungen ein Gespräch zu führen. Von dieser Begier, zu sehen und zu wissen, getrieben, die man meine läßliche Sünde nennt, scheute ich mich nicht, mich unter das Gefolge zu mischen und mich derweise den Prinzen von Geblüt zu nähern.

Sie hatten Verstärkung bekommen, wenn es denn eine war, und zwar in Gestalt eines jungen Edelmannes, den ich noch nie gesehen hatte und gleichwohl sofort als den Prinzen von Condé erkannte, weil mein Vater mir gesagt hatte, er sei »der einzige Bourbone, bei dem die Nase nicht lang und am Ende gebogen ist, sondern vorspringt wie ein Adlerschnabel«. Diese Eigenheit, die man bei einem kräftigen Mann als ein Zeichen von Stärke angesehen hätte, paarte sich bei dem Prinzen mit einem Gesicht und einem Körper von geradezu durchscheinender Schmächtigkeit.

»Ich wünsche Euch einen guten Abend, mein Herr Bruder«, sagte der Comte de Soissons zu dem Prinzen von Conti.

Vermutlich sah der Prinz von Conti den Gruß seines jüngeren Bruders eher, als daß er ihn hörte. Wie dem auch sei, er tauchte aus dem Schweigen hervor, zu dem ihn sein furchtbares Stottern verdammte.

»Gugugun Abebebend, Chachacharles«, sagte er dumpf. Und über sein Gesicht huschte eine Bewegung, als wollte er lächeln.

»Guten Abend, Henri! Guten Abend, Henri!« fuhr der Comte de Soissons mit schmetternder Stimme fort.

Die kuriose Wiederholung brachte mich darauf, daß die beiden Angeredeten denselben Vornamen hatten. Der Prinz von Conti, der aufgestanden war, antwortete mit einer tiefen, seinem Alter angemessenen Verbeugung; der Herzog von Montpensier, der zusammengesunken in seinem Sessel hockte, als halte ihn sein Rücken nicht mehr, hob zum Gruß eine skeletthafte Hand, die, kaum in Schulterhöhe gelangt, wieder kraftlos auf sein Knie herabfiel.

»Wie geht es Euch, Charles?« sagte er, wobei er mit Mühe seinen wunden Kiefer bewegte und so undeutlich sprach, daß die Worte wie Brei aus seinem Mund kamen.

»Wie es mir geht?« sagte der Comte de Soissons mit gewaltiger Stimme. »Ich rase! Ich habe einen furchtbaren Zorn! Und ohne meine Zuneigung zu meiner werten Cousine de Guise hätte ich den Fuß nie auf diesen Ball gesetzt. Von ihr und Euch abgesehen, habe ich nichts zu tun mit den Halunken, die sich hier befinden! Sagt das überall, bitte! Sagt das meinem gekrönten Cousin! Sagt ihm auch, daß ich gleich morgen den Staub des Louvre von meinen Schuhen schütteln und mich auf eines meiner Häuser zurückziehen werde. Ich reise ab! Ich werde die Kränkung nicht länger ertragen, die man mir angetan hat und die uns alle vier betrifft! Ja, uns alle vier! Euch, mein älterer Bruder, wie auch Euch, meine schönen Cousins.«

Der ältere hatte, wie ich sah, kein Sterbenswörtchen von dieser Rede verstanden. Anfangs hatten seine Augen geflackert, weil er sich wahrscheinlich fragte, ob er der Gegenstand dieses großen Zorns sei. Aber als er merkte, daß Soissons sich ebenso an seine Cousins wandte, war er beruhigt in seine Schweigemauern zurückgekehrt, und er sah seinen jüngeren Bruder mit höflichem Interesse an, ohne auch nur das Horn an sein linkes Ohr zu legen, das ihm den Schall verstärkte. Anders die beiden »schönen Cousins«. Der arme Herzog von Montpensier verhehlte kaum, wie sehr die Vehemenz des Comte de Soissons ihn belästigte. Der Prinz von Condé hingegen hatte seiner Schmährede gierig gelauscht. Und als Soissons respektlos von seinem »gekrönten Cousin« sprach, hatte er böse aufgelacht. Ich war ganz verwirrt. Daß die eigenen Verwandten Henri in der Weise behandelten, und das vor aller Ohren, sprach Bände sowohl über die Nachsicht des Königs wie über ihre eigene Leichtfertigkeit.

Soissons' Zorn hatte sich zu einem solchen Hitzegrad gesteigert, daß er kaum noch Luft bekam.

»Dieser kleine Cäsar!« sagte er mit rauher Stimme. »Alle Wetter! Wer hätte gedacht, daß dieser kleine Cäsar seine unersättliche Arroganz so weit treiben würde? Aber was Wunder auch! Kaum war er aus dem Bauch dieser Nichtswürdigen gekrochen, da behätschelte ihn der König schon mit dem Herzogstitel. Ein Bastard und Herzog! Nicht daß ich etwas gegen Bastarde habe. Soll ein Edelmann sein Blut nicht ehren? Aber Herzog! Alles, was recht ist! Bei der Geburt! Kaum geboren, war er schon Herzog von Vendôme. Und der König verlobt ihn mit der Tochter des Herzogs von Mercœur, einer der reichsten Erbinnen des Landes, mit dem Versprechen obendrein, ihn bei seiner Großjährigkeit zum Gouverneur der Bretagne zu ernennen. Mein sehr geliebter Herr Bruder«, sagte er, indem er sich an den Prinzen von Conti wandte und ihm sein Verlangen durch Gesten deutlich machte, »legt gütigst Euer Horn an das Ohr und hört mir zu. Diese Sache ist von allerhöchster Tragweite! Ihr müßt sie vernehmen: es ist dies! Der kleine Cäsar, der heute zwölf Jahre alt ist und in zwei Jahren die kleine Mercœur heiraten soll, hat sich vom König erbeten und hat es erlangt – hört Ihr mich«, sagte er, indem er das Wort wütend skandierte –, »er hat es erlangt, daß seine Zukünftige bei ihrer Hochzeit ein lilienbesätes Kleid tragen darf wie eine Prinzessin von Geblüt!«

Der Comte de Soissons stand, beide Hände in die Hüften gestemmt, und richtete seine funkelnden Blicke auf seinen Bruder und seine Cousins, dann wandte er sich zu den Edelleuten seines Gefolges um und erwies ihnen die Ehre, sie zum Zeugen dieses Skandals zu nehmen.

»Meine Herren, habt Ihr diese Ungeheuerlichkeit vernommen! Die Entscheidung ist gefallen! Die Gemahlin des Herzogs von Vendôme wird bei ihrer Hochzeit ein lilienbesätes

Kleid tragen wie die Herzogin von Montpensier! Wie die Prinzessin von Conti! Wie die Comtesse de Soissons!«

Ich starrte den Comte an. Ich war sprachlos. Dieser ganze große Zorn gebar eine Maus. Ein Kleid! Ein Kleid, ob besät oder nicht besät mit Lilien! Das noch nicht einmal vorhanden war! Noch nicht einmal bestellt, da die Eheschließung mit der kleinen Mercœur erst in zwei Jahren statthaben sollte! Eine Staatsaffäre um einen Reifrock! ...

Immerhin konnte ich nicht umhin festzustellen, daß die Edelleute und Damen, die den Reden des Comte gelauscht hatten, ihm im Grunde nicht unrecht gaben, auch wenn sie den Entschluß des Comte unsinnig fanden, den Staub des Louvre von seinen Füßen zu schütteln. Für sie, wie es mein Vater an die hundertmal gesagt und wie es Joinville vorhin ja mit Leidenschaft wiederholt hatte, hieß den Louvre verlassen soviel wie sterben! Aber gerade weil sie so an den Privilegien ihres Ranges hingen, berührte sie die Anklagerede des Comte. Ich hatte gesehen, wie sie, während sie ihm zuhörten, die Nase gerümpft, die Brauen verzogen, Blicke gewechselt oder den Kopf geschüttelt hatten. Nein, die Gemahlin eines Bastards, und sei er ein königlicher, durfte sich nicht anmaßen, ihr Kleid mit Lilien zu schmücken.

Ein Getöse erschallte, der Stimmenlärm im Saal erstarb nach und nach. Die Trompeten und Trommeln der französischen Garden, die im Hof den Zugang zum Hôtel de Grenelle bewachten, stimmten den »Auftritt des Königs« an, auch eine der Weisen, die mir der Dauphin so hübsch im Garten von Saint-Germain-en-Laye vorgespielt hatte. Im Saal wurde es still. Der Comte de Soissons schritt allen sichtbarlich hinaus, nicht zum Hofe hin, wo er unvermeidlich seinem Cousin begegnet wäre, sondern zur Gartenseite. Und Monsieur de Réchignevoisin trat vor, seinen Hofmarschallstock in der Hand, und nachdem er ihn kräftig aufs Parkett aufgestoßen hatte, rief er mit tönender Stimme: »Meine Damen, meine Herren, der König!«

* * *

Kaum erschien der König, in weißen Satin gewandet, da wich die Menge der Gäste im Ballsaal nach beiden Seiten so gefügig vor ihm auseinander wie das Rote Meer vor den Hebräern.

Und Henri schritt, wenn ich so sagen darf, trockenen Fußes durch die Damen und Herren, die das Knie vor ihm beugten, und die Flut schloß sich hinter ihm und verschlang sein Gefolge, ohne daß es gleichwohl anderen Schaden nahm, als in endlose Begrüßungen verstrickt zu werden. Ich konnte den König sehr gut sehen, denn ich hatte mich schamlos in die erste Reihe gedrängt – wie gut, daß ich groß war und kräftig. Seine Majestät verhielt unweit von mir für den Moment, da Madame de Guise ihn willkommen hieß und vor ihm kniete. Er hob sie sogleich auf und küßte sie freimütig auf beide Wangen, wie er sich ihr überhaupt stets zugetan zeigte, sowohl weil sie seine Cousine und wie er fröhlich und geradezu war, als auch aus politischer Rücksicht, denn als geborene Bourbonin und vermählte Guise war sie für ihn eine Brücke zwischen beiden Häusern.

Ich fand ihn mittelgroß, oder doch eher klein, mager, aber muskulös, der Kopf energisch, bärtig, gebräunt, gleichsam bäuerlich, die Lippen zu Schlemmerei und Schnurren aufgelegt, die Nase lang und gebogen. Was mich bei dieser ersten Begegnung aber vor allem beeindruckte, das waren seine Augen. Sie waren groß, geistsprühend und höchst beweglich, denn während er mit Madame de Guise sprach, ihr Glück zum Geburtstag wünschte und ihr Schönes sagte, kreisten seine Blicke ohne Unterlaß rundum, als taxiere und beurteile er jeden, der da war. Im Gegensatz zum Comte de Soissons konnte man nicht die Spur eines Dünkels in seinem Gesicht, das von jovialem Wohlwollen geprägt war, noch in seiner Haltung und seinem Gebaren erkennen, das in seiner Schlichtheit eher den Soldaten kennzeichnete als den Monarchen. Gleichwohl ging von seinem Wesen selbst etwas Großes aus, als verspüre er in seinem Innern Macht genug, daß er sie nicht mimen mußte.

Ich stelle fest, während ich diese Zeilen schreibe, wie schwer es mir fällt, meine erste Berührung mit Henri in ihrer unbefangenen Wahrheit zu schildern: schließlich war ich noch klein, als Greta mir schon erzählte, wie er, als er mich über das Taufbecken halten sollte, mich beinahe hätte fallen lassen. Und seitdem war kein Tag vergangen, ohne daß mein Vater oder meine Patin oder La Surie nicht in meinem Beisein von seinen Kämpfen, seinen Heldentaten, seinen Absichten, seinen Witzen, ja auch seinen Schwächen gesprochen hatten, dergestalt daß ich seinen Namen und seine Person sozusagen als zur Familie gehörig empfand.

Bevor Madame de Guise den König aufgehalten hatte, indem sie ihm entgegenging, hatten meine gierigen Augen dermaßen an Seiner Majestät gehangen, daß eine hübsche junge Dame, die neben mir stand, mich lächelnd am Ärmel zupfte, um mich daran zu erinnern, daß ich ins Knie gehen mußte. Und als der König nun die Estrade erreicht und sich auf diesen für ihn bereiteten Thron gesetzt hatte (der für seine Frau bestimmte Sessel blieb zu meiner Verwunderung leer), wandte ich mich zu meiner Nachbarin um, bedankte mich für ihre freundliche Ermahnung an meine Pflichten und entschuldigte mich gleichzeitig, an ihren Reifrock gestoßen zu haben, als ich mich in die erste Reihe vordrängte.

»Ungestüm«, sagte sie, »ist verzeihlich, wenn man so jung ist wie Ihr.«

»Jung, Madame?« sagte ich pikiert. »Ich werde bald fünfzehn. Und wenn ich Euer hübsches Gesicht betrachte, das lieblich wie eine Rosenknospe ist, seid Ihr wohl kaum älter als ich.«

»Weit entfernt, Monsieur!« rief sie aus, »ich bin neunzehn Jahre alt und seit sieben Jahren verheiratet.«

»Wie denn, mein Sohn, Ihr kennt die Marquise?« sagte mein Vater.

Ich errötete, da er so plötzlich neben mir auftauchte, sehr elegant in seinem mandelgrünen Wams, und die Kette des Ritters vom Heiligen Geist funkelte auf seiner Brust mit tausend Feuern.

»Aber nein«, sagte sie, »er kennt mich nicht. Nur ich kenne ihn. Bassompierre hat ihn mir vorhin gezeigt. Und jetzt sind wir alte Freunde: er ist an meinen Reifrock gestoßen, und ich habe ihn am Ärmel gezupft.«

»Hat er Euch gesagt, wie schön Ihr seid?« sagte mein Vater, indem er ihr die Hand küßte.

»Nein!« sagte sie lachend. »Er war knausriger als Ihr: er hat mir nur ein ›hübsch‹ gegönnt.«

»Oh, Madame!« sagte ich, »das ist Verrat! Ich habe gesagt, Euer Gesicht ist lieblich wie eine Rosenknospe.«

»Das ist wahr«, sagte sie. »Euer Sohn, Marquis, ronsardisiert. Und er versteht seine Zunge sehr gut zu gebrauchen. Auf dem Gebiet kommt er nach Euch, vielleicht auch nach seiner werten Patin«, setzte sie hinzu, und mir schien, in aller Unschuld. »Trotzdem, er ist noch jung. Er weiß noch nicht, daß es seine Pflicht ist, einer Frau zu sagen, sie sei schön, denn das Wort ›hübsch‹ ist bei weitem nicht auf der Höhe unserer Verdienste. Chevalier«, sagte sie, an mich gewandt, »seht Ihr jene rothaarige Dirne dort, die Madame de Guise nachläuft und ihr fächelt? Findet Ihr sie schön?«

»Nein, Madame.«

»Lügt er, oder ist er ehrlich?« fragte sie meinen Vater. »Es wäre wirklich gräßlich, wenn er in seinem Alter schon löge. Ich habe ihn mit jener kleinen Person in angeregter Unterhaltung gesehen.«

»Madame«, sagte ich, »mit Eurer Erlaubnis würde ich sagen, ich finde sie sehr anziehend. Deshalb habe ich ihr einen Tanz reserviert. Ratet Ihr mir, ihr beim Tanz zu sagen, sie sei schön?«

»Ah, Marquise!« sagte mein Vater lachend, »nun sitzt Ihr in der Falle. Ihr ratet ihm, die Damen zu beschwindeln. Und nachher werft Ihr es ihm vor.«

»Das ist kein Widerspruch!« sagte lebhaft die kleine Marquise mit einem kleinen Lächeln. »Ich wünschte, alle Männer der Welt hätten nur ein einziges Herz, und dieses einzige Herz schlüge nur für mich.«

»Meines habt Ihr schon«, sagte mein Vater, »und das meines Sohnes. Ist Euch nicht aufgefallen, wie Pierre-Emmanuel Euch mit den Augen verschlingt?«

»Aber die hungrigen Augen hat er von Natur aus. Ich habe gesehen, wie seine Blicke an jedem haften, ob Mann oder Frau. Und nach dem, was mir Bassompierre sagte, ist er auch ebenso wißbegierig und liest Vergil im Original. Mein Gott, wie ich ihn beneide!«

»Ob Vergil oder nicht«, sagte mein Vater, »unser beider Herzen gehören Euch. Dafür schuldet Ihr uns ein Pfand. Ihm oder mir. Ihr könnt wählen.«

»Ich gebe meine Freundschaft dem einen wie dem anderen.«

»Nicht schlecht, ist aber ein bißchen wenig.«

»Wieso wenig! Marquis, Ihr wißt doch, wie treu ich meinem Gatten bin. Der gute Charles kann, Gott sei Dank, auf beiden Ohren schlafen. Im übrigen, wenn man vom ... Er sucht mich, wie ich sehe. Ich verlasse Euch.«

»Sollte er eifersüchtig sein?«

»Er hat dazu keinen Grund. Drei Dinge gibt es, die der Marquis zu besitzen unerhört stolz ist: seine Hunde, seine Pferde und mich.«

»Aber das kostspielige Palais, das Charles in der Rue Saint-Thomas-du-Louvre erbauen läßt, ist nicht für seine Hunde und Pferde?«

»Kostspielig? Gefällt es Euch nicht?«

»Ich bin alte Schule. Ich mag diese Vermischung von Ziegel und Stein nicht, auf die man heutzutage so erpicht ist.«

»Aber innen ist es wunderschön. Die Pläne habe ich selbst gemacht. Kommt Ihr mich besuchen?« setzte sie schelmisch hinzu. »Man sagt, Ihr lebt wie ein Bär mit Eurem Bärenjungen. Kann meine Tugend Euch derart abstoßen?«

»*Gratior et pulchro veniens in corpore virtus*«, sagte ich und wurde rot.

»Ach, Chevalier! Das müßt Ihr mir übersetzen«, sagte sie mit reizender Wißbegierde.

»›Die Tugend ist um so angenehmer, wenn sie uns in schöner Hülle kommt.‹ Das ist Vergil, Madame, Euch zu dienen.«

»Ist er nicht zauberhaft?« sagte sie. »Und das sagt er errötend! Marquis«, sagte sie, an meinen Vater gewandt, und ergriff seine beiden Hände, »kommt mich besuchen, bitte, und kommt mit Eurem Sohn. Adieu. Charles hat mich gesehen. Er wird gleich hier sein.«

Und sie verließ uns mit einem großen Schwingen ihres Reifrocks.

»Das ist eine Circe«, sagte mein Vater, »aber anstatt einen in ein Schwein zu verwandeln, sucht sie einen zum Engel zu machen. Mein Sohn, weshalb habt Ihr *in pulchro corpore* mit ›in schöner Hülle‹ übersetzt?«

»Ich dachte, ›in einem schönen Körper‹ könnte sie verletzen. Sie soll sehr prüde sein.«

»Sie ist es«, sagte er lachend. »Charles wäre überglücklich, kennte er sein Glück.«

»Wie ist er?«

»Groß, hat eine große Nase und große Ohren. Den ganzen Tag jagt er, die ganze Nacht schläft er. Sein Vater war seinerzeit ein sehr geschätzter Diplomat. Was die Marquise angeht, so ist sie hochwohlgeboren. Sie stammt von den Fürsten Savelli ab.«

»Sie ist geistreich.«

»Sie hat mehr Geist als irgendeine andere Frau im Louvre. Darum langweilt sie sich am Hof zu Tode und ist am liebsten daheim in ihrem kleinen Freundeskreis.«

Hiermit zog er mich in eine Fensternische und fragte, was ich im Hôtel de Grenelle seit meiner Ankunft gesehen und erlebt hätte. Ich erzählte es ihm, aber sehr leise, denn mir war nicht entgangen, daß jetzt eine ganze Reihe Leute mich neugierig betrachteten, und das, wie ich wette, mehr wegen meiner Geburt als um meiner Verdienste willen. La Surie gesellte sich mitten in meinem Bericht zu uns, und während er aufmerksam zuhörte, schaute er sich die Augen aus vor Staunen über soviel Luxus sowohl des Raumes als auch der Aufmachung dieser schönen Hofgesellschaft.

»Halt, mein Sohn«, unterbrach mich mein Vater. »Ich sehe, gleich platzt eine Wolke über meinem Kopf. Es naht Eure teure Patin, humpelnd und mit schwerem Atem. Medizinisch gesprochen ist die Diagnose klar: zu fest geschnürte Baskine, zu enge Schuhe. Außerdem blitzt das Lavendelauge erzürnt: ein Indiz, daß sie überdies vor Eifersucht erstickt.«

»Monsieur«, sagte Madame de Guise ohne lange Vorrede und mit wutbebender Stimme, »da seid Ihr ja endlich! Monster, Ihr! Wo steckt Ihr denn diese ganzen zwei Stunden? Wo habt Ihr wieder Eure unverschämten Komplimente verschwendet?«

»Beim König, Madame, beim König!« sagte mein Vater sofort und sprach noch immer sotto voce. »Ich war im Louvre: hundert Personen können es Euch bezeugen. Bitte, Madame, lächelt! Man beobachtet uns. Und reicht mir Eure Hand zum Kuß. Liebste«, fuhr er seinerseits lächelnd fort, »ich habe Euch Dinge von größter Konsequenz mitzuteilen, unbedingt geheim. Wo kann ich Euch von Angesicht zu Angesicht sprechen?«

»In meinem Zimmer«, sagte sie, indem sie augenblicklich ein heiteres Gesicht aufsetzte. »Begebt Euch sogleich dorthin und nehmt Pierre mit. Seine Anwesenheit wird die Eure erklären. Ich komme nach, sobald es mir möglich ist.«

Hiermit verließ sie uns, und ich sah, wie sie Monsieur de Réchignevoisin etwas zuflüsterte, der, indem er uns von weitem einen diskreten Blick sandte, zustimmend nickte. Was, wie ich wette, besagen sollte, daß von seiner Seite aus der Weg frei war. Aber frei war er tatsächlich nur zum Teil, denn mein Vater kannte derart viele Leute und derart viele, die sehr begierig waren, ihn zu sprechen, besonders bei einer Gelegenheit, welche die Aufmerksamkeit so stark auf seinen Sohn lenkte, daß wir, um zu der Tür zu gelangen, die zum Zimmer Ihrer Hoheit führte, wohlbedachte Umwege durch den Saal machen mußten, um Persönlichkeiten zu meiden, deren hoher Rang es erfordert hätte, bei ihnen zu verweilen.

Das gelang endlich, und als wir in dem Korridor waren, den ich an diesem Abend schon zweimal durchschritten hatte, ging uns ein riesengroßer Lakai, nachdem er uns ins Gesicht gesehen hatte, wortlos voraus, dann zog er einen Schlüssel aus seiner Ärmeltasche und öffnete uns die Zimmertür. Eine weise Voraussicht, sie zu verschließen, wenn man an all die kostbaren Gegenstände dachte, die nach jedem Ball, den Ihre Hoheit gab, verschwanden.

Es dauerte eine ganze Weile, bis sie schwer atmend hereintrat, hinter sich den Riegel vorlegte, zu einem Sessel humpelte und sich fallen ließ.

»Ach, mein Freund!« sagte sie. »Meine Füße! Meine Füße! Bitte, zieht mir diese elenden Schuhe aus, oder ich sterbe.«

Mein Vater kniete sich vor ihr nieder und, nachdem er sie der Folterinstrumente entledigt hatte, zog er ihr auch die Strümpfe aus und begann ihre schmerzenden Zehen sanft zu massieren.

»Ach, mein Lieber!« sagte sie, »wie wohl Ihr mir tut! Und wie gütig von Euch, mir als Kammerzofe zu dienen!«

»Und als Arzt«, sagte mein Vater. »Diese Schuhe verkrüppeln Euch, wenn Ihr sie noch mal anzieht. Und Eure Baskine, die quetscht Euch ja die Lungen und die Eingeweide ab ...«

»Eingeweide!« sagte Madame de Guise. »Pfui, Monsieur!«

»Der Schraubstock wird sofort gelöst«, sagte mein Vater gebieterisch. »Glaubt Ihr, wenn die kleine Sobol Euch fächelt und Salz reicht, schützt das vor einer Ohnmacht? Und überhaupt, wollt Ihr vor Hof und König tot umfallen? Verflucht, Madame! Gott hat Euch Lungen gegeben, damit Ihr sie gebraucht. Müßt Ihr die Schöpfung so mißachten?«

»Aber wenn Ihr mir die Baskine lockert, passe ich doch nicht mehr in mein Kleid!« klagte Madame de Guise, die trotz allen Schreckens vor dem öffentlichen Tot-Umfallen fast ebenso vor der Erweiterung ihrer Taille erschrak.

Doch wurde ihr Widerstand allmählich schwächer. Sie fühlte sich so erleichtert, seit ihre Füße nackt waren, daß sie, komme was mag, nur zu gerne auch ihren Körper befreien wollte. Entschlossen faßte mein Vater sie bei den Händen, zog sie vom Sitz hoch und begann ihr Mieder zu öffnen, was sie in scheinbarer Auflehnung mit spitzen Schreien, trotzigen Mienen, aber auch mit kehligem Kichern begleitete. Ich merkte wohl, daß meine liebe Patin gar nicht so böse war, halb entkleidet zu werden, sei es auch in meinem Beisein, denn ihr Körper war fest, rund und viel jünger, als ihr Alter besagte.

Zwischen Mieder und Baskine gab es noch ein ausgeschnittenes Hemd, und mein Vater erlöste sie auch davon.

»Wie?« sagte sie, »auch das Hemd?«

»Aus gutem Grund! Wenn eine Hülle wegfällt, kann ich Eure Baskine lockern, und ihr könnt danach das Mieder trotzdem wieder anlegen.«

»Aber ohne Hemd liegen meine Reize so weit offen!«

»Wer wird sich darüber beklagen, Madame? Sind sie weniger schön als die der Sobol, die sich bis zum Bauchnabel dekolletiert?«

»Ich verbiete Euch, diesem Skandal einen Blick zu gönnen! Der Schamlosen werde ich morgen die Leviten lesen.«

»Das wäre unbarmherzig. Wenn eine Jungfer sich in dem Maße entblößt, sucht sie verzweifelt einen Mann.«

Wieder eingehüllt und beschuht, aber behaglicher nun, kam Madame de Guise ohne Umschweife zur Sache.

»Ihr wart also die letzten zwei Stunden im Louvre.«

»Ja, Madame. Kurz nach Pierres Aufbruch wurde ich durch einen Pagen gerufen und über die kleine Geheimtreppe ins Gemach des Königs geführt, wo ich auch Sully antraf. Man hatte Henri für Euren Ball angekleidet, ein Diener bemühte sich, ein wenig Ordnung in seine wirren Haare zu bringen – was er nur widerstrebend duldete, weil er seinen Kopf sehr ungern berühren läßt. Aber schließlich hielt der Diener ihm einen Spiegel vor, Henri warf den kürzesten Blick der Welt hinein, erklärte, daß er so sehr gut aussehe, und befahl Merlin, seine Herrin fragen zu gehen, ob sie fertig sei.

Der Zwerg entfernte sich wiegenden Schrittes auf seinen

kurzen Beinen, verschwand durch die kleine Tür und kam fast augenblicks rot und halbtot vor Angst zurück. Er fiel vor Henri auf die Knie, warf sich sogar zu Boden, was ihn derart verkürzte, daß man nur noch einen dicken Kopf am Fußboden sah. ›Sire‹, sagte er mit zitternder Stimme, ›die Königin erklärt, sie komme nicht mit zum Ball.‹ – ›Alle Wetter!‹ schrie der König, ›was soll der Zirkus? Sag ihr, ich erwarte, daß sie sofort hier erscheint!‹

Tief verschreckt ging Merlin (denn es heißt, die Königin traktiert ihn mehr mit Fußtritten als mit Freundlichkeiten) und kam nicht wieder. Der König lief, weiß vor Zorn, auf und ab durch den Raum, die Hände auf dem Rücken, und hämmerte mit gereiztem Schritt das Parkett. ›Rosny‹, sagte er schließlich zu Sully, ›geh mir die Widerspenstige holen, und wenn sie nicht will, dann bring sie mit Gewalt!‹ – ›Mit Gewalt, Sire?‹ sagte Sully, dessen vorstehende Augen aus dem Kopf springen wollten, ›mit Gewalt?‹ – ›Das ist ein Befehl!‹«

»Gerechter Himmel!« sagte Madame de Guise. »Und kam sie?«

»Sie kam freiwillig, aber im Hauskleid, unfrisiert, ohne Schminke, und bleckte die Zähne. Eine wahre Gorgone! Sie sah aus, als ob jede ihrer Haarsträhnen in einer Schlange endete und als zischten all diese Schlangen auf ein Mal.«

»Gorgone! Schlangen! Monsieur, wo nehmt Ihr bloß immer diese Ausdrücke her?«

»Kurzum, die Königin wütete. Was ihr Gesicht kaum schöner machte. Was es ja ohnehin nicht ist mit diesem vorstehenden Habsburgerkinn, der großen, langen Nase, der mürrischen Miene und diesem bleichen Teint ...«

»Monsieur, sprecht besser von der Königin!«

»Ich schildere nur das Dekorum. ›Monsieur‹, sagte die Königin, indem sie auf Henri zuging ...«

»Hat sie nicht ›Sire‹ gesagt?«

»Sie sagte ›Monsieur‹. ›Monsieur‹, sagte sie also, ›ich habe meine *decisione*[1] gefaßt! Ich gehe nicht auf den Ball von Madame de Guise. Ich will nicht dieserr Hurre begegnen!«

»Ich? Ich? Eine Hure?« schrie Madame de Guise auf, »diese Megäre wagt es ...«

---

1 (ital.) Entscheidung.

»Nicht doch, Madame! Nicht doch! Es war nicht von Euch die Rede, gemeint war die Marquise de Verneuil.«

»Die Marquise! Aber ich habe sie doch gar nicht eingeladen! Ich habe mich wohl gehütet!«

»Das hat ihr der König auch gesagt. Aber sie glaubte es nicht. Und der arme Henri bekam sein Fett ab. ›Seitdem diese Hurre Euch behext‹, schrie sie, ›Ihrr habt den Verrstand verrlorren. Sie konspirriert gegen Euch und gegen meinen Dauphin! Sie will Euch töten! Euch und meinen Dauphin! Das Hohe Gericht verurrteilt sie zu Todesstrrafe! Und Ihrr, Ihrr verrzeiht ihrr! *Questo è il colmo!*¹‹ – ›Der Gipfel, Madame, der Gipfel!‹ sagte der König. ›Ihr seid jetzt sechs Jahre Königin von Frankreich! Also bemüht Euch, Französisch zu sprechen!‹ – ›Sprrache von Verrräter, diese Sprrache!‹ brüllte die Königin. ›Ist es nicht schwarrze Schande, die Scheißbastarrde von diese Hurre errziehen mit meinen Kinderrn in Saint-Gerrmain! Madonna Santa! *È una vergogna*², Monsieur, *il colmo! il colmo!*‹ – ›Der Gipfel, bitte, Madame‹, sagte der König. – ›*Il colmo*‹, wiederholte die Königin mit rasender Wut. ›Das ist, bevor mich zu heirraten, Ihrr habt diese Hurre gegeben ein Eheverrsprrechen, und jetzt sagt *quella puttana*³, sie ist die wahrre Königin, und ich bin die Konkubine! Sagt, ihr Sohn ist derr wahrre Dauphin! Und mein Sohn ist Bastarrd! Sagt, err ist nicht ähnlich dem König! Er hat alle Züge von diese *maledetta*⁴ Geschlecht dei Medici! Hat das Kinn von mirr, seine Mutterr! Von mirr, und wagt *quella puttana* mich zu nennen fette Bankierrin! Sie beschimpft mich, mich, die Königin! Monsieur, wenn Ihrr sie nicht den Kopf abschneidet, dieser *puttana*, dann mache ich selbst! Ich tote sie! Ich tote sie!‹ – ›Madame‹, sagte der König nicht ohne schlechtes Gewissen, da er ja am besten weiß, daß die Königin die Wahrheit sagt, ›das sind doch Hofgerüchte. Außerdem‹, fügte er hinzu, ›wißt Ihr sehr genau, daß die Marquise de Verneuil bei ihrem Prozeß auf das Eheversprechen verzichten mußte, das ich ihr gegeben hatte, und daß sie keine solchen Ansprüche mehr erheben darf, wie Ihr sie nennt. Ihr beruft Euch auf pure Dummheiten und

1 Das ist der Gipfel!
2 Was für eine Schande!
3 diese Hure.
4 verdammten.

Tratschereien! Um so mehr, als Madame de Guise die Marquise nicht eingeladen hat! Und Ihr müßt, Madame, Ihr müßt auf diesen Ball gehen!‹ – ›Ich geh nicht! Ich geh nicht!‹ schrie die Königin. – ›Madame‹, sagte der König, ›Ihr wollt mich am Gängelband führen. Das dulde ich nicht. Ihr seid unerträglich, Madame!‹ – ›Ich!‹ schrie sie. ›Ihrr beschimpft mich, Monsieur!‹ Und sie raste auf den König zu und hob die Hand gegen ihn.«

»Sie hat ihn geschlagen?« sagte Madame de Guise entsetzt.

»Sie kam nicht dazu. Sully packte ihre sausende Hand und riß sie herunter. ›Habt Ihr den Verstand verloren, Madame?‹ sagte er. ›Es ist ein Majestätsverbrechen, die Person des Königs anzurühren! Jetzt könnte der König Euch den Kopf abschlagen!‹ – ›Madame‹, sagte der König bebend vor Zorn, ›Ihr seid die erste meiner Untertanen und schuldet mir Gehorsam. Ich befehle Euch, kleidet Euch jetzt an und kommt mir auf den Ball nach! Ihr werdet gehorchen. Ich will nicht gezwungen sein, Euch nach Italien zurückzuschicken, Euch samt all diesen Blutegeln, die Ihr von Florenz mitgebracht habt!‹ – ›Blutegel! Blutegel!‹ schrie sie, keineswegs bezwungen, obwohl ihr Tränen aus den Augen schossen wegen des Schmerzes, den Sully ihrem Arm zugefügt hatte. – ›Und wie, Madame‹, fuhr der König, außer sich, fort, ›wie nennt Ihr dann diese Leonora Galigai und ihren Concino Concini? Es sieht doch so aus, Madame, als hätte Eure Herrschaft nur den einen Zweck, diese finsteren Habenichtse zu bereichern! Und die Franzosen zu mißachten, deren Königin Ihr seid! Ich wiederhole: wenn ich Euch nicht binnen einer Stunde auf dem Ball sehe, ist es um Euch geschehen.‹«

»Mein Gott! Mein Gott!« sagte Madame de Guise und rang verzweifelt die Hände, »sieht es so mit ihnen aus! Von Zwistigkeiten zwischen ihnen habe ich mehr als einmal gehört, aber daß es so weit geht! Die Hand gegen den König zu heben! Und der Königin zu drohen, sie zurück in die Toskana zu schicken! Was für ein schrecklicher Skandal, wenn sie nicht kommt! Denn leider ist sie ja störrischer als ein Esel, ich sage es mit allem schuldigen Respekt. Je törichter eine Entscheidung ist, desto mehr hält sie daran fest! Mein Gott, ich bin nicht zu beneiden. Mein Ball! Mein armer Ball wäre die Ursache eines für die ganze Christenheit furchtbaren Bruchs!«

»Madame«, sagte mein Vater, »lamentieren hilft nichts. Man

muß handeln. Schreibt auf der Stelle an die Königin, schwört ihr bei Eurer Ehre, daß die Marquise de Verneuil nicht bei Euch ist. Und auch nicht kommt. Und laßt Ihr den Brief durch Bassompierre überbringen. Er ist der einzige, der zu dieser Stunde im Louvre Zutritt zu ihr hat.«

»Mein Freund, wollt Ihr nicht schreiben?« sagte Madame de Guise flehentlich. »Mir zittert die Hand, so erschüttert bin ich.«

»Nein, nein, es muß Eure Hand und Euer Stil sein. Die sind unnachahmlich.«

»Monsieur, müßt Ihr Euch unter diesen Umständen über mich lustig machen?«

»Überhaupt nicht. Wenn die Königin nicht Eure Handschrift erkennt, denkt sie, es sei eine List des Königs. Sie ist äußerst mißtrauisch, wie Ihr wißt. Sie glaubt doch, alle Welt betrüge sie. Und alle Franzosen seien Verräter.«

FÜNFTES KAPITEL

Als an jenem denkwürdigen Ballabend Bassompierre, der Bitte von Madame de Guise gehorchend, zu uns ins Zimmer kam und aus ihrem Munde erfuhr, was sie von ihm wollte, zeigte er sich auf einmal vorsichtig wie eine Katze: lauernde Augen, der Schnurrbart gespannt.

Die Hände auf dem Rücken verschränkt, ging er auf und ab und sagte kein Wort, hielt die Stirn gesenkt und die Augen auf das Muster des Orientteppichs gerichtet, der seine Schritte verschluckte. Er wagte eine so heikle Mission weder abzulehnen noch anzunehmen: der schöne Kater fürchtete, sich die Pfoten zu verbrennen.

Heikel war sie allerdings für ihn, den zwar wohlgeborenen, aber deutschen Edelmann, der alles der Gunst des Königs und der Königin verdankte, denn weil er so geschmackvoll war, zu verlieren, spielte sie mit ihm Tag und Nacht Karten – weshalb er eben jenen ungehinderten Zutritt zu ihren Gemächern hatte. Selbst Sully wurde dort nicht so ohne weiteres zugelassen.

Gegenüber Joinville hatte Bassompierre erst vor einer Stunde seine goldene Regel preisgegeben: er sei »der Pfarrsohn dessen, der Pfarrer ist«. Aber unter den gegebenen Umständen war es nicht so leicht auszumachen, wer eigentlich der »Pfarrer« war – der König oder die Königin. Angenommen, Maria von Medici würde sich der Botschaft, die er brächte, verweigern und ihren Casus dadurch verschlimmern, dann würde sie, wenn sie eines Tages wieder in Gunst geriete, dem Boten dieser Verschlimmerung keinesfalls Dank wissen. Wenn andererseits aber der König im stillen schon entschlossen wäre, sie in die Toskana zurückzuschicken oder zumindest auf eines seiner Schlösser zu verbannen, würde die verspätete Ankunft der Königin auf dem Ball, sofern das Billett von Madame de Guise sie überzeugen könnte, den königlichen Plänen sogar stark zuwiderlaufen. Und schließlich, wie sollte er einer so hohen Dame wie der Herzogin von Guise etwas abschlagen, einer Cousine des Königs, die sich so gut bei Hofe stand und hinsichtlich deren Tochter – ich hatte es ja mit eigenen Augen gesehen – Bassompierre so zärtliche Absichten und vielleicht so naheliegende Hoffnungen hegte, da der Prinz von Conti offensichtlich nicht unsterblich war?

In seiner Ratlosigkeit kam Bassompierre zu einem Entschluß, der mich im Augenblick erstaunte: Er legte Madame de Guise offen die Gründe seines Zögerns dar und schlug eine Abänderung ihres Planes vor. Sie solle ihren Sohn Joinville beauftragen, den Brief zu überreichen, Bassompierre würde ihm nur den Weg zu den Gemächern der Königin ebnen. Und sowie sie beide zum Louvre aufgebrochen wären, sollte Madame de Guise den König über ihren Schritt unterrichten.

Je länger ich heute in reifen Jahren darüber nachsinne, desto mehr gebe ich ihm recht. Wie geschickt er doch war, der schöne Bassompierre! Geschickt, umsichtig und so schonungsvoll mit der Macht, ja mit allen Mächten, daß es ihm gelang, sein schwankes Boot durch manche Klippen zu steuern und es bis zum Marschall von Frankreich zu bringen!

Vor Zuversicht strahlend, aber mit zugenähtem Mund kehrten wir zurück in den Ballsaal, wo die trübseligste Stimmung herrschte, denn noch immer schwiegen die Geigen, saß der König ohne Königin da und harrte der Hof raunend und bangend wie in Erwartung großer Trauer. Um die Wahrheit zu sagen, mußte man auch jetzt noch lange warten, so daß wir uns schon fragten, ob unser Versuch nicht fehlgeschlagen war – als die Trommeln im Hof des Hôtels plötzlich zu wirbeln begannen und Monsieur de Réchignevoisin nach einem Blick aus dem Fenster seinen Stock aufs Parkett stieß und mit einer Stimme, der große Erleichterung und eine Spur von Triumph anzuhören war, endlich verkündigen konnte: »Sire! Die Königin!«

Ein Jubelschrei brach los, kaum daß die Königin, mit ihren Ehrenjungfern vornweg und ihrem zahlreichen Gefolge hinterher, den Ballsaal betrat, welcher – ich meine, der Jubelschrei – sich zu freudigen Akklamationen steigerte, während der König lächelnd von der Estrade herabstieg und lebhaft und mit ausgebreiteten Händen Ihrer Gnädigsten Majestät entgegenschritt. Man hätte nun annehmen sollen, ein so warmherziger Empfang seitens des Königs wie auch des Hofes hätte die Empfangene berührt und ein Lächeln auf ihre Lippen gezaubert.

Nichts dergleichen geschah. Den Nacken starr, das Kinn aufgeworfen, blieb sie hochfahrend und mürrisch, sie machte dem König eine stocksteife Reverenz und streckte ihm die Hand entgegen, als wolle sie ihn auf Abstand halten. Um wieviel feiner war da unser Henri! Ohne böse Miene zu machen noch sich irgend anmerken zu lassen, daß er Marias Kälte spürte, lächelte er ihr weiter zu, küßte sie auf beide Wangen und erkundigte sich, für jedermann hörbar, nach ihrer Gesundheit, als wollte er seiner Umgebung die Idee suggerieren, die Verspätung seiner Gemahlin sei einer ebenso unvermuteten wie flüchtigen Unpäßlichkeit geschuldet.

Wie wir später durch Sully erfuhren, änderte der König jedoch seine Sprache, sowie er auf der Estrade war. Als dort nämlich Sully vor der Königin das Knie beugte, um den Saum ihres Kleides zu küssen, weigerte sich die Königin, ihm ihre Hand zum Kuß zu reichen, mit der Begründung, er habe ihr vor zwei Stunden den Arm so heruntergerissen, sie könne ihn nicht bewegen. Diese taktlose Erinnerung an einen Zwischenfall, den er lieber vergessen hätte, erzürnte den König derart, daß er ihr mit leiser, wütender Stimme ins Ohr sagte: »Madame, Ihr wäret jetzt, da ich zu Euch spreche, schon nicht mehr meine Frau, hätte Sully Euch die Hand nicht festgehalten! Und wenn Ihr den Arm tatsächlich nicht mehr bewegen könnt, so nicht wegen Sully, sondern wegen dieses schweren Diamantenarmbands, das meinen Staat ruinieren könnte. Wenn ich Euch ließe, Madame, Ihr würfet das Geld mit so vollen Händen zum Fenster hinaus, daß ein Königreich dafür nicht genügte! Ihr gebt Sully jetzt sofort Eure Hand, und lächelt, Madame, lächelt! Und seid versichert, wenn Ihr mir heute abend weiterhin böse Miene macht, erhaltet Ihr von mir keinen blanken Sou mehr bis zum Jahresende!« Die Drohung wirkte. Die Königin reichte Sully die Hand, dann setzte sie ein frostiges Lächeln auf. Der König lächelte seinerseits und trat lebhaft an den Rand der Estrade. Er hob beide Arme, um Stille zu gebieten, dann rief er mit fröhlicher Miene: »Gute Freunde, Ihre Gnädigste Majestät wünscht eine Sarabande zu tanzen, und ich habe die Ehre, den Ball mit ihr zu eröffnen. Bitte, schließt Euch mir bei den ersten Takten an!«

Bei meinem Tanzmeister hatte ich gelernt, daß die Sarabande – die ich in jener Nacht zum erstenmal öffentlich und mit wem sonst als mit Noémie de Sobol tanzte, die bei den ersten Geigenklängen auf mich zugelaufen kam –, daß also die Sarabande aus Spanien kam, wo sie jedoch nicht von einem Paar ausgeführt wurde, sondern stets nur von einer Frau, die ihre Hüftschwünge und Taillenverrenkungen mit zwei Kastagnetten rhythmisierte: ein lebhafter, sinnenfroher Tanz, dessen das gute spanische Volk sich in aller Unschuld freute, bis ihn eines Tages zufällig der Theologe Juan de Mariana sah, dadurch tief aufgewühlt wurde, den Tanz *urbi et orbi* als »pestilenziell« verpönte und durch sein vieles Geschrei dessen Verbot bewirkte. Indessen starb die Sarabande nicht völlig aus, eine sehr gemilderte und weitaus langsamere Version davon gelangte an den französischen Hof, wo sie nun von Paaren gemessenen Schrittes getanzt wurde, die sich nicht groß von der Stelle rührten, doch mußten die Damen dabei den Oberkörper schwingen und wiegen, eine ferne Erinnerung an die wollüstigen Windungen der Ibererinnen.

In der französischen Version war es ein für den Kavalier offen gestanden wenig anstrengender Tanz, da er seine Dame weder führen noch drehen noch etwa in die Höhe heben mußte. Aus dem Grunde hatte meines Erachtens der König diesen Tanz auch gewählt, denn die Königin war schwer. Alles, was der Mann zu tun hatte, war, sich gegenüber seiner Tänzerin aufzustellen, ihre Schritte nachzuahmen und Aug in Auge mit ihr zu zeigen, daß die Bewegungen ihres Körpers tausend süße Gedanken in ihm erweckten.

Meine rotblonde Tänzerin hatte sich in dieser Hinsicht um so weniger über mich zu beklagen, als sie ja tief dekolletiert war, wie der Leser sich unfehlbar erinnern wird, so daß ich die Zwillingsbälle ihres Busens auf eine Weise hüpfen, auseinanderdriften und sich vereinigen sah, die mich wie nichts auf der Welt entzückte. Als der Tanz zu Ende war, fing Noémie de Sobol an, sich über mein unverblümtes Äugeln zu beklagen, doch sah ich wohl, daß ihre Reden nur den einen Zweck hatten, ihre Freude an meinen Blicken zu verlängern. Weit entfernt, mich reuig zu zeigen, begann ich nun, die Beredsamkeit meiner Augäpfel zu überbieten und ihr eine schamlose Lobrede auf die Gegenstände meiner Bewunderung zu halten.

»Ach, der Herr Spitzbube!« sagte sie errötend, »Ihr müßt doch wahrhaftig schon ein großer Schürzenjäger sein, daß Ihr

Euch getraut, so zu einer wohlgeborenen Jungfer zu sprechen! Mein Gott, wenn Ihr so mit den Damen Eures Alters umgeht, wie soll das werden, wenn Ihr erst in meinem seid? Dann wird man Euch wohl die Augen verbinden, ein Pflaster auf den Mund kleben und die Hände fesseln müssen!«

»Die Hände?« sagte ich, »aber die waren doch ganz unschuldig. Außer daß es sie heftig juckte, an die Stelle der Augen zu treten.«

»Chevalier!« sagte sie, halb böse, halb geschmeichelt, »nun geht Ihr wirklich zu weit! Ich traue meinen Ohren nicht! Ihr habt die Stirn zu gestehen, es sei Euch beim Tanz mit einer Standesperson in den Sinn gekommen, ihren Busen zu berühren?«

»Was ist Schlimmes daran, ich habe es doch nicht gemacht?«

»Aber der Gedanke, Monsieur, allein der Gedanke!«

»Oh, was den Gedanken angeht, Madame, dürft Ihr sicher sein, daß ihn heute abend mehr als einer gehabt hat, wenn er Euch nur sah! Angefangen mit meinem Vater.«

»Wie? Euer Vater? Euer Vater auch?«

Sie atmete tief und setzte mit einer Begier hinzu, die mich sehr spaßig anmutete: »Hat er es Euch gesagt?«

»Er hat in meinem Beisein die Verdienste gelobt, die er aus nächster Nähe an Euch erkannt hatte.«

»Verdienste! Kann man das Verdienste nennen? Ihr macht Euch lustig! Die Pest über Eure Unverschämtheit! Ich tanze heute abend nicht mehr mit Euch, soviel ist sicher!«

»Das würde mich sehr betrüben. Bitte, Madame, nehmt doch ein etwas gewagtes Wort nicht übel. Was habe ich anderes getan, als laut zu sagen, was alle im stillen denken? Warum wollt Ihr mich für meine Offenheit bestrafen?«

Da ich aber sah, daß aus den gemischten Gefühlen, die sie bewegten, sich eine gewisse Verärgerung Bahn brach, ließ ich den scherzenden Ton beiseite und setzte, da sie sich zum Gehen anschickte, hinzu: »Ist es meine Schuld, daß Ihr so schön seid?«

Sogar die Marquise de Rambouillet hätte in dem Augenblick nicht sagen können, ob ich log oder aufrichtig war, weil ich es selbst nicht wußte. Alles, was ich wußte, war, daß ich nicht wollte, daß sie im Bösen von mir ging, denn ich verspürte doch ein bißchen Reue, daß ich sie, halb aus Spiel, halb aus Begehren wie ein junger Hund ins Ohr gebissen hatte.

»Hört auf! Hört auf!« sagte sie und kehrte mir den Rücken. »Ihr seid abscheulich!«

So unerfahren ich auch war, merkte ich doch, daß dies halb so böse gemeint war, wie es sich anhörte. Denn dasselbe hatte ich schon hundertmal zu hören bekommen, sei es von Greta, Mariette, Toinon oder von meiner lieben Patin. Ich befand also in meinem jugendlichen Gemüt, daß dies eine Redensart war, die Frauen zu Männern sagen, gerade weil sie nicht allzu böse auf sie sind, obwohl sie unbedingt so wirken möchten.

Trotzdem war ich nicht ganz beruhigt, darum suchte ich in der Menge nach meinem Vater. Ich fand ihn, als er eben Madame de Guise verließ, mit der er die Sarabande getanzt hatte. Ich erzählte ihm meinen kleinen Streit mit Noémie de Sobol. Zuerst lachte er, aber nachdem er ein wenig nachgedacht hatte, sagte er: »Geht, wenn nicht in Blicken, so doch in Worten, mein Sohn, schonungsvoller mit diesem sanften Geschlecht um. Von Kind auf erzieht man es in der vollkommensten Heuchelei, und obwohl es dieselben Begierden hat wie wir und dasselbe Verlangen, diese zu befriedigen, fordert man von ihm eine Prüderie, die den Männern nicht abverlangt wird. Also sind die Ärmsten ihr Leben lang hin und her gerissen zwischen dem, was die Natur von ihnen will, und den Grimassen der falschen Scham.«

»Ich habe soeben mit Eurer Patin getanzt«, fuhr er fort. »Sie ist außer sich.«

»Euretwegen?«

»Nein, nein! Wegen dieses Concino Concini! Er hat behauptet, er gehöre zum Gefolge der Königin, und hat sich dadurch Zutritt zum Ball verschafft, ohne geladen zu sein.«

»Kann Madame de Guise ihn nicht hinausführen lassen?«

»Das kann sie nicht. Sie würde sich mit Leonora Galigai überwerfen, die allmächtig ist in ihrem Einfluß auf die Königin.«

»Woher kommt diese Macht? Weiß man das?«

»Sie sind gemeinsam aufgewachsen. Die Galigai«, fügte er hinzu, »ist bürgerlicher Herkunft und, wie die Prinzessin von Conti sagt, dermaßen häßlich, daß sie nicht ›ansehbar‹ ist. Aber dafür hat sie mehr Verstand als nötig. Jedenfalls ist sie, wenn es um die Königin geht, klug für zwei.«

»Und Concino Concini?«

»Concini ist ein Edelmann aus bestem florentinischen Hause, aber in seinem Vaterland durch Laster und Schulden verschrien, ein Mann ohne die mindesten Skrupel, der dazu mehr als einmal im Kerker saß. Deshalb war sein Onkel, ein Minister des Großherzogs der Toskana, heilfroh, als er ihn im Gepäck Maria von Medicis nach Frankreich expedieren konnte. Auf der Reise verfehlte Concini nicht, zu beobachten, welchen Einfluß die Galigai auf die künftige Königin von Frankreich hatte, und ohne ihre Geburt noch ihre Häßlichkeit zu beachten, aber fest entschlossen, dank ihrer sein Glück zu machen, verführte und heiratete er sie.«

»Joinville sagt, er sei sehr schön.«

»Urteilt selbst. Ihr seht ihn zu Eurer Linken in jener Fensternische dort, wo er sich mit Vitry unterhält. Den Marquis de Vitry kennt Ihr doch. Er ist Hauptmann der französischen Garden und hat schon öfter bei uns gespeist.«

Vitrys schwere Erscheinung war mir tatsächlich vertraut. Mit seinem breiten Gesicht, der dicken Nase, dem mächtigen Kinn, der niedrigen Stirn war er ein tüchtiger Soldat, stark, rauh, tapfer und königstreu. Ohne Ungeduld oder Langeweile zu bekunden, hörte er Concini reden, während er mit den Augen an Charlotte des Essarts hing.

Concini hingegen interessierte sich nur für sich selbst. Verglich man ihn mit dem ungeschliffenen Vitry, erschien er raffiniert: groß, schlank, reich gekleidet, elegant in Haltung und Gebärden, eine breite, hohe Stirn, eine gebogene Nase und unter den gewölbten Brauen grüne Mandelaugen, groß, glänzend, blank, die ich faszinierend gefunden hätte, wäre ihr Ausdruck mir angenehm erschienen.

»Nun«, sagte mein Vater, »findet Ihr ihn schön?«

»Ja und nein. Es liegt etwas Falsches und Ruchloses in seiner ganzen Person.«

Ohne Antwort verließ mich mein Vater, wahrscheinlich durch einen Blick von Madame de Guise fortgerufen. Da der Gegenstand von Vitrys Aufmerksamkeit auch die meine erregt hatte, betrachtete ich Charlotte des Essarts im einzelnen und fragte mich nach beendeter Prüfung, ob ich an Stelle des Königs sie wohl auch zu meiner Geliebten gemacht hätte. Ich erwog das Problem mit aller Ernsthaftigkeit, obwohl es sich ja nicht stellte. Schließlich befand ich, nein. Sie war klein, brünett, gut beisammen, das Gesicht war niedlich, der Blick ungeniert. Und diese Ungeniertheit gefiel mir nicht.

Übrigens war sie nicht allein. Mein Halbbruder, der temperamentvolle Erzbischof von Guise, der mit Rücksicht auf seine violette Robe nicht tanzen durfte, hielt sich schadlos, indem er sich sehr eng mit der Dame unterhielt, und wie ich mit einem Blick in die Runde feststellte, mißfiel dies drei Personen entschieden: dem König, Madame de Guise, die indessen nicht einschreiten konnte, weil ein buntgeputzter Edelmann auf sie einredete, und dem Hauptmann Vitry, der zwar ein zu guter und ergebener Soldat war, um eine von seinem König geliebte Frau zu umwerben, der aber auch zu verliebt in sie war, um seinen Blicken die Freiheit zu mißgönnen, sich – sehr vorsichtig – an ihrer pikanten Schönheit zu weiden.

* * *

Mein Vater war von mir zu Madame de Guise geeilt, weil sie ihn zu Hilfe gerufen hatte – vermutlich, damit er sie von dem buntgeputzten Alten befreie, der sie in Beschlag genommen hatte und sie damit hinderte, ihren Sohn, den Erzbischof, der lebendigen Falle zu entwinden, in der er versank. Aber mein Vater konnte meine teure Patin doch nicht sofort erreichen, weil er wiederum von einer sehr reich gekleideten Dame aufgehalten wurde, die ihm tausend Freundlichkeiten sagte: ein Schauspiel, das die Ängste der Herzogin gewiß noch vermehrte. Nach einigen Minuten indes gelang es meinem Vater, sich vom Haken der Schönen loszureißen, und er steuerte durch die Menge, bis er sich zu meiner Patin gesellte. Nun übernahm er die Staffette, indem er dem pompösen Alten so viele Höflichkeiten erwies, daß die Herzogin sich davonstehlen und zur Abkanzelung des Erzbischofs schreiten konnte. Da machte mein Vater nun mir mit den Augen ein Zeichen, ich solle zu ihm kommen, was ich indessen nicht sofort konnte, denn als ich mich in Bewegung setzte, sah ich vor mir Joinville und Bassompierre auftauchen, die mir beide mit breitem Lächeln ihre Hand auf die Schulter legten.

»Halt, mein Kleiner!« sagte Bassompierre. »Wohin so geschwind? Wir wollen wetten und brauchen Euch als Schiedsrichter.«

»Und um was geht die Wette?«

»Welche der beiden Favoritinnen der König jetzt zur Volte auffordern wird, die Comtesse de Moret oder Charlotte des Essarts?«

»Und woher wißt Ihr, daß es eine Volte sein wird?«

»Hauptmann de Praslin«, sagte Bassompierre, »hat mir soeben geflüstert, der König erwarte, daß ich die Königin zu der Volte auffordere, die Réchignevoisin gleich ausrufen wird. Sie wird mir die Ehre wohl nicht verweigern können.«

»Und warum?« fragte ich verwundert.

»Weil dieser schlaue Deutsche«, sagte der Prinz von Joinville, »eben immer die Güte hat, beim Kartenspiel mit ihr zu verlieren.«

»Und das ist kein kleines Verdienst«, sagte Bassompierre mit gedämpfter Stimme. »Es ist nicht leicht, gegen Ihre Gnädigste Majestät zu verlieren: sie spielt miserabel. Aber noch schwerer wird es jetzt bei der Volte, sie in die Höhe zu stemmen.«

»Trotzdem werdet Ihr es tun«, sagte Joinville.

»Trotzdem werde ich es tun, als braves Pfarrkind.«

»Wenn ich recht verstehe«, sagte ich, »vermutet Ihr beide, wenn Bassompierre die Volte mit der Königin tanzt, wird der König eine seiner Favoritinnen auffordern?«

»Das kann nicht ausbleiben«, sagte Joinville, »und ich wette, es ist die Comtesse de Moret.«

»Ich wette, es ist Charlotte des Essarts«, sagte Bassompierre unbeirrbar.

»Was ist der Einsatz?«

»Hundert Livres«, sagte Bassompierre.

»Meine Herren«, sagte ich, indem ich mich verneigte, »schlagt ein, ich bin Euer Schiedsrichter. Das Pfand wird dem Gewinner nach der Volte in meiner Gegenwart ausgehändigt.« Und mit der Entschuldigung, daß mein Vater mich rufe, verneigte ich mich abermals und verließ sie unverweilt, fest überzeugt, daß Bassompierre die feinere Nase habe und die Wette gewinnen werde, weil die schönen Reden, die der Erzbischof der Charlotte hielt, den König längst nicht so aufregen mochten wie die Belagerung der Moret durch Joinville. Der Erzbischof konnte von seiner Mutter an der Robe gezupft und gezügelt werden. Hingegen war es nach dem, was ich

Bassompierres Worten hatte entnehmen können, durchaus nicht sicher, ob Joinville die Festung nicht schon genommen hatte. In dem Falle würde Henri es der Moret sehr übel ankreiden, sich ergeben zu haben, und würde sie damit bestrafen wollen, daß er zuerst mit Charlotte tanzte. Ich erinnere mich, daß ich in meiner jugendlichen Gloriole mich sehr stolz fühlte auf dieses Ergebnis meiner Beobachtungen. Dabei war das Verdienst gering. Ich hatte nur gut zugehört, was man in meinem Beisein gesprochen hatte, aber auf der Höhe meines kleinen Wissens glaubte ich mich bereits äußerst erfahren.

Sobald mein Vater mich neben sich sah, bat er sein aufgeputztes Gegenüber um die Erlaubnis, mich ihm vorstellen zu dürfen, und auf dessen liebenswürdige Zustimmung hin machte er eine Verbeugung und sagte mit großem Respekt: »Herr Konnetabel, ich bin glücklich, Euch meinen Sohn vorstellen zu dürfen, den Chevalier de Siorac.«

Oho! dachte ich, während ich das Knie beugte, ist dies der berühmte Herzog von Montmorency, dem seine hohen Funktionen soviel Macht im Staat einräumen, daß der König eifersüchtig ist und nur auf den Tod des Betreffenden wartet, um seine Position ganz zu streichen?

Durch einen merkwürdigen Zufall hatte ich am selben Morgen im sechsten Band der Memoiren meines Vaters die Passage gelesen, in der er über den Ball spricht, den der Marschall de Biron im Jahr 1597 zu Ehren eines Kindleins gab, das die Herzogin von Montmorency zwei Jahre früher geboren und das der König wenige Tage zuvor übers Taufbecken gehalten hatte. Über die junge Herzogin von Montmorency schrieb mein Vater auf jenen Seiten, daß sie eine der schönsten Damen des Hofes war. Und er fügte hinzu, wenn Biron diesen Ball zu Ehren eines Kindleins gab, das ihn so wenig kümmerte wie ein schielendes Auge, so weil er nach der Mutter schielte, in die er sehr verliebt war und bei der er sich große Chancen ausrechnete, da der Konnetabel schon über sechzig war, obwohl doch kraftvoll und frisch genug, seiner jungen Gemahlin zwei Kinder zu machen: Charlotte im Jahr 1593 und Henri 1595.

»Ich weiß nicht«, sagte mein Vater hierzu, »ob Biron an seinem Vorhaben scheiterte oder nicht, aber wenn er nicht gescheitert ist, konnte er seinen Erfolg nur kurz genießen, denn am Tag nach jenem Ball brach er mit Henri auf, Amiens zurückzuerobern, und die junge Herzogin starb ein Jahr später in der Blüte ihrer Jahre an einer seltsamen, jähen Krankheit, die sie entstellte, so als wollte der Todesengel, bevor er ihr das Leben nahm, sie zuerst ihrer Schönheit berauben.«

Auf dem Ball von Madame de Guise nun war der Konnetabel dreiundsiebzig, doch lasteten diese Jahre trotz ihrer hohen Anzahl kaum auf seinen breiten Schultern. Er war groß, hatte ein kantiges, rotes Gesicht und Augen ohne jeden Ausdruck. Als ich meinen Vater Jahre später fragte, ob der Konnetabel klug war, antwortete er lächelnd: »Das hat sich nie herausfinden lassen.«

»Da haben wir also den neuen Chevalier!« sagte der Konnetabel mit dröhnender Stimme, sowie mein Vater mich vorgestellt hatte. »Mit fünfzehn Jahren Chevalier! Alle Wetter! Da muß der König Euch aber lieben! Und nicht ohne gute Gründe, nicht wahr«, fügte er etwas schwerfällig hinzu. »Geschweige, daß Ihr ja schon sehr gelehrt sein sollt! Wahr und wahrhaftig, ich wünschte bloß, auch mein Henri fände mehr Geschmack am Studium! Aber je ähnlicher Charlotte ihrer seligen Mutter wird, desto mehr wird mein Sohn mein verpatztes Ebenbild! Nichts im Sinn mit einem Buch, er gähnt nur! Wenn er die Feder nimmt, liegt sie ihm schwerer in der Hand als ein Schwert! Das ist eben das Üble am Frieden, nicht wahr. Die Leute denken nur noch daran, zu lesen und Papier zu beschreiben. Zu meiner Zeit, Marquis, da wurde von einem Edelmann nicht soviel verlangt. Ihr und ich, nicht wahr«, sagte er, wobei er vergaß, daß mein Vater Doktor der Medizin war, »wenn unsereiner ein Sendschreiben lesen konnte, das einem der König schickte, und seine Unterschrift unter die Antwort setzen konnte, die man einem Schreiber diktiert hatte, dann war man gebildet genug! Aber heutzutage, nicht wahr, da ist es ja eine regelrechte Raserei mit dem Studieren. Jetzt fangen die Frauen auch schon damit an und wollen überall mitreden. Aber, Gott sei Dank, Chevalier«, fuhr er, an mich gewandt, fort, »habt Ihr nichts von einem Stockfisch, so gelehrt Ihr auch sein mögt. Ihr seid groß und kräftig. Ihr reitet gut, wette ich, und fechtet. Und tanzen könnt Ihr auch, verflixt!«

»Einigermaßen, Monseigneur«, sagte ich mit einer Verneigung.

»Was heißt, einigermaßen?« sagte der Konnetabel. »Ich habe

167

Euch doch die Sarabande tanzen sehen, und besser als einigermaßen, mit dieser offenherzigen Jungfer. Alle Wetter, Marquis!« fuhr er, nun wieder zu meinem Vater sprechend, fort. »Ihr kennt mich, nicht wahr. Ich bin keiner von diesen sabbernden, krächzenden und hustenden Greisen, die ihre Gefühle verstecken. Als ich sah, wie diese freibusige Dirne sich verrenkte und mit den Flügeln schlug, da brodelte mir aber das Blut in den Adern. Hol der Teufel das Frauenzimmerchen! Bei so einem Anblick, da verliere ich das bißchen Religion, das ich noch hatte, nicht wahr. Na, kurz und gut, ich habe immer bloß sie angesehen, und um alles zu gestehen, ihre Brüstchen, die haben mir verdammt ins Auge gestochen!«

Der Konnetabel redete mit so lauter Stimme, als ob er auf einem Schlachtfeld stünde, und da die Leute um uns die Ohren spitzten, beschloß mein Vater, auf anderes zu kommen, und fragte: »Und wie geht es Euren schönen Kindern, Monseigneur?«

»Gut, gut, gut«, sagte der Konnetabel und warf, weil er nicht verstand, weshalb mein Vater das Thema wechselte, einen argwöhnischen Blick in die Runde.

»Aber kommt doch mit«, fuhr er fort, »ich werde den Chevalier meinen Kindern vorstellen, nicht wahr. Henri ist erst zwölf, aber Charlotte ist schon vierzehn und wird überglücklich sein, mit dem Chevalier zu tanzen, zumal dies ihr erster Ball ist und sie erst nächstes Jahr offiziell am Hof vorgestellt werden wird.«

Ich weiß nicht, ob Charlotte de Montmorency so überglücklich war, mich zu sehen. Vielleicht hatte sie sich für ihren ersten Tanz einen etwas erfahreneren Kavalier erträumt. Aber was mich angeht, ich war überwältigt. Nicht daß sie die Großartigkeit der Prinzessin von Conti oder das Pikante der Charlotte des Essarts gehabt hätte, nein, sie war das hübscheste Juwel von Frau, das ich jemals sah, das feinstgeschliffene, makellos in all seinen Facetten, und, wenn ich dies sagen darf, ohne jemanden zu verletzen, das allerweiblichste. Ihre goldenen Haare, ihre tiefblauen Augen, ihre Nase, ihre Lippen, ihre Grübchen, die reinste Haut und das klarste Gesicht, all das bildete eine so vollkommene Physiognomie, daß man weder davon lassen konnte, sie im Ganzen zu bewundern, noch sie im einzelnen anzustaunen. Mit der jungen Charlotte war es wie mit einem schönen Kunstwerk. Auf den ersten Blick und obwohl sie in Wuchs und Rundungen schon ganz fertig war, empfand man einen kindlichen Zauber. Doch sowie sie den Mund auftat und einen anblickte, war alle weibliche Verführungskunst im Spiel und dies so sehr, daß sie selbst ihre Jugendfrische ausnützte und das Kind nachahmte, das sie nicht mehr war. Zu den hier geäußerten Überlegungen gelangte ich aber erst später. In jenem Moment war mein Verstand wie gelähmt. Ich war ganz Auge.

In Gegenwart ihres und meines Vaters hüllte sich Charlotte unter meinen Blicken in die klösterlichste Sittsamkeit, die Lider gesenkt, die Wangen rosig. Aber kaum hatte Monsieur de Réchignevoisin die Volte angekündigt und hatten unsere Väter sich entfernt, blitzte ein kleiner Kobold in ihren blauen Augen.

»Chevalier«, flüsterte sie, »könnt Ihr die Volte gut tanzen?«
»Einigermaßen gut.«
»Und könnt Ihr mich richtig in die Höhe heben?«
»Bestimmt.«
»Hoch genug?«
»Nur nicht zu hoch«, sagte ich, »damit man das Schamgefühl nicht verletzt.«
»Wieso denn?« fragte sie und machte große Augen.
»Mein Tanzmeister sagt, man dürfe seine Dame niemals so hoch springen lassen, daß ihre Knie und Schenkel zu sehen sind. So etwas, sagt er, schicke sich vielleicht für Kammerfrauen, aber nicht für Personen von gutem, sittsamem Urteil.«
»Da hat er sicher recht«, sagte Charlotte mit der scheinheiligsten Miene. »Trotzdem ...«
»Trotzdem was, Madame?«
»Versprecht Ihr mir, bei Eurer Ehre als Edelmann, das Geheimnis zu wahren?«
»Ich schwöre es.«
»Und mir zu gehorchen?« sagte sie mit der einschmeichelndsten Miene.
»Ich schwöre es«, sagte ich, ihr schon ganz verfallen.
»Gut, ich möchte, daß Ihr mich in die Luft hebt, so hoch Ihr nur könnt.«
»Aber, Madame«, sagte ich verdattert, »das hieße die Ehrbarkeit verletzen! Ich würde mir im Namen des Anstands höchsten Tadel zuziehen, zuallererst von Madame de Guise.«

»Wäre es denn so schlimme, wenn Ihr mir zuliebe ein bißchen gescholten würdet?« und sie legte ihre Hand auf die meine und fuhr mit leichten Fingern darüber hin.

Ich erschauerte bei dieser Berührung.

»Übrigens«, setzte sie hinzu, »wird man eine Unbesonnenheit unser beider Jungend zugute halten. Dürfen zwei Kinder sich miteinander nicht toller ergötzen als die Großen? Kann etwas Konsequenzen haben, wenn man vierzehn ist? Ich glaube, in unserem Alter darf man noch ein bißchen übermütig sein, nicht?«

Wie konnte ich dieser Sirene widerstehen, die nicht nur meine Hand liebkoste und mich mit dem süßesten Äugeln bis ins Innerste traf, sondern auch unser beider Alter so hübsch vermählte und mich auf das unschuldigste zu einem Streich verleitete.

Zur Erbauung meiner Urenkel – denn es ist ja möglich, daß man in ihrem Jahrhundert keine Volte mehr tanzt, weil Frömmler sie als »unzüchtig und schamlos« längst haben verbieten lassen – will ich hier drei Aspekte erklären, die das Unzüchtige dieses Tanzes in bigotten Augen ausmachten.

Zuerst einmal hält man seine Tänzerin nicht bei der Hand, sondern indem man beide Hände um ihre Taille legt: eine gleichsam besitzergreifende Gebärde, wie man zugeben wird, und das um so mehr, als die Tänzerin sich diese nicht etwa verbittet; vielmehr legt sie ihre rechte Hand locker auf die linke Schulter ihres Gegenübers. Dann läßt man sie ohne Pause bald von links nach rechts, bald von rechts nach links in einem andauernden Wirbel kreisen, der sie in einen Zustand von Schwindel versetzt und ihre Wehr zusätzlich schwächt. Hat man durch dieses endlose Drehen schließlich ihre stillschweigende Komplizenschaft erreicht, hebt man sie empor: das Sinnbild einer Entführung, eines Raubes, bei dem sie allerdings mittun muß, denn um bei diesem Sprung zu helfen, stützt sie sich mit ihrer bis dahin untätigen rechten Hand auf die Schulter ihres Partners. Gewiß schreibt die Regel vor, daß die Dame, wenn sie in der Luft ist, die linke Hand auf ihren Schenkel legt, um zu verhindern, daß ihre Röcke hochfliegen. Aber das ist pure Heuchelei, sagen die Frömmler, denn diese Geste hat den einzigen Effekt, die Aufmerksamkeit der Zuschauer erst recht auf diesen verlockendsten Teil der weiblichen Anatomie zu lenken. Außerdem verlangt dieser Tanz von ihr, während sie in der Luft schwebt, mit den Füßen ein oder zwei Battements zu machen, und dadurch schürzen sich, Hand oder nicht Hand, unweigerlich ihre Röcke, und die Ehrbarkeit wird verletzt.

Sowie Monsieur de Réchignevoisin die Volte ausgerufen hatte, stieg Bassompierre zur königlichen Estrade hinan und bat die Königin zum Tanz, indem er vor ihr niederkniete. Sie hob ihn auf, reichte ihm ihre Hand zum Kuß und begab sich unter großem Beifall ziemlich gutwillig mit ihm aufs Parkett. Doch während die Hände klatschten, wanderten aller Blicke, auch die meinen, zum Gesicht des Königs, denn jeder fragte sich, welches seine Wahl sein würde. Man brauchte nicht lange zu warten. Mit großen Schritten steuerte er auf Charlotte des Essarts zu. Also hatte sie den ersten Tanz und Bassompierre seine Wette gewonnen.

Nun richtete sich die Aufmerksamkeit auf die Comtesse de Moret, die, um ihren Ärger zu verbergen, lächelte, was sie nur konnte, und noch mehr lächelte, als Joinville auf sie zueilte, trotz eines wütenden Blicks von Madame de Guise, die in ihrem Zorn vielleicht noch Schlimmeres getan hätte, wenn nicht mein Vater in seiner üblichen Gewandtheit sie in diesem Augenblick zum Tanz aufgefordert hätte.

Die Violinen stimmten an, und ein jeder Tänzer beschäftigte sich mit seiner Dame. Bassompierre fragte sich vermutlich, wie er die Königin hochheben sollte, der König lächelte voll Güte der kleinen Des Essarts zu, die, wie man sagte, seit drei Monaten die Frucht ihres königlichen Liebhabers im Leibe trug, und Joinville machte, ohne sich um die mütterlichen Blicke zu scheren, mit der Moret den Gecken, das Auge auf diesen Busen geheftet, den seine Mutter mißbilligte.

Was mich angeht, so wähnte ich Tor mich im Paradies. Charlotte de Montmorency tanzte anmutiger und leichter als ein Reh, hielt den Takt, wechselte behende den Fuß, sowie ich sie in die andere Richtung drehte, und wenn der Sprung kam, flog sie – mit meiner Hilfe – höher als jede andere, schlug die Füße nicht nur einmal, nein, zweimal, dreimal aneinander und zeigte dabei sehr viel mehr als ihr Knie, ohne es scheinbar zu ahnen, da ihr Möschen doch so kindlich war und ihr unbefangenes Auge all die Blicke, die sie auf sich zog, gar nicht bemerkte.

Wie unendlich stolz war ich, daß ich dieses Wunder tanzen machte. Doch daneben beunruhigte es mich mehr und mehr, daß sie während des ganzen langen Tanzes mich kein einziges Mal ansah, denn ihre unter schnellem Wimpernschlag scharfen Blicke glitten bald hierhin, bald dorthin, und das besonders, wenn der König in ihre Reichweite kam. Das ging immer so fort, und noch bevor der Tanz endete, begann ich zu ahnen, daß ich nur das naive Werkzeug ihrer Glorie gewesen war: was sie leider mit äußerster Grausamkeit bestätigte, als sie von mir ging, nachdem die Geigen verstummt waren. Mit gerümpften Brauen und Lippen neigte sie knapp den Kopf und sagte mit ziemlich lauter Stimme, damit man sie im Umkreis hörte: »Ich danke Euch für den Tanz, Monsieur. Aber kommt nicht noch einmal!«

Und sie wandte mir mit scheinbar gereiztem Reifrockschwung die Absätze zu, ließ mich sprachlos, verletzt, tief gekränkt und, sowie ich mich wieder gefaßt hatte, kochend vor Entrüstung stehen. Die Sache war nur zu klar. Allen Tadel und Vorwurf für das kleine Manöver, das sie veranstaltet hatte, huckte sie mir auf den Rücken.

Da nun gewahrte ich, wie Madame de Guise mir aus einiger Entfernung zornschwere Blicke zuwarf und daß sie sich gewiß mit allen Krallen auf mich gestürzt hätte, wenn mein Vater ihre Hand nicht festgehalten hätte, ganz diskret zwar, da er sie dicht an ihrem Körper in ihre Rockfalten streckte. Augenblicks war mein Entschluß gefaßt. Mit erhobener Stirn ging ich auf meine Patin zu und sagte, nachdem ich ihr meine Reverenz erwiesen hatte, in festem Ton: »Madame, ich bitte Euch tausendmal um Vergebung für eine Unziemlichkeit, an der ich ungewollt teilhatte. Mein einziges Vergehen ist, daß ich es an Urteil fehlen ließ. Ich bin in eine Falle geraten. Mehr darf ich nicht sagen.«

Mir war natürlich klar, daß diese letzten Worte meine Verteidigung zunichte machten, aber töricht wie ich war, hielt ich mich noch an das Geheimnis, das ich der Verräterin versprochen hatte.

»Monsieur«, sagte Madame de Guise höchst aufgebracht, aber leise zwischen den Zähnen, »zum Teufel, wenn ich verstehe, was Ihr mit Eurer Spitzfindigkeit sagen wollt! Ich habe gesehen, was ich gesehen habe. Und ich bin außer mir!

In meinem Hause, auf meinem Ball, an meinem Geburtstag! Ich kann nicht glauben, daß Ihr mein Blut seid. Ihr entehrt es.«

»Halt, halt, Madame!« sagte mein Vater, »das geht zu weit!« Und während er sprach, stellte er sich zwischen uns, gewiß weil er befürchtete, daß sie sich vergreifen und mich schlagen könnte, so sehr schüttelte sie der Zorn.

»Herr mein Gott!« fuhr sie fort, »wie konntet Ihr die Stirn haben, Monsieur, vor versammeltem Hof eine so grobe Unzüchtigkeit zu begehen und eine Jungfer aus großem Hause zu behandeln wie die letzte ›Nichte‹ von Monsieur de Bassompierre.«

Diese kleine Perfidie zielte so offensichtlich auf Toinon, daß ich nicht umhin konnte, die Brauen zu runzeln.

»Und obendrein«, fuhr sie fort, nun mit einem neuen Wutanfall, »kommt Ihr mir auch noch trotzig! Ihr seid ein Lümmel! Geht! Geht! Ich hatte sehr unrecht, Euch zu meinem Ball einzuladen! Ihr verdient meine Güte nicht! Ihr seid ein unzüchtiger Lümmel, Monsieur! Und ohne meine Freundschaft zu Eurem Vater würde ich Euch auf der Stelle aus meinem Haus jagen und mir aus den Augen.«

»Ihr würdet mit gleichem Aufwasch mich verjagen«, sagte mein Vater in sehr dürrem Ton, mit sehr leiser Stimme.

Nachdem er sein unbezähmbares Tier derweise die Zaumstange hatte spüren lassen, ließ er den Zügel sacht wieder locker.

»Und ich wäre verzweifelt, Madame, denn ich liebe Euch, und mein Sohn liebt Euch auch.«

Madame de Guise war derart überrascht, sowohl durch den Zaum wie durch die Liebkosung, daß sie stumm blieb. Und mein Vater benutzte die Stille für den Versuch, eine Unze Vernunft in den tosenden Ozean zu werfen.

»Madame«, fuhr er fort, »es mag Euch überraschen, aber ich halte das Mädchen für ebenso schuldig in der Sache wie Euren Patensohn, wenn nicht mehr. Ich frage Euch: wen würde man überzeugen, daß sie an diesen unerhörten Sprüngen nicht beteiligt war? Und wer, sagt mir, hat sie gezwungen, in der Luft all diese Battements zu machen, deren einzige Wirkung es war, ihren Unterrock immer höher zu schürzen! Wissen wir beide nicht außerdem, wie schwer es fällt, eine Tänzerin vom Boden zu heben, die nicht gleichzeitig von sich aus springt? Und hätte das Frauenzimmer sich schamvoll dagegen verwahrt, so hoch zu fliegen, warum verharrte sie dann nicht untätig in ihrer Schwere, wie es die Prüden auf Eurem Ball tun? So leicht die Marquise de Rambouillet auch sein mag, wer könnte sich rühmen, sie jemals höher gehoben zu haben als wenige Daumen über dem Boden? Und wer hätte je auch nur ihre Knöchel gesehen?«

»Aber, warum verteidigt sich Pierre nicht selbst, anstatt dazustehen und mir die Stirn zu bieten?« sagte Madame de Guise in einem mehr klagenden als zornigen Ton, da sie für die Argumente meines Vaters nicht unempfindlich war.

»Madame«, sagte ich, indem ich ihre Hand ergriff und sie mit Küssen bedeckte, »ich bin kein Lümmel und auch nicht unzüchtig, und ich liebe Euch. Aber was könnte ich hinzufügen? Mein Vater hat alles gesagt, alles erraten, auch daß ich nicht anders konnte als zu schweigen, da ich Geheimhaltung versprochen hatte. Dieses Mädchen hat sich meiner bedient, und als ihr Spielchen gespielt war, hat sie mich in die äußerste Finsternis verstoßen. Nach den Blicken zu urteilen, die sie hierhin und dorthin warf, während sie in der Luft schwebte, jagt diese Diana ein weit größeres Wild, als ich es bin.«

»Was für ein Wild?« fragte Madame de Guise verdutzt.

Und als ich schwieg, weil ich nicht zum Ankläger werden wollte, übernahm mein Vater wieder den Würfel.

»Madame«, sagte er, »Ihr seid zu gutherzig. Ihr habt Euch durch ihre unbefangene Miene täuschen lassen. Tatsächlich hat die Schelmin insgeheim mehr als einem schöne Augen gemacht, dem König, Bassompierre, Bellegarde, dem Herzog von Épernon ...«

»Womöglich auch Euch«, sagte die Herzogin, und das Lavendelblau ihrer Augen wurde allein bei diesem Gedanken schwarz.

»Oh, Madame«, sagte mein Vater, »ich bin nicht hoch genug im Staate, um das Äugeln dieses Püppchens zu verdienen. Sie macht es nicht unter einem Prinzen oder einem Herzog, da dürft Ihr sicher sein.«

»Alles gut und schön«, sagte Madame de Guise, »aber es gab einen Skandal, und auf meinem Ball! Das ist eine erwiesene Tatsache. Und die Zungen nehmen ihren Lauf.«

»Laßt sie ihren Lauf nehmen! Der führt nie weit, und seid ganz sicher, daß der Klatsch sich kaum auf Pierre stürzen wird.

Seine Tänzerin ist als Zielscheibe viel lohnender: die Prüden werden sie verdammen und die Schönen sie unter die Erde wünschen. Und was die Männer angeht, die werden mit den Augen zwinkern, sich mit dem Ellbogen anstoßen und Bemerkungen murmeln der Art: ›Alle Wetter, Marquis! Wenn die Mamsell will, daß ich ihr die Beine in die Luft hebe, bin ich ihr Mann!‹ Und noch bevor der nächste Tanz endet, wird man jemand anderen haben, über den man herzieht.«

* * *

Mit diesen Worten verließ uns mein Vater, denn ein kleiner Page hatte ihm soeben gemeldet, der König rufe ihn zu sich, und Madame de Guise, die noch immer ein wenig durcheinander war, umarmte mich und riet mir, den folgenden Tanz auszulassen, damit die verrückte Volte vergessen würde.

»Was mich angeht«, sagte sie, »werde ich jetzt stehenden Fußes die Prinzessin von Conti verspeisen.«

»Aber was hat sie denn gemacht?«

»Ich will nicht, daß sie mit Bellegarde tanzt. Damit stößt sie ihren Ehemann vor den Kopf. Der Ärmste ist zwar taub, aber blind ist er nicht. Mein Gott, mein Gott, was habe ich nur für Kinder?«

Ich wurde rot, als ich diese Klage hörte, und als meine liebe Patin es sah, strich sie mir mit der Hand über die Wange und murmelte: »Das sage ich nicht Euretwegen. Ihr seid noch der Beste von allen.«

Und sie blickte mich mit so liebevollen Augen an, daß mich eine wilde Lust überkam, sie in die Arme zu schließen. Trotz ihrer Zänkereien, ihrer Schroffheiten und Melancholien hatte ich sie immer geliebt, und mit einer Zärtlichkeit, in die sich einige Belustigung mischte, sah ich die hohe Dame mit lebhaften Schritten davoneilen, die wie eine Glucke unaufhörlich ihren Kücken nachlief, um sie immer wieder auf den rechten Weg zu bringen.

Ich kehrte in meinen kleinen Schlupfwinkel zwischen der Estrade und der Grünpflanze zurück und hatte die Genugtuung, meinen Schemel leer zu finden. Aber mir blieb nicht lange die Muße, den Bären zu spielen und meine Wunden zu lecken. Die Prinzessin von Conti tauchte vor mir auf.

»Bitte, Cousin«, sagte sie, »überlaßt mir Euren Platz und stellt Euch so, daß Ihr mich verbergt. Meine Mutter sucht mich.«

»Um Euch zu tadeln, Madame?« fragte ich, indem ich aufstand.

»Woher wißt Ihr das?« fragte sie, indem sie sich mit einer Anmut setzte, die ich nicht anders als bewundern konnte.

»Ich war der erste auf ihrer Liste. Ihr werdet die zweite sein und der Prinz von Joinville der dritte, weil er es gewagt hat, die Comtesse de Moret zur Volte aufzufordern.«

»Mein Cousin«, sagte sie mit einem reizenden Lächeln, »Ihr seid ein Schlaukopf, aber Ihr werdet es noch bereuen, dieser Familie von Verrückten beigetreten zu sein.«

»Das, Madame, hat sich ohne mein Wissen zugetragen: ich wurde nicht gefragt.«

Sie lachte. Die Prinzessin von Conti hatte zwei Lachen, wie ich nachher bemerkte: das eine unbesonnen und völlig geradezu, das ihrem heiteren Naturell entsprang, und ein anderes, kunstvoll und melodisch, das sie ihren Liebhabern vorbehielt. Mir wurde nur das erste zuteil. Was nicht heißt, daß sie mich beiläufig nicht liebkoste. Auch ein Bischof freut sich eines Hündchens, das vor ihm Männchen macht.

»Cousin«, sagte sie, »ich fange an, Euch gern zu haben. Ihr seid ja, heißt es, ein Born des Wissens. Aber alles, was Ihr sagt, klingt so leicht. Keine Spur von einem Pedanten.«

»Kompliment gegen Kompliment, Madame, würde ich sagen, daß mir die hübschesten Damen auf diesem Ball im Vergleich mit Euch gewöhnlich erscheinen.«

Wahrhaftig, sie war eine große Dame. Und das Kompliment war kaum ausgeschlüpft, da war es auch schon geschleckt wie Sahne.

»Die Schmeichelei riecht ein wenig nach Inzest!« sagte sie mit einem neuerlichen Lachen, um das Vergnügen zu verbergen, das ihr mein Lob bereitet hatte.

»Nicht ganz.«

»Wieso nicht ganz?«

»Halber Bruder, halber Inzest.« Und mit ein wenig Herablassung fügte sie hinzu: »Gott sei Dank, habe ich an einem Erzbischof genug, der mir Küsse auf den Hals setzt.«

»Nicht, daß es mir an der Lust dazu mangelte. Ich bewundere Euren Schwanenhals, Madame, und nichts fesselt mein Auge so wie die elegante Art, mit der Ihr den Kopf wendet.«

»Mein Gott, wie Ihr drauflosgeht! Und wißt Ihr auch, der Ihr alles wißt, was meine Mutter mir vorwirft?«

»Den Herzog von Bellegarde.«

»Da kommt sie zu spät: eine Liebelei, die längst vergangen ist.«

»Vielleicht fürchtet sie eine Auferstehung?«

»Papperlapapp! Cousin, werft doch einen Blick in die Runde und sagt mir, ob Ihr meine Mutter seht.«

»Ich sehe nur Lüster, die schimmern, und Paare, die sich drehen.«

»Seht noch einmal hin.«

»Ah, doch! ich sehe zwei Edelleute, die auf mich zukommen. Der eine ist Eures Blutes, und der andere ...«

»Der andere?«

»Ist derjenige, dem Ihr zur Begrüßung entgegeneiltet, als er hier eintraf.«

Ich warf über die Schulter einen Blick auf sie und sah sie erröten.

»Monsieur, ›eilen‹ ist zuviel gesagt. Ihr seid ungezogen. Eure Zunge sollte vergessen, was Euer Auge sah.«

»Was mein Auge sah, war ein Gang – der Eure, Madame –, der Anmut und Majestät verband. Soll ich den Herren sagen, daß Ihr hinter meinem Rücken kauert?«

»Überlaßt die Entscheidung mir.«

»Mein Kleiner«, sagte Bassompierre, »spielt Ihr schon wieder das Veilchen unter diesem Blätterdach? Joinville und ich, wir suchen Euch. Habt Ihr den König mit Charlotte tanzen sehen?«

»Welcher Charlotte?« fragte ich. »Mit der, die ihn reizt, oder mit der, die ihn aufreizt?«

»Wie boshaft!« sagte Joinville. »Natürlich meine ich Charlotte des Essarts.«

»Dieser Schuft«, sagte Bassompierre, indem er Joinville herzlich beim Arm faßte, »behauptet doch gegen alle Offensichtlichkeit, er habe den König nicht mit Charlotte des Essarts tanzen sehen. Mein Kleiner, was sagt Ihr?«

»Ich habe den König mit jener Charlotte tanzen und mit dieser Charlotte heftig äugeln sehen.«

»Hundert Livres verloren, Joinville«, sagte Bassompierre.

»Nur schade, schade«, meinte Joinville mit einer kleinen Grimasse, »daß ich keinen blanken Sou in der Börse habe. Arme Börse! Es ist so einfach, aus ihr herauszukommen, und so schwer, in sie hineinzufinden! Aber faß dich in Geduld, Bassompierre, ich werde mir das lumpige Sümmchen von der Prinzessin von Conti borgen.«

»Cousin«, sagte die Prinzessin von Conti hinter meinem Rücken, »bitte, tretet beiseite, damit ich diesen leichtsinnigen Bruder Aug in Auge sehen kann.«

Ich gehorchte. Als Joinville seine Schwester erblickte, fiel er vor ihr auf die Knie, und Bassompierre auch. Mit leichter Verspätung ahmte ich sie nach, da ich mir so stehend dumm vorkam. Doch gab es Nuancen in den Kniefällen. Joinville kniete aus Berechnung, Bassompierre aus Liebe und ich zum Spiel.

»Ah!« sagte sie, »so wollte ich alle Edelleute dieses Königreiches sehen: zu meinen Füßen.«

Sie lachte bei diesen Worten, aber sie sprach die Wahrheit, als Frau und obendrein als hochmütige Frau. Einst hatte der König sie, von ihrer Schönheit und Heiterkeit angezogen, zu seiner Königin machen wollen. Doch auch wenn die Schöne stolz, gewandt, ränkevoll und sehr gewitzt war, befürchtete der König, daß er mit ihr die Familie Guise heiraten und dem Ehrgeiz und der Raubgier dieses schrecklichen Clans zur Beute fallen würde. Allerdings war unser armer Henri mit Maria von Medici dann auch nicht besser gefahren.

»So, mein Herr Bruder«, fuhr die Prinzessin von Conti fort, »nun zeigt mir doch, wie Ihr es anstellen wollt, von mir diese hundert Livres zu borgen.«

»Ehrlich gesagt«, sagte Joinville mit einer Mischung aus Demut und Einsicht, die ich ziemlich rührend fand, »ich weiß es nicht. Mir scheint, es läuft schief.«

»Tatsächlich«, sagte sie. »Ich bin ja bereit, für Monsieur de Bassompierre so mancherlei zu tun, nur nicht, Eure Schulden bei ihm zu bezahlen.«

In demselben Satz eine schroffe Weigerung für den einen und ein zärtliches Versprechen für den anderen einzuschließen dünkte mich sehr geschickt. Und ich sah wohl, daß Bassompierre, so vorsichtig er auch sein mochte, gierig anbiß.

»Aber das ist doch nicht der Rede wert!« sagte er. »Ein Wort von Euch, Madame, und ich tilge die kleine Schuld aus meinem Gedächtnis.«

»Dieses Wort werdet Ihr nicht hören«, sagte die Prinzessin von Conti, indem sie sich auf einmal hinter einer weiblichen Zurückhaltung verschanzte, an der sie es soeben kühn hatte fehlen lassen. »Um nichts in der Welt, Monsieur, möchte ich die großmütigen Gefühle mißbrauchen, die ich an Euch mir gegenüber erkenne. Und überdies würde ich meinem Bruder einen üblen Dienst erweisen, wenn ich seine kleine Sünden auf mich nähme – ich habe an den meinen genug!« schloß sie mit einem kleinen, sehr hübschen Lachen und schenkte Bassompierre, indem sie den Kopf elegant umwandte, einen höchst einverständigen Seitenblick.

»Madame«, sagte die Stimme meines Vaters hinter mir, »ich bin untröstlich, Euch einen Eurer Anbeter entführen zu müssen, zumal ich nichts Lieberes täte, als mich zu ihnen zu gesellen, aber die Sache duldet keinen Aufschub. Der König befiehlt es.«

Ich erhob mich auf diese Ankündigung hin, mehr tot als lebendig, und auch Joinville war aufgestanden, tiefbleich, verstört und indem er meinen Vater mit Augen anblickte, aus denen heftigste Angst sprach.

»Bin ich derjenige«, stammelte er, »den der König sprechen will?«

»Aber nein, Monsieur. Es ist mein Sohn.«

Joinville stieß einen großen Seufzer der Erleichterung aus, und Bassompierre, der seinerseits aufstand, legte ihm den Arm um die Schulter und drückte ihn an sich. Die Prinzessin von Conti erhob sich nun auch, und obwohl ich zitterte und Joinville noch ganz verwirrt war, glaube ich mich zu erinnern, daß sie einigen Ärger zeigte, auf einen Schlag ihre knienden Getreuen zu verlieren, und nicht ohne Schärfe zu ihrem Bruder sagte: »Ihr müßt nur warten. Wer Wind sät, wird Sturm ernten.«

Diese Bemerkung, die zumindest unnötig war, mußte meinem Vater mißfallen, denn er, der Damen gegenüber sonst so liebenswürdig war, grüßte die Prinzessin respektvoll, doch ohne ein Wort, und zog mich am Arm mit sich fort.

»Wird der König mich tadeln wegen dieser Volte?« fragte ich an seinem Ohr.

179

»Aber nein, seid ganz ruhig, darüber hat er nur gelacht. ›Gutes Blut verleugnet sich nicht‹, scherzte er, ›und von beiden Seiten.‹«

»Was meinte er mit ›von beiden Seiten‹?«

»Daß Ihr ein Siorac und ein Bourbone seid und also zwiefach ein Damenfreund.«

»Wie liebenswürdig von ihm. Aber was will er dann von mir?«

»Daß ich Euch ihm und der Königin vorstelle.«

»Heißt das, er empfängt mich an seinem Hofe?«

»Ja. Mit dem heutigen Tag betretet Ihr die Arena. Dort werdet Ihr auf Gladiatoren, Bären, Löwen, Schakale und auch süße Monster mit Frauenköpfen treffen, die nicht minder schrecklich sind. Ihr werdet mit aller Gewandtheit leben müssen: alle Eure Irrtümer werden bestraft werden, und manchmal auch Eure Vorzüge.«

Obwohl diese Worte mit einem Lächeln gesagt wurden, sprach aus ihnen eine Herausforderung und die Einladung, sich ihr zu stellen. Meine Verwirrung schwand, ich blickte meinen Vater an und lächelte voll Vertrauen.

»Wir müssen warten«, sagte er innehaltend, »bis die Musik schweigt.«

»Ich sehe den König nicht.«

»Er tanzt mit Eurer Patin.«

»Wie? Bevor er die Moret aufgefordert hat?«

»Er ist wütend auf sie«, sagte er mir ins Ohr. »Sie soll Joinville gegen ein Eheversprechen nachgegeben haben.«

»Ein schriftliches?« fragte ich im selben Ton. »Joinville ist doch ein großer Tor.«

»Pierre«, sagte mein Vater, »urteilt nicht vom hohen Roß Eurer jugendlichen Weisheit herab. Wer weiß, zu welchen Torheiten die Schönen Euch noch verleiten werden! Es gibt mehr als eine Charlotte auf dieser Welt.«

Er begleitete seine Worte mit einem kleinen Lächeln, das ihnen die Spitze nahm. Und ich steckte sie in die Jagdtasche meines Gedächtnisses, um bei Gelegenheit darüber nachzudenken und mein Wort künftig nicht mehr so leicht zu verpfänden. Armer Joinville! Ich bereute, ihn als Tor abgetan zu haben, denn sicherlich schickte ihn der König nun ins Exil nach Saint-Dizier, was, wie er ja sagte, ›sein Tod‹ sein werde.

Die Violinen verstummten, die Paare gingen auseinander, mit Ausnahme des Königs und Madame de Guises, die im Gespräch verharrten und, von aller Augen begafft, mitten in dem großen Saal stehenblieben. Diese Neugier wurde mehr als belohnt, denn wenn man auch nicht hörte, was Henri sagte, sah man dafür, wie er aus dem Ärmel seines Wamses ein Samtbeutelchen zog und es der Herzogin wie ein Geschenk überreichte. Sie öffnete das Säckchen eiligst und holte einen hellglänzenden Gegenstand, nicht größer als eine Rosine, hervor, den sie zwischen dem rechten Daumen und Zeigefinger hielt. Selig lachend hob sie ihre Rechte hoch in die Luft und drehte sich zweimal um sich selbst, sie zeigte ihn der Gesellschaft, die zu klatschen begann und Beifall rief. Rot vor Freude, tat Madame de Guise den Stein wieder in das Säckchen und das Säckchen in eine Tasche ihres Reifrocks, dann fiel sie mit ihrem gewohnten Ungestüm Henri um den Hals, der unter dem Ansturm einen Schritt zurückwich, woraufhin alles lachte. Er lachte auch und umarmte seine Cousine herzlich. Hierauf schien sie sich zu besinnen, daß Henri nicht nur ihr Verwandter, sondern ihr König war, und so kniete sie denn nieder, ergriff seine Hände und küßte sie. Er hob sie sogleich wieder auf und führte sie an seinem Arm zu ihrem Sessel, und nach einer großen, lachenden Verneigung stieg er rasch zu seiner Estrade hinauf. Er hatte keine langen Beine, aber er machte lange Schritte wie ein Gebirgsmensch. Man applaudierte abermals, und mir schien, daß man es nicht aus höfischer Gewohnheit tat, vielmehr weil die Gesellschaft angetan war von der Natürlichkeit und Freundlichkeit dieser kleinen Szene. Und ich sagte mir, daß Henri gar nicht so knauserig war, wie man behauptete, da er an den Geburtstag seiner Cousine gedacht hatte.

»Kommt«, sagte mein Vater, »laßt uns den Augenblick nicht versäumen. Man muß die Gelegenheit beim Schopf packen.«

Ich hielt mich sorglich in seinem Schlepptau, um nicht durch alle die Höflinge von ihm getrennt zu werden, die nach dem beendeten Tanz und nachdem der König wieder auf dem Thron saß, in alle Richtungen durch den Saal schweiften, um diesen oder jenen aufzusuchen, denn es schien der Ehrgeiz eines jeden zu sein, sich mit einem Maximum von Leuten in einem Minimum von Zeit zu treffen. Gleichwohl zogen einige

Persönlichkeiten besonders viele Grüße und Aufmerksamkeiten auf sich, sei es durch ihre Schönheit oder ihren Geist (also vornehmlich Frauen), sei es durch ihren Rang, sei es auch nur um einer Stellung willen, die ihnen erlaubte, täglich dem König oder der Königin nahe zu sein, und die folglich vermuten ließ, sie könnten einen Deut Einfluß haben. So beobachtete ich zum Beispiel, daß Concino Concini trotz seiner wenig glanzvollen Stellung fast sofort von einer beachtlichen Menschentraube beider Geschlechter umringt war, in deren Mitte er mit erhobener Stirn, aufrechter Haltung und gerecktem Schnabel sich mit der größten Ungehemmtheit in einem italienisch verschnittenen Französisch erging.

Auf einer Ecke der königlichen Estrade, aber mit den Füßen auf dem Parkett, saß in lässiger Haltung, jedoch wachsamen Auges Monsieur de Praslin, Hauptmann der französischen Garden wie Vitry und späterhin, auch wie er, Marschall von Frankreich. Er hob die Hand, um meinen Vater anzuhalten, und blickte ihn wortlos mit fragender Miene an, um zu hören, was ihn herführe.

»Ich will«, sagte mein Vater, »auf Befehl Seiner Majestät meinen Sohn vorstellen, den Chevalier de Siorac.«

Einem Wachhund gleich, dem sein Herr erklärt, daß der Eindringling ein Freund ist, und der diesen nun sorgsam beschnuppert, um ihn bei Gelegenheit wiederzuerkennen, musterte mich Praslin, der den Geruchssinn nach menschlicher Weise durch das Sehen ersetzte, mit so scharfem Auge, als wolle er sich meine Züge ein für allemal ins Gedächtnis prägen. Währenddessen betrachtete ich ihn ebenfalls. Es war ein gedrungener, kräftiger Mann Mitte Vierzig, leicht ergraut, starke Kiefer, die Augen klein und durchdringend; meinem Vater zufolge ein treuer, tapferer Soldat, durchaus nicht dumm, aber knickrig, daß es kaum zu glauben war, selbst mit seinen Worten. Und in der Tat, nachdem er mich von Kopf bis Fuß gemustert hatte, nickte er zum Zeichen, daß wir passieren dürften, aber ohne die Zähne auseinanderzukriegen, ohne ein Lächeln sogar.

Auf der Estrade nun verließ mich mein Vater, um zunächst Seiner Majestät seine Reverenzen zu erweisen, dann trat er zu mir und sagte: »Auf, der Augenblick ist gekommen.«

Offen gestanden, ich zitterte reichlich. Ich konnte kaum vortreten, meine Beine waren aus Wolle und trugen mich so wenig, daß ich froh war, ins Knie zu gehen. Meine Ohren brausten, daß ich nur mit Mühe den Satz hörte, mit dem mein Vater mich vorstellte. Meine Sicht indessen blieb klar genug, daß ich Henri betrachten konnte. Ich weiß nicht, warum man Könige auf Münzen immer im Profil abbildet, vielleicht, weil sie so leichter zu gravieren sind. Man sollte sie aber von vorn zeigen, und wäre es nur, um klarzustellen, daß sie nicht schielen.

Gewiß, im Profil wirkte Henri majestätischer durch seine Bourbonennase, sein klar gezeichnetes Kinn und seine kraftvolle Schädelbildung. Aber von vorn sah man seine Augen, und man sah nur sie. Ich habe bereits versucht, sie in dem Moment zu beschreiben, als er das Hôtel de Grenelle betrat, aber meine Beschreibung befriedigt mich nicht recht. Ich weiß nicht, wer gesagt hat, sie seien »flammend und glanzerfüllt« gewesen. Ich würde lieber sagen, sie leuchteten, und dieses Leuchten war das des durchdringenden Geistes, der dahinter lag und der Henri erlaubte, so schnell und so gut Menschen und Situationen einzuschätzen. Aber dieses Leuchten war auch das seiner Güte, seiner Neigung zur Wohltätigkeit, seiner Gnade. Und obwohl seine Augen umkränzt waren von Krähenfüßen, die bis zu den Schläfen reichten, und umgeben von knittrigen Lidern in einem abgemagerten, gegerbten und faltigen Gesicht, fesselten sie mich gerade durch ihre Jugend, da sie zugleich von den Lichtern der Fröhlichkeit und den Flammen der Sinnlichkeit sprühten. Ja, hier muß man von Flammen sprechen, und Gott weiß, wie sie in ihm loderten, aber weit entfernt, ihn zu verzehren, halfen sie ihm zu leben. Ich schreibe dies in meinen reifen Jahren mit der – immer noch in mir lebendigen – bitteren Trauer um diese große Kraft, deren Laufbahn knappe drei Jahre später durch das dumpfe Messer eines Fanatikers gebrochen wurde.

Mir zeigte sich Henri lebhaft, wie es seine Art war. Er sah mich mit großer Aufmerksamkeit an, wie Praslin es getan hatte, aber der Blick von Praslin zielte nur darauf, mich zu erkunden, wie ein Feldsoldat ein Gelände »erkundet«. Der Blick Henris wog mich. Und danach war sein Empfang ebenso rasch wie herzlich.

»Chevalier«, sagte er mit seiner fröhlichen Gascognerstimme, »seid willkommen an meinem Hof. Euer Vater hat mir gut gedient, ebenso sehr in Geschäften innerhalb meines

Reiches wie in Geschäften draußen. Ich rechne stark damit, daß Ihr das gleiche tut, schließlich kommt ja«, ergänzte er mit einem Lächeln, »eine Verpflichtung des Blutes hinzu.«

Er wandte sich an die Königin.

»Madame, der Chevalier de Siorac möchte sich Euch vorstellen.«

Er gab mir die Hand, und da ich sie nahm, um sie zu küssen, schloß er sie um die meine, hob mich auf und, nachdem er mich zu seiner Rechten geleitet hatte, ließ er sie los. Ich wich also einige Schritte zurück, um der Königin meine Pflichten zu erweisen, und begann mit dem komplizierten Zeremoniell aus Verbeugungen und Kniefällen, das Madame de Guise mich gelehrt hatte; aber Ihre Gnädigste Majestät geruhte die ganze Zeit über nichts anderes anzusehen als das Diamantenarmband an ihrer linken Hand. Endlich kniete ich vor ihr und küßte den Saum ihres Gewandes, sie aber ließ meine Nase an den Stickereien ihres Kleides hängen, ohne mir die Hand zu reichen, was mir das Zeichen hätte sein sollen, mich zu erheben. Jedenfalls wurde Henri, da die Sekunden verstrichen, ungeduldig und sagte leise, aber in lebhaftem Ton zu ihr: »Madame, ich bitte Euch, meinen kleinen Cousin, den Chevalier de Siorac, gut zu empfangen.«

Erst da nun streckte mir Ihre Gnädigste Majestät mit höchst unwilliger Miene zwei Finger hin, indem sie ebenso großen Widerwillen bekundete, als sollte sie einen Frosch berühren. Und als ich besagte zwei Finger küßte, ziemlich erstaunt, wie ungepflegt sie waren, murmelte sie zwischen den Zähnen eine französische Redensart, die sie ins Italienische übertrug: »*Un cugino della mano sinistra.*«[1]

Dieser Satz war so beleidigend für mich wie für Madame de Guise, daß ich meinen Ohren nicht traute. Doch schluckte ich meine Entrüstung hinunter, ohne mir etwas anmerken zu lassen, und da ich wohl fühlte, daß ich sofort reagieren mußte, erhob ich mich nach dem Handkuß, machte ihr abermals die schönste Verbeugung und sagte mit tief respektvoller Miene: »*La mano sinistra, Signora, La servirà così bene come la mano destra.*«[2]

[1] Ein Vetter linker Hand.
[2] Die linke Hand, Madame, wird Euch ebensogut dienen wie die rechte Hand.

»Ben trovato!«[1] sagte der König, indem er mich blitzenden Auges betrachtete.

Als die Königin hörte, daß ich mich in ihrer Muttersprache ausdrückte, ließ sie sich herbei, ihre Augen auf ihren Diener herabzusenken, und sah mich zum erstenmal an wie ein menschliches Wesen. Ich freute mich dieser Beförderung und erwartete, sie werde nun anders zu mir sprechen. Nichts dergleichen geschah. Und deutlich erkannte ich damals an Maria von Medici jenes unglückliche Betragen, welches ihr im Lauf der Jahre soviel Verdruß zuziehen und sie stufenweise einem so elenden Lebensende entgegenführen sollte: wenn sie eine Haltung einmal eingenommen hatte – und sei es die übelstberatene –, war sie außerstande, diese zu ändern. Was immer auch geschah, sie beharrte. Man hätte meinen können, sie werde von einer verhängnisvollen Neigung fortgerissen und sei ohnmächtig, ihren eigenen Starrsinn zu bezwingen.

Wohl sah ich, als sie einen Blick auf meine Person zu werfen geruhte, daß sie keine wirkliche Feindseligkeit gegen mich hegte und sich mir so unfreundlich nur gezeigt hatte, um ihren Gemahl zu ärgern. Aber so abscheulich sie angefangen hatte, so abscheulich fuhr sie fort, einfach, weil sie damit begonnen hatte.

»Mi servire!« sagte sie, *»son tutte chiacchiere.«*[2]

»Kann sein«, sagte der König trocken, »aber bevor Ihr darüber entscheidet, laßt dem Chevalier de Siorac wenigstens die Zeit, zu beweisen, daß den Worten auch Taten folgen.«

Hierauf wandte er sich an mich und sagte in dem heitersten Ton: »Mein kleiner Cousin, geht nun und sagt Monsieur de Réchignevoisin, ich wünsche einen Passe-pied zu tanzen, sofern meine Königin einwilligt.«

Aber »seine Königin«, die in dem Augenblick, da er zu ihr sprach, dieses zärtliche besitzanzeigende Wörtchen so wenig verdiente, gab keinen Laut. Durch ihr langes Kinn und ihre vorstehende Unterlippe, beides Erbschaften ihrer habsburgischen Ahnen, hatte die Dame von Natur aus ein hochfahrendes Aussehen. Das wurde noch schlimmer, wenn sie schmollte. Noch nie habe ich eine so vertrotzte Physiognomie gesehen, oder eine, die von soviel übler Laune überquoll. Man hatte das

1 Gut pariert!
2 Mir dienen! Das ist doch alles Geschwätz.

Gefühl, alle Flüsse des Königreiches könnten über diese Galligkeit hingehen und wüschen sie doch nicht ab.

Wie Sokrates, als man ihn fragte, warum er eine so zänkische Gattin wie die seine nicht verstoße, hätte auch unser Henri antworten können, er behalte sie, »um seine Geduld zu üben«. Aber tatsächlich war seine Geduld nur Schein. Wie mein Vater von Sully wußte, war der König es satt, daß »seine Königin« ihm fast immer grollte und mürrisch war. Andererseits wollte er aber auch nicht, daß seine Zwistigkeiten mit ihr über die eheliche Schwelle hinausgingen und in die Öffentlichkeit drangen.

»Wer nicht nein sagt, stimmt zu!« sagte der König und lächelte eifrig. »Auf denn, kleiner Cousin, bringt Réchignevoisin meine Botschaft und sagt ihm, wir, die Königin und ich, wollen den Passe-pied tanzen, aber nicht irgendeinen: wir haben uns den von Metz erwählt.«

SECHSTES KAPITEL

»Monsieur, auf ein Wort, bitte.«

»Ein Vorwurf, schöne Leserin?«

»Weshalb, Monsieur, wenden Sie sich in Ihren Memoiren niemals an mich, wie es Ihr Herr Vater so galant in den seinen getan hat?«

»Weil ich es nicht genauso machen wollte wie er, Madame. Sie konnten bereits beobachten, daß meine Sprache anders ist als die seine, weil sie meinem Jahrhundert entstammt, und daß ich mich befleißige, den Hof zu beschreiben, was er in nur geringem Maße getan hat, da er in seinem hugenottischen Herzen diesem Hof nicht eben wohlgesinnt war.«

»Ich verstehe. Nun, auf den Seiten, die ich bisher las, sprechen Sie sehr wenig über die Comtesse de Moret, Sie sagen lediglich, sie war ›rund und blond‹; sie habe, dem boshaften Wort Ihrer teuren Patin gemäß, ›doppelt soviel Busen wie nötig‹; und obwohl Mätresse des Königs, habe sie sich Joinville hingegeben für ein Eheversprechen.«

»Mehr wußte ich derzeit nicht über sie.«

»Aber ich wette, Sie haben späterhin mehr über sie erfahren?«

»Das aber die Ehrbarkeit verletzt ...«

»Die Ehrbarkeit, Monsieur, darf verletzt werden, sofern man diskret ist. Sprechen wir nicht von Angesicht zu Angesicht?«

»Was soll ich Ihnen antworten? Und woher dieses Interesse für die Moret? Sie war recht gewöhnlich, hatte weder die große Schönheit der Gabrielle d'Estrées noch den funkelnden Geist der Verneuil, sondern als einziges eine ansprechende und durchtriebene Niedlichkeit. Ich weiß nicht, wer sie die ›Nymphe mit dem Mäulchen‹ genannt hat. Denken Sie sich einige Rundungen hinzu, die mit einem -chen nicht bezeichnet wären, und Sie wissen, wo unser armer Henri im Garn hing.«

»Sie mögen die Moret offenbar nicht.«

»Niemand mochte sie. Und dafür gab es Gründe. Der Busen war das einzige Großzügige an ihr. Sie liebte das Geld und kannte im Leben nur eine Freude: wenn es sich in ihren Truhen häufte. Sie sparte an allem, sogar an ihren Kleidern. Nie sah man eine Favoritin in schäbigerem Putz.«

»Das ist ein ungefälliger Zug, aber nicht skandalös.«

»Der Skandal liegt auch nicht darin, Madame, sondern in dem Handel, der um sie veranstaltet wurde und bei dem sie mitmachte. Als der König ihr Mäulchen bemerkte, hieß sie noch Jacqueline de Bueil und war Ehrenjungfer bei der Prinzessin von Condé.«

»Bei der Gemahlin jenes mägerlichen jungen Prinzen, den ich auf Ihrem Ball sah?«

»Bei seiner Mutter, Madame, seiner Mutter, die selbst am Hofe nicht im Geruch der Heiligkeit stand, da sie verdächtigt wurde, sie habe ihren Gemahl von einem Pagen vergiften lassen, mit dem sie hurte. Und übrigens hielt es niemand – und Henri erst recht nicht – für allzu verbürgt, daß der junge Prinz von Condé der Sohn seines Vaters war. Und mit dieser hohen, so reich erfahrenen Dame feilschte der König um deren Ehrenjungfer.«

»Feilschte!«

»Bei dreißigtausend Ecus und dem Titel Comtesse wurde man handelseinig. Man fand den Preis bei Hofe ziemlich gewichtig, da die Ware so leicht war. Gleichwohl verlangte die Prinzessin von Condé vom hohen Roß der Wohlanständigkeit herab, bevor sie die Ware lieferte, daß diese eine Scheinehe mit einem Monsieur de Champvallon eingehe. Ich sage Scheinehe, denn der arme *Vorsänger* durfte die Frucht nicht pflücken.«

»Was meinen Sie mit *Vorsänger*?«

»Einen Hengst minderer Herkunft, den man im Gestüt benutzt, um festzustellen, ob eine Stute in Hitze ist, aber der sie nicht decken darf, weil dies einem Beschäler mit edlerer Ahnenreihe vorbehalten bleibt.«

»Unglücklicher Champvallon! Und warum tat man ihm diese Schmach an?«

»Damit der König nicht an der Vaterschaft eines möglichen Kindes zweifeln müsse. Und auch, damit die Moret sich später trennen könne, da ihr Mann die Ehe nicht vollzogen habe.

Das ist alles ein bißchen sehr schäbig, Madame, aber ich hatte Sie gewarnt.«

»Daß man gleichzeitig Prinzessin, Mörderin und Kupplerin sein kann, erstaunt mich nicht wenig. Aber was soll ich von einem König halten, der Edeldamen mit einem Sack voller Ecus in der Hand umwirbt!«

»Unser armer Henri, Madame, wußte, daß er alt war, runzlig, verbraucht, also nicht sehr geeignet, die Schönen zu verführen. Welche Chance hätte er gehabt gegen einen Bassompierre, einen Joinville, einen Schomberg oder einen Comte d'Auvergne? Außerdem dachte er als Soldat. Mit Geld hatte er während unserer Bürgerkriege mehr als eine Stadt in Frankreich zur Übergabe bewegt. Sie runzeln die Brauen? Aber bedenken Sie dabei auch, Madame, er kaufte nur die Käuflichen ... Als die Marquise de Guercheville, auf die er es vor ihrer Heirat abgesehen hatte, ihm antwortete: ›Sire, ich bin zu niedriger Herkunft, um Eure Gemahlin zu werden, und zu hochgestellt, um Eure Mätresse zu sein‹, da war er ihr nicht böse, im Gegenteil, er faßte für sie eine außerordentliche Wertschätzung und übergab sie später der Königin mit den Worten: ›Diese, Madame, ist eine *echte* Ehrendame.‹«

»Eine Ehrerweisung des Lasters an die Tugend.«

»Oh, Madame! Sind Sie nicht ein bißchen unbarmherzig?«

»Und Sie, Monsieur, sind Sie nicht ein bißchen sehr barmherzig, vor allem, wo es um einen Mann geht?«

»Ich weiß Henri Dank, daß er unsere Bürgerkriege beendigt, den Staat wiederhergestellt, seinen Feinden verziehen und in einem fanatischen Jahrhundert Toleranz bewiesen hat. Ist das nichts? Entschuldigt das nicht alles andere?«

»Die Sache wäre einen Disput wert, aber meine Neugier ist nicht befriedigt. Noch zwei Worte, Monsieur. Was tat der König, als er hörte, daß die Moret sich dem Prinzen von Joinville für ein Eheversprechen hingegeben hatte?«

»Hier die Tatsachen, wie ich sie erfuhr. Der König wurde, als er mit der Moret den Passe-pied tanzte, vor Ende des Tanzes von einem großen Grimmen in seinen Eingeweiden ergriffen, weil er an jenem Tag zu viele Melonen gegessen hatte. Er ließ die Moret stehen und eilte mit langen Schritten zur ›Kammer der Bequemlichkeiten‹. Auf dem Weg dorthin traf er Joinville, und mit der äußersten Knappheit – aber er hatte es in dem Augenblick wirklich sehr eilig – sagte er zu ihm: ›Mein Cousin, Ihr packt heute nacht Euer Bündel und reist morgen in Euer Gouvernement Saint-Dizier.‹«[1]

»Und was tat Joinville?«

»In seiner Not schickte er einen Lakaien zu seiner Mutter mit der Bitte, ihn in der alten Kemenate aufzusuchen.«

»Was war das?«

»Ein kleiner Raum neben dem Zimmer von Madame de Guise. Dem Bericht von Madame de Guise zufolge, warf sich Joinville, sowie sie die Kemenate betrat, ihr zu Füßen, vergrub sein weißes Gesicht in den blauen Falten des mütterlichen Reifrocks, vergoß eine Flut von Tränen und schrie mit erstickter Stimme: ›Madame, mit mir ist es aus! Der König hat mir soeben in furchtbarer Kürze befohlen, nach Saint-Dizier zu gehen. Das überlebe ich nicht!‹«

»Und was sagte Eure Patin?«

»Sie tröstete ihren großen Säugling, und als sie sein schönes Gesicht ganz verweint sah, schickte sie ihn erst einmal in ihr Zimmer, damit er Wasser hole und sich frisch mache. Dann hieß sie Monsieur de Réchignevoisin dem König ausrichten, sie flehe ihn an, zu ihr in die alte Kemenate zu kommen. Réchignevoisin aber, der ja alles sah, war es nun nicht entgangen, daß der König bei seinem Geschäft in der ›Kammer der Bequemlichkeiten‹ war, wo auch ich mich befand, da ich gewissermaßen aus den gleichen Gründen dorthin eilte, kaum daß der Passe-pied zu Ende war. Als ich eintrat, sah ich den König auf dem einzigen Thron sitzen, der allen Menschen gemein ist. Und allem Anschein nach fühlte er sich sehr wohl, da er sich seiner üblen Säfte bereits entledigt hatte. Er schwatzte vergnügt mit drei seiner alten Gefährten, Roquelaure, Vitry und Dummenfürst.«

»Dummenfürst?«

»Angoulevent, ein Edelmann, den der König so nannte und der eine Pension dafür bezog, daß er ihn mit seinen altbackenen Witzen erheiterte.«

»Den Hauptmann de Vitry kenne ich schon. Sie zeigten ihn mir im Gespräch mit Concino Concini, aber Roquelaure? Wer war das?«

---

[1] In Wirklichkeit verbannte er ihn aus Frankreich.

»Oh, Roquelaure! Er war ein Getreuer unter den Getreuen. Obwohl guter Katholik, hatte er mit Henri schon gekämpft, als der noch Hugenotte war. Gewiß ein guter Soldat, und wenn man nur seine dicke, vom Wein gerötete Rübe sah, spürte man, er war wie ein unangenagter Ecu. Bei seinem Einzug in das befreite Paris machte ihn Henri zu seinem Oberkämmerer.«

»Eine magere Ehre.«

»Eine riesige Ehre, Madame! Und eine höchst einträgliche dazu, auf Grund der liebreichen Beziehungen, die er zu Tuchmachern, Schuhmachern, Hutmachern und den Schneidern der Hauptstadt unterhielt.«

»Wie? Man schmierte dem Oberkämmerer die Pranke?«

»Selbstverständlich, und Roquelaure stand sich dabei glänzend, zumal er so gutmütig war, einen kleinen Teil dieser Schmiergelder zu verlieren, wenn er mit dem König Karten spielte.«

»Anscheinend gewann der König oft im Spiel. Was machte er mit dem ganzen Geld?«

»Ein Teil ging an die Favoritinnen, einen anderen steckte er in die geheimen Missionen, die er als ›auswärtige Affären des Reiches‹ bezeichnete.«

»Dafür hätte er doch Gelder von Sully fordern können.«

»Er hielt diese Missionen vor allen geheim, sogar vor Sully.«

»Woher wissen Sie das?«

»Das sage ich im Fortgang meiner Memoiren.«

»Wie sind Sie plötzlich verschlossen und zugenäht, mein Freund! Zurück zu unserer Rede. Was war mit jenem Gespräch des Königs und Madame de Guises in der alten Kemenate?«

»Es war höchst pathetisch. Madame de Guise warf sich dem König weinend zu Füßen und schrie: ›Ach, Sire! Verbannt meinen Sohn nicht! Das wird er nicht überleben! Tötet lieber mich!‹«

»War das nicht ein bißchen theatralisch?«

»Meine liebe Patin neigte zu Übertreibungen. Sie mögen es beobachtet haben.«

»Was tat der König?«

»Er lachte aus vollem Halse. ›Madame‹, sagte er, ›ich habe noch nie eine Frau getötet und wüßte auch nicht, wie ich das anfangen sollte!‹«

»Wie nett. Und als der König ermordet wurde und die Moret geschieden war, hielt Joinville da sein Eheversprechen?«

»So wenig wie Bassompierre dasjenige hielt, das er der Schwester der Verneuil gegeben hatte.«

»Aber ihre Ehre als Edelleute hätte sie doch dazu verpflichtet.«

»Sie wären höchst erstaunt gewesen, Madame, hätten Sie ihnen in dieser Hinsicht von Ehre gesprochen. In jenem barbarischen Jahrhundert waren alle Kriegslisten erlaubt, um den Widerstand einer Dame zu brechen, einschließlich des Sturmangriffs. Wissen Sie, wie es der Marquis de Braignes anstellte, um bei Mademoiselle de Sennecterre ans Ziel zu gelangen, einer reifen Schönheit, deren herbstlichen Garten er vergeblich begehrte? Er schlich sich bei Nacht ins Hôtel de Nemours, erbrach die Tür der Schlafkammer, und ohne ein Wort vergewaltigte er die Schöne. Tags darauf rühmte er sich dessen urbi et orbi.«

»Entsetzlicher Mensch! Und die Moret, blieb sie nach der Ehetrennung allein?«

»Nur kurze Zeit. Sie heiratete Roquelaure.«

»Roquelaure? Den Oberkämmerer?«

»Sein Amt entfiel mit dem Tod des Königs, aber die Königin, nunmehr Regentin geworden, machte ihn zum Marschall von Frankreich, um sich seiner Treue zu versichern.«

»Und war er ihr treu?«

»Gewiß.«

»Und war er es seiner Frau?«

»Ich glaube. Die Ex-Favoritin und der Marschall von Frankreich hatten auf jeden Fall handfeste Gründe, sich zu verstehen. Sie liebten das Geld und hatten im Lauf der Jahre beide recht hübsche Sümmchen zusammengebracht, er, indem er den König anzog, sie, indem sie ihn auszog.«

* * *

Als der König mir befohlen hatte, Monsieur de Réchignevoisin auszurichten, er wolle nun den Passe-pied von Metz tanzen, nahm ich Urlaub, indem ich dreimal nacheinander ins Knie ging, wie es die Etikette verlangte, doch war ich noch immer höchstlich verwundert, auf welche Weise mein Empfang sich abgespielt hatte. Und ich bildete mir in meiner jugendlichen Gloriole viel auf die Gewandtheit ein, mit der ich die ruppigen Worte der Königin beantwortet hatte – worüber ich ganz vergaß, daß ich mich auf einer Estrade befand. Als diese plötzlich unter mir entschwand, wäre ich zum großen Schaden meiner Gliedmaßen und meiner Würde rücklings auf das Parkett des Saales gestürzt, wäre mein Vater nicht rasch herzugesprungen und hätte mich in dem Moment aufgefangen, als ich den Boden unter den Füßen verlor. Er hatte den guten Einfall, diese Rettung sogleich in eine herzliche Umarmung samt Gratulation zu verwandeln. Auf die Weise bemerkte niemand mein Ungeschick, außer dem König, dessen Augen vor Schalk blitzten, der aber nichts übriges tat, da er einen kleinen Chevalier, der ebenso frischgebacken wie betört war, nicht dem Gelächter aussetzen wollte.

Aber betört war ich noch in einem anderen Sinn. Wie ich schon erzählte, herrschte Henri so uneingeschränkt über unsere Laren daheim, daß er über alles geliebt und bewundert in unserem Alltag gegenwärtig war, nicht wie ein Gott, sondern wie ein Mensch, denn wir betrachteten auch seine Schwächen mit Nachsicht als den irdischen Teil seiner Tugenden. Ihn zu sehen, ihn zu hören, wenn auch nur in dieser kurzen Minute – es hatte mich nicht enttäuscht. Henri war wirklich, wie ich ihn mir nach all den Geschichten vorgestellt hatte: ein Mann, dessen kraftvoller Genius mit einer seltenen Herzensgüte einherging. Und ich war dermaßen entzückt, wie schlicht, wie herzlich und, ich würde geradezu sagen, wie verbündet mit mir er mich empfangen hatte, daß ich mir schwor, mein Leben von diesem Augenblick an seinem Dienst zu weihen, wie er es übrigens ja auch von mir gefordert hatte. Ach, wie hätte ich zu jenem Zeitpunkt, da ich mir selbst dieses glühende Versprechen gab, ahnen können, daß unser armer König nur mehr drei Jahre leben sollte?

Ich befand mich in jenem Moment in einer solchen Trunkenheit – denn der dumme Schimpf der Königin war an meiner Haut abgeglitten, ohne auch nur eine Spur zu hinterlassen –, daß ich beim Anblick meines Vaters als dem Mann, dem ich alles verdankte, sowohl meine gegenwärtige Gunst wie auch meine künftige Größe, seine Hand faßte und ihn bat, jetzt nicht von mir zu gehen, bis ich nicht Monsieur de Réchignevoisin gefunden hätte. Er lächelte über mein Verlangen, doch spürte er wohl, wieviel Liebe hinter dieser knabenhaften Erregung steckte.

In meiner Einbildung schon so hoch erhoben, sah ich die Menge der Höflinge, die wir durchquerten, wie eine Art Ameisenhaufen, wo die Insekten in toller Geschäftigkeit in alle Richtungen liefen, ohne mir zu überlegen, daß diese Ameisen mindestens meiner Größe waren, die Damen sogar noch umfangreicher wegen ihrer Reifröcke. Kurzum, ich war eine Ameise unter anderen und lief auch nur umher, eiligst die Botschaft anzubringen, mit welcher das Oberhaupt der Ameisen mich betraut hatte.

Ich weiß nicht, wie der Chevalier de La Surie, falls er nicht mit besseren Fühlern ausgestattet war als wir, es fertiggebracht hatte, in diesem Gedränge zu uns zu stoßen, aber geschmeidig wie eine Klinge und ebenso schnell war er auf einmal da und küßte mich sogleich auf beide Wangen, ohne eine Frage zu stellen, da er ja schon an meinem strahlenden Gesicht erkannte, wie glücklich ich war. Auch Madame de Guise war es gelungen, mich zu finden, aber mit einer anderen Methode, nämlich indem sie ungeniert laut in alle Richtungen fragte: »Wo ist mein Patensohn? Wo ist mein Patensohn?« Ein Satz, den freilich alle, die ihn hörten, im Geiste übersetzten mit: Wo ist mein Sohn? Wo ist mein Sohn? Man brachte sie endlich zu mir, sie erstickte mich fast mit ihren Umarmungen und Küssen, und ohne auf meine Proteste zu hören – denn ich vergaß nicht, daß ich Réchignevoisin eine Botschaft zu übermitteln hatte –, schleppte sie uns drei in ihr Schlafgemach, wo sie mir, kaum war die Tür geschlossen, so viele Fragen stellte, und so schnell nacheinander, und so ungestüm, daß ich niemals darauf hätte antworten können, wenn nicht mein Vater wie Poseidon, der die hochgehenden Wogen mit einem Schlage seines Dreizacks glättet, diesem Sturm der Worte schließlich Einhalt geboten hätte.

Meine liebe Patin hörte außer sich vor Freude, daß der König sich mir so gütig und liebenswürdig bezeigt hatte, mich seinen »kleinen Cousin« zu nennen, sie wechselte aber vom Glück zum Zorn, als ich ihr jenes »cugino della mano sinistra« der Königin wiederholte. Das Rot wich aus ihren Haarwurzeln und sammelte sich augenblicks in ihren Wangen, an ihrem

Hals und kurioserweise auf dem entblößten Teil ihres Busens. Und eine volle Sekunde starrte sie mit offenem Munde wie ein Fisch, ehe sie wieder zu Atem kam, um ihrem Zorn Luft zu machen. Sofort, sagte sie, werde sie hingehen und ihr den Marsch blasen, dieser fetten Bankierin, dieser dicken Trutschel, dieser Gans, dieser Giftziege – dann fuhr sie in italienischer Sprache fort, die ihr wohl besser zum Gegenstand ihres Grolls zu passen schien –, dieser *megera!* Dieser *stupida!* Dieser *bisbetica!*[1] Dieser *bestia feroce!*[2]

»Auf, mein Sohn!« sagte mein Vater, indem er Madame de Guise beide Hände festhielt, »geht nun zu Réchignevoisin und überbringt ihm den Befehl des Königs. Ich bleibe hier.«

»Ich begleite dich, mein Junge«, sagte La Surie.

Lebhaft und behende wie er war, überschritt er als erster die Schwelle. Ich schloß hinter uns die Tür und überließ meinem Vater die Besänftigungspflicht, die nahezu sein tägliches Los war. Was die Idee betraf, daß Madame de Guise hingehen und Maria von Medici den Marsch blasen werde, so war ich fest überzeugt, selbst wenn mein Vater seiner Löwin nicht die Leine um den Hals legte, würde der Biß den Beschimpfungen nicht folgen. Wenn man die gespenstische Leonora Galigai ausnimmt, die als Herrscherin über die Gedanken, die Leidenschaften, den Willen und die Schatulle der Königin gebot, galten die Herzogin von Guise und die Prinzessin von Conti am Hof als die besten französischen Freundinnen der Königin, und weder Mutter noch Tochter hatten gewiß ein Interesse, die unendlichen Vorteile, die sich aus dieser Position ergaben, aufs Spiel zu setzen.

Diese Rücksicht mußte meinem Vater die Aufgabe erleichtert haben, denn kaum hatte ich Monsieur de Réchignevoisin den Auftrag des Königs ausgerichtet, als ich ihn auch schon wieder an meiner Seite fand.

»Und mit wem wollt Ihr den Passe-pied tanzen? Habt Ihr Eure Wahl getroffen?«

»Ich hätte schon«, sagte ich, »erschiene sie mir nicht unerreichbar.«

»Sagt es trotzdem.«

»Die Baronin von Saint-Luc.«

1 zänkische Frau, Zimtzicke.
2 Raubtier.

»Ah!« sagte er. »Also auf rührende Schönheiten sind Eure Feuer gerichtet.«

»Was meint Ihr mit rührender Schönheit?«

»Eine feine Schönheit, an der nichts schwer ist, sowohl von der Seele her wie von der körperlichen Hülle: ein lieblicher Mund, duftige Haare und irgend etwas Süßes und Zartes, das sich aus der Stimme und aus dem Betragen mitteilt. Gewiß! An Nachahmungen fehlt es ja nicht; Ihr werdet auf dieser Welt so manchen Frauenzimmern begegnen, die sich als Rühr-mich-nicht-an geben und so spröde und geziert tun, daß man glauben könnte, ihnen schmölze die Butter nicht im Mund. Von denen laßt die Finger. Das sind Dämonen im Unterrock. Zumindest billiger Glasperlentand, gegen den die Baronin von Saint-Luc funkelt wie ein reiner Diamant. Ihre Tugenden sind so unumstritten, daß auch die schwärzeste Lästerzunge des Hofes nie gewagt hat, daran zu rühren.«

» Vater, Ihr sprecht so schön von ihr, daß Ihr sie selbst auffordern solltet.«

»Nein, nein! Sie ist Eurem Alter viel näher als meinem. Und«, setzte er mit gedämpfter Stimme hinzu, »was würde Madame de Guise dazu sagen?«

»Wäre sie denn auch eifersüchtig auf eine so unzweifelhafte Tugend?«

»Sie wäre es sogar auf die Jungfrau Maria, wenn sie mich zu oft beten sähe ...«

Er lachte, und indem er mich beim Arm faßte, durchmaß er den Saal, um mich der Person, die Gegenstand so vielen Lobes war, vorzustellen, und diese nun erriet meinen Wunsch, einfach weil sie meine Stummheit und meine bewundernden Augen gesehen hatte, und mit erlesener Freundlichkeit forderte sie mich von selbst zu dem Passe-pied auf. Mein Herz klopfte zum Zerspringen, und mir war, als flöge ich auf einer sonnevergoldeten Wolke mitten im Azur. Kurz, ich schwebte um einiges über der Erde, aber da nichts in dieser Welt vollkommen ist, währte meine Seligkeit nur den ersten Teil dieses Tanzes – ich sage gleich, warum.

Mitten in den gleichsam mystischen Wonnen, die ich angesichts einer Schönheit empfand, die nicht ganz von dieser Welt war, brachte sich mir mein Körper auf die roheste Weise in Erinnerung, indem er mir aus dem Bauch die Windungen und

Krämpfe einer Kolik vermeldete. Nun muß man wissen, daß es beim Passe-pied mit dem leichten, gleitenden Schritt und dem Hütelüften noch nicht getan ist. Es gehören auch vielerlei Lächeln und galante Mienen dazu. Und so erstarrten diese wie jene denn auf meinem schweißbedeckten Antlitz in dem Maße, wie meine Eingeweide sich erhärteten. Kurz, ich ersehne nur mehr eines auf der Welt: daß dieser unaufhörliche Tanz ende und ich zur »Kammer der Bequemlichkeiten« eilen könne.

Dort angelangt, war ich dennoch nicht am Ziel meiner Pein. An der Tür erhob sich vor mir Monsieur de Praslin, der diese hütete wie der Erzengel Gabriel und mir den Eingang mit seinem Flammenschwert verwehrte.

»Monsieur de Praslin, bitte! Laßt mich hinein, es ist dringend!«

»Geht nicht«, sagte er. »Da drin ist der König bei seinem Geschäft.«

»Monsieur, Ihr kennt mich, ich bin der Chevalier de Siorac: ich flehe Euch an, laßt mich eintreten! Ich bin in Nöten.«

»Chevalier, tut mir leid für Euch, ich habe meinen Befehl.«

»Bitte, Monsieur! Gnade! Ich bin am Rande des Äußersten. Wenn Ihr mich nicht einlaßt, muß ich alles hier zu Euren Füßen herauslassen.«

»Tut es!« sagte Praslin, ohne mit der Wimper zu zucken.

Dieser Praslin war eine Mauer, und ich sah, ich bräuchte die Trompeten von Jericho, um sie zum Einsturz zu bringen. Ich griff zum Mittel der Verzweiflung und schlug mit den Fäusten gegen die Tür.

»Chevalier!« sagte Monsieur de Praslin, etwas weniger kaltblütig, »was tut Ihr da? Das ist unwürdig! Ihr stört den König bei seinem Geschäft.«

Aber ein Wunder geschah. Die Tür öffnete sich einen Spalt weit, und Vitrys Kopf erschien.

»Was ist das für ein Krawall?« sagte er streng. »Monsieur, wißt Ihr nicht, wer hier ist?«

Jedoch erkannte er mich, und da er meinen Zustand sah, wurde er milder.

»Monsieur!« schrie ich, »laßt mich hinein, bitte! Ich kann nicht mehr!«

»Was ist, Vitry?« fragte die Stimme des Königs.

»Der Chevalier de Siorac ist da, Sire: er windet sich in Krämpfen.«

»Soll kommen!« sagte Henri.

Ich stürzte in die Kammer, brachte kaum mehr als einen halben Kniefall vor Seiner Majestät zustande, steuerte den nächstbesten Stuhl an, entblößte und setzte mich. Ich war mit dem König der einzige in dieser Haltung, drei andere Edelmänner standen.

»Willkommen bei uns, kleiner Cousin!« sagte der König.

»Großen Dank Euch, Sire.«

»Je mehr Narren«, sagte Angoulevent, »desto besser sch... es sich.«

»Pst!« sagte der König. »Dummenfürst, du beleidigst junge Ohren.«

Jener, der so genannt wurde, war ein weder kleiner noch unechter Edelmann, den aber die Natur mit einem sonderbaren Mondgesicht ausgestattet hatte, ohne Augenbrauen, mit kleiner Stupsnase und einem breiten Mund, dessen Winkel sich aufwärts bogen. Diese Physiognomie war an sich so komisch, daß Angoulevent sein Leben lang mit der letzten Grausamkeit gehänselt worden wäre, hätte er sich nicht von Jugend auf entschieden, sich ständig über alle und alles lustig zu machen und mit den Spaßvögeln zu lachen, bevor sie über ihn lachten. Dazu bedurfte es nur einigen Witzes, und nach seinen sprühenden Augen zu urteilen, hatte er dessen für zwei, wenn auch nicht immer vom feinsten.

»Was hör ich«, sagte Angoulevent, »donnert da ein Katarakt?«

»Verzeiht meinem nachgiebigen Leib, Sire«, sagte ich höchst betreten.

»Zu wem sprichst du, Grünschnabel?« sagte Angoulevent. »Zum Fürst der Dummen oder zum König der Kälber?«

Ich konnte nichts entgegnen, meine Därme sprachen lauter als ich.

»Da hat sich eine Trompete im Mundstück geirrt«, sagte Angoulevent.

Der König lachte hell auf, Vitry und Roquelaure fielen ein.

»Verzeiht meinem nachgiebigen, wenngleich höchst erleichterten Leib, Sire«, sagte ich, entschlossen, mich in das Spiel zu fügen.

»Wie kommt es, Sire«, meinte indessen Roquelaure, »daß man Königin Marguerite[1] nicht auf diesem Ball sieht?«

»Ihr Günstling Bajaumont ist krank, und ich bete zu Gott, daß er nicht stirbt.«

»Warum, Sire?«

»Jedesmal, wenn Margot einen Geliebten verliert, hält sie es in dem Haus, wo sie wohnt, nicht mehr aus und baut sich auf meine Kosten ein neues.«

»Oh, das geht über deine Schatulle, Henriquet!« sagte der Narr. »Margot hat schon mehr Galane auf sich zerrieben als du unter dir Rösser.«

Wieder lachte der König, während Vitry und Roquelaure etwas verzögert einfielen, weil der Scherz sie ein bißchen stark dünken mochte.

»Sire«, meinte darauf Roquelaure, »stimmt es, daß der spanische Gesandte Don Pedro im Namen seines Herrn von Euch verlangt hat, Euer Bündnis mit den flämischen Niederländern aufzugeben?«

»Es stimmt, Roquelaure«, sagte der König. »Eine seltene Unverschämtheit! Ich habe rundweg abgelehnt.«

»Es heißt, Sire«, sagte Roquelaure, »Don Pedro soll mit Eurer Antwort nicht sehr zufrieden gewesen sein und gesagt haben, unter der Bedingung könnte sein Herr sich gezwungen sehen, zu Pferde zu steigen und Euch mit Krieg zu überziehen.«

»Worauf ich«, sagte Henri, »ohne zu fackeln, entgegnete: Dann habe ich aber den Arsch eher im Sattel als sein Herr den Fuß im Steigbügel.«

Welche Freude, aus Henris eigenem Mund, mit seinem Gascognerakzent und seiner kräftigen, fopplustigen Stimme diese schneidende Antwort zu hören, aus der man schon den Galopp der Pferde und die Fanfaren des Sieges zu hören wähnte. Denn an diesem Sieg zweifelten wir keinen Augenblick, die Veteranen, der Narr und ich! Henri hatte die Einmärsche Philipps II. seit jeher zurückgeschlagen. Nicht daß die spanische Infanterie etwa schlecht war, ganz im Gegenteil. Aber sie wurde von

---

[1] Die Schwester Heinrichs III. und erste Gemahlin Heinrichs IV., im Volk Königin Margot genannt. Ihre Unfruchtbarkeit und ihre Tollheiten waren so allbekannt, daß Henri – den sie zu vergiften versuchte – mühelos die Scheidung erwirkte, um sich mit Maria von Medici zu vermählen.

schwerfälligen österreichischen Generälen befehligt, während unser Henri an der Spitze seiner Reiterei, die ganz aus französischen Edelleuten bestand, rasch war wie der Blitz. Diese Raschheit machte den ganzen Unterschied aus zwischen jenem »Fuß«, der nicht rechtzeitig in den Steigbügel kam, und dem »Arsch«, der so hurtig im Sattel saß: mir sträubte sich bei diesem kraftvollen Wort das Fell, und ein Schauer rann mir über den Rücken. Ich vergaß, in welcher demütigen Haltung ich mich befand, und sah mich augenblicks, der ich noch kein Feuer erlebt hatte, galoppieren wie mein Vater zu Ivry, den Degen in der Faust und vor mir den weißen Helmbusch des Königs.

Da ging die Tür halb auf, und de Praslin steckte den Kopf herein.

»Sire, Monsieur de Réchignevoisin hat eine Botschaft für Euch von Ihrer Hoheit der Herzogin von Guise.«

»Soll er sie sagen!«

Die Tür schloß sich, eine Weile später ging sie wieder auf, und Praslin zeigte sich aufs neue.

»Sire, Ihre Hoheit die Herzogin von Guise bittet Eure Majestät, ihr gnädigst ein Gespräch in ihrer alten Kemenate gewähren zu wollen.«

»Soll warten. Ich komme.«

Im Augenblick war es mit der Fröhlichkeit im Gesicht des Königs vorbei, und er sah auf einmal viel älter aus.

»Was will sie? Wißt Ihr es, Vitry?«

»Nein«, sagte Vitry, der es sehr wohl wußte.

»Dann werde ich es Euch sagen. Sie will sich auf die Hinterbeine stellen, um ihr Kücken zu verteidigen. Donnerschlag! Wozu gibt es Weiber, wenn sie doch bloß zetern.«

»Sire«, sagte Roquelaure, »sie sind die Zier unserer Tage und die Freude unserer Nächte.«

»Wohl wahr!« sagte der König und erhob sich mit einem Seufzer von seinem Stuhl, »aber das lassen sie einen teuer bezahlen! Manchmal frage ich mich, ob der Spaß die Kerze lohnt.«

* * *

Im Ballsaal fand ich meinen Schemel zwischen der grünen Pflanze und der Musikantenestrade besetzt, und ich fühlte mich wie aus meinem Heim verstoßen. Da ich es gewöhnt war, beizeiten zu Bett zu gehen, begann ich die Länge dieser Nacht zu spüren. Ich hätte mich um so lieber gesetzt, als in der Abwesenheit des Königs, der ja bei meiner lieben Patin weilte, nicht getanzt wurde und ich allein war, denn weder mein Vater noch La Surie, noch Bassompierre oder Joinville, der wohl noch seine Augen wässerte, ließen sich finden, um mich freundlichst einer Schönen vorzustellen, die mir den nächsten Tanz versprochen hätte.

Ich durchstreifte den ganzen Saal, indem ich immer längs den Wänden ging, suchte entweder meine Mentoren oder aber einen erlösenden Sitz, in beiden Fällen vergeblich. Doch sah es so aus, als sei meine Müdigkeit auch allgemein. Mehr als eine Dame hatte, wie ich beobachten konnte, heimlich die Schuhe ausgezogen und verbarg ihre gemarterten Füße unterm Rocksaum.

Nachdem ich also eine volle Runde um den Saal gemacht hatte und an meinen Ausgangspunkt zurückkehrte, fand ich auf dem Schemel, den ich schon als den meinen betrachtete, zu meiner großen Überraschung Noémie de Sobol, die unter ihrem flammenden Haar so angeregt aussah und ein kleines Licht in den grünen Augen hatte, das mir zu denken gab.

»Ihr habt einen Platz, Madame!« sagte ich, »wie, zum Teufel, habt Ihr das gemacht?«

»Der Edelmann, der hier saß, hat mir seinen Sitz abgetreten.«

»Aus freien Stücken?«

»Nicht ganz. Ich mußte erst ohnmächtig werden.«

»Hat er's geglaubt?«

»Halbwegs. Notgedrungen mußte ich ihm einen Tanz und einen Kuß versprechen.«

»Und haltet Ihr das Versprechen?«

»Ich glaube kaum. Er roch so nach Knoblauch. Und, um ehrlich zu sein, habe ich auf Euch gewartet.«

»Auf mich, Madame? Das ist ein so charmanter Gedanke und eine so große Ehre, daß ich gern wüßte, wie Ihr vom ersten zum zweiten kamt?«

»Seit wann seid Ihr argwöhnisch?«

»Seit ich Euch näher kenne.«

»Monsieur, dafür verdientet Ihr eine Ohrfeige.«

»Die könnt Ihr mir gar nicht geben: Ihr sitzt, und ich stehe.«
»Wahrhaftig! Gegen Euch habe ich doch nie das letzte Wort. Gut, ich will Euch alles sagen. Wie ich erfuhr, soll der nächste Tanz eine Courante de Vendée sein, und weil der König sie nicht tanzen will, spendiert er zur Entschädigung einen Preis von hundert Ecus für das Liebespaar, das er am komischsten finden wird.«
»Woher wißt Ihr das?«
»Ich habe mich zärtlich gegen den Schmerbauch von Monsieur de Réchignevoisin gelehnt.«
»Mußtet Ihr sehr drücken?«
»Es ging. Dafür habe ich herausbekommen, was sich Neues vorbereitet.«
»Ich wußte gar nicht, daß Monsieur de Réchignevoisin so anfällig für Frauen ist.«
»Das ist er eben nicht. Er hat mir nur alles gesagt, damit ich verschwinde. Ihm genügen seine eigenen Rundungen.«
»Ich kenne Eure erste Prämisse, ich kenne Eure zweite Prämisse, ich erwarte Eure Schlußfolgerung.«
Dieser Rückgriff auf einen Syllogismus kam mir selbst ein wenig knabenhaft und pedantisch vor. Ich versuchte aber nur, diesem Frauenzimmer beizukommen, da ich das Gefühl hatte, daß sie mir wie ein Aal durch die Finger glitt.
»Nun zu dem, Monsieur, was Euch freuen wird. Wenn Ihr mich um diesen Tanz bitten würdet, wäre ich so gütig, ihn Euch zu gewähren.«
»Eure Voraussetzung ist falsch: nicht ich bitte Euch.«
»Monsieur!«
»Daran ist nichts Kränkendes, Madame: Ihr seid die Schönheit selbst. Aber wozu schon wieder schwindeln? Die Bittstellerin seid Ihr, das ist schreiend klar.«
»Ich hätte geschwindelt?«
»Zuerst spielt Ihr ohnmächtig, um meinen Schemel zu ergattern. Dann droht Ihr mir zum Schein eine Ohrfeige an. Ihr beutet Monsieur de Réchignevoisin aus, und nachdem Ihr überall nach mir gesucht habt, tut Ihr so, als glaubtet Ihr, ich hätte mich hinter meiner Grünpflanze versteckt, nur um Euch zum Tanz zu bitten.«
»Herr im Himmel, habt Ihr ein Mundwerk! Gut denn. Seien wir offen.«

»Das ist immer das beste, Madame, wenn man nicht mehr weiter weiß.«

»Monsieur, nie werd ich glauben, daß Ihr fünfzehn seid. Einen Witz habt Ihr!«

»Soviel nun auch nicht. Weil nämlich Euer kleines Kompliment meinem Stolz dermaßen schmeichelt, daß ich mich Euch zu Füßen werfen könnte.«

»Ach, bitte, werft Euch!«

»Wenn ich mich werfe, dann nur, um Euch unter den Rock zu kriechen.«

»Monsieur, das ist niederträchtig! Was führt Ihr für schamlose Reden! Noch ein Wort, und ich gehe.«

»Dann bliebe mir wenigstens ein Trost: mein Schemel.«

»Monsieur! Das ist unwürdig.«

»Verzeihung, Madame, aber Euer ganzes Gerede ist eine Kraut-und-Rüben-Suppe. Schüttet sie doch aus und zeigt mir ein für allemal den Boden vom Topf.«

»Also, Herr Tyrann, da Ihr nicht nachlaßt, will ich Euch sagen, um was es geht: Ich wäre mir ziemlich sicher, die hundert Ecus Preisgeld samt dem dazugehörigen Ruhm zu erringen, wenn Ihr die Courante de Vendée mit mir tanztet.«

»Wie kommt Ihr darauf?«

»Welche Dame kann der König denn krönen? Keine der berühmten Schönheiten des Hofes: die Königin wäre tödlich beleidigt. Welchen Edelmann wird der König krönen? Keinen unserer verführerischen Galane: sie sind seine Rivalen. Ihr hingegen, Monsieur, seid zu jung, um ihn zu beunruhigen. Und ich, was zähle ich schon? Und wird der König nicht schließlich Madame de Guise eine Freude machen wollen, indem er den Preis ihrem Patensohn gibt?«

»Das ist aber schlau gedacht!«

»Außerdem hätte ich die hundert Ecus bitter nötig.«

»Wieso hundert? Stünde mir nicht die Hälfte des Preises zu?«

»Oh, Monsieur! Wäret Ihr so ein Knicker, mir diese kleine Hälfte streitig zu machen?«

»Bestimmt. Bin ich in Eurem kleinen Gebäude nicht der Schlußstein?«

»Gut, gut, Ihr habt gewonnen! Streiten wir nicht weiter. Die Zeit drängt. Also, sagt Ihr ja?«

»Noch nicht, Madame. Bei der Courante de Vendée, wo von beiden Seiten zuerst enttäuschte Liebe und dann ihr Sieg gemimt werden muß, ist die Partnerwahl nicht ganz unwichtig. Sie kann eine Neigung offenbaren, macht sie sogar öffentlich. Bevor wir einschlagen, möchte ich, daß wir uns versichern. Ihr fragt Ihre Hoheit, ob sie einverstanden ist, und ich meinen Vater.«

»Ich bewundere Eure Vorsicht.«

»Oh, Madame, die ist brandneu: ich bin gerade erst hereingelegt worden.«

»Aber ich bin doch nicht aus dem Mehl, woraus böse Weiber gebacken sind – sofern man tut, was ich will ...«

Ich lachte, und der Irrwisch lief mit wippendem Flammenschopf so schnell davon, wie man in dem Gedränge laufen konnte, um an der Tür der alten Kemenate auf die Herzogin zu warten und ihr unser kleines Anliegen vorzutragen. Was mich angeht, der ich nun auf dem Schemel saß, den sie geräumt hatte, so brauchte ich meinen Vater nicht erst zu suchen: er kam zu mir, da er ja wußte, dort würde er mich finden. Ich erzählte ihm leise den listigen Plan der Sobol. Er lachte.

»Ich sehe kein Ungemach«, sagte er dann nachdenklicher, »wenn Ihr daran teilnehmt. Um so weniger, als die Courante de Vendée mehr gespielt als getanzt wird und also ein komödisches Element enthält. Drückt nur tüchtig auf diese Tube! Je mehr man über Eure Pantomime lacht, desto weniger ernst nimmt man das Gefühl, das sie angeblich verrät. Und, mein Sohn, solltet Ihr die Palme gewinnen, laßt der Sobol die Ecus.«

»Wie, alle?«

»Wollt Ihr, daß man über Euch sagt, ›das Faß stinkt immer nach dem Hering‹, und daß man Euch immer wieder vorwirft, aus einer hugenottische Familie zu kommen? Nein, spielt den Großmütigen! Und so, daß jedermann es erfährt! Im übrigen ist die Sobol ein armes Ding. Was gibt man schon einer Ehrenjungfer, doch nur Topf, Feuer und die Lumpen, die man selbst nicht mehr will? Und wer wird sie jemals heiraten? Die schönen Mitgiftjäger, in die sie vergafft ist? Oder ein alter, nicht eben reicher und nicht eben appetitlicher Edelmann, den ihre Frische verlockt? Bedauert sie und laßt Ihr den Gewinn.«

»Ich tue es«, sagte ich.

Bis jetzt hatte ich für die Sobol zwar durchaus Freundschaft empfunden, mich aber über ihre kleinen Schliche eher amüsiert. Nun aber sah ich ein, daß ich mich ihr gegenüber wie ein Leichtfuß benommen hatte, der nicht begriff, daß ihre Listen nur die Waffe waren, mit der sie beherzt gegen ihren traurigen Stand ankämpfte.

Ohne dessen aber in der Hitze des Augenblicks zu gedenken, kam sie ganz vergnügt und munter zurück, obwohl Ihre Hoheit nicht allzu gnädig gewesen war, weil sie beim König nur ein befristetes und nicht etwa sofortiges Pardon für ihren Sohn erwirkt hatte. »Was, zum Teufel«, hatte sie gesagt, »soll mir das ausmachen, Kindchen, mit wem Ihr Eure blöde Courante tanzt?«

Nun steckten die Sobol und ich die Köpfe zusammen, beratschlagten hinter vorgehaltener Hand wie die Spitzbuben auf dem Jahrmarkt und vereinbarten allerlei Farcen, die wir dem traditionellen Muster hinzufügen wollten, um der Pantomime mehr Pfeffer und Witz zu geben. Denn auf diese kommt es bei der Courante de Vendée an und nicht so sehr auf den Tanz, der aus Lauf- und Hüpfschritten besteht, die man mit stolzer Haltung, erhobenem Kopfe und geschwellter Brust vollführt. Sowie Monsieur de Réchignevoisin seine Ankündigung ausgerufen hatte, indem er die Börse mit den hundert Ecus, die der König stiftete, recht laut hatte klingeln lassen, hallte der Ballsaal von einem großen Geraune wieder und begann sogleich vor Aufgeregtheit zu brodeln, so als wären all diese schönen Herren und edlen Damen in Gold, Perlen und Diamanten verzweifelt auf jene hundert Ecus erpicht, um andertags ihr täglich Brot kaufen zu können. Übrigens war das nicht völlig falsch. Wie ich von meinem Vater wußte, befanden sich die meisten der hohen und weniger hohen Herrschaften, die in Paris lebten, ständig in Geldnöten, angefangen mit meiner Patin, was aber niemand hinderte, ruhig zu schlafen als auch prächtige Feste zu geben.

Offensichtlich waren an dieser Aufgeregtheit überwiegend aber Liebe, Spiel und Wetteifer beteiligt. Vor unseren belustigten Augen, denn wir waren bereits ein Paar, machte sich ein jeder auf die Suche nach seiner erwünschten Tänzerin, die wiederum ihrerseits alle Energie daran setzte, sich zu zeigen oder zu entziehen, je nachdem, ob sie die Erwählte sein wollte oder nicht.

»Wißt Ihr, meine Freundin«, fragte ich Noémie, »mit wem Madame de Guise tanzen wird? Mit meinem Vater?«

»Nicht doch, sie ist in ihrem Zimmer und hat schwer damit zu tun, ihren Joinville zu trösten, der im mütterlichen Bett flach auf dem Bauch liegt und heult wie ein großes Kalb.«

»Oh, habt Ihr keinen größeren Respekt vor einem Prinzen?«

»Prinz hin, Prinz her, ich mag ihn nicht. Er geruht nie, mir einen Blick zu gönnen.«

»Wie? Nicht einmal bei diesem betörenden Dekolleté?«

»Nicht einmal bei diesem Dekolleté«, sagte sie tiefernst. Dabei«, fuhr sie mit einem zärtlichen Blick auf ihren Busen fort, »ist das, was ich zeige, mindestens so schön wie das, was die Moret auslegt: nicht so groß vielleicht, aber fester.«

»Meine Freundin, wie soll ich Euch glauben? Nicht das Auge prüft die Festigkeit.«

Sie lachte.

»Kommt mir nicht wie der ungläubige Thomas. Den Beweis erlaube ich Euch doch nicht! Ich frage mich bloß«, setzte sie hinzu, »von wem Ihr diese unerschütterliche Sicherheit habt: von Eurem Vater vielleicht? Wißt Ihr, daß ich in Euren Herrn Vater ganz vernarrt bin?«

»Daraus schließe ich, daß er Euch schon mehr als einen Blick gegönnt hat.«

»Oh, ja! Und auch mehr als ein Wort, wenn Ihre Hoheit nicht zugegen war. Wahrhaftig, er ist überaus reizend zu mir. Aber im Unterschied zu seinem Sohn immer in den Grenzen der Ehrbarkeit.«

»Und der Vorsicht.«

»Wer wäre nicht vorsichtig« sagte sie lachend, »wenn Eure teure Patin hinterm Vorhang lauert?«

Allmählich hatte ich diesen Irrwisch sehr gern: sie war so fröhlich, so offen und auch so tapfer in ihrer vergoldeten Armut.

Da Monsieur de Réchignevoisin nun sah, daß die Paare sich endlich gefunden hatten, stieß er seinen Stock auf die Estrade der Musikanten und forderte uns auf, uns vor ihm in einer Reihe aufzustellen. Was auch recht schnell geschah, doch mußte er uns auf zwei Reihen verteilen, weil es zu viele Paare waren. Ich achtete darauf, mich in die zweite Reihe zu begeben und ganz ans Ende, weil ich meinte, man würde sich unsere kleine Komödie besser merken, wenn wir als letzte drankämen.

Die Musikanten stimmten die ersten Takte an, Stille trat ein, und laufend und hüpfend führten die Herren der ersten Reihe ihre Damen ans andere Ende des Saals und ließen sie dort, hübsch aufgestellt vor der königlichen Estrade, dann wandten sie Ihren Majestäten den Rücken und tanzten allein zurück zu ihrem Ausgangspunkt.

Nun begannen die Soli. Ein jeder Tänzer schritt heiter lächelnd auf seine Dame zu, indem er die heftigste Liebe zu ihr bekundete. Doch war er bei ihr angelangt, erwies sie ihm mit der Hand und mit aufgeworfenem Kopf die schnödeste Abfuhr und kehrte ihm den Rücken. Der Unglückliche begab sich alsdann mit allen Zeichen tiefster Verzweiflung wieder in seine Anfangsreihe. Nachdem nun alle von ihren Schönen so grausam abgefertigt worden waren, machten sie gemeinsam einen letzten Versuch, liefen hin, warfen sich ihrer Dame zu Füßen, riefen: »Erbarmen!« mit flehenden Händen: hierauf ergaben sich diese, und die Paare waren wieder vereinigt.

Mit größter Aufmerksamkeit beobachtete ich, wie es die Edelleute vor mir machten, besonders die anerkannten Galane des Hofes: Bellegarde, Schomberg, Bassompierre, Sommerive oder der Comte d'Auvergne. Ich fand sie höchst elegant, aber durchaus nicht belustigend genug in ihrem Spiel, weil es ihnen mehr darauf ankam, die Gesellschaft zu bezaubern als sie zum Lachen zu bringen. Sie gaben sich nicht genug preis: man spürte zu sehr den Gecken. Meines Erachtens hätte Angoulevent, wenn er mitgetanzt hätte, seine Sache weitaus komischer gemacht, denn da er wußte, daß er nicht anziehend war, hätte er nicht erst versucht, den Schönen zu spielen.

Besser fand ich die Damen, die sich ohnehin ja auf allerlei Mienen verstehen. Doch selbst ihren Zurückweisungen sah man noch den Wunsch an, verführerisch zu wirken, und so reizend sie auch sein mochten, spielten sie zu sehr die Spröden. Toinon an ihrer Stelle wäre offenherzig drauflos gegangen und hätte sehr viel mehr Lachen erregt.

Mit diesen im Flüsterton vorgebrachten Beobachtungen füllte ich das Ohr der Sobol und fügte noch einige Anregungen hinzu, die sie sich zunutze machte, wiewohl sie dann mit einer Verve und auf eine Weise improvisierte, die meine Erwartungen weit übertraf. Was mich angeht, so meinte ich, man werde bei meinem Alter jede Verwegenheit meiner Naivität zugute halten, und ich beschloß, alles dranzugeben, als ich an die Reihe kam und auf meine Schöne zuschritt, die mir vom anderen Saalende aus ihren grünen Augen entgegensah. Um der heißesten Verliebtheit Ausdruck zu geben, machte ich tausend närrische Gebärden, wobei ich darauf achtete, mich stets in alle Richtungen zu drehen, damit ich von überall zu sehen wäre: ich lachte voll Seligkeit, verdrehte die Augen, umfing mit den Armen eine imaginäre Gestalt, ich nahm das geliebte Köpfchen dieses Schattens in meine Hände und küßte es leidenschaftlich. All dies aber mit Sprüngen, Verrenkungen und Mienen, die zum Lachen waren. Und die Gesellschaft schien sich zu amüsieren, was mich ermutigte, meine Kühnheiten weiterzutreiben. Ich legte die Rechte flach auf mein Herz und ließ sie erbeben, als würde sie von wildem Klopfen bewegt. Die Gebärde wäre banal geblieben, hätte ich dieselbe nicht sogleich auf meinen *pudenda*[1] wiederholt – die eine Herausforderung für die Ehrbarkeit, da sie eine Verbindung zwischen einem als edel anerkannten Organ, das man ständig im Mund führt, und einem Organ herstellte, das man in der Öffentlichkeit weder nennen noch zeigen darf. Doch über diese Verknüpfung brach der König in schallendes Gelächter aus. Er, der die Scheinheiligen verachtete, liebte den gallischen Freimut über alles und liebte ihn bis zur Posse. Hätte er die Brauen gerunzelt, der Hof hätte mir das Schandmal aufgedrückt. Die königliche Freude aber erhob mich auf den Gipfel.

Mein Erfolg ermutigte Noémie de Sobol; als sie mich auf sich zukommen sah, löste sie sich aus der Reihe ihrer Gefährtinnen, um besser gesehen zu werden. Und obwohl es gewiß schwieriger war, zum Lachen zu bringen, indem man eine Liebe abwies, als indem man deren Narreteien mimte, gab sie ihren Part mit dem größten Erfolg. Wenn sie die Nase rümpfte, die Lippen kräuselte, mit hochgezogener Braue und mit abwehrenden Händen jede Annäherung verweigerte, ahmte sie so treffend eine Haltung nach, daß der Hof entzückt mehr als ein Vorbild dafür wiedererkannte, und schon bevor es auf dem Gesicht des Königs erschien, sah man fast überall Lächeln.

---

1 (lat.) meinen Schamteilen.

Noémie trieb die Karikatur aber noch weiter. Während sie vor mir auf und ab marschierte, sagte sie mir nicht allein mit dem Kopf, den Händen, den Schultern nein, sie schubste mich, als sie an mir vorüberging, auch mit ihrer Kruppe auf Abstand, indem sie sich in so drastischer Weise verrenkte, daß es offenbar wurde, welcher Freuden sie mich beraubte.

Oh! es war dies nicht die höfische Liebe, um die es sich in *L'Astrée* handelt! Aber man lachte sehr, und das Lachen nahm noch einmal zu, als Noémie eine Satire gab, die mehr als eine im Saal berührte. Als ich nicht abließ, sie anzuflehen, zog sie aus meinem Gürtel eine imaginäre Börse und löste deren Schnüre, sie tauchte die Hand hinein und tat, als zähle sie zwischen Daumen und Zeigefinger die Ecus, die sich darin befanden, und ließ sie einen nach dem anderen in die Börse zurückfallen. Hierbei schritt sie wiederum vor der königlichen Estrade auf und ab, drehte sich hierhin und dorthin, damit auch jeder sie gut sehe, und begleitete dieses Geldzählen mit immer mehr enttäuschten und verächtlichen Mienen.

Die letzte Münze fiel, sie knotete die Schnüre zu, und indem sie die imaginäre Börse mit den Fingerspitzen faßte, warf sie sie mir geringschätzig ins Gesicht. Und mit einem letzten Schubs ihrer Kruppe, die mich auf ewig aus ihrem Leben fegte, kehrte sie mir den Rücken und reihte sich wieder ein.

Nun hatte ich die Verzweiflung des verworfenen Liebhabers darzustellen, während ich mich zurück in die Reihe der Unglücklichen begab, die vor mir dasselbe Los erlitten hatten. Ich tat es mit den erwarteten Gebärden, denen ich aus dem Stegreif aber ein Spiel mit einem vorgestellten Schwert hinzufügte, das ich aus der Scheide zog, mit dem ich mich zuerst zu entleiben vorgab, darauf aber verzichtete, um mir vielmehr die Körperteile abzutrennen, die ich nach jenem Reinfall nicht mehr benötigte. Es gab Gelächter, doch trieb ich die Farce nicht über Andeutungen hinaus, ich wollte ja die Gesellschaft weder ermüden, noch wollte ich Noémies großartiger Pantomime die Wirkung stehlen.

Mein Solo war das letzte, danach wurde die Musik plötzlich ausgelassen und kündigte ein glückliches Ende unserer Qualen an. Das Herz der Grausamen schmolz, sie ergaben sich, und die Paare vereinten sich mit allen Zeichen der Freude.

Der König erkannte Noémie und mir den Preis zu, und

spontan wie er war, rief er uns nicht erst zu sich, sondern stieg behenden Schrittes herab in den Saal, überreichte mir die Börse und küßte Noémie auf beide Wangen. Diese Küsse blieben ihr fürs ganze Leben die bewegendste Erinnerung und ihre höchste Ehre. Der König kehrte zurück auf seine Estrade, ich beugte vor meiner Tänzerin das Knie und bot ihr vor aller Augen die Börse dar, die sie ohne viel Federlesens nahm: meine Geste erhielt großen Applaus, besonders von seiten der Damen. »Das habt Ihr gut gemacht, mein Sohn«, sagte mein Vater. »Ihr seid ein Dummkopf, Söhnchen«, sagte Madame de Guise. »Fünfzig Ecus sind kein Pappenstiel. Und was habt Ihr davon, daß Ihr Euch derart großmütig gegen eine Ehrenjungfer zeigt?«

La Surie hatte den guten Einfall gehabt, mir meinen Schemel zu hüten, während ich mit der Sobol die Courante tanzte, und überließ mir freundlich den Platz, als ich zu meiner Pflanze zurückkehrte. Mir war, ehrlich gesagt, weniger überdrüssig als schläfrig zumute, wie ich schon sagte, und sowie La Surie mich verließ, wäre ich zu gerne eingeschlafen, gleich so im Sitzen, die Beine langgestreckt, den Rücken an der Wandbespannung. Aber leider machte mir Monsieur de Réchignevoisin als stummer Bote Ihrer Hoheit von weitem ein nicht zu übersehendes Zeichen. Madame de Guise erwarte mich in ihrem Zimmer bedeutete er mir. Ich lief hin, und als ich die Hand hob, um an der Tür zu kratzen, ging diese auf, und meine Patin erschien, einen Finger vorm Mund.

»Psst!« flüsterte sie und schloß hinter sich die Tür. »Da drinnen schläft dieser große Bengel von Joinville auf meinem Bett, das Gesicht ganz verheult. Lassen wir ihm seine Alpträume: er hat sie sich verdient. Hundertmal habe ich ihm gesagt, er soll die großen Titten in Ruhe lassen! Und wie kommt er dazu, dieser semmelblonden Trine von Moret ein Eheversprechen zu machen? Da geht er nun in die Ödnis von Saint-Dizier für wenigstens ein Jahr. Aber glaubt Ihr, das wird ihm eine Lehre sein? Herrgott, meine Söhne bringen mich noch um. Der Erzbischof ist der leibhaftige Schmetterling, der Chevalier ein kompletter Schafskopf, und der Herzog träumt von großen Sachen, dabei hat er weder Geld noch Freunde, noch Truppen, noch überhaupt das Talent, sie zu kommandieren. Ach, Söhnchen! Zufrieden bin ich nur mit Euch.«

Nichtsdestoweniger schalt sie mich, daß ich der Sobol die hundert Ecus gelassen hatte, wie ich bereits sagte, und fuhr mit ihrer gewohnten Drastik in dem Tugendkapitel fort.

»Aber daß Ihr Euch ja hütet, Söhnchen, meine Ehrenjungfer anzutasten! Ich würde es nicht dulden! So grün Ihr noch seid, hat sie sich nur zu bald in Euch verguckt, zumal Ihr mit den Mädchen dieselbe neckende Art habt wie Euer Vater. Da braucht es nur einen Funken, und dieser Rotschopf steht in Flammen. Hört auf mich! Ich will das auf keinen Fall. Ihr wollt mir doch nicht ins eigene Haus einen kleinen Bastard setzen? Ihr würdet meinen Haß kennenlernen!«

Als ich Monate später an diese Reden zurückdachte, fand ich, daß meine liebe Patin längst nicht so wachsam war, wie sie es hätte sein müssen. Hätte sie mich sonst von der Sobol im Nachtgewand wecken lassen, damit ich ihr über ihre Schlaflosigkeiten hinweghelfe? Das hieß doch recht unbesonnen handeln und den Zunder ein bißchen nahe an den Feuerstein halten. Zumal Zeit und Ort sich äußerst günstig darboten, weil Noémie mich jedesmal in die alte Kemenate zurückzugeleiten hatte, wenn Madame de Guise endlich in Schlummer sank. Alles schien dazu angetan, uns in Versuchung zu führen: eine gemütliche kleine Kammer, das Licht nur eines Leuchters, die trauliche Stille der Nacht, unsere leichte Gewandung. Natürlich hätte Noémie mich an der Schwelle verlassen können, doch war sie eine sehr höfliche Person: sie trat mit mir ein und schloß vor Zerstreutheit hinter uns die Tür und ganz zufällig auch den Riegel. Hierauf machte sie Anstalten, im Innern des Gefängnisses, das sie so fein hergestellt hatte, mich zu fliehen und sich gegen mich zu wehren, noch bevor ich überhaupt etwas unternommen hatte.

»Nein, nein«, sagte sie, aber ohne daß ihre Stimme über den Flüsterton hinausging, »bitte, Monsieur, diesmal keine Küsse! Laßt ja Eure vermaledeiten Übergriffe! Das ertrage ich nicht! Wie könnt Ihr eine Jungfer aus gutem Hause so behandeln? Haltet Ihr mich für ein Kammerkätzchen? Ihr seid schändlich, Monsieur! Ein Schurke! Ein Höllenteufel! Ich verbiete Euch, mich anzufassen.«

Wie hätte ich diese durchsichtige Botschaft nicht enträtseln sollen! Und wäre ich taub gewesen, hätten ihre glänzenden Augen, ihre halboffenen Lippen, ihr gedrängter Atem, ihre keuchende Brust mich aufgeklärt. Ich nahm sie in die Arme, löste ihr langes Haar, ich begann sie des wenigen zu entkleiden, das sie am Leibe trug. Ihre geflüsterten Proteste gewannen an Heftigkeit, was sie an Widerstand verloren. An ihrer Seite liegend, brauchte ich ihre beiden Hände nur mit einer Hand festzuhalten, ohne die geringste Kraft aufzuwenden: ihre Wehr bestand nur mehr aus Worten, und sogar die Worte gingen mehr und mehr in Seufzer über. Der einzige Widerstand, der noch blieb, kam von mir: ich wollte nichts wagen, was nicht wiedergutzumachen war. Ich hielt mich an das, was sie meine »vermaledeiten Übergriffe« nannte: ein kurioses Wort, mit dem sie unsere Zärtlichkeiten bezeichnete.

Sie befriedigten uns beide nicht. Noémie hätte gern alles gegeben, aber sie wollte nicht. Und ich nahm sie nicht: und es mißhagte mir. Aber hätte ich es getan, ich hätte es mir verübelt.

Wenn sie von mir ging, griff meine arme Sobol zu einer seltsamen Alchimie, indem sie ihre Gewissensbisse in Vorwürfe verwandelte.

»So, seid Ihr nun zufrieden!« sagte sie, ohne die Ironie ihrer Reden zu bemerken, »habt Ihr wieder Euren Willen gehabt! Denkt Ihr, Ihr schuldet es Eurem Stolz, Eure Stärke zu mißbrauchen? Ihr solltet Euch schämen, daß Ihr mich zu so schrecklichen Sünden zwingt!«

Aber noch in ihrem Zorn lag etwas Zärtliches. Schon an der Tür, eine Hand am Riegel, warf sie mir einen letzten Blick zu, dann kam sie plötzlich zurück, kniete sich vor mein Bett und bedeckte mein Gesicht wortlos mit kleinen Küssen, doch rasch und flüchtig, als sollte ihr Schutzengel sie nicht sehen.

Ich geriet in größte Verwirrung. Mein Verstand billigte, daß ich mich gezügelt hatte; mein Körper verwünschte mich. Die Absurdität in Noémies Reden mußte mich belustigen, aber ebendas machte mich auch traurig, weil ich dabei zuviel Mitleid mit ihr und ihrer Stellung empfand, als daß der Spaß mich hätte froh machen können.

Um aber wieder auf die Warnungen zurückzukommen, die Madame de Guise an jenem Abend hinsichtlich ihrer Ehrenjungfer an mich richtete, so machten mich ihre Verdächtigungen einfach stumm. Ich war ja Meilen davon entfernt. Endlich fiel meiner lieben Patin mein Schweigen auf.

»Was habt Ihr denn, mein Pierre? Ist Euch nicht wohl?«

»Oh, doch, Madame, ich bin nur weit über meine Schlafenszeit hinaus.«

»Ach, das ist nicht schlimm!« sagte sie lachend, »Müdesein ist keine Krankheit, man muß ihr nur nachgeben. Kommt, da weiß ich Abhilfe.« Damit faßte sie mich bei der Hand wie ein Kindlein und führte mich in die alte Kemenate, wo sie mich hinter dem Wandschirm auf das Ruhebett streckte, das mir noch so oft dienen sollte, ob mit Noémie oder allein.

»Aber dann verpasse ich das Ende des Balls«, sagte ich.

»Keine Bange«, sagte sie, »der dauert noch bis zum Morgen, und in einer Stunde komme ich Euch wecken. Verlaßt Euch darauf und schlaft nur. Mein Gott«, setzte sie hinzu, indem sie sich über mich beugte und mir mit dem Handrücken die Wange streichelte, »Ihr seid doch noch ein Kind!«

Ich fand es wunderbar, unter einem Blick, aus dem soviel Liebe sprach, die Augen zu schließen, aber ich konnte mich dessen nur kurz freuen. Ich hörte nicht einmal mehr, wie Madame de Guise die Tür hinter sich schloß. Der Schlaf überfiel mich so schnell, daß ich das wohlige Hinübergleiten gar nicht verspürte.

* * *

Ich weiß nicht, was Madame de Guise in die Quere kam – vielleicht neue Sorgen wegen ihrer Söhne oder der Prinzessin von Conti –, Tatsache ist, daß sie mich völlig vergaß. Die Sonne weckte mich, die durch die schweren Damastvorhänge drang und mir, sowie ich diese aufgezogen hatte, mit hellem Schmerz in die Augen stach. Auf einmal kam mir die alte Kemenate stickig vor, und ich wankte mit krummen Gliedern durch den Korridor, der zum Ballsaal führte, den ich nun seltsam still und verlassen vorfand, wenn ich vom Hofmarschall und einigen Dienern absehe. Mit vor Müdigkeit roten Augen machte mir Monsieur de Réchignevoisin eine Verbeugung und fragte mit einer Stimme, die auf langen Umwegen aus seinen tiefsten Eingeweiden heraufzusteigen schien: »Habt Ihr gut geschlafen, Monseigneur?«

»Wunderbar!« sagte ich, wirr erstaunt, daß er mir diesen Titel verlieh. Aber nach einer zweiten Verbeugung entfernte er sich, und ich sank auf einen Schemel. Ich konnte kaum die

Augen offenhalten, vor allem aber wollte es mir einfach nicht in den Sinn, wie diese ganze Gesellschaft eleganter Seigneurs und schöner Damen mit ihren schimmernden Gewändern und ihrer so heiteren Unbekümmertheit plötzlich verschwunden sein sollten und daß statt alledem nichts zu sehen war als ein Halbdutzend Dienerinnen, vielleicht ebenso viele Diener und ein livrierter Hofmarschall, der nun, anstatt zu hüpfen und zu federn, wie ich ihn tags zuvor gesehen hatte, seinen Bauch kaum mehr auf den dicken Beinen halten konnte.

Ich sah die Kammerfrauen eifrig ihre Besen schwenken, noch eifriger regten sich allerdings ihre Zungen. Es waren unzweifelhaft Französinnen, sogar Pariserinnen nach ihrer rasch dahinsprudelnden Redeweise. Die Diener hingegen, Lothringer, große, starke Kerle, die untereinander in einer deutschen Mundart sprachen, standen kraftvoll und massig, aber mit leeren Händen im Raum.

Auf dem Schemel neben mir sah ich einen Fächer. Ich nahm und öffnete ihn, und da er aus Seide und mit einer Reihe Perlen besetzt war, staunte ich, daß eine der Damen einen so kostbaren Gegenstand hatte liegenlassen. Aber es war ein unklares Staunen, wie wenn das Verschwinden der Tänzer, die sich noch vor wenigen Stunden so anmutig an diesem Orte neigten und drehten, mein Bewußtsein in dem Maße zerstäubt hatte, daß ich, und sei es nur flüchtig, vermeinte, dieser Ball und alles, was ich währenddessen erlebt hatte, seien nur eine Illusion gewesen.

Allerdings erschien mir in dieser Morgenfrühe alles ein wenig sonderbar, auch dieser Hofmarschall. Wie war es zu begreifen, daß der Amtsträger eines großen Hauses sich zur kleinlichen Überwachung eines Dutzends Bediensteter herbeiließ, von dem die gute Hälfte – die Lothringer – ungehörig mit baumelnden Armen und mit den Augen zur Decke herumstand, ohne daß ihr Müßiggang ihn zu dem mindesten Tadel veranlaßte. Übrigens beachtete er sie gar nicht. Seine Augen waren fest auf die Kammerfrauen gerichtet, und zwar mit einer solchen Aufmerksamkeit, daß ich, hätte Noémie de Sobol mir nicht verraten, daß er keine Frauen mochte, hätte glauben können, er maße sich, ohne Wissen Ihrer Hoheit, gewisse Herrschaftsrechte über sie an.

Mir fiel auf, daß eines der Mädchen, während sie emsig den

Besen schwang, mir verstohlene Blicke sandte. Ich erkannte Perrette, die Zofe, die mir am Vorabend einen Schemel gebracht hatte, als meine liebe Patin in dem kleinen Kabinett gekräuselt wurde und man ihr gleichzeitig die Füße massierte. Und indem ich zu ihr hinsah, erkannte ich auch, was sie und die anderen zusammenkehrten, während sie sich zu sechst auf die Stelle zubewegten, wo Monsieur de Réchignevoisin stand, denn es war nicht so sehr Staub als vielmehr eine Menge unterschiedlichster Gegenstände, die der verschwundene Ball zurückgelassen hatte: Bänder, Kämme, Handschuhe, Knöpfe, Perlen, Haarnadeln, Ringe und sogar Schuhe, eine Beute, über die Monsieur de Réchignevoisin argwöhnisch wachte, der sogar plötzlich eine silberne Pfeife, die an seinem Hals hing, ertönen ließ, als er eine der Kammerfrauen sich bücken sah, sicherlich um zu verhindern, daß sie eines dieser Dinge etwa an sich nähme und in ihren Kleidern versteckte.

Vor Monsieur de Réchignevoisin stand ein Zwerg, wie man sie damals in großen Häusern hielt, aber keine erfreuliche Erscheinung, sondern zum Fürchten häßlich, und wachte grimmig bei einer Truhe, die fast ebenso groß war wie er und in die er jene Fundstücke, welche die Besen ihm zuschoben, eines nach dem anderen hineintat.

Ich versuchte, meinen Blick nicht auf den Zwerg zu richten, soviel Übelwollen sprach aus seinen Augen, und doch bemerkte ich, daß er Réchignevoisin auf mich hinwies, der ich mich eines kostbaren Fächers bemächtigt hatte. Der Hofmarschall warf einen Blick nach mir, einen einzigen, wagte aber kein Wort, und entrüstet über die Frechheit des kleinen Unholds, schlug ich den Fächer sogleich auf und begann mir Luft zu machen, nicht daß es dafür die geringste Notwendigkeit gab, denn die Brise, die zu den weit geöffneten Fenstern hereinwehte, war noch morgenfrisch. Die betonte Art, in der ich mir fächelte, kam mir selbst ein bißchen übertrieben vor, doch ehrlich gestanden hatte ich einen trockenen Mund, Nebel in Kopf und Gemüt, dazu schmerzte mein linkes Auge. Hätte mir in dem Augenblick einer gesagt, der Zwerg sei in Wahrheit ein böser Geist, der durch seine Verwünschungen die Damen und Herren hinweggezaubert hatte, ich hätte es fast geglaubt.

Inzwischen nun ertönten drei Stöße, aber nicht auf dem Parkett, sondern von oben gegen die Saaldecke, so drönend laut, daß ich zusammenschrak. Gleichzeitig rief von oben eine mächtige Stimme etwas in einer gutturalen, unverständlichen Sprache herab, worauf die lothringischen Diener im Saal alle zugleich mit rauher Stimme antworteten und die Arme in die Höhe reckten, als riefen sie eine Gottheit an. Nun sah ich, wie die drei riesigen Lüster über ihren Köpfen ganz langsam herabsanken, und ich begriff, daß die Ketten, an denen sie hingen und die durch Löcher in der Decke glitten, über Rollenaufzüge liefen, die von anderen Männern dort oben auf dem Boden behutsam bedient wurden, denn das Herniedergleiten vollzog sich ohne Lärm, ohne Krachen und Schwanken mit jener unaufhaltsamen Langsamkeit, mit der ein Tag versinkt oder ein Schicksal sich erfüllt.

Die Diener empfingen die schweren Kronleuchter in den erhobenen Händen, und sowie deren verzierte Spitzen den Fußboden erreicht hatten, riefen sie einige Wörter in ihrer rohen Sprache zur Decke hinauf, und ich sah, wie die Ketten plötzlich stillhielten und sich spannten, so daß die Lüster im Gleichgewicht verharrten. Dasselbe Manöver mußte im Verlauf des Balls (aber während ich schlief) schon einmal gemacht worden sein, um die Wachslichte zu erneuern, denn ich bezweifle stark, daß diese, so lang sie auch waren, eine ganze Nacht ausgereicht hatten. Doch wie immer dem sei, von all den Lichtern, die dieses prächtige Fest erleuchtet hatten, die glänzenden Augen der Kavaliere, das kokette Lächeln der Damen, ihre prächtigen Gewänder, ihre gleitenden oder hüpfenden Schritte, das Hüteschwenken, die Verneigungen, die Mienen- und Mimenspiele – nichts war von alledem übriggeblieben als häßliche Laufspuren aus gelbem Fett, welche die Diener, indem sie kleine Messer aus ihren großen Taschen zogen, aus den kupfernen Leuchterdillen zu kratzen begannen – über Lappen, die die Kammerfrauen auf dem Fußboden ausgebreitet hatten, damit das Parkett nicht verdorben werde. Ich weiß nicht warum, aber dieses Schauspiel erfüllte mich mit Traurigkeit.

Ich erhob mich und ging zu Monsieur de Réchignevoisin, legte den vergessenen Fächer in seine Hände, und da ich aus seinem Munde vernahm, daß Ihre Hoheit mit Sicherheit den ganzen Tag schlafen werde, bat ich, er möge mich heimfahren lassen in die Rue Champ Fleuri.

SIEBENTES KAPITEL

Ich habe einigen Grund, mich des 2. Januars 1608 zu erinnern – es war mein sechzehnter Geburtstag –, denn mit diesem Tag setzte in Paris eine außergewöhnliche Kälte ein. Der Frost war so stark, daß die Seine im Eis erstarrte und die Kähne und Lastschiffe am Quai au Foin vor dem Louvre gefangenlagen und die großen Frachten, welche sonst mit den Flüssen stromauf aus den Dörfern kamen, unterbrochen waren, was Menschen und Pferde auf karge Rationen begrenzte und alle Waren verteuerte, besonders aber das Holz, woran es nur allzubald mangelte, weil die Kälte die Pariser zwang, mehr zu heizen.

Was uns angeht, so brauchten wir unter dieser Not nicht zu leiden, weil einige Zeit zuvor ein großer Sturm eine jahrhundertealte Esche auf unserem Gut Le Chêne Rogneux gefällt hatte, die mein Vater zu Feuerholz hatte schneiden lassen, womit er sich für zwei Winter einzudecken vermeinte und ein hochvolles Fuhrwerk in unser Pariser Hôtel hatte einfahren lassen, so daß nicht nur unser Holzspeicher bis obenhin gefüllt war, sondern ein Beträchtliches auch noch an einer Mauer aufgestapelt werden mußte, mit der wir an die Rue du Chantre grenzten.

Vielleicht muß ich hier in Erinnerung rufen, daß unser Haus zwischen der Rue Champ Fleuri, wo Torweg und Haustür Zutritt zu unserem Hofe gewähren, und der Rue du Chantre liegt, von welcher man unseren kleinen Garten nur durch eine Pforte in einem so stark gefügten Mauerwerk betreten kann, daß es, meinem Vater zufolge, nichts weniger als einer Petarde bedürfte, um sie zu sprengen.

Mein Vater hatte während der Bürgerkriegsjahre die Mauern nach der einen wie der anderen Gasse hin erhöhen lassen, weil die Liga zweimal versucht hatte, ihn zu ermorden. Aus demselben Grund hatte er auch die Nadlerei gemietet, weil sie von der drübigen Seite der Rue Champ Fleuri Einblicke in unseren Hof erlaubt. Und dort hatte er Franz, unseren Maggiordomo, mit seiner Frau Greta untergebracht. Als es Frieden wurde und die Liga wenn auch nicht tot, so doch in ihren Bauen verkrochen war und mein Vater sah, daß nunmehr Banden von üblen Kerlen ihr nächtliches Unwesen mit Raub und Mord in allen Vierteln, sogar dicht um den Louvre, trieben, hatte er seine Verteidigungsmaßnahmen nicht vermindert, sondern er hielt überdies zwei große Doggen, bei Tage angeleint, bei Nacht losgelassen, die eine im Garten, die andere in unserem Hof, der ihn jedoch weniger angreifbar dünkte, weil dort unsere Soldaten wohnten.

Da die bittere Kälte andauerte und es sich in unserer Gasse herumgesprochen hatte, daß wir reichlich Holz hatten, erhielten wir von unseren Nachbarn dringliche Anfragen, denn ein Scheit – Sie haben richtig gelesen, ein Scheit – kostete in Paris bis zu fünf Sous.

Dies nun wurde Gegenstand eines kleinen Wortwechsels zwischen meinem Vater und der Herzogin von Guise: sie fand, mein Vater sei es sich schuldig, den adligen Familien unserer Gasse von seinem Holz abzugeben, den Bürgern indes nur wenig und den Arbeitsleuten gar nichts. Jedoch nicht gegen Geld! Das würde den Marquis de Siorac entehren.

»Aber, Madame, Ihr verkauft Euer Holz auf Eurem Grund und Boden und ich das meine auf dem meinen.«

»Pfui, Monsieur! Ich habe mit solchem Handel nichts zu schaffen. Das macht alles mein Intendant.«

»Und erhebt beiläufig seinen Zehnten, der sicher die Hälfte des Ertrags ausmacht.«

»Kann sein.«

»Wollt Ihr nicht wenigstens einmal die Nase in seine Rechnungsbücher stecken?«

»Was denkt Ihr! Bei meinem Rang!«

»Euer Rang kommt Euch teuer zu stehen, Madame. Und da wir gerade bei dem Ehrenpunkte des Adels sind, erklärt mir doch bitte, weshalb es ehrlos ist, Scheite im kleinen gegen Geld abzugeben, aber ehrbar, einen ganzen Wald vermittels eines diebischen Intendanten zu verkaufen, der Euch schamlos beraubt?«

»Da gibt es nichts zu erklären. Das ist so.«

Fast hätte mein Vater sich verneigt, da dieses »das ist so« dem Streit offensichtlich ein Ende setzte. Doch ging derselbe

unserer Mauer bei einer Kälte, sich den Sack abzufrieren, und will uns Scheite klauen!«

Von dem Seil also zu dem Stock, von dem Stock hinauf zu dem Arm, den Arm packen, ihn mit einem Ruck herunterziehen, dem auf dem Holzstapel wankenden Jemand mit der Handkante eins in den Naken geben, ihn mit dem eigenen Strick binden und mit Pissebœufs Hilfe die Leiter hinunterhieven – für Poussevent war all das ein Kinderspiel, und er brauchte nicht einmal mehr groß anzugeben, als er seinen Gefangenen über der Schulter in den Saal schleppte, denn dort hatte sich unterdes das ganze Haus, Herren, Diener, Kammerfrauen, mit Kerzen in der Hand versammelt, alarmiert sowohl durch das Hundegebell wie durch das Triumphgeschrei unserer Soldaten nach ihrem Fang. Mein Vater befahl Guillemette, im Kamin Reisig nachzulegen, und Mariette, für alle einen Glühwein zu bereiten, dann sollte Poussevent den Gefangenen auswickeln, dessen Kopf unter einer Kapuze steckte und der uns, wie er da zu unseren Füßen lag, ein schmächtiger kleiner Schnapphahn zu sein dünkte. Weder rührte noch rüppelte er sich, sei es daß er sich vor dem entsetzte, was ihn erwartete, sei es daß Poussevents Handkante ihn betäubt hatte. Poussevent hatte aber mit dem Losbinden durchaus keine Eile, vorher wollte er uns seine Gefangennahme erst in epischer Breite schildern. Doch als die Bande fielen, mußte er mit seiner Geschichte zum Schluß kommen, ob er wollte oder nicht.

»Nimm ihm die Kapuze ab«, sagte mein Vater, »damit man das Gesicht dieses kleinen Holzanglers sieht.«

Die Kapuze gehörte zu einem bis auf den Faden abgewetzten, da und dort geflickten, schäbigen Mäntelchen. Und als Poussevent die Hand ausstreckte und sie ihm abziehen wollte, griff plötzlich der Schnapphahn danach, um sich ja nicht zu zeigen, doch Pissebœuf packte ihn, und Poussevent entblößte roh seinen Kopf.

Da sah man denn lange Haare den Nacken herniederrollen. Noch jetzt, während ich dies schreibe, steht mir jene Szene in all ihren Farben und Formen aufs lebhafteste vor Augen, mit dem Widerschein der hohen Flammen im Kamin, dem Kreis unserer Leute und dem Glühwein, den Mariette uns einschenkte.

Ganz sicher war es Sekundensache, aber die Haare ringelten sich über den ganzen Rücken in so anmutigen Wellen, so schweren, dicken und so goldenen Wellen hinab, daß dieses Entrollen mich eine endlose Zeit zu währen dünkte. Doch mag es sein, daß dieser Eindruck sich in mir auch deshalb bildete, weil ich mir dieses Wunder danach so oft wieder ins Gedächtnis rief.

Zuerst sagte niemand auch nur einen Ton, denn unsere Augen starrten ungläubig auf dieses goldene Vlies, und jeder empfand wohl bei sich, daß allein dieser Anblick die Dinge erheblich änderte. Der einzige, der den Schnabel auftat, war der Schweigsamste von uns. Und obwohl seine Beobachtung nicht eben der Ehrbarkeit genügte, sprach er sie ohne böse Absicht aus, einfach seiner gewohnten Sorge um Genauigkeit halber.

»Mann!« sagte Pissebœuf, »was immer die sich auf der Mauer abgefroren hat, der Sack war es nicht, das ist mal sicher.«

Kein Lächeln belohnte seine Überlegung, und Poussevent, der oft derber sprach, fand sie so unpassend, daß er seinem Kameraden mit dem Ellbogen in den Magen puffte.

»Dirne, wie bist du auf die Mauer gekommen?« fragte mein Vater und gab sich alle Mühe, den gestrengen Richter zu spielen.

Das Mädchen brauchte eine Weile, ehe es antworten konnte, so schlotterte es an allen Gliedern, aber, wie mir schien, mehr vor Kälte als vor Angst.

»Mit einem alten Aufschieblich von unserem Hof«, sagte es mit matter Stimme, aber sehr höflich, so zerlumpt es auch aussah.

»Männer«, sagte mein Vater zu den Soldaten, »wenn Ihr Euren Wein ausgetrunken habt, geht Ihr mir diesen Aufschieblich holen. Dirne, wo wohnst du?«

»Rue du Coq, Euch zu dienen.«

»Hast du kein anderes Gewerbe als zu stehlen?«

»Gestohlen hab ich noch nie, bis heute abend«, sagte sie. Und als nenne sie einen Adelstitel, setzte sie hinzu: »Ich bin Seidennäherin. Aber meine Mutter bekam hohes Fieber, als es mit der Kälte anfing, da bin ich zu Haus geblieben, um sie zu pflegen, und da hat mich der Meister entlassen.«

»Hat deine Mutter dich ausgeschickt, mich zu bestehlen?«

»Nein, nein. Sie ist gestern gestorben. Und wie ich so alleine dastand, ohne Feuer, ohne Brot und ohne einen Sou, damit der Pfarrer meine Mutter beerdigt, hab ich gedacht, ich werd Euch ein Scheit rauben, damit ich nicht so frieren muß, wenn ich verhungere.«

»Wußtest du nicht, daß ich den Bedürftigen auf der Gasse zwei Scheite abgebe?«

»Leider bin ich nicht aus Eurer Gasse.«

»Woher wußtest du, daß ich einen großen Holzstoß habe?«

»In unserer Gemeinde ist von nichts anderem die Rede. Ich hab es letzten Sonntag bei der Messe gehört.«

»Mariette«, sagte mein Vater nach einem Schweigen, »setz mir das Mädchen auf einen Schemel da vors Feuer und gib ihr Wein und ein belegtes Brot.« Was Mariette freudig tat, wie mir schien, wegen ihrer mütterlichen Ader. Große Stille war unter allen, die um das Mädchen herumstanden, während es seinen heißen Wein trank und sein Brot hinunterschlang.

»Dirne«, sagte mein Vater, »iß nicht so hastig! Sonst erbricht sich dein Magen. Nimm lieber kleine Bissen und kaue sie gut.«

Ich möchte wetten, daß es uns allen großes Vergnügen bereitete, zu sehen, wie sie kaute und schluckte – allen, außer Toinon, die sie mit sehr frostigen Blicken maß, weil sie jedes Weib, das jung und schön war, als ihre Feindin betrachtete, denn gewiß hätte man der kleinen Holzräuberin nur das Gesicht waschen müssen, damit es ebenso glänzte wie ihre Haare.

»Wie heißt du, Dirne?« fragte mein Vater in milderem Ton.

»Margot, Euch zu dienen.«

»Du sprichst zum Marquis de Siorac, Kindchen«, sagte Mariette und legte der Diebin ihre schinkengroße Hand auf die Schulter.

»Euch zu dienen, Herr Marquis«, sagte Margot.

»Nun sage, Margot«, sagte mein Vater, »was sollen wir mit dir machen?«

Hierauf hob sie Brauen und Schultern mehr schicksalsergeben als erschrocken, als sehe sie über die gegenwärtige Minute hinaus ohnehin keine Zukunft, weil sie wußte, daß es ein Verbrechen war, Holz zu stehlen, wenn auch bei großer Kälte, und daß es mit dem Galgen bestraft wurde.

Als sie keine Antwort gab, sagte Toinon mit lauter, klarer Stimme: »Sie dem Profoß übergeben, damit er sie henkt! Raub oder versuchter Raub, ist doch dasselbe.«

»Ist das ein unbarmherziges Frauenzimmer!« sagte Poussevent, der Toinon nicht leiden konnte, weil sie ihm als einstige »Nichte« Bassompierres und bei ihrer Aufgabe im Hause die Nase etwas zu hoch trug.

»Margot«, sagte mein Vater, ohne Toinon eines Blickes zu würdigen, »ich werde mit Pfarrer Courtal reden, damit er deine Mutter beerdigt, ohne daß es dich etwas kostet. Und solange es so kalt ist, kannst du hier bleiben. Mariette wird dir Näharbeit geben, nicht so sehr Seide, aber Tuch und Leinwand. Und jetzt«, fuhr er in auffordernderm Ton fort, »da der Wein getrunken ist, begebe sich jeder zur Ruhe.«

Als Margot dies hörte, ging sie und küßte ihm stumm die Hand, woraufhin unsere Kammerfrauen einander anblickten. Ich wünschte meinem Vater gute Nacht und stieg die Treppe hinauf, wo ich auf den Chevalier de La Surie traf, dessen Zimmer an das meine grenzte.

»Chevalier«, sagte ich halblaut, »fürchtet Ihr nicht auch, daß meine liebe Patin ihre großen Rösser besteigt, wenn sie diese goldenen Haare und dieses Gesichtchen bei uns sieht?«

»Mein Junge, man muß einige Unbequemlichkeiten auf sich nehmen, wenn man seine Pflicht tut.«

Und bei dem Wort »Pflicht« lächelte La Surie, und sein braunes Auge blitzte, während sein blaues ungerührt blieb.

Der Frost hielt auch die folgenden Wochen an und nahm sogar noch an Schärfe zu, dergestalt daß im Wald von Fontainebleau sich Felsen spalteten und manche sogar in Stücke sprangen, was mich sehr erstaunte, denn bis dahin hatte ich geglaubt, es sei eine bloße Redensart, wenn man sagt, es »friert zum Steinespalten«. Auf den Straßen fand der Wächter jede Nacht Menschen, die erfroren waren. Am vierzehnten Januar wurde bei Tagesanbruch unsere Milchfrau tot auf dem Pflaster gefunden, mit dem Kopf auf ihrem Milchkrug.

Am fünfzehnten Januar aber geschah etwas noch viel Seltsameres. Da mein Vater und La Surie im Louvre zu tun hatten, war ich in unserem großen Saal mit Mademoiselle de Saint-Hubert allein und beschäftigt, aus ihrem Munde Italienisch zu lernen, aber ebenso, sie anzublicken (und Toinon in ihrer Eifersucht verfehlte nicht, ab und an durch den Raum zu laufen und ein Auge auf uns zu werfen). Da nun kam Franz, mir zu melden, vor unserem Torweg drehe und wende sich ein

Reiter, als verlange er Eintritt, doch ohne daß er einen Ton sage, ohne daß er absteige und an das Tor klopfe, nur sein Pferd wiehere wie toll. Ich legte Mantel und Hut an und ging mit Pissebœuf und Poussevent zum Kutschentor hinaus, um den sonderbaren Besucher nach seinem Begehr zu fragen.

»Das wird er Euch nicht sagen, Monsieur«, sagte Franz, der als gebürtiger Lothringer besser als wir wußte, was Kälte hieß.

»Aber wenn er erfroren wäre«, sagte ich, »fiele er doch vom Pferd.«

»Das kann er nicht«, sagte Poussevent, indem er die Hand an den Schenkel des Mannes legte. »Der ist steif wie Holz, den hält die Beingrätsche im Sattel wie einen Zinnsoldaten.«

Ich wollte es genau wissen und befahl, die Toreinfahrt zu öffnen und ihn in unseren Hof zu führen. Aber es kostete auch mit Hilfe unseres herbeigeeilten Kutschers Lachaise noch die größte Mühe, diesen Reiter vom Pferd zu heben, weil seine Beine den Pferdebauch umschlossen wie eine eiserne Klammer. Der Sattelgurt mußte gelöst und der Sattel unter ihm weggezogen werden, indem man ihn anhob, damit ein Zwischenraum entstand und man ihn mit Zerren und Schieben über den Hals und Kopf des Pferdes hieven und zu Boden setzen konnte, wo er, was immer man anfing, mit seinen starr gekrümmten Beinen in demselben spitzen Winkel zum Körper verharrte. Was Pissebœuf zu der Überlegung veranlaßte: »Ich frage mich, was der für eine Art Sarg braucht, damit man ihn unter die Erde bringen kann.«

Niemand von uns und auch keiner der Nachbarn kannte den Mann, aber das Pferd, ein stattlicher Ungarfuchs, war uns wohlvertraut. Mein Vater hatte ihn zwei Monate zuvor an den König verkauft. Was erklärte, daß der Ungar, als sein Reiter ihn nicht mehr lenkte, sich zum eigenen Herrn gemacht hatte und zu unserem Stall heimgekehrt war, den er wahrscheinlich dem königlichen Marstall vorzog, weil dort das Futter knapper oder der Pferdeknecht weniger liebevoll war.

Ich schickte einen unserer Pagen zum Profoß, der mir seinen Leutnant sandte und den Toten auf einem offenen Karren abholen ließ, was sowohl auf unserer wie auf den benachbarten Gassen großes Aufsehen machte, weil der Körper des armen Erfrorenen im Tod diese sonderbare Haltung bewahrte.

Am Abend, nachdem mein Vater und La Surie wieder

daheim waren, kam Vitry zu uns und berichtete, daß man den Reiter als einen Kurier des Königs erkannt hatte, der tags zuvor nach Amiens aufgebrochen war und der, weil er wegen einer Liebschaft, die ihm sehr am Herzen lag, so schnell wie möglich nach Paris zurückwollte, die Torheit begangen hatte, die Nacht hindurch zu reiten, und dabei auf seinem Pferd eingeschlummert war. Dieser Schlummer war ihm zum Verhängnis geworden. Vitry fügte hinzu, der König lasse ausrichten, mein Vater solle den Fuchs behalten, weil seine Kuriere zu abergläubisch seien, um ein Pferd zu besteigen, auf dem einer von ihnen den Tod gefunden hatte.

Der folgende Tag war ein Sonntag, und da mein Vater schon frühzeitig in den Louvre gerufen worden war, besuchte ich mit La Surie die Messe in Saint-Germain-l'Auxerrois, wo der Pfarrer Courtal eine Predigt über die Strenge des Winters hielt, in welcher er eine furchtbare Strafe des Himmels für die Unbarmherzigkeit und Ungerechtigkeit der Menschen erblickte.

»Denn nie seit Menschengedenken«, sagte er, »hat ein Winter soviel Tod über Paris gebracht, und noch viel ungewöhnlicher ist es und ein sehr unheilvolles Zeichen, daß in der Kirche Saint-André-des-Arts der Wein im Kelch in dem Momente gefror, da der Priester ihn zu opfern gedachte! Kann uns all dies aber Wunder nehmen? Da uns doch vor drei Monaten, am 7. September 1607 (schon diese gehäuften Sieben kündigten nichts Gutes an), ein großer Komet mit einem breiten Feuerschweif am Himmel erschienen ist: ein untrügliches Zeichen von Gottes Zorn. Und wirklich waren diese drei Monate noch kaum verstrichen, als diese grausige Kälte über uns kam, so daß Landstraßen und Flüsse im Eis erstarren und unser modernes Babylon einer Not anheimgefallen ist, welche die Menschen noch vor dem Erfrieren zum langsameren Hungertod verdammt. Ach! Es ist ganz offenbar, wie es auch die Astrologen versichern: dieser Frost, der ein Vierteljahr nach dem Kometen gekommen ist, wird noch drei Monate über uns herrschen und täglich neue Opfer fordern.«

Woraufhin der Herr Pfarrer Courtal seine Gemeinde aufforderte zu beten, ihre Sünden zu bereuen, eifriger zur Beichte und zum Abendmahl zu gehen, und dringlichst empfahl er Novenen und Prozessionen, und sie sollten Kerzen vor dem Hauptaltar spenden und Messen lesen lassen, damit die Zahl und Stärke, sozusagen die Gewalt all dieser Gebete die Tore des Himmels bezwinge, den Zorn des Herrn erweiche und ein Ende der Plagen herbeiführe, mit welchen Er seine sündigen Geschöpfe heimgesucht habe.

Beim Mittagessen, das der Chevalier und ich allein in unserem Hause einnahmen, weil mein Vater noch nicht zurück war, fragte ich ihn, was er von dieser Predigt halte.

»Wenn man unseren guten Pfarrer hört«, sagte La Surie, »sollte man glauben, die ärmsten Pariser seien die größten Sünder. Denn sie bezahlen die Grausamkeit der Kälte, die Hungersnot und die Verteuerung des Holzes mit ihrem Leben. Lauter Dinge, die wohlversehenen Christen nichts anhaben können. Und wenn diese übermäßige Kälte uns vom Herrn gesandt worden ist, muß Er uns ganz besonders lieben, denn er hat uns erlaubt, eine einzige alte Esche zum Preis eines ganzen Waldes zu verkaufen, er hat unseren Pferdestall um ein schönes Roß bereichert und unseren Hausstand durch eine kleine Seidennäherin verschönt.«

* * *

Als ich meinem Vater anderntags La Suries Worte wiederholte, lachte er zuerst, dann aber wurde er sehr ernst.

»Diese Denkweise«, sagte er, »ist bei Priestern üblich und gehört zu ihrem Metier. Trotzdem macht Pfarrer Courtal das Seine gut, denn er ist kein Eiferer, kein Fanatiker, und er ist nicht unbarmherzig gegen die Armen. Aber in meinen Augen hat er vor allem ein Verdienst: er ist dem König treu. Erinnert Euch an den Aufruhr, nachdem Henri den zornigen Protestanten erlaubt hatte, in Charenton ihren Tempel zu errichten. Denkt an das Wutgeheul der Katholiken! Was, schrien sie, in Charenton! Nur zwei Meilen von Paris! Da es im Edikt von Nantes[1] doch schwarz auf weiß festgelegt ist, daß die Ketzer ihren Teufelskult nur vier Meilen von Paris entfernt feiern dürfen! Die Sakristeien erzitterten, die Kirchen waren in heller Aufregung, und fast überall wurde dagegen gewettert, außer ...«

»Außer in Saint-Germain-l'Auxerrois.«

---

1 Das Edikt von Nantes (1598), eine der herausragenden Entscheidungen Heinrichs IV., sicherte nach jahrzehntelangen blutigen Religionskriegen den Protestanten in Frankreich volle Glaubensfreiheit.

»So ist es! Pfarrer Courtal schwieg, weil er fand, ob zwei Meilen oder vier Meilen – der Unterschied rechtfertige kein solches Geschrei.«

In der darauffolgenden Woche befiel mich eine große Sorge, doch weniger um Henri als vielmehr wegen meines Vaters, denn ich befürchtete, zwischen ihm und Madame de Guise werde nun wieder ein großer Streit aufbranden, wie deren viele mich in der Vergangenheit so sehr verdüstert hatten, weil ich mir nichts so innig wünschte, wie daß sie sich einig und bis in den Tod verbunden wären, denn ich liebte sie beide. Also drehte und wendete ich die Sache in meinem Kopf, und da ich nicht ohne Naivität glaubte, Margot würde nicht über den Frost hinaus bei uns bleiben, nahm ich mir Mariette beiseite und legte ihr mit stark gerunzelter Stirn nahe, ihre schwatzhafte Zunge mit Blei zu beschweren. Sie versprach es. Doch merkte ich, daß nicht ihre Torheit allein, sondern ebenso sehr die Bosheit einer anderen gefährlich werden konnte. Und während meiner nachmittäglichen Siesta mit Toinon, nachdem wir uns ausgetollt hatten und ich wieder zu Atem gekommen war, fragte ich sie, auf einen Ellbogen gestützt und mit ihr Aug in Auge: »Toinon, hast du die Absicht, Madame de Guise zu sagen, daß wir eine Neue im Hause haben?«

»Und was ist, wenn ich es tue?« fragte sie in sehr herausforderndem Ton.

»Solltest du petzen, wirft dich mein Vater auf der Stelle hinaus. Und ich wäre furchtbar traurig.«

»Wahrhaftig?« fragte sie sanfter. »Ihr wäret betrübt?«

»Sicher.«

Hierauf besann sie sich und fuhr fort: »Nicht, daß es mich nicht sehr juckte. Ich sag's Euch rundheraus. Ich hasse diese überhöfliche Trine mit ihrem scheinheiligen Lärvchen, ihrem Getue und ihren Pißhaaren.«

Fast hätte ich die »Pißhaare« gerügt, aber ich zügelte mich noch rechtzeitig, aller Gefahren eingedenk, wenn ich Margots goldenes Vlies verteidigte.

»Getue?« fragte ich also nur.

»Habt Ihr nicht gesehen, was die sich darauf einbildet, daß sie Seidennäherin ist? Aber was ist das schon, ich bitte Euch? Reine Handarbeit!«

»Kannst du mehr?«

»Na, und ob! So wie es siebzig Höllenteufel gibt, gibt es siebzig Zärtlichkeiten, durch welche eine Frau einen Mann glücklich machen kann, und die kenn ich alle.«

»Woher weißt du, daß es siebzig Teufel in der Hölle gibt?«

»Das hab ich so gehört.«

Ich wollte nicht streiten und kam auf meine Rede zurück.

»Sag mir doch, warum bist du so übel auf Margot zu sprechen?«

»Das Weib ist von einer Unverschämtheit, drüber geht es schon nicht!«

»Margot? Gegen wen?«

»Ach, so mein ich das nicht! Ich mein ihre Chance, die unverschämt ist. Da kommt die mit ihrem alten Aufschieblich an unsere Mauer, ein Scheit klauen, und angelt sich einen Marquis.«

»Ah, ein Chevalier genügt dir also nicht!« sagte ich pikiert.

»Oh, mein Schatz!« sagte sie mit einem Lächeln und indem sie mit leichter Hand über meinen Nacken strich, »Ihr stellt mich hundertmal zufrieden.«

War es die Wirkung dieses Kompliments oder eine der siebzig Zärtlichkeiten der Hölle, wer weiß, jedenfalls war ich ihr am Ende wieder gut.

»Also, du sagst Madame de Guise nichts.«

»Versprochen ist versprochen. Nun sehe sich das einer an«, sagte sie ganz stolzgeschwellt, »was für eine Angst mein Schöner hat, mich zu verlieren! Aber«, fuhr sie mit trauriger Miene fort, »früher oder später passiert es.«

»Warum?«

»Weil ich einen Mann will, den ich an der Nase herumführen kann, ein Haus, das mir gehört, und eine Magd, der ich befehle.«

»Wärest du dann glücklich?«

»Weiß ich nicht.« Dann setzte sie hinzu: »Aber ich will es trotzdem.«

* * *

Die Astrologen hatten nach gelehrten Berechnungen und Pfarrer Courtal auf Grund der Ziffer drei prophezeit, der strenge Frost, unter dem Paris seit dem ersten Januar litt, werde drei Monate dauern. Dem war nicht so. Am sechsundzwanzigsten

Januar setzte Tauwetter ein und währte auch die nächsten Tage, verwandelte Straßen und Gassen der Hauptstadt in einen Morast und zeugte in der Folge einen dichten, stinkenden Nebel. Doch trotz der Leiden für Nase und Brust war die Erleichterung unter den Ärmsten riesengroß, trafen doch die Frachten auf der Seine wieder ein, endete die Hungersnot und fielen die Preise.

Unsere kleine Seidennäherin ging mit der Schneeschmelze nicht, und in unserer Dienerschaft verwunderte sich keiner darüber noch tratschte er, die Zungen blieben gefroren. Dieses Schweigen machte mir deutlich, wie dumm und übereifrig es von mir gewesen war, Mariette und Toinon ins Gebet zu nehmen. Zwei-, dreimal sah ich, wie Toinon vernichtende Blicke in Margots Richtung warf. Der Schnabel wagte es aber nicht, das Geschäft der Augen zu übernehmen. Und Margot blieb hinter ihren gesenkten Lidern schön und golden verschlossen, schweigsam und geheimnisvoll wie ein Bildnis. Bei den Mahlzeiten, die unsere Leute in der Küche einnahmen, aß sie still, von den anderen beäugt, sie aber sah keinen an. Übrigens hätte auch keine Peronnelle sie angreifen oder ein Mann ihr schöne Augen machen können, so sehr hielt Mariette um sie Wacht. Und gewiß hätte niemand, ob Mann, ob Weib, sich Mariettes Zorn auf den Hals ziehen wollen, so große Angst hatten alle vor ihrer Zunge.

Die meiste Zeit blieb Margot aber unsichtbar in ihrer Kammer, welche sich zur Treppe des Eckturms hin öffnete, genau über dem Gemach meines Vaters. Zwölf Stufen trennten ihn von ihr. Und Mariette, die sie wie eine Glucke bemutterte, hörte ich sagen, das Kind sei wirklich gar zu fleißig und man dürfe ihr nicht zuviel Näherei auf einmal geben, sonst würde sie auch noch die Nacht hindurch arbeiten. Dann und wann holte sie nach dem Abendessen in Mariettes Gesellschaft im Garten Luft, und mehrmals sah ich sie dort von meinem Fenster, durch ihre goldenen Haare von meinen Büchern abgelenkt. Sowie aber ein Kutscher vor der Toreinfahrt Einlaß in unseren Hof begehrte, entflog sie wie eine Taube, und ich hörte sie die drei Stockwerke über die Wendeltreppe hinaufeilen, sich in ihre Kammer flüchten und den Riegel hinter sich vorlegen.

Mariette hingegen lief dann vom Garten in den Hof, um sich

zu überzeugen, ob von demjenigen etwas zu fürchten stand, der da aus der Kutsche stiege (da eine Mietkutsche ja kein Wappen trug), und ich selbst verließ meine Kammer, um mich an einem Fenster zu postieren, von dem ich sehen konnte, wer es war oder, falls ich ihn noch nicht sah, ob Mariette ihre Verbeugungen vervielfachte. Der Zweifel dauerte jeweils so lange, bis der Schlag von einem Lakaien geöffnet und der Tritt heruntergelassen wurde und ein blauer, perlenbestickter Satinpantoffel zum Vorschein kam.

Das genügte. Rasch zog ich mich aus der Fensternische zurück, und während ich mir die Haare mit den Fingern strählte und mein Wams zuknöpfte, stieg ich die Wendeltreppe hinunter, um der Herzogin entgegenzugehen, und alles mit klopfendem Herzen, als hätte ich gegen sie gefehlt.

Einerseits war ich voller Skrupel und Unbehagen, daß sich alle im Haus verbündet hatten, meine liebe Patin zu täuschen, andererseits hätte ich aber auch nicht gewollt, daß sie erführe, was los war, so sehr fürchtete ich die Konsequenzen für meinen Vater und, warum sollte ich es verschweigen, für Margot. Nicht daß ich in sie verliebt gewesen wäre, sondern einzig um ihrer Schönheit willen und weil ich es sehr zufrieden war, zu sehen, wie sie still in neuer Lebensfreude erstrahlte, sie, die ohne diesen Aufschieblich, diesen Angelstock und dieses Scheit neben der Leiche ihrer Mutter verhungert und erfroren wäre.

Im Februar wurde es noch einmal kalt, aber nicht mehr so bitterlich, und bald darauf, am Ende des Monats erfuhr ich, daß der Herzog von Montpensier gestorben war, kaum ein halbes Jahr nach dem Ball der Herzogin von Guise, wo ich ihn mit seiner vierzehnjährigen Kieferwunde sah, deretwegen er mit Frauenmilch ernährt werden mußte.

Bei Gelegenheit des Totenamtes für den Herzog sah mein Vater den König, der ihn nach der Zeremonie rufen ließ. Seine Majestät sprach mit ihm von Angesicht zu Angesicht und sagte unter anderem, daß er den Chevalier de Siorac durchaus nicht vergessen habe und ihm ein Amt zu geben gedenke, in welchem sein Wissen und Talent Gebrauch finden sollten. Vor Freude sprang ich in die Höhe, als mein Vater mir diese Nachricht überbrachte. Aber ich mußte lange Monate warten, bevor Henri seinem Vorhaben Leib und Leben gab. Ich jedoch wagte in dieser ganzen Zeit nicht, Paris zu verlassen und mich auf die Reise ins Périgord zu begeben, wo mein alter Großvater mich während der Sommermonate so gerne bei sich gehabt hätte. Aber der Sommer verging, ohne daß Seine Majestät sich des Chevaliers de Siorac erinnerte, obwohl er meinen Vater ziemlich oft auf Grund seiner geheimen Missionen sah.

Erst am dreizehnten November erlöste mich der König aus dieser zehrenden Ungeduld. Er bestellte uns, meinen Vater und mich, »nach Tisch« in den Louvre. Wegen der unregelmäßigen Mittagszeiten Seiner Majestät, welche seine Köche zwangen, stets zwei oder drei Mahlzeiten nacheinander zu bereiten, damit er nicht kalt essen müsse, hatten wir uns auf langes Warten gefaßt zu machen; ich aber brodelte vor Ungeduld und Neugier, denn es war das erste Mal, seit der König mich zum Chevalier erhoben hatte, daß er mich mit meinem Vater in den Louvre rief.

Wir hatten jedoch eine feine Nase und trafen genau zur rechten Zeit ein, denn kaum hatten wir mit Monsieur de Praslin an der Einlaßpforte des Louvre Rücksprache genommen, als ein kleiner Page kam, sich nach uns erkundigte und uns in den Garten führte, wo der König soeben seinen Ministerrat verabschiedete; er hatte ihn im Wandeln auf den Alleen abgehalten, um den letzten warmen Sonnenschein zu Novemberanfang noch zu nützen. Als er uns erblickte, blieb uns kaum Zeit, ihm die Hand zu küssen, so rasch faßte er jeden von uns beim Arm und zog uns mit lächelndem Gesicht beiseite.

»Mein kleiner Cousin«, sagte er, indem er mir sein fauneskes und maliziöses Antlitz zuwandte, »wäre es unter deiner Würde, mir als Dolmetsch zu dienen?«

»Sire«, sagte ich, »es gibt keinen kleinen Dienst, den ich Eurer Majestät erweisen dürfte, ohne ihn für eine große Ehre zu erachten.«

»Das ist aber kein kleiner Dienst. Weit entfernt. Welche Sprachen kannst du?«

»Zum ersten Latein.«

»Dem Papst schreibe ich kaum.«

»Italienisch.«

»Dem Großherzog der Toskana schreibe ich ebensowenig.«

»Spanisch.«

»Auch an Philipp von Spanien schreibe ich nicht. Ich glaube, das macht Villeroi. Sofern es nicht Don Pedro tut.«

Hier erlaubte ich mir zu lächeln, denn Henri tat, als verwechsle er seinen eigenen Minister mit dem spanischen Gesandten. Henri lächelte auch.

»Marquis«, sagte er zu meinem Vater, »der Grünschnabel ist gut.«

»Ist das ein Wunder bei der Nase?« sagte mein Vater, womit er das Kompliment zurückgab.

»Aber ein guter Hund jagt nicht immer nach Rasse!« sagte Henri mit einem Seufzer. »Denkt an Condé! Ein Bourbone und hat nicht mal Nase genug, eine Hündin aufzuspüren und zu decken.«

»Sire, was kommt es schon auf den Prinzen von Condé an!« sagte mein Vater. »Gott sei Dank habt Ihr den Dauphin, und er ist ein schönes Kind.«

»Der Himmel möge ihn mir erhalten!« sagte Henri, und ein Freudenschein glitt über sein faltiges Gesicht. »Was nicht ausschließt«, fuhr er heiter fort, »daß dieser Scheißer allein mehr taugt als alle zusammen, die meine teure Cousine Guise vom schönen Herzog hat ... Ich wette hundert Ecus, daß er besser als jeder einzelne von denen die Hölzer eines Hirsches unterscheiden kann.[1] Welche Sprachen kannst du noch, Chevalier?«

»Englisch.«

»Ja, das können wir gebrauchen! An Jacob von England und Moritz von Holland, der auch Englisch versteht, schreibe ich oft. Was würde aus ihnen, wenn ich sie vor den Ausflüchten des gehörnten Spaniers und seinem seltenen Talent, alle hinters Licht zu führen, nicht warnen würde. Und Deutsch, kannst du Deutsch?«

»Nein, Sire.«

»Donnerschlag, Chevalier! Du mußt Deutsch lernen! Die lutherischen Fürsten Deutschlands gehören zu meiner stärksten Meute! Unerschütterlich im Glauben und große Schreihälse! Wieviel Zeit brauchst du, um Deutsch zu lernen?«

»Einige Monate, Sire, wenn ich einen guten Lehrer habe.«

»Gut?« sagte Henri mit einem Lächeln, das seine Krähenfüße sternte. »Er wird besser sein als gut! Dafür bürge ich. Du wirst an seinen Lippen hängen, und er wird dir mehr gute

---

[1] Alte Spuren von neuen unterscheiden (ein Weidmannsausdruck).

Milch geben als die fetteste Amme ihrem Säugling. Alsdann, abgemacht, Chevalier! In drei Monaten kannst du Deutsch und wirst mir auch die Briefe chiffrieren, die ich dir zu schreiben gebe.«

»Aber, Sire, Chiffrieren kann ich nicht.«

»Dann lernst du es. Marquis, noch ein Wort!«

Und indem er meinen Vater zwei Schritt von mir wegzog, raunte er ihm etwas ins Ohr. Hierauf machte er uns beiden ein kleines Zeichen mit der Hand, kehrte uns den Rücken und ging.

Ich wartete, bis wir wieder in der Rue Champ Fleuri waren und ich mit meinem Vater in unserem Saal von Angesicht zu Angesicht beisammensaß, um ihn all das zu fragen, was mir auf der Zunge lag.

»Vater, weshalb könnte es unter meiner Würde sein, Dolmetsch des Königs zu werden?«

»Ihr kennt doch die törichten Vorurteile des katholischen Adels, für den nur ein Dienst als ehrenvoll gilt, nämlich der mit dem Schwert. Diese Kaste hat ja kaum Achtung vor Sully, weil er dem König mit seiner Feder und seiner Arithmetik dient. Und ein so guter Dichter Malherbe auch sei, niemand würde ihn empfangen, wäre er nicht ein Edelmann.«

»Ich verstehe. Aber hat der König nicht schon alle Dolmetsche, die er braucht?«

»Gewiß hat er die. Nur unterstehen diese Dolmetsche seinen Ministern und Staatssekretären, und er vertraut ihnen nicht sehr. Der König sucht in Euch einen Dolmetsch, der, wie er sagt, ›unerschütterlich im Glauben‹ ist.«

»Was heißt das?«

»Das kommt aus der Weidmannssprache. Man sagt es von einem Falken, der nach dem Flug treulich auf die Faust seines Herrn zurückkehrt. Dasselbe sagt man auch von einem Hund.«

»Wenn ich zwischen beiden wählen dürfte, wäre ich lieber der Falke.«

»Eine gefährliche Mission, mein Sohn«, sagte mein Vater ernst.

»Weil man mich im Fluge durchbohren könnte, um meine Botschaft abzufangen?«

»Ihr werdet nicht fliegen. Dafür hat der König seine Geheimkuriere. Aber es ist allein schon gefährlich, einen Brief zu schreiben und zu chiffrieren, den zu kennen Don Pedro ein Vermögen zahlen würde. Geld ist bekanntlich oft die Schwester des Dolchs.«

»Als Siorac vom Vater und Bourbone von der Mutter her werde ich mich schon tapfer wehren.«

»Monsieur, Ihr redet leichtfertig!« sagte mein Vater kühl. »Vorfahren sind keine Bürgen für Qualitäten. Sie kommen auch nicht für die Dummheiten auf, die Ihr begehen könntet. Außerdem gibt es Tapferkeit und Tapferkeit. Und die, die Ihr brauchen werdet, hat nichts mit dem Degen zu tun. Sie ist unendlich viel schwieriger.«

»Und worin besteht sie?« fragte ich betroffen, weil mein Vater selten in einem solchen Ton zu mir sprach.

»Niemals als das erscheinen, was Ihr seid. Manchmal sogar den Unbesonnenen spielen, während ihr zugleich vor allen und allem auf der Hut sein müßt, auch die mindesten Details bedenken und eine Wachsamkeit walten lassen müßt, von der Ihr Euch keine Vorstellung macht.«

Er fuhr noch eine halbe Stunde in diesem Ton fort, führte zum Beleg für seine Reden sämtliche Fallen an, die er bei seinen Missionen kennengelernt hatte. Und da ich aus alledem begriff, daß nur seine große Liebe zu mir und seine Sorge um meine Sicherheit ihn zu diesen Auslassungen bewogen, zu dem kleinen Verweis ebenso wie zu seinen Ratschlägen, lauschte ich ihm von Anfang bis Ende mit einer Aufmerksamkeit, die ihn offenbar zufriedenstellte, denn als er mich endlich entließ, schloß er mich kräftig in die Arme und küßte mich ernst auf beide Wangen.

»Und jener wunderbare Deutschlehrer, den mir der König geben will«, sagte ich im Scheiden, »wißt Ihr, wer es ist?«

»Ich habe keine Ahnung«, sagte er mit einem Lächeln, das mich allerdings an seiner Ahnungslosigkeit zweifeln ließ.

Hierauf ging ich, denn es war Zeit für meine Siesta. Doch der Reiz der neuen Existenz, in die ich eintreten sollte und die mir, obwohl der König mich Grünschnabel und »Scheißer« genannt hatte, als die erste Etappe meines Erwachsenenlebens erschien, erfüllte meine Gedanken in solchem Maße, daß ich in den Armen meiner Toinon lange Zeit tatenlos und schweigsam verharrte. Da sie mich so verkapselt sah, stellte sie mir mit der ihrem Geschlecht eigenen Neugier und Geschicklichkeit Frage um Frage. Um mein Schweigen zu brechen, versuchte sie es sogar mit ein paar Tränchen, aber vergebens. Mein Mund blieb zugenäht. Da sie meine Seele derart verschanzt und kampfesmüde fand, setzte sie ihre Zaubermittel daran, das Tier zu wecken, und hatte bald den gewünschten Erfolg, doch ohne mir anderes zu entlocken als unartikulierte Laute. Als nun die Windstille auf unsere Stürme gefolgt war und sie mich für geschwächt hielt wie Samson nach der Haarschur, kam sie natürlich ganz sacht auf ihre Fragen zurück. Da ergriff ich den einfachsten Ausweg: ich schlief schamlos ein. Und wie ich mich erinnere, beglückwünschte ich mich dicht vor dem Entschlummern, daß ich nun erstmals die mir von meinem Vater anbefohlene Vorsicht unter Beweis gestellt hatte – worauf ich sehr stolz war.

Vierzehn Tage verstrichen, ohne daß etwas geschah, und wieder begann ich mich zu fragen, ob der König seine Pläne hinsichtlich meiner Person nicht vergessen habe, was mich tief betrübte, denn ich war nicht der Mensch, der seine Flügel im Familiennest einfaltet.

Eines Freitags kam Fogacer zu Besuch, und während er an unserer Tafel einen prächtigen Karpfen verschlang, erzählte er, daß Königin Margot einen Teil des zu ihrem Hôtel gehörigen Gartens den vertriebenen Augustinern abgetreten habe, damit sie dort ein Kloster errichteten, wo man ewig zum Herrn beten und ihm für seine Wohltaten danken könne.

»Schöne Aufgabenverteilung!« sagte Fogacer, indem er seine diabolischen Brauen über den nußbraunen Augen spitzte. »Die Augustiner in ihrer Kapelle lobpreisen Gott, und nebenan feiert Margot die fleischlichen Wonnen mit ihren Favoriten.«

Ich glaubte nun, mein Vater, der die friedfertige Nachbarschaft von Gebet und Hurerei bei unseren höfischen Katholiken sonst so gerne anprangerte, werde diesem Scherz noch eins draufsetzen, doch er lächelte nur mühsam. Der Name Margot im Zusammenhang mit Ausschweifung hatte seinen Ohren wenig behagt. Die Sache sprang ins Auge: er war so ganz in diese goldenen Haare eingesponnen und höchst zufrieden, es zu sein. Er hatte einen Glanz in den Augen, etwas von einem Sieger im Gang und trotz seiner Falten das Gesicht eines glücklichen Mannes.

Was Fogacer angeht, wurde er trotz seiner kleinen gallischen Späßchen mit jedem Male stärker eins mit seiner Soutane. Es war keine Rede mehr von seinem Atheismus und auch fast keine mehr von seiner Ketzerei, womit er sich doch über so lange Jahre geschmückt hatte. »Verehrter Abbé«, sagte La Surie, »Ihr werdet auf Eure alten Tage noch ein Heiliger.«

Da Geneviève de Saint-Hubert ein wenig Deutsch konnte und um mein endloses Warten auszufüllen, beschloß ich, mich mit ihr zu behelfen, was sie sehr gerne annahm, doch ohne über das Elementare hinauszugehen zu können.

»Peter«, sagte sie mit ihrer wohlklingenden Stimme, *»ich bin Ihre Lehrerin.«*[1]

Und ich antwortete: *»Ich bin Ihr Schüler.«*

Ich wußte noch nicht, wie englisch gefärbt ihr deutscher Akzent war, und genoß das Vergnügen, diese ersten Worte mit ihrer Hilfe auszusprechen.

Unsere einstige Umarmung war etwas, das wir beide einvernehmlich in unserer Erinnerung verwahrt hatten, doch hegte ich gleichzeitig mit meinem Mitleid für sie noch immer einige Herzenssüße.

Am achtundzwanzigsten November – ich habe ihn in meinem Kalender rot angestrichen – meldete mir ein Page kurz vor Mittag, die Karosse von Monsieur de Bassompierre werde mich um drei Uhr nachmittags abholen. Ich ließ ihn seine Botschaft zweimal wiederholen, weil ich annahm, sie sei an meinen Vater gerichtet, nicht an mich. Doch sie galt »unzweifelhaft«, wie er sagte (also war dieses Wort bei unseren Zierpüppchen noch immer im Schwange), dem Chevalier de Siorac und nicht dem Marquis. Ebenso nahm ich an, die Karosse werde allein kommen, da der Graf sich nicht bemühen würde, mich abzuholen. Kaum war jedoch sein livrierter Kutscher in unseren Hof eingefahren, steckte Bassompierre auch schon den Kopf aus dem Schlag und sagte mit jenem berühmten Lächeln, das am Hofe so viele Frauenherzen höher schlagen ließ, ich solle zu ihm einsteigen. Er zeigte sich erfreut, mich zu sehen und auch, daß ich zu diesem Anlaß einigen Wert auf meine Kleidung gelegt hatte, denn der spartanische Geschmack meiner Familie ging ihm wider den Strich.

---

[1] Deutsch im Original.

Im Gegensatz zu unserer Kutsche war die seine ganz mit karmesinrotem Samt ausgeschlagen, voller Stickereien, Vergoldungen, Besätze, Borten und mit Wohlgeruch erfüllt, und er selbst glänzte in allem, was die neueste Mode verlangte, ganz zu schweigen von den Perlen, die reichlich an seinem violetten Satinwams schimmerten. Und wie könnte ich jenes besondere Leuchten an seinem Finger vergessen, das von dem Ring der deutschen Fee ausging, den er alle Augenblicke an seine Lippen führte, als entnähme er ihm die Inspiration der Stunde?

Obwohl Deutscher, war Bassompierre mehr Franzose als jeder echte Franzose, mehr Pariser als jeder gebürtige Pariser und mehr Höfling als alle Höflinge des Louvre zusammen. Nach meinem Vater bewunderte ich keinen wie ihn. Ich beneidete ihn um sein Wissen, seinen Geist, seine Anmut.

Was immer er tat, es war kavaliersgemäß. Vor allem aber liebte ich an ihm, daß er trotz unseres Altersunterschieds keinen Abstand zwischen uns einlegte und mich foppte, als wäre ich sein Bruder oder sein Freund.

Als ich meine Augen an diesem Musterbild des Hofes so recht gesättigt hatte, gewann meine Neugier die Oberhand, und ich wagte ihn zu fragen, wohin er mich führe.

»Aber, Pierre«, sagte er in beiläufigstem Ton, »ich bringe Euch natürlich zu Eurem Deutschlehrer.«

Bei dieser Neuigkeit wäre ich vor Freude am liebsten von den Polsterkissen aufgesprungen, doch ich bezwang mich. Ich fürchtete, zuviel preiszugeben. Zwar erkannte ich in dieser Unternehmung Bassompierres die Hand des Königs, doch ich wußte nicht, wieweit Seine Majestät ihn ins Vertrauen gezogen hatte. Also faßte ich mich hierüber in Schweigen und spielte den etwas Heiklen, indem ich fragte: »Steht denn dieser Deutschlehrer so hoch, daß er nicht zu mir kommen kann?«

»Durchaus nicht. Er ist so demütig, wie sein Stand es verlangt. Nur ist er leider steinalt und gichtgeplagt, so daß er sich auf seinen Krücken nicht fortbewegen kann. Gleichwohl, lieber Pierre, mag seine sterbliche Hülle auch so wenig anziehend sein wie die des Sokrates, sie umschließt ebensolche Schätze. Sein Wort ist Honig. Ihr werdet entzückt sein!«

Hierauf führte er den Feenring an seine Lippen und schwieg mit einer Beharrlichkeit, daß ich nichts weiter zu fragen wagte. Dabei lächelte er still in sich hinein, vermutlich weil er gehabter Seligkeiten gedachte oder etwa noch köstlicherer, die seine Fee ihm bescheren sollte.

So hatte ich alle Muße, mit den Augen unseren Weg zu verfolgen. Die Karosse fuhr am Louvre vorüber und den Quai de la Mégisserie entlang, dann bog sie nach rechts ab und rollte über den Pont Neuf, den ich sehr liebte, zum einen, weil diese Brücke tatsächlich ganz neu war, sie stand ja erst seit einem Jahr, zum anderen, weil ich sie sehr schön fand, und endlich, weil Henri sie hatte erbauen lassen.

Jedoch fuhr die Karosse nun nicht durch das befestigte Tor, wie ich erwartet hatte, sondern rechts ab in die Rue des Bourbons und hielt vor einem so schönen Palais, daß ich mich verwundert fragte, wie ein Schullehrer so wohnen konnte.

»Das ist gar kein Wunder«, meinte Bassompierre. »Er unterrichtet die Kinder der Adelsfamilie, die in diesen Mauern wohnt. Der Alte hat hier sein Kämmerlein.«

»Wie!« sagte ich, »soll ich gemeinsam mit den Kindern unterrichtet werden?«

»Mitnichten!« sagte Bassompierre. »Man wird große Sorge um Euch tragen: Ihr werdet gesondert herangenommen.«

Nachdem man uns in den Hof hatte einfahren lassen, erschien ein Hofmarschall, der Monsieur de Réchignevoisin hinsichtlich des Schmerbauchs nichts zu neiden hatte – aber bekanntlich ehrt ein wohlbeleibter Majordomus ein großes Haus –, und ging uns voraus in einen Saal, der zwar nicht so prächtig war wie der von Madame de Guise, aber den unseren daheim an Reichtum weit übertraf. Er war herrlich ausgestattet mit flandrischen Tapisserien, mit Orientteppichen, Samtgardinen, Lehnsesseln, Zangenschemeln und mit wunderhübschen deutschen Kabinettschränken, die durch ihre Einlegearbeit, ihre schlanke Form und ihre geschweiften Nußbaumfüße mein Auge sogleich anzogen.

Der Hofmarschall hieß uns Platz nehmen, dann verschwand er unter Verbeugungen, und ich machte mich auf langes Warten gefaßt. Schließlich mußte mich Bassompierre zuerst der Hausherrin vorstellen, und wer wüßte nicht, daß keine Person des anderen Geschlechtes sich den Blicken eines Mannes, und sei es im eigenen Hause, aussetzte, ohne ihren Teint noch einmal aufzufrischen. Ich täuschte mich. Keine zwei Minuten waren vergangen, als eine Dame von majestätischer Erscheinung und von sehr schönem Angesicht den Saal betrat. Bassompierre erhob sich und schritt ihr leichtfüßig entgegen, während ich bei meinem Lehnsessel stehenblieb, da ich nicht näher zu treten wagte, bevor er mich riefe. Wozu er mir aber noch kaum geneigt schien, weil er sich mit unserer Wirtin angelegentlich unterhielt. Ich konnte nicht verstehen, was sie einander sagten. Aber nach guter Beobachtung der Physiognomie seiner Gesprächspartnerin dünkte es mich, daß sie auf vertrautem Fuß mit ihm stand, ihn aber auf Abstand hielt, so als kenne sie ihn seit langem, ohne ihn so zu lieben, wie er es wünschte und erwartete, da ihm ja sonst alle Damen des Hofes zu Füßen lagen. Nur mußte diese hier von sehr anderer Gattung sein. Auf ihrem Gesicht lagen ein Ernst, eine Würde, die Bassompierre mehr Respekt abzunötigen schienen, als er den Damen üblicherweise bezeigte. Einmal sah ich sie die Brauen runzeln, und sie erhöhte leicht die Stimme, als sie im Ton des Vorwurfs sagte: »Wirklich, Graf, Sie sind unverbesserlich.«

Da dieses *a parte* länger dauerte als erwartet, konnte ich auch die Aufmachung der Haushertin im einzelnen betrachten und stellte mit Überraschung fest, daß sie höchst einfach gekleidet war; sie trug ein mattblaues Seidenmieder und einen Reifrock aus dem gleichen Stoff, ohne jede Stickerei, ohne Besatz, Perlen oder anderen Schmuck als einen mit Diamanten besetzten goldenen Anhänger, der ein kleines Dekolleté zierte. Der Grund, weshalb diese Schlichtheit, um nicht Simplizität zu sagen, mir nicht sofort aufgefallen war, lag darin, daß mich auf den ersten Blick nur ihr schönes Gesicht gefesselt hatte, ihre dunklen Augen, ihre prachtvollen schwarzen Haare und die ungewöhnliche Art, in der die Frisur ihre edle Stirn freigab. Einer hohen Dame wie dieser, ging es mir durch den Sinn, war ich auf dem Ball von Madame de Guise nicht begegnet, einer, die es nicht für nötig befand, sich wie ein Götzenbild zu behängen, um nur ja zu gefallen.

Endlich drehte Bassompierre sich um und bedeutete mir zu kommen. Unsicherer, als ich gerne erschienen wäre, ging ich hin, beeindruckt von der Schönheit, die ich sah, und den Verdiensten, die ich dahinter vermutete. Zwei Schritt vor unserer Wirtin hielt ich mit einer Verbeugung inne und wartete, bis Bassompierre ihr sagte, wer ich sei.

»Gräfin«, sagte Bassompierre, »darf ich Ihnen Ihren Schüler vorstellen?«

Da mir alle deutschen Wörter dieses Satzes bekannt waren, stürzte mich dieser in eine Verblüffung, daß ich ohne Sorge um die Etikette, die mir verbot, als erster das Wort an sie zu richten, ausrief: »Wie, Madame, sollte ich wirklich Euer Schüler sein?« Was Bassompierre veranlaßte, schallend zu lachen, und auf den Lippen der Dame ein eher verlegenes als amüsiertes Lächeln hervorrief.

»Chevalier«, sagte sie, »ich hatte keinen Teil an dem kleinen Streich, den Monsieur de Bassompierre Ihnen gespielt hat. Hier gibt es keinen gichtigen Alten. Der König hat mich gebeten, Sie im Deutschen zu unterrichten: ich bin Ulrike von Lichtenberg.«

»Madame«, sagte ich, »Eure Bereitschaft erfüllt mich mit tiefer Dankbarkeit, und ich kann Euch versichern, daß Ihr keinen eifrigeren Schüler haben werdet als mich.«

»Das dürfen Sie gerne glauben, Madame«, sagte Bassompierre. »Wenn man sieht, wie die Augen des Chevaliers schon jetzt an Ihnen hängen, steht zu vermuten, daß seine Ohren und sein Geist ihnen folgen werden. Madame, mein Auftrag ist erfüllt, wollen Sie mir erlauben, mich von Ihnen zu verabschieden?«

»Monsieur«, sagte Frau von Lichtenberg mit einer Freundlichkeit, die nicht ohne Kühle war, »ich bin Ihre untertänige Dienerin. Nehmen Sie meinen Dank, meine Freundschaft und die Empfehlung mit, niemandem, auch nicht einer Person, die Ihnen teuer ist, von dem kleinen Streich zu erzählen, den Sie sich gegen den Chevalier herausgenommen haben.«

»Wahrlich, Madame«, sagte Bassompierre, »dieser kleine Streich, wie Sie es zu nennen belieben, war ganz zum Vorteil des Chevaliers, da seine Überraschung, anstatt eines wenig anziehenden Greises Euch zu erblicken, ihn so beglückt hat. Außerdem liebe ich den Chevalier zu sehr, um mich über ihn lustig zu machen. Und ich würde niemandem die Gelegenheit geben, auch nicht«, fügte er mit einem Lächeln hinzu, »einer Person, die mir teuer ist.«

Hierauf umarmte er mich kräftig, grüßte die Gräfin und ging höchst zufrieden mit sich, ohne daß ich es mit ihm war. Zum erstenmal fand ich etwas an seinem Betragen auszusetzen. Mir schien, sein kleines Täuschungsmanöver war gar nicht so unschuldig, wie er vorgab, denn es mochte ihm wohl einige Eifersucht bereitet haben, daß ich so freundlich empfangen wurde, wo er offensichtlich einmal abgefahren war – auch wenn meine Jugend es wenig wahrscheinlich machte, daß die Rolle, die er hatte spielen wollen, mir jemals zuteil werden würde.

Frau von Lichtenberg spürte wohl, daß mein Gefieder noch recht gesträubt war von Bassompierres vermeintlichem Scherz. Sie bot mir Platz und sagte mit sanfter, leiser Stimme: »Um diese Zeit pflege ich einen kleinen Imbiß zu nehmen. Wollen Sie den ohne Umstände mit mir teilen?«

Erfreut dankte ich ihr. Sie läutete, sagte dem Diener, der herbeigeeilt kam, ein paar Worte auf deutsch, und mit einer Schnelligkeit, die mich erstaunte, brachte er ein niedriges Tischchen herbei, auf dem sich eine Karaffe mit Wein, kleine Waffeln und ein Porzellanschälchen mit Konfitüre befanden. Sie hieß den Diener, einen Schemel heranzuziehen, um es mir bequem zu machen, so daß ich ihr noch näher, fast zu ihren Füßen und mit der Nase in Höhe ihres Reifrocks saß. Nachdem der Diener fort war, sagte sie, daß sie gegen drei Uhr immer einen kleinen Hunger habe, und mit der Einfachheit, die einer ihrer liebenswürdigen Wesenszüge zu sein schien, goß sie mir Wein ein, dann schöpfte sie mit einem Löffel Konfitüre aus dem Porzellannapf und bestrich damit eine Waffel. All das tat sie schweigend, mit der Ruhe und dem Ernst, den sie an alles wandte. Ich glaubte, sie bereite den Schmaus für sich. Aber als sie fertig war, legte sie die Waffel auf ein Tellerchen und reichte es mir, indem sie lächelnd sagte, ich solle achtgeben und mich nicht bekrümeln, wenn ich in das Gebäck hineinbisse.

Mich beglückte diese Fürsorge so besonders, weil Madame de Guise trotz ihrer großen Liebe zu mir niemals auf einen solchen Einfall gekommen wäre. Madame de Guise war eine gute Mutter, aber nicht sehr mütterlich. Ihre Launen, ihre Eifersucht, ihre Zornesausbrüche, ihre Geldsorgen, die beständigen Ängste um ihre Söhne, die Aufgeregtheit, in der sie lebte, ihre stürmische Freundschaft mit der Königin, ihr stets waches Bewußtsein, eine Fürstin von Rang und Überzeugung zu sein gemäß ihrem berühmten Wort, sie habe »nur eine Herrin: die

Jungfrau Maria« –, all das ließ ihr wenig Muße, mir die Liebe zu beweisen, die sie für mich empfand.

Und diese kleinen Aufmerksamkeiten muteten bei Frau von Lichtenberg ganz natürlich an. Dazu erfuhr ich später, daß sie in ihrem Land als Cousine zweiten Grades des Kurfüsten von der Pfalz eine ebenso hohe Dame war wie Madame de Guise. Nur war sie zu jener Einfachheit der Sitten erzogen worden, die der Kalvinismus fordert, und war in erster Linie ein gütiger Mensch. Also versuchte sie auf ihre Weise, die kleine Verwundung der Eitelkeit wettzumachen, die Bassompierre mir zugefügt hatte.

Es gelang ihr wunderbar. Da kniete ich denn auf dem Schemel, aß und trank mit ihr (die gar nicht daran dachte, den handfesten Appetit zu verhehlen, den die Natur ihr gegeben hatte), und genoß es, daß sie eine so bezaubernde Intimität zwischen uns geschaffen hatte, einfach indem sie mir eine Waffel bestrich.

Sie sagte bei dieser ersten Begegnung nicht viel, stellte mir nur mit leiser, melodischer Stimme Fragen nach meinen Studien, nie jedoch nach meiner Familie, und vor allem war sie dabei so ruhig, so überlegt, ohne jene Versessenheit, Esprit zu zeigen, der unsere höfischen Schönheiten anhingen.

Als ich meine erste Waffel gegessen hatte, bestrich sie mir eine zweite, als sei es beschlossene Sache, mich ja nicht hungers sterben zu lassen, solange ich unter ihrem Dach weilte. Zuzusehen, wie ihre hübschen Finger die Konfitüre anmutig mit dem Löffel ausbreitete, erfüllte mich mit Bewunderung, mehr aber noch mit einem Gefühl des Glücks und der Geborgenheit, dessen Quelle doch so einfach war.

Dieser Imbiß dünkte mich kurz, und als der Diener das Tischchen weggeräumt hatte, geriet ich in einen kleinen Zwiespalt, denn obwohl die Etikette forderte, daß ich nun um Urlaub bäte, konnte ich mich dazu nicht überwinden und schob den Moment immerzu hinaus, so glücklich war ich, daß ich dort sein durfte, so nahe ihrer Person, mein Knie an ihren Rockfalten, und ganz im Zauber der friedlichen Worte, die wir wechselten.

Sie zog mich aus der Verlegenheit, indem sie sagte, sie habe eine Angelegenheit, ihr Personal betreffend, zu regeln, deshalb könne sie mich nicht länger dabehalten, ihre Karosse werde mich nach Hause fahren, aber sie erwarte mich am Mittwoch, dem dritten Dezember, zu meiner ersten Stunde, dann würde sie mir mehr Zeit widmen können. Sie sagte dies auf die verbindlichste Weise, indem sie mich ernst aus ihren großen schwarzen Augen anblickte, so daß ich keine Sekunde an ihrer Aufrichtigkeit zweifeln konnte.

Ich war gewissermaßen nicht bei mir, als mich ihre Kutsche davontrug. Daß Frau von Lichtenberg doppelt so alt war wie ich, machte mir gar nichts aus. Ihre Schönheit, ihre Tugend, ihre Freundlichkeit hatten mein Herz im Nu erobert.

* * *

Als ich am Mittwoch, dem dritten Dezember, zu mir kam und meine verschlafenen Augen noch zögerten, zu erkennen, was für ein Licht es sei, das die nicht ganz geschlossenen Vorhänge zu meinem Fenster hereinließen, überkam mich auf einmal eine so starke Heiterkeit, daß es mich verwunderte, weil ich zunächst gar nicht auf die Ursache kam. Nach und nach aber bekam alles seinen Platz: die Vorhänge, der Lichtstreif, meine Kammer, das Bett, ich selbst, der Wochentag, und nun wußte ich auch wieder, daß ich an ebendiesem Tag, in der dritten Stunde des Nachmittags, meine erste Lektion bei Frau von Lichtenberg haben würde.

Nach dem Waschen und Ankleiden sprang ich die Wendeltreppe hinunter, als wollte ich mir den Hals brechen, gesellte mich zu meinem Vater und La Surie, die im großen Saal beim Frühstück saßen, umarmte beide und machte mich freudig und mit Heißhunger über meine Mahlzeit her.

»Ihr seid ja so vergnügt, mein Sohn!« sagte mein Vater.

»Das bin ich wirklich, Monsieur.«

»Dabei erwartet Euch wieder ein langer Unterrichtsmorgen.«

»Kein Wunder!« sagte La Surie. »Allein der Gedanke an seine Studien jagt Pierre-Emmanuel tausend liebliche Schauer ein. Außerdem erneuert eine gute Siesta dann seine Kräfte, und sei es, indem sie ihn schwächt.«

»Heute wird sie nur nicht so gut«, sagte mein Vater, der darauf anspielte, daß Toinon seit dem Vortag ihre Kammer hüten mußte, weil sie an Fieber und bösem Husten litt.

»Das tut mir sehr leid«, sagte ich.

»Trotzdem«, sagte mein Vater, »seid Ihr fröhlich wie ein Buchfink zur Morgenröte.«

»Monsieur«, sagte ich und kam mit der Sprache heraus, »Ihr wißt doch den Grund. Ich nehme heute meine erste Deutschstunde bei Frau von Lichtenberg.«

Eigentlich hätte ich nur von der Deutschstunde zu reden brauchen. Den Namen der Dame zu nennen war unnötig. Aber es machte mir Freude, ihn auszusprechen, so voll Zauber war er für mich.

»Hast du schon gehört, Miroul«, sagte mein Vater nach einer Weile, vielleicht um La Suries kleiner Stichelei Einhalt zu gebieten, »dieser Saint-Germain, der im Mai enthauptet wurde, hatte es nicht nur auf den König abgesehen, indem er ein Wachsbild von ihm durchbohrte; seine Frau, die sich durch die Flucht nach Flandern gerettet hat, ist seither auch als abgefeimte Giftmischerin erkannt worden.«

»Das wußte ich nicht, aber für den König fürchte ich, offen gestanden, Gift und Dolch ohnehin mehr als Hexenkünste«, sagte La Surie. »Ich bin entsetzt, wenn ich bedenke, wie vielen Attentaten Henri mittlerweile entronnen ist. Diese Leute von der Liga sind wahrlich Rasende. Und was ist das für eine Religion, die ihnen rät, um der Liebe Gottes willen zu morden?«

»Es sind leider nicht nur die Ligisten und die Jesuiten; die sind Fanatiker, die glatt ein ganzes Volk ausrotten würden, um der Ketzerei Herr zu werden. Aber es gibt außerdem die großen Herren, die nur an sich selbst glauben und nur nach ihren Interessen fragen. Die würden halb Frankreich an Spanien verschachern, wenn sie sicher wären, sie könnten dafür über die andere Hälfte herrschen.«

»Aber nicht alle sind so gefährlich«, sagte La Surie. »Bouillon ist ein Brausekopf, Soissons ein mit Vorurteilen gestopfter Esel, Condé ein armseliger Schuft und Guise ein verschrobener Geck, der sich eine Löwin hält.«

»Ihr vergeßt den Herzog von Épernon«, sagte mein Vater. »Von allen ist er der Gefährlichste. Ich kenne ihn, ich habe ihn einst wegen eines Geschwürs am Hals behandelt. Und ich konnte diesen arroganten, seelenlosen Kerl nie ausstehen, ein Emporkömmling aus dem Nichts, der sein Glück im Bett

Heinrichs III. gemacht hat. Er ist skrupellos und unmenschlich, zwar auch Gascogner wie Henri, aber kaltherzig, berechnend, undurchschaubar. Und er hat sich nach Henris Sieg nur darum auf seine Seite geschlagen, weil er Generaloberst der französischen Infanterie bleiben wollte, eine Stellung, die ihm große Macht im Staate einräumt. Eine zu große! Weshalb Henri ihm seine Befugnisse mehr und mehr beschneidet. Und deshalb haßt ihn Épernon.«

»Er haßt ihn?«

»Aber gewiß. Und er verhehlt es kaum. Pierre de l'Etoile hat über ihn ein treffendes Wort gesagt, das ich dir aus dem Gedächtnis zitiere: Ehrgeizlinge im Frieden sind wie kältestarre Schlangen. Doch kommt ein Krieg, der sie aufwärmt, verspritzen sie überall ihr Gift.«

In dem Moment kam Mariette herein, stellte sich mit ihren Quadratfüßen und ihrem Basaltbusen, der fast ihr Mieder sprengte, vor meinen Vater und sagte in ihrem auvergnatischen Akzent, den so viele Jahre in Paris nicht hatten auslöschen können: »Monsieur, da ist so ein junges Milchhuhn im Hof, was den Franz um Einlaß gebeten hat, und wie ich verstanden habe, will das zu Euch.«

»Ein Milchhuhn? Gerechter Gott, Mariette, was meinst du damit?«

»Das hat noch keine drei Federn am Schnabel, ist von oben bis unten mit Löckchen und Schleifchen behängt und kommt so geschwänzelt. Aber höflich ist es sehr.«

Hierauf wurde an die Tür geklopft, und Franz erschien und sagte in ehrfürchtigem Ton: »Monsieur, ein Page des Königs möchte Euch sprechen und Euch eine Botschaft Seiner Majestät überbringen.«

»Laß ihn eintreten, Franz«, sagte mein Vater.

Da ich an diesem Morgen so lustig und vergnügt war, hätte es mir Spaß gemacht, Romorantin wiederzusehen und sein geziertes Geplapper zu hören. Aber es war ein anderer, und ich weiß nicht, ob er wirklich zur Gattung der »Milchhühner« gehörte, obwohl sein Äußeres weiß Gott dem widersprach, was Mariette unter einem Mannsbild verstand.

»Meine Herren«, sagte der Page, nachdem er sich ausgiebig verbeugt und den Fußboden mit seinem Federhut gewischt hatte – Mariette stand derweile mit vorm Bauch gekreuzten

Armen auf der Schwelle und ließ sich keinen Deut dieser Zeremonie entgehen –, »ich bin Euer sehr untertäniger Diener. Wer von Euch, meine Herren, ist der Chevalier de Siorac?«

»Ich, Monsieur.«

»Dann habe ich Euch, Monsieur, zu eigenen Händen und eigener Person dieses Sendschreiben Seiner Majestät zu überreichen.«

Damit machte er wieder eine, diesmal nur für mich bestimmte Verbeugung.

»Ich danke Euch, Monsieur«, sagte ich, indem ich den gefalteten Brief entgegennahm.

»Monsieur«, sagte mein Vater, »wollt Ihr ohne viel Umstände unser Frühmahl teilen.«

»Großen Dank«, sagte der Page, »ich wäre irrsinnig entzückt, aber es geht nicht. Ich habe noch ein Schreiben zu überbringen, und die Zeit sporrnt mich.«

Er lächelte allerliebst und schien so beglückt über seine Metapher, daß er sie gleich wiederholte.

»Ja, leider sporrnt mich die Zeit. Monsieur, ich bin Euer sehr untertäniger Diener.«

»Was ist denn das, mein Sohn!« sagte mein Vater, sowie der Page entflogen war, »ein Schreiben des Königs an Euch persönlich! In Eurem Alter! Wahrhaftig, wenn das keine gewaltige Ehre ist! Seid Ihr neuerdings«, fuhr er in einem Ton gespielter Eifersucht fort, die vielleicht nicht ganz gespielt war, »in des Königs Gnade an meine Stelle gerückt? Ich soll wohl allmählich an meinen Rückzug denken?«

»Aber, mein Junge«, sagte La Surie, »was habt Ihr denn? Steht da sprachlos mit zitternden Händen! Nur zu, öffnet den Brief! Die Nachricht kann nur gut sein, wenn der König Euch selber schreibt. Um Euch in die Bastille zu sperren, hätte er Monsieur de Vitry geschickt. Oder solltet Ihr insgeheim einen Raub begangen, eine Jungfer vergewaltigt oder einen Chorknaben verführt haben?«

»Miroul!« sagte mein Vater.

Schließlich erbrach ich das königliche Siegel, entfaltete den Brief, las ihn und verharrte ohne Stimme und wohl auch ohne Farbe, denn mein Vater füllte ein Glas mit Wein und reichte es mir wortlos. Ich trank es auf einen Zug leer und setzte mich. Die Beine wollten mich nicht tragen.

»Na, was ist?« fragte La Surie, den die Neugier fast umbrachte.

»Der König«, sagte ich mit erloschener Stimme, »fährt nach Saint-Germain-en-Laye. Er will mich mitnehmen, ich soll heute Schlag elf im Louvre sein.«

»Sagt er auch«, fragte La Surie weiter, »wie lange er da bleiben will?«

»Vier Nächte.«

»Herr im Himmel!« sagte La Surie. »Vier Nächte! Das heißt, Ihr werdet fünf Tage im Schloß wohnen.«

»Monsieur«, sagte mein Vater, »in diesem Reich gibt es keine zwanzig Personen, die der König je zum Besuch des Dauphins mit nach Saint-Germain genommen hat. Ich weiß nicht, ob Ihr überhaupt versteht, welche Gunst er Euch erweist?«

»Sicher verstehe ich das«, sagte ich mit einer Stimme, die mir in der Kehle steckenblieb.

»Aber sie scheint Euch nicht sonderlich zu berühren?«

»Doch, doch ...«

»Mein Junge«, sagte La Surie, indem er seine verschiedenfarbigen Augen aufsperrte, »sollte Euch Euer Glück gleichgültig sein? Seht Ihr nicht, welche Vorteile es für Euch bringt, wenn der König Euch so nahe bei sich haben will?«

»Ihr seid doch nicht etwa undankbar, mein Sohn?« sagte mein Vater verärgert.

Diese Bemerkung traf mich, und ich löste mich aus dem Widerstreit, in dem ich mich verfangen hatte.

»Weit entfernt, Monsieur!« sagte ich lebhaft. »Ich bin dem König überaus dankbar für seine Güte, und an dem Tage, als er mich zum Chevalier machte, hatte ich mir geschworen, mein ganzes Leben seinem Dienst zu weihen. Aber ...«

»Aber?« sagte mein Vater, indem er sich trotz seiner gewohnten Selbstbeherrschung kein geringes Staunen über die unerwartete Einschränkung anmerken ließ.

»Es ist wirklich nicht so«, sagte ich, »daß ich für die außerordentliche Ehre unempfindlich oder gleichgültig wäre, nur kommt sie ungelegen, ich sollte doch heute meine erste Deutschstunde nehmen.«

Hierauf lächelte mein Vater, aber La Surie brach in ein Gelächter aus, als platze ihm die Kehle.

»Miroul!« sagte mein Vater.

»Mein Junge, verzeiht mir«, sagte La Surie, indem er mir einen Arm um die Schultern legte und mich an sich drückte, »bitte, verübelt mir meinen Lachanfall nicht, aber wie soll man darauf kommen, daß die deutsche Sprache so große Reize für Euch hat, daß sie Euch über alles geht, noch bevor Ihr sie überhaupt gelernt habt? Bitte, haltet Euch vor Augen, daß die deutsche Sprache auch in der nächsten Woche noch dasein wird, wenn Ihr von Saint-Germain zurückkehrt, sie wird getreulich auf Euch warten mit ihren netten *der, die, das,* ihren entzückenden Beugungen, ihren endlos zusammengestzten Substantiven und ihrem so elegant ans Satzende verstoßenen Verb! Wahrlich, dieser Mittwoch ist für Euch Heil und Unheil in einem, das begreife ich nun. Aber macht es bitte nicht wie Gargantua, der, als seine Gemahlin Badebec bei der Geburt Pantagruels gestorben war, nicht wußte, sollte er wegen seiner Frau zu Tode betrübt sein oder sich über sein Söhnchen freuen, und ›bald greinte wie eine Kuh, bald wie ein Kalb lachte.‹«

»Miroul«, sagte mein Vater, halb lächelnd, halb ärgerlich, »das reicht! Mein Sohn, schreibt Frau von Lichtenberg eine höfliche Entschuldigung, daß Ihr sie heute auf Befehl des Königs versetzen müßt, und bittet sie, Euch nach Eurer Rückkehr zum Unterricht zu empfangen. Das übrige besorgt unser Laufbursche.«

Ich traute meinen Augen nicht, als ich wenige Stunden später in der Karosse des Königs saß, an seiner Seite, und uns gegenüber Vitry, Roquelaure und Angoulevent, denen ich auf dem Ball der Herzogin von Guise schon einmal in Gesellschaft des Königs in der »Kammer der Bequemlichkeiten« begegnet war.

Der König hatte mich liebenswürdig im Louvre empfangen, mich »kleiner Cousin« genannt und mir einen Arm um die Schulter gelegt. Ich glaubte also, er sei fröhlich und vergnügt, doch kurze Zeit, nachdem wir in der Kutsche saßen, wechselte seine Stimmung. Er fiel in eine Art Schwermut und trommelte nachdenklich und mit gesenkten Augen auf sein Brillenetui, sprach kein Wort, und niemand in der Karosse wagte einen Ton zu sagen. Da »Dummenfürst« Angoulevent zwischen Vitry und Roquelaure saß, sah ich, wie beide Gevatter ihn durch verstohlene Blicke oder durch Püffe mit dem Ellbogen aufforderten, irgend etwas Spaßiges herauszulassen, um den König seiner Traurigkeit zu entreißen. Doch Angoulevent tat es nicht. Er sah zu, wie Henri auf seine Brille klopfte, blieb stumm und gab sogar vor, durch das Stuckern der Karosse einzuschlummern.

Sie stuckerte wirklich sehr, vor allem seit wir die Stadt verlassen und die holprigen Landstraßen in Richtung Saint-Germain eingeschlagen hatten, obwohl sie meinem Vater zufolge unendlich viel besser geworden waren, seit Sully den Straßen- und Wegebau leitete.

»Sire«, sagte Roquelaure, indem er seine dicke rote Rübe vorstreckte, »plagt Euch noch immer die Gicht in der großen Zehe?«

»Du hinkst hinterher, Roquelaure!« sagte der König ziemlich unwirsch. »Die Gicht hat mich zuerst in der großen Zehe besucht, aber von da ist sie bald ins Knie gewandert, wo sie mich so umschmeichelt hat, daß ich mir schon vor drei Jahren, mitten auf der Jagd, den Stiefelschaft habe aufschneiden lassen, so hat sie mich gezwiebelt. Aber bei schönem Wetter wie heute läßt mich das Luder in Ruhe. Dafür hab ich ein anderes Zipperlein: der Magen krampft sich. Ich trau mich kaum mehr zu essen, so tut er weh. Ach, Roquelaure! Wo sind die Zeiten hin, als ich schlemmen konnte, ohne mich um die Verdauung zu sorgen! In Ivry, weißt du noch? Der Abend vor meinem Sieg zu Ivry?«

»Damals«, sagte Roquelaure, und ein Lächeln spaltete sein breites Gesicht, »damals wart Ihr gerade exkommuniziert worden und habt reingehauen wie der Teufel.«

Auf diesen Scherz lachte Henri ganz harmlos. »Der König«, sagte mein Vater, als ich ihm dies berichtete, »hat unrecht, so zu lachen. Er ist höchst unvorsichtig. Solche Reden sprechen sich im Nu herum, sofort wird seine Bekehrung wieder in Zweifel gezogen, und die Frömmler haben gegen ihn neue Waffen.« – »Aber, Herr Vater, war seine Bekehrung denn aufrichtig?«[1] – »Sie war politisch aufrichtig, mehr kann man von

---

[1] Heinrich von Navarra, im protestantischen Glauben erzogen und erfolgreicher militärischer Führer der Hugenotten, war nach dem Tode Heinrichs III., um seinen Anspruch auf die französische Krone zu legitimieren und das durch die Religionskriege zerrüttete Land zu einen, 1593 zum Katholizismus übergetreten. Von ihm stammt der legendäre Satz: »Paris ist eine Messe wert.«

einem großen Staatsmann nicht verlangen, der das Ziel hat, seine Untertanen auszusöhnen.«

Henris Lachen aber hielt nicht an. Er verschloß sich wieder in seine Gedanken, mürrisch und beharrlich stumm.

Was diese Gedanken anbetraf, konnte ich mir deren Tenor mühelos vorstellen: Der Feind im Osten, im Norden, im Süden; im Innern des Landes die Frömmler mit ihrem mörderischen Haß; die Hugenotten, jederzeit zum Protest bereit; dazu der Adel und seine ewige Bereitschaft zur Fehde; schließlich im Louvre: von seinen Ministern hintergangen, von seinen Mätressen betrogen, mit heftigen Szenen von einer Gemahlin angegriffen, die weder ihn noch den Dauphin besonders liebte; vom Alter und allerlei kleinen Leiden geplagt, tagtäglich bedroht von Dolch und Gift, so daß er fühlen mußte, wie der Tod ihn umlauerte und über alledem seine große Sorge, er könnte einen minderjährigen König und eine unfähige Regentin hinterlassen, die überdies zu keinem Einvernehmen geschaffen waren.

Dieses Mißverhältnis hat Henri vorausgesehen, und er hat es nicht verschwiegen, so sehr quälte es ihn. So sagte er zur Königin einmal im Beisein Bassompierres, der es meinem Vater wiederholte: »Wenn ich bedenke, wie ich Euch kenne, und mir vorstelle, wie Euer Sohn sein wird: Ihr eigensinnig, um nicht zu sagen starrsinnig, Madame, und er so dickköpfig! Da werdet Ihr aber zu tun haben, wenn Ihr Euch zusammenspannt.«

Es gab für ihn wahrlich Anlaß genug, den Tod in der Seele und Trauer im Herzen zu tragen, und dennoch, sagte ich mir – schöne Leserin, bitte, erinnern Sie sich, daß ich erst sechzehn war –, wäre ich König gewesen, wie hätte ich mich der Stärke meiner Heere, meines Ruhms in der Welt und der Befriedung meines Reiches gefreut? Ich wußte noch nichts davon, wie sehr die Freuden, die nicht aus uns selber kommen, sich mit den Jahren und den Gewohnheiten abschleifen. Und wie hätte ich in meinem Alter begreifen können, daß Henri ein zu überlegener Mann war, um über die Eitelkeiten des Ruhmes nicht erhaben zu sein, und ein zu feinfühliger, um die Dornen der Macht nicht stärker zu empfinden als ihre kleineren Annehmlichkeiten?

Die Karosse näherte sich ihrer Bestimmung, denn als ich

ein Auge durchs Fenster warf, erkannte ich den Wald von Vésinet. In dem Augenblick hob der König den Kopf. Der Waldgeruch hatte ihn belebt, und der Jäger in ihm spitzte das Ohr. Dann sah er auf seine alten Gefährten. »Ihr seid ja so stumm!« sagte er.

»Sire«, sagte »Dummenfürst«, der den Zeitpunkt gekommen sah, das Seil zu betreten, »Vitry ist stumm, weil er sowieso durchschaubarer ist als Glas. Roquelaure ist still, weil er innerlich seine Ecus zählt. Ich schweige, weil ich in meinem Kopf ein ernstes Problem wälzte, aber auf einmal weiß ich die Lösung.«

»Was meinst du?« sagte Henri, um sich dem Spiel nicht zu versagen, doch ohne Schwung.

»Ich hab mich gefragt, warum die Lakaien von Königin Marguerite alle so lange flachsblonde Haare haben.«

»Und weißt du, warum?«

»Ja, Sire. Die Königin wartet, bis sie lang genug sind, dann läßt sie ihnen die Mähnen scheren und macht sich daraus Perücken.«

Der König lachte.

»Was meinst du, Roquelaure, hat der Narr recht?«

»Ich glaube nicht, Sire«, sagte Roquelaure.

»Und du, Vitry, was denkst du?«

»Daß es wahr ist, Sire«, sagte Vitry.

»Es ist wahr«, sagte der König. »So, Dummenfürst, da du dieses Rätsel gelöst hast, kannst du auch das lösen: Warum hat Königin Margots Reifrock ringsum so viele Taschen?«

»Um Vögelchen reinzustecken, die sie sich gezähmt hat«, sagte Angoulevent.

»Nichts so Poetisches«, sagte der König.

»Sie hat Tabatieren drin«, sagte Vitry.

»Nicht doch! Sie schnupft und priemt nicht.«

»Kleine Schachteln mit Moschus und Duftpflanzen«, sagte Angoulevent.

»Die Gefäße stimmen, der Inhalt nicht. Na, was ist in den Schachteln? Siorac? Roquelaure? Vitry? Mein Narr?«

»Sire«, sagte Angoulevent, »ich laß mich hängen, wenn ich es weiß.«

»Also laß dich hängen, Dummenfürst: in den Schachteln sind die einbalsamierten Herzen ihrer verflossenen Liebhaber.«

Man sah sich verdattert an.

»Ist das wahr, Sire?« wagte Vitry endlich zu fragen.

»Wahr«, sagte der König.

Damit lehnte er sich in den Winkel der Karosse zurück, schloß die Augen und fiel wieder in Schweigen. Niemand lachte mehr oder sagte ein Wort.

Am Fuße des Hügels von Saint-Germain, als es galt, das Gespann auf die Fähre zu bringen, stieg der König aus. Das Manöver gelang dem Kutscher unter Fluchen und Peitscheknallen, doch nicht ohne die Hilfe der zwei Gepäckdiener, welche die Kopfpferde beim Zügel faßten, so daß sie sich beruhigten, denn sie setzten die Hufe höchst ungern auf ein so flüssiges Element. Als die Karosse aufgefahren war, ging der König an Bord und unterhielt sich während der ganzen Überfahrt mit dem Fährmann. Er redete mit den kleinen Leuten nicht nur aus Sympathie, sondern auch, weil er wissen wollte, wie sie lebten.

Da er fast nie Geld bei sich hatte, es sei denn, er spielte, rief er Roquelaure zu, er solle den Fährlohn begleichen, was der aber nicht etwa königlich tat, sondern zum genauen Preis, weil er wußte, daß der König ihm solche kleinen Ausgaben nie zurückzahlte. Henri war sich nämlich durchaus klar, wie sehr das Amt des Oberkämmerers Roquelaure bereicherte. Und ich beobachtete amüsiert, daß es hier zwei Mißbräuche gab, die einander nicht ganz aufhoben. Roquelaure bestahl den König, den er jedoch über alles liebte, und der König beglich ihm gegenüber nie seine Schulden.

Nachdem der Strom überquert war, bewegte sich die Karosse im Schrittempo den steilen und sehr ungefügen Hang hinan, der zum Schloß Saint-Germain-en-Laye führt. Henri, den seine Unterhaltung mit dem Fährmann kurze Zeit zerstreut hatte, verfiel wieder in seine schwarze Stimmung, aus der er nach einer guten Viertelstunde nur auftauchte, um mit tonloser Stimme zu sagen: »Ich wollte, ich wär tot.«

Dieser Satz aus dem Munde eines Herrschers, der für seinen fröhlichen, spottlustigen Charakter bekannt war, verschlug uns die Sprache, und eine Weile blicken wir einander ratlos an, bis Roquelaure es wagte, mit sehr bewegter Stimme das Wort zu ergreifen.

»Wieso, Sire?« fragte er. »Seid Ihr nicht glücklich?«

»Ich würde gerne mit dem Fährmann tauschen«, sagte Henri und nickte dazu mit dem Kopf. »Er hat seine Hütte am Wasser, hat Fischrecht, wo sein Schiff liegt, verdient genug, daß er nicht verhungert. Er hat seinen Sohn bei sich, ein Bürschchen von zehn Jahren, und von Zeit zu Zeit ein Weib, das ihm die Milch bringt. Was kann man sich Besseres wünschen?«

* * *

»Schöne Leserin, Sie runzeln die Brauen, wie ich sehe, was stört Sie?«

»Was Sie da soeben erzählten, macht mich stutzig. Überspannen Sie den Bogen nicht ein bißchen? Und nehmen sich bei Ihren Erinnerungen nicht Freiheiten heraus, um mir ein paar Tränchen abzuringen? Hat Henri Quatre wenige Zeit, bevor er ermordet wurde, wirklich gesagt: ›Ich wollte, ich wär tot‹? Wie soll Henri denn auf einen so verzweifelten Gedanken gekommen sein?«

»Der große Politiker, Madame, seine Geschicklichkeit, seine Klarsicht verbergen Ihnen den Menschen, der er war: empfindsam, leidenschaftlich, oft verliebt und, wie man damals sagte, *romanzesco*. Er liebte bis zur Narrheit, bis zur Kinderei, und wollte, da er sich aus zärtlichem Stoff gemacht fand, so gerne wiedergeliebt werden.«

»Und da drückte ihn der Packsattel, meinen Sie?«

»Ja, Madame, und so sehr, daß es ihm unter die Haut ging. Weder seine beiden Gattinnen noch seine Mätressen hegten für ihn die mindeste Zuneigung. Und als er endlich mit der Verneuil brach – der schlimmsten von allen, Madame, ein wahrer Teufelsbraten –, was, meinen Sie, hat er ihr da vorgeworfen? Daß sie ein Komplott zu seiner Ermordung geschmiedet hatte? Keineswegs. Gesagt hat er ihr: ›Fünf Jahre haben mir wie mit Gewalt den Glauben eingeprägt, daß Ihr mich nicht liebt. Eure Undankbarkeit hat meine Leidenschaft erschlagen.‹«

»Muß er naiv gewesen sein, wenn er das nicht eher gemerkt hat!«

»Tatsächlich. Aber wie liebt man ohne Vertrauen?«

* * *

Wie bedaure ich, daß ich mir während der Tage, die ich in Saint-Germain war, keine Aufzeichnungen gemacht habe, wie es der Doktor Héroard tagtäglich über so viele Jahre tat und wie sie Pierre de l'Estoile über die Stadt und den Hof niederlegte. Zwanzig Jahre sind seit diesem meinem Aufenthalt im Schloß vergangen, und wenn ich mich jetzt erinnern will, was ich selbst gesehen und gehört habe, mischt es sich unwillkürlich mit dem, was ich an Ort und Stelle, aber auch bei späteren Begegnungen von Doktor Héroard erfuhr, dem großen Freund meines Vaters, der trotz unseres Altersunterschiedes auch bald der meinige wurde.

Von heute gesehen dünkt es mich, das Datum dieses Besuches sei glücklich gefallen, denn der Dauphin Louis, der am einundzwanzigsten September sieben Jahre alt geworden war, sollte im Lauf des Januars 1609 Saint-Germain-en-Laye für immer verlassen und im Louvre wohnen, damit seine Erziehung aus weiblichen Händen nun in männliche Hände überginge. Selbst seine Worte bezeichneten den Wechsel von der Kindheit in das Alter der Vernunft. Künftighin mußte er – was ihm das Herz nicht abdrücken würde – »Frau Mutter« und nicht mehr »Mama« sagen, und, was ihm sicherlich weit schwerer fiele: »Herr Vater« anstatt »Papa«.

Louis erlebte also, als ich ihn bei dieser Gelegenheit wiedersah, seine letzten Wochen in Saint-Germain-en-Laye, und obwohl er das Schloß und besonders die Boskette, Grotten und Fontänen seines wunderbaren Gartens liebte, verließ er es, wie ich hörte, trockenen Auges. Wichtig war für ihn, daß Doktor Héroard ihm in den Louvre folgte, und vor allem, daß er dort alle Tage, die Gott werden ließ, Henri sehen konnte, seinen Abgott und sein Vorbild.

Die Abwesenheit und Gefühllosigkeit seiner Mutter hatten ihn jedoch sehr mit Doundoun, seiner Amme, verbunden, zu der er als Fünfjähriger einmal sagte: »Ich liebe Euch sehr, meine süße Doundoun. Ich liebe dich so sehr, meine süße Doundoun, daß ich dich töten muß!«

Aber diese Amme war eine Frau, die sich auf altertümliche Art mit Safran parfümierte, und wenn Louis Wärme und Zärtlichkeit suchte, vertrieb ihn dieser Geruch aus ihrem Bett, und er mußte sich in das von Madame de Montglat flüchten, für die seine Gefühle jedoch sehr gemischt waren.

Gewiß war er ihr zugetan, weil sie sich mit Hingabe seiner annahm, doch er fürchtete sie auch, denn sie hatte die »Macht der Rute« – das einzige, womit sie nicht knauserte: es verging kaum eine Woche, ohne daß sie, beide Hände mit Gerten gewaffnet, zu ihm sagte: »Auf, Monsieur! Den Arsch freigemacht!«

Sogar in ihrer Häuslichkeit mit dem Baron de Montglat hatte die Dame die Hosen an. Da, wo Doktor Héroard Louis' Verstocktheiten durch Güte überwand, begegnete sie diesen mit aller Härte und war in ihren Züchtigungen ebenso unnachgiebig wie Louis in seinem Widerstand. Dem entsprangen bei ihrem Zögling stampfende Wutanfälle mit Geschrei und Zähneknirschen, mit Kratzen, Verwünschungen und Todesdrohungen (diese indes nicht aus Liebe) und nach der Bestrafung Tränen, aber nicht aus Reue, sondern aus rasender Wut.

Am siebenten Dezember, nachdem Henri ihn wieder verlassen hatte und in den Louvre zurückgekehrt war, worauf ich noch zu sprechen komme, geriet Louis mit dem Baron de Montglat in Streit und schlug ihm mit einem Stöckchen auf die Finger. Madame de Montglat erbost sich. Louis erbost sich ebenfalls. Er schlägt sie, nennt sie »Hündin« und »Hexe« und läuft zornig aus dem Raum. Man folgt ihm, versucht ihn zu besänftigen. Er fürchtet, anderntags von der Montglat geprügelt zu werden. Eine gute Seele versichert ihm, daß es nicht so sein werde, und setzt hinzu: »Monsieur, Ihr müßt ihr nicht so zürnen, Ihr seid nicht mehr lange hier.«

»Oh!« sagt er, »ich wünschte, ich wä schon fot!«

Hierauf rief er Mademoiselle de Vendôme[1] zu sich und flüsterte ihr ins Ohr: »Ich mach mi ein Stock, de hohl isch. Den mach ich gansch voll mit Pulve, den steck ich unte ihen Ock und schünd ihn an, und dann vebennt de ihen ganschen Aasch.«

Ich weiß nicht, was mehr zu Buche schlug, die Strenge einer ruteschwingenden, geizigen Gouvernante oder der Mangel an Liebe, den die mürrische, kaltherzige Mutter ihm bewies, oder aber die Anzeigen eines allzu diensteifrigen Beichtvaters, jedenfalls war Louis, wie mir Doktor Héroard sagte, weit entfernt, für das *gentil sesso*[2] dieselbe Anziehung zu empfinden

---

[1] Seine Halbschwester, die Tochter von Henri IV. und seiner schönen Mätresse Gabrielle d'Estrées.

[2] (ital.) das zarte Geschlecht.

wie sein Vater. Als Vierjähriger hob er eines Tages die Hand gegen seine kleine Schwester, und Héroard, der sich einmischte, fragte ihn: »Monsieur, warum wolltet Ihr Madame schlagen?«

»Weil sie meine Birne essen wollte.«

»Monsieur, das ist es nicht. Warum habt Ihr sie schlagen wollen?«

»Weil ich Angst vor ihr habe.«

»Warum, Monsieur?«

»Weil sie ein Mädchen ist.«

Der Leser mag versucht sein, über diese kindlichen Reden die Achseln zu zucken. Gleichwohl war diese Angst vor Mädchen nachweislich stark in ihm und erklärt nur zu gut, weshalb er später in seiner Ehe scheiterte. Der Philosoph wird hierzu sagen, daß zwei verschiedene Ursachen die gleiche Wirkung zeugen können. Die Ehe seines Vaters war schlecht, weil er die Frauen zu sehr liebte, und die seine war unglücklich, weil er sie zuwenig liebte.

Als Henri mich zu Beginn unseres Aufenthaltes in Saint-Germain in sein Zimmer führte, stellte er mich auf seine knappe und herzliche Weise ihm vor.

»Mein Sohn, hier ist der Chevalier de Siorac. Sein Vater hat mir gut gedient, und eines Tages werdet Ihr an diesem hier den besten Diener haben.«

»Oh, Sioac!« rief Louis aus. »Oh! Ich einne mich gut an ihn!«

Und er faßte mich bei der Hand und führte mich zu einer Truhe, aus der er die kleine Armbrust zog, die ich ihm bei unserer ersten Begegnung geschenkt hatte. Mich rührte eine so große Dankbarkeit, zumal er Mengen schöner Geschenke von allen Seiten erhielt – besonders von Königin Margot –, und Tränen traten mir in die Augen. Louis entging diese Bewegung nicht, denn war sein Verstand auch geringer als der seines Vaters, besaß er doch in den menschlichen Beziehungen denselben Spürsinn. Und er wandte sich an Henri rundheraus mit der Bitte, er möge mich ihm geben.

»Mitnichten, mein Sohn«, sagte der König. »Im Augenblick dient der Chevalier mir. Aber nach mir wird er Euch gehören.«

Bei diesem »nach mir« erblaßte der Dauphin, er wandte sich ab, und um mir sein Gesicht zu verbergen, tat er, als krame er in seiner Truhe.

Die Fenster der Kammer, die ich im Schloß innehatte, lagen zum Garten hinaus, was zugleich vorteilhaft und unerquicklich war. Denn so sehr die Beete, Boskette und Fontänen das Auge selbst im Dezember noch erfreuten, wurden die Ohren durch den Höllenlärm belästigt, den die Maurer und Zimmerleute bei Tage machten, die auf dieser Seite das neue Schloß errichteten. Allerdings war ich selten in meiner Kammer, da ich entweder vom König oder aber, weit öfter, vom Dauphin gerufen wurde: da er aus dem Munde seines Vaters gehört hatte, ich sei »hochgelehrt«, wollte er mich über alles befragen, auch über Dinge, in denen ich nur sehr unzureichend Bescheid wußte.

So entschloß ich mich denn, ihm einzugestehen, daß ich zum Beispiel von der Falknerei oder dem Weidwerk viel weniger verstünde als er und auch außerstande sei, so wie er eine Fliese im Fußboden auszuwechseln. Diese Offenheit gefiel ihm, auch das darin eingeschlossene Lob seiner handwerklichen Talente – die zahlreich und für sein Alter erstaunlich waren –, und da er schließlich begriff, daß meine Kenntnisse geistige waren, stellte er mir keine Fragen mehr, die meine Kompetenz überschritten. Indessen konnte ich ihm dank Monsieur Martials in Sachen Festungskunst und Mathematik einigermaßen Rede und Antwort stehen.

Ich muß bekennen, daß es mich höchlich verwunderte, ihn dabei zu sehen, wie er im Garten ohne Unterlaß die Maurer und Zimmerleute ausfragte, im Marstall die Kutscher und Pferdeknechte, in den Küchen die Köche und Saucenrührer, so begierig war er, zu lernen, »wie die Dinge gemacht wurden«. Doch begnügte er sich nicht mit Rezepten. Er mußte auch selber Hand anlegen. Als Madame de Guise, die ihn besuchen kam, während ich in Saint-Germain weilte – womit sie zwei Fliegen mit einer Klappe schlug –, sich einmal beklagte, daß sie Hunger habe, bereitete er ihr im Handumdrehn ein Omelette, das sie sehr gelungen fand.

Am Sonnabend, dem sechsten Dezember, während ich mich fertig ankleidete, klopfte ein Diener an meine Tür, brachte mir eine Brühe und zwei Schnitten mit frischer Butter, fachte mein Feuer an, ging hinaus, kam mit einem Schreibpult wieder, das er auf einen kleinen Sekretär stellte, und sagte, in den nächsten Augenblicken werde Seine Majestät mich aufsuchen. Ich fand, es sei doch zuviel der Ehre, daß der König in meine Kammer kommen wolle, anstatt mich zu sich zu rufen. Aber das Rätsel löste sich schnell, denn sowie er bei mir eintrat, die Tür hinter sich verschloß und den Riegel vorlegte, sagte er, daß er mir einen vertraulichen Brief an den König von England diktieren wolle, den ich in die Sprache jenes Souveräns übersetzen und dann über die Zeit meines Hierseins am bloßen Leibe verwahren solle. Gleich bei unserer Rückkehr nach Paris werde ein Monsieur Déagéan zu mir kommen und mich das Chiffrieren lehren. Danach werde Déagéan den Brief mitnehmen, und nachdem ich alle Entwürfe vernichtet hätte, müsse ich sogar die Erinnerung daran aus meinem Gedächtnis löschen.

Dies letzte Gebot zu halten schien an der Sache das Schwerste, doch muß es mir wohl geglückt sein, denn ich wäre heute, da ich diese Zeilen schreibe, nicht fähig, die Neugier des Lesers zu befriedigen und ihm auch nur ein Wort jener Botschaft wiederzugeben. In der Politik sind die Geheimnisse des Vortags tatsächlich sehr bald überholt, oft schon am Morgen danach.

Während der vier Tage, die der König in Saint-Germain-en-Laye verbrachte, sah Louis ihn viele Male. Er spazierte mit ihm durch den Garten, hörte die Messe an seiner Seite, folgte in der Kutsche seinen Jagden, speiste oft mit ihm und fand, wenn dies nicht der Fall war, mit einem Seufzer, daß »Papa sehr lange bei Tische« sei, denn er sehnte sich jedesmal, ihn wiederzuhaben, auch wenn seit ihrem letzten Beisammensein erst zwei Stunden vergangen waren. Dann hielten sie sich an der Hand, tauschten zärtliche Blicke, umarmten und küßten sich. Doch hatte Henri auch auf seine Belehrung acht. Als er ihn vor einem Hund, der die Zähne bleckte, zurückschrecken sah, hörte ich ihn in strengem Ton sagen: »Man darf keine Angst haben.«

Der Sonntag kam, und der König mußte auf Schlag Mittag nach Paris zurück. Die Karosse wartete schon vor dem großen Portal, und auf den Treppenstufen war der ganze kleine Hofstaat von Saint-Germain versammelt, ihm Lebewohl zu sagen. Louis begleitete seinen Vater die Stufen hinunter, das Gesicht bleich, traurig und verschlossen. Im Moment des Abschieds schien er sprachlos, seine Lippen zitterten, er brachte keinen Ton heraus.

»Was ist, mein Sohn!« sagte Henri. »Ihr sagt nichts? Umarmt Ihr mich nicht vor meiner Reise?«

Da fängt Louis still an zu weinen, denn er will seine Traurigkeit vor so großer Gesellschaft nicht zeigen.

Der König wechselt die Farbe und nimmt ihn, auch dem Weinen nahe, küßt und umarmt ihn, und seine Worte sind: »Ich sage Euch wie Gott in der Heiligen Schrift: mein Sohn, ich sehe deine Tränen voll Freude und werde ihrer achthaben.«

Von der Dauer her war es eine sehr kurze Szene, aber eine von großer Innigkeit. Alle, die dabei waren, verharrten stumm. Man hätte eine Stecknadel fallen hören. Ohne sich umzudrehen, sprang der König in die Karosse, und Louis lief schnell die Treppenstufen empor, so sehr fürchtete er, daß man ihn weinen sähe.

ACHTES KAPITEL

Mein Großvater, der Baron von Mespech[1], führte sein Leben lang und bis ins hohe Alter ein »Buch der Rechenschaft«, in dem er alle Ereignisse, große wie kleine, verzeichnete, die seine Familie, ihn selbst oder seine Leute betrafen. Darin komme ich vor unter dem 20. September 1607: »Mein Sohn Pierre teilt mir durch Sendschreiben mit, daß mein Enkel Pierre-Emmanuel de Siorac vom König zum Chevalier ernannt worden ist. Diese Ehrung ehrt die Voraussicht desjenigen, der sie verleiht: Pierre-Emmanuel wird seinem Herrscher ein vortrefflicher Diener sein. Er ist ernsthaft, arbeitsam und, was ihn sehr liebenswert macht, voller Saft und Leben.« Dem war eine sehr anrührende Notiz als Postskriptum hinzugefügt: »Ich bete zu Gott, daß Pierre-Emmanuel mich mit seinem Vater in Mespech besuchen kommt, ehe die Zypressen mich in ihre Nacht aufnehmen.«

Ein »Rechenschaftsbuch« führe ich nicht, aber, wie man heute sagt, ein Tagebuch. Und als ich darin blätterte, wie es oft geschieht, während ich diese Memoiren schreibe, fand ich unter dem 8. Dezember 1608 eine knappe Einlassung: »Gestern zurück von Saint-Germain-en-Laye. Bericht. Vater bewegt. La Surie ergötzt. Abscheuliche Spöttelei La Suries. Billett. Ich auf dem Gipfel der Freude.«

Wenn ich meine Erinnerungen nun darauf durchforsche, was wohl hinter diesen paar Worten stand, kann ich über die wundersame Alchimie des Gedächtnisses nur immer wieder staunen. Denn dieser Scherz La Suries – dem ich überhaupt keine Bedeutung beimaß und den ich ungezogen fand –, kommt mir schneller in den Sinn als jenes Billett, das mich so erfreut hatte: »Wenn man den Ruf von Königin Margot bedenkt«, hatte La Surie gesagt, »kann man wirklich nur staunen, daß sie sich ausgerechnet die Herzen ihrer Liebhaber einbalsamieren läßt.« – »Miroul!« sagte mein Vater. Seine Stimme,

---

[1] Diesen Großvater erlebt der Leser in *Fortune de France*, dem ersten Band dieser Romanfolge.

ihr vorwurfsvoller Ton klingen mir nach so vielen Jahren noch deutlich im Ohr, und plötzlich ist auch alles andere wieder da samt jenem Billett, das in meiner Abwesenheit eingetroffen war und das mein Vater mir erst übergab, nachdem ich meine Erlebnisse ausführlich berichtet hatte; gewiß nahm er nicht grundlos an, ich wäre in meinen Erzählungen allzu kurz geworden, hätte er es mir früher gegeben. Nach diesem kleinen Brief habe ich emsig in meinen Kassetten gesucht. Und hier ist er, vom Alter ein wenig vergilbt:

Monsieur,
Ihrer Höflichkeit verdanke ich so viele und so hübsch ausgedrückte Entschuldigungen für ein Ausbleiben, an dem Sie doch schuldlos waren. Ich wäre sehr undankbar gegen diesen großen König, der den Meinen ein so treuer Freund ist, wenn ich nicht verstünde, daß sein Dienst Vorrang vor meinen Lektionen hat. Im übrigen bin ich äußerst gerührt über Ihre wunderbare Ungeduld, die Sprache zu erlernen, welche die meine ist. Deshalb erwarte ich Sie wiederum mit der lebhaftesten Freude am Montag, dem sechsten Dezember, um drei Uhr nachmittags.
Ihre untertänige und ergebene Dienerin
Ulrike von Lichtenberg.

Nachdem ich das Briefchen leicht errötend gelesen hatte, gab ich es meinem Vater.

»Der Ton gefällt mir«, sagte er, nachdem er es überflogen hatte. »Er macht den ganzen Unterschied zwischen Größe und Hochmut kenntlich.«

»Und der wäre?« sagte La Surie.

»Henri ist groß. Maria ist hochmütig. Henri macht den Abstand, der den anderen ihm gegenüber geziemt, nur denen deutlich, die ihn ungebührlich vergessen. Das hat nichts mit Dünkel zu tun. Gerade seine vollkommene Einfachheit gibt jedem, der sich ihm nähert, das Gefühl seiner Größe.«

»Wenn Ihr erlaubt, Pierre-Emmanuel«, sagte La Surie, »würde ich gern einen Blick auf dieses Billett werfen.«

»Bitte sehr.«

Nun las auch er es.

»Mir scheint«, sagte er, »daß Frau von Lichtenberg Euch mag.«

»Woraus seht Ihr das?« fragte ich, während ich abermals rot wurde.

»Aus dem Satz: Im übrigen bin ich äußerst gerührt über Ihre wunderbare Ungeduld, die Sprache zu erlernen, welche die meine ist.«

»Und?«

»Es steckt der Köder einer kleinen Neckerei in der ›wunderbaren Ungeduld‹ und die Andeutung einer kleinen Koketterie in der ›Sprache, welche die meine ist‹.«

»Kokett?« sagte ich, die Farben meiner Dame hochhaltend, als ritte ich für sie auf den Kampfplatz. »Nein, das ist sie überhaupt nicht! Sie ist sehr ernsthaft. Ich möchte eher sagen, daß ihr Betragen voll ernster Würde ist.«

Hierauf blickte La Surie lächelnd zu meinem Vater und sagte nichts weiter. Diese Unterhaltung hatte am Sonntag abend nach dem Essen statt, und ich gestehe, daß ich weidlich müde war, sowohl von meiner langen, holprigen Reise als auch von meinem Bericht sowie von den endlosen Fragen, die er ausgelöst hatte.

»Euch fallen die Augen zu, Herr Sohn«, sagte mein Vater. »Es wird Zeit, wie Henri sagt, daß Euch der Schlummer bettet.«

Am nächsten Morgen war ich bei meinen Lektionen eher zerstreut, und die Siesta kürzte ich um die Hälfte, indem ich Toinon bat, mir die Haare zu wellen. Damit kam ich bei ihr schlecht an.

»Um diese Zeit«, sagte sie, während sie sich von meinem Lager mit einem Gesicht erhob, das nichts Gutes ankündigte, »bin ich aber auf Schmusen eingestellt und nicht darauf, das Brenneisen zu schwingen. Findet Ihr es besonders ehrenhaft, Monsieur, den Leuten ihr Behagen und ihren Spaß zu beschneiden, bloß um Euch schön zu machen? Und wozu betreibt Ihr überhaupt solchen Aufwand, den Ihr nicht mal für den König in Saint-Germain-en-Laye gemacht habt?«

»Das ist meine Sache.«

»Eure Sache, soso, also hat Euch irgendeine Zierpuppe vom Hof den Kopf verdreht. Was glaubt Ihr denn, was Ihr gewinnt, wenn Ihr vor der den Galan spielt? Von den Ziegen kriegt Ihr doch rein gar nichts. Außer der Ehe läßt Euch so eine höchstens ihre Fingerspitzen lecken! Da habt Ihr aber was von!«

»Du liegst ganz falsch, Toinon. Es geht um keine Zierpuppe, sondern um eine Dame, die mir Deutschstunden gibt.«

»Warum kommt sie dann nicht ins Haus, daß man sie näher besehen kann?«

»Weil es nicht geht. Es ist eine hohe Dame.«

»Papperlapapp! Eine Dame und Lehrerin! Ihr wollt mich wohl hochnehmen?«

»Es ist die reine Wahrheit! Und hör jetzt bitte auf mit deinen Fragen, Toinon. Dreh mir die Haare ein und verbrenne mich nicht, im übrigen leg einen Ochsen auf deine Zunge.«

»Und Ihr«, murmelte sie zwischen den Zähnen, als spreche sie zu sich selbst, aber laut genug, daß ich es hörte, »legt zwei Unzen Verstand in Euern Gehirnkasten!«

»Höre, Toinon«, sagte ich entrüstet, »willst du erst Ärger und Ohrfeigen, damit du Respekt lernst?«

»Ach!« sagte sie mit geschwollenem Kamm, »und wer respektiert mich? Ich werd erbarmungslos aus dem Bett geworfen, um einem Undankbaren Locken zu drehen, damit er sich die zweite Hälfte seiner Siesta mit einer anderen gütlich tun kann.«

»Was faselst du da? Es handelt sich um Unterrichtsstunden, und die Dame ist eine Witwe.«

»Eine Witwe! Na, gratuliere! Man weiß ja, was da die Elle kostet.«

»Eine Witwe, die für ihre Tugend bekannt ist.«

»Was heißt das schon!«

»Die sogar Kinder hat.«

»Pfui, Monsieur, auch noch eine Alte! Und wegen so einer Schachtel kürzt Ihr unsere Siesta ab! Da steht doch die Welt Kopf! Meine junge Haut schmeckt Euch wohl nicht mehr!«

Als sie mit »Alte« und »Schachtel« kam, wäre mir fast die Hand ausgerutscht. Zum Glück besann ich mich, daß sie, wenn ich die Beherrschung verlöre, das Brenneisen hinwerfen und mich mit halb gewellten, halb glatten Haaren sitzenlassen, im ganzen Haus von unten bis oben Lärm schlagen und zwei Tage mit mir schmollen würde. Ich bezähmte mich also und bewunderte im stillen, wie sie mir binnen kurzem die Würmer aus der Nase gezogen und mich derart aufgebracht hatte. Wahrlich, wer dieses Geschlecht das schwache nennt, vergißt, daß es eine Zunge hat!

Ich sagte also kein Wort, stellte mich, als sei ich gegen ihre Sticheleien Marmor, gestand mir ein, daß sie mir und ich ihr zu nahestand, als daß sie gar keinen Grund gehabt hätte, zu zanken, und gelobte mir, so etwas nicht wieder zu machen. Das hieß ein paar Wellen zu teuer bezahlen.

Es verwunderte mich, daß mein Vater, der sonst so haushälterisch mit seinem Geld umging, eine Mietkutsche bestellt hatte, um mich zur Gräfin von Lichtenberg zu bringen, und glaubte anfangs, unsere Karosse würde am Nachmittag anderweitig gebraucht. Aber als der Kutscher mich dann dreimal in der Woche, montags, mittwochs und freitags zu meinen Stunden abholte, wurde mir klar, daß es während meines Aufenthaltes in Saint-Germain-en-Laye zwischen der Dame und ihm eine Abmachung gegeben habe, meine Besuche anonymer stattfinden zu lassen, da unsere Kutsche ja das Wappen meiner Familie trug. Ich schloß daraus, daß Frau von Lichtenberg – weil sie Deutsche und Kalvinistin war – befürchtete, ihr Haus könnte von ligistischen oder spanischen Spionen überwacht werden. Und mein Vater bestätigte meine Überlegung, indem er mir empfahl, stets die Kutschenvorhänge zu schließen und sie erst zu öffnen, nachdem ich in den Hof des Hôtel de Lichtenberg eingefahren und das Tor hinter mir geschlossen worden war.

Auch beobachtete ich, daß die Mauern, die das Haus Frau von Lichtenbergs umschlossen, sehr hoch waren, sowohl die Hof- wie die Gartenmauern, daß Fenster und Fenstertüren mit schweren, eisenbeschlagenen Holzläden bewehrt waren und daß es im Hause viele kräftige, scharfäugige Diener und Lakaien gab, die nach ihrer Sprache aus der Pfalz stammten und sich notfalls wohl in Soldaten verwandeln konnten. Und was die Gräfin betraf, beobachtete ich, daß sie die Tür des Saales oder des Zimmers, je nachdem, wo sie mir die Stunde gab, stets hinter sich verriegelte, sowie wir uns eingerichtet hatten, daß sie dem Diener aufschloß, wenn er den Imbiß brachte, und hinter ihm wieder zusperrte. Diese Vorsichtsmaßnahmen bezauberten mich. Ich hatte den Eindruck, ein gefährliches Abenteuer zu erleben.

Was ihren Unterricht anlangte, flößte sie mir noch zusätzlichen Respekt ein, denn ich merkte schnell, daß meine »Schulmeisterin« es mit jedem Jesuiten aufnehmen konnte, und Gott weiß, in welchem hohen Ruf die auf diesem Gebiet standen. Mein Französischlehrer, Monsieur Philipponeau, war ein glänzendes Beispiel dafür, denn mochte er ob seiner Galanterien auch die Kutte der Gesellschaft Jesu eingebüßt haben, besaß er doch ungeschmälert deren Talente.

Frau von Lichtenberg bereitete ihre Lektionen mit der größten Sorgfalt vor, steigerte die Schwierigkeiten je nach meinen Fortschritten, wiederholte beständig das Gelernte, bevor sie weiterging, ermutigte mich durch kleine Belobigungen und verbesserte meine Fehler mit soviel Sanftmut und Geduld, daß ich unfehlbar nicht nur ihr, sondern zugleich meinem Studiengegenstand mehr und mehr Anhänglichkeit entgegenbrachte. Nach der Mundart, die Franz und Greta sprachen, hatte ich mir bis dahin vorgestellt, das Deutsche sei eine ziemlich rauhe Sprache; als ich es aber von den Lippen der Gräfin hörte, begriff ich, wie geschmeidig und musikalisch es sein konnte, ohne an Kraft einzubüßen.

War die Lektion zu Ende, behielt mich Frau von Lichtenberg jedesmal, um mit ihr den Imbiß einzunehmen, den sie meinetwegen um eine Stunde verschoben hatte. Auf diesen Moment freute ich mich, und gleichzeitig fürchtete ich ihn, weil er unser Beisammensein mit all seinen reizenden Augenblicken beendete. Aber sei es, daß die Gräfin diese meine Besorgnis spürte, sei es, daß meine Gesellschaft ihr gefiel, ich beobachtete, daß sie ihn mehr und mehr verlängerte.

Es waren immer die gleichen Waffeln und die gleiche Konfitüre, die ihre schöne Hand darauf strich, und immer zierte diese ein einziger Ring mit Diamanten und Rubinen, immer derselbe. Um den Hals trug sie an einer Kette ein goldenes Herz und einen zerbrochenen Schlüssel, welche mich neugierig machten, so daß ich meinen Vater danach fragte: »Laut Bassompierre«, sagte er, »trägt sie diesen Schmuck seit dem Tod ihres Gemahls, den sie sehr geliebt haben soll. Für meinen Geschmack ist der zerbrochene Schlüssel ein etwas zu pathetisches Symbol, das auf die Dauer leicht widerlegt werden könnte. Da Bassompierre bei Madame von Lichtenberg abgeblitzt ist, hält er sie für eine unzugängliche Tugend, und tatsächlich lebt sie ja sehr zurückgezogen. Aber wer weiß, ob sie sich in ihrer Zurückgezogenheit nicht langweilt. Schließlich ist der Graf seit zwei Jahren tot.« Ich schwieg, doch mißfiel mir diese Weise, über sie zu sprechen. Fehler und Schwächen an meinem Idol zu argwöhnen ertrug ich nicht.

Dennoch war in meinen Gefühlen, während ich die Gräfin die erste Waffel bestreichen sah, keine Spur mehr von der fast sohneshaften Dankbarkeit, die ich beim erstenmal empfunden hatte. Und, um ganz offen zu sein, die Blicke, die ich über ihre Reize gleiten ließ, hätte sie gewiß als höchste Frechheit gescholten, wären ihre Lider in dem Augenblick nicht gesenkt gewesen. Zwar fühlte ich mich ein wenig schuldig, sie so zu betrachten, da ich von einem Gefühl für sie durchdrungen war, das an Verehrung grenzte. Doch schmeichelte ich mir, meine zudringlichen Augen ziemlich schnell abzuwenden, sobald sie den Kopf hob und mir meine Waffel auf einem Tellerchen reichte. Seit ich meine Siesta mit Toinon teilte, glaubte ich, *il gentil sesso* zu kennen, doch wußte ich Grünschnabel noch nicht, daß eine Frau ihre Augen nicht braucht, um die Wärme eines Blickes zu spüren.

»So, bittesehr!« sagte sie, wenn sie die Waffel auf ein Tellerchen legte. »Nun frischen Sie Ihre Kräfte auf.«

Damit warnte sie mich, daß ich meine Blicke einziehen müsse, die ich über ihren Hals, ihren Busen und jene Formen hatte wandern lassen, die ihr Reifrock verbarg. Sie sagte diese Worte jedoch so gleichmütig, daß ich wohl das Signal heraushörte, mich beschränken zu müssen, aber nicht ahnte, wieviel Komplizenschaft sie einschlossen. Derweise verschafften ihre Geschicklichkeit und meine Naivität uns um so reizvollere Momente, als sie am verschwommensten Rande ihres wie meines Willens verblieben und meinerseits keine Initiative und ihrerseits keine Entscheidung forderten.

Sie empfing mich jedesmal in einem anderen Raum ihres Hôtels, und ich hätte bemerken müssen – was mir jedoch erst später bewußt wurde –, daß dieser Raum, sei es gewollt, sei es, wie ich glaube, eher ungewollt, jedesmal kleiner war. Denn von einem großen Salon wechselten wir in einen intimeren Salon über, von diesem in einen kleinen Wintergarten voll grüner Pflanzen, von dem Wintergarten in ein Zimmerchen und von dem Zimmerchen in ein Kabinett, wo neben einem Frisiertisch nur noch Platz für einen Lehnstuhl und einen Schemel war. Indessen vollzog sich dieser Übergang nicht regelmäßig, denn zumindest einmal kehrten wir in den großen Salon zurück.

Doch blieb diese Rückkehr, die ich betrübt als einen Rückschritt erlebte, die Ausnahme. In der Folge behauptete sich die Tendenz zur Verkleinerung des Ortes und siegte schließlich ganz.

Es war in besagtem Kabinett, als Frau von Lichtenberg eines Tages nach dem Imbiß, während sie plauderte, eine kleine Feile mit Elfenbeingriff von ihrem Frisiertischchen nahm und sich die Fingernägel zu feilen begann. Zunächst überraschte mich dieses Tun, aber bei einiger Überlegung war ich bezaubert, stellte sie mich damit doch auf einen Fuß der Vertraulichkeit, den ich mir nie zu träumen gewagt hatte. Dazu gewährte es mir zwei Freuden: ich konnte sie, wie ich wollte, mit meinen Blicken überziehen, weil sie die Augen auf ihre Nägel senkte, und konnte ihr lauschen, denn vermutlich wurde unser Gespräch gerade durch ihre Beschäftigung familiärer.

Auf eine Frage von mir sprach sie mit einer Offenheit über Bassompierre, die mich erstaunte.

»Bassompierre«, sagte sie, »gehört zu den Deutschen, die die Franzosen ein wenig verachten, weil ihnen angeblich gewisse Tugenden abgehen, und die sie gleichzeitig offenen Mundes für ihre Fehler bewundern. Seit er in Frankreich ist, hegt er den einzigen Ehrgeiz: seine handfesten deutschen Tugenden durch die glänzenden französischen Fehler zu ersetzen, vornehmlich was seinen Umgang mit Frauen betrifft.«

»Ich hätte gewettet«, sagte ich, »er sei einer Ihrer Freunde.«

»Er wäre es gewesen, hätte er die Schwelle der Freundschaft nicht überschreiten wollen. Aber wer könnte eine Liebe ernst nehmen, die tagtäglich die eine Hälfte des Menschengeschlechts prostituiert?«

Da ich schwieg, hob sie die Augen, warf mir einen lebhaften Blick zu und fragte: »Sind Sie einmal seinen Nichten begegnet?«

Eine so direkte Frage von einer so überaus zurückhaltenden und höflichen Dame machte mich zuerst sprachlos, und ich antwortete nicht gleich.

»Doch«, sagte ich, »auf seiner Galiote. Wir fuhren gemeinsam nach Saint-Germain-en-Laye, auf der Seine.«

Sie schwieg, und mich ergriff ein tödlicher Schrecken bei dem Gedanken, daß Bassompierre ihr womöglich von Toinon erzählt hatte. Die folgende Frage, die ich fürchtete, bevor sie kam, brachte mir darüber keine Klarheit, denn wenn sie an sich auch ziemlich indiskret war, so schien ihre Indiskretion doch nicht auf mich zu zielen.

»Wie soll man sich erklären«, sagte sie, »daß ein wohlgeborener, hochgebildeter und empfindsamer Edelmann wie Bassompierre an so gemeinen Liebschaften Gefallen findet?«

Da nun wurde ich zum Verräter an Toinon, zum Lügner und, schlimmer noch, zum Heuchler, indem ich die Brauen hochzog und einfach eine Miene machte, die, ohne daß ich den Mund auftat, Frau von Lichtenberg glauben machen sollte, was sie zu hören wünschte. Ich sage »Lügner«, denn mochte mich auch das wenig sättigen, was ich in Toinon an Gemeinem sah, war dies, wenigstens am Anfang, doch das sicherste Element unserer Beziehung gewesen. Aber wie hätte ich dies einer hohen Dame erklären sollen, die in allen Dingen so ernsthaft urteilte?

Nachdem sie die Nägel ihrer linken Hand, wie sie sagte, fertig gerundet hatte, nahm Frau von Lichtenberg die Feile nun in diese Hand, um die Nägel ihrer rechten zu schleifen. Doch war sie mit dem Wechsel unzufrieden.

»Man drückt es besser aus, als man glaubt«, meinte sie mit einem kleinen Lachen, »wenn man Ungeschick mit dem Namen linkisch bezeichnet. Mit der rechten ging es so gut, aber meine linke Hand ist dermaßen ungelenk, schlechter kann man nicht feilen. Wie schade, daß meine Lieblingszofe krank zu Bett liegt! Ich könnte ihre Hilfe gut gebrauchen.«

»Madame«, sagte ich, ohne überhaupt nachzudenken (aber die plötzliche Fröhlichkeit, die aus ihrem kleinen Lachen klang, hatte mich kühn gemacht), »ich wäre entzückt, wenn Sie mir erlauben wollten, die Zofe zu ersetzen.«

»Nanu!« sagte sie. »Können Sie das denn?«

»Ich denke.«

»Ohne mich zu verwunden?«

»Seien Sie unbesorgt.«

»Na gut, versuchen wir es!« sagte sie mit einem neuerlichen kleinen Lachen, als handele es sich meinerseits um eine Kinderei.

Ich stand auf, ergriff meinen Schemel und setzte mich zu ihrer Rechten. Sie übergab mir die Feile und ihre ungelenke Hand. Ihre Finger lagen weich und warm in den meinen, doch obwohl ich dabei eine tiefe Wonne empfand, hing ich diesem Gefühl lieber nicht nach, denn unbedingt wollte ich doch eine Aufgabe gut erfüllen, die ich mein Lebtag noch nie getan hatte, da Toinon zu Hause meine Nägel mit einer kleinen Schere beschnitt.

Anfangs ging ich sehr behutsam daran, weil ich fürchtete, ihr weh zu tun, und ich spürte, wie ich vor Anstrengung rot wurde. Frau von Lichtenberg schwieg. Und weil ich niedriger saß als sie, mein Kopf in Höhe ihrer Hüfte, wüßte ich nicht zu sagen, ob sie auf mein Gesicht niedersah oder auf die Hand, die sie mir darbot. Indessen machte ich rasche Fortschritte in meinem Tun, die Spannung in mir ließ nach, und ich bemerkte das Schweigen, in dem wir beide verharrten und das durch nichts gerechtfertigt war, es sei denn meinerseits durch das lebhafte – scheinbar so unverhältnismäßige – Vergnügen, mit ihrer Hand zu verfahren, wie ich es verstand, Herr über sie zu sein und mich zu verwundern, wie sehr sie durch ihre Weiße und feine Bildung von der meinen abstach.

Obwohl ihre Finger völlig untätig und fügsam waren, hatte ich, sobald ich meinen Griff veränderte, den Eindruck, daß sie mich liebkosten. Und nach einer Weile bemerkte ich, daß ihr Atem tiefer und langsamer ging. Ich hätte daraus geschlossen, daß sie entschlummerte, wäre ich, als ich von meiner Arbeit aufsah, nicht ihren sehr wachen Augen begegnet, die mir jedoch jener Wachheit ledig schienen, die sie für gewöhnlich beherrschte. Ich begriff nur, daß sie sich der Süße des Augenblicks hingab, und blind für die Möglichkeiten, die er im Keim enthielt, genoß ich die Minuten einer Intimität, die sie bezauberten, ohne sie zu erschrecken, so jung war ich, so ehrfürchtig und so voller Respekt. Es war wie ein Blitz. Schnell schlug ich die Augen nieder, damit das Feuer meines Blickes sie nicht aus ihrer Ruhe wecke.

* * *

Im Laufe des Dezembers sollte Bassompierre bei uns speisen, was uns zu einigen Toilettekosten nötigte, um angesichts seines Glanzes keine allzu klägliche Figur zu machen. Aber da wir von der Seite her trotz alledem nicht mithalten konnten, befahl mein Vater, Caboche möge uns das köstlichste Mahl anrichten, das er überhaupt zustande brächte, ohne an Fleisch noch an Wein zu sparen, damit wir wenn auch nicht die Augen unseres Gastes, so doch wenigstens seinen Gaumen zufriedenstellen könnten.

Doch sowie Bassompierre aus seiner goldschimmernden Karosse stieg und sich an unseren Tisch setzte wie ein Schlafwandler, erkannten wir die Vergeblichkeit unserer Bemühungen. Kaum daß er uns einen Blick vergönnte und unsere Speisen kostete, verschloß er sich von vornherein jeder vernünftigen Unterhaltung, ließ seine blauen Augen abwesend durch den Raum schweifen und schien nicht etwa in Sorgen, sondern in Ekstase verloren. Mariette, wie stets um den Ruhm ihres Mannes bemüht, sah betroffen, wie sein Teller vor ihm stand, ohne daß er ihn auch nur mit der Gabelspitze berührte, und warf meinem Vater, der tat, als sähe er es nicht, untröstliche Blicke zu. Franz füllte ihm das Glas. Bassompierre trank einen Schluck, dann stellte er es nieder.

»Mein Gott, Bassompierre!« sagte mein Vater, »seid Ihr leidend? Habt Ihr Magenbeschwerden oder Fieber? Ihr eßt ja nicht! Kaum daß Ihr getrunken habt! Und nach Euren Augenringen zu schließen, schlaft Ihr auch nicht.«

»Ich heirate«, sagte Bassompierre mit unsicherer Stimme und sah aus wirren Augen auf, als sei er wider Willen aus den glücklichsten Träumen geweckt worden.

»Arme Nichten!« sagte La Surie sotto voce. »Nun werden sie stellungslos!«

Mein Vater sah den Chevalier stirnrunzelnd an, aber Bassompierre hatte nichts gehört. Er war schon wieder bei seinen Träumen.

»Wann?« fragte mein Vater.

»Noch vor Weihnachten«, sagte Bassompierre, der mir kraft einer Mechanik zu antworten schien, an der sein Wille keinen Teil hatte.

»Und wen?«

»Charlotte de Montmorency.«

La Surie schien tief beeindruckt, während mein Vater und ich wortlos einverständige Blicke wechselten. Charlotte war jenes boshafte Frauenzimmer, das mich vor der Volte, die ich auf dem Ball der Herzogin von Guise mit ihr tanzte, heimlich gebeten hatte, sie so hoch springen zu lassen, wie ich irgend könnte. Und hinterher, nachdem sie ihre Beine gezeigt und den Großen dieser Welt schöne Augen gemacht hatte, warf sie mir öffentlich meine unschickliches Betragen vor.

»Die Tochter des Konnetabel!« sagte La Surie, indem er achtungsvoll nickte. »Aber sie ist nahezu eine Fürstin!«

»Darunter würde ich auch nicht heiraten!« sagte Bassompierre, der aus seiner Trance erwacht schien und zum erstenmal redete, wie es sonst seine Art war.

Da mein Vater schwieg und sein Schweigen Bassompierre überraschte, fragte er: »Nun, Siorac, was meint Ihr dazu?«

»Sie ist sehr jung, Comte, und Ihr werdet älter ...«

»Aber ich bin dreißig!« sagte Bassompierre mit einigem Schwung. »Und sie wird sechzehn.«

»Ich scherze«, sagte mein Vater mit einem Lächeln. »Nein, das Alter ist gut abgestimmt. Und sie ist wunderschön, sie hat sicherlich das hübscheste Lärvchen der Schöpfung und alles übrige entsprechend.«

Bassompierre schien nur halb zufrieden mit diesem Lob, das mein Vater ohne jene Wärme ausgesprochen hatte, die er sich von seiner Freundschaft erwartet hatte.

»Was sagt der König?« fragte La Surie.

»Er ist hingerissen!« sagte Bassompierre. Und nicht ohne eine gewisse Eitelkeit fügte er hinzu: »Ihr wißt doch, wie er mich liebt.«

»Wird er die Braut dotieren?«

»Dazu besteht keine Notwendigkeit. Ihr wißt doch, daß sie mit Mademoiselle de Mercœur die reichste Erbin des Königreiches ist.«

Mit einem Lächeln setzte er hinzu: »Aber mich will der König dotieren.«

»Euch dotieren?« fragte La Surie und sperrte die Augen auf.

»Ja, er will dem Herzog von Bouillon das Amt des Ersten Kammerherrn für mich abkaufen.«

»Bravo, bravissimo, Bassompierre!« sagte mein Vater. »Das ist ein glänzender Beweis der königlichen Gunst. Mehr kann er nicht tun und Besseres auch nicht!«

Bassompierre, der das Feingefühl selbst war, schien bemerkt zu haben, daß mein Vater diesmal mit anderer Anteilnahme gesprochen hatte als vorher zum Lob von Charlottes Schönheit. Er blickte ihn fragend an, und da er sah, daß mein Vater nicht gesonnen war, mehr zu sagen, warf er einen Blick auf seine Uhr, bat unter dem Vorwand, der König erwarte ihn im Louvre, sich verabschieden zu dürfen, und ging, wie mir schien, ebenso unerfüllt wie verärgert. Sein Rückzug wirkte so überstürzt und, obwohl Bassompierre sich auf Höflichkeit etwas einbildete, so wenig höflich, daß mein Vater sich Vorwürfe zu machen schien, vermutlich indem er sich fragte, ob er gegen Charlotte nicht mehr Vorbehalte verraten hatte, als gut war. Und da er Mariette auf der anderen Seite des Tisches mit hängenden Armen und erschrockener Miene stehen sah, sagte er etwas schroff: »Worauf wartest du, Mariette! Räum den Teller von Monsieur de Bassompierre ab. Du siehst doch, er hat nichts angerührt.«

»Herr Marquis«, sagte Mariette, »diesen Teller faß ich um alles Gold der Bastille nicht an! Jesus, der arme Comte! Ich bete zum Herrn, er möge ihm vergeben, daß er einen Sukkubus heiraten will! Und daß er schon ganz verhext ist!«

»Charlotte de Montmorency ein Sukkubus[1]! Und woher hast du das, Gevatterin?«

»Ach, Herr Marquis, das ist mal sicher! Ich hab es von meinem Onkel. Er war Diener bei Charlottes Mutter, Louise de Budos, die sich als junge Dirne dem Teufel hingegeben hat dafür, daß er sie mit dem Herrn Konnetabel verheiratete, dem reichsten Mann von Frankreich und dem mächtigsten nach dem König.«

»Sie hat sich dem Teufel hingegeben?« fragte mein Vater stirnrunzelnd.

»Ja, ja, Herr Marquis. Und Todespein hat sie darum gelitten, weil der Teufel einen roten Schwanz hatte wie die Hölle und weil der einem ja doch die Eingeweide verbrennt, wo er hinkommt!«

»Wen kann es da noch wundern«, sagte mein Vater, indem er La Surie ansah, der heimlich lachte, »daß heutzutage so viele Frauen behaupten, sie hätten Umgang mit dem Teufel gehabt?«

»Das sind just die Schamlosen, von denen es heißt, sie haben den Teufel im Leib«, meinte Mariette ungerührt. »Und um auf die Madame Louise zurückzukommen, nachdem der Teufel sie nach Herzenslust genossen hatte, hat er ihr ihre

---

[1] ein weiblicher Dämon.

Jungfernhaut wieder zugenäht, und in der Hochzeitsnacht hat der arme Konnetabel da nichts wie Feuer gesehen. Bloß daß das Übel schon geschehen war! Und aus dem Samen ist die Charlotte geboren. Daher kommt es, daß sie aussieht wie ein Engel und eine richtige Teufelin ist. Und dazu noch, wie ihre Mutter, eine Ehrgeizlüstriche.«

»Eine Ehrgeizlüstriche?« sagte mein Vater. »Was ist das wieder?«

»Eine andere Art Milchhuhn, denke ich«, bemerkte La Surie.

»Ganz und gar nicht«, fuhr Mariette mit der Miene unendlicher Weisheit fort. »Eine Ehrgeizlüstriche ist eine Frau, die Ehrgeiz und Laster in einem hat.«

»Ehrgeiz und Laster in einem! Großartig! Ich lerne, indem ich dir lausche, Mariette. Ist das alles?«

»Mitnichten, Herr Marquis. Nach der Charlotte hat der Teufel Madame Louise noch einen Sohn gemacht, den man Henri taufte. Aber weil er lange am anderen Ende der Welt war, um da seine Bosheiten und Übel anzustiften (denn zu tun hat er ja überall), fand der Teufel, wie er wiederkam, die Louise wieder schwanger und diesmal vom Konnetabel. Und vor Wut, daß sie ihm ihr Gelöbnis gebrochen hatte, hat er sie erwürgt, wobei er den heiligen Namen Gottes gelästert hat, und hat sie tot liegenlassen, und ihr schönes Gesicht war so entstellt, daß keiner sie mehr wiedererkannte.«

»Hieran siehst du, mein Sohn«, sagte mein Vater, »wie man aus einer Mücke einen Elefanten macht. Louise de Budos war im Tode tatsächlich seltsam entstellt, wie auch Gabrielle d'Estrées, und das ist die einzige wahre Note von dem Lied, das du gehört hast. Alles übrige, Mariette«, sagte er zu ihr, »ist eine verwerfliche Ausgeburt des Aberglaubens, die zum Lachen wäre, wenn sie nicht die Ehre einer großen Familie angreifen würde. Und ich verbiete dir strengstens, diesen Unsinn zu wiederholen, denn der Unsinn könnte dich an den Galgen bringen, dich und deinen Caboche dazu.«

»Aber das habe ich von meinem Onkel!« sagte Mariette, ganz rot vor Scham, »und ich hab nichts Böses dabei gesehen.«

»Ob Böses oder nicht, erzähl diese Geschichte nicht noch einmal, meine Gute«, sagte mein Vater in milderem Ton,

»wenn du in meinem Hause bleiben willst. Und geh sofort, mir ein großes Feuer in der Bibliothek machen. Greta kann für dich den Tisch abräumen.«

»Großen Dank auch, Herr Marquis«, sagte Mariette, die wohl verstanden hatte, daß ihr Herr in seiner Güte es ihr ersparen wollte, Bassompierres Teller anzurühren, der natürlich verhext sein mußte, weil der Comte es war.

»Ich hatte solche Fabeln schon über Louise de Budos gehört«, sagte mein Vater, sobald Mariette uns verlassen hatte. »Der Volksmund erklärt sich ein böses Ereignis, das unerklärlich erscheint, mit dem Teufel. Und mögen die Toren derlei auch für wahr halten, schlimmer finde ich – aber so leichtgläubig ist unser Jahrhundert! –, daß selbst ein Alter mit Lebenserfahrung und Verstand wie Pierre de L'Estoile diesem Unfug Glauben schenkt.«

»Aber, mir schien«, sagte La Surie, »daß Ihr Bassompierre zu seiner Heirat auch nicht überschwenglich beglückwünscht habt, und zum Lobe von Charlottes Schönheit wart Ihr gerade nur mit der halben Hinterbacke dabei.«

»Dafür gibt es einen Grund. Pierre-Emmanuel kann ihn Euch nennen.«

Nun erzählte ich La Surie, wie Charlotte de Montmorency, die derzeit gerade fünfzehn Jahre war, mir auf dem Ball der Herzogin von Guise den geschilderten bösen Streich gespielt hatte.

»Eine scheußliche Sache!« sagte La Surie. »Wie kommt es, daß ich nichts davon wußte?«

»Du hattest eben Augen und Ohren woanders«, sagte mein Vater lächelnd.

»Und da war sie erst fünfzehn!« sagte La Surie. »Hat den Großen schöne Augen gemacht und ihre Schenkelchen gezeigt!«

»Den Großen und sogar dem König!« sagte ich.

»Herr im Himmel! Und wenn sie nun doch ein Sukkubus wäre?« sagte La Surie.

»Miroul!« sagte mein Vater.

»Oder, wenn das nicht, dann vielleicht doch, wie Mariette sagt, eine *Ehrgeizlüstriche*?«

Hierauf lachte ich, aber mein Vater nicht.

»Miroul, das reicht!« sagte er. »Unsere Leute könnten dich

hören. Und was der Herr sagt, wiederholt eines Tages der Diener. Willst du, daß hier derweise von Bassompierres Frau gesprochen wird, wenn er sie uns zum Diner herbringt?«

Nach dem Tadel, den Mariette sich zugezogen hatte, hörte ihre schwatzhafte Zunge wenigstens in dem Punkte auf zu zappeln, aber nicht ihr Gehirn. Und das erhielt einigen Grund zu glauben, daß der Himmel selbst sich Bassompierres Heiratsplan widersetzte. Bei der Gelegenheit stellte ich fest, daß unsere Leute über die Geheimnisse der großen Familien und manchmal auch über uns oft besser Bescheid wissen als wir, weil es ihr größtes Vergnügen ist, uns zu beobachten und sich untereinander darüber auszutauschen. So erfuhr Mariette auf dem Markt – wo sie einen auvergnatischen Diener des Konnetabels traf –, daß der Alte mit seinen vierundsiebzig Jahren wegen eines heftigen Gichtanfalls das Bett hüten mußte und Charlottes Hochzeit deshalb nicht mehr vor Weihnachten stattfinden würde.

Mariette teilte uns die Neuigkeit mit, während sie bei Tisch bediente, und keiner von uns dreien hätte bemerkt, welche unerhörte Genugtuung ihr dies bereitete, hätte der Rückfall in ihren auvergnatischen Akzent es nicht verraten. Für den, der sie kannte, war es übrigens ganz offenbar, daß sie in der Verzögerung dieser Ehe entweder die Hand Gottes sah oder das Wirken der guten deutschen Fee des Grafen, oder aber das ausnahmsweise Bündnis beider gegen die höllischen Mächte, denen Charlotte entsprungen war.

Im Januar genas der Konnetabel, doch brachte mein Vater aus dem Louvre die Nachricht mit, daß der Herzog von Bouillon große Schwierigkeiten mache, Bassompierre, das heißt dem König, das Amt des ersten Kammerherrn zu verkaufen, das Seine Majestät seinem Favoriten zugedacht hatte.

Das Feilschen drehte sich vor allem um den Preis: Bouillon verlangte 45 000 Livres, der König wollte aber nur 20 000 geben. Doch meinte Bouillon, der Neffe von Montmorency, außerdem, daß Bassompierre für seine Cousine Charlotte nicht hoch genug stünde. Als Tochter des Konnetabels gebühre ihr wenigstens ein Prinz, zum Beispiel der Prinz von Condé. Der König hatte aufgeschrien. Condé liebte mehr die Jagd als die Damen, und außerdem wollte er für Charlotte Bassompierre haben und keinen anderen.

Sein Ton war so fest gewesen, daß mein Vater prophezeite, Bassompierre werde, ob mit oder ohne das Amt des Ersten Kammerherrn, noch vor Ostern Charlottes Gemahl. Er täuschte sich. Trotz der Protektion seiner deutschen Fee verlor Bassompierre alles: die Geliebte, die schmeichelhafte Verbindung, die reiche Erbschaft, das königliche Amt – aber ohne daß Bouillon sich eingeschaltet hätte, ohne daß der Prinz von Condé dabei mehr als ein freiwilliges Exil gewann, und, was daran am erstaunlichsten war, all das mit dem Einverständnis der Schönen. Wie sich dies zutrug, will ich nun erzählen.

* * *

Einige Tage darauf brachte mir eines Morgens ein Page ein Billett des Königs, das mich auf Schlag zehn Uhr in die Gemächer des Dauphins befahl. Und wen sehe ich am Tor zum Louvre stehen, wo Praslin Wache hielt? Den im Vergleich zu dem Gardehauptmann unsäglich kleinen, aber in allen Farben einer Maiwiese schillernden jungen Romorantin. Er erwartete mich und erwies mir mit seinem Federhut mindestens zehn Grüße, die linke Hand galant in der Hüfte, ein lässiges kleines Lächeln auf den Lippen und indem er mit Bravour die geringschätzigen Blicke übersah, die Praslin auf ihn herabsandte.

»Chevalier«, sagte Romorantin, indem er mich beim Arm faßte und mich in den Hof des Louvre zog, »wie bin ich erfreut, Euer schönes Antlitz zu erblicken! Der König hat mich hier postiert, um Euch in die Gemächer des Herrn Dauphin zu geleiten, doch Ihr glaubt gar nicht, wie ich litt, neben diesem Praslin warten zu müssen. Mit Sicherheit stinkt er mir! Er scheint sich Haare und Schnurrbart mit demselben Schweinefett zu schmieren, mit dem die Soldaten ihre Stiefel wichsen! Ich bin fast erstickt!«

Hierauf lachte er im Falsett, wie trunken von seinem eigenen Witz.

»Aber Marquis«, sagte ich lächelnd, »was ist das? Ihr sprecht ja nicht mehr das ›o‹ als ›u‹, das ›ei‹ wie ›oi‹ und laßt sogar das ›d‹ gelten, obwohl Ihr es doch, wenn ich mich recht erinnere, hart und dental fandet?«

»Leider, Chevalier!« sagte er, »doch meine Freunde und ich haben unsere Ansichten nicht geändert. Wir denken immer noch, daß gewisse Laute unedel sind, aber der König erfuhr davon durch einen verräterischen Gefährten, er hat uns ›kakelnde Dummköpfe‹ geschimpft und uns verboten, die französische Sprache zu verunstalten. Der König ist gegenwärtig aber auch in einem fürchterlichen Zorn, und das Unwetter ging zufällig über uns nieder.«

»Und was ist der Grund für diesen Zorn?« fragte ich beunruhigt.

»Aber, Chevalier, seid Ihr der einzige am Hof, der das nicht weiß? Die Des Essarts ist an allem schuld. Seit Henri mit der Verneuil gebrochen und die Moret ins Kloster geschickt hat, merkte er plötzlich, daß er keine Gespielin mehr hatte und wollte die Des Essarts wieder in den Sattel setzen. Dafür hat dieses unzweifelhaft dümmste Frauenzimmer des Königreiches verlangt, daß sie – in ihrem Alter! – in dem Ballett *Die Nymphen der Diana* mitspielen darf, welches die Königin vor dem Hof aufführen lassen will. Aber weiß der Teufel, wer diese Diana ist, und ihre Nymphen.«

»Diana ist die römische Göttin der Jagd, und ihre Nymphen sind Jägerinnen wie sie.«

»Ach, wie gelehrt Ihr seid, Siorac!« sagte Romorantin, indem er meinen Arm zärtlich drückte. »Kurz, man sagt, diese von der Königin ausgewählten Nymphen seien die zwanzig schönsten Jungfern des Hofes. Darum wollte die Des Essarts dazugehören: eine Gunst, die ihr der König versprochen und die ihr die Königin abgesprochen hat. Siorac, wie findet Ihr dieses Wortspiel?«

»Entzückend.«

»Wißt Ihr, daß ich es quasi ohne nachzudenken gemacht habe? So etwas spritzt mir in den Sinn wie der Amme die Milch in die Zitzen. Kurzum, kein Ballett für die Des Essarts. Also wütet sie gegen den König, der König wütet gegen die Königin, und um seinen Zorn zu bekunden, meidet er die Proben, er, der auf solche Lustbarkeit zu anderen Zeiten ganz erpicht gewesen wäre, besonders da die Püppchen sehr leichtgewandet tanzen.«

»Habt Ihr sie gesehen?«

»Leider, ich kann nicht umhin! Sie probieren in der Großen Galerie, durch die man hindurchmuß zum Kabinett des Königs. Ach, Chevalier! Was für ein wenig appetitliches Schauspiel, wie diese Wildgewordenen jedermann ihre bebenden Reize feilbieten ... Übrigens seht Ihr sie gleich selbst. Wir müssen ja dort durch.«

»Wie mich das freut!«

»Siorac! Ihr enttäuscht mich!« sagte Romorantin, indem er meine Hand losließ und schmollend aufblickte. »Ich hatte Euch für zartfühlender gehalten.«

»Ich bin, wie ich bin«, sagte ich lachend. »Die Reize, die Ihr bebend nennt, sind meinem Auge hochwillkommen.« – »Oh, pfui!« sagte Romorantin, »das ist ein Geschmack von letzter Gemeinheit! Kein elendes Tier, das nicht den gleichen hätte.«

»Dann bin ich eben ein elendes Tier«, sagte ich ungerührt, »genauso wie Euer Großvater Salignac, Euer Vater und der König.«

»Ach, Siorac!« sagte Romorantin reumütig, »vergebt mir meine Lebhaftigkeit. Ich sprach, ohne zu überlegen und ohne Euch kränken zu wollen.«

»Ihr habt mich nicht gekränkt, Romorantin«, sagte ich lächelnd, »Ihr seid gewiß ein höchst raffinierter Edelmann, aber ich fühle mich nicht schuldig, daß ich es nicht bin.«

»Nicht doch! Ihr scherzt!« sagte er, dabei schleckte er mein kleines Kompliment wie nichts.

Vier hochgewachsene Türsteher in Livree verwehrten einer Menge von Höflingen den Eintritt zur Großen Galerie, die sich müßig und schwatzend davor aufhielten in der Hoffnung, daß die Tür sich, und sei es nur spaltbreit, einmal öffnete, um einen Blick auf die Nymphen der Diana zu erhaschen.

Mit unterschiedlichen Empfindungen betraten wir das Allerheiligste, wenn ich diesen Begriff benutzen darf, um einen Ort zu bezeichnen, den die Anwesenheit von zwanzig jungen und schönen, wohlgeborenen Jungfern in einen Tempel der Weiblichkeit verwandelte und wo ein Ballettmeister waltete, der kaum dem anderen Geschlecht anzugehören schien, so manieriert war seine Haltung, so präziös sein Gebaren.

Für Romorantin war es gewiß eine Prüfung, diese lange Galerie zu durchmessen. Er nahm, während er mir vorauseilte, seine Kopfbedeckung ab und hielt sie vor sein Gesicht, um nichts als die Füße zu sehen und sich schnellstmöglich vor dem »wenig appetitlichen Schauspiel« in Sicherheit zu bringen. Ich hingegen folgte ihm ganz gemächlich, spielte, den Hut in der Hand und wie auf Zehenspitzen, den gar nicht Neugierigen, den höchst Bescheidenen, während meine Augen nicht wußten, wohin sie die Blicke zuerst richten sollten vor so vielen Lieblichkeiten und Wonnen.

Die keuschen Nymphen der Diana, die zur Jagd vergoldete Speere schwangen, wahrscheinlich um unsere zarten Männerherzen zu durchbohren, waren in so kurze Tuniken gekleidet, daß sie die Schenkel bis oben hin entblößten. Zu unserer zusätzlichen Verdammnis bestand dieses Kleidungsstück aus einem so dünnen und schmiegsamen Gewebe, daß es die Linien der jugendlichen Körper mehr als erraten ließ. Wahrlich, man fühlte nur zu deutlich das Glück dieser Nymphen, einmal der Unter- und Überröcke ledig zu sein, die ihren Gang sonst beschwerten, der Baskinen, die ihre Brust einzwängten, der engen Schnürmieder und der viel zu engen Schuhe, und sich gleichsam in ihrer natürlichen Gestalt zu bewegen, wie Gott sie zu ihrem eigenen Gefallen und zur Freude der Männer geschaffen hatte.

Durch den ganzen Saal waren in Abständen Glutpfannen aufgestellt, damit die Tänzerinnen sich so halbnackt ergehen konnten, ohne von der Winterkälte bedroht zu sein. Ihr beschleunigter Atem, ihre raschen, wenngleich anmutigen Bewegungen, die den Violinen gehorchten, sowie die Schweißperlen, die man auf allen Stirnen sah, hatten die kleinen Glasgevierte der hohen Fenster beschlagen und eine warme, intime Atmosphäre geschaffen, die gleichzeitig vom odor di femina und den Parfums erfüllt war, mit denen sie sich bestäubt hatten, bevor sie die Arena betraten. Es waren alles dem Hof wohlbekannte, knospende Schönheiten, darunter auch einige Ehrenjungfern der Königin, auch Noémie de Sobol, die mir verstohlen einen zärtlichen Blick zuwarf, und, eindeutig die Schönste von allen, Charlotte de Montmorency, die mich geringschätzig maß und tat, als ob sie mich nicht kenne.

Mir machte das nichts! Ich wußte ja, was das bezaubernde Lächeln, die verheißungsvollen Blicke und anderen Betörungen dieser *Ehrgeizlüstrichen* kosteten! Und hatte ich hier nicht neunzehn andere Mädchen, die mich in meiner Vorstellung über die Verachtung der einen trösteten? Als ich die Galerie, ich sage nicht Romorantin auf dem Fuße folgend, verließ, da er ja einen großen Vorsprung hatte, taumelte ich fast vor Trunkenheit.

»Kommt, Chevalier! Kommt!« rief Romorantin. »Genug mit diesen Frauenzimmern! Wollt Ihr den König warten lassen?«

Aber der König erwartete mich nicht. In seinem Kabinett traf ich nur den Herzog von Bellegarde an, der mir gar nicht erst Zeit ließ, ihn gebührend zu begrüßen, sondern mich umarmte und lachend fragte, wie ich die Nymphen gefunden hätte? Bellegarde, Monsieur le Grand genannt, denn er war Großritter von Frankreich, war ein langjähriger Freund meines Vaters, den er am Hofe Heinrichs III. kennengelernt hatte. Bekanntlich war er anfangs ein Favorit dieses Königs gewesen, dann aber einer seiner treuesten Diener geworden, sehr im Unterschied zu den Herzögen von Joyeuse und von Épernon, die, obwohl heißgeliebt und mit Gaben überschüttet, die Hand gebissen hatten, die sie nährte.

Meinen Vater hatte es stets verwundert, daß Bellegarde diese Schwäche für Heinrich III. gehabt hatte, da er die Frauen liebte wie toll, genau wie Bassompierre, dessen Freund und Rivale er am Hofe war. Und heute, mit seinen siebenundvierzig Jahren, dabei schön und kraftvoll, mit einer Gesundheit, um hundert Jahre zu werden, traf er auf seiner Bahn noch immer auf wenig Widerstand.

Mein Vater sagte einmal, Bassompierre beweise seine deutschen Tugenden auch in der Ausschweifung, indem er sogar die Verführung mit Fleiß und Methode betreibe. Bellegarde dagegen war immer leicht im Leichtsinn. Er verführte die Frauen fast gedankenlos, allein durch seine Fröhlichkeit, seine Sorglosigkeit und seine unüberlegte Verwegenheit.

»Wunderbar!« gab ich zur Antwort auf seine Frage nach den Nymphen.

»Mitnichten! Mitnichten!« sagte Bellegarde, noch immer lachend. »Dieses Adjektiv muß Mademoiselle de Montmorency vorbehalten bleiben. Wo sie ist, verblassen alle anderen ... Und wer sie auf dem Ball Eurer gütigen Patin gesehen hat, hat noch gar nichts gesehen, denn da war sie in ihrem Staate; und so verdienstvolle Anstrengungen sie auch machte, ihre Beine zu zeigen – als sie mit Euch Glückspilz die Volte tanzte! – konnte man alle ihre Vollkommenheiten doch nicht erkennen. Dazu mußte sie erst als Nymphe gekleidet oder besser entkleidet sein. Aber leider! wie Ihr ja sicher wißt, Chevalier, meiden *Wir* die Proben. Denn *Wir* grollen, weil die Königin *Uns* nicht die Gnade erwiesen hat, Mademoiselle des Essarts unter die Nymphen aufzunehmen. Und so gehen *Uns* so viele Schönheiten denn verloren. Doch kommt, Chevalier! Der König erwartet Euch beim Dauphin. Er ist übelgelaunt und ungeduldig. Denn die Königin grollt zurück. Die Des Essarts verschließt ihm die Tür, und der Arme weiß nicht mehr, wem soll er sein Herz schenken?«

Trotzdem erschien mir der König nicht so unwirsch, wie Monsieur le Grand gesagt hatte. In dem Raum, der Louis als Spielzimmer diente, kniete er auf den Fliesen vor einer großen Festung aus Pappe, welche die Wälle einer Stadt darstellten – Amiens, wie ich dann erfuhr –, und zeigte seinem Sohn, wie er seine kleinen Kanonen aufstellen müsse, um die Mauern am wirksamsten zu beschießen.

Als Louis mich erblickte, sprang er auf, lief mir entgegen und fiel mir um den Hals. Ich wurde rot vor Glück, doch ohne mir die gleiche Vertraulichkeit anzumaßen, küßte ich ihm die Hand, während mein Herz über die unerhörte Gunst, die er mir bezeigte, höher schlug. Indessen schien der König, der aufgestanden war, mit Freude sowohl die großherzige Zuneigung seines Sohnes wie auch die lebhafte Empfindung, die sie mir bereitete, zu beobachten. Er umarmte mich, nannte mich »kleiner Cousin« und sagte zum Dauphin, da er mit mir zu tun habe, vertraue er Monsieur le Grand die Aufgabe an, an seiner Statt ihm zum Sieg über das belagerte Amiens zu verhelfen.

»Wa Monsier le Gand dabei?« fragte Louis.

»War er! Und Sioracs Vater auch, und der Konnetabel und Mayenne.«

Mir fiel auf, daß der König den Marschall de Biron nicht erwähnte, der die Belagerung doch ebenfalls mitgemacht hatte.

»Herr Vater, kommt Ihr wieder?« fragte Louis.

Diesmal war es ihm gelungen, das »r« auszusprechen, obwohl es ihm noch oft entglitt.

»Ich komme wieder«, sagte der König, und indem er mir den Arm um die Schulter warf, zog er mich in das Gemach des Dauphin, wo ich als erstes ein Schreibpult auf einem Tischchen stehen sah, zu dem der König mich ohne weiteres hinschob, nachdem er die Tür hinter uns verschlossen hatte.

Ich setzte mich. Die Federn waren gespitzt. Ich wählte eine und tauchte sie in die Tinte, aber das Diktat erfolgte nicht sogleich. Henri schritt wie gewöhnlich auf und ab durch den Raum, doch so, als leide er bei jedem Schritt, so sehr schmerzte ihn wohl die Gicht in seinen Knien. Ach, mein armer König! Wie erschien er mir in jenem Moment grau, alt, dürr und runzlig, und seine große Bourbonennase hing tiefer denn je über seine Lippen herab!

»Louis liebt Euch«, sagte er, indem er innehielt und mich aus leuchtenden Augen musterte. »Ihr müßt ihn auch lieben.«

»Sire, könnt Ihr daran zweifeln?«

»Und ihm treu sein, wie Euer Vater es mir gewesen ist. Er wird Freunde sehr nötig haben nach meinem Tod.«

»Oh, Sire!« sagte ich, und Tränen stiegen mir in die Augen, weil er abermals von seinem Tode sprach. »Ihr wißt doch ...«

»Ja, ich weiß. Deshalb bist du ja hier«, fuhr er fort, und er duzte mich zum erstenmal.

Er nahm seinen Marsch wieder auf, wobei er bei jedem Schritt Grimassen schnitt, dann hielt er abermals inne.

»Ich habe Épernon verziehen, daß er mich verraten hat, ebenso Bouillon und auch dem Comte d'Auvergne. Nur dem Marschall Biron habe ich nicht verziehen. Weißt du, warum?«

»Nein, Sire.«

»Biron hatte große militärische Talente. Aber weil er von seiner Wesensart her rebellisch war, fürchtete ich, daß er sie nach mir gegen meinen Sohn mißbrauchen könnte. Er hätte eine große Gefahr für ihn dargestellt.«

Ich entsann mich, daß mein Vater einmal La Surie gegenüber dieselbe Begründung für die Verurteilung Birons geäußert hatte. Aber es war damals nur eine Vermutung gewesen. Heute nun wurde sie mir von dem bestätigt, der die Hinrichtung befohlen hatte.

Hierauf begann der König, mir seinen Brief zu diktieren, und nach dem beendeten Diktat legte er mir jene Empfehlungen ans Herz, die man bereits kennt. Ich war unglaublich stolz, so jung mit einer so wichtigen Aufgabe von ihm betraut zu sein, gleichzeitig entging mir jedoch nicht, daß er mich gerade durch dieses Vertrauen an sich und an seinen Sohn band. Und ich begriff auch den Grund für diese Gunst. Ich war seines Blutes, gewiß, aber ich war es durch eine Frau, die, weil sie eine Frau war, mich niemals regelrecht anerkennen konnte. Ich hatte weder den Rang noch die Privilegien, die einem königlichen Bastard zuerkannt wurden, und würde demnach nie die Macht haben, ihm oder seinem Sohn zu schaden, sofern es mich danach gelüsten sollte. Ich hatte keine andere Wahl als ihm zu dienen. Und zu dieser Wahl bestimmte mich nicht nur Neigung, sondern auch die sprichwörtliche Loyalität meiner väterlichen Vorfahren.

Kaum war der Brief, den ich unterm Diktat des Königs geschrieben hatte, getrocknet und an meinem bloßen Leibe geborgen (in Wahrheit in meiner Hemdentasche), kehrte der König mit mir zurück in den Spielsaal des Dauphins, wo Louis mit seinem bestallten Hofmeister, Monsieur de Gourville, sich inzwischen im Fechten übte. Gourville war ein so großer und massiger normannischer Edelmann, daß er wie ein Goliath anmutete, den keine Schleuder je hätte erschlagen können, schon gar nicht der kleine Degen in der Hand eines achtjährigen Knaben. Doch war dieser Hüne geduldig und gütig und sprach zu seinem Schüler sanft wie eine Frau. Soeben waren Schläge oder Berührungen von Stahl auf Stahl verklungen, denn Monsieur de Gourville zeigte Louis die Schritte vor und zurück.

»Monsieur«, sagte er mit seiner weichen Stimme, »man muß lernen, aus beiden Positionen Ausfälle zu machen.«

»Monsieur de Gouville«, sagte Louis stolz, »ich will abe vowäts ziehen und nicht ückwäts!«

Hierauf lachte der König zufrieden, doch er wurde sogleich ernst und sagte: »Mein Sohn, mit dem Degen ist es wie mit dem Krieg: man kann nicht immer nur vorangehen. Man muß wissen, wann man abbricht, nicht um zu fliehen, sondern um seinen Gegenschlag vorzubereiten.«

»Herr Vater, das will ich tun«, sagte Louis ernst.

Und er widmete sich seiner Lektion mit ganzer Aufmerksamkeit und schwitzte dicke Tropfen, sowohl vor emsiger Bewegung als auch, weil er sich vor seinem Vater übertreffen wollte. Außer seinem Erzieher, Monsieur de Souvré, waren noch Monsieur le Grand, Monsieur de Montespan, der Gardehauptmann, und Doktor Héroard zugegen. Und nicht die Spur von einem Weiberrock. Als der kleine Prinz in den Louvre zog, war er, wie der König gesagt hatte, »von den Händen der Frauen in Männerhände übergegangen«.

Die Fechtstunde war beendet, Louis stützte sich schweißüberströmt auf seinen Degen wie ein Waffenmeister und fragte: »Herr Vater, habe ich gut gefochten?«

»Ziemlich gut«, sagte Henri.

»Monsieur le Gand, fechtet Ihr?«

»Einigermaßen, Monsieur«, sagte Bellegarde, »aber Monsieur de Montespan ficht besser als ich. Und der Vater des Chevalier de Siorac noch besser als Montespan.«

»Warum, Monsieur?«

»Er ist der einzige im Königreich, der den Jarnac-Hieb kennt.«

»Den muß e mi beibingen!« sagte Louis feurig.

»Warum, Monsieur?« fragte Héroard.

»Dann töte ich die Feinde von Pa... Die Feinde des Königs, meines Vaters«, schloß er errötend.

»Ich danke Euch, mein Herr Sohn«, sagte der König. Und er wäre wohl noch länger bei seinem Sohn geblieben, hätte nicht Monsieur de Montespan nach einem Blick auf seine Uhr leise gesagt: »Sire, es ist höchste Zeit. Sonst kommen wir zu spät.«

Henri beugte sich zu Louis herab, und nachdem er ihn umarmt und mehrmals auf die Wangen geküßt hatte, folgte er Monsieur de Montespan, und Bellegarde und ich schlossen uns ihm an.

»Allewetter!« sagte der König mißlaunig, als er die Musik hörte, »probieren diese Nymphen denn immer noch in der Großen Galerie?«

»Ja, Sire«, sagte Montespan, »fürchtet Ihr, zu stören?«

»Sie stören mich!« sagte Henri barsch. »Ich habe mit diesem Ballett nichts zu schaffen und mit den Balletteusen schon gar nicht.«

Wie wünschte ich, die nun folgende kurze Szene nicht nur mit Worten zu schildern, sondern mit gewandtem Pinsel malen zu können, da sie im Leben des Königs und für die Zukunft des Reiches eine so große Bedeutung gewinnen sollte. Ich sage, zu malen, und wäre es nur, weil beide Protagonisten dabei stumm blieben. Einzig Bellegarde, in diesem stummen Drama ein schlichter Komparse, sprach, und er sprach wenig. Er sagte einen ganz banalen Satz, der in seinem Sinn wie in dem der anderen Zeugen, Montespan und mir, völlig unschuldig war.

Und warum er ihm auf die Lippen kam, ist leicht zu verstehen. Bellegarde liebte den König, mit dem er täglichen Umgang hatte. Wie alle seine Vertrauten sorgte auch er sich wegen seiner schwarzen Launen, und da er sah, wie sein Herr sich plötzlich verfinsterte, als er von dem Nymphenballett sprach, kam ihm der Gedanke, ihn von den Widrigkeiten seines Lebens abzulenken, indem er seine Augen auf etwas höchst Liebenswertes lenkte – genauso, wie er dem kleinen Dauphin eine Trommel oder einen Degen schenken würde, um ihn über einen Kummer zu trösten. Armer, lieber Bellegarde, wie rasch, wie unüberlegt er war, und wie sehr seinem König zugetan! Die Zunge hätte er sich herausgerissen, hätte er vorausgesehen, zu welchem Unheil diese paar Wörter den Samen legten.

Wie es seinem Amte entsprach, bahnte Montespan Seiner Majestät den Weg und betrat als erster die Große Galerie. Aber ohne den Abstand zu wahren, folgte ihm der König fast auf dem Fuße, so schnell und wütend ging er, daß er für den Augenblick seine Gicht vergaß; er hielt Kopf und Augen gesenkt, um ja von dem Ballett nichts zu sehen, das ihm von seinen beiden Frauen – der legitimen und der illegitimen – peinliche Szenen eingetragen hatte. Bellegarde und ich folgten ihm ziemlich betrübt, daß wir so schnell an einem so reizenden Schauspiel vorbeilaufen mußten, als ich sah, wie er plötzlich an des Königs linke Seite voreilte und mit seiner dummen, lieben Stimme sagte: »Seht doch, Sire, ist Mademoiselle de Montmorency nicht wunderbar?«

Der König hob den Kopf, hielt inne, und dank einem jener Zufälle, die soviel Übel anrichten, befand er sich genau gegenüber der Schönen, die mit dem goldenen Speer in ihrer kleinen Hand den Körper rückwärts bog, dessen Vollkommenheiten die kurze Tunika so wenig verhüllte. Zum Stoß bereit, aber noch des Signales harrend, das die Musik ihr dazu geben sollte, erstarrte sie einer göttlichen Statue gleich, ihre Augen und ihr Lächeln aber, die ganz auf den König zielten, waren voll dieses bezwingenden, mitreißenden Lebens, das mich in jener Ballnacht bei Madame de Guise so sehr betört hatte. Henri stand wie festgenagelt vor diesem Blick und diesem Lächeln, als eröffneten sie ihm die süßen Fluchten und frischen Täler des Gartens Eden.

Nach einer kurzen Pause strichen alle Violinen gemeinsam

die Saiten an. Die Nymphen stießen ihren Speer gerade vor sich hin, Charlotte aber zielte, ohne ihren Speer loszulassen, als treffe sie den König ins Herz. Die Spitze der Waffe, die aus Pappe war, damit die Nymphen sich nicht gegenseitig verletzten, berührte kaum das Wams Seiner Majestät, denn der Treffer war mit mutwilliger Grazie und blitzenden Augen, in denen Teufelchen tanzten, im selben Moment abgebremst worden. Ein neuer Violinenakkord erklang, die Jägerin kehrte uns den Rücken und entfernte sich tanzend von ihrer erlegten Beute.

Zu meiner großen Verblüffung aber wankte der König, als ob er ohnmächtig würde. Bellegarde faßte seinen Arm, ich sprang an seine andere Seite, und tief erschrocken sah ich, wie sein Gesicht die Farbe verlor und weiß wurde. »Sire! Sire!« sagte Bellegarde. »Es ist nichts«, sagte der König mit tonloser Stimme.

NEUNTES KAPITEL

»Ich mag das Frauenzimmer nicht«, sagte mein Vater, als ich ihm meine Erlebnisse berichtete. »Sie ist derart berauscht von ihrer Schönheit, daß sie kein Halten kennt und ihre Angeln überall auswirft. Sie führt den Konnetabel an der Nase herum. Die Herzogin von Angoulême muß nach ihrer Pfeife tanzen, und kaum ist ihr Bassompierre ins Netz gegangen, greift sie noch höher.«

»Was ist die Herzogin von Angoulême für sie?« fragte La Surie, der als nicht adlig Geborener nicht von Kindesbeinen an mit den schwierigen Verwandtschaftsbeziehungen der Großen gefüttert worden war.

»Ihre Tante. Sie ist die Witwe des Herzogs von Montmorency, des ältesten Bruders vom Konnetabel. Als Charlotte die Mutter verlor, trat ihre Tante an deren Stelle.«

»Und was ist die Herzogin für eine Frau?«

»Sie hat gute Manieren, aber das ist es denn auch. In allem übrigen weiß sie so wenig wie der Konnetabel, der völlig unwissend ist. Und wie der Konnetabel betet sie den König auf Knien an und würde nie etwas tun, was ihm zuwiderliefe.«

»Vielleicht ist es ja nur eine Verliebtheit«, sagte La Surie, »die wie alle anderen vergeht.«

»Ich fürchte, nicht«, sagte mein Vater mit einem Seufzer. Und nachdem er sich, wie mir schien, auf sich selbst und seine wachsende Zuneigung zu unserer kleinen Seidennäherin besonnen hatte, fuhr er fort: »Vergiß nicht, Miroul, wie alt das Mädchen ist, und wie alt der König. Und so nahe, wie er sich dem Tode wähnt, wirft er seine letzten Reserven ins Treffen. Das sind Zunder und Feuerstein zu einer rasenden Liebe. Und wenn einer solchen Leidenschaft eine große Lebensgier und die königliche Allmacht zu Hilfe kommen, stehen tausend Torheiten zu befürchten ...«

Am Tag darauf – es war der 17. Januar und ein Mittwoch – brachte ein Page mir frühmorgens ein Wort Seiner Majestät, das mich ebenso überraschte, wie es mich bestürzte, denn er befahl mich in den Louvre (obwohl er mich tags zuvor erst gesehen hatte), und das hieß, ich mußte wieder meine Deutschstunde versäumen. Noch bevor ich mich ankleidete, setzte ich mich an mein Schreibpult und schrieb Frau von Lichtenberg einen Brief, an dessen Wortlaut ich mich nicht mehr entsinne, der jedoch so voller Liebe und Traurigkeit war, daß ich, kaum hatte ich ihn dem Laufburschen übergeben, in Schrecken geriet bei dem Gedanken, die Gräfin könnte mir zur Strafe für meine unverhohlenen Worte ihre Tür auf immer verschließen.

Man muß schon sehr jung sein, um zu befürchten, daß eine Frau sich durch eine so tiefe Verehrung gekränkt fühlen könnte! Außerstande jedoch, mir vorzustellen, in welchem Maße ich in ihrer Zuneigung bereits gestiegen war, zitterte ich davor, mir den köstlichen Umgang mit ihr durch meine Kühnheit verdorben zu haben – den sie, wie ich in der Folge feststellte, ja gerade durch tausend kleine Listen ermutigte, welche die Frauen zu Hilfe nehmen, um uns die Initiative in die Hände zu legen, welche die Sitten ihnen verbieten. Aber ich war zu unerfahren, und ich liebte sie zu sehr, um dafür nicht blind zu sein.

Ich fand den Louvre in heller Aufregung, weil der König das Bett hüten mußte, da ihn seit zwei Uhr morgens ein schwerer Gichtanfall in der rechten großen Zehe plagte, unter dem er grausam litt.

»Ah! Mein kleiner Cousin«, sagte er, als ich an seinem Bett niederkniete, um ihm die Hand zu küssen, »ich freue mich, Euch zu sehen! Setzt Euch auf den Schemel hier zu meiner Rechten. Ich leide tödliche Schmerzen. Wenn das die Strafe für meine Sünden hienieden ist, wie soll es dann erst im Jenseits werden? Es ist, als ob ein Dämon mir die Zehe bald mit seiner eisernen Klaue zermalmt und bald mit siedendem Öl begießt. Ich ertrage nicht einmal das Bettuch, so drückt es auf meinen Fuß! Die letzte Nacht habe ich kaum schlafen können, und mir ist Angst vor der Nacht, die kommt. Allewetter, kleiner Cousin, versucht ja nicht, alt zu werden. Ihr seht, wie es mit mir steht. Ich leide so bitterlich, daß es sogar mein Denken stört, und wenn ich so weitermache, bin ich bald ein Tattergreis, den keine Frau mehr will.«

»Ganz im Gegenteil, Sire!« entgegnete ich lebhaft. »Die

Gicht gilt seit der Antike als ein unstrittiges Zeichen der Männlichkeit. Zum Beweis das berühmte Wort: Der Knabe hat keine Gicht vor der Mannbarkeit, und Eunuchen haben sie niemals.«

»Wer hat das gesagt?«

»Hippokrates, Sire.«

»Hippokrates!« sagte er im Ton höchster Achtung, indem er sich aus seinen Kissen aufrichtete, und ein ermutigtes Lächeln löste ein wenig seine verzerrten Züge. »Bist du sicher?«

»Gewiß, Sire. Dieses Wort hat mein Vater oft zu meinem Großvater gesagt, wenn er an seiner Gicht litt. Und Gott weiß, daß der Baron von Mespech für dessen Wahrheit einsteht, denn auf seinem Gut im Périgord gibt es keine Jungfer, der er trotz seines hohen Alters nicht noch Ehre erweisen könnte.«

»Ein Gut im Périgord! Oder lieber noch in meinem Béarn! Oh, davon habe ich mein Leben lang geträumt«, sagte Henri, indem er sich wieder seiner Sehnsucht nach dem Landleben ergab. »Ein schönes Stück Land mit einem kleinen Fluß inmitten und mit Feldern und Wäldern, daß ich jagen könnte und leben, wie es mir beliebte. Kein Schloß, nur ein einfaches Gut. Aber vor allem Stille, Abgeschiedenheit und, wenn möglich, den Herzensfrieden in der naiven Liebe eines kleinen Hirtenmädchens, das man an einer Wegbiege traf ... Ach ja!« fügte er mit einem Seufzer hinzu, »alles Träume und Schäume: denken wir nicht mehr dran!«

Stille hatte er tatsächlich sogar als Kranker kaum bei all den Menschen, die sich in seinem Schlafgemach drängten und die ständig kamen und gingen. Zwar sprachen sie nur halblaut, aber all das Gemurmel ergab insgesamt einen ziemlich anhaltenden Lärm. Ich fragte mich, wie Seine Majestät es anstellen wollte, mir mitten unter diesen vielen Leuten einen höchst geheimen Brief zu diktieren. Aber ich sollte bald erfahren, daß es sich nicht darum drehte: sobald er den Comte de Gramont, Bellegarde, Bassompierre und mich um sich versammelt sah, sagte der König, wir vier sollten ihm nacheinander den Roman *L'Astrée* vorlesen, und er hoffe, daß uns das abwechselnde Lesen nicht zu sehr ermüde, denn er wünsche, daß wir auch über die kommende Nacht bei ihm blieben und die Lektüre des Romans fortsetzten, um ihm über seine Schlaflosigkeit hinwegzuhelfen.

Es versteht sich von selbst, daß wir seinem Befehl mit Wärme zustimmten, auch ich, der am wenigsten Aufrichtige der vier, denn trotz meiner großen Liebe zu Henri war ich für die Ehre, die er mir erwies, nicht sehr empfänglich; der Verlust meiner geliebten Stunde bei der Gräfin zehrte an mir.

Bassompierre bat um die Gunst, mit der Lektüre beginnen zu dürfen, da er den Louvre am Nachmittag verlassen müsse. Der König willigte ein, und Bassompierre fing an zu lesen, was immerhin den Vorteil hatte, daß jenes andauernde Gemurmel im Raum sich ein wenig legte. Die Stimme des Comte hatte ein sehr angenehmes Timbre, und er las sehr gut, weil er sorgfältig artikulierte, wie es Fremde zu tun pflegen, die unsere Sprache vortrefflich beherrschen.

Nach allgemeinem Bekenntnis ist *L'Astrée* von Honoré d'Urfé einer der bestgeschriebenen und rührendsten Romane, und wiewohl ich ihn mehrmals gelesen habe und die schönsten Passagen auswendig kenne, bereitete es mir großes Vergnügen, ihn laut vorgelesen zu hören, nicht allein wegen der Schönheit seiner Sprache, sondern auch weil die erhabenen Gefühle Céladons für Astrée mich auf jene verwiesen, die ich mit solcher Stärke für Frau von Lichtenberg empfand.

Wie hätte ich nicht an sie denken sollen, als ich dies hörte: *»Céladon war von Astrées Vollkommenheiten derart eingenommen, daß er nicht umhin konnte, sich ganz an sie zu verlieren. Wenn es erwiesen ist, daß einer dadurch, daß er sich verliert, etwas gewinnen kann, womit er sich dann begnügen muß, so darf Céladon sich glücklich schätzen, sich so angelegentlich verloren zu haben, daß er die Gutwilligkeit der schönen Astrée gewann, denn da sie seine Freundschaft sicher fühlte, wollte sie nicht, daß diese durch Undank vergolten werde, sondern vielmehr durch eine gegenseitige Zuneigung, aus welcher sie seine Freundschaft und seine Dienste entgegennahm.«*

Diese von Bassompierre so schön gelesenen Zeilen machten mich trunken vor Freude. Denn so wie für Bassompierre – und vielleicht auch für den König – die schöne Astrée nur die Züge von Mademoiselle de Montmorency annehmen konnte, sah ich, der ich ganz von der Gräfin erfüllt war und »mich an sie verloren hatte«, wie der Autor es so trefflich sagt, hierin die Prophezeiung, daß sie nicht säumen werde, mir alle Liebe zu erwidern, die ich für sie empfand. Ich sagte »Liebe« und nicht »Freundschaft« und »Zuneigung«, denn diese Begriffe aus der Feder unseres Autors dünkten mich denn doch etwas scheinheilig.

Gleichzeitig beobachtete ich, daß der König in seinen Kissen über dem Zuhören seine Schmerzen zu vergessen schien, denn seine so beweglichen Züge verrieten von Mal zu Mal ebenso heftige Empfindungen, wie es die meinen waren. Ich faßte es kaum. Mein Vater hatte mir so viele heikle und gefährliche Situationen geschildert, aus denen sich dieser große König durch tausend und eine List gerettet hatte – manch eine davon sehr machiavellistisch –, daß ich nicht glauben wollte, es hätte in ihm genug Jugendfrische, um nicht zu sagen Naivität überlebt, um sich noch mit einem Céladon zu vergleichen, da doch seine Stellung, sein Alter und seine körperlichen Leiden ihm eine enthaltsamere Rolle zuzumessen schienen.

Um Punkt elf Uhr wurde das Mittagessen für den König gebracht, der auf die Weise wenigstens einmal pünktlich speiste, aber im Bett und sehr wenig auf Anordnung der Ärzte: eine Gemüsebrühe, ein süßer Weißkäse, ein Apfelkompott und Wasser, das in einer verkorkten Flasche war, denn es kam von einer Heilquelle, in die Seine Majestät großes Vertrauen setzte. Bassompierre nützte die Unterbrechung, um seinen Urlaub zu nehmen, und der König fragte mich, während er aß, ob ich bereit sei, nach seinem Mahl weiterzulesen. Nun bemerkte ich durchaus, daß Seine Majestät, nachdem der Comte so gut gelesen hatte, Gleiches von mir erwartete. Diese Erwartung spornte mich an, und ich beschloß, meinen Vorgänger zu übertreffen. Bassompierre hatte als Leser gelesen. Also wollte ich als Komödiant lesen, indem ich die Betonungen wechselte und die männlichen oder weiblichen Stimmen der Figuren nachahmte.

Zuerst überrascht, war Henri von der Belebung, die ich dem Text verlieh, bald verzaubert. Der Erfolg steigerte meine Kühnheit, und zu meiner großen Genugtuung beobachtete ich, daß er nicht der einzige war, der sie schätzte, denn das Gemurmel im Raum hörte völlig auf und wich jenem aufmerksamen und sozusagen gespannten Schweigen, das man in der Komödie erlebt, wenn das Stück gut ist. Ich las eine reichliche Stunde, ohne die mindeste Ermüdung zu verspüren, so sehr trug mich mein Erfolg, und ich wäre so fortgefahren, hätte sich nicht lebhaften Schrittes Monsieur de Montespan eingestellt. Mit einer Sicherheit, die bezeugte, daß er sich nicht ungelegen wußte, ging er geradewegs auf das Bett des Königs zu und sagte ihm etwas ins Ohr. Der König erblaßte, seiner Blässe folgte ein Lächeln, und indem er sich strahlenden Auges mir zuwandte, sagte er mit kräftig belebter Stimme: »Mein kleiner Cousin, laß es für den Augenblick gut sein. Bleib aber hier. Ich will dein Lesen nicht entbehren.«

Plötzlich setzte rund um das königliche Lager ein geschäftiges Hin und Her ein. Man brachte eine Schüssel mit Wasser, und der König spülte sich Gesicht und Hände; man kämmte ihn, was mich sehr erstaunte, da ich von meinem Vater wußte, wie sehr es ihm widerstrebte, daß man seine Haare berühre; man zog ihm sein Hemd aus, das mich tatsächlich weder sehr reinlich noch sehr schön bedünkt hatte, und ersetzte es durch ein makellos weißes Hemd, dessen Kragen und Ärmel reich mit Spitzen verziert waren; und schließlich bestäubte man ihn mit Parfüms – ihn, der doch keine mochte –, bestäubte ihm Hals, Wangen, Haare und Hände. Im Gemach herrschte während dieser Toilette tiefstes Schweigen, so ungewöhnlich mochte sie auch den anwesenden dreißig Höflingen beiderlei Geschlechts erscheinen, die, obwohl sie standen und dieses Stehen durchaus leid waren, ihren beengten Platz nicht für ein Königreich hergegeben hätten in Erwartung des großen Ereignisses, das diese Vorbereitungen ankündigten.

»Laßt eintreten, Montespan!« sagte endlich der König mit heller Stimme.

Ohne jede Schonung räumte Montespan nun den Eingang, indem er die Höflinge mit den Armen bis hin zur Tür nach beiden Seiten schob. Und nachdem er Platz geschaffen hatte, ging er hinaus und kam sogleich wieder, indem er mit einem gewissen Zeremoniell der Frau Herzogin von Angoulême und Mademoiselle de Montmorency vorausschritt, welch erstere einem hochbeladenen, schweren Lastschiff glich, das eine anmutige Fregatte im Schlepptau führt.

Diese Erscheinung rief bei den Zuschauern ein erregtes Getuschel hervor, das sich jedoch sehr schnell legte. Henri, wenn auch scheinbar tief bewegt, stellte nun jene rasche Entscheidungsfähigkeit unter Beweis, welche ihm auf anderem Gebiet den Ruf eines großen Befehlshabers eingetragen hatte.

»Meine liebe Cousine, ich bin Euer Diener«, sagte er zu der Herzogin, indem er ihr auf der rechten Seite des Bettes seine Hand zum Kuß hinstreckte. »Siorac«, fuhr er, an mich gewandt, fort, »gebt Euren Schemel meiner teuren Cousine von Angoulême, und Ihr, liebste Freundin«, setzte er zu Charlotte hinzu, »wollt Euch hier in der Bettgasse zu mir setzen, wo ich Euch zu unterhalten wünsche.«

Nachdem er ebenso geschwind wie geschickt das junge Mädchen von seiner Dueña getrennt und die ganze Breite seines Bettes zwischen sie gebracht hatte, bat er Mademoiselle de Montmorency, nahe bei seinem Kopfende Platz zu nehmen, und indem er sich soweit zu ihr beugte, daß er ihr Gesicht fast berührte, begann er leise mit ihr zu plaudern. Nun verbreitete sich ein unerhörtes Schweigen unter den Zeugen dieser Begegnung, da ein jeder, wie Pissebœuf gesagt hätte, das Ohr »zwei Daumen vom Kopf weg« spannte. Ich hatte mit der Herzogin von Angoulême wahrlich von allen den besten Platz inne. Zu ihrem Unglück aber hörte die Herzogin nicht mehr gut, und wiewohl sie ohne jede Scham ihre Hand wie ein Höhrrohr ans Ohr legte, bezweifle ich stark, daß sie auch nur ein Wort von dem verstand, was der König und seine schönste Untertanin miteinander sprachen.

Schön war sie in der Tat, und sie war es entschieden mehr als all jene, die in diesem Königreich Anspruch auf dieses Wort erheben konnten, mehr noch, sie war strahlend jung, das Auge groß, die Nase aufs feinste geformt, der Mund klein, aber vollkommen gezeichnet, die Wangen rund, wie es ihrem Alter entsprach, die Haut zart und licht, rund und lieblich der Hals, den ein großer, im Nacken aufgestellter Spitzenkragen umrahmte.

Gleichwohl bemerkte ich, daß trotz all ihrer Jugend die Kunst der Natur doch einiges hinzufügte. Denn sie trug eine derzeit höchst originelle Frisur, die mich an jene der Gräfin erinnerte: ihre Haare waren hochgenommen und ohne jegliche Löckchen hinter ihrer schönen Stirn gerafft, gekrönt nur durch ein schlichtes Schleifenband, so daß sie die weiß und rosigen Ohren freilegten wie kleine Muscheln. Die Brauen waren mit der größten Sorgfalt gezupft, so daß sie nur eine feine, schwarze Bogenlinie bildeten, welche die azurblauen Mandelaugen besonders in Geltung setzte und groß und leuchtend machte. Sie trug ein mattblaues Schnürmieder und einen ebensolchen Rock aus kostbarem, aber sparsam gemusterten Satin und dazu einen einzigen, aber sehr jungfräulichen Schmuck: eine einreihige Perlenkette, die man als schlicht ansehen konnte, hätten der Schimmer und die Größe der Perlen den Beobachter auf den zweiten Blick nicht eines Besseren belehrt.

So bescheiden die Haltung, die niedergeschlagenen Lider, die Verwirrung, das kleine Erröten dann und wann auch anmuteten, so daß man glauben mochte, die Butter schmölze dieser Unschuld nicht im Munde, fuhren doch von Zeit zu Zeit seltsame Blitze durch ihre Augäpfel, die ihnen plötzlich einen metallischen Glanz verliehen.

Kaum daß sie mit der jungfräulichsten Scheu auf ihrem Schemel in der Gasse Platz genommen hatte, machte sie dem König ein höchst wohlgedrechseltes Kompliment, aber so, als wäre es der Unbefangenheit ihres Alters entsprungen. Sie sagte, die großen Sorgen, die sein Gichtanfall ihnen, ihrer Tante und besonders ihr bereitet hätten (letzteres, indem Wimpern und Stimme gesenkt wurden), hätten ihr den Wunsch eingeflößt, ihn zu besuchen. Nun endlich sehe sie aber beruhigt, daß er einen besseren Eindruck mache als erwartet, und sie hege für seine Genesung die glühendsten Wünsche und schicke dafür die lebhaftesten Gebete zum Himmel.

Tatsächlich war an diesen Reden nichts auszusetzen, sie waren reinste Konvention, und hätte die Herzogin von Angoulême etwas verstanden, hätte auch sie nichts daran beanstanden können. Die Art jedoch, in der sie vorgebracht wurden, die Blicke, die niedergeschlagenen Augen, das kleine Stocken, das Seufzen, das scheue Lächeln hier und da gaben ihnen einen ganz anderen Sinn als den buchstäblichen. Und obwohl ich fand, daß die Schnur dick und der Haken nicht zu übersehen war, biß der König im Nu an – vielleicht, weil er ja nichts so sehr wünschte, wie quasi freiwillig auf die Vortäuschungen der kleinen Schaustellerin hereinzufallen.

»Liebste Freundin«, sagte der König mit einer Bewegung, die mir Pein bereitete, »ich danke Euch für die Empfindungen, die Ihr mir bezeigt. Ich werde ihrer achthaben. Ich liebe Euch und will Euch wie eine Tochter lieben. Mich beglückt der Gedanke, daß Ihr, wenn Ihr erst mit Bassompierre vermählt seid und er als Erster Kammerherr im Louvre wohnt, hier leben werdet und ich Euch dann alle Tage sehen kann. Ihr werdet der Trost und die Stütze des Alters sein, in das ich schon bald eintrete.«

Dies war nun ganz die heuchlerische Sprache von *Astrée*. Es war von nichts wie von Freundschaft und Zuneigung die Rede, von Trost sogar: ein frömmlerischer Begriff, der im Munde von Henri höchlich verwunderte!

»Aber, Sire!« sagte Charlotte, indem sie ihre kindlichen Augen weit aufsperrte und auf den König richtete, »Ihr werdet niemals alt! Es ist eine so große Kraft in Euch!«

Besseres hätte sie nicht sagen können, auch auf kühnere Weise nicht, denn so gut es sich hinter scheinbarer Unschuld verbarg, ermutigte es den König, in der unternommenen Belagerung fortzufahren.

»Liebste Freundin«, sagte er, »hat Euer Vater nicht Bassompierre zu seinem Schwiegersohn erwählt?«

»Ja, Sire«, sagte sie, die Lider gesenkt, mit einem leisen Seufzer.

»Liebste Freundin«, fuhr er nach einem Schweigen fort, »sagt mir frei, ob diese Wahl Euch genehm ist. Ich wüßte diesen Kontrakt wohl aufzuheben und Euch mit meinem Neffen zu verheiraten, dem Prinzen von Condé.«

Ich traute meinen Ohren nicht: da kam der König auf einen Plan zurück, den er, als der Herzog von Bouillon ihn vorzuschlagen wagte, so hart bekämpft hatte. Sollte das bedeuten, daß Condé, der wenig geschaffen war, Damen zu lieben, und noch weniger, ihnen zu gefallen, ihn ein minder gefährlicher Rivale dünkte als Bassompierre? Das hieße, mit dem Glück des Comte und dem Glück Condés billigen Schacher zu treiben!

Mademoiselle de Montmorency, die sich auf Worte sehr wohl verstand, mußte fühlen, daß der König zu schnell und zu weit vorpreschte, obwohl dies vermutlich ganz in ihrem Sinne war. Und so tat sie, als müsse sie sich in die Dinge fügen, ohne jedoch ihr königliches Gegenüber zu entmutigen.

»Sire«, sagte sie, »es ist der Wille meines Vaters, ich werde mich mit Monsier de Bassompierre glücklich schätzen.«

Dieses vorwurfsfreie und doch so zweideutige Wort wurde mit dünner Stimme gesagt und mit einem kleinen Seufzer beschlossen. Der König, den die Spannung dieses Gesprächs angestrengt hatte, lehnte den Kopf in die Kissen zurück, grausam zerrissen zwischen Hoffnung und aufbegehrender Eifersucht. Die Herzogin von Angoulême sah darin jedoch nur die Erschöpfung, sie folgte ihren guten Manieren und ebenso ihrer Begier, von der Nichte zu hören, was gesagt worden war, stand auf und bat den König um Urlaub. Er gewährte ihn. Zu beiden Seiten des Bettes überließ er seine Hände den Damen zum Kuß, und als Mademoiselle de Montmorency, wie es ihrem Alter geziemte, zwei Schritt hinter ihrer Tante davonging, hefteten sich seine Augen an sie, bis sie zur Tür hinaus war.

* * *

Könige, wie mein Vater so treffend bemerkt hatte, werden öffentlich geboren, speisen öffentlich und sterben öffentlich – nur ihren Gemahlinnen wohnen sie nicht öffentlich bei. Der Grund ist, daß jeder große oder kleine Vorfall ihres Lebens zur Staatsaffäre werden und das gesamte Königreich interessieren könnte. Henri, der einfache Gelüste und bäuerliche Sehnsüchte hatte, ertrug diese Öffentlichkeit schlecht, aber er ertrug sie. Sonst hätte er den Hof abschaffen müssen, aber der Hof war nützlich; er fesselte die Großen an ihn, die ohne die Ehren, Reize und Wonnen, die sie in dieser Unterjochung fanden, in einem fort Komplotte gegen ihren Herrscher geschmiedet hätten.

So gewöhnt Henri es indessen sein mochte, ständig von spähenden Blicken und lauernden Ohren umgeben zu sein, schien es ihn nach dem Aufbruch von Mademoiselle de Montmorency doch zu stören, das Ziel einer so unverhohlenen und ziemlich aufdringlichen Neugier zu sein. Er befahl mir, die Lektüre von *Astrée* fortzusetzen. Was ich auch tat, aber nicht mehr mit ganz demselben Einsatz wie zuvor, so sehr hatte mich die Szene, deren Zeuge ich soeben war, mit Unbehagen und Verwirrung erfüllt. Denn so entrüstet ich über die offensichtlichen Vorspiegelungen dieser verschlagenen Person war und ihre Listen verabscheute, so wirkte doch auch auf mich ihre Schönheit. Und was den König anbetraf, hatte ich zwar mit großem Mitleid gesehen, wie er sich von dieser fleischlichen Falle verschlingen ließ, aber zugleich war ich sprachlos über die Naivität, mit der er sich geliebt wähnte. Der goldene Speer schien ihm ja tief ins Herz gefahren zu sein, wenn er in solchem Maße blind war.

Überdies wurde mein Lesevergnügen erheblich dadurch gemindert, daß der König nach einigen Minuten die Augen schloß. Zuerst glaubte ich, er schliefe, aber fast sogleich fiel mir ein, daß seine Schmerzen doch derart heftig waren, daß sie ihn zur Schlaflosigkeit verdammten. Außerdem sah ich, wenn ich ab und zu einen Blick nach ihm warf, unwillkürliche Grimassen in seinem Gesicht, die deutlich genug von seinen stechenden Schmerzen sprachen. Demnach hielt er also die Lider geschlossen, weil er zugleich den Ausdruck seines Blickes vor den Höflingen verbergen und bei sich einkehren wollte, ich will nicht sagen, um Ordnung in seine Gedanken zu bringen – leider ging es darum nicht mehr –, aber um Pläne zu schmieden, durch die er ans Ziel seiner heftigen Leidenschaft gelangen könnte. Deshalb hörte er mir sicher auch gar nicht zu, was mir jede Lust an der Lektüre nahm, und weil sich mit dieser Einsicht die Ermüdung durchsetzte, verhaspelte ich mich stellenweise.

So versunken in seine Gedanken der König auch sein mochte, er bemerkte meine Ermüdung und öffnete die Augen.

»Genug gelesen, Siorac!« sagte er gütig. »Gib Monsieur de Gramont das Buch. Monsieur de Montespan soll dich zum Dauphin führen und bitten, daß man dir etwas zu essen macht. Aber versäume nicht, heute nachmittag wiederzukommen.«

Ich dankte ihm, und zog mich nach einer tiefen Verbeugung mit Monsieur de Montespan zurück, als gerade die Ärzte eintraten.

»Meine Herren Doktoren«, sprach der König sie unvermittelt an, »für heute nacht müßt Ihr mir Opium geben. Ich will, daß mein Schlummer mich bettet und mir, wenn möglich, schöne Träume gibt.«

Da der König mich nicht entlassen hatte, dachte ich, daß ich die Nacht in seinem Gemach auf einem Schemel verbringen müßte, zwar ohne vorzulesen, aber ohne zu essen und vor allem ohne in so unbequemer Haltung schlafen zu können. Unterwegs äußerte ich Monsieur de Montespan meine Besorgnis, aber er nahm eins wie das andere übel auf.

»Chevalier«, sagte er mit harter Stimme, »man sieht, daß Ihr ein Neuling seid im Dienst des Königs, der sicherlich eine große Ehre ist, aber auch Zwänge mit sich bringt, denen es sich fügen heißt. Essen, Trinken und Schlafen, Monsieur, sind für die Diener Seiner Majestät die ungewissesten Dinge dieser Welt ... Und sagt Euch nur ruhig, daß es für Euch schon ein riesengroßes Privileg war, einen Schemel unter dem Arsch zu haben. Ich, der ich doppelt so alt bin wie Ihr, stehe mir den größten Teil des Tages die Beine in den Bauch ...«

Diese wenig hilfreichen Worte belehrten mich, daß ich für den Gardehauptmann eine Art junger Rekrut war, dem ein bißchen hartes Leben nur guttun könne, und das bestätigte sich, als Montespan mich beim Dauphin einführte, denn er vergaß zu sagen – falls es ein Vergessen war –, daß ich nichts gegessen hatte.

Aber da ich nicht einsah, weshalb ich, nur weil ich halb so alt war wie Monsieur de Montespan, hungern und nicht schlafen sollte, flüsterte ich Doktor Héroard ein Wort über meine Verlegenheit zu, während Louis stark beschäftigt war, Madame[1] zu necken, mit der er sein Mittagessen teilte.

Obschon ich leise gesprochen hatte, befahl Louis, der immer alles hörte, ohne es sich anmerken zu lassen, sogleich, man solle mir eine Hasenpastete, Brot, Wein und einen kleinen Backapfel bringen, und erwies mir zugleich die außerordentliche Ehre, mich an seine Tafel zu laden. Und Doktor Héroard versprach mir, falls das Opium auf Henri die erhoffte Wirkung hätte, könnte ich mit in seiner Kammer schlafen, wo er ein Bett für mich aufstellen lassen werde.

Louis hätte mich am liebsten in der seinen gehabt, aber Monsieur de Souvré, der bereits ein wenig stirnrunzelnd zugesehen hatte, wie er mich an seine Tafel holte, sagte ihm ernst, das schicke sich nicht für ihn. Louis respektierte mit seinen acht Jahren bereits die Bräuche zu sehr, um sie zu übertreten, trotzdem beugte er sich in diesem Fall leicht verärgert und begann, Monsieur de Souvré aufzuziehen.

»Monsieur«, sagte er mit einem spöttischen Glitzern in seinen schönen schwarzen Augen, »was für ein Land ist das: Verkehren?«

»Monsieur«, sagte Monsieur de Souvré mit einiger Verlegenheit, »ich weiß nicht. Wißt Ihr es?«

---

[1] Seine jüngere Schwester Elisabeth.

»Ich weiß nicht«, ahmte Louis den würdigen Ton seines Hofmeisters nach. Dann setzte er hinzu: »Doch weiß ich, was das ist. Aber da Ihr es mir nicht sagen wollt, frage ich die Damen.«

»Wen, Monsieur?«

»Madame de Souvré«, sagte Louis. Und lachend fuhr er fort: »Verkehren heißt Liebe machen.«

Nach diesem kleinen Sieg über seinen Hofmeister, den er ohne jede Bosheit genoß, denn er neckte nur diejenigen, die er liebte, während er den anderen ein kaltes, verschlossenes Gesicht vorbehielt, widmete sich Louis ganz seiner jüngeren Schwester. Fern waren die Zeiten, da er sie unter dem Vorwand schlug, sie habe ihm seine Birne gestohlen, in Wahrheit aber, weil er »Angst vor Mädchen« hatte!

Amüsiert beobachtete ich, wie er sich während des Essens bemühte, vor Madame den großen Bruder zu spielen und auch, sie zu tyrannisieren, obwohl es eine zärtliche Tyrannei war.

Als Monsieur Gilles, der Mundschenk, ihm Wein eingoß, bestand er darauf, daß sein Glas ganz gefüllt werde, indem er mit ein wenig grimmiger Miene sagte: »Oh, ich will mich daan gewöhnen, Wein zu tinken!«

Als er sah, daß auch seine Schwester Wein trank, sagte er in strengem Ton: »Meine Schwester, Ihr seid zu jung, um Wein zu tinken. Ich tinke ihn, aber ich bin auch schon ein Jahr älter.«

Und zu Monsieur Gilles sagte er: »Meiste Gilles, gebt meine Schweste keinen Wein, sie ist zu jung.«

Ich wette, daß Madame, ein hübsches Mädelchen von sechs Jahren, ein wenig scheu und träge, auf den Wein kaum erpicht war, denn er war so stark, daß ihr großer Bruder jedesmal, wenn er trank, eine Grimasse zog. Aber sie wollte nicht, daß Louis ihr ein Vorrecht bestritt, das er sich selbst genehmigte, und begann zu schmollen. Als der Dauphin dies sah, brach er sein Sahnetörtchen entzwei, gab ihr die Hälfte und sagte in spöttischem Ton: »Meine Schwester, habt Ihr schon einmal so ein Tier gegessen?«

»Das ist kein Tier«, sagte Madame, »das ist Kuchen.«

Hierauf lachte er über seine eigene Schlichtheit. Sie sah ihn mit großen Augen an, als fragte sie sich, ob sie nun mit lachen oder sich gekränkt fühlen sollte. Aber da das Törtchen vor ihr lag, tat sie weder dies noch jenes: sie aß es.

Als sie damit fertig war, fragte Louis: »Meine Schwester, wollt Ihr sehen, wie ich fechte?«

»Ja, Monsieur«, sagte sie höflich.

Die Antwort freute ihn, denn weil er sie liebte und sich darum wünschte, von ihr bewundert zu werden, wollte er ihr seine Talente vorführen und ließ unverzüglich seinen Waffenmeister Jeronimo rufen, der sich mit Monsieur de Gourville in die Ehre teilte, ihn das Fechten zu lehren.

Mir schien, daß Louis für einen achtjährigen Knaben tatsächlich sehr gut focht und daß seine Ausfälle sehr mutig waren. Nach beendeter Stunde stützte er sich wiederum auf seinen Degen, wie ich es ihn schon einmal hatte tun sehen, forderte Jeronimo zur Kritik seiner Attacken auf und lauschte mit großer Aufmerksamkeit, was der Meister ihm zu sagen hatte. Nach einem heimlichen Blick auf meine Uhr bat ich Louis, mich zu beurlauben, und ich mußte versprechen, daß er mich noch sehen würde, bevor ich in Héroards Kammer schlafen ginge. Dann begab ich mich wieder in die Gemächer des Königs. Ich war überrascht, nur mehr an die zehn Personen vorzufinden, und hörte, der König habe unter seinen Dienern eine strenge Drittelung befohlen, um ein wenig Ruhe zu haben.

Nach seiner Miene zu urteilen, ging es dem König nicht besser, nicht schlechter als vor meinem Besuch bei dem Dauphin, doch fiel es ihm offenbar schwer, das Bett hüten zu müssen. Der Comte de Gramont hatte Bellegarde im Vorlesen abgelöst, aber nach einer Stunde wurde er unterbrochen. Zum ersten kamen die Staatssekretäre und Minister, um an Henris Lager Rat zu halten, der übrigens schnell gefaßt wurde. Dann gab es plötzlich ein großes Tohuwabohou an der Tür, und die Königin trat herein, gefolgt von meiner lieben Patin, ihrer Tochter, der Prinzessin von Conti, der Herzogin von Montpensier, der Marschallin de La Châtre, der Marquise de Guercheville, einigen anderen mir fremden Damen und einem Halbdutzend Ehrenjungfern Ihrer Majestät.

Da der Anblick eines Weiberrocks dem König stets Vergnügen bereitete, überließ er seine Hand gerne den Damen, und die Königin umarmte ihn ziemlich gutwillig, während ihr unschönes, mürrisches Gesicht die geheime Befriedigung verriet, daß er bettlägerig und folglich außerstande war, seinen *Hurren* nachzulaufen.

»Sire«, sagte sie, indem sie auf einem Lehnstuhl Platz nahm, den ihr zwei Diener ans Kopfende des Königs stellten, »wie geht es Eurer Gicht?«

»Nicht schlimmer, nicht besser. Und Euch, liebste Freundin, wie geht es Euch?«

»Ich bin furrchtbarr *furiosa*[1].«

»Und warum, Madame?« fragte der König, die Brauen runzelnd.

»Sire«, rief sie aus, »*è una vergogna! La Camera di Nantes non ha nemmeno risposto!*«[2]

»Madame«, sagte der König, »ist dies der Ort und der Augenblick, über Euer bretonisches Edikt zu sprechen?«

Dieses Edikt übertrug der Königin sämtliche Einkünfte, die in der Bretagne binnen neun Jahren durch Käufe, Verkäufe, Heimfallsrechte, Konfiskationen und andere Grundherrenrechte anfielen.

»Sire«, fuhr die Königin fort, ohne sich durch den königlichen Verweis im mindesten beirren zu lassen, »*la Camera di Nantes non ha nemmeno risposto!*«

»Madame«, sagte Henri und nahm wieder einmal den Refrain auf, den er ihr seit der Hochzeit sang, »Ihr seid Königin von Frankreich! Bitte, sprecht Französisch!«

»*Eppure, è la terza lettera di iussione!*«[3]

»Der Kabinettsbefehl, Madame, der Kabinettsbefehl! Ist das denn so schwer?«

»*E la Camera non ha nemmeno risposto!*« sagte die Königin, entschlossen, die Sprache der Verräter nicht zu sprechen. »*È una vergogna! Sono cattivi questi! Bisogna punirli!*«[4]

»Sie bestrafen, Madame. Und wie?«

»*È molto semplice! Bisogna appiccarli al ramo d'un albero!*«[5]

»Madame, in diesem Königreich hängt man die Leute nicht auf wie an den Fenstern von Florenz die Wäsche. Die Rechnungskammer von Nantes wahrt die Interessen Unserer Pro-

---

1 (ital.) wütend.
2 Sire, es ist eine Schande! Die Kammer von Nantes hat nicht einmal geantwortet!
3 Aber es ist der dritte Kabinettsbefehl!
4 Es ist eine Schande! Diese Leute sind schlecht! Man muß sie bestrafen!
5 Ganz einfach. Man muß sie am Ast eines Baumes aufknüpfen!

vinz Bretagne und hält diese für verletzt durch das Edikt, dessen Benefiz Wir Euch überlassen haben. Es ist an Uns, sie zu überzeugen, daß sie zu gehorchen hat.«

»*E come? E come?*«[1] rief die Königin aus.

»Monsieur de Sully wird gleich morgen einen neuen Kabinettsbefehl verfassen.«

»*La quarta!*« sagte die Königin höhnisch, indem sie ihre fetten Hände in die Höhe streckte. »*E anche quella non avrà nessun effetto!*«[2]

»Madame«, sagte der König, indem er die Stimme leicht anhob, »nehmt gütigst Rücksicht auf meinen Zustand: wir haben sicher noch Gelegenheit, über Euer bretonisches Edikt zu sprechen, wenn ich wieder auf den Beinen bin.«

Der Ton duldete keine Widerrede, und die Königin verstummte, den Kopf hochmütig und verdrossen gegen die Lehne ihres Stuhles gedrückt. Schweigen trat ein. Doch die Herzogin von Guise ging hinter dem Lehnstuhl Ihrer Majestät vorbei zum Bett des Königs, warf sich mit ihrem natürlichen Ungestüm auf die Knie und begann, ihm tausend Nichtigkeiten zu erzählen, die immerhin das Verdienst hatten, ihm Spaß zu machen. Hierauf kam Bassompierre zurück, und da er auf den ersten Blick sah, daß die Königin verschnupft war, ließ er sich zu ihren Füßen nieder und versuchte, sie aufzuheitern, was er so ziemlich als einziger am Hof zuwegebrachte.

Da nun ein scheinbares Einverständnis in der königlichen Ehe einkehrte, wagte ich es, zwischen all den Reifröcken hindurch, die sich in der Gasse drängten, um dem König den Hof zu machen, mich der Herzogin von Guise zu nähern, machte ihr mein Kompliment und küßte ihr die Hand. Sie sprach kaum ein Wort mit mir und war sehr kühl. Ich war ganz erstaunt darüber und mehr noch verletzt, woraufhin die Prinzessin von Conti, die es beobachtet hatte, zu mir kam, mich ihren kleinen Cousin nannte und meine Wange mit einem Kuß streifte.

Nach diesem Kuß fand ich mich in der Bettgasse wer weiß wie zwischen vier oder fünf Reifröcken gefangen, die mich, wiewohl nicht umfänglicher als die anderen, von allen Seiten bedrängten, um sich dem königlichen Lager zu nähern und

1 Und wie? Und wie?
2 Der vierte! Und auch der wird ohne Wirkung bleiben!

Seine Majestät besser zu sehen, so daß ich schließlich weder vor noch zurück konnte. Diese Situation war um so lächerlicher, weil ich die Damen nicht kannte, die mich so in die Enge trieben, und weil sie, da sie mich auch nicht kannten, so taten, als wäre ich unsichtbar. Noémie de Sobol sah meine Verlegenheit, und indem sie sich mit ihrer gewöhnlichen Energie in das Röckemeer warf, faßte sie mich am Arm und zog mich nach ihrer Seite heraus. Doch kaum war ich der satin- und brokatschimmernden Flut entronnen, fiel sie zugleich flüsternd und zischend über mich her.

»Ich weiß wirklich nicht, Monsieur«, sagte sie, »ob ich wohl daran getan habe, Euch zu befreien. Wir haben auf Euch einen fürchterlichen Zorn.«

»Wer ist ›wir‹, Madame?«

»Die Herzogin und ich.«

»Und was habe ich getan, um diesen zweiköpfigen Zorn zu verdienen? Ich sage ›Zorn‹ und nicht ›Hydra‹.«

»Wir waren zweimal bei Euch zu Hause, das zweite Mal am vergangenen Montag, aber Ihr wart nicht zu finden.«

»Weil ich ausgegangen war.«

»Monsieur, Ihr macht Euch wohl lustig!«

»Hätte meine liebe Patin mich vorher benachrichtigt, wäre ich daheim geblieben.«

»Aber Euer Vater und La Surie waren auch nicht zu Hause, und von Mariette hörten wir, daß Ihr immer montags, mittwochs und freitags in einer Mietkutsche ausfahrt.«

»Stimmt«, sagte ich.

»Monsieur, wieso seid Ihr auf einmal so kurz angebunden? Mit mir mag es ja hingehen, Monsieur, aber die Frau Herzogin wird Euch nach dem Grund Eurer Heimlichkeiten fragen.«

»Der ist sehr einfach: ich verbringe diese Nachmittage bei meinem Deutschlehrer, und ich fahre zu ihm, weil er alt und gichtkrank ist.«

»Monsieur, wie hieß gleich der alte Grieche, von dem Ihr mir erzähltet, er sei von einer Göttin in eine Frau verwandelt worden und habe derweise zwei verschiedene Arten der Liebe kennengelernt?«

»Teiresias.«

»Euer Deutschlehrer ist also eine Art Teiresias.«

»Was soll das?« fragte ich auffahrend.

»Toinon hat uns gesagt, dieser Lehrer sei in Wahrheit eine Lehrerin, aber vielleicht auch eine Mätresse.«

»Madame«, sagte ich sotto voce, aber zitternd vor verhaltenem Zorn, »sind wir verheiratet? Habe ich Euch ein Eheversprechen gegeben? Und was habt Ihr mit diesem Küchengewäsch zu schaffen?«

»Ich, nichts«, sagte sie, ihrerseits mit einem wütenden Blick auf mich, während sie ihre roten Haare schüttelte. »Weiß ich nicht allzugut, daß Ihr mir nichts versprochen habt? Aber vor Eurer gütigen Patin werdet Ihr nicht so davonkommen, Monsieur! Und Gott weiß, wie liebend gerne ich dabei wäre, wenn das Gewitter über Eurem Haupte losbricht!«

* * *

Als die Damen unter großem Geraschel und Geschleife ihrer Röcke aufbrachen, blieben zwar ihre Parfüms zurück, aber das königliche Gemach war auf einmal der Farben, der Wärme und des Lebens beraubt. Nachdem ihre hohen Stimmen, ihr helles Lachen, ihre temperamentvollen Ausrufe verstummt waren, bettete Henri, den ihre Gegenwart sichtlich belebt hatte, den Nacken müde in seine Kissen und schloß die Augen. Bassompierre nützte die Gelegenheit, mich beiseite zu ziehen und mir leise ins Ohr zu sagen: »Henri wird jetzt sicher wollen, daß nach Gramont Ihr mit *Astrée* fortfahrt. Erlaubt Ihr, Chevalier, daß ich ihn frage, ob ich an Eurer Stelle Gramont ablösen darf? Ich bin heute bei dem Herrn Konnetabel zum Souper geladen und möchte irrsinnig gerne dorthin gehen, nachdem ich einen sehr enttäuschenden Nachmittag hatte. Ich wollte Mademoiselle de Montmorency besuchen, fand sie aber nicht daheim, weil sie bedauerlicherweise zur selben Zeit im Louvre war.«

Ich stimmte sofort zu, und als der König die Augen aufschlug und mich aufrief, für den Comte de Gramont weiterzulesen, trat Bassompierre vor und äußerte seine Bitte. Der König hörte ihn kühl, mit halbgeschlossenen Lidern an. Gleichwohl willigte er ziemlich freundlich ein und stellte ihm sogar frei, daheim zu schlafen, unter der Bedingung, daß er anderntags pünktlich um acht Uhr wiederkäme. Ohne sich über die Lauheit des Königs zu wundern, dankte Bassompierre ihm überströmend und begann seine Lektüre mit einem

Schwung und einer Freudigkeit, die nicht gerade zu dem Liebeskummer paßten, den Céladon in dem Text durchlitt. Mir war das Herz ein wenig bedrückt, als ich ihn – ich meine Bassompierre, nicht Céladon – so schön, so munter und so stolz auf sich sah und ganz unwissend um die schwarzen Wolken, die sich über seinem Haupt zusammenbrauten.

Doch eigentlich hatte ich schon an jenen genug, die dem meinen drohten und den diese rothaarige Mänade mir angekündigt hatte. Wahrhaftig! Ohne die Gegenwart des Königs wäre ich geplatzt, so wütend war ich. Mariette mit ihrer Zunge, ich hatte sie getadelt und nochmals getadelt, aber sie schwatzte! Dazu Toinons schwarze Bosheit! Und der Zorn der Sobol! Und die Inquisitorenlaune der Herzogin von Guise! Wieviel Unheil hatte ich von all diesen Weiberröcken zu gewärtigen, nicht weil sie mich haßten, sondern der Gipfel, *il colmo*, wie die Königin sagte, weil sie mich zu sehr liebten!

Während ich die Bitterkeiten und Ängste meiner Lage wiederkäute, las Bassompierre mit seiner wohlklingenden Stimme und einer sehr unangebrachten Fröhlichkeit von den Widrigkeiten und Trübnissen Céladons, der, wie ich wohl schon sagte, durch Schändlichkeit und Bosheit von der schönen Astrée getrennt worden war. Hätte Bassompierre es gewagt, er hätte auf seine Uhr geschaut und die Zeit geschätzt, die er noch im Louvre zu verbringen hatte, eine leere, gestohlene Zeit, weil sie ihn von dem Augenblick trennte, da er sich an die Tafel des Konnetabels setzen könnte, gegenüber oder neben der Schönen, die er den ganzen Nachmittag vergeblich gesucht hatte.

Diese Ungeduld entging Henri nicht. Er erriet deren Ursache und verlängerte, ohne es vielleicht ausdrücklich zu wollen, die Lektüre. Mir schien, daß er den lesenden Bassompierre auf recht seltsame Weise musterte. Bis zu diesem Tag gab es niemanden am Hofe, den der König von Frankreich mehr liebte als diesen deutschen Grafen. Bis zu den Wolken hatte er sein Talent, seinen Geist, seine Feinheit, seine Gefühle und die Leichtigkeit seines Charakters erhoben. Doch wenn ich seinen Blicken glaubte, hatten seine Gefühle sich seit dem Vortag sehr geändert und waren einer Art Abneigung gewichen, gegen welche die legendäre Freundestreue des Königs ankämpfte, nicht ohne einigen Boden zu verlieren.

Das Abendessen, das man dem König um sechs Uhr brachte und das ebenso leicht war wie das Mittagsmahl, setzte Bassompierres Warten ein Ende. Henri, der wohl fühlte, daß er ihn schwerlich länger zurückhalten konnte, entließ ihn auf etwas abrupte Weise, was Bassompierre verwunderte, ohne daß er die wahre Ursache auch nur ahnte. Er kniete am Kopfende des Bettes nieder und küßte mit abwesender Miene die königliche Hand. Schneller als sein Körper war er im Geiste schon im Hôtel des Konnetabels und ließ den Louvre und einen König hinter sich, der sich zu fragen begann, warum die Gicht und seine Allmacht ihn im Schlosse zurückhielten, während sein glücklicherer Rivale zur Nymphe der Diana eilte.

Nach Bassompierres Aufbruch erwartete ich mir, daß der König mich bitten werde, weiterzulesen, aber er tat es nicht. Er aß sein karges Mahl mit ziemlich gutem Appetit, aber mit gesenkten Augen und so in seine Gedanken vertieft, daß es ihn mäßig beglückte, als sein Beichtvater, Pater Cotton, eintrat und ihn durch seine Gegenwart aus seinem Sinnieren riß.

Pater Cotton, ein bedeutender jesuitischer Theologe, war ein kleiner, runder und so molliger Mann, daß man bei seinem Anblick glauben konnte, der Name sei ein Spitzname. Er war so höflich, daß er in seinen Predigten gegen die Hugenotten Calvin stets »Herrn Calvin« nannte und behauptete, daß er die Calvinisten nicht hasse, sondern nur ihre Irrtümer verabscheue: ein höchst ungewöhnlicher Glockenklang in der Gesellschaft Jesu, der er angehörte.

In einem Büchlein, das er soeben veröffentlicht hatte unter dem Titel *Innere Beschäftigung einer frommen Seele*, stellte er seine Religion so behaglich und so wenig auf die Verdammnis bauend dar, daß sie den Damen des Hofes, auch den leichtfertigsten gefiel und daß man sich hinter vorgehaltener Hand zuraunte, dieser milde Hammel führe selbst noch die verirrten Schafe sicher heim.

Pater Cotton ging nicht: er glitt. Er betrat einen Raum nicht: er schwebte herein, die Hände bescheiden über seinem runden Bauch gefaltet und das Haupt gesenkt. Zugleich mit ihm traten in das Königsgemach Demut, Sanftmut, Nächstenliebe, Vergebung der Sünden, wenn nicht ihr Vergessen. Da er dem König einmal im Monat die Beichte abnahm, hatte er tüchtig zu tun, dessen Seele von allen Verstößen zu reinigen, und das auch noch ohne jede Hoffnung, sie im nächsten Monat weniger beladen vorzufinden. Dann seufzte Pater Cotton, ermahnte Henri milde und erteilte ihm schließlich die Absolution, kaum überzeugt allerdings, daß sie überhaupt Geltung habe, da der königliche Penitent so wenig zerknirscht war. Trotzdem war Henri laut meinem Vater ein aufrichtiger Christ, wenn auch kein sehr überzeugter Katholik, da er seine Not hatte mit der Jungfrau, den Heiligen, den Ablässen, der Simonie und der Macht, die sich der Papst über die christlichen Souveräne anmaßte.

»Sire«, sagte Pater Cotton mit seiner raunenden Stimme, »wie geht es Euch?«

»Schlecht, Pater, danke«, sagte der König.

Aus diesem Anfang entnahm Pater Cotton, daß sein Besuch dem König ungelegen kam, und beschied sich zur Kürze.

»Sire«, sagte er, »wünscht Eure Majestät, zu beichten und das Abendmahl zu empfangen?«

»Pater!« sagte der König, »stehe ich am Rande des Todes, daß Ihr mir die letzte Ölung geben wollt?«

»Mitnichten, Sire, ein jeder weiß, daß die Gicht niemanden umbringt.«

»Was nicht ausschließt, daß man bitter leidet.«

»Sire, ich bete zu Gott, er möge Eure Schmerzen lindern.«

»Danke, Pater.«

»Und ich bete zu den Heiligen, die für die Gicht zuständig sind.«

»*Den* Heiligen?« fragte Henri, indem er die Brauen mit leicht ironischer Miene hob. »Gibt es mehrere für eine Krankheit?«

»Ja, Sire, allein in unserem Königreich gibt es dreiundzwanzig. Und alle sehr bewährt.«

»Dreiundzwanzig? Dreiundzwanzig Heilige, welche die Gicht heilen?«

»Gewiß, Sire. Weil die Gicht ein sehr verbreitetes Übel ist und jede Provinz im Reich ihren eigenen Heiligen dafür haben will.«

»Und betet Ihr für mich zu ihnen allen?«

»Gewiß, Sire, das muß man tun. In dieser Angelegenheit darf man keinen auslassen, um ihn nicht zu kränken.«

»Pater«, sagte der König (mit gewolltem oder auch nur gespieltem Ernst), »ich weiß Euch Dank für Eure dreiundzwanzig Gebete und werde ihrer acht haben.«

Und er reichte Pater Cotton seine Hand zum Kuß, womit er ihm bedeutete, daß die Audienz beendet sei. Nichtsdestoweniger hatte das »ich werde ihrer acht haben« den Pater befriedigt. Der König hatte der Gesellschaft Jesu eine Schenkung von hunderttausend Ecus für den Bau einer Kapelle versprochen, die neben dem Collège de La Flèche errichtet werden sollte, wo die Jesuiten den Geist der zukünftigen Offiziere des Königs bildeten. Die Gelder flossen spärlich, Sümmchen für Sümmchen, in die Hände des Paters Cotton, der sie gewissenhaft an den General der Gesellschaft weiterleitete.

Nachdem er die Hand Seiner Majestät geküßt hatte, grüßte Pater Cotton mit dem Kopfe nacheinander einen jeden Zeugen dieser Begegnung, ohne einen einzigen auszulassen, dann schwebte er mit gesenktem Haupt und eingezogenen Schultern hinaus, als erlaube ihm seine Demut nicht, soviel Raum einzunehmen wie die unbekümmerten Christen, die ihn umgaben. So pompös und aufgeblasen, wie Pater Cotton bescheiden war, traten die beiden Ärzte des Königs in das Gemach, groß, dick und fett der eine, der andere lang und hager. Sie machten ebenso viele Verbeugungen, wie sie von der Tür bis zu seinem Bett Schritte zurücklegten, knieten nieder und küßten die Hand des Königs.

»Sire«, sagte der Dicke, der Milon hieß, »wir haben die Ehre, Eurer Majestät das *papaver somniferum album* zu bringen.«

»Was ist das?« fragte der König.

»Der Mohn, Sire.«

»Was für Mohn?«

»Die Pflanze, Sire, aus der man das Opium gewinnt.«

»Allewetter, bin ich eine Kuh, daß man mir Gras zu fressen gibt?«

»Aus der Pflanze gewinnt man einen Saft, Sire, und aus dem Saft bereitet man ein Pulver.«

»Und wo wächst diese Pflanze?«

»In der Türkei, Sire, nahe bei Izmir«, fiel der Hagere ein, der vermutlich fand, daß sein Kollege sich zu sehr in Szene setzte. Und indem er in seiner Robe wühlte, zog er ein Döschen hervor, das er dem König darbot.

»Das ist kein Pulver«, sagte Henri, als er das Döschen öffnete, »das ist eine Pille.«

»Sire«, sagte der Dicke, »das Pulver wird in Pillen verabreicht.«

»Aber es ist nur eine.«

»Es ist die Dosis, Sire, die man nicht überschreiten darf.«

»Außerdem«, sagte der Hagere, »ist dies eine außerordentlich kostspielige Medizin.«

»Meine Herren«, meinte der König spöttisch, »wollt Ihr das Königreich ruinieren, nur damit ich eine Nacht schlafen kann?«

»Sire«, entgegnete der Hagere, »wir haben das Pulver von einem jüdischen Arzt gekauft, der es zu Schiff aus Izmir kommen läßt – ein teurer und gefährlicher Transport angesichts der berberischen Piraten, die das Mittelmeer unsicher machen.«

»Ehrwürdigste Doktores medicinae«, sagte der König, »Ihr sollt mir die Pille nicht vergolden. Sagt ohne Umschweife, was sie kostet.«

»Fünfzig Ecus, Sire«, sagte der Hagere.

»Das ist ein wohlgenährter Preis!« sagte der König.

»Genauer gesagt«, erklärte der Hagere, »fünfundzwanzig Ecus für meinen Kollegen und fünfundzwanzig für mich. Ich habe das Pulver gekauft, und er dreht die Pillen.«

»Roquelaure«, sagte der König, »zahle den Herren fünfzig Ecus.«

»Aber, Sire«, erwiderte Roquelaure, der ja wußte, daß er das Geld nie wiedersähe, »Ihr zahlt Euren Ärzten schon eine Pension.«

»Aber die Medizin ist nicht inbegriffen«, sagten beide Ärzte wie aus einem Munde und nicht ohne Vehemenz.

»Herr Oberkämmerer«, sagte Henri in spöttischem Ton, »rufe ich Eure Geldkatze vergebens an?«

Roquelaure fühlte die Spitze hinter dem Spott und verneigte sich, doch wich er nur Schritt für Schritt. »Sire«, meinte er, »leider habe ich nur dreißig Ecus bei mir.«

»Dann borg dir zwanzig von Bellegarde. Der hat es. Gestern hat er mir beim Würfelspiel fünfhundert Livres abgeknöpft.«

Hierauf lachte Bellegarde, denn er war ebenso freigebig, wie Roquelaure und der König geizig waren.

»Hier sind sie«, sagte er sogleich.

Nachdem die Ärzte ihr Geld empfangen hatten, fragte der König: »Soll ich die Pille schlucken oder lutschen?«

»Schlucken, Sire«, sagte der Dicke.

»Und dann kann ich schlafen?«

»Gewiß, Sire, dafür bürgen wir.«

»Warum?«

Auf diese unverhoffte Frage blickten sich die Ärzte an, und der Dicke, der wieder das Wort ergriff, sagte in belehrendem Ton: »Das Opium gibt Schlaf, Sire, weil es eine einschläfernde Wirkung hat.«

»Nun bin ich aufgeklärt!« sagte der König.

Er schluckte die Pille, trank einen Becher Wasser dazu und verabschiedete die Ärzte mit Dank.

»Allewetter!« sagte er, »fünfzig Ecus für einen Nachtschlaf, das ist gewaltig! Ich sollte mich besser an den jüdischen Arzt wenden, der Leonora Galigai behandelt. Wie heißt er gleich?«

»Montalto«, sagte Bellegarde.

»Wer weiß, ob Montalto nicht preiswerter gewesen wäre als diese guten Christen?«

Hierauf bat er mich, in der Lektüre fortzufahren, was ich mit der gleichen Lebendigkeit tat, die ich bereits bewiesen hatte, doch beobachtete ich nach einer Weile, daß seine Züge sich lösten und er die Augen schloß. Ich sah zu Bellegarde hin, und er machte mir ein Zeichen, aufzuhören.

»Sire«, sagte Bellegarde, »schlaft Ihr?«

»Der Schmerz«, sagte der König, indem er die Augen aufschlug, »läßt nach. Und mir ist, als ob ich bald einschlafen werde. Mein kleiner Cousin«, fuhr er fort, »hast du im Louvre ein Nachtlager gefunden?«

»Ja, Sire.«

»Gut, Siorac! Möge dein Schlummer dich betten. Und sei morgen pünktlich um acht Uhr hier.«

* * *

Damals wußte ich noch nicht, daß es eine besondere Gnade war, und sei es nur einmal, im Louvre zu übernachten, und eine außergewöhnliche Gunst, dort in einem Bett zu übernachten. Diese Gunst verdankte ich Doktor Héroard, und da ich nicht gleich schlafen konnte, unterhielt er mich überdies im

Dunkeln und sprach von Bett zu Bett über den einzigen Gegenstand seiner Fürsorge, Liebe und Ergebenheit: den Dauphin Louis. Und da seine Worte mich sehr bewegten, zeichne ich sie hier *verbatim* auf, ohne ein Jota zu ändern.

»Das Verhältnis des Dauphins und des Königs ist heute so zärtlich und idyllisch, daß man kaum glauben mag, es sei nicht immer so gewesen. Jedoch erinnere ich mich einer sehr quälenden Szene zu Fontainebleau, Louis war drei Jahre alt. Er hatte versprochen, dem König adieu zu sagen, bevor dieser auf die Jagd ginge, doch als er sich in der Garderobe die Stiefel anziehen wollte, entdeckte er seine kleine Trommel, vergaß seine Absicht und fing an zu spielen. Man meldete es dem König. »Seine Trommel ist ihm wichtiger als ich!« sagte der König so enttäuscht, als hätte ihn eine Geliebte versetzt. Und er befahl, das Kind zu bringen, ob mit Güte oder Gewalt.

Einige Minuten darauf trat Louis hinter seiner Gouvernante, Madame de Montglat, in den Saal, den Hut auf dem Kopf, in festem Schritt und trommelnd. Aber beim Anblick seines Vaters, der stirnrunzelnd auf ihn zukam, hielt er jäh inne, als verschlage es ihm die Sprache.

›Nehmt Euren Hut ab, Monsieur‹, sagte der König.

Ich bin gewiß, der Dauphin hätte gehorcht, wären nicht die Trommelstäbe in seinen Händen gewesen. Sicherlich hätte er sie freimachen können, indem er die Stäbe in die Futterale steckte, die an seinem Degengehänge angebracht waren. Aber darauf kam er nicht, so sehr erschreckten ihn der strenge Blick und der schroffe Ton seines Vaters. Und so blieb er wie erstarrt stehen, die Stäbe in der Luft, ohne zu spielen, aber auch ohne zu gehorchen, und Röte stieg ihm ins Gesicht.

Der König hätte seinen Befehl wiederholen können, doch seine Geduld war kurz, die Weigerung seines Sohnes hatte ihn gereizt. Er streckte die Hand aus und nahm den Gegenstand des Anstoßes fort. ›Mein Hut! Mein Hut! Ich will meinen Hut!‹ schrie der Dauphin wütend.

Gewohnt, daß man ihm augenblicklich gehorche, war der König überrascht, daß sein Sohn nicht sofort Reue zeigte. Er erbleichte vor Zorn und nahm ihm kurzerhand die Trommel und die Stäbe weg, welche er außer seiner Reichweite auf einen Tisch legte. Das war das Schlimmste. Louis begann zu heulen: ›Mein Hut! Meine Tommel! Meine Stäbe!‹

Um ihn zu ärgern und auf eine meines Erachtens etwas kindische Weise, setzte der König sich den kleinen Hut selbst auf. Und als die Schreie nun lauter wurden, faßte er den Schopf seines Sohnes und gab ihm einen Schlag auf den Kopf. Nicht daß der Schlag so heftig gewesen wäre, aber er demütigte den Dauphin, der vor Raserei fast zersprang. Es war eine richtige kleine Tragödie, dieses Gegenüber von Vater und Sohn, der eine bleich, der andere rot. Am Ende kannte der König sich selbst nicht mehr. Er packte Louis bei den Handgelenken und hob ihn in die Luft, indem er seine Ärmchen zum Kreuz breitete.

›Ihr tut mir weh!‹ schrie Louis.

Die Königin, die auch zugegen war, sagte keinen Ton. Nur das Gebrüll schien sie zu stören. Ich selbst war erschüttert. ›Sire! Sire!‹ sagte ich atemlos. Der König warf mir einen wütenden Blick zu, setzte aber Louis ziemlich sanft zu Boden, dann wirbelte er herum und entfernte sich, die Hände auf dem Rücken ineinander verkrampft. Die Königin gab Louis seine Trommel und seine Stäbe wieder, mir schien jedoch, nicht aus Mitleid, sondern damit er still würde. Aber es nützte nichts. Louis schrie und weinte. Er konnte nicht aufhören.

Da der König keinen Befehl gab, hob ihn Madame de Montglat schließlich auf und trug ihn davon. Louis brachte sich fast um, so schrie er, denn er hatte eine Schwelle des Zornes und der Angst erreicht, von der er nicht zurückfand. Wie man mir sagte, schrie er Minuten später, nachdem er von Madame de Montglat in seinem Zimmer gepeitscht worden war: ›Ich töte Mamanga! Ich töte alle! Ich töte Gott!‹«

»Aber«, warf ich ein, »er hat nicht gesagt: Ich töte Papa!«

»Der Ärmste hat es indirekt gesagt, Henri war sein Gott.«

»Und der König?«

»Der König war, wie gesagt, tiefbleich, denn Blässe – eine Todesblässe und schrecklich anzusehen – war die gewöhnliche Wirkung seiner Erregungen, und Gott weiß, wie heftig diese bei ihm waren! »Madame«, sagte er mit erloschener Stimme, indem er der Königin einen knappen Gruß erwies, »ich bin Euer Diener. Meine Jagd wartet.« Und er ging mit langen Schritten zur Tür, doch da er mich dort an die Wand gepreßt sah, so sehr hatte ich mich unsichtbar machen wollen, warf er mir einen so unglücklichen Blick zu, daß sich mir das Herz zusammenzog.

Ich sah den König am Abend, aber ohne ihn zu sprechen, noch mich ihm zu nähern. Er wirkte traurig und wortkarg. Und Vitry sagte mir, er habe auf der ganzen Jagd nur den Mund aufgemacht, um zu sagen, ›man werde ihn nach seinem Tode vermissen.‹ Eine Rede, wie er sie in seinen schwarzen Launen auszustoßen pflegte. Ich schloß daraus, daß er seine Härte bereute und fürchtete, die Liebe seines Sohnes verloren zu haben: was mir einen Monat darauf bestätigt wurde, und seltsamerweise am dreiundzwanzigsten November im Schloß Saint-Germain-en-Laye, fast auf den Tag genau nach jener Szene zu Fontainebleau.

Der Tag hatte sehr übel angefangen. Der Dauphin war um sieben Uhr erwacht. Ich sagte ihm, heute komme der König von Paris, um ihn zu besuchen und fragte: ›Monsieur, wollt Ihr nicht aufstehen und Papa entgegengehen?‹

›Nein‹, sagte Louis mit verschlossenem Gesicht. Er hatte die harte Behandlung zu Fontainebleau nicht vergessen.

›Dann bekommt Ihr aber die schöne Trommel und die schönen Stäbe nicht, die er Euch mitbringt. Dann schenkt er sie Monsieur de Verneuil[1].‹

Plötzlich wechselte Louis vom stillen zum offenen Zorn, knirschte mit den Zähnen, riß die Augen auf, blickte mich kalt an und versuchte, indem er die Hand vorstreckte, mich zu kratzen.

›Soso, Monsieur, Ihr wollt mir weh tun! Aber was soll Papa mit der Trommel machen?‹

›Soll e sie doch Monsie de Veneuil geben!‹ sagte der Dauphin zornig.

Gleichwohl erhielt Louis um Punkt elf Uhr, nachdem er zu Mittag gegessen hatte, die Erlaubnis, sich im Garten zu ergehen, denn das Wetter war für den November mild und sonnig. Als er zu der unteren Fontäne kam, wo er gerne mit dem Wasser spielte, sah er den König zu Pferde. Er war nicht darauf gefaßt, ihn dort zu sehen, und vergaß in der Überraschung seinen Groll. Er lief fröhlich hin und streckte ihm seine Ärmchen entgegen. Der König erblaßte, aber diesmal vor heftiger Freude über diesen Empfang, stieg ab, warf die Zügel seinem Reitknecht zu, schloß den Dauphin in seine Arme, küßte ihn

---

1 Sein Halbbruder.

hundertmal, und das Kind gab ihm seine Küsse zurück, beide waren überglücklich und gingen gemeinsam zum Schloß, der König hielt ihn an der Hand und zeigte ihm die Arbeiten, die derzeit im Park von Saint-Germain-en-Laye im Gange waren.«
»Schlaft Ihr, Siorac?« fragte Héroard nach einer Weile.
»Mitnichten, Monsieur, die Geschichte hat mich bewegt und gab mir zu denken.«
»Nämlich was?«
»Daß es für einen König schwerer ist, einem dreijährigen Knaben zu befehlen als einem gewaltigen Heer.«
»Das ist gut gedacht! Und nun, schöner Neffe, laßt uns schlafen. Unsere Nacht ist kurz.«

* * *

Sommers wie winters ließ sich Doktor Héroard, der einen ebenso tiefen wie geräuschvollen Schlaf hatte, von seinem Diener um sechs Uhr früh wachrütteln, weil der Dauphin zwischen halb sechs und halb sieben Uhr zu erwachen pflegte und der gute Doktor bei seinem Lever zugegen sein wollte, um seinen Urin, seinen Kot zu beschauen, seine Zunge zu prüfen, seinen Puls zu fühlen und zu beobachten, ob sein Gesicht froh oder bekümmert war, alles Dinge, die er gewissenhaft in seinem Tagebuch festhielt.

Da ich ihm gesagt hatte, daß der König mich auf acht Uhr an sein Bett befohlen habe, ließ er mich um sieben Uhr wecken, und um halb acht, nach meiner ziemlich oberflächlichen Toilette, brachte er mir eine große Schale Brühe, drei Scheiben Brot und frische, gesalzene Butter. Ich hielt ein Festmahl, da ich am Abend zuvor ja fasten mußte, weil der König mich so spät entlassen hatte.

Ich war beinahe fertig, als ich zu meiner Überraschung meinen Vater vor mir auftauchen sah, nicht weil er sich gesorgt hätte, wo ich geblieben sei – Bassompierre hatte ihn freundlicherweise benachrichtigen lassen –, sondern weil er sich wegen meines Wohlergehens beunruhigte, da er wußte, wie es auf diesem Gebiet im Louvre bestellt war. Er war höchst erfreut zu sehen, wie ich mit vollen Backen kaute, umarmte mich und nahm Platz, während ich ihm zwischen zwei Bissen alles erzählte, was ich gesehen und gehört hatte.

»Seine Augen und Ohren offenzuhalten«, sagte er, »ist der Anfang zur Weisheit.«

»Aber nicht zum Verstehen«, sagte ich. »Wie ist es zu begreifen, daß die Rechnungskammer von Nantes die Frechheit hat, das bretonische Edikt zu ignorieren und auf drei Kabinettsbefehle hin stumm zu bleiben, und daß sie sich weigert, das Edikt zu ratifizieren?«

Mein Vater lachte aus vollem Halse.

»Das ist wieder eine der kleinen Schofeleien unseres listigen Béarnaisers[1]! Da er weiß, daß die Königin das Geld mit vollen Händen vergeudet und mit Wucher borgt, um sich Diamanten zu kaufen, hat er ihr die Einnahmen des bretonischen Edikts überlassen. Aber was er ihr mit der einen Hand gibt, das nimmt er mit der anderen; so hat er sich unterderhand mit der Kammer von Nantes verständigt, daß sie einem Kabinettsbefehl nur gehorchen soll, wenn er von ihm eigenhändig geschrieben und unterzeichnet ist. Und diesen handgeschriebenen Brief schickt er selbstverständlich nie ab.«

In dem Moment trat Doktor Héroard herein, umarmte meinen Vater und sagte mir, der Dauphin habe sich erinnert, daß ich in seiner Kammer übernachtet habe, und wolle mich sehen. Ich lief in seine Gemächer, wo ich ihn ganz angekleidet, rosig und frisch fand, und er lächelte mir höchst anmutig zu, indem er mir seine Patschhand zum Kuß reichte. Er wollte wissen, was ich beim König zu tun hätte.

»Monsieur«, sagte ich, »ich lese Seiner Majestät vor.«

»Was soll das?« fragte er und tat überrascht. »Kann mein Vater der König nicht lesen? Ich konnte es schon mit sieben Jahren!«

»Oh, doch!« sagte Monsieur de Souvré, »gewiß kann Seine Majestät lesen, aber da Sie zu Bett liegt und leidend ist, findet es Seine Majestät bequemer, sich vorlesen zu lassen.«

»Für mich wäre das auch bequemer!« sagte Louis aufseufzend. »Siorac«, schloß er an, »seid Ihr verliebt?«

Ich warf einen Blick zu Monsieur de Souvré, der mir durch Mienenspiel bedeutete, ich solle nein sagen.

»Nein, Monsieur«, sagte ich.

»Aber ich bin es«, sagte Louis. »Meine Geliebte ist Made-

---

1 Des Königs (der aus der Pyrenäenprovinz Béarn stammte).

moiselle de Fonlebon, eine Jungfer der Königin. Gestern habe ich sie viermal geküßt, zweimal auf jede Wange.«

»Monsieur«, sagte Monsieur de Souvré, »wenn man verliebt ist, sagt man nicht, in wen.«

»Warum?«

»Um seine Geliebte nicht zu kompromittieren.«

»Monsieur, verzeiht«, sagte nun Doktor Héroard zum Dauphin, »haltet den Herrn Chevalier nicht fest: der König erwartet ihn.«

Da entließ mich Louis. Obwohl ihm die gute Luft und die Gärten von Saint-Germain-en-Laye gewiß sehr fehlten, erschien er mir ruhiger und glücklicher, seit er im Louvre an der Seite seines Vaters lebte.

Als der Türsteher leise die Tür öffnete und mich einließ, lag das königliche Gemach noch in tiefem Dunkel. Die Gardinen und Bettvorhänge waren noch geschlossen, ich konnte den König nicht sehen, aber als ich lauschte, hörte ich seine Atemzüge, das einzige Geräusch im Raum, außer einem Blasebalg, den ein Diener vorsichtig in Gang setzte, um das Feuer anzufachen. Als meine Augen sich an das Halbdunkel gewöhnt hatten, sah ich an der Tür stumm wie Standbilder Grammont, Roquelaure, Bellegarde und Vitry stehen. Wir begrüßten uns schweigend. Kein Reifrock in Sicht. Es war noch zu früh, als daß sich Damen zum Krankenbesuch eingefunden hätten. Vermutlich kuschelten sie sich bei dieser Kälte noch in ihren Betten oder verlangten allenfalls von ihrer Zofe einen Spiegel, um sich zu vergewissern, daß sie seit dem Abend von ihrer Schönheit nichts eingebüßt hatten.

Niemand gab einen Laut von sich, es verrannen zehn Minuten, ohne daß man andere als die besagten Geräusche vernahm. Dann gab es hinter dem Baldachin eine Bewegung, und man hörte den König fluchen.

»Sire«, sagte Vitry, indem er vortrat und eine tiefe Verbeugung machte, die der König allerdings nicht sehen konnte, »seid Ihr wach?«

»Ja, ich bin wach«, sagte der König, »die Schmerzen auch ... Könnte ich mir den vermaledeiten Fuß doch abhauen lassen! Aber wie käme ich dann in die Steigbügel? Vitry, bist du es?«

»Ja, Sire.«

»Laß die Vorhänge und Gardinen aufziehen. Es ist ja finster hier, als wär ich schon in der Hölle.«

Auf ein Zeichen Vitrys ließ der Diener den Tag herein, und wir konnten Henri betrachten. Er sah besser aus als am Vortag, gut ausgeruht, aber unwillkürliche Zuckungen in seinem Gesicht verrieten, daß er noch genauso litt.

»Ist Bassompierre da?« fragte er, indem er gegen das Licht mit den Augen zwinkerte.

»Nein, Sire.«

»Was sagt die Uhr?«

»Fünf Minuten nach acht, Sire.«

»Dann kommt er zu spät«, sagte der König unwirsch.

Mir schien, seine Ungeduld, Bassompierre zu sehen, verhieß für den Comte nichts Gutes, und ich denke, dieses Gefühl teilten auch die anderen, denn keiner sagte ein Wort. Henri selbst hatte die Pünktlichkeit nicht erfunden, und da er dies wußte, hätte er seinen Edelleuten eine Verspätung um fünf Minuten für gewöhnlich nicht verübelt.

Man brachte ihm eine Schüssel warmes Wasser. Schnell erfrischte er sich Hände und Gesicht. Und während er sich abtrocknete, fiel sein Auge auf mich.

»Euer Diener, Siorac!« sagte er, und mir schien, daß er sich ein wenig zwang, seine übliche Munterkeit zu zeigen. Er winkte mich heran, reichte mir seine Hand zum Kuß und setzte hinzu: »Lies den Roman da weiter, wo du aufgehört hast. Wer weiß, vielleicht vertreibt mir das diese unerträglichen Stiche ein bißchen.«

L'Astrée wartete auf meinem Schemel, ich ergriff das Buch, setzte mich und begann zu lesen. Obwohl ich es mit der gleichen Lebhaftigkeit tat wie zuvor, konnte ich nicht umhin, durch einen Seitenblick festzustellen, daß der König mir kaum zuhörte, sondern immerfort nach der Tür sah.

Endlich ging sie auf, und Bassompierre trat herein, herrlich elegant von Kopf bis Fuß und rot vom Lauf durch die Korridore des Schlosses. Ich hörte sofort auf zu lesen.

»Ah, Bassompierre!« sagte der König stirnrunzelnd, aber mehr erleichtert als gereizt, »da bist du endlich! Du kommst zu spät!«

»Sire«, sagte Bassompierre, indem er ihm mit seinem

schwingenden Federhut eine wunderschöne, tiefe Begrüßung erwies, »ich bin untröstlich. Meine Karosse steckte in einem fürchterlichen Wirrwarr von Wagen fest. Eure Hauptstadt, Sire, ist so verstopft wie keine andere auf der Welt.«

Alles ganz vornehme Art, ganz kavaliermäßig. Die Verbeugung war tief, die Miene reuig und die Schmeichelei fein, aber mit dem Hauch einer selbstverständlichen Vertraulichkeit.

»Bassompierre, komm hierher, mir zu Häupten, hier in die Gasse«, sagte der König ungeduldig. »Vitry, laß ein Polster für die Knie des Grafen bringen und sag dem Türsteher, er soll niemand einlassen.«

»Niemand, Sire?« fragte Vitry und zog die Brauen hoch.

»Außer der Königin«, sagte Henri unwillig. »Aber um diese Zeit steht ihr Besuch kaum zu fürchten.«

Da der König mir keine Order gegeben hatte, blieb ich wie erstarrt auf meinem Schemel hocken, das Buch auf den Knien. Es war klar, daß ich seit Bassompierres Eintritt für ihn unsichtbar geworden war, und ich getraute mich kaum zu atmen, um auch unhörbar zu bleiben.

Als Bassompierre zu Häupten des Königs auf einem Polster kniete, sah ich nur sein schönes männliches Gesicht, seine breiten Schultern und sein blaues, mit Perlenstreifen besetztes Wams. Wenn der Graf irgendeine ungute Ahnung hinsichtlich dieser Unterredung hegte, so zeigten seine Züge davon jedoch nichts, denn er blickte Henri mit jener lebhaften, eifrigen, heiteren und liebevollen Miene an, die er seinem Gesicht wie eine Maske auflegte, wenn er mit Ihren Majestäten zu tun hatte. Mein Vater sagte, diese Maske sei bei ihm auf Dauer zu seinem wahren Gesicht geworden, so sehr galt Bassompierre in seinen Augen als das Muster eines Höflings: er verstand es, untertänig ohne Servilität und ergeben ohne Niedrigkeit zu sein, und noch im tiefsten Respekt war ihm stets seine Selbstachtung anzumerken.

Im Gegensatz zu seinem vortägigen Gespräch mit Mademoiselle de Montmorency dämpfte der König seine Stimme diesmal nicht, und niemand mußte das Ohr spitzen, um zu hören, was gesprochen wurde. Auch ließ sich niemand hierüber täuschen: es bedeutete, daß Henri sich die Sache reiflich überlegt und seine Entscheidung gefaßt hatte, die er nicht nur Bassompierre, sondern seinem Hofe bekanntgeben wollte, auch wenn jene, die ihn zu dieser frühen Stunde hörten, nicht sehr zahlreich waren.

»Bassompierre«, sagte er, »ich habe mir überlegt, daß ich Euch mit Mademoiselle d'Aumale verheiraten will. Ich habe den Herzog von Aumale einst von seinem Herzogtum entsetzt, weil er sich nach der Niederlage der Liga geweigert hat, sich mir anzuschließen. Anstatt sich zu unterwerfen, ging der Unglückliche außer Landes und lebt heute in den spanischen Niederlanden. Aber wenn Ihr seine Tochter heiratet, erneuere ich das Herzogtum d'Aumale in Eurer Person.«

So unerwartet dieser Vorschlag auch kam, war die enthaltene Forderung doch so klar, daß ich Bassompierre für die Ruhe bewunderte, mit er ihn entgegennahm. Er lächelte, hob die Braue und sagte mit vorgetäuschtem Erstaunen: »Wie, Sire? Ihr wollt mich mit zwei Frauen vermählen?«

Eine ebenso witzige wie geschickte Antwort: sie hieß eindeutig, daß er für ein Herzogtum nicht auf Mademoiselle de Montmorency zu verzichten gedenke.

Henri sah, daß der Handel nicht mit halben Worten zu machen war und daß er geradezu vorgehen mußte, wenn er die Bastion nehmen wollte. Er stieß einen großen Seufzer aus und wechselte vom »Ihr« zum »du«.

»Bassompierre«, sagte er, »ich will als Freund zu dir sprechen. Ich habe mich rasend und außer Maßen in Mademoiselle de Montmorency verliebt. Wenn du sie heiratest und sie dich liebt, hasse ich dich. Würde sie mich lieben, würdest du mich hassen ...«

Die letzte Hypothese, die einen Funken von Ironie in Bassompierres Augen aufblitzen ließ, bestürzte mich. Armer König: wie mußte die *Ehrgeizlüstriche* ihn schon mit den Netzen ihres Lächelns umsponnen haben, daß er glaubte, sie könnte ihn eines Tages lieben ...

»Es ist besser, Bassompierre«, fuhr Henri fort, »wenn diese Geschichte unser gutes Einvernehmen nicht zerstört, denn ich liebe dich aus ganzer Zuneigung.«

So widersinnig diese Erklärung unter den gegebenen Umständen war, sie klang aufrichtig, und sie war es auch. Der König hegte eine starke Freundschaft für Bassompierre. Er raubte ihm seine zukünftige Frau, aber er liebte ihn.

»Ich bin entschlossen«, sagte Henri, »sie mit dem Prinzen

von Condé zu verheiraten und meiner Gemahlin beizugeben. Sie soll der Trost und die Stütze meines Alters sein.«

Diese scheinheilige Formel hatte er tags zuvor schon gegenüber Mademoiselle de Montmorency gebraucht, und sie bezweckte – ohne irgend jemanden zu täuschen –, das Unerhörte seines Planes und seinen geringen Respekt vor den heiligen Banden der Ehe zu verschleiern. Wenn bereits die Absicht zu sündigen eine Sünde ist (wie man uns lehrt), hätte Pater Cotton, wäre er zugegen gewesen, einigen Grund gehabt, tief aufzuseufzen und einen untröstlichen Bericht an den General der Gesellschaft Jesu zu richten, und somit an den Papst.

»Mein Neffe«, fuhr der König fort, »ist tausendmal mehr auf die Jagd als auf Damen versessen, ich werde ihm hunderttausend Francs pro Jahr geben, damit er sich seiner Leidenschaft widmen kann. Was Mademoiselle de Montmorency betrifft, will ich keine andere Gunst von ihr als nur ihre Zuneigung.«

Wenn es so steht, hätte Bassompierre antworten können, warum wollt Ihr sie mir dann wegnehmen und einem Prinzen geben, der, um es unverblümt zu sagen, den Damen nicht tausendmal die Jagd, sondern die Jagdknappen vorzieht?

Der König hörte auf zu sprechen, und ein langes, drückendes Schweigen herrschte im Raum in Erwartung dessen, was Bassompierre entgegnen werde. Was mich anging, war ich in meine Gräfin so verliebt und, wie der König sich ausdrückte, so »rasend und außer Maßen« in dieser Liebe, daß es weiß Gott ein Aufstand geworden wäre, hätte der König verlangt, ich solle auf sie verzichten!

»Ach, mein Sohn!« sagte mein Vater, als ich ihm nachher anvertraute, wie sehr Bassompierre mich bei dieser Gelegenheit enttäuscht hatte, »wie jung und grün Ihr noch seid! Was konnte unser armer Freund tun? Sich zu widersetzen wäre eine unnütze Grobheit gewesen. Der König ist allmächtig. Bestenfalls hätte er den Grafen in sein heimatliches Lothringen geschickt, aber schlimmstenfalls in die Bastille. Und glaubt Ihr nicht, daß der Konnetabel zu einer Heirat mit dem ersten Prinzen von Geblüt ja und hundertmal ja sagen wird? Was aber kann Bassompierre ohne die Zustimmung des Königs und des Konnetabels machen?« – »Herr Vater«, sagte ich, noch immer schwer bekümmert, »sicherlich habt Ihr recht.

Aber was für einer Tyrannei hat sich der König hier bedient! Und wie niederträchtig dünkt mich diese Intrige!« Hierauf nickte mein Vater traurig und schwieg.

Der Ausdruck »unnütze Grobheit«, um eine Weigerung gegenüber dem König zu bezeichnen, stammte von Bassompierre selbst, wie ich später erfuhr. Und auf Grund dieser Betrachtungsweise faßte der Comte auch seinen Entschluß. Soviel ich in meinen reifen Jahren darüber nachgrübelte, dachte ich, daß Bassompierre, wie meine Gräfin so geistvoll sagte, zwar alles getan hatte, seine soliden deutschen Tugenden zu vergessen und sich mit den glänzenden französischen Untugenden zu schmücken, daß er unter den letzteren aber eine stets vernachlässigt hatte – die am meisten französisch ist und die zu erwerben am glanzvollsten gewesen wäre: den Ungehorsam.

Bassompierre also gab nach, doch mit aller Grazie des vollendeten Hofmannes und in einer wohlabgewogenen Sprache, die Céladon Ehre gemacht hätte.

»Sire«, sagte er mit seiner ernsten und wohlklingenden Stimme, »ich habe mir immer eines sehnlichst gewünscht, das mir nun zuteil wird, da ich es am wenigsten erwartete: nämlich Eurer Majestät durch einen unstreitigen Beweis die außerordentliche und glühende Leidenschaft bezeugen zu dürfen, die ich für sie hege und mit der ich sie liebe. Gewiß konnte sich kein größerer Beweis finden als dieser, nämlich ohne Pein und ohne Bedauern auf eine so illustre Verbindung und auf eine so vollkommene und so heftig von mir geliebte Dame zu verzichten. Ja, Sire, ich lasse auf ewig davon ab und wünsche, daß diese neue Liebe Euch ebensoviel Freude bringe, wie ihr Verlust mir an Traurigkeit bescheren würde, hinderte mich nicht die Hochachtung Eurer Majestät, eine solche zu empfinden.«

Da der König Bassompierre dieselbe rasende Liebe zuschrieb, die er für Mademoiselle de Montmorency empfand, hatte er sich zweifellos auf einen viel erbitterteren Widerstand gefaßt gemacht. An der Bewegung, die er bei der Rede seines Günstlings zu erkennen gab, sah ich deutlich, wie sehr dieser schnelle und so vollendete Verzicht ihn erleichterte und rührte. Und da es ihm so nahegelegt wurde, glaubte er nur zu gerne, daß er ihn der Liebe seines Günstlings verdanke und nicht der Allmacht seines Zepters. Tränen stiegen ihm in die Augen, er beugte sich zu Bassompierre hin, schloß ihn in seine Arme und schwor ihm, er wolle ihn hinfort wie seinen Sohn betrachten und sein Glück machen.

Auf die Tränen folgte in seinen Augen die strahlendste Freude: Bassompierre war aus dem Wege, und er gedachte nun gerade ins Ziel zu gehen. Überzeugt, daß der Konnetabel und Charlotte zustimmen würden, glaubte er, auch den Prinzen von Condé leicht zu gewinnen, der zu dieser Stunde noch unschuldig (wenn auch mit einem seiner Pagen) schlief und weder etwas von der Hochzeit wußte, die der König für ihn beschlossen hatte, noch von der Rolle, die er, der »die Jagd den Damen vorzog«, dabei spielen sollte.

Im Rausch seiner Hoffnungen schien der König sein Leiden ein wenig zu vergessen, er wurde fröhlich und tatenlustig. Nachdem er einen Diener angewiesen hatte, ein Tischchen und drei Schemel an sein Bett zu bringen, forderte er Bassompierre, Bellegarde und Roquelaure lautstark auf, mit ihm Würfel zu spielen. Und für mich kam eine endlose Stunde, während der ich nicht um Urlaub zu fragen noch mich vom Platze zu rühren wagte.

Gleichviel, ob in einer Spelunke oder in einem Königsgemach: nichts ist für den Nichtspieler so eintönig wie das Rollen der Würfel auf dem Tisch, das Verkünden der Punktzahl, das Geräusch der Ecus, die der eine wütend hinwirft und der andere sorgsam einstreicht, die Ruhmreden, die launigen Drohungen, die Ausrufe des Ärgers oder des Triumphes.

Der König schien ganz bei der Sache. Er spielte mit Bellegarde gegen Bassompierre und Roquelaure, und nach den Säulen von Ecus zu urteilen, die sich vor ihm stapelten, gewann er. Sein Gesicht war belebt, seine Augen blitzten, und mir schien, daß er die Stiche seiner Gicht kaum mehr empfand. Und offensichtlich hatte er auch mich völlig vergessen, da der Roman, den er in seinem Kopfe zwischen zwei Würfen liebkoste, die Reize desjenigen auslöschte, der auf meinen Knien lag.

Ich bewunderte Bassompierre dafür, wie er seine Gefühle beherrschte, denn sein Gesicht, das ich von Zeit zu Zeit mit einem Blick streifte, spiegelte nur das Interesse am Spiel. Von dieser Aufmerksamkeit abgesehen, stand darin nichts zu lesen, nicht einmal der Ärger des glücklosen Spielers, denn er verlor in einem fort. Ich entsinne mich, wie ich dachte, daß der

Schutz seiner deutschen Fee ihn nun verlassen habe, und auf allen Gebieten. Nachher schämte ich mich ein wenig dafür, da mir einfiel, daß mein Vater diesen heidnischen Aberglauben für pure Dummheit hielt.

In dem Augenblick, und ohne daß Bassompierre mit einer Wimper zuckte, kam Vitry und meldete dem König, die Frau Herzogin und Mademoiselle de Montmorency wünschten ihn zu besuchen. Vitry machte diese Meldung nicht wie Montespan am Tag vorher, indem er sie in sein Ohr flüsterte, sondern mit lauter, klarer Stimme: ein Beweis, daß der Gardehauptmann aus dem Gespräch des Königs mit Bassompierre den Schluß gezogen hatte, das Geheimnis sei gebrochen.

Die Damen traten ein, und ich weiß nicht, wie es kam, aber diesmal ging Mademoiselle de Montmorency, womit sie kühn die Etikette verletzte, der Herzogin von Angoulême voran. Und mit was für einer Miene sie das Gemach betrat! Herr im Himmel! Welch einen Hochmut legte sie in die geheuchelte Demut ihrer Reverenz, als wäre der König ihresgleichen! Die Königin von Frankreich hätte es nicht besser gekonnt!

Die Herzogin wie am Tag vorher auf meinen Schemel zu verweisen und Charlotte in die Gasse zu dirigieren war nicht möglich. Die Gasse wurde von dem Tischchen eingenommen, um das Roquelaure, Bellegarde und Bassompierre saßen. Alle drei von ihrem Sitz zu vertreiben ging nicht an, zumal Bellegarde Herzog und Pair war. Die fabelhafte Strategie vom Vortag ließ sich nicht wiederholen.

»Meine liebe Cousine Angoulême«, sagte Henri darum mit jener blitzschnellen Entschlußkraft, mit der er so viele Schlachten gewonnen hatte, »ich bin Euer Diener und wünsche Euch einen guten Tag! Wie geht es Euch bei dieser großen Kälte? Ich bitte den Himmel nur, daß er Euch vor der Gicht bewahren möge! Mit Eurer Erlaubnis, liebste Cousine, führt Monsieur de Vitry Euch jetzt zum Herrn Dauphin, der entzückt sein wird, Euch zu sehen. Und Euch, liebste Freundin, soll Siorac seinen Schemel abtreten, den ein Diener mir hierher stellen wird, damit ich Euch von Angesicht zu Angesicht spreche.«

Ich weiß nicht, ob die Herzogin so überzeugt war, daß der Dauphin entzückt sein werde, sie zu sehen, doch machte sie dem König, ohne Piep zu sagen, ihre Reverenz und folgte

Vitry, der sie augenblicks mit militärischer Geschwindigkeit aus dem Gemach entfernte. Sofort erhob ich mich, grüßte Mademoiselle de Montmorency und überließ ihr meinen Schemel, den ein Diener nun zu Häupten des Königs niederstellte. Und das teuflische Frauenzimmer ging an mir vorüber ohne einen Blick, ohne einen Dank, indem sie von mir so wenig Notiz nahm wie von dem Diener. Ihr Gehirn mußte seit dem Vortage wie wild gearbeitet haben, und sie dachte nicht daran, von dem Gipfel herabzusteigen, den sie in ihrer Einbildung über Nacht erklommen hatte.

Nun konnte ich da nicht stehenbleiben wie ein Trottel, meine *Astrée* in der Hand und dem königlichen Bett so nahe, als hätte ich vor, zu lauschen. Also zog ich mich in den Hintergrund zurück, und durch eine Drehung, die gewiß von niemandem bemerkt wurde, so fest waren aller Augen auf den König und Charlotte de Montmorency gerichtet, stellte ich mich so, daß ich freie Sicht auf die beiden Sprechenden wie auch auf das Tischchen in der Gasse hatte, wo Bassompierre saß, der die ganze Zeit, die diese Unterhaltung dauerte – und sie dauerte sehr lange –, sich gesenkten Auges amüsierte, die Säulen der Ecus vor sich zu stapeln, auseinanderzunehmen und neu zu stapeln, aber so achtsam, daß er dabei kein Geräusch machte.

Ich hörte kein Wort von allem, was nun zwischen dem König und Mademoiselle de Montmorency gesprochen wurde, so sehr dämpfte Henri, Kopf an Kopf mit ihr, seinen Ton. Es mutete an wie eine seltsame Beichtsitzung, wo man aber, anstatt Sünden zu bekennen, mit halben Worten auf ihre Erfüllung hinwirkte.

Charlotte hörte mehr zu, als sie sprach, doch trug ihr schönes Gesicht eine engelhafte Unschuld zur Schau, die anscheinend durch nichts zu trüben war. Da tauschte man ihr als treuer Untertanin des Königs und sehr gehorsamer Tochter des Konnetabels den Ehemann aus und gab ihr für einen sehr schönen einen sehr häßlichen, aber sie zuckte nicht einmal mit der Wimper. Ganz im Gegenteil, sie schätzte sich überglücklich, wiederum den Willen ihres Vaters und damit des Königs ihres Herrn zu erfüllen, der sie einer Zuneigung versicherte, die sie dankbarst empfing. All das sagte ihr Gesicht, dafür hätte ich meine Hand ins Feuer gelegt.

Die Unterhaltung dauerte eine gute halbe Stunde, dann kam Vitry mit der Herzogin von Angoulême zurück. Der König sah es, er verabschiedete Mademoiselle de Montmorency, welche sich über und über strahlend und in ihren hehren Aussichten hoheitvoller denn je erhob. In dem Moment sah Bassompierre von seinen Ecus hoch. Sie wich seinem Blick nicht aus, sondern schaute ihn ruhig aus ihren azurblauen Augen an und zuckte, indem sie an ihm vorüberging, die Achseln.

Bassompierre erblaßte, die schöne Ordnung seiner Züge zerfiel, und er verharrte, als hätte ihn diese Gorgone, einfach indem sie ihn ansah, zu Stein verwandelt.

»Alsdann, spielen wir!« sagte der König, dem Charlottes Achselzucken ebenso wohlgetan, wie es Bassompierre geschmerzt hatte. »Wer ist dran?«

»Bassompierre«, sagte Roquelaure.

»Bassompierre, würfele!« sagte der König.

Blaß und abwesend tastete der Graf, ohne hinzusehen, nach den drei Würfeln auf dem Tisch und warf sie in den Becher, dann schüttelte er diesen in seiner Rechten endlos hin und her, anscheinend ohne daran zu denken, daß er ihn einmal stürzen müsse. Es war, als spielte er um seinen Kopf, oder zumindest um sein Schicksal, so lange zögerte er, die Würfel auf den Tisch zu kippen, um die Punkte zu zählen. Seltsam, niemand, auch nicht der König bedrängte ihn, nicht einmal mit einer spöttischen Bemerkung. Ein lastendes Schweigen herrschte um den Tisch, das einzig durch das Geräusch unterbrochen wurde, das die drei kleinen Elfenbeinwürfel machten. Und wiewohl dieses Geräusch an sich nichts Unheimliches hatte, erhielt es durch die Blässe des Grafen, durch seine abwesende Miene und die Tatsache, daß er die Würfel in dem Lederbecher beließ, etwas Bedrohliches.

Ich fragte mich, wie lange dieses seltsame Spiel noch dauern würde, ohne daß jemand auch nur den kleinen Finger hob, als Bassompierre ihm von selbst ein Ende setzte. Er stellte den Becher aufrecht auf den Tisch, zog rasch sein Taschentuch aus dem Ärmelaufschlag seines Wamses, rollte es zusammen, hielt es sich unter die Nase und sagte mit erstickter Stimme: »Erlaubt gütigst, Sire, daß ich die Partie verlasse und mich zurückziehe. Ich blute aus der Nase.«

»Geh, mein Freund«, sagte der König.

Und als Bassompierre aufstand und zur Tür ging, blickte er ihm mit Augen nach, in denen Mitleid und Triumph um den Vorrang stritten. Dann wandte er sich an mich und sagte voll Güte: »Geh, Siorac, der Comte ist dein Freund. Begleite ihn nach Hause.«

Ich gehorchte, reichlich erschüttert durch das, was ich mit angesehen hatte, und gleichzeitig erleichtert, den Louvre, seine Intrigen und seine goldenen Ketten hinter mir zu lassen. Nachdem ich das königliche Gemach verlassen hatte, eilte ich mich, Bassompierre einzuholen. Sowie er mich erblickte, erhellten sich seine Augen, er faßte meinen Arm, drückte ihn kräftig an seine Seite, aber wortlos und indem er sein Taschentuch mit der rechten Hand fest gegen seine Nase drückte.

Er nahm es erst weg, als er neben mir in seiner Karosse saß und die Vorhänge geschlossen waren. Ich war baff. Nicht die geringste Blutspur war auf seiner Oberlippe noch auf dem makellos weißen Taschentuch.

»Wundert Euch nicht, mein Freund«, sagte er mit tonloser Stimme. »Ich mußte ein Mittel finden, den König in aller Dezenz zu verlassen, ohne daß es nach Verstimmung oder Auflehnung aussah. Aber es ging über meine Kräfte, weiterzuspielen nach dem, was vorgefallen war.«

Ich schwieg, die Augen auf ihn gerichtet, da ich nur zu gut verstand, daß ich ihm jetzt die beste Hilfe dadurch erweisen konnte, daß ich einfach da war und zuhörte, wenn er sprechen wollte.

»Pierre-Emmanuel«, sagte er schließlich, »Eure Wahrheitsliebe ist mir bekannt. Sagt mir, sagt mir doch bitte, ob meine Augen mich nicht trogen und ob Ihr mit eigenen Augen gesehen habt, daß Mademoiselle de Montmorency die Achseln zuckte, als sie an mir vorüberging.«

»Ja«, sagte ich nach einer Weile, »ich habe es gesehen.«

»Mein Gott«, sagte er wiederum nach einer Weile, »was für eine Niedertracht! Gestern abend noch saß ich beim Konnetabel mit ihr zu Tische. Welch bezauberndes Lächeln, wie viele zärtliche Blicke! Und da wußte sie schon, daß der König mich von ihr trennen würde, um sie dem Prinzen von Condé zu vermählen! Wie muß sie sich im stillen über mich lustig gemacht haben! Heute morgen, bevor ich beim König eintrat, zupfte mich jemand am Ärmel und ließ mich wissen, was sich gestern nachmittag zwischen Henri und ihr abgespielt hat. Ich habe es nicht geglaubt! Fast hätte ich denjenigen in meinem Zorn erdolcht. Herr im Himmel! Dieses Achselzucken, es hat mich ins Herz getroffen! Wie grauenhaft kaltblütig hat mir die Verräterin ihren Fußtritt versetzt!«

Während dieses Ausbruchs preßte Bassompierre sein gerolltes Taschentuch in der Faust, als wollte er es zerquetschen, danach wurde er allmählich ruhiger. Sein Gesicht nahm Farbe an, es klärte sich. Ich warf einen raschen Blick nach ihm. Er saß wieder aufrecht, den Nacken an der Sitzlehne der Karosse, den Kopf erhoben, seine Lippen zwangen sich ein halbes Lächeln ab.

»Wußtet Ihr das?« sagte er, »wenn Mademoiselle de Montmorency einen Prinzen von Geblüt heiratet, wird sie eine Tochter Frankreichs und hat das Recht, zu ihrer Hochzeit ein Lilienkleid zu tragen. Ihr dürft sicher sein, daß sie das sehr genau bedacht hat.«

ZEHNTES KAPITEL

Bassompierres Karosse setzte mich um elf Uhr in der Rue Champ Fleuri ab. Und obwohl es auf die Mittagszeit ging und köstliche Düfte aus der Küche drangen, waren mein Vater und La Surie noch nicht da. Weil Caboche zu Bette lag, waltete Mariette statt ihres Mannes bei den Töpfen am Herd, und kaum daß ich sie erblickte, blies ich ihr den Marsch wegen ihrer geschwätzigen Zunge und warf ihr zornig vor, daß sie der Herzogin von Guise verraten hatte, daß ich montags, mittwochs und freitags in einer Mietkutsche ausfuhr.

»Ach, Monsieur«, sagte sie aufgeregt und mit wogendem Busen, »was konnt ich denn machen! Ihr kennt doch Ihre Hoheit! Sie prasselt los wie Öl in der Pfanne und kocht gleich über wie Milchsuppe! Sie verdächtigte Euch, müßt Ihr wissen, daß Ihr Euch hier irgendwo versteckt und sie nicht sehen wolltet. Und Franz sollte ihr alle Türen im Hause öffnen. Er hat sich rundweg geweigert. Was hätte das gegeben, wenn sie auf die arme Margot oben in ihrer Kammer getroffen wäre, just über der Kammer vom Herrn Marquis! Das Tohuwabohu! Da wär aber der Deckel vom Topf gesprungen!«

»Mariette! Wie sprichst du von Ihrer Hoheit!«

»Verzeiht mir, Monsieur. Ich mein es nicht böse. So redet man eben in meinem Dorf, wenn ein Weib wütet. Kurz, um das Schlimmste zu verhüten, hab ich meine Soße zusammenfallen lassen und hab ihr einfach alles erzählt.«

»Und hast mich damit ausgeliefert!«

»Mitnichten, Monsieur. Nicht, was ich gesagt hab, hat sie so aufgebracht: das war Toinon! Wer, frag ich Euch, hat denn von Lehrerin oder Mätresse gesprochen? Ich oder diese Zierpuppe? Soll der Teufel sie holen und auf kleinem Feuer rösten, die Trine! Das kann ich ihr bloß wünschen!«

Vom »auf kleinem Feuer rösten« abgesehen, fand ich ihre Rede nicht unvernünftig und beschloß, den dicksten Hund meiner Hündin für Toinon aufzuheben. Aber die Schwalbe war nirgends zu entdecken, ich hätte sie in den oberen Stockwerken suchen müssen, aber ich wollte jetzt nichts lieber, als mich endlich zu Tische setzen, weil mir der Magen mit jeder Minute lauter knurrte vor all dem duftenden Essen, das mir der Louvre vorenthalten hatte. Da kamen auch mein Vater und La Surie, und es war, als hätten wir uns einen Monat nicht gesehen, so viele Umarmungen, Küsse, Schulterklopfen und Freude gab es. Wir setzten uns fröhlich und mit Heißhunger. Zum Glück bediente Greta bei Tische, weil Mariette sich den Fuß verrenkt hatte. Die gute Elsässerin war verschwiegen wie ein Grab: ich konnte alles erzählen, oder vielmehr alles beantworten, denn nach meinem Bericht wurde ich noch mit unersättlichen Fragen bestürmt, so genau wollten sich die beiden vergewissern, daß ich auch ja nichts Wichtiges ausgelassen hatte.

Schließlich war alles gesagt, und wohlentschädigt für die karge Kost im Louvre, mit wieder gestrafftem Rückgrat und flinken Beinen stieg ich zu meiner Kammer hinauf, um meine tägliche Siesta anzutreten. Mein Zorn auf Toinon war ziemlich verraucht, da auch mein Vater der Herzogin alles »erklärt« hatte, so daß sie begütigt war.

Toinon kam nicht. Ich wartete eine ganze Weile. Meine Eigenliebe befahl mir, mich nicht vom Fleck zu rühren, außerdem sagte ich mir, daß es nach meiner schlechten Nacht im Louvre gut wäre, jetzt zu schlafen, wenn auch allein. Aber konnte ich das, ohne daß der Halfter von Toinons süßen Armen mich umfing? Also stand ich auf, Scham oder nicht Scham, und ging Franz sagen, er möge sie zu mir schicken.

Endlich erschien sie, mindestens so hoheitvoll wie eine Herzogin. Sie schloß die Tür hinter sich, aber sie kam nicht zu mir, sondern verharrte dort mit ungerührter Miene und hoch erhobener Stirn.

»Was ist mit dir, Toinon?« sagte ich und zwang mich zur Strenge, obwohl mir gar nicht danach war, »versteckst du dich vor mir aus Furcht vor einer Strafpredigt?«

»Nein, Monsieur«, sagte sie kühl. »Davor fürchte ich mich nicht.«

»Findest du etwa«, sagte ich etwas gereizt, »es war besonders nett von dir, Ihrer Hoheit von meiner Lehrerin oder Mätresse zu erzählen?«

»Nein, Monsieur«, sagte sie gefaßt, aber ohne ein Fünkchen Reue. »Das war wirklich nicht schön von mir.«

»Trotzdem fürchtest du nicht, daß ich dich auszanke?«

»Nein, Monsieur.«

»Und warum, bitte?«

»Ach, Monsieur, darum geht es nicht mehr: ich verlasse Euch.«

»Du verläßt mich?« fragte ich und traute meinen Ohren nicht. »Aber wieso?«

»Monsieur«, sagte sie, »Ihr erinnert Euch doch sicher, daß der Herr Marquis, als er mich für sechzig Livres im Jahr einstellte, mir versprochen hat, er werde mir eine kleine Mitgift geben, wenn ich aus seinem Dienst ausscheiden und mich auf eigene Füße stellen will.«

»Und jetzt willst du dich auf eigene Füße stellen?« fragte ich verblüfft. »Wie denn?«

»Ich heirate.«

»Und wen?«

»Den Bäckermeister Mérilhou. Er ist seit einem Jahr Witwer, er hat an meiner Person Geschmack gefunden und hat um meine Hand angehalten.«

»Mérilhou«, sagte ich, »ist bestimmt ein redlicher Mann, wenn ich Mariette glauben darf, aber nicht mehr sehr jung.«

Hierauf errötete sie, und ihre Augen blitzten.

»Monsieur«, sagte sie mit zornbebender Stimme, »habt Ihr das Recht, mir vorzuwerfen, daß mir jemand gefällt, der doppelt so alt ist wie ich?«

»Ach, Toinon, da drückt dich der Schuh! Du bist gekränkt und wütend über die Zuneigung, die ich für meine Deutschlehrerin empfinde?«

»Zuneigung!« sagte sie mit höchster Verachtung. »Monsieur, werdet Ihr jetzt scheinheilig? In Wahrheit seid Ihr in die Dame verliebt bis über beide Ohren! Von morgens bis abends habt Ihr nur noch ihr häßliches Kauderwelsch im Munde, und das murmelt Ihr auch noch im Schlaf!«

»Das murmele ich im Schlaf?«

»Und sogar, wenn Ihr Euch gerade an mir gesättigt habt.«

»Aber, Toinon«, sagte ich, »warum verletzt dich das Gefühl, das ich, wie du sagst, für diese Dame empfinde, da es doch unschuldig ist?«

»Ach, Monsieur, erzählt mir keine Märchen«, sagte Toinon unendlich weise. »Was nicht ist, das wird. Die Dame ist von Adel und gehört nicht zu den armen Dingern, die sich gleich hingeben wie ich. Für solche Täubchen braucht es Kniefälle, Handküsse, Komplimente und Liebesbriefe. Kurz, Formen und Schleifen. Aber was kommen muß, kommt, da bin ich sicher.«

Daß sie mich dessen kraft ihrer Erfahrung versicherte, erfüllte mich mit Freude, obwohl ich mir alle Mühe gab zu verhehlen, welche Flügel sie meinen innigsten Hoffnungen soeben verliehen hatte.

»Toinon«, sagte ich, indem ich auf und ab durch den Raum ging und mich ihr unmerklich näherte (ich schäme mich, es zu gestehen, aber mich drängte die Begierde, sie in die Arme zu nehmen, so verliebt ich auch in meine Gräfin war), »Toinon, ich frage dich noch einmal, wieso verletzt dich dieses Gefühl?«

»Monsieur«, sagte sie, »könnt Ihr nicht verstehen, daß ich mir wünschte, nicht in der Vorstadt Eures Vergnügens zu wohnen, sondern mitten in der Stadt und auch in Euren Träumen, wenn Ihr mich schon haben wollt?«

Das war gut gesagt, und so stolz, daß ich meine hinterhältigen Annäherungen abbrach. Seit fünf Jahren hatte ich mit Toinon einen Umgang, der mir äußerst angenehm war, der aber dermaßen von selbst zu laufen schien, daß ich mich nie gefragt hatte, wie sie darüber dachte. Nun, jetzt wußte ich es: am selben Tage, da ich sie verlieren sollte.

»Toinon«, sagte ich, und meine Kehle war wie zugeschnürt, »heißt das, mit unserer Siesta ist es vorbei?«

»So ist es, Monsieur«, sagte sie tonlos. »Ich habe Meister Mérilhou mein Wort gegeben und will es halten.«

Ich betrachtete sie verdutzt. Sie stand stockstreif, aber zwei Tränen kullerten über ihre Wangen. Ich besann mich nicht lange, ob ich recht oder unrecht tat: ich stürzte hin und schloß sie in meine Arme. Sie ließ mich gewähren, und weil sie mir ihren Mund verwehrte, küßte ich sie auf den Hals. Da wurde es noch schlimmer: wie oft hatte ich in den fünf Jahren meine Lippen dorthin gesetzt.

»Oh, Monsieur!« sagte sie, »Ihr weint ja auch!«

Und sie riß sich aus meinen Armen los, lief und schlug die

Tür hinter sich zu. Und ich stand da, vollkommen verwirrt. Klar war nur eines: ich sehnte mich bereits nach ihr.

Ich streckte mich aufs Bett, ohne große Hoffnung zu schlafen, trotz meines ermüdenden Aufenthaltes im Louvre und der großen Bestürzung, in die mich diese Szene versetzt hatte. Dennoch geschah es, daß ich allmählich einschlummerte, und so tief, daß ich, als Franz mich wachrüttelte, um mir auszurichten, mein Vater erwarte mich in der Bibliothek, zwei Minuten geschlafen zu haben meinte und nicht zwei Stunden, wie er mir sagte.

Mein Vater wärmte sich vor einem guten Feuer und hieß mich neben sich in einem Lehnstuhl Platz nehmen.

»Ich denke«, sagte er, »Ihr werdet nicht allzu glücklich sein, daß Toinon weggeht? Obwohl die Geschichte mir schon seit einiger Zeit zu brüten schien, hat mich ihr Entschluß doch überrascht. Offenbar erträgt sie den Gedanken nicht, eine Rivalin zu haben.«

»Aber«, sagte ich nach einem Zögern, »Frau von Lichtenberg ist für sie doch keine Rivalin.«

»Sie denkt das Gegenteil, und, um offen zu sein, ich gebe ihr nicht unrecht. Frau von Lichtenberg hätte Euch schon hinausbefördert, wenn Eure Verehrung ihr mißfallen hätte. Und sie ist keine dieser erzkoketten, kalten und herzlosen Pariserinnen, die einen Mann wie eine Marionette an Fäden tanzen lassen, um ihre Eitelkeit zu befriedigen. Ulrike ist eine ernsthafte, empfindsame Deutsche, die sich Probleme macht. Ihr seid für sie eines – durch Euer Alter. Aber mich dünkt, sie wird bald wissen, wie sie es löst.«

Diese Worte waren mir ebenso peinlich, wie sie mir wohlgefielen. Und ich war heilfroh, daß die Scheite im Kamin so lebhaft flammten: sie boten mir einen Vorwand, die Augen dahin zu richten und den Blick meines Vaters zu meiden. Da er schwieg und auf eine Entgegnung zu warten schien, verbreitete ich mich lieber nicht über meine ungewissen Aussichten und sagte: »Wer hätte gedacht, daß Toinon so unerbittlich sein würde?«

»Das war sie immer!« sagte er. »Habt Ihr vergessen, wie sie damals mit Eurer Patin aneinandergeriet? Zwischen der Herzogin und der Soubrette, glaubt mir, besteht nur ein kleiner Unterschied: die eine trägt einen Reifrock, die andere einen

Cotillon. Das ist alles. Eine Frau bleibt, Gott sei Dank, immer eine Frau.«

Dieses »Gott sei Dank« machte mir Freude, denn es sagte mir, daß mein Vater glücklich war.

»Findet Ihr«, sagte ich nach einer Weile, »daß ich Toinon gegenüber mehr auf meinen Rang hätte achten sollen?«

»Aber nein!« sagte er mit einem kleinen Lachen. »Wie solltet Ihr auf Euren Rang achten bei jemandem, den Ihr alle Tage, die Gott werden läßt, in Euren Armen haltet?«

Dieser zum zweiten Male berufene Gott, dachte ich bei mir, scheint ja keiner der Enthaltsamkeit zu sein, aber ich hütete mich, es zu sagen.

»Toinon«, fuhr er fort, »hing mehr an Euch, als Ihr dachtet. Ihr wart sehr nett zu ihr und habt ihr geduldig Lesen, Schreiben und Rechnen beigebracht. Sie war Euch dafür ungemein dankbar, ohne es jemals zu zeigen. Denn sie war so stolz wie nur je einer guten Mutter Tochter in Frankreich. Und jetzt wird sie ihren Mérilhou mit Sang und Klang beim Ärmel nehmen, wird ihm die Bücher führen und tüchtig mit ihm zu Wohlstand kommen. Heute ist eine Seite im Buch Eures Lebens umgeschlagen, mein Sohn.«

Na gut, dann ist sie eben umgeschlagen, dachte ich, aber nicht ohne einen kleinen Stich im Herzen und mit einer jähen großen Leere in meinem Alltag vor Augen, die mich schon bei dem bloßen Gedanken daran erschreckte.

Gleichwohl hüpfte meine Hoffnung, als ich am nächsten Tag um drei Uhr zu meiner Gräfin fuhr und in ihrem Hof aus der Mietkutsche sprang; von Toinons und meines Vaters Prophezeiungen über die Zukunft meiner Liebe gestärkt, nahm ich mir vor, ihr mit festerem Blick zu begegnen. Doch kaum daß sie in ihrem großen Salon auf mich zukam, sank mein Mut. Obwohl sie mich wirklich sehr liebenswürdig empfing, sah ich sie so majestätisch, so zurückhaltend und so selbstbeherrscht, daß sie mir plötzlich ebenso unerreichbar erschien wie immer. Während ich mit ihr in tadellosem Ton die gebräuchlichen Höflichkeiten wechselte, fragte ich mich, grausam entmutigt, ob ich es jemals wagen würde, eine so hohe Dame in die Arme zu nehmen, ihre Lippen zu küssen und mit entweihenden Händen ihren Reifrock anzutasten, der mich anmutete wie eine Rüstung, die unmöglich zu beseitigen war, während ich Toinon über tausendmal den kleinen Unterrock ausgezogen hatte, der meinen Fingern so brav gehorchte, daß er, kaum berührt, auch schon niederfiel.

Frau von Lichtenberg fragte mich nach der Gesundheit des Königs. Ich antwortete ihr, ohne auf jene wohlbekannte Geschichte einzugehen, da ich nicht wußte, was Bassompierre ihr darüber sagen oder nicht sagen würde. Und nach einer Weile führte sie mich vom Salon in ihr Zimmer, wo sie, ohne meinen ein wenig zu warmherzigen Entschuldigungsbrief überhaupt zu erwähnen, mit meiner Deutschlektion begann.

Sie muß mich an dem Tag als sehr schlechten und sehr zerstreuten Schüler erlebt haben, denn ich machte eine Menge Fehler, die sie mit ihrer üblichen Sanftmut korrigierte. Als jedoch die Stunde zu Ende, der Imbiß von dem Diener gebracht und der Riegel hinter ihm vorgelegt war, fragte sie, indem sie meine erste Waffel bestrich: »Mein Freund, Sie sind heute nicht ganz bei sich. Was haben Sie?«

Sie stellte mir diese Frage mit so sanfter Stimme und begleitete sie mit einem so zärtlichen Blick, daß meine Zurückhaltung im Nu zusammenbrach, ich meinem Herzen Luft machte und ihr alles erzählte, sowohl welche Rolle Toinon in meinem Leben gespielt hatte, wie auch, daß sie plötzlich fortging, doch verschwieg ich, daß sie der Anlaß dazu war.

Sie hatte meine Waffel längst fertig bestrichen, und ihre Hände ruhten in ihrem Schoß, ihre schönen schwarzen Augen blickten mich an, während sie mir mit aller Aufmerksamkeit lauschte. Und obwohl meine Erzählung ziemlich traurig war, entging mir nicht, daß sie sie mit Genugtuung, ich würde sogar sagen, mit einer Art Erleichterung hörte, so als hätte mein Bericht ein großes Gewicht von ihr genommen. Natürlich war ich durch diese ihre Reaktion getroffen, die, hätte ich sie gleich verstanden, mir den Schlüssel zu dem gegeben hätte, was folgen sollte.

Als ich endete, reichte sie mir das Tellerchen mit meiner Waffel und begann zu essen, ohne einen Ton von sich zu geben und ohne mir einen Blick zuzuwenden, so war sie in ihre Gedanken vertieft. Trotzdem, obwohl sie lange so stumm blieb, fühlte ich mich dadurch nicht verlegen, im Gegenteil, irgendwie empfand ich, daß ihr Schweigen und ihre Versunkenheit mit mir zu tun hatten. Außerdem hatte meine Beichte mir so wohlgetan, als wäre ich bis dahin zwischen Toinon und der Gräfin geteilt gewesen und hätte nun meine Ganzheit wiedergefunden.

»Monsieur«, sagte Frau von Lichtenberg schließlich – aber dieses »Monsieur« war ganz Konvention und hatte nichts mit ihrem Blick und ihrer Intonation zu tun –, »als ich einmal von Bassompierre hörte, er habe eine seiner Nichten dem Marquis de Siorac abgetreten – und ich wußte ja, wozu diese Dirnen einzig da sind –, fragte ich mich, ob sie wohl Ihrem Vater diene oder Ihnen. Offen gestanden, fragte ich mich dies vornehmlich, als mir die verbindlichen Gefühle klar wurden, die Sie für meine Person zu nähren begannen. Von da an war die Sache für mich von größter Konsequenz.«

Sie verstummte, als wäre sie fest entschlossen, nicht mehr zu verraten. Und da ich ihre Worte etwas dunkel fand, faßte ich mir ein Herz und sagte: »Madame, ich bin mir nicht sicher, daß ich Ihre Worte verstanden habe. Darf ich fragen, warum die Sache für Sie so wichtig war?«

Sie stand auf, womit sie mir zu verstehen gab, daß unsere Unterhaltung beendet war, aber gleichzeitig korrigierte sie, was diese Geste Abruptes haben mochte, indem sie mir freundlich zulächelte und ihre Hand einen Moment in der meinen ließ.

»Mein Freund«, sagte sie und gab diesem »Freund« eine zärtliche Betonung, »warten Sie nur ein wenig und fürchten Sie nicht, daß ich die Geduld mißbrauchen werde, die ich Ihnen anempfehle. Eines Tages sage ich Ihnen das ›weil‹, das auf Ihr ›warum‹ antworten wird. Noch ist der Zeitpunkt nicht gekommen. Noch muß ich überlegen, denn ich bin mir nicht sicher, in mir so klar zu sehen, wie ich in Ihnen zu sehen glaube.«

Hierauf erinnerte sie mich, daß ich am nächsten Montag wieder zur Deutschstunde kommen solle und daß ich dann, wie sie hoffe, mehr Aufmerksamkeit mitbringen würde als heute (den Satz begleitete sie mit einem Lächeln und indem sie mir mit dem Finger drohte), dann verließ sie mich. Als ich in meine Kutsche gestiegen war, saß ich ratlos; ich hatte keinen Grund, zerstört zu sein, aber erst recht keinen, zu triumphieren. Frau von Lichtenberg hatte genug gesagt, um mich zu versichern, daß sie für meine »verbindlichen Gefühle« nicht unempfindlich war, aber nicht genug, daß ich hätte verstehen können, welche Skrupel sie zurückhielten, oder welche Verbindung sie zu Toinon herstellte.

Zwischen zwei Schlummern grübelte ich lange des Nachts, schwankend zwischen dem Kummer über den Verlust meiner Soubrette und der sehr ungewissen Hoffnung, welche die Worte Frau von Lichtenbergs in mir geweckt hatten. Auch träumte ich, daß ich Toinon Straße für Straße im finsteren Paris suchte und sie nicht fand, und ich erwachte in Tränen. Die Tränen versiegten, aber ihnen folgten noch trostlosere Gedanken. Ich hatte mit Toinon fünf Jahre Seite an Seite gelebt, ohne zu begreifen, wie glücklich sie mich gemacht hatte: und nun war dieses Glück doppelt verloren, da ich mir seiner gar nicht bewußt gewesen war, als es mein Leben erhellte.

* * *

Bassompierre hatte mich am Donnerstag vormittag vor unserem Hause abgesetzt. Als er am Sonnabend noch immer nicht bei Hofe erschienen war, fand sich mein Vater bereit, ihn in seinem Palais aufzusuchen, und nahm mich mit. Aber der Maggiordomo sagte uns, er habe Anweisung, niemanden vorzulassen, und nur auf Drängen meines Vaters, den Hausherrn von unserem Kommen zu unterrichten, empfing uns Bassompierre schließlich in einem sehr schönen, reich verzierten Hausrock, aber unrasiert und mit langgezogenem Gesicht.

»Ah, mein Freund!« sagte er, als wir uns umarmt hatten, »Ich hätte alles erduldet, alles erlitten, aber«, setzte er im Stil von Astrée hinzu, »dieses Achselzucken der Dame hat mich bis auf den Herzensgrund durchbohrt! Ich mußte die Würfelpartie unter einem Vorwand verlassen und mich schnellstens in mein Haus verkriechen, wo ich mich diese zwei Tage gequält habe wie ein Besessener, ohne zu essen, zu trinken und zu schlafen. Ihr seht das Ergebnis, ich bin völlig abgemagert.«

»Offen gestanden, man sieht es nicht«, sagte mein Vater lächelnd. »Und daß Ihr über Euren begrabenen Hoffnungen fastet, mag ja hingehen, aber trinken müßt Ihr! Trinkt wenigstens Wasser! Nicht zu trinken wäre für Eure Gesundheit verhängnisvoll.«

»Meint Ihr, Marquis?« sagte Bassompierre beunruhigt.

»Sicher, ich spreche als Arzt zu Euch. Und wenn Ihr mir erlaubt, als Freund zu sprechen, wäre es Zeit, daß man Euch wieder im Louvre sieht. Sonst glaubt der König, Ihr grollt, und könnte darauf verfallen, zurückzugrollen, obwohl er Euch derzeit so wohlgesonnen ist.«

»Ist er das wirklich?« fragte Bassompierre, und sein Gesicht hellte sich auf.

»Wie ich hörte, schlägt er vor, wenn Mademoiselle d'Aumale Euch nicht zusagt, Euch Mademoiselle de Chemillé zur Gemahlin zu geben und das Land Beaupré zu Euren Gunsten wieder zum Herzog- und Pairstum zu erheben.«

»Wenn der König mir wohlwill«, sagte Bassompierre erhaben, »dann besser nicht mehr durch eine Vermählung, da er mir damit nur weh getan hat!«

»Mein Freund«, sagte mein Vater lächelnd, »das klingt galant, aber ist das der wahre Grund, weshalb Ihr so schmeichelhafte Verbindungen ablehnt?«

»Es ist einer von drei Gründen«, sagte Bassompierre, nun ohne den noblen Ton und indem er meinen Vater mit einverständiger Miene anblickte. »Den ersten habe ich genannt; der zweite ist: ob ich Mademoiselle d'Aumale oder Mademoiselle de Chemillé nähme – nachdem ich davon geträumt habe, mir das Schönste zu erobern, was es in Frankreich gibt –, käme in meinen Augen wie in den Augen des Hofes einem Scheitern gleich. Und mein dritter Grund, da ich ihn denn nennen muß: ich befinde mich ziemlich gut dabei, an so vielen Orten verliebt und meistens so wohlgelitten zu sein, daß ich weder die Muße noch das Bedürfnis habe, an eine Einschränkung zu denken.«

»Ihr sollt ja«, sagte mein Vater, in dem scherzenden Ton fortfahrend, »als Ihr Mademoiselle de Montmorency zu heiraten gedachtet, von nicht weniger als drei Damen des Hofes Abschied genommen haben, und alle drei sollen, ohne einander zu kennen, ganz untröstlich gewesen sein.«

»Das ist die reine Wahrheit«, sagte Bassompierre, »sofern die Wahrheit jemals rein ist.«

»Wäre es nicht an der Zeit, dieser dreifachen Untröstlichkeit abzuhelfen?«

»Offen gesagt, Marquis, daran habe ich auch schon gedacht, und wäre es nur, um nicht müßig zu bleiben und mich für meinen Verlust zu entschädigen.«

»Ich bin überzeugt«, fuhr mein Vater fort, »wenn Ihr Euch

mit diesen edlen Damen wieder aussöhnen könntet, würden sie Euer Herz so ausfüllen, daß Ihr von besagter großer Durchbohrung nichts mehr verspürt.«

»Ach, Marquis, Ihr verspottet mich!«

»Ganz und gar nicht! Ich will Euch mit alledem nur drängen, schnellstmöglich an den Hof zurückzukehren. Ihr glaubt ja nicht, wie sehr Eure schmerzliche Blässe und Eure Leidensmiene das schöne Geschlecht zu Euren Gunsten beschäftigen wird. Sonderbar, nicht wahr? Man beklagt Euch. Man beklagt Condé. Aber den König beklagt keiner.«

»Gäbe es dazu einen Grund?« fragte Bassompierre mit einem Stich von Eifersucht.

»Unbedingt: er ist der einzige Geköderte. Ihr seid es nicht mehr. Und auf Grund seiner Sitten wird es Condé niemals sein, auch wenn er sie heiratet.«

»Ich hörte, er macht große Schwierigkeiten, in diese Ehe einzuwilligen.«

»Ah, Comte! Ihr seid doch nie so eingemauert, daß Ihr im Louvre nicht noch Freundesohren hättet.«

»Und was ist wirklich daran?«

»So wenig Condé auch ein Hengst ist, bäumt er sich tatsächlich auf, er stampft, schlägt aus und beißt! Am Hofe hat man Wetten abgeschlossen. Die einen wetten, er werde nachgeben, die anderen, er werde nicht.«

»Ha! Wieso bin ich nicht dabei!« sagte Bassompierre, dessen Spielernatur im Galopp die Oberhand gewann. »Ich weiß genau, wie ich wetten würde.«

»Und wie?«

»Daß er aufgibt. Condé kann sich den Luxus des Ungehorsams nicht leisten. Er besitzt keinen blanken Sou. Alles, was er hat, kommt vom König.«

»Wir werden ja sehen, ob Ihr recht behaltet. Alsdann, seid Ihr morgen im Louvre?«

»Ich werd es mir überlegen. Meinen großen Dank jedenfalls, daß Ihr mich Kummer und Enttäuschung entrissen habt.«

Nach Umarmungen und Komplimenten bestiegen wir unsere Kutsche, und kaum saßen wir, da fragte ich: »Mein Vater, wie begreift Ihr es, daß dieser deutsche Graf aus einem kleinen Fürstentum keinen Wert darauf legt, durch eine Heirat Herzog und Pair eines mächtigen Königreiches zu werden?«

»Bassompierre hat Euch drei Gründe genannt. Es gibt noch zwei weitere. Unser Freund kennt den König, daher hält er es nicht für weise, auf Versprechen zu bauen, die vielleicht nur Schall und Rauch sind. Aber vor allem will er nicht, daß der Hof sagt, er lasse sich für seinen Verzicht mit einem Herzogtum bezahlen.«

»Er ist ein geschickter Mann.«

»Mehr noch!« sagte mein Vater lachend. »Er ist ein Diplomat. Bei ihm ist alles wohldosiert. Sogar, was er seine ›Enttäuschungen und Kümmernisse‹ nennt. Nie übersteigen sie die Grenzen der Schicklichkeit.«

Und ich lachte, nicht ahnend, daß die meinen diese Grenzen sehr bald übersteigen sollten. Am Montag morgen brachte mir ein Laufbursche ein Wort meiner Gräfin, das meine Unterrichtsstunde wegen einer unvorhergesehenen Angelegenheit auf den folgenden Mittwoch verschob. Ich war dieser Angelegenheit sehr gram, faßte mich aber in Geduld, zumal das Billett, wenn auch kurz und in Eile geschrieben, von Zuneigung sprach. Nach dem Mittagessen legte ich mich schlafen oder versuchte vielmehr, auf mein Lager gestreckt, dem unablässigen Reigen meiner Gedanken ein Ende zu setzen, während mein Körper sich drehte und wendete und keinen Schlummer fand.

Diese Siesta war die fünfte ohne Toinon. Ich hatte sie gezählt, wie ein Gefangener Tag um Tag an seiner Zellenwand anstreicht, und faßte den Entschluß, mir dieses stumpfsinnige Zählen zu verbieten, weil es hoffnungslos war.

Nie mehr sah ich Toinon im Hause. Und als ich mich bei La Surie darüber beklagte, erfuhr ich, daß sie schon jeden Tag die Geschäfte von Meister Mérilhou ordnete, aber des Anstandes halber noch zu uns schlafen kam, weil ihre Hochzeit erst Ende des Monats stattfinden sollte.

Daß ich sie nicht einmal mehr sehen durfte, verursachte mir zusätzliche Pein, doch von La Surie bekam ich als einzigen Trost nur ein périgourdinisches Sprichwort zu hören: »*Den Fuchs freut es immer, eine Henne zu sehen, auch wenn er sie nicht kriegt.*« Was half mir diese Bauernweisheit? Und ich sagte es ihm. »Ach, was denkt Ihr noch an Toinon?« entgegnete er. »Denkt lieber an Eure Deutschlehrerin!« Selbstverständlich dachte ich auch an sie, aber ich merkte doch sehr, welch ein Unterschied zwischen einer Erinnerung bestand, die der Körper an erlebte Zärtlichkeiten hegt, und einer Hoffnung, die sich von Blicken, Lächeln und ein paar liebreichen Worten nährt. Gewiß beschäftigte diese Hoffnung die Seele mehr, aber sie war längst nicht so wirklich.

Doch war es mit dieser Mißstimmung und Melancholie noch nicht getan: am Mittwoch traf mich der Blitz. Während ich an jenem Morgen die Deutschlektion wiederholte, die ich in der vergangenen Woche so schlecht gelernt hatte, wurde ich durch einen Laufburschen unterbrochen, der mir nicht etwa ein kurzes Billett, sondern einen Brief von meiner Gräfin brachte. Hier ist er:

Monsieur,
Wenn Sie dieses Schreiben erhalten, bin ich schon seit mehreren Stunden auf der Reise nach Heidelberg; ich wurde infolge des bedenklichen Zustandes meines alten Vaters in die Pfalz gerufen. Gewiß kehre ich nach Paris zurück, eine Stadt, an die mich manches bindet, was Ihnen wohlbekannt ist, doch weiß ich leider nicht, wann. Man läßt mich für die Leiden meines Vaters einen unglücklichen Ausgang befürchten, und wenn diese Befürchtungen sich bewahrheiteten, stünde ich vor familiären Problemen, die mich so lange in der Pfalz festhalten würden, bis sie gelöst wären. Das könnte sehr lange dauern, viel zu lange für mein Gefühl, denn ich habe die Überzeugung gewonnen, daß ich doch nirgends glücklich sein könnte als in Paris. Ich bitte Sie, lernen Sie weiter Deutsch um der Schönheit der Sprache willen, aber auch aus Liebe zu mir, die ich oft an Sie denken werde in meinem gelahrten und sehr gestrengen Heidelberg.

Ihre wohlgeneigte Dienerin
Ulrike von Lichtenberg.

Mein Vater trat ein und fand mich in Tränen.

»Was ist denn? Was ist denn?« fragte er ganz erstaunt.

Ich reichte ihm den Brief, er las ihn wieder und wieder, als wäge er jedes Wort.

»Ich verstehe«, sagte er, »wie tief Euch diese lange Abwesenheit enttäuscht, just da Ihr gedachtet, das ersehnte Ufer glücklich zu erreichen. Aber es gibt hier Ausdrücke, mögen sie auch noch so vorsichtig sein, die Euch entzücken sollten. Sie spricht von Paris als einer Stadt, an die sie ›manches bindet, was Euch wohlbekannt‹ sei, oder: sie habe ›die Überzeugung gewonnen, daß ich doch nirgends glücklich sein könnte als in Paris‹; oder auch, daß sie Euch bittet Deutsch zu lernen ›aus Liebe zu mir‹.«

»Mein Vater, sind das nicht nur kleine Höflichkeiten, mit denen man seine Freunde entschädigt, wenn man sie verläßt?«

»Das könnten sie aus der Feder unserer koketten Damen sein, die zumindest in Worten alle Welt anbeten. Aber nicht aus der Feder einer Ulrike, deren Worte ganz ihrem Gefühl entspringen.«

»Wie leicht wäre es ihr gefallen, mich vor ihrer Abreise noch zu sehen. Sie muß doch am Montag, als sie die Stunde verschob, schon gewußt haben, daß sie Paris verlassen wird.«

»Das ist nicht gesagt. Die Verschiebung am Montag kann einen ganz anderen Grund gehabt haben. Doch wie immer, stellt Euch nur einmal vor, was es heißt, eine so lange Reise mitten im Winter anzutreten: da muß an eine Eskorte gedacht werden, an die Poststationen, die Übernachtungen, die Versorgung. Eine schwere Aufgabe für eine Frau allein. Sie wird ihre ganze Kraft benötigt haben, um sie zu bewältigen, und durfte sich darin nicht erweichen lassen, indem sie Euch noch einmal sah.«

»Aber dieses Warten, Herr Vater! Dieses endlose Warten! Wenn man den Brief liest, meint man, es wird Monate dauern!«

»Monate wenigstens, falls es den befürchteten Ausgang nimmt, und danach ein Ringen um die Erbfolge, wie Ulrike durchblicken läßt.«

»Das hieße ein Jahr! Anderthalb Jahre vielleicht!« schrie ich auf. »Wie soll ich das aushalten?«

»Papperlapapp, mein Sohn! Ich mußte damals viel länger warten, bis ich meine Angelina heiraten durfte.«

Einige Zeit nach dem Brief Frau von Lichtenbergs lud mich die Herzogin von Guise zum Diner, und wie jedesmal schlief ich danach in der alten Kemenate, wie einst in der Ballnacht. An diesem Diner nahm auch der kleine Herzog ohne Nase teil und plapperte unaufhörlich, so daß die Herzogin zu keinem Worte kam vor diesem Sohn, den sie wenig liebte, der aber als Oberhaupt der Familie über ihr stand.

Außerdem war mit dem Herzog nicht gut Kirschen essen.

Er konnte wegen nichts beleidigt sein. Der Grund dafür war, daß er sich seiner nie sicher fühlte. Die ganze Zeit sprach er zu seiner Frau Mutter, aber die Herzogin lieh ihm nur zerstreut Gehör, so daß er immer mich ansah, während er redete, weil er meine Aufmerksamkeit brauchte, um sich zu versichern, daß er gehört wurde. Der Leser wird diese unermüdlichen Schwätzer kennen, die ihr Gegenüber gewissermaßen zwingen, zuletzt nur noch aus einem Paar Ohren zu bestehen.

Man ging ziemlich spät zu Bette, und ich hätte wetten können, daß meine liebe Patin, nachdem sie sich bei diesem erzwungenen Schweigen sehr unglücklich gefühlt hatte, die Nacht mit ihren üblichen Schlaflosigkeiten zubringen würde. Und richtig, gegen ein Uhr morgens kam Noémie de Sobol im Nachtgewand und rüttelte mich auf meinem Lager in besagter Kemenate wach, anscheinend ziemlich unwillig, aber insgeheim jubilierend aus einem Grunde, der mir nicht entging. Da die Nacht kalt war, lud uns die Herzogin in ihr großes Bett, Noémie zu ihrer Linken und mich zu ihrer Rechten. Die Bettvorhänge standen offen, und beiderseits der Bettstatt brannten auf zwei Leuchtern duftende Wachslichte, ein äußerst kostspieliger Luxus, den aber die Herzogin liebte. Ich fand sie für eine Frau ihres Alters wunderschön, mit ihren blauen Augen, ihrem frischen Teint und etwas irgendwie Gelöstem in ihrem ganzen Wesen. Gewiß stimmte sie allerhand Klagen an, aber auf eine nahezu fröhliche Weise, da ihre angeborene und unerschöpfliche Kraft doch immer über ihre Sorgen obsiegte. Kaum hatten wir uns eingenistet, richtete sie sich in ihren Kissen auf, und die Litanei ihrer Kümmernisse begann, die sich, wie erwartet, um ihre törichten Söhne drehte.

»Mein Gott! Dieser kleine Herzog! Redet und redet! Und was hat er zu sagen? Viel Stroh und wenig Korn! Es kann einen umbringen. Und was für ein Riesennarr! Nicht soviel Grips, daß er aufhören würde, mit Bassompierre zu spielen, der ihm pro Jahr allemal seine hunderttausend Livres abgewinnt! Jesus! Und warum mußte er überhaupt so klein ausfallen, wo sein Vater so groß war«, fuhr sie mit komischer Miene fort, ganz vergessend, daß sie selbst klein war. »Von der Schönheit her hätte wirklich Joinville mein Ältester sein müssen! Aber was den Kopf angeht, da ist einer wie der andere. Joinville ist genau so ein Narr! Mehr vielleicht noch! Muß sich dieser Moret an den Busen werfen! Den größten Busen des Hofes, aber auch den gefährlichsten. Und das Theater, das Henri gemacht hat! Daß er sie ins Kloster steckte, na gut, aber mußte er auch noch eine Grenze zwischen sie und meinen armen Joinville setzen? Ist das angemessen? Hat Henri denn so viele Arien gemacht, als Bellegarde ihn mit der schönen Gabrielle gehörnt hat? Ach«, fuhr sie lebhaft fort: »welcher Große an diesem Hof hat nicht früher oder später die Hörner auf seiner Stirn sprießen gefühlt? Mein seliger Mann, der Herzog von Guise, war nach allgemeiner Ansicht der verführerischste Mann des Königreiches. Und trotzdem, was habe ich ihm für ein hübsches Geweih aufgesetzt!«

»Oh, Madame«, sagte Noémie, »und das vor Eurem Patensohn! Und vor mir, die ich noch Jungfrau bin!«

»Papperlapapp, Kindchen, tut nicht scheinheilig! Eure Jungfernschaft habt Ihr nicht im Ohr!«

»Ist das wahr, Madame?« sagte Noémie, »habt Ihr Euren Mann wirklich betrogen?«

»Alle Welt behauptet es«, sagte die Herzogin mit einem kleinen Lachen. »Dann muß es wohl wahr sein.«

»Und wie hat der Herzog es aufgenommen?«

»Wie ein vollendeter Edelmann. Eines Tages hielt ihn eines von diesen Klatschmäulern an, von denen es am Hofe wimmelt, und sagte: ›Monseigneur, einen Rat bitte: Ich habe einen Freund, dessen Frau untreu ist. Ich würde es ihm brennend gern beweisen, aber ich weiß nicht, wie er es aufnimmt. Monseigneur, was würdet Ihr an seiner Stelle tun?‹ – ›Was ich tun würde?‹ sagte der Herzog, der wohl verstanden hatte, ›ganz einfach: ich würde Euch erstechen.‹«

»Wunderbar!« sagte Noémie. »Das ist galant, ganz Kavalier! Ach, wie gern hätte ich einen Mann von dem Kaliber.«

»Täuscht Euch nicht, Kindchen!« sagte die Herzogin, die Nase hoch. »Man muß eine Prinzessin von Geblüt sein, damit ein Ehemann einen so schont. Der Eure würde Euch bereits auf den Verdacht des kleinsten Horns hin erwürgen.«

»Madame«, sagte ich, »ich wette, daß der Herzog Euch trotzdem geliebt hat.«

»Sicher hat er mich geliebt und ich ihn. Aber was wollt Ihr, er war nie da! Trotzdem hat er mir jedes Jahr ein Kind gemacht. Kaum war ich wieder dünn, da schwoll mir der Bauch schon wieder! Ja, vierzehn Kinder habe ich ihm geboren, und alle von ihm! Da hab ich aufgepaßt.«

»Alle, Madame?« fragte Noémie, indem sie mir einen sprechenden Blick zuwarf.

»Kindchen«, sagte die Herzogin, »Ihr kennt die Geschichte dieses Königreiches nicht und bringt die Daten durcheinander. Der Herzog ist 1588 zu Blois ermordet worden, also sechs Jahre vor dem Ereignis, auf das Ihr anspielt.«

Hierauf beugte sich die Herzogin zu mir, lächelte und legte ihre kleine Hand flach auf meine rechte Wange, dann zog sie meinen Kopf an sich und küßte mich auf die andere Wange. In meiner derzeitigen Schwermut tat mir dieser Liebesbeweis sehr wohl. Ich wurde rot vor Glück, und da sie meine Bewegung bemerkte, setzte sie halblaut hinzu, als spräche sie für sich: »Ihr seid der Edelstein in meiner Krone.«

Auf einmal schloß sie die Augen, und da Noémie glaubte, sie werde nun einschlummern, hielt sie den Atem an. Sie glaubte, bald sei der Moment gekommen, die Lichter auszupusten, das Zimmer auf Zehenspitzen zu verlassen und mich in meine kleine Kemenate zu geleiten.

Diese Hoffnung wurde getäuscht, denn nach einem Weilchen schlug Madame de Guise die Augen auf, und putzmunter ließ sie von ihren Lippen eine jener kostbaren Weisheiten fallen, die sie aus den Gründen ihrer Erfahrung geangelt hatte.

»Im Grunde fürchten sich alle Männer, daß sie von ihren Frauen gehörnt werden – sogar die schwulen!«

»Madame«, sagte ich (zu Noémies großem Mißfallen, die nicht wollte, daß ich das Gespräch wieder belebte), »spielt Ihr auf den Prinzen von Condé an? Mein Vater sagt, er sträube sich gewaltig, die Tochter des Konnetabels zu heiraten.«

»Sträuben ist nicht das richtige Wort«, sagte Madame de Guise. »Er weigert sich. Er will auf keinen Fall die Rolle des Scheinehemanns spielen, die ihm der König überhelfen will.«

»Aber was schert es ihn?« sagte Noémie. »Da er doch keine Frauen liebt?«

»Es schert ihn, im Gegenteil, sogar sehr viel!« sagte Madame de Guise. »Kindchen, Ihr räsonniert wie der König, weil Ihr nichts von warmen Brüdern und nichts von Condé versteht. Er war von jeher ein gedemütigter Prinz. Und war es von Geburt an. Der Ärmste – aber wie sollt Ihr das wissen, Ihr wart ja noch nicht auf der Welt – der Ärmste wurde im Kerker geboren, seine Mutter saß ein, weil sie ihren Mann vergiftet haben sollte, der sie mit einem Pagen erwischt hatte. Hugenottische Richter verurteilten sie zum Tode. Sie bekehrte sich, und die katholischen Richter erklärten sie für unschuldig. Sie kam frei. Gut und schön! Aber der Prinz? War er der Sohn von Condé oder der Sohn dieses Scheißpagen? In dem Zweifel kehrten ihm sämtliche Bourbonen den Rücken, ich eingeschlossen, und es war nicht das Beste, was ich getan habe. Der arme kleine Prinz fragt seine Mutter. Die schreckliche Frau ist die schwarze Bosheit selbst: sie verhöhnt ihn und verweigert ihm jede Antwort. Er wirft sich dem König zu Füßen. Auch Henri hat ernstliche Zweifel an seinem Rang, da er die besagte Mutter bestens kennt; aber aus Mitleid und Güte hebt er ihn auf, erkennt ihn als Bourbonen an und als Ersten Prinzen von Geblüt. Er zahlt ihm eine Pension, doch dann verliert er jede Achtung vor ihm, als er erfährt, daß er schwul ist.«

»Er ist nicht der einzige am Hofe!« sagte Noémie seufzend. »Was für ein Jammer, lauter schöne Männer und alle für uns arme Jungfern verloren!«

»Warum aber die Verachtung?« sagte ich, im Gedanken an Fogacer, »es gibt viele bedeutende Männer unter ihnen.«

»Weil der König reagiert wie die meisten Männer, mein Söhnchen: er ist ohne Nachsicht gegen Laster, die ihn nicht versuchen.«

»Oh, Madame, das ist sehr galant gesagt!«

»Noémie, kleine Schmeichlerin, schweigt!« sagte die Herzogin, schleckte das Kompliment aber wie Sahne, weil sie sich auf ihre Beredsamkeit etwas zugute hielt und das mit einigem Recht, wenn die Debatte die Mühe lohnte und sie aus ihrem drastischen und quasi volkstümlichen Vokabular schöpfte, das für gewöhnlich das ihre war.

»Was ich mit alledem sagen will, Söhnchen, ist dies«, fuhr sie fort, »der Knoten bei der Affäre ist die Verachtung des Königs für Condé. Eine doppelte Verachtung: er ist keineswegs sicher, daß Condé seines Blutes ist, und obendrein ist der Prinz schwul.«

»Aber, Madame«, sagte Noémie, »wie soll man sich über dieses Gefühl des Königs wundern? Die Kirche verdammt die warmen Brüder, und die Richter verbrennen sie.«

»Papperlapapp, Kindchen! Verbrannt werden die Bürger und ein paar kleine Provinzadlige, die so dumm sind, sich erwischen zu lassen! Aber keiner tastet die großen Familien am Hofe an. Da wären zu viele Scheiterhaufen nötig! ... Also werden sie geduldet, aber der König verabscheut sie aus dem genannten Grund, und weil er meint, ein Edelmann müsse zuallererst daran denken, sein Blut fortzusetzen. Aber wie kann er das ohne Frau? Muß ich Euch daran erinnern, daß das Geschlecht der Valois mit dem dritten Heinrich ausgestorben ist?«

»Madame«, sagte ich, »Ihr meint also, daß Condé den Vorschlag des Königs, ihn mit Mademoiselle de Montmorency zu vermählen, als eine Beleidigung empfindet, weil er begreift, was sich dahinter verbirgt?«

»Aber sicher ist es eine Beleidigung für ihn, und eine gewaltige! Im Grunde sagt doch der König damit zu ihm: Condé, Ihr werdet auf meinen Befehl Charlotte heiraten, aber sie nicht anrühren, weil Ihr keine Frauen liebt; ob Ihr Euer Geschlecht fortsetzt, schert mich wenig, denn Ihr seid nicht meines Blutes. Ich will Charlotte, und sobald die Ehe sie emanzipiert hat, habt Ihr mein Paravent zu sein. Das seid Ihr mir schuldig: ich habe Euch als Bourbone und Prinz anerkannt, obwohl Ihr weder das eine noch das andere seid.«

»Entsetzlich!« sagte Noémie, »Welch eine Bosheit! Hat der König das wirklich zu ihm gesagt?«

»Dummerchen, er hat es nicht gesagt! Aber anderen gegenüber hat er solche abscheulichen Reden geführt. Und wenn Condé noch lange vor dieser Ehe scheut, dürft Ihr sicher sein, daß er sein Päckchen zu tragen kriegt! Der König ist so rasend verliebt, daß er sich nicht mehr beherrschen kann; und so begreift er überhaupt nicht, daß Condé, wenn er sich unter diesen Umständen verheiraten läßt, urbi et orbi eingesteht, daß er weder Prinz noch Bourbone ist, sondern ein kleiner Kuppler im Dienst des Königs.«

Nach dieser Rede verstummte Madame de Guise und schloß die Augen. Sie hatte das alles in ihrer kruden Manier gesagt, doch nicht ohne Mitgefühl mit dem Prinzen, für den nichts sprach, weder seine Herkunft noch sein Äußeres noch sein Charakter, da er scharf, bitter, fahrig und um so weniger liebenswert war, als er sich ungeliebt fühlte. Als ich hierüber nachdachte, fand ich, daß meine liebe Patin die Worte meines

Vaters, ohne sie zu kennen, glücklich korrigiert hatte, da er in dieser Sache einzig den König beklagte, der von »dieser kleinen Pest« geködert worden sei. Aber zu beklagen war auch Condé. Denn wie immer er sich entschied, ob er Charlotte heiratete oder nicht: er konnte nur unglücklich werden, da er keine andere Wahl hatte als Unehre oder Verfolgung.

* * *

»Monsieur, um es rundheraus zu sagen: ich bin mit Ihnen sehr unzufrieden.«
»Mit mir, schöne Leserin? Und was habe ich Ihnen getan?«
»Sie spannen mich auf die Folter: weshalb sagen Sie nicht endlich klipp und klar, wie Condé sich entschied?«
»Weil die Affäre verwickelter ist, als sie scheint. Der Streit zwischen dem König und Condé wegen Charlotte sieht ganz nach kleiner Historie aus, und doch verquickte sich diese höfische Intrige durch die sonderbarste Fügung unlöslich mit einer diplomatischen Krise, und die Lösung dieser Krise – eine der schwersten in diesem Jahrhundert – hieß immerhin Krieg oder Frieden für Millionen Menschen. Madame, haben Sie einmal von Kleve gehört?«
»Der Name ist mir vertraut.«
»Kleve ist eine Stadt am Rhein, nahe Holland. Sie hat ihren Namen einem Herzogtum gegeben, über welches derzeit ein liebenswerter deutscher Fürst herrschte, Johann Wilhelm der Gute.«
»Das fängt ja wie ein Märchen an.«
»Aber keine deutsche Fee wachte über die Geschicke dieses deutschen Fürsten. So gut er auch sein mochte, Johann Wilhelm konnte seinen höchsten Wunsch nicht verwirklichen: seine Erbfolge zu sichern. Er starb kinderlos am 31. März 1609; das war neunundzwanzig Tage nach der Verlobung des Prinzen von Condé und Charlottes de Montmorency in der Großen Galerie des Louvre.«
»Hängen die beiden Ereignisse denn zusammen?«
»Noch nicht, aber das werden sie bald. Genauer gesagt, die Folgen des einen werden sich mit den Konsequenzen des anderen verknüpfen, und das Ganze wird unendlich gefährlich werden für den Frieden in Europa.«

»Ihrem ernsten Ton merke ich an, daß wir auf Kleve noch zurückkommen. Kleve, ein hübscher Name! Mir ist, als hätte ich von einer Prinzessin von Clèves gehört ...«

»Oh, Madame, Prinzessinnen von Clèves gab es im Lauf der Jahrhunderte mehrere! Und in eine davon war Heinrich III. in jungen Jahren verliebt, was beweist, daß er damals noch nicht so schwul war, wie er dann wurde. Doch zurück zu Kleve in dem Moment, als Johann Wilhelm der Gute kinderlos starb. Ganz Europa hatte seit langem darauf gewartet, und der liebenswerte Fürst war noch warm auf seinem Totenbett, als die Anwärter, zahlreich wie Fliegen auf einem Stück Zucker, sich schon um die Nachfolge schlugen. Doch nur drei kamen ernstlich in Frage: der Kurfürst von Brandenburg, der Kurfürst von Neuburg und der Kurfürst von Sachsen. Die beiden ersten waren Lutheraner, Freunde und Verbündete von Henri Quatre, der ihre Ansprüche nur unterstützen konnte. Der dritte war ein Freund und Verbündeter des Hauses Österreich.«

»Wenn ich Sie recht verstehe, standen zwei große Königreiche dicht davor, sich um eines kleinen Herzogtums willen an die Gurgel zu gehen?«

»Klein, aber strategisch bedeutsam, denn es lag dicht an Holland, einem weiteren protestantischen Verbündeten von Henri, den das Haus Österreich lange und hart bekämpft hatte. Deshalb hatte König Henri vor langem erklärt, er würde nicht dulden, daß ein mit Österreich verbündeter Fürst sich in Kleve festsetze. Ebensowenig wollte selbstverständlich Österreich zulassen, daß ein mit Frankreich verbündeter Fürst Besitz von Kleve ergriff.«

»Das hieß also Krieg!«

»Noch nicht. Sagen wir, noch sind die Gesandten beider Lager im Gange, zu knurren und die Zähne zu blecken wie zwei Hunde, die einander einschüchtern wollen, bevor sie sich an die Kehle springen. Aber tatsächlich steht das Pulverfaß schon sehr nahe bei der Lunte.«

»Und diese Lunte sollte Condé sein?«

»Noch nicht, Madame! Kleve, das Haus Österreich, die spanischen Intrigen sind seinem Denken noch fern, sehr fern. Noch versucht der mickrige kleine Prinz, dessen bizarre Nase zwar an einen Adlerschnabel, aber bei weitem nicht an die lange und gebogene Bourbonennase erinnert, seine Ehre als

Prinz von Geblüt zu verteidigen, gerade weil sein Rang so zweifelhaft ist. Aber der tagtägliche Druck, den Henri abwechselnd durch Drohungen und Versprechen, in wütenden Szenen und auch dadurch auf ihn ausübt, daß er ihm alle Gelder streicht, ist so tyrannisch, daß er aufgibt. Er heiratet Mademoiselle de Montmorency am 17. Mai zu Chantilly.«

»Damit hat er also kapituliert?«

»Nein, Madame. Er setzt den Kampf auf andere Weise fort. Und in einem Sinne ist seine Position die stärkere, jetzt, da er Charlotte geheiratet hat.«

* * *

Der Hof war im Mai nach Fontainebleau gezogen, um der stickigen Pariser Luft zu entrinnen, aber der König kam an einem Dienstag Mitte des Monats in den Louvre, angeblich um eine dringende Affäre hinsichtlich der Nachfolge von Kleve zu regeln.

Am Tag darauf rief er mich um acht Uhr morgens – Sie haben richtig gelesen, um acht Uhr – durch eines seiner kurzen, herzlichen, herrischen Billette zu sich. Ich begab mich also, kaum aus dem Schlaf erwacht, zum Louvre, und Vitry, der mich offensichtlich am Eingang erwartet hatte, führte mich auf den bekannten Wegen zu einem kleinen Kabinett, wo er mich mit der Bitte, mich über sein Benehmen nicht aufzuregen, doppelt einschloß. Dort fror ich denn eine gute Stunde und begann mich schon zu fragen, ob man mich von hier etwa in die Bastille schicken wolle wegen eines Verbrechens, von dem ich nichts wußte, als der Schlüssel sich im Schloß drehte, der König eintrat und die Tür hinter sich verriegelte.

»Kleiner Cousin«, sagte er lebhaft, »diesmal handelt es sich nicht darum, nach meinem Diktat in einer fremden Sprache an einen befreundeten Fürsten zu schreiben, sondern um einen Brief auf französisch an eine Dame, die in Paris wohnt. Da die Sache von größter Konsequenz nicht nur für mich, sondern auch für sie ist, wüßte ich dir Dank, wenn du ihr das Schreiben persönlich überbrächtest, nicht der besagten Dame natürlich, sondern ihrer Zofe, was unter Umständen gefährlich werden könnte. Aber wenn du, wie ich glaube, die Tapferkeit und das Geschick deines Vaters hast, bist du vom Alter her für diesen Auftrag wie geschaffen. Niemand wird sich wundern, wenn ein junger Bursche deiner Statur eine Zofe anspricht und ihr schöne Worte macht.«

»Sire!« sagte ich, ganz begeistert über diese Aufgabe, die mich aus der Trübsal meiner Tage erlöste, »gefährlich oder nicht, ich werde Eurer Majestät mit Freuden dienen. Aber wenn Ihr erlaubt, würde ich über diese Mission gerne mit meinem Vater sprechen, um seinen Rat einzuholen.«

»Gewiß, das kannst du. Alsdann, kleiner Cousin, da ist das Schreibpult, nimm die Feder.«

Der König hatte mir diesmal keine Geheimhaltung abverlangt wie für seine Staatskorrespondenz, und so fühle ich mich auch freier, über diesen Brief zu sprechen, allerdings in den Grenzen der Diskretion, die sein Gedenken erheischt. Im Unterschied zu seinen üblichen Sendschreiben, die durch ihre Knappheit und ihre zupackende Schärfe glänzten, war dieser Brief sehr lang und sehr literarisch; er begann mit »Meine Dulcinea« – ein Beweis, daß Henri den *Don Quijote* von Cervantes gelesen hatte –, und war von Anfang bis Ende in dem moralischen, sentimentalen, verschämten und hochtrabenden Stil von *Astrée* gefaßt, wo die handfesten Dinge der Liebe bekanntlich mit Schweigen übergangen werden zugunsten der Herzensergüsse. Henri diktierte, indem er federnd wie ein junger Mann auf und ab schritt, das Gesicht leuchtend und die Stimme bewegt, so daß ich bei mir dachte: wie schade, daß diese ernsthafte Leidenschaft sich nicht stärker in seiner eigenen Sprache ausdrückte.

Dieser Brief antwortete zweifellos auf einen, den er bereits erhalten hatte und in welchem ihn die Dame einer ebenso unbändigen Liebe versichert und Henri den »Stern, den ich anbete« genannt hatte, ein Ausdruck, den er in dem Brief, den ich nun unter seinem Diktat schrieb, zitierte, um ihr zu sagen, mit wieviel Beglückung und Dankbarkeit er ihn erfüllt habe.

Henri schloß seinen Brief mit dem glühenden Wunsch, die Dame möge kommen und »den Ort verzaubern, wo er weile«, was überdies in Versen ausgedrückt war, die ich mir zu zitieren erlaube, man wird noch sehen, warum:

> Mit ihrer Schönheit kommen alle Schönheiten,
> Die Wüsten werden Gärten von einem Ende zum andern,
> So wirkt die höchste Macht der Grazien,
> Die ihr folgen, überall.

»Was hältst du von diesen Versen, kleiner Cousin?« fragte der König mit zufriedener Miene, indem er sein Diktat unterbrach.

»Ich finde sie sehr schön, Sire.«

»Sie sind von Malherbe, ich habe sie bei ihm bestellt. Das Genie dazu habe ich leider nicht.«

Und er diktierte mir das ganze Gedicht, das er auswendig kannte und mit bebender Stimme sprach.

»Unterzeichnet Ihr, Sire?« fragte ich, als er endete.

»Ah, mitnichten. Meine Unterschrift darf nicht erscheinen. Du zeichnest ›Per‹.«

Während ich den Brief faltete und das Wachs auftropfte, wanderte er wieder durch den Raum. Weil es auf dem Pult kein Siegel gab und Henri mir auch keine Adresse diktierte, schloß ich, daß dieses Schreiben anonym bleiben sollte.

»Dieser Brief«, sagte Henri wieder in seinem normalen, hurtigen Ton, »wird morgen nach der Vesper in der Kirche Saint-André-des-Arts einer Zofe mit Namen Philippote übergeben. Sie wird sich im rechten Schiff nahe dem Beichtstuhl aufhalten, der dem Eingangsportal am nächsten steht.«

»Wie erkenne ich sie?«

»Sie hat Augen von verschiedener Farbe wie La Surie.«

»Werde ich das sehen können, Sire? In einer Kirche ist es dunkel, vor allem nach der Vesper.«

»Du wirst sie finden. Sie wird neben einem Ständer mit Wachslichten knien. Gefahr läufst du nur, wenn du sie ansprichst. Es kann sein, daß sie von Leuten überwacht wird, die dich niederschlagen könnten, um sich des Briefes zu bemächtigen.«

»Ich werde mich hüten, Sire.«

»Wenn du ihn übergeben hast, mußt du dem Mädchen etwas in die Hand drücken. Gute zehn Ecus, das reicht.«

Welche ich wohlverstanden aus meiner Börse zu nehmen hatte, da Henri keine Anstalten machte, sie mir zu geben.

»Wenn dir Zeit bleiben sollte, erkundige dich nach dem Ergehen ihrer Herrin, frage, wie sie sich befindet, was sie hofft und vor allem, ob ihr Kerkermeister Anstalten macht, nachzugeben und sie nach Fontainebleau zu bringen.«

Ich steckte den Brief zwischen Hemd und Wams, erhob mich und wartete, daß der König mich beurlaubte. Was er für gewöhnlich tat, ohne lange zu fackeln, da er ein so lebhafter Mensch war, bei dem alles im Handumdrehen ging. Doch entgegen seinem Brauch verweilte er, wandte sich hin und her in dem Raum, schien bald in seine Gedanken verloren, bald warf er mir Seitenblicke zu, als schwanke er, ob er mir mehr sagen solle.

»Siorac«, sagte er schließlich, denn er konnte sich nicht enthalten, von seiner Geliebten zu sprechen, und wäre es zu einem Grünschnabel wie mir, »kennst du die Prinzessin?«

»Ja, Sire, ich habe sie zweimal an Eurem Bett im Louvre gesehen, und vorher habe ich auf dem Ball bei Madame de Guise mit ihr die Volte getanzt.«

»Was deucht dich von ihr?«

»Nach der allgemeinen Ansicht, Sire, gibt es nichts Schöneres als die Prinzessin.«

»Und wie tanzt sie?«

Die Frage hätte er sich selbst beantworten können, da er sie nicht aus den Augen gelassen hatte, als sie in dem Nymphenballett vor der Königin erschien. Aber ich begriff, daß er von mir nur ein Echo seiner eigenen Gedanken hören wollte, um sich die Prinzessin zu vergegenwärtigen.

»Göttlich, Sire. Mit äußerster Leichtigkeit. Eine Sylphe könnte es nicht besser.«

»Ah, Siorac!« sagte er, »dieser Mann ist ein Monster! Kaum hatte er diesen schönen Engel geheiratet, kam er nicht, wie ich ihm befohlen hatte, mit ihr an den Hof zu Fontainebleau, sondern sperrte sie in seinem Pariser Palais ein, verbot ihr jeglichen Umgang, sogar mit dem Konnetabel und ihrer Tante Angoulême! Malherbe hat recht: Fontainebleau ist eine Wüste, weil sie nicht da ist! Welch ein unglückliches Leben führe ich fern von ihr! Ich habe Appetit und Schlaf verloren, bin nur noch Haut und Knochen und in meinem Innersten so gestört, daß ich an nichts mehr Vergnügen finde.«

Nach diesem Ausbruch stand er einen Moment stumm, den Kopf gesenkt, und starrte zu Boden, ein Bild der Untröstlichkeit. Und abgemagert war er tatsächlich, daß sein Wams um ihn zu schlottern schien. Plötzlich straffte er sich, wie beschämt, daß er sich hatte gehenlassen, nickte mir zu und verließ mich so schnell, daß ich zwar niederknien, aber ihm nicht mehr die Hand küssen konnte.

Während ich aufstand, sagte ich mir, daß er dieselbe Sprache der liebenden Verzweiflung geführt hatte wie Bassompierre, nur mit dem Unterschied, daß sie bei ihm echt und von jenem Hagelschauer von Besessenheit begleitet war, welche die »Grenzen der Schicklichkeit« überschritt, die unser schöner Höfling seinerseits nie überschreiten würde.

Ich schreibe dies in meinen reifen Jahren, und wiewohl ich mich überzeugt habe, daß im Liebesgefühl von der Essenz her etwas Unvernünftiges steckt, da es das Bild des geliebten Wesens so maßlos vergrößert, bis es schließlich den ganzen Lebenshorizont ausfüllt, liegt doch in den Qualen selbst, die dieses Gefühl mit sich bringt, etwas sehr Köstliches, denn es läßt uns jeden Moment des Daseins mit einer Intensität erleben, die wir vor dem Erscheinen der Liebe nicht kannten.

Leider nur fegt diese Intensität alles hinweg, und zuallererst den klaren Blick. Die ganze Welt erkannte Henri in der Führung der öffentlichen Angelegenheiten einen so raschen und so durchdringenden Scharfsinn für die Hintergedanken seiner Gegner zu, daß er ihre besterdachten Fallen witterte und mühelos umging. Und doch nahm dieses politische Genie die Grimassen, die Heucheleien und Liebeserklärungen dieser kleinen Zierpuppe für bares Silber, ohne zu bemerken, daß ihr hübsches Köpfchen einzig beschäftigt war, ihre eigene Glorie zu erhöhen und an seiner Seite den Thron zu besteigen.

Als ich meinem Vater daheim erzählte, welchen Auftrag der König mir anvertraut hatte, geriet er, der für gewöhnlich so beherrscht war, in einen fürchterlichen Zorn, und La Surie mußte ihn ermahnen, die Stimme zu senken, damit unser Gesinde ihn nicht hörte. Aber auch mit gedämpfter Stimme kann man donnern. Condé, sagte er, sei ein brutaler Schuft. Auf sein gutes Recht pochend, sei er zu allem bereit, und die Gefahr bestehe nur allzu wirklich. Und was, Herr im Himmel, maße Henri sich an, daß er mich wegen einer so subalternen Intrige in dies Abenteuer schicke! Daß er mich sein Liebesbriefchen schreiben ließ, mochte noch hingehen. Aber daß ich es austragen sollte wie ein Theaterdiener, auf die Gefahr hin, mich im günstigen Kirchendunkel erdolchen zu lassen, und das für eine so unrühmliche Sache, das sei denn doch sehr stark!

Es folgte eine lange Debatte, die gute zwei Stunden anhielt und die damit schloß, daß ich der Zofe Philippote (was für ein

sagte mein Vater, er rieche geradezu nach
[...]!) den Brief übergeben würde, aber beglei-
[...]ter, La Surie, Poussevent und Pisseboeuf,
[...]waffen. Ich selbst sollte ein Kettenhemd unter
einer Mönchskutte tragen, und nach Beendigung dieser Mission müßte ein Vorwand gefunden werden, damit der König derlei nicht wiederhole.

Die Idee des Kettenhemdes und der Mönchskutte ergötzte mich sehr, so romanesk fand ich sie, aber mein Vater und La Surie erklärten mir, die Kapuze diene dazu, mein Gesicht zu verbergen, und die langen Kuttenärmel, die zwei Dolche zu verstecken, die ich an den Unterarmen tragen sollte, um mich möglicher Angreifer zu erwehren, bis meine Eskorte mir zu Hilfe eilte. Nach diesen Erklärungen machten sich mein Vater und La Surie mit äußerster Sorgfalt an all diese Vorbereitungen, und ich sah, mit wieviel Lust sie sich, wenn auch tiefernst, um meinetwillen der Abenteuer ihrer Jugend besannen.

In Saint-André-des-Arts ging alles bestens. Da die Vesper zu Ende und nur noch wenig Leute in der Kirche waren, sah ich eine weibliche Gestalt an der Stelle knien, die der König mir beschrieben hatte, ich näherte mich und konnte ohne Not die zweifarbigen Augen Philippotes erkennen, denn die Jungfer wandte sie in ihrem stummen Gebet nicht gen Himmel, sondern zu dem Dreifuß mit den Weihelichten rechterhand. Ich kniete neben ihr nieder, murmelte ihren Namen, sie nickte, doch blieb mir keine Zeit zu einer Unterhaltung. Es trat jemand, ein Lächeln auf den Lippen, an mich heran, und obwohl er nicht bewaffnet schien, tastete ich schon nach meinen Dolchen, als er höflich sagte: »Pater, verzeiht, wenn ich Eure Andacht störe, aber mit Eurer Erlaubnis möchte ich Euer Gesicht sehen.«

Und blitzschnell, doch nicht brutal, wischte er mir die Kapuze herunter und betrachtete mich.

»Monsieur«, sagte er, »Ihr seid sehr jung für ein solches Metier.«

Zu mehr kam er nicht. Poussevent streckte ihn von hinten mit einem Faustschlag nieder, und der Mann sank mit der Anmut einer Schärpe zu Boden.

»So, und was nun?« sagte Poussevent. »Stech ich ihn ab?«

Aber das war mehr Spaß.

»Pfui, Grobian!« sagte Pissebœuf im s[...]
wette, der Bursche ist nicht mal bewaffnet.«

Wovon er sich mit flinker Hand überzeu[gte ...]hen Ton. »Ich
die beiden den Unbekannten zu dem Beichtstuhl, und ich hörte
sie leise streiten, ob sie ihn besser an den Platz des Beichtkin-
des oder an den des Beichtvaters befördern sollten. Schließlich
wurde letzteres entschieden, weil Pissebœuf meinte, ein Leb-
loser lasse sich besser hinsetzen als -knien.

»Trotzdem!« sagte Poussevent. »An den Platz des Priesters!
Das ist deine Idee, dafür trägst du die Sündenlast alleine.«

»Bah!« sagte Pissebœuf. »Eine mehr! Ich hab schon ein
ganzes Päckchen, das mich den Winter über warmhält.«

Da die Soldaten mir freie Hand gegeben hatten, konnte ich
Philippote in Muße betrachten, und sie schien mir aller Betrachtung wert. Ich fand sie von Kopf bis Fuß liebenswert, sogar samt ihrem Vornamen, der mich bei ihrem Anblick eher
schalkhaft als lächerlich dünkte.

»Ihr seid gar kein Mönch, Gott sei Dank!« sagte Philippote,
»das sieht man, Ihr riecht auch nicht danach.«

Ich übergab ihr den Brief, welchen sie mit genüßlicher
Miene in ihr Schnürmieder steckte, sie nahm ohne weiteres
die Ecus, die ich in ihre Hand gleiten ließ, und machte mir
schöne Augen. Aber ich war ja nicht da, um ihr süße Worte zu
sagen, und kam zu meinen Fragen. Sie geizte nicht mit Aus-
künften über ihre Herrin, und ich barg sie in meinem Gedächtnis, um den König damit zu ergötzen.

Schließlich kam sie zum Kapitel der Hoffnungen. Ihre
schöne Herrin denke, meinte sie, daß ihr Peiniger bald die Segel streichen und mit ihr nach Fontainebleau kommen werde,
weil er keinen blanken Sou mehr besitze, denn auf Befehl des
Königs zahlte ihm Sully seine Pensionen nicht mehr, und die
jüdischen Wucherer, die weiß Gott wie erfahren hatten, daß
jene Quelle versiegt war, wollten ihm nichts mehr leihen.

Außer lebhaften Augen, einer kleinen Stupsnase und einem
hübschen Busen hatte Philippote einen gewandten Schnabel,
und sie hätte noch länger geschwatzt, wenn mein Vater mir
nicht die Hand auf die Schulter gelegt hätte, denn aus dem
Beichtstuhl ließ sich Stöhnen und Seufzen vernehmen, ein
Zeichen, daß unser Erschlagener zu sich kam.

»Gott sei Dank«, sagte mein Vater, als wir das Kirchenpor-

verließen, »Condés Mann hat Euch ge… …hn: damit seid Ihr aus dem Spiel und …ssionen ledig. Sein Leben aufs Spiel zu … König in großen Dingen und zum Wohle … ziemt einem Edelmann, aber sich zum … tal heiteren Schritte Vergnügens zu machen, ist Eures mütterlichen Blutes wie des meinen unwürdig.«

* * *

Henri war außer sich vor Freude, als ich ihm von der Hoffnung der Prinzessin berichtete, daß sie sich bald am Hofe zu Fontainebleau einfinden werde und daß ihr Peiniger im Begriff stehe, sich zu beugen. Er war so über die Maßen froh, daß es aussah, als hätte er sich im Augenblick verjüngt. Er klopfte mir kräftig auf die Schulter und begann in dem Raum zu kurven und zu wenden, ohne recht zu wissen, was er tat. Das Glück strahlte aus seinen Zügen und aus jeder seiner Gebärden mit der Natürlichkeit und Naivität eines Kindes, dem man ein Spielzeug bringt, das es sich lange erträumt hat. Ich hatte Mühe zu glauben, daß ich den größten Monarchen und gewiß einen der stärksten Köpfe der Christenheit vor mir hatte.

Nachdem sein Glücksrausch sich ein wenig gelegt hatte, faßte er meine Hände, lenkte mich zu einem Schemel vor einem Lehnstuhl, auf dem er selbst Platz nahm, und drängte mich, ihm alles bis ins einzelne zu erzählen – vornehmlich, ohne etwas auszulassen, was Philippote mir von der Prinzessin gesagt hatte. Ich berichtete ihm Wort für Wort, da ich ja Zeit gehabt hatte, mir alles gut einzuprägen, und um die Sache lebendiger zu machen, nützte ich meine komödiantischen Gaben, um Philippotes Intonationen und Ausdrücke noch getreulicher wiederzugeben. Es entzückte ihn. Denn indem ich aufs trefflichste die Sprache der Zofe nachahmte, hatte er den Eindruck, ihrer Herrin nahe zu sein. Und kaum hatte ich meinen Vortrag beendet, ließ er mich alles noch zweimal wiederholen unter dem Vorwand, daß er dies oder jenes nicht genau verstanden hätte.

Als er hieraus alles Vergnügen geschöpft hatte, das darinnen war, erhob er sich und drehte und wirbelte erneut durch den Raum, aber schweigend und mit nachdenklicherer Miene, als besänne er sich auf sich selbst. Einmal [...] venezianischen Spiegel inne, der an de[...] trachtete sich voller Aufmerksamkeit, w[...] wohl nicht oft tat, so vernachlässigt war e[...]

»Mein Bart ist grau«, sagte er und setzte süßsauer hinzu: »Der Wind meiner Widrigkeiten ist darüber hingegangen. Siorac«, fuhr er nach erneutem Schweigen fort, »meinst du, ich sollte ihn mir färben lassen?«

»Ich weiß nicht, Sire«, sagte ich sehr vorsichtig. »Aber vielleicht könntet Ihr ihn sorglicher scheren lassen?«

»Und dieses Wams?« sagte er. »Was deucht dich davon?«

»Nicht allzu neu, Sire. Und es hat Schweißflecke unter den Achseln.«

»Das ist, meiner Treu, wahr!« sagte er ganz erstaunt, indem er den rechten Arm vor dem Spiegel hob. »Die Königin sagt, ich sei der am schlechtesten gekleidete Edelmann des Hofes. Was meinst du?«

»Außer bei großen Anlässen, Sire. Ihr seht wunderbar aus in Eurem weißen Satinwams.«

Er lachte.

»Was heißen will, daß ich im Alltag nicht sehr ansehbar bin! Siorac, du bist mir ein Schmeichler! Hast deine Kritik schlau verpackt.«

Und lachend warf er mir erneut einen Arm um die Schultern und drückte mich.

»Alsdann! Es gibt Abhilfe. Ich werde Bassompierre und Roquelaure beauftragen, Bassompierre als Berater, und Roquelaure soll heranschaffen. Allewetter! Wo bleibt denn das ganze Geld, das mein Oberkämmerer kassiert, wenn ich gekleidet gehen muß wie ein Hundeführer?«

Hierauf lud er mich wie auch meinen Vater und La Surie ein, zum Ringstechen nach Fontainebleau zu kommen. Meinen Vater erfreute diese Einladung nur mäßig, aber der Chevalier de La Surie schwamm in Seligkeit, vor allem weil der König sich zweimal seines Namens entsonnen hatte, einmal, als er mir Philippotes verschiedenfarbige Augen beschrieb, und zum zweiten Mal, als er ihn mit uns einlud. Mein Vater dagegen wußte nur zu gut, daß eine Einladung nach Fontainebleau durchaus nicht hieß, daß man im Schloß übernachten und essen würde. Dieses Vorrecht hatten nur Prinzen von

Geblüt, der Konnetabel, die Herzöge und Pairs und die Offiziere der Krone. Was uns anging, müßten wir Quartier in den umliegenden Herbergen nehmen, die ihre Preise bei Ankunft des Hofes für die jämmerlichste Dachkammer und die kärglichsten Speisen in unerhörte Höhen schraubten. Man mußte wahrhaftig schon sehr begierig sein, sich damit brüsten zu können, daß man »bei Hofe« sei, um solche Ausgaben und Unbequemlichkeiten auf sich zu nehmen. Nichtsdestoweniger schickte sich mein Vater drein, da ja kein großer Unterschied zwischen einer Einladung und einem Befehl des Königs bestand, doch würden wir, sagte er, nur so lange in Fontainebleau bleiben, wie das Ringspiel währte.

Hierauf trat etwas ein, was uns baff machte. Ich erhielt eine Duellforderung des Herrn Prinzen von Condé, weil ich jemand seines Gesindes verführt und einen seiner Edelleute niedergeschlagen hätte, ein Beweis, daß ich von dem lächelnden Herrn, der mir die Kapuze abzog, sehr genau erkannt worden war. Ich brannte darauf, anzunehmen, so stolz war ich auf mein Waffengeschick und so überlegen wähnte ich mich hinsichtlich meiner Nase über den prinzlichen Herrn. Aber mein Vater brachte mich mit einem Wort zur Vernunft: »Ihr seid doch genauso ein Narr wie er! Wollt Ihr einen Bourbonen töten, der Ihr durch Eure Mutter selbst ein Bourbone seid?« Hierauf schrieb er dem Prinzen einen sehr respektvollen und höchst gewandten Brief, in welchem er ihn versicherte, daß ich weder jemanden seines Gesindes verführt noch seinen Edelmann niedergeschlagen hätte (was ja buchstäblich stimmte), für den Fall aber, daß Seine Hoheit dieser Versicherung keinen Glauben schenke, würde er selbst es sich zur großen Ehre anrechnen, mit ihm die Waffen zu kreuzen. Doch anstatt diesen Brief direkt an Condé zu schicken, ließ er ihn durch Bassompierre überbringen mit der Bitte, die Sache mit dem Herrn Prinzen persönlich zu bereinigen, ohne daß Seine Majestät mit der kleinen Affäre belästigt würde. In Wahrheit fürchtete er, daß der König aus erkennbaren Gründen keine große Anstrengungen machen würde, dieses Duell zu verbieten.

Also brach ein Bote mit diesen beiden Sendschreiben auf nach Fontainebleau und kam mit einem Billett von Bassompierre wieder, der uns ankündigte, er werde einer Dame wegen in zwei Tagen in Paris sein.

Achtundvierzig Stunden darauf besuchte er uns in der Tat am frühen Nachmittag, wiederum äußerst glanzvoll in einem blauen Gewand, mit dem er gleichwohl unzufrieden war, da sein Schneider, wie er uns bekümmert sagte, ihm den rechten Ärmel des Wamses verschnitten habe. Ich fand, daß man es kaum sah.

Bassompierre erging sich darüber eine gute Viertelstunde in Klagen, ohne daß wir irgendwelche Ungeduld zu zeigen wagten. Und plötzlich beruhigt, sagte er uns gleichmütig, wie nebenbei, unsere Affäre sei beglichen.

Einem Aufschrei unserseits folgten die Fragen, und nachdem er sich mit äußerster Koketterie hatte bitten lassen, gab er uns die Einzelheiten.

»Gleich nach Erhalt Eurer Sendung bat ich, von dem Herrn Prinzen persönlich empfangen zu werden. Und kaum, Marquis, hatte ich ihm Euren Brief vorgelesen, rief er aus: ›Der Versicherung des Marquis de Siorac, daß sein Sohn weder meine Dienerin verführt noch meinen Edelmann niedergeschlagen habe, gebe ich nicht statt, denn sie ist falsch!‹ – ›Monseigneur‹, sagte ich, ›wenn Eure Hoheit den Marquis de Siorac der Unwahrheit zeiht, wird dieser seine Ehre für verletzt erachten, und das Duell findet statt.‹ – ›Monsieur‹, sagte der Prinz, ›denkt Ihr, mich zu erschrecken?‹ – ›Durchaus nicht, Eure Hoheit! Die ganze Welt kennt Eure Tapferkeit. Aber wollt Ihr mir erlauben, Eurem Urteil drei mögliche Ausgänge dieses Duells zu unterbreiten? Erstens, Ihr tötet den Marquis de Siorac: dann zieht Ihr Euch den tödlichen Haß der Frau Herzogin von Guise zu, die sich dem König zu Füßen werfen und Euren Kopf verlangen wird. Zweitens: Ihr seid in Eurem Duell mit dem Marquis de Siorac im Vorteil, und dieser gebrauchet im äußersten gegen Euch die berühmte Jarnacsche Finte, die er als einziger in diesem Königreich beherrscht; dann seid Ihr für Euer Leben verkrüppelt. Drittens: Der Marquis de Siorac tötet Euch, aber glaubt Ihr, Monseigneur, der König wird Tränen vergießen, wenn man ihm meldet, die Frau Prinzessin sei Witwe geworden?‹«

Wir lachten, und Bassompierre sagte mit seiner gewöhnlichen Großtuerei: »Das war *meine* Finte, und sie streckte ihn glatt zu Boden! Der Herr sagte, er werde in Muße darüber nachdenken, aber ich wette, damit ist die Affäre beendet.«

Wir sagten ihm großen Dank, und weil mein Vater wußte, wie gerne er über seine Eroberungen sprach, sagte er: »Ihr müßt jener Dame schon sehr verbunden sein, daß Ihr bei dieser Hitze in das stinkende Paris zurückkommt.«

»Leider handelt es sich nicht nur um die Dame«, sagte Bassompierre, und diesmal zeigten seine Züge echten Kummer. »Zwei meiner Freunde, der Prinz von Epinoy und der Baron von Vigean, liegen auf dem Sterbebett und können nur noch auf die göttliche Gnade hoffen.«

»Und woran sterben sie?«

»An einer sehr unsinnigen Wette, die sie mit dem Comte de Saux und dem Comte de Flex geschlossen hatten, die beide schon verblichen sind. Und an derselben Krankheit. Die vier hatten gewettet, wer von ihnen seiner Dame in einer Nacht am häufigsten die Ehre erweisen könnte, und es war erlaubt, bei diesen wiederholten Attacken Amberöl zu Hilfe zu nehmen.«

»Wußten sie denn nicht«, sagte mein Vater entsetzt, »daß das ein langsames Gift ist?«

»Sie wußten, daß es gefährlich ist, aber diese Gefahr gab der Sache den Pfeffer. Vergebens bemühte ich mich, sie von dieser Torheit abzubringen, aber sie wollten nicht.«

»Sie müssen ihr Leben wenig geachtet haben, um auf so frivole Weise mit dem Tod zu spielen«, sagte mein Vater. »Ich kenne die Herren nur dem Namen nach.«

»Weil Ihr selten zu Hofe geht, mein Freund. Sie sind dort als die galantesten Edelleute des Königreiches bekannt, schön und wohlgestalt, drüber ging es nicht.«

So banal dieser Satz war, er hallte seltsam in meinem Kopfe nach und erzeugte eine Wehmut. Dasselbe hatte Toinon einst über Bassompierres Freunde gesagt, nicht über die vier, deren Verlust er jetzt beklagte, sondern über Bellegarde, Joinville, d'Auvergne und Sommerive. Von jenen blühte merkwürdigerweise nur noch Bellegarde, der Älteste unter ihnen. Der Prinz von Joinville vegetierte in der Verbannung, der Comte d'Auvergne in der Bastille, und der Comte de Sommerive war in Neapel gestorben. Jene aber, die diesen Satz gesagt hatte, sah ich manchmal durchs Fenster ihrer Bäckerei hinterm Zahlpult, wo sie mit geschäftlichem Lächeln und kalten Augen thronte.

»Wie steht der König in der Nachfolge von Kleve?«

»Nun, wie Ihr wißt, gewinnt die Geschichte immer gewaltigere Ausmaße und plagt ihn schwer. Er treibt mit äußerster Glut seine militärischen Vorbereitungen voran und schickt überallhin Kuriere, um sich Bündnisse gegen Österreich und Spanien zu verschaffen oder die schon bestehenden zu festigen. Denn bekanntlich wird er an drei Fronten kämpfen müssen: in Italien an der Seite des Herzogs von Savoyen, in den Pyrenäen gegen Philipp III. von Spanien und in Deutschland gegen den Kaiser.«

Schöne Leserin, Sie werden aus diesem Gespräch zweifellos schließen, daß Bassompierre über alles und jedes mit größter Freizügigkeit redete. Dem war nicht so. Erst zwanzig Jahre später erfuhr ich, daß er im selben Moment, da er nichts anderes im Kopf zu haben schien als Hofintrigen, in sehr geheimer Mission nach Lothringen gereist war, um im Auftrag des Königs mit dem Herzog von Lothringen über die Vermählung seiner Tochter mit dem Dauphin von Frankreich zu verhandeln – eine politische Angelegenheit von größter Tragweite, weil sie der spanischen Hochzeit zuwiderlief, die von der Königin, von Villeroi, der spanischen Partei und den Jesuiten eifrigst begehrt wurde. Also setzte der König meinen Vater für die einen Missionen und Bassompierre für wieder andere ein, ohne daß die des einen dem anderen bekannt waren. Sogar in der völlig untergeordneten Affäre der Kirche Saint-André-des-Arts hätte Bassompierre nichts von der wahren Rolle, die ich dabei spielte, ohne den Brief meines Vaters und ohne einen ziemlich erstaunlichen Umstand erfahren, den ich an anderer Stelle erzählen werde.

»In der Tat«, fuhr Bassompierre fort, »wer jetzt in das Herz des Königs blicken könnte, fände in ihm zwei Namen eingegraben: Kleve und Charlotte.«

»Aber nach dem, was ich hörte«, sagte mein Vater, »muß besagtes Herz zur Stunde doch von einem großen Gewicht erleichtert sein.«

»Sicher«, sagte Bassompierre, »es schlägt munterer, seit der Prinz seine Frau nach Fontainebleau gebracht hat. Unser armer Henri war so selig vor Freude, daß er binnen nichts Kleidung, Bart und Haltung gewechselt hat.«

»Den Bart?« fragte La Surie. »Hat er ihn abschneiden lassen?«

»Mitnichten. Er hat ihn scheren lassen. Und die Haare hat er sich schneiden und waschen lassen. Und seine Kleider, Ihr würdet es nicht glauben – gestern sah ich ihn mit Ärmeln aus blumenbesäter Chinaseide. Wie eine Wiese im Mai! Nur leider kann er die Prinzessin, obwohl sie nun im Schloß wohnt, nicht öffentlich sehen: der Prinz hält sie straffer denn je an der Leine.«

»Und wie findet Ihr das Prinzenpaar?« fragte La Surie.

»Rührend. Offensichtlich hegt jeder für den anderen das gleiche Gefühl: er verabscheut sie, und sie haßt ihn. Und außer daß er sie tyrannisiert, ist sie Jungfrau wie zuvor.«

»Comte!« sagte mein Vater lachend, »woher wollt Ihr das so genau wissen?«

»Sie hat es mir gesagt.«

»Sie hat es Euch gesagt! Seht Ihr sie denn wieder?«

»Insgeheim und auf Befehl des Königs. Jetzt, da sie weiß, daß ich nie ihr Gemahl werde, will sie mir wohl.«

»Wie meint Ihr das?«

»Nicht, wie Ihr meinen könntet. Die Prinzessin betrachtet mich mit guter, quasi königlicher Huld als einen ihrer ergebensten Untertanen, seit ich Philippote gerettet habe.«

»Ihr habt Philippote gerettet?« fragte ich überrascht. »War sie in Gefahr?«

Mein Eifer entging Bassompierre nicht, und er wechselte einen Blick mit meinem Vater.

»Nur in der, zu verhungern. Nachdem mir völlig unbekannte Leute sie in der Kirche Saint-André-des-Arts verführt hatten, indem sie ihr zehn Ecus und einen Brief zusteckten, und dazu noch den spionierenden Edelmann, der sie überwachte, niederschlugen, lief die Jungfer außer Atem zu ihrer Herrin und überbrachte ihr den Brief, behielt aber verständlicherweise die Ecus, deren Herkunft sie leider nicht erklären konnte, als der Herr Prinz sie bei ihr fand, nachdem er sie nackend ausgezogen hatte. Und jetzt, mein schöner Neffe, werdet Ihr mich zweifellos fragen, ob Philippote so nackend schön war?«

»Nein, Monsieur«, sagte ich errötend.

»Sie ist es. Außerdem fehlt es ihr nicht an Mutterwitz. Wieder angekleidet jedenfalls, aber auf die Straße geworfen ohne ihre Ecus, läutete sie an meiner Tür, und ich habe ihr Asyl gewährt.«

»Das, Comte, lobt Euer gutes Herz«, sagte mein Vater.

»Dieses Lob verdiene ich für gewöhnlich, aber nicht bei dieser Gelegenheit«, sagte Bassompierre mit einem Lächeln. »Philippote gehörte noch vor wenigem zu meinen Nichten. Und als der Konnetabel mich zum Schwiegersohn haben wollte, gab meine Schwester, Madame de Saint-Luc, sie als Zofe an Mademoiselle de Montmorency, welche die ihre entlassen hatte.«

»Madame de Saint-Luc«, sagte mein Vater zu mir, »ist jene ›rührende Schönheit‹, die Ihr auf dem Ball der Herzogin von Guise so sehr bewundert habt. Aber, Graf, was ich nicht verstehe, warum gab Eure Schwester diese Philippote an Mademoiselle de Montmorency weiter?«

»Hätte ich selbst sie vorgestellt, hätte ich Mißtrauen erweckt. Denn natürlich wollte ich durch Philippote erfahren, ob meine Wahl als Schwiegersohn der Tochter des Konnetabels genehm sei.«

»Und war sie es?«

»Nicht ganz. Von meiner Person her gefiel ich ihr durchaus, aber sie fand meinen Rang nicht hoch genug. Charlotte ist eine der Frauen, bei denen die Sorge um ihre Glorie über die Liebe geht.«

»Was Euch das Opfer, denke ich, erleichtert hat, das Ihr dem König brachtet.«

»Bitte, Marquis!« sagte Bassompierre. »Setzt mir nicht mein Opfer herab! Es war ungeheuerlich! Habt Ihr mich nicht bleich, zerstört, leidend gesehen, fastend und ohne Schlaf?«

»In der Tat, ich könnte es, wenn nötig, bezeugen. Und auch, daß Ihr Charlotte heute ohne Groll dient.«

»Der König hat es befohlen. Und ist es für mich nicht eine gute Gelegenheit, die Huld einer Dame zurückzugewinnen, die seinem Herzen so nahe steht?«

»Und die eines Tages vielleicht die Königin wird ...«

»Oh! Darauf würde ich nicht wetten«, sagte Bassompierre. »Condé verteidigt seine Frau so wild, auch wenn sie es nur dem Namen nach ist. Um die Schöne von Angesicht zu Angesicht zu sprechen, müßte der König den Ehemann in die Bastille sperren.«

»Und wird Henri es tun?«

»Ich bezweifle es. Der Skandal wäre groß. Um so mehr, als

der König seinerzeit so unklug war, der Verneuil anzuvertrauen, Condé sei sein Sohn. Was sie heutzutage überall in den giftigsten Worten herumposaunt.«

»Ist das wahr?« schrie ich auf. »Wenn es so wäre, wäre das nicht entsetzlich?«

»Woher soll man das wissen?« sagte Bassompierre, ohne mit der Wimper zu zucken. »Die verwitwete Prinzessin von Condé hat ihren Mann ja nicht nur mit einem Pagen betrogen, sondern gleichzeitig mit jedermann. Zweifellos auch mit dem König. Wer weiß also, wer der Vater ist?«

»Eines erstaunt mich, Monsieur«, sagte La Surie. »Wenn die Prinzessin von Condé in Fontainebleau so gut behütet wird, wie konntet Ihr dann zu ihr gelangen?«

»Verzeiht, Chevalier, aber das zu erklären wäre zu langwierig«, sagte Bassompierre mit einem ausweichenden Lächeln. »Dafür sollt Ihr erfahren, was ich auf Befehl des Königs tun konnte. Ich engagierte einen Maler, dessen Namen ich verschweige, ich brachte ihn insgeheim zur Prinzessin, er malte mit einer wunderbaren Geschwindigkeit ihr Porträt, und mit noch feuchten Farben – ich mußte sie mit Butter einreiben, damit sie nicht verklebten – rollte ich die Leinwand vorsichtig ein, entfloh damit wie ein Dieb, und als ich mit dem König allein war, entrollte ich sie. Ihm traten Tränen in die Augen, so überwältigt war er! Aber ob der Wonnen, die ihm das Bildnis der Geliebten verschaffte, unersättlich geworden, wollte er noch mehr: sie nämlich um Mitternacht zwischen zwei Fackeln auf ihrem Balkon sehen. Auf mein Drängen willigte sie unter der Bedingung ein, daß dabei kein Wort gewechselt und daß der König nur von mir und Bellegarde begleitet würde. Wir waren also zu dritt und weit im voraus zur Stelle, weil der König so ungeduldig war, und mußten im Dunkeln eine gute Viertelstunde unter dem Balkon warten, ohne einen Mucks von uns zu geben. Endlich schlug es Mitternacht, die Glastür öffnete sich, zwei Lakaien traten, jeder mit einer Fackel, hervor. Die Schöne ließ sich Zeit, um die Dinge, wenn sie sie schon tat, dann auch gut zu machen. Sie erschien in Nachtgewändern, die langen blonden Haare fielen gelöst über ihre nackten Schultern, und sie stand rein und still, den Schatten eines Lächelns auf den Lippen. Aus den blauen, vom Fackelschein erhellten Augen blickte sie geradeaus wie eine

Göttin im hohen Olymp, welche die anbetenden Männer zu ihren Füßen gar nicht bemerkte.

Der König hatte einen Arm um meine Schulter gelegt: zum Glück! Sonst wäre er unter dem Schock der Schönheit, die sich seinen Augen darbot, halb von Sinnen umgefallen – er, der doch so viele Schlachten und soviel Blut gesehen hatte. Bellegarde erkannte seine Schwäche, ergriff seinen Arm und stützte ihn auf der anderen Seite. Ich sah auf den König. Er war totenbleich im Fackelschein, seine Lider flackerten. Als ich wieder hinaufblickte, war keine Schöne mehr da, nur die Fackeln leuchteten noch im Dunkel. Nach einem Weilchen verschwanden auch sie, und es wurde Nacht.«

Am nächsten Tag fand ich Gelegenheit, die Prinzessin allein zu sprechen, und fragte sie, was sie von dieser stummen Szene denke. Sie lächelte halb und sagte mit einem kleinen Achselzucken: ›Mein Gott, er ist verrückt!‹«

* * *

»Sie dagegen ist ganz und gar nicht verrückt«, meinte mein Vater, nachdem Bassompierre gegangen war.

»Mein Vater, muß man wirklich alles glauben, was unser Freund uns da erzählt hat? Dieses heimlich gemalte Porträt, die mit Butter eingeriebene Leinwand, diese Balkonszene zwischen zwei Fackeln um Mitternacht, die halbe Ohnmacht des Königs, sind das nicht romaneske Hirngespinste?«

»Durchaus nicht. Alles was Bassompierre je erfunden hat, ist eine Figur namens Bassompierre, die er vor sich her schickt und deren Zierlichkeiten ihn amüsieren, weil sie uns ergötzen. Aber Bassompierre lügt nicht. So wenig übrigens, wie er im Spiel betrügt.«

»Aber was die Prinzessin angeht«, sagte ich, »wer soll ihr das glauben, daß sie nach der Hochzeit noch Jungfrau sei wie zuvor? Heißt das nicht, den anderen einen Bären aufzubinden? Wenn ich Condé wäre, hätte ich mich jedenfalls, und sei es mit Gewalt auf sie gestürzt, und wäre es nur, um sie zu schwängern und damit dem König Paroli zu bieten.«

»Allewetter, Monsieur, Ihr geht ja ran!« sagte mein Vater süßsauer.

La Surie aber lachte schallend. »Nur seid Ihr nicht Condé,

mein schöner Neffe!« sagte er. »Ihr habt mit acht Jahren den Arm einer Tochter aus gutem Hause geküßt! Und mit zwölf Jahren mußte man Euch eiligst von Eurer Milchschwester trennen, weil man das Schlimmste fürchtete.«

Mein Vater zuckte die Achseln.

»Auf alle Fälle, was die Prinzessin auch sagen mag und ob man ihr glaubt oder nicht glaubt – das sind Frauengeheimnisse. Keiner kann nachsehen außer dem Ehemann, und der scheint daran wenig interesssiert. Ich meine, der König wäre von der Prinzessin schwer enttäuscht gewesen, hätte sie dies Bassompierre nicht gesagt, in der Absicht natürlich, daß er es Seiner Majestät weitergebe.«

Er sagte dies in einem Ton, als wolle er eine Debatte beenden, die ihm zu sehr ins Frivole abglitt.

Ich verstand es so, ging auf mein Zimmer und nahm mir wieder den Brief an meine Gräfin vor, den ich bei Bassompierres Ankunft unterbrochen hatte. Wäre es nach mir gegangen, hätte ich ihr alle Tage geschrieben, mein Vater stellte mir aber vor, dies sei das sicherste Mittel, sie zu kompromittieren. Seinem Rat gemäß beschränkte ich mich auf zwei Briefe im Monat. Und damit ich mir einbilden konnte, daß ich meinen Studien dadurch nicht zuviel Zeit entzog, verfaßte ich sie auf deutsch. Auch meinte ich, ihrer letzten Worte eingedenk, daß ich ihr auf diese Weise Gefühle ausdrücken könnte, die ich nicht in Worten sagen durfte, weil meine Briefe, da sie aus Frankreich kamen, in Heidelberg sehr wahrscheinlich geöffnet wurden, bevor man sie ihr aushändigte. Ulrike antwortete mir jedesmal. Ihre Briefe waren lang und ausführlich, und außer daß sie meine Fehler im Deutschen korrigierte, berichtete sie mit vielen Einzelheiten, wie sie in Heidelberg lebte, aber so vorsichtig, daß ich darin keine Spur einer mich betreffenden zärtlichen Hoffnung entdecken konnte, es sei denn in ihrer Länge selbst.

Prächtig gewandet und in einer Wolke von Wohlgeruch stürzte sich der König zu Fontainebleau ins Rennen und erhielt allen Grund zur Befriedigung, denn obwohl er beim Stechen eine Brille trug, errang er vier von acht Ringen, der Prinz von Condé nur drei. Bassompierre beteiligte sich nie, wenn der König aufs Feld ging, um zu vermeiden, daß er womöglich ein besseres Ergebnis erzielte, und viele folgten seinem Beispiel.

Der Hof, der auf den Terrassenstufen versammelt war, wo

aber keine Plätze markiert waren – was ein unbeschreibliches Durcheinander ergab –, applaudierte dem König wie toll unter einer so unerbittlich glühenden Sonne, daß den Damen die Schminke von den Gesichtern floß und einige, die zu eng geschnürt waren, in Ohnmacht fielen. Kein Wunder, daß ich in all dem Gedränge meinen Vater und La Surie verlor, ohne mich aber deshalb zu beunruhigen, denn ich wußte ja, daß ich sie zum Abendessen in unserer Herberge zu Samois wiederfände, wo mein Vater ein sehr teures Kämmerchen für die Nacht mit drei harten Roßhaarmatratzen gemietet hatte.

Da mich das Ringspiel wenig interessierte, irrte ich durch die Menge, um sie zu suchen, als ich auf einen Edelmann stieß, den ich oft in Begleitung von Monsieur de Bellegarde gesehen hatte und den ich als Monsieur de Malherbe erkannte. Mit dem Ungestüm meiner Jugend und meines Wesens trat ich auf ihn zu, stellte mich vor und erklärte ihm rundheraus, welche Bewunderung seine Dichtungen mir erweckten. Er hörte mich zuerst ziemlich steif und unzugänglich an, indem er mir ein Gesicht zuwandte, das in seiner männlichen Regelmäßigkeit durchaus schön gewesen wäre, hätten bittere Falten und ein düsterer Ausdruck es nicht verdorben. Als ich ihm jedoch halblaut Verse von ihm sagte, die ich auswendig kannte, besonders jene, die der König mir diktiert hatte, war er glücklich überrascht von dem Gefühl, das ich in sie hineinlegte, und gab sich plötzlich so offen, wie er sich vorher verschlossen hatte.

»Ach, Monsieur!« sagte er gedämpft, »wie wohl es tut, meine Verse aus Eurem Munde zu hören! Ihr sprecht sie so eindringlich! Zwar bin ich Edelmann, aber arm und nähre mich von meiner Dichtung, doch sie ernährt mich schlecht, denn leider gibt es in diesem Königreich kein geringer geachtetes Metier, weil ein guter Dichter dem Staat so wenig nütze ist wie ein guter Kegelspieler.«

»Aber hatte ich nicht gehört, Monsieur, daß Ihr eine Pension vom Herzog von Bellegarde erhieltet?«

»Das war einmal. Herr von Bellegarde hatte Geldverluste, er mußte seinen Luxus abschaffen, und der erste, der abgeschafft wurde, war ich. Immerhin habe ich einige Hoffnung, daß die Königin mir eines Tages eine Pension gewährt. Nicht daß sie so erpicht auf Verse wäre, aber in Italien pflegt man sich eben einen Dichter zu halten.«

»Und der König, für den Ihr so schöne Verse schreibt?«

»Er gibt mir keine Pension: die käme ihn zu teuer. Er bezahlt mich pro Stück.«

»Knauserig?« fragte ich leise.

»Das kann ich nicht sagen. Einmal hat er mir fünfhundert Ecus für ein Sonett bezahlt. Monsieur, ich sehe an Eurer Miene, daß Ihr das für viel haltet. Und es ist tatsächlich viel, in Anbetracht der Zeit, die ich dafür brauchte. Aber für die Lehrzeit eines ganzen Lebens ist es wenig. Außerdem dauert dieser Kontrakt, wenn es denn ein Kontrakt ist, nur so lange wie die unerfüllte Leidenschaft des Betreffenden. Mit dem Tage, da er in den Besitz der Ersehnten gelangt, wird er nicht mehr in Versen zu ihr sprechen.«

»Monsieur«, sagte ich mit Wärme, »wenigstens habt Ihr einen Trost: Eure Dichtung wird die Jahrhunderte überdauern.«

»Das sage ich mir auch. Und eines Tages, als ich Hunger hatte, habe ich es mir in Versen gesagt. Nur, was nützt mir der Nachruhm, wenn ich Staub im Grabe bin?«

In dem Augenblick näherte sich Monsieur de Malherbe ein Page und sprach ihm etwas ins Ohr, und ich dachte mir, daß er einen Befehl Seiner Majestät überbrachte, denn der Dichter stand eilends auf und verabschiedete sich von mir. Und wie ich mich erinnere, dachte ich, als ich ihn davongehen sah, daß sehr viele Große dieses Hofes längst vergessen wären, wenn der Name des armen Malherbe, den man »pro Stück« bezahlte, noch immer Klang auf der Erde haben würde.

In unsere Unterhaltung vertieft, hatten Monsieur de Malherbe und ich das Ringspiel wenig beachtet, und wir waren damit gewiß nicht die einzigen; die Mehrheit der Höflinge und besonders die Damen plauderten in Grüppchen über ihre kleinen Angelegenheiten und klatschten einfach mit, wenn die ersten Reihen das Signal gaben. Während ich nun wieder Ausschau nach meinem Vater und La Surie hielt, ohne besondere Hoffnung, sie in der Menge zu entdecken, ließ ich meine Suche plötzlich schnöde fahren, als ich ein weitaus reizenderes Ziel erblickte: Mademoiselle de Fonlebon, Ehrenjungfer der Königin, die Roquelaure mir im Louvre gezeigt hatte, als der König mit der Gicht darniederlag, und von welcher der kleine Dauphin mit seinen acht Jahren gesagt hatte, er sei so sehr in sie verliebt.

Ich schlängelte mich nicht ohne Kühnheit zu ihr hin, denn dazu mußte ich mich durch eine Schwadron Ehrenjungfern Ihrer Majestät kämpfen, die kichernd beisammen saßen und mich spöttisch musterten, als wäre ich eine Art Fisch, der in ihren Wassern nichts zu suchen hatte. Endlich erreichte ich Mademoiselle de Fonlebon, begrüßte sie und stellte mich vor.

»Siorac?« sagte sie mit süßer Stimme. »Den Namen kenne ich. Eine meiner Großtanten im Périgord, eine geborene Caumont, hatte einen Siorac geheiratet. Sie ist im Kindbett gestorben, soviel ich weiß.«

»Das war meine Großmutter«, sagte ich, ganz glücklich zu entdecken, daß wir eines Blutes waren. »Mein Großvater ist der Baron von Mespech, und seine Baronie liegt einige Meilen von Sarlat.«

»Dann sind wir ja auch Nachbarn!« sagte sie fröhlich. »Mein Vetter, schlagt ein!«

Ich ergriff ihre Hand nicht nur, ich küßte sie, was die anderen Ehrenjungfern um uns zu Lachen und Widerspruch herausforderte. »Pfui«, sagten sie. »Der Flegel hat kein Benehmen! Küßt einer Jungfer die Hand! Er weiß wohl nicht, daß man nur verheirateten Damen die Hand küßt.«

Diese Verweise weckten die Aufmerksamkeit der Marquise de Guercheville, die mit offenem Fächer, mit vor Entrüstung geplustertem Reifrock und gerecktem Schnabel auf mich zustieß wie eine Glucke, die ihre Kücken verteidigt.

»Was ist das? Was ist das?« rief sie kakelnd aus. »Ein Lümmel zwischen meinen Jungfern! Monsieur, Ihr macht Euch auf der Stelle fort! Ihr habt hier nichts zu suchen!«

»Madame, Madame!« riefen die Ehrenjungfern, die, nachdem sie mich angeschmiert hatten, nun meine Verteidigung ergriffen, »er ist der Vetter von Fonlebon.«

Und nun ging es im Chor: »Sein Großvater hat ihre Großtante geheiratet!«

Sie sprachen die Worte »Großvater und Großtante«, als wären sie unendlich komisch.

»Aber ich kenne Euch doch!« sagte die Marquise, indem sie mich aus ihren gutmütigen und ein bißchen dummen Augen ansah. »Ich habe Euch im Gemach des Königs gesehen, als er mit der Gicht zu Bette lag. Ihr habt ihm aus *L'Astrée* vorgelesen, und er nannte Euch ›kleiner Cousin‹.«

Da drehte sich die Königin, die vor uns saß, halb zu ihr um und sagte mit einer Stimme, die einmal nicht ruppig klang: »Er ist nicht sein *cugino*, er ist sein Patensohn und auch der von Madame de Guise.«

Madame de Guercheville, die Madame de Guise täglich in den Gemächern der Königin sah und nach einem so langen Leben am Hofe wissen mußte, welches ihr wahres Band zu mir war, geriet in Verwirrung. Sie wollte weder die Regel übertreten noch einer so hohen Dame mißfallen.

»Monsieur«, sagte sie, »da Ihr der Vetter von Mademoiselle de Fonlebon seid, dürft Ihr Euch ein Viertelstündchen zu ihr setzen und in aller Gesittung mit ihr plaudern.«

Ich verbeugte mich dankend, und Mademoiselle de Fonlebon machte ihr einen anmutigen Knicks.

»Danke, Madame«, sagte sie.

»Danke, Madame!« echoten die Ehrenjungfern im Chor und in einem Ton, der eine Mischung aus Spott und Zuneigung für Madame de Guercheville bekundete.

»Aber nur ein Viertelstündchen, Monsieur!« sagte die Marquise de Guercheville und hob drohend den Finger.

Eingeschüchtert durch die Gegenwart der Königin, die vor mir zwischen dem Konnetabel und dem Herzog von Épernon saß, vorsorglich ermahnt von Madame de Guercheville und überwacht von den Ehrenjungfern, von denen nicht zu hoffen stand, daß sie auch nur einmal in dieser Viertelstunde Auge und Ohr von uns lassen würden, sah ich keine Möglichkeit, Mademoiselle de Fonlebon zu sagen, in welchem Maße ihre Schönheit mich entzückte. Sie war nämlich wunderschön, und seltsamerweise glich sie der neugebackenen Prinzessin von Condé, nur ohne deren Härte und Geziertheit. Es war der gleiche schlanke und rundliche Wuchs, die gleichen erlesenen Züge, aber wo man bei jener Berechnung und List spürte, war diese ganz einfach, ihre Worte und Blicke kamen von Herzen, an ihr war kein Falsch. Man fühlte, daß ihre Tugend echt war und keine, die sich nur verweigerte, um sich desto vorteilhafter zu verkaufen.

Da sie mich nahezu stumm fand und wohl dachte, es sei Unbeholfenheit, begann Mademoiselle de Fonlebon, mir freundlich über mein Unbehagen hinwegzuhelfen, indem sie mir dieses und jenes über unser heimatliches Périgord erzählte, denn im vergangenen Sommer hatte sie zwei Monate auf der Baronie Castelnau bei den Caumonts verbracht. Ich war ganz Auge, ohne indes auch ganz Ohr zu sein, denn während ich mich zu ihr beugte, wurde meine Aufmerksamkeit plötzlich von einem überraschenden und, wie ich meine, skandalösen Vorkommnis abgelenkt, das ich aus dem Augenwinkel beobachtete. Da der Konnetabel sich von der Königin beurlaubt und den Platz an ihrer Seite verlassen hatte, wurde dieser plötzlich von Concino Concini besetzt. Die seltene Unverfrorenheit dieses niedrigen Florentiner Abenteurers, der es wagte, sich öffentlich neben Ihre Majestät zu setzen, ohne daß sie aber auch protestierte und ihn sogleich in den Staub verwies, aus dem er kam, verschlug mir den Atem, und während ich immerzu Mademoiselle de Fonlebon anschaute, hörte ich gänzlich auf, ihr zu lauschen.

Jeder am Hof wußte, welches Ärgernis Concino Concini und seine unheilvolle Gemahlin Leonora Galigai dem König waren, der seit neun Jahren vergebens auf die Königin einredete, sie möge diese beiden Blutegel nach Florenz zurückschicken, anstatt sie tagtäglich mit Ecus zu stopfen, die sie dem Staatssäckel entzog. Und dieser Concini, der unterm Großherzog der Toskana mehrmals im Gefängnis gesessen hatte wegen seiner Schulden und seiner Missetaten, hatte die Stirn, den Platz des Konnetabels neben der Königin einzunehmen und ihr, wie ich zu meiner ungeheuren Überraschung sah, ins Ohr zu sprechen, eine Vertraulichkeit, zu der ihn weder sein Blut noch sein Rang im mindesten berechtigten.

Ich hatte zunächst gar nicht die Absicht, zu lauschen, konnte aber nicht umhin, zu verstehen, was da sotto voce auf italienisch gesprochen wurde, und gleich den ersten Worten des Schurken zu entnehmen, daß er aus Rache am König, der ihn verbannen wollte, Gift in die Wunden der Königin träufelte. Diese waren nur allzu wirklich, da Maria angesichts der rasenden Liebe des Königs zur Prinzessin von Condé in Angst und Schrecken versetzt war. Und als ich begriff, daß der Verräter diese nur zu verschlimmern trachtete, indem er ihr einflößte, sie müsse um ihren Thron und ihr Leben fürchten, spitzte ich ohne die geringsten Skrupel das Ohr, während ich tat, als hätte ich weiterhin größtes Interesse an dem, was Mademoiselle de Fonlebon mir erzählte.

Ich erfaßte nicht alles, zum ersten weil der Schuft sehr leise sprach, und dann, weil er Worte eines Dialektes gebrauchte, den ich nicht kannte. Aber ich verstand genug, um mir vorzustellen, in welchem Maße das, was er sagte, dem König im Geiste einer Frau schaden konnte, die zugleich stumpfsinnig und leidenschaftlich war. Concini mußte geschickte Spione angestellt und aufs beste plaziert haben, denn wie ich verblüfft feststellte, wußte er um jede Einzelheit dieser Liebesintrige, welche dem Hof nur obenhin bekannt war. So enthüllte er der Königin die geheime Korrespondenz des Königs mit der Prinzessin, die bei Malherbe bestellten Verse, das heimlich gemalte und gelieferte Bildnis, ja selbst die stumme Erscheinung der Schönen auf ihrem Balkon im Fackelschein.

Die bloße Aufzählung mußte eine eifersüchtige Gemahlin aufs höchste entflammen, die immerhin so heftigen Charakters war, daß sie eines Tages die Hand gegen den König gehoben hatte, wie ich bereits erwähnte. Aber die Kommentare des Verräters waren weitaus tückischer und unendlich viel gefährlicher für den König. Dieser habe, flüsterte Concini, indem er das Frauenzimmer mit Condé vermählte, zwei Fliegen mit einer Klappe geschlagen. Nicht nur hoffe er, der Prinz werde, da er keine Frauen liebte, eines Tages den Gefälligen spielen. Vor allem aber habe er Charlotte, indem er sie zur Prinzessin von Geblüt machte, dem Thron genähert, und schon denke er daran, sie hinaufzuheben; falls er aber noch nicht daran denke, würde die *Hurre* ihn aus allen Kräften dahin treiben, indem sie ihren Körper zum unwiderstehlichen Anreiz machte und sich nur unter dieser Bedingung hingäbe.

Was die Königin anbeträfe, so würde eine Scheidung sich gewiß machen lassen. Denn könnte der Papst sie einem so mächtigen Monarchen verweigern, der leicht in seine Staaten einfallen könnte? Zweifellos wäre es möglich, daß der heilige Vater die Sache lange hinauszögerte. Aber dadurch würde alles nur schlimmer. Die Ungeduld des alten Gecken, das Frauenzimmer zu besitzen, würde so heftig werden, daß man geschwindere und verschwiegenere Mittel ins Werk setzen könnte, um sich einer störenden Gemahlin zu entledigen. Gegen diese gäbe es Schutz nur durch äußerste Vorsicht. Der König pflegte, wenn er allein aß, der Königin die feinsten Stücke seines Mahls zu schicken, und er, Concini, meine, daß es sehr gefährlich sei, künftighin solche Gaben anzunehmen.

Anderseits bereitete sich der König auf den Krieg gegen Österreich und Spanien vor, und allein schon diese Vorbereitungen trugen ihm bei den guten Katholiken seines Reiches zahlreiche Feindschaften ein, die um so mehr zu fürchten waren, als der König sich zuwenig schützte; schon sechzehn Mordversuchen sei er wie durch Wunder entronnen, worin man Gottes Hand erkennen müsse. Aber würde die göttliche Hand ihn auch jetzt noch bewahren, da der König sich anschickte, die Katholiken zu bekriegen, indem er sich mit Hugenotten verbündete? Und wäre es für den Fall, daß dem König ein Unglück zustieße, nicht in Marias Interesse, sich zur Königin weihen zu lassen, bevor ihr Gemahl in den Krieg zog, damit ihre Regentschaft kraft dieser Weihe eine stärkere Legitimität erhielte?

Diese Reden nahmen nicht mehr als fünf Minuten in Anspruch, worauf Concini von Ihrer Majestät Urlaub nahm und es der Geschicklichkeit und Hartnäckigkeit Leonora Galigais überließ, weiter in seinem Sinne auf die Königin einzuwirken.

Nach Concinis Gehen schien die Königin dermaßen verwirrt, daß sie vergaß, einem erfolgreichen Ringspieler zu applaudieren. Ihre Vergeßlichkeit rief in der Menge eine gewisse Unschlüssigkeit hervor, die nur durch den König wettgemacht wurde, der, obwohl er noch einen Lauf vor sich hatte und nicht abgestiegen war, sogleich von der Arena aus zu den Rängen hinauf aus aller Kraft klatschte.

Im Unterschied zu seiner Frau schlief Concini nicht im Louvre, und da er auf Befehl des Königs seit kurzem keinen Zutritt mehr zu den Gemächern der Königin hatte und sie also nicht mehr vertraulich sprechen konnte, war der verwegene Gauner darauf verfallen, sich den Lärm und das Durcheinander des Rennens zunutze zu machen, denn er konnte darauf bauen, daß die Ehrenjungfern der Königin kein Wort seiner Sprache verstanden; die französischen Töchter aus gutem Hause wurden alle in Klöstern erzogen, wo man die größte Sorge darauf verwandte, sie nichts zu lehren.

Sowie die Königin allein war, wandte sie sich an den Herzog von Épernon und sprach lange mit leiser Stimme zu ihm. Leider hatte Mademoiselle de Fonlebon ihre périgourdinische Erzählung beendet und verstummte gerade in diesem Moment voller Erwartung, daß ich ihr eine Geschichte vom selben Schlag böte, und sei es nur, um unserem gemeinsamen Blutsband Ehre anzutun. Gezwungen also, selbst zu sprechen, konnte ich nur wenige Worte von dem erhaschen, was die Königin sagte, aber genug, um daraus zu schlußfolgern, daß sie dem Herzog in ihrem Kauderwelsch wiederholte, was Concini ihr soeben gesagt hatte.

Hierbei wandte sie dem Herzog den Kopf zu, und der Herzog schaute zu ihr, und ich gewahrte betroffen den Kontrast dieser beiden Profile. Das von Épernon war scharf gezeichnet, es hätte, wie man sagte, großen Effekt auf einer Medaille gemacht, und aus seiner ebenmäßigen Physiognomie sprachen gleichzeitig Geist, List und Härte. Während das Profil Marias mit der dicken, zum Ende hin quasi sprossenden Nase, mit dieser dumm vorspringenden Unterlippe und dem vorstehenden Kinn ein wenig anziehendes Gemisch aus Vulgarität, Plumpheit und Verdrossenheit darstellte. Bekanntlich hielt die Königin, weil sie wenig im Kopf hatte, um so mehr an den Ideen fest, die sie sich einmal eingepflanzt, und verfolgte sie mit einem Starrsinn, der bei ihr die Vernunft ersetzte. Trotzdem entbehrte sie nicht einer gewissen Witterung, sie hatte ein gutes Gedächtnis und sah die Dinge zwar ohne Hintergründe, aber sie sah sie ziemlich genau. Sie vertraute Épernon, weil sie fühlte, daß sie beide vom selben Ufer waren, und darin täuschte sie sich nicht. Er gehörte zur spanischen Partei, war Philipp III. durch einen Geheimvertrag verpflichtet, genoß als freidenkender Katholik die besondere Freundschaft der Jesuiten, und außerdem nährte er gegen den König einen Groll, der, wenn auch aus anderen Ursachen, dem einer betrogenen und verlassenen Gattin wenigstens an Intensität gleichkam.

Als ich am Abend nach dem Ringspiel mit meinem Vater in unserem teuren Herbergskämmerchen saß, fragte ich ihn, welche Gefühle Épernon gegenüber Henri hege.

»Gift und Galle«, antwortete er. »Das habe ich Euch schon einmal gesagt. Der König hat ihm in seiner Stadt Metz einen der Krone hörigen Leutnant vor die Nase gesetzt, er beschneidet ihm täglich seine Vollmachten als Generaloberst der französischen Infanterie, aber vor allem hat er beschlossen, ihm jetzt und immerdar keinen Oberbefehl in dem bevorstehenden Feldzug anzuvertrauen. Dafür hat er ihn zum Regentschaftsrat ernannt, der die Königin aufklären und alles mit ihr entscheiden soll, wenn er selbst bei den Waffen stehen wird. Aber es ist eine lächerliche, eine geradezu schimpfliche Entschädigung. Dem Regentschaftsrat werden fünfzehn Männer angehören, und Épernon wird darin nur eine Stimme haben: seine. Was mich betrifft, wäre mir eine offene Ungnade geheurer als diese Halbgnade, denn Épernon ist ein gefährlicher Fuchs, tückisch, klug und verwegen. Ich bin auch überzeugt, daß er es war, der Heinrich III. als erster den Rat gab, den Herzog von Guise zu ermorden; aber durch einen glücklichen Zufall, zu glücklich, um nicht manipuliert zu sein, fehlte er bei dem geheimen Rat zu Blois, der diese Hinrichtung beschloß. Und das könnte ich jederzeit beeiden, denn ich war dabei.«

»Mein Vater!« rief ich aus. »Ihr habt der Herzogin von Guise das Gegenteil geschworen! Und in meiner Gegenwart!«

»Ihr kennt sie doch. Wie sollte ich ihr erklären, daß ich an jenem Rat als Zeuge teilnahm, aber ohne beratende Stimme? Eine solche Nuance hätte sie nie begriffen.«

»Als Zeuge, Herr Vater? Und welches war Euer Zeugnis?«

»Das könnt Ihr in meinen Memoiren nachlesen«, sagte er ungeduldig. »Wir sprachen von Épernon: wie reagierte er, als die Königin ihm die Erwägungen dieses widerlichen Schuftes ins Ohr sagte?«

»Zuerst warf er einen raschen Blick in die Runde, natürlich auch hinter sich, sah dort aber nichts Auffälliges, denn ich beugte mich zu Mademoiselle de Fonlebon und erzählte ihr etwas über das Périgord. Dann hörte er der Königin von Anfang bis Ende stumm und, wie ich durch mehrmalige Blicke feststellte, mit gespannter Aufmerksamkeit zu, wobei er manchmal wie bekräftigend nickte, aber ohne sich sonst zu äußern.«

»Anders gesagt, Épernon hat Concinis schändliche Thesen unausgesprochen gebilligt.«

Mein Vater wechselte einen Blick mit La Surie, der unserem Gespräch mit erschrockener Miene beigewohnt hatte, dann überlegte er.

»Nun«, fragte La Surie nach einer Weile, »wollt Ihr dem König nicht eine Mitteilung darüber machen?«

»Wie sollte ich es Henri sagen, ohne daß er mich verspottet und mir ins Gesicht lacht? Ihr wißt doch, mit welcher Verachtung er jegliche Warnung wegwischt. Er hat eine gute Geheimdiplomatie, aber seine persönliche Bewachung ist nach wie vor unzulänglich. Im Gegensatz zu Heinrich III., der sich mit fünfundvierzig Schwertern umgab, erlaubt er Vitry oder Praslin ja kaum, ihn zu beschützen.«

»Trotzdem verhinderten diese fünfundvierzig Schwerter nicht, daß Heinrich III. von der Liga ermordet wurde.«

»Weil er eine Achillesferse hatte: er war zu vernarrt in die Kuttenbrüder. Die Ligisten schickten ihm einen fanatischen kleinen Dominikaner, und Heinrich ließ ihn an sich heran, ohne daß er auch nur durchsucht worden wäre.«

»Aber warum schützt sich unser Henri so schlecht?« sagte La Surie. »Versteht Ihr das?«

»Er sagt, er steht in Gottes Hand, und wenn Gott will, daß er stirbt, dann stirbt er.«

»Eine solche Redeweise hätte ich von ihm nicht erwartet.«

»Es ist nicht nur eine Redeweise«, sagte mein Vater. »In Wahrheit ist er ein Spieler. Bassompierre macht das Spielen zu einem Beruf. Aber beim König ist es ein Geisteszustand. In seiner abenteuerlichen Existenz hat er so viele Dinge dem Zufall anheimstellen müssen, daß er sich auch da auf ihn verläßt, wo es um sein Leben geht.«

ELFTES KAPITEL

Mitte Juni – der Hof weilte immer noch in Fontainebleau – kam Bassompierre wiederum wegen einer Dame nach Paris, die ihm wohl mehr am Herzen lag als drei andere an dem Ort, den er soeben verlassen hatte. Und wie stets während seiner Eskapaden speiste er abends mit uns in der Rue Champ Fleuri. Konnte er uns armen Parisern doch mit den neuesten Nachrichten aus Fontainebleau aufwarten, die jedoch alles andere als erheiternd waren.

So erfuhren wir, daß die Königin sich plötzlich weigerte, jene besonders guten Stücke anzunehmen, die der König ihr von seinem Mahl zu schicken pflegte, und daß sie ihm hatte ausrichten lassen, er solle sie doch seiner *Hurre* senden, womit die Prinzessin von Condé gemeint war. Zuerst lachte der König darüber, doch als er erfuhr, daß die Königin sich ihre Speisen nur noch von Leonora Galigai bereiten ließ, und nun begriff, was hinter der Verweigerung steckte, geriet er in großen Zorn, und manche Höflinge raunten sogar, er habe gewettert, ob diese Törin ihn etwa für einen Medici halte?«

»Aber so unvorsichtig Henri in seinen Ausbrüchen auch sein mag«, sagte Bassompierre, »das glaube ich nicht!«

Und in der Tat, wie mein Vater mir erklärte, wäre dies sehr taktlos gewesen, denn einem Gerücht zufolge waren der Vater der Maria von Medici und seine schöne Geliebte Bianca am selben Tage vergiftet worden, und zwar, wie es hieß, von dem Kardinal von Medici, welcher danach das geistliche Gewand ablegte, heiratete und die Nachfolge seines Bruders als Großherzog der Toskana antrat.

»Neuerdings aber«, fuhr Bassompierre fort, »wird am Hofe nur über die schreckliche Szene zwischen dem König und dem Prinzen von Condé getuschelt. Letzterer war über die vielen Aufmerksamkeiten, die Seine Majestät der Prinzessin heimlich und öffentlich erwies, derart aufgebracht, daß er den König für sich und seine Gemahlin um Urlaub bat, um sich mit ihr in eines seiner Häuser zurückzuziehen. Sein Ersuchen wurde heftigst abgelehnt, und er bekam sein Päckchen ungefähr in den gleichen Begriffen, wie sie Madame de Guise im Laufe unserer nächtlichen Unterhaltung gebraucht hatte.

»Eure Frau ist meine Untertanin!« schrie Henri mit funkelnden Augen. »Ich kann ihr befehlen, hier zu bleiben, und Euch genauso.«

»Und wozu, Sire?« schrie der Prinz. »Ist es nicht sehr übel von Euch, daß Ihr mit der Frau Eures Neffen schlafen wollt?«

»Was redet Ihr da? Ich wünsche nur ihre Zuneigung.«

»Ach, und nur aus Zuneigung, Sire, unterhaltet Ihr mit ihr eine Geheimkorrespondenz? Die Sache ist nur zu eindeutig, darüber klatscht der ganze Hof: Ihr wollt mein Gesicht mit Schande überziehen.«

»Da ist schon Schande genug!« sagte der König voll Wut, »Ihr hurt mit Euren Pagen, schwul, wie Ihr seid! Wäret Ihr kein Prinz, hätte das hohe Gericht Euch längst abgeurteilt und verbrannt!«

»Sire, ist das eine Drohung? Was würde die Christenheit sagen, wenn der König von Frankreich seinen Neffen auf den Scheiterhaufen schickte, um mit seiner Nichte zu vögeln? Das ist denn doch zuviel der Tyrannei!«

Das Wort »Tyrannei« brachte den König völlig außer sich, denn jesuitische Theologen hatten einen Unterschied hergestellt zwischen einem König, dessen Untertanen sein Leben zu achten hätten, und einem, der ohne Sünde getötet werden dürfte, wenn er sich in einen Tyrannen verwandele. Offensichtlich bestimmten allein die Jesuiten, wer zu töten sei und wer nicht.

»Niemals!« brüllte Henri und hob die Arme gen Himmel, »niemals habe ich im Leben Tyrannei geübt, außer indem ich Euch als das anerkannte, was Ihr nicht seid: als den Sohn Eures Vaters! Euren wahren Vater, den zeige ich Euch in Paris, wann immer Ihr wollt!«

»Hat er das wirklich gesagt?« fragte La Surie entsetzt.

»Es wird behauptet.«

»Was für ein grausames Wort! Es erstaunt aus dem Munde eines so gütigen Mannes, und es paßt nicht zu ihm.«

»Ach was!« sagte Bassompierre unbeirrbar, »Liebe heißt Narrheit, Chaos, verkehrte Welt: auf einmal wird der Dümmste witzig, der Klügste dumm, der Boshafte freundlich und der Empfindsame hart.«

»Und der Prinz?« fragte mein Vater.

»Außer sich vor Wut, mißachtete er das Verbot des Königs, nahm sich selbst Urlaub und ging mit seiner Frau auf sein Schloß Vallery. Ah, Marquis! Das hättet Ihr mit erleben sollen! Unsere Sonne ging unter. Wir stürzten in schwärzeste Tiefen. Fontainebleau war nur mehr eine steinige Wüste, und Malherbe erhielt den Auftrag, seine Muse unter Wasser zu setzen. Sie weinte wunderschön, denn ihre Tränen flossen zur heimlichen Freude des undankbaren Malherbe und füllten seine Börse.«

»Monsieur«, sagte ich, »da Ihr die Dichtkunst liebt, solltet Ihr Malherbe eine Pension gewähren. Wie ich höre, ist er arm.«

»Schöner Neffe, das kann ich nicht: da Bellegarde ihn vorher hatte, würde es heißen, ich ahmte ihn nach ..., aber ich werde ihn der Königin empfehlen, wenn ich auch bezweifle, daß sie Verse von Prosa unterscheiden kann.«

»Und der König?« fragte La Surie ungeduldig.

»Er befahl Sully ein weiteres Mal, die Pensionszahlungen für den Prinzen einzustellen, und schrieb dem Prinzen in den schärfsten Worten, er habe sich mit der Prinzessin unfehlbar am siebenten Juli zur Hochzeit des Herzogs von Vendôme[1] mit Mademoiselle de Mercœur in Fontainebleau einzufinden. Ihr werdet Euch übrigens selbst überzeugen können, ob das Prinzenpaar sich diesem Befehl fügt.« Bassompierre erhob sich und sagte mit der elegantesten Verbeugung: »Seine Majestät lädt Euch, Marquis, durch meinen Mund zur Hochzeit des Herzogs von Vendôme am siebenten Juli ein, ebenso den Chevalier de Siorac und den Chevalier de La Surie.«

Hierauf erwies er uns dreien abermals eine Reverenz und sagte zu meinem Vater: »Marquis, mit meinem besten Dank für dieses köstliche Mahl bitte ich darum, mich verabschieden zu dürfen. Es ist spät, und ich werde erwartet.«

Mein Vater geleitete ihn in den Hof zu seiner Karosse. Dann gesellte er sich zu uns, die wir in der Bibliothek bei weit offenen Fenstern die Abendfrische und einen Himmel genossen,

---

1 Der Sohn von Henri Quatre und Gabrielle d'Estrées.

den der Vollmond und zahllose Sterne so erhellten, daß wir die Taubenhäuser, die Zinnen, die Turmhauben und die Spitztürme unserer großen Stadt sehen konnten wie am Tag.

»Vielleicht erklärt Ihr mir das Rätsel«, sagte La Surie. »Der König soll doch der Verneuil einmal anvertraut haben, daß der Prinz sein Sohn sei, aber laut Bassompierre hätte der König zu demselben Prinzen gesagt, er könne ihm seinen Vater in Paris zeigen, wann immer er wolle.«

»Ach«, sagte mein Vater, indem er sich in einen Lehnsessel warf, »so wird eben Geschichte geschrieben: im Verlaß auf zweifelhafte Gerüchte. Kann sein, das erste Gerücht ist falsch, kann sein, das zweite, oder auch alle beide.«

»Aber angenommen«, sagte La Surie, »alle beide wären wahr, wie erklärt man sich dann den Widerspruch?«

»Er ist nicht unlösbar. Die verwitwete Prinzessin von Condé hatte viele Liebhaber. Es ist möglich, daß der König einer davon war und daß er sich, als er Condé anerkannte, gefragt hat, ob er der Sohn Condés oder des Pagen oder sein eigener Sohn sei. In diesem Zweifel und auf Grund seiner natürlichen Güte beschloß er, ihn als Bourbonen und Prinz anzuerkennen, ohne sich zwischen den drei Hypothesen zu entscheiden. Aber in der Hitze des Augenblicks und der Wut auf Condé, weil der ihn der Tyrannei bezichtigte, ließ er sich hinreißen, seinem Neffen die trostloseste Variante an den Kopf zu werfen.«

»Trotzdem, das war hart und böse«, sagte La Surie.

»Sicher, aber es hat keine Folgen. Der König kann die einmal gewährte Anerkennung nicht rückgängig machen, Condé bleibt Bourbone und Prinz bis an sein Lebensende, und seine Söhne und Enkel nach ihm. Auch wenn es einen Fleck auf seiner Weste gab, wäscht ihn die Zeit ab.«

Am nächsten Tag, nach beendetem Mahl, wurde uns gemeldet, daß Toinon meinen Vater zu sprechen wünsche. Mir fing das Herz dermaßen an zu klopfen, daß ich mich halb erhob, um in meine Kammer zu verschwinden, doch mein Vater hielt mich am Arm und mit einem Blick zurück, der verlangte, daß ich mich nicht entzöge. Ich setzte mich wieder, ziemlich beschämt, daß ich vor meiner Soubrette hatte fliehen wollen, und tat mein Bestes, mich zusammenzureißen.

Toinon hatte für ihren Besuch bei uns Toilette gemacht, aber ohne daß es aussah, als verleugne sie ihren Stand. Nicht daß sie sich bis zum Reifrock aufgeschwungen hätte, doch endete ihr Rock nicht unterm Knie wie bei unseren Kammerfrauen, sondern reichte würdig bis auf die Füße und war überdies aus gutem Stoff und mit Stickereien verziert. Um den Hals trug sie eine goldene Kette, klein, aber nicht kärglich, die der Bäckermeister Mérilhou ihr laut Mariette zur Hochzeit geschenkt hatte. Beim Eintreten erwies sie uns dreien eine Reverenz, die einer wohlgeborenen Tochter angestanden hätte, dann eine zweite, die nur meinem Vater galt, während ihr Blick mich, ohne zu verweilen, aber auch ohne Hast streifte.

»Toinon!« sagte mein Vater in dem freundlichen Ton, den er unseren Leuten gegenüber gebrauchte und der, wenn es sich um eine Frau handelte, auf besondere Art sanft und zugetan war: »Was verschafft uns die Freude, dein hübsches Gesicht bei uns zu sehen?«

»Ich möchte Euch um eine Hilfe bitten, Herr Marquis«, sagte sie mit einer Demut und einem Respekt, die sie keinem von uns jemals bezeigt hatte, so lange sie meine Soubrette war.

»Laß hören!«

»Wie Ihr sicherlich wißt, Herr Marquis, haben wir in Paris seit kurzem einen neuen Polizeileutnant, welcher eine Verordnung gegen den Mißbrauch der Bäcker erlassen hat, was das Gewicht des Brotes betrifft und sogar des Weichbrotes.«

»Warum ›und sogar des Weichbrotes‹?«

»Beim Weichbrot, das ja ein Brot für betuchte Leute ist, wird seit jeher nicht so genau aufs Gewicht gesehen.«

»Ich verstehe. Fahr fort.«

»Vor vierzehn Tagen, Herr Marquis, kamen Kommissare des Herrn Polizeileutnants in unseren Laden, um das Gewicht unserer Brote zu prüfen, und auch, was gegen den Brauch ist, das Gewicht des Weichbrotes.«

»Und sie fanden es unter dem Gewicht, das es haben müßte?«

»Ja, Herr Marquis.«

»Sehr darunter?«

»Mäßig darunter, Herr Marquis.«

»Und wie, zum Teufel, kommt das?« sagte mein Vater, indem er mit gespielter Naivität die Brauen hob.

»Weil der Teig vor dem Backen gewogen wird und beim Backen an Gewicht verliert.«

»Könnte man dem nicht vorbeugen, indem man etwas mehr Teig nimmt?«

»Das könnte man, aber dann würde man satten Verlust machen.«

»Ich verstehe. Und was taten die Kommissare?«

»Sie stellten uns vor die Wahl: entweder die Buße zu zahlen oder etwas für die Sammelbüchse auszuspucken.«

»Und was ist der Unterschied?«

»Das Bußgeld geht in die Kassen von Monsieur de Sully, die Sammelbüchse ist für die Taschen des Herrn Polizeileutnants, der sich derweise für die achtzigtausend Ecus schadlos hält, die er für sein Amt bezahlt hat.«

»Was kommt billiger: Bußgeld oder Büchse?«

»Die Büchse.«

»Also habt Ihr etwas ausgespuckt?«

»Ja, Herr Marquis.«

»Damit seid Ihr also besser weggekommen?«

»Nein, Herr Marquis, denn entgegen dem Versprechen der Kommissare mußten wir auch noch das Bußgeld zahlen.«

»Ein abscheulicher Mißbrauch!« sagte mein Vater zu mir. »Und vermutlich war schon der erste einer, nämlich dem Polizeileutnant sein Amt zu verkaufen. Was kann ich für dich tun, Toinon?«

»Herr Marquis, ich wäre Euch unendlich dankbar, wenn Ihr Gelegenheit fändet, dem Herrn Polizeileutnant zu sagen, daß wir beides bezahlt haben, Bußgeld und Büchse, denn es könnte ja sein, die Büchse hat ihn nie erreicht und ist in den Taschen der Kommissare geblieben.«

»Das könnte tatsächlich sein. Da siehst du, mein Sohn, wie ein erster Mißbrauch einen ganzen Schwall von Mißbräuchen nach sich zieht und wie eine Bestechung die andere zeugt ... Toinon, mein Kind, gehe hin in Frieden. Heute nachmittag spreche ich mit dem Polizeileutnant. Er soll wissen, daß du doppelt bezahlt hast, und auch, daß ich ein guter Freund von Monsieur de Sully bin. Ich halte nichts von Verordnungen, die dem Handwerker unter dem Vorwand, die Gewichte zu prüfen, seinen Gewinn abpressen, gleichviel ob er Buden- oder Ladenhandel betreibt.«

»Mit Eurer Erlaubnis, Herr Marquis«, sagte Toinon sehr würdevoll: »Meister Mérilhou und ich, wir haben Ladenhandel.«

Daran erkannte ich ganz meine Toinon wieder, die sich von jeher mit dem gleichen Stolz zu behaupten wußte wie eine Herzogin.

»Ich werde es nicht vergessen«, sagte mein Vater.

Toinon sagte ihm tausend Dank und ging nach zwei vollendeten Reverenzen. Später erfuhren wir durch Mariette, daß sie maskiert wie eine Standesperson zu uns gekommen war und in Begleitung einer Magd. Trotzdem berichtete die gute Gevatterin dies ohne jegliche Galle, denn jetzt bewunderte sie Toinon im Gegensatz zu früher, als diese noch bei uns lebte. »Sie hat ihre Sache gut gemacht«, war ihre stehende Rede. Außerdem zeichnete Toinon sie immer vor allen anderen Kunden aus, nannte sie »Madame«, küßte sie auf beide Wangen, erkundigte sich nach unser aller Gesundheit und legte ihr zu dem Weichbrot, das sie für uns einkaufte, jedesmal noch ein kleines Brot mit Nüssen oder Rosinen für ihren eigenen Gebrauch.

»Herr Vater«, sagte ich, nachdem sie gegangen war, »besteht denn zwischen Buden- und Ladenhandel ein so großer Unterschied?«

»Ein riesiger! Ein Laden wie der von Mérilhou hat eine Werkstatt dahinter, einen Hof mit Brunnen, Wohnräume und einen Speicherboden. Eine Bude ist eine Art hölzerner Schuppen, der gerade nur mit einem Dach an einer Mauer klebt, meistens auch noch ohne jede Gewerbeerlaubnis. Das beste Beispiel, das ich Euch dafür nennen kann, sind die Buden, die sich dicht an dicht an der Mauer des Friedhofs der Unschuldigen Kinder hinziehen und die Rue de la Ferronnerie verengen, obwohl diese Straße der geradeste und meistbefahrene Weg durch die Stadt ist. Als Heinrich II. sie eines Tages in seiner Karosse entlangfuhr, steckte er eine gute Stunde in einem Knäuel von Gefährten fest und war darüber so zornig, daß er andertags durch ein Edikt befahl, die Buden abzureißen. Aber wie so oft in diesem Reich blieb das Edikt totes Papier, die Buden an der Rue de la Ferronnerie verschwanden nicht etwa, sondern wucherten sogar noch wie die Warzen und verstopfen bis zum heutigen Tag die Straße.«

* * *

Mit dem größten Unbehagen bezogen wir am sechsten Juli abermals unser teures Kämmerchen in Samois, das so wenig Möbel hatte, daß man sich auch bei Tage auf die Roßhaarmatratzen am Fußboden legen mußte, wenn man nicht stehen wollte. Dieser Luxus kostete uns einen Ecu, und mein Vater knirschte mit den Zähnen. Aber immer noch besser dieser Notbehelf, den man uns ohnehin nur auf Bitten und gutes Zureden gab, als sich in seiner Karosse zusammenzukauern wie so viele Damen und Herren, die morgens nach schlafloser Nacht ganz zerknittert aus ihren unbequemen Lagern hervorgekrochen kamen. Von dem Schweiß und Ärger ganz zu schweigen, den die endlose Reise von Paris nach Fontainebleau mit sich brachte, wo ein jeder nur Schritt fahren konnte und die Pferde mit den Köpfen immer ans Hinterende der vorderen Karosse stießen.

»Aber was sollte man machen?« sagte mein Vater, als wir uns gegen Abend dort auf unsere Matratzen streckten und unsere vom Fahrtgestucker schmerzenden Rücken auszuruhen versuchten. »Der König hätte es uns nie verziehen, wären wir dieser Hochzeit ferngeblieben, die er für den glanzvollsten Erfolg seiner Familienpolitik hält, schließlich hat es ihn Jahre gekostet, die Sache zum Abschluß zu bringen.«

»Jahre, Herr Vater?«

»Allemal! Und wie hat er sich angestrengt, diesen illegitimen Sohn auf solide Füße zu stellen! Henri ist ein guter Vater, man kann es nicht leugnen. Ein ebenso guter Vater wie ein schlechter Gemahl«, setzte er nach einer Pause hinzu, in der er wohl über sich selbst nachdachte. »Mein Sohn, Ihr wart noch ein schreiendes Wickelkind in Gretas Armen, als der König – nach der Einnahme von Paris – mit einer Armee vor die Tore von Rennes zog: der Herzog von Mercœur hatte sich nämlich unsere Bürgerkriege zunutze gemacht und die Bretagne zum unabhängigen Herzogtum erklärt, sehr zum Zorn und Schaden der Bretonen, die er ausgeraubt, geplündert und gebrandschatzt hatte. Aber Henri mußte nur erscheinen, und der Herzog unterwarf sich. Zum Lohn dafür erhielt er eine Million Livres, doch mußte er sich verpflichten, seine Tochter, damals noch ein kleines Mädchen, mit dem ältesten Bastard des Königs zu vermählen, dem Herzog von Vendôme.«

»Was für eine schlaue *combinazione*!« sagte La Surie. »So

würde diese Million Livres, und noch viel mehr, wenn nicht an den König, so doch an seinen Sohn zurückfallen, denn Mademoiselle de Mercœur mußte ja dereinst dieses riesige Vermögen erben.«

»Ich füge hinzu«, sagte mein Vater, »daß die Kuppelei mit einem Vertrag besiegelt wurde, in dem alles bedacht war, auch eine Entschädigungssumme von hunderttausend Ecus für den Fall, daß Mercœur seine Tochter zum festgesetzten Zeitpunkt nicht hergäbe. Mercœur starb 1602, und als seine Tochter sechs Jahre später mannbare Jungfer geworden war und von aller Welt begehrt wurde, lehnte sie Vendôme rundweg ab, ohne ihn auch nur gesehen zu haben, ging in ein Kapuzinerkloster und drohte, den Schleier zu nehmen, falls man sie zu jener Ehe zwingen wollte.«

»Warum?« fragte ich.

»Wer weiß. Vielleicht wollte sie keinen, selbst keinen königlichen Bastard heiraten. Aber Henri vermutete dahinter eine Machenschaft der Herzogin von Mercœur, die dem zukünftigen Schwiegersohn ihr Vermögen nicht gönnte, denn die Dame ist nicht nur erzfromm, sondern so geizig und knauserig wie keiner anderen Tochter gute Mutter in Frankreich.«

»Ich hörte eine greuliche Geschichte über sie«, sagte La Surie.

»Die habt Ihr von mir«, sagte mein Vater. »Und ich habe sie von der Herzogin von Guise, die bei dieser Schändlichkeit Zeuge war. Die arme Gabrielle d'Estrées lag im Sterben, da trat die Herzogin von Mercœur an ihr Bett, und während sie tat, als spende sie ihr den Trost der Religion, zog sie der Sterbenden heimlich die kostbaren Ringe von den Fingern. Zum Glück wurde das Verbrechen bemerkt, und sie mußte ihre Beute herausrücken.«

»In welcher Welt leben wir, mein Gott!« seufzte La Surie, als wäre er wer weiß wie fromm.

»Wo war ich stehengeblieben?« fragte mein Vater. »Ich habe einen Wolfshunger und kann meine Sinne desto schlechter beisammenhalten, als ich schon weiß, daß er von unserer Teufelswirtin bestimmt nicht befriedigt werden wird.«

»Ihr sagtet, daß der König wetterte, als Mademoiselle de Mercœur sich ins Kloster zurückzog.«

»Das sagte ich zwar nicht, aber so war es. Und er forderte

zusätzlich zu der vertraglich festgesetzten Entschädigung von hunderttausend Ecus von der Mercœur noch eine Vergleichs- und Steuersumme von zweihunderttausend Ecus.«

»Eine Vertragssumme verdreifachen zu können«, sagte ich, »das ist das Gute am Königsein!«

»Aber weißt du auch, schöner Neffe, was laut Dummenfürst das Üble am Königsein ist?«

»Nein.«

»Man muß allein essen und öffentlich scheißen.«

»Miroul!« sagte mein Vater, »wäre die Marquise von Rambouillet hier, fühlte sich jetzt ihr Zartgefühl verletzt.«

»Wäre die Marquise von Rambouillet hier«, sagte La Surie, »fühlte sich ihr zarter Hintern verletzt von dieser Roßhaarmatratze.«

»Miroul!«.

»Ich sage doch nur, was ich außer einem großen Loch im Magen empfinde«, sagte La Surie. »Ich habe einen Hunger, daß ich die Wirtin samt Busen, Arsch und Haar verschlingen könnte.«

»Und wie endete das Stechen zwischen dem König und der Mercœur, Herr Vater?«

»Der König schickte ihr Pater Cotton. Die Mercœur konnte seiner jesuitischen Samtzunge nicht widerstehen, und die Tochter erst recht nicht, als der Pater ihr versprach, sie dürfte zur Hochzeit das Lilienkleid einer Tochter Frankreichs tragen. Darauf schäumten die Prinzen von Geblüt! Allen voran der Comte de Soissons.«

»Und wieso, zum Teufel?« fragte La Surie.

»Das«, sagte ich, »habe ich auf dem Ball der Herzogin von Guise selbst gehört, welches Getöse der Comte deswegen machte. Daß die Frau eines Bastards ein lilienübersätes Kleid tragen sollte wie seine eigene Gemahlin, benahm ihm die Luft.«

»Sogar zum König ist der Comte deshalb gelaufen«, sagte mein Vater, »und als er ihm das Verbot des Lilienkleides für die kleine Mercœur nicht abringen konnte, verlangte er für seine Gemahlin eine Lilienreihe mehr ... Aber der König lachte nur, und der Comte de Soissons verschmähte fortan den Hof und schmollt auf einem seiner Schlösser.«

»Dann sehen wir ihn also nicht zu der Hochzeit«, sagte La

Surie. »Eine Lilienreihe mehr! Erbarmen! Was sind die Großen klein!«

»Dafür sehen wir vielleicht die Prinzessin von Condé«, sagte ich, »und ich wette, sie wird alle ihre Feuer strahlen lassen.«

»Teurer Neffe, Ihr kennt das périgourdinische Sprichwort: *Schönheit läßt sich lecken, aber essen nicht.* Und mir knurrt der Magen, Gott im Himmel!«

Und dieses Knurren wurde weder abends durch ein karges Souper gestillt, noch tags darauf durch ein kümmerliches Frühstück, aber am schlimmsten wurde es, offen gestanden, auf dieser glanzvollen Hochzeit, und schuld daran waren ausgerechnet die Damen. Ich nenne sie hier namentlich, damit sie, falls ihnen diese Zeilen eines Tages unter die Augen kommen, vielleicht eine Spur Reue empfinden, daß sie ihresgleichen dermaßen grausam hungern ließen: die Königin; die Herzogin von Mercœur; ihre Tochter, die Braut Françoise de Mercœur; die Herzogin von Montpensier; meine teure, lebensprühende Patin; ihre trübe Schwiegertochter, die junge Herzogin von Guise; meine Halbschwester, die schöne Prinzessin von Conti; die verwitwete Prinzessin von Condé – jene, die ihren Mann vergiftet haben soll; die Herzogin von Rohan; die Herzogin von Angoulême, Schwägerin des Konnetabels; und als letzte sei genannt, wiewohl sie nicht die Geringste war, da sie in dieser Julihitze den König allein durch ihre Anwesenheit in den Himmel versetzte: die Prinzessin von Condé.

Der Leser wird bemerken, daß es in dieser illustren Schar nicht unter der Herzoginnenkrone und dem dazugehörigen schweren Mantel abging. Und wahrlich, als ich all diese Damen endlich erscheinen sah, zerschmolz mein Groll auf sie, und ich bemitleidete sie aus ganzem Herzen: es war ja so heiß!

Trotzdem bleibt ihre Schuld ungeschmälert. Und was für ein Jammer, da doch alles so gut bedacht und vorbereitet war. Die Hochzeitsmesse war auf Punkt zwölf Uhr angesetzt, eine Viertelstunde vorher traf im Hof der Kapelle der König ein, mehr als jeder andere Große glänzend vor Seide, Perlen und Edelsteinen (aber er wußte seit dem Vortag ja auch, daß die Prinzessin da sein würde), in seinem Gefolge düster und zugeknöpft der Prinz von Condé, der taube, stotternde und halbblöde Prinz von Conti, der Herzog von Vendôme, den seine Vermählung alles andere als ergötzte, und die Herzöge und

Pairs in Krone und Mantel, die ich nicht alle aufzählen muß, weil sie ja pünktlich, höflich und vergnatzt zur Stelle waren, denn welcher von ihnen hätte seinen Sohn nicht gerne mit Françoise de Mercœur verheiratet? Sie war so reich! Aber den Reibach hatte, wie gewöhnlich, der König gemacht!

Hinter wer weiß wie vielen Geistlichen kam mit der Mitra, die ihn größer erscheinen ließ als alle übrigen, und mit dem goldenen Kreuz in der Hand Monseigneur der Bischof von Paris gezogen, der die Messe halten sollte und nun, schweißgebadet in seinen violetten Roben, Seiner Majestät seine Ehrerbietung erwies und von Ihr höchst willkommen geheißen wurde. Rings um ihn waren eine Menge Prälaten, unter denen einer mir von weitem zulächelte und winkte, was mich verwunderte, bis ich in ihm den reizenden jungen Erzbischof von Reims erkannte, meinen Halbbruder Louis von Lothringen. Warum Reims einen Erzbischof hatte und Paris nur einen Bischof, kann ich nicht sagen.

Da Macht und Glanz, gleich welcher Rangstufen, aber auch Bäuche haben, war bereits ein prächtiges Büffet unter purpurnen und goldenen Zelten aufgebaut und erwartete den Hof nach der Zeremonie. Und in Anbetracht der Fastenkur, die ich seit dem Vorabend litt, schwenkten meine Augen und Nüstern öfter als schicklich dorthin, zu all diesen duftenden und verlockenden Speisen, von denen die Stadt Fontainebleau samt umliegenden Dörfern acht Tage lang hätte zehren können. Ich tauschte mit meinem Vater und La Surie Blicke und Seufzer: aber noch trennte uns eine sehr lange Messe von diesen Wonnen.

Verglich man Henri mit jenen anderen in seinem Schatten, wirkte er ebenso blühend, fröhlich, spottlustig und verjüngt, wie Condé, Conti und der kleine Vendôme trübsinnig aussahen. Aber eine Stunde verging, und keine Damen erschienen. Ungeduldig befahl Henri seinem ersten Kammerdiener, sich bei Ihrer Majestät nach dem Grund der Verspätung zu erkundigen. Beringhen kam nach zehn Minuten zurück, und sein langes Gesicht war ob seines Mißerfolgs noch länger.

»Sire, die Königin sagt, die Damen seien gleich fertig.«

»Gleich!« sagte der König und fluchte. »Wir warten jetzt eine Stunde!«

Und da man nicht ohne sie in die Kapelle einziehen konnte, ließ er Stühle und Schemel bringen, damit sich die wichtigsten Leute seines Gefolges setzen könnten – zu denen wir nicht gehörten, so daß wir uns, zu unserem erbärmlich leeren Magen, auch noch die Beine in den Bauch standen.

Wieder verging eine Stunde.

»Bassompierre«, sagte der König, »da die Damen so vernarrt in dich sind, sieh zu, ob du ihnen nicht ein wenig Beine machen kannst.«

»Ach, Sire!« sagte Bassompierre, »schön wär's, wenn meine Macht so weit reichte!«

Dennoch ging er und blieb so lange aus, daß man darüber schon zu witzeln begann. Gleichwohl kam er mit tiefernster Miene wieder.

»Sire«, sagte er, »es besteht keine Hoffnung, fürchte ich. Die einen sind fertig, die anderen nicht. Und jene, die längst fertig waren, lassen sich mittlerweile von neuem frisieren.«

»Allewetter! Dann stehen wir heute abend noch hier!« sagte der König. »Könnten wir nicht wenigstens die Königin, die Herzogin von Mercœur und die Braut haben, damit die Hochzeit anfangen kann?«

»Ebendas wagte ich vorzuschlagen, Sire. Aber die Damen schrien auf: Sie kämen alle zusammen oder gar nicht.«

»Oder gar nicht!« sagte der König. »Wer hat ›gar nicht‹ gesagt?«

»Die Königin, Sire.«

»Dann hilft alles nichts!« sagte Henri seufzend. »Dann heißt es warten.«

Aber er sagte es, ohne sich zu erbosen oder auch nur die Brauen zu runzeln, denn die Freude, daß er die Prinzessin wiedersehen sollte, hob ihn über die kleinen Dornen des Lebens empor. Ohne weiteres stand er auf, ließ sich von Monsieur de Beringhen Königskrone und Mantel abnehmen und entfernte sich von dem trübsinnigen Trio der Prinzen von Geblüt, indem er sich im bloßen Wams unter die Höflinge mischte, diesen anrief, jenen foppte und sich in Spaß und Lachen erging.

»Der König ist ja bester Laune!« raunte mir mein Vater ins Ohr. »Sein Gesicht strahlt genauso wie seine Kleider.«

»Ja, mit der Rückkehr von, Ihr wißt schon, wem«, sagte La Surie, »denkt der König, das Ziel sei nahe. Aber ich wette, da wird er enttäuscht werden. Die Schöne wird ihm noch tüchtig zu schaffen machen, Bassompierre dixit.«

»Was hat Bassompierre gesagt?« fragte der Genannte, der

hinter uns auftauchte und meinem Vater einen Arm um die Schultern legte. »Nein, nein, Ihr müßt es nicht wiederholen, ich hab es gehört. Meine Freunde, Ihr seht blaß und abgezehrt aus. Wie geht es Euch?«

»Schlecht«, sagte La Surie. »Wenn mein Hunger noch lange dauert, verschlinge ich den Herrn Bischof von Paris samt Roben, Mitra und Kreuz.«

»Taugt er soviel wie unsere Wirtin?« fragte ich lachend.

»Allemal! Ein Kapaun ist besser als eine Henne!«

»Da es ein Prälat ist, stinkt dies ein wenig nach Faß«, sagte Bassompierre.

»Habt Ihr keinen Hunger, Graf?« fragte mein Vater.

»Mitnichten, ich wurde soeben von den Damen gelabt.«

»Herr im Himmel! Sie essen!«

»Ich würde sagen, sie stopfen sich.«

»Und womit?«

»Mit Bonbons, Marzipan und Konfitüren. Ihre Friseusen haben reichlich vorgesorgt. Nichts schlägt dem schönen Geschlecht härter auf den Magen, als sich die Haare kräuseln zu lassen.«

»Elende Verräterinnen!« sagte mein Vater.

»Marquis, das würdet Ihr nicht sagen, wenn Ihr wüßtet, daß man Eurer gedacht hat.«

»Wer ist ›man‹?«

»Erratet Ihr es nicht?«

Damit zog er aus seinem schimmernden Wams eine goldene, rubinbesetzte Bonbonbüchse, öffnete sie und sagte: »Stellt Euch alle drei um mich her, damit die anderen Ausgehungerten es nicht sehen. Nein, nein, nur keine Scheu! Eine liebende Hand hat diese Büchse für Euch gefüllt. Greift zu!«

Was wir auch taten, und die Bonbons waren weiß Gott gut, sie knackten zwischen den Zähnen und zerschmolzen auf der Zunge.

»Eine prächtige Büchse!« sagte La Surie, der bat, sie in die Hand nehmen zu dürfen, als sie leer war, und sie von allen Seiten bewunderte.

»Das Geschenk einer Dame«, sagte Bassompierre mit einem Lächeln, das wie manche Pistolen doppelt geladen war: einmal, um sich zu brüsten, und zum anderen, um sich über dieses Sich-Brüsten lustig zu machen.

»Das muß aber eine sehr dankbare Schöne gewesen sein«, meinte La Surie, indem er die Büchse zurückgab.

»Dankbar sind sie mir alle«, sagte Bassompierre. »Ich bin so gewissenhaft ...«

Hierauf lachten wir, da die etwas beschwichtigten Mägen unserer Laune aufhalfen.

»Comte«, sagte mein Vater, »erklärt mir ein Rätsel: Das prinzliche Trio, das der König verlassen hat, ist derart finster. Daß der Prinz von Condé es ist, leuchtet ein, aber was hat der Prinz von Conti?«

Bassompierre senkte die Stimme.

»Er hat lichte Momente, in denen er merkt, daß er blöde ist.«

»Und der wahre Grund?« fragte mein Vater lachend.

»Ohne seinen Bruder ist er verloren. Der Comte de Soissons spricht nicht, wie Ihr wißt: er donnert. Dadurch ist er der einzige, den Conti hören kann.«

»Und Vendôme? Weshalb zieht der Knabe so ein langes Gesicht? Die kleine Mercœur ist doch durchaus nicht reizlos.«

Bassompierre neigte sich zum Ohr meines Vaters: »Wißt Ihr es nicht? Er ist für diese Reize unempfänglich.«

»Gerechter Himmel! Er auch?«

»Aus welchem Grunde unser Henri ihm, damit er in der Hochzeitsnacht nicht versagt, vorgestern eine kleine Expertin schickte, an der er seine Messer schärfen sollte.«

»Und hat er sie geschärft?«

»Einigermaßen, heißt es.«

In dem Moment kam ein Page hochrot und außer Atem gelaufen, der sich dem König mit solchem Schwung zu Füßen warf, daß er ihn fast zu Fall gebracht hätte.

»Sire«, rief er, »die Damen kommen!«

»Berlinghen!« sagte der König.

Monsieur de Berlinghen kam geeilt und legte Seiner Majestät den schweren Hermelinmantel um die Schultern. Dann nahm er dem zweiten Kammerdiener die Krone aus der Hand und half dem König, sie auf sein Haupt zu setzen. Henri schnitt eine Grimasse. Er mochte es doch nicht, daß man seine Haare berührte.

»Alsdann, meine Herren!« sagte er, zu den Höflingen gewandt, »wenn es wahr ist, daß Erwartung das Begehren erhöht, muß das unsere jetzt sehr scharfe Zähne haben.«

Unbeabsichtigt lag in diesem Wort eine gewisse Zweideutigkeit, und auf das eine und andere Gesicht trat ein Lächeln. Henri stapfte auf seinen kurzen, muskulösen Beinen zu den drei Prinzen von der traurigen Gestalt vor der Kapelle. Doch außer daß das Warten nun ein Ende fand, machte die Ankunft der Damen diese nicht heiß, nicht kalt. Condé haßte seine Frau. Conti hatte sich der seinen durch seine Leiden entfremdet. Und für den kleinen Herzog bedeutete seine Hochzeit nur eine qualvolle Prüfung.

Jede Minute mußten die Damen nun in den Hof einziehen, um zur Kapelle zu gelangen, und Henri wandte sich strahlenden Gesichtes der Tür zu, durch die sie kommen würden. Stets hatte er das *gentil sesso* bis zur Narretei geliebt, und obwohl es ihm Leiden und Hörner wahrlich nicht ersparte, hatte er seinen Mätressen immer alles verziehen: die unverfrorensten Lügen, die giftigsten Heimtücken, die zynischsten Verrätereien, ja sogar Anschläge auf sein Leben.

Es machte mich sprachlos, daß dieser große König, der von Natur so ungeduldig und in diesen Tagen so hart mit der Affäre Kleve und der Aussicht eines Krieges belastet war, die fünf verlorenen Stunden, welche die Damen auf sich hatten warten lassen, für nichts erachtete. Mich dünkte, während ich sein vor Erwartung bebendes Gesicht beobachtete, daß er sich eine große Freude allein schon davon versprach, sie wiederzusehen, als hätte er sich so lange verwaist gefühlt.

Zählte man übrigens nur die Königin, die Prinzessinnen und Herzoginnen, waren es lediglich zehn Damen. Weil aber eine jede sich entehrt gefühlt hätte, wäre sie nicht mit dem Gefolge ihrer sämtlichen Jungfern aufgetreten, eine so jung und schön wie die andere, waren es insgesamt gut ihrer sechzig, die nun mit großem Schimmern und Rauschen durch die Tür in den Hof hinaustraten. An der Spitze kam Maria von Medici, prächtig geschmückt und in ihrem von oben bis unten mit Perlen übersäten Liliengewand. Und da bei ihr alles größer war als bei anderen: der Leibesumfang, die Krone, die Kleinodien, der im Nacken aufgestellte Spitzenkragen, mangelte es ihr auf den Abstand nicht an Majestät. Da Prinzessinnen und Herzoginnen ebenfalls Kronen trugen, wenn auch weniger beeindruckende, dafür aber voller Edelsteine, blitzten und funkelten tausend Feuer unter der hellen Julisonne. Als die Königin uns nahe genug war, daß man ihr Gesicht erkannte, sah man allerdings auch wieder ihre mürrische, dünkelhafte Miene, die sie für Größe hielt. So wandten sich die Blicke rasch der Prinzessin von Conti und der Prinzessin von Condé zu, die nicht nur, weil sie beide sehr schön waren, sondern auch weil sie nebeneinander gingen, hinter der Königin ein Bild des Entzückens abgaben.

Ohne sich verabredet zu haben, schritten sie mit einer wohlbedachten Langsamkeit und blieben hinter der Königin nicht so sehr aus Respekt zurück, sondern um den Blicken alle Muße zu gönnen, sich an ihnen zu weiden. Zierlich und blond die eine, die andere schlank und dunkel, trugen auch sie als Prinzessinnen von Geblüt die Liliengewänder der Töchter Frankreichs und, die behandschuhten Hände gelassen auf den Ausbuchtungen ihrer Reifröcke, nahten sie mit einer erlesenen, wiegenden Grazie, die seit zartestem Alter im Ballett des Hofes erworben worden war. Strahlenden Auges und als wüßten sie nichts von den Wünschen, die sie erweckten, neigten sie seitlich, wie hingebungsvoll, den Kopf. Je näher sie dem König kamen, desto langsamer gingen sie, und als sie beinahe vor ihm waren, setzten sie, dies aber vielleicht abgesprochen, mit halbem Lächeln die zartest verwirrten Mienen auf, als wollten sie den Hochmut der Königin durch stumme Abbitte wettmachen. Der König widerstand nicht. Er applaudierte. Sogleich fiel der Hof mit einer Begeisterung ein, die man von so ausgehungerten Höflingen nicht erwartet hätte.

»Wer wird die Franzosen je verstehen?« sagte ein steifrückiger, ernster Edelmann mit starkem spanischen Akzent. »Die Damen lassen sie fünf Stunden warten, und sie applaudieren.«

»Señor Don Inigo«, sagte Bassompierre, indem er sich umwandte, »sie feiern nicht das Warten: sie feiern die Schönheit.«

* * *

Die Hochzeit war eine der prächtigsten dieser Herrschaft und dauerte drei Tage: es wurde gegessen und ohne Rückhalt getrunken, es wurde getanzt und geklatscht, und über das Ringstechen, das wiederum veranstaltet wurde, meinte Bellegarde, nur der König und Condé »seien darin wirklich gut«, ein Ausspruch, der einiges Schmunzeln hervorrief.

Obwohl er sie nicht aus seinem Beutel zu bestreiten hatte, erging sich mein Vater in Klagen über die Kosten all der Festlichkeiten, und noch ärgerlicher war er über den Zeitverzug, den sie mit sich brachten, denn schließlich klopfte der Krieg an unsere Pforten. Eine Ansicht, die er lieber nicht öffentlich äußerte, weil sie manchem zu sehr nach dem berühmten Faß stinken mochte. Da er es nicht länger aushielt, bat er den König am zweiten Tag um Urlaub mit der Entschuldigung, die Erntearbeiten auf seinem Gut Le Chêne Rogneux erforderten seine Anwesenheit. Keinen Grund hätte Henri leichter gebilligt, wiederholte er doch oft genug, daß der Platz des Edelmannes sein Grund und Boden sei und daß er nach Paris nur in möglichen Prozeßangelegenheiten zu kommen hätte, oder um dem König zu dienen: wäre man seinem Wort gefolgt, hätte der Louvre leergestanden.

»Geh, Graubart«, sagte der König, »ich würde auch lieber Forke und Sense schwingen, als hier den Galan der Damen zu spielen.«

Aber diesmal klang sein Traum vom Landleben wenig überzeugend. Wie La Surie sagte, betrachtete er die Prinzessin mit der Gier eines Hungerleiders, der ein schönes goldbraunes Brot im Fenster eines Bäckerladens anstarrt. Und sie erstrahlte denn auch in all den Feuern, in welchen er für ihre Schönheit brannte, aber ohne jemals ihre Strategie aufzugeben: sie bot sich dar im Namen der Liebe und entzog sich im Namen der Tugend. Zumal sie sich schon als Königin aufspielte, so daß es hieß, sie habe ihr hübsches Füßchen bereits auf die erste Stufe des Thrones gesetzt.

Meine liebe Patin nahm es sehr übel, daß mein Vater Fontainebleau verließ, obwohl sie doch gerade dort weilte, aber mit seiner üblichen Gewandtheit sagte ihr mein Vater, daß er niemals an Aufbruch dächte, hätte sie seine Roßhaarmatratze mit ihm teilen können. Was mich angeht, so machte es mir wenig aus, Samois und seine elende Herberge hinter mir zu wissen, doch fiel ich in Mißmut und Melancholie, als mein Vater und La Surie aufs Land abreisten und ich in Paris allein blieb. Man wird sich gewiß denken können, daß seine Gemahlin, Angelina de Montcalm, sich auf meiner Taufurkunde nur unter der Bedingung als »meine Mutter« hatte erklären lassen, daß sie mich nie zu Gesicht bekommen würde.

Wütend stürzte ich mich also auf meine Studien und nicht ohne Entmutigung auf meine papierene Liebe, indem ich meiner Gräfin artig lange Briefe schrieb, die sie stets beantwortete, ohne mir aber zu verhehlen, daß die Nachfolge ihres Vaters sie noch lange Zeit in Heidelberg festhalten werde. Ich war untröstlich. Da ich von ihr kein eigentliches Liebespfand besaß, das meine Träume nährte, und die Einsamkeit meinen unglücklichen Körper mehr und mehr drückte, hatte ich das Gefühl, daß meiner Neigung allmählich die Kraft ausging.

Während der vierzehntägigen Abwesenheit meines Vaters besuchte mich freundlicherweise Bassompierre. Er machte wie immer den Eindruck, von einer Frau zur anderen zu eilen und von den Karten zum Würfelspiel. Gleichwohl war er stets über alles auf dem laufenden und kommentierte die Nachrichten, die er mitbrachte, mit heiterem Scharfsinn. So entsinne ich mich, daß er mir eine für das Königreich höchst folgenreiche Neuigkeit mitteilte: Auf Befehl des Kaisers von Österreich hatte sich nunmehr der Erzherzog Leopold des Herzogtums Kleve bemächtigt und dieses unter Sequester gestellt. Meine schöne Leserin wird sich gewiß erinnern ...

»Ach, Monsieur! Hören Sie doch auf mit diesem ›Meine schöne Leserin wird sich gewiß erinnern ...‹.«

»Aber, schöne Leserin, was stört Sie daran?«

»Das wissen Sie sehr gut! Immer, wenn Sie diese Formel gebrauchen, bezweifeln Sie natürlich, daß ich mich erinnere ... Halten Sie mich für dumm, Monsieur? Wie oft, glauben Sie, müssen Sie mir noch sagen, daß der Herzog von Kleve kinderlos gestorben war und daß Henri zwei Kandidaten für dessen Nachfolge unterstützte, den Kurfürsten von Neuburg und den Kurfüsten von Brandenburg, beides Protestanten, während der Kaiser den Kurfürsten von Sachsen bevorzugte. Und damit also stand der Krieg unmittelbar bevor?«

»Nein, Madame, man bewegte sich auf ihn zu, aber ohne Hast. Henri rief seine Truppen, die er den Niederländern im Kampf gegen Spanien geschickt hatte, über die Grenze zurück, tat aber zunächst nichts, um das Herzogtum zu erobern.«

»Warum?«

»Er suchte noch Verbündete.«

»Welche?«

»Die Niederlande, England und die lutherischen deutschen Fürsten.«

»Alles Protestanten.«

»Wie beschlagen Sie sind, Madame! Tatsächlich, wer hätte sich denn mit unserem Henri zusammenschließen können, wenn nicht jene Staaten, die aus guten Gründen die Tyrannei des Kaisers, des Spaniers und des Papstes zu fürchten hatten?«

»Und sie flogen in seine Arme?«

»Ganz im Gegenteil. Sie hielten sich äußerst bedeckt, weil sie fürchteten, daß Henri besagte Tyrannei durch die seine ersetzen werde.«

»Trotz alledem, Monsieur, wenn Henri diesen Krieg gewonnen hätte, wären die katholischen Staaten daraus geschwächt und die protestantischen gestärkt hervorgegangen.«

»Wenn Sie das sagen, Madame, vergessen Sie, daß Frankreich ein grundkatholisches Land war, daß der König sich bekehrt, daß er die Jesuiten zurückgerufen und ihnen die Jugend überantwortet hatte und seine Söhne und Töchter in der reinsten römischen Orthodoxie erziehen ließ.«

»Ich hörte aber doch, daß der Papst aus seiner Ablehnung dieses Krieges kein Hehl machte?«

»Madame, der glühendste Wunsch des Papstes war die totale Ausrottung des Protestantismus in Europa, notfalls mit Feuer und Schwert, und soviel war zumindest offenbar, daß Henri, wenn er gesiegt hätte, für dieses Ziel nicht zu gewinnen war.«

* * *

Ehrlich gesagt, befand auch ich in meinem jugendlichen Leichtsinn, daß der König sich nicht eben beeilte, dem Kaiser die Beschlagnahme Kleves zu vergelten. Ich sagte es Bassompierre.

»Sicher«, meinte er, »der König betreibt die Sache nur auf einer Hinterbacke, oder er scheint sie nur auf einer Hinterbacke zu betreiben. Schließlich, so sagt er, wird es mit dem König von Spanien ein langer, blutiger und zweifelhafter Krieg. Und was käme, nachdem viel Zeit, Geld und Menschen verbraucht und die beiderseitigen Grenzen verwüstet wären, mehr dabei heraus als ein hinkender Frieden und die anschließende Rückgabe dessen, was der eine dem anderen abgejagt hat? Es kann aber gut sein, schöner Neffe, daß dies ein vorübergehender Zweifel bei ihm ist oder daß Henri nur so spricht, damit es weitergesagt und der Gegner eingeschläfert wird.«

Hierauf schwieg Bassompierre und sah mich in Erwartung einer Antwort an.

»Was ist denn mit Euch? Wo ist Eure Fröhlichkeit, Eure sprühende Laune hin, schöner Neffe? Warum laßt Ihr auf einmal den Kopf hängen und seid doch sonst leichtfüßig von Gipfel zu Gipfel gesprungen?«

»Monsieur«, sagte ich, »mir ist dieser ganze Lauf der Welt zuwider. Es ist doch alles Lug und Trug.«

»Teufel auch, seid Ihr zum Menschenfeind geworden? In Eurer hellsten Jugendblüte? Wißt, schöner Neffe, es gibt keine Traurigkeit, die nicht im Schoße einer Frau heilt.«

»Ein trügerischer Schoß.«

»Mein Junge, ich bitte Euch! Überlaßt diese Sprache der *Astrée*. Verlangt von einer Frau nicht mehr, als Ihr geben könnt, und Ihr seid glücklich. Konntet Ihr Mademoiselle de Saint-Hubert zu Eurer Geliebten machen? Euch mit Toinon als Bäcker niederlassen? Noémie de Sobol heiraten, die derart kratzbürstig ist? Oder Eurer Deutschlehrerin nach Heidelberg folgen? Und doch mochten sie alle Euch sehr gern ...«

Ich war überrascht, wieviel er von mir wußte, und vor allem, daß er Ulrike nannte. Doch mochte ich nicht darauf eingehen, ich zuckte nur mit den Schultern und sagte: »Ich weiß nicht, in was für einem Zustand ich bin. Ich lebe in einer Melancholie dahin, aus der ich weder heraus kann noch will.«

»Mein Neffe, Ihr nennt einen Zustand ›Melancholie‹, den ich ›Witwertum‹ nennen würde. Und es wäre höchste Zeit, Euch da herauszuhelfen, wenn er nicht noch Eure Gesundheit angreifen soll, nachdem er sich schon auf die Seele gelegt hat. Also, schöner Neffe, wetten wir!«

»Ich, und wetten?« sagte ich voll Abscheu.

»Das Faß!« sagte er und lachte. »Immer wieder das Faß! Wie sich das doch vom Vater auf den Sohn überträgt! Nein, Hugenottensohn, wir wollen nicht um Geld wetten. Nehmt diesen Ring und steckt ihn an Euren Finger. Und wenn Ihr binnen zwei Tagen keine Soubrette gefunden habt, die Euch Euer Bett besorgt, gebt Ihr ihn mir zurück und verfaßt mir ein schönes Sonett für eine meiner Freundinnen.«

»Aber das ist doch Euer Feenring!« sagte ich verblüfft.

»Deshalb gebt Ihr ihn mir ja wieder, auch wenn Ihr gewinnt. Und als Pfand bekommt Ihr von mir eine Kopie. Ist der Kontrakt klar? Wenn Ihr verliert, erhalte ich ein Sonett aus Eurer Feder. Wenn ich verliere, gewinnt Ihr eine Kopie meines Zauberrings.«

»Eine sonderbare Wette! Und wie unvorsichtig! Glaubt Ihr, mein Sonett wird soviel taugen wie Euer Ring?«

»Ich übernehme das Risiko. Topp?«

»Topp!«

Und nachdem er mich herzlich umarmt und auf beide Wangen geküßt hatte, ging er fröhlich von dannen. Sowie er mir den Rücken gekehrt hatte, betrachtete ich nicht ohne ein Gefühl des Erstaunens und des Schreckens den Feenring, halb gläubig, halb ungläubig, daß Bassompierre ihm seinen großen Erfolg bei den Damen verdanken sollte, der sich ja viel natürlicher durch seine Erscheinung, seinen Geist und seine Frauenkenntnis erklären ließ. Doch anderseits muß ich der Wahrheit halber sagen, daß ich mit dem Moment, da ich den Ring an meinem Finger spürte, mich als ein anderer fühlte oder zu fühlen meinte, ganz als stiege in mir neuer Saft.

Im allgemeinen bin ich nicht erbaut, wenn ich allein essen muß; ich finde dann, daß sich sogar mein Teller langweilt. Und weil Mariette dies wußte, die wieder bei Tisch bediente, seit Caboche seine Krankheit ausgeschwitzt und sein Regiment am Herd wieder angetreten hatte, verweilte sie bei mir nach jeder Schüssel, die sie auftrug, und ließ ihrer redseligen Zunge freien Lauf. Und hatte sie sich vor meinem Tisch aufgebaut, prasselten Berge von einem Geschwätz auf mich nieder, das mir auf die Dauer unerträglich geworden wäre, hätte ich nicht gewußt, daß ihr Herz aus Gold und mir unbedingt zugetan war.

Sofort sah sie den Ring, der an meinem Finger glänzte und auf den ich von Zeit zu Zeit einen verstohlenen Blick warf, immer voller Fragen nach seiner Macht.

»Das ist doch der Ring vom Herrn Grafen!« rief Mariette aus (denn für sie wie für unser übriges weibliches Gesinde war der einzige Graf auf der Welt Monsieur de Bassompierre), »den erkenn ich doch an seinen Rubinen, Smaragden und Saphiren, so schön und alt, wie der ist! Und wie kommt es, daß

Ihr den tragt, Monsieur? Toinon tat ja immer furchtbar geheimnisvoll und sagte, sie könnte über diesen Ring Sachen erzählen, die ihr der Herr Graf anvertraut hätte, als sie noch bei seinen Nichten war, aber ihr Mund bliebe zugezurrt wie ein Katzenarsch.«

»Ach, was!« sagte ich und tat, als nähme ich die Sache ganz obenhin, während mir das Herz vor Hoffnung pochte, seit ich diesen Ring seltsam gewichtig an meiner Hand verspürte. »Das hat nichts weiter auf sich! Nur eine kleine Wette zwischen dem Comte und mir. Ich messe derlei keine Bedeutung bei, das weißt du doch, Mariette. Der Comte hat mir den Ring nur auf zwei Tage geliehen.«

»Und um was geht die Wette?« fragte Mariette, indem sie mich neugierig aus ihren wieselflinken schwarzen Augen besah.

»Eine kleine Dummheit ohne Belang!« sagte ich lachend.

Da ich mich aber doch nicht enthalten konnte, davon zu reden, fuhr ich fort: »Der Graf behauptet, wenn ich zwei Tage seinen Zauberring am Finger trüge, könnte es nicht fehlen, daß ich eine Soubrette finde, die mir mein Bett besorgt.«

»Möge es Gott geben und die Jungfrau Maria und der Heilige Geist!« rief Mariette begeistert und bekreuzigte sich (womit sie Christentum und Heidentum unwissentlich vermischte). »Heilfroh wär ich, wenn das was würde, Monsieur! Ihr macht immer ein so trauriges Gesicht, seit sie weg ist, Ihr wißt schon wer, so leidend und mutlos und, wenn Ihr erlaubt, ganz betrübt um Eure schöne Soubrette. Und keine Nacht hab ich seitdem geschlafen, wo ich nicht gedacht hab, daß das Eurem schönen roten Blut gar nicht bekommt, wie ein Mönch in der Zelle zu leben, aber«, fuhr sie energisch fort, »daß das mal endlich aufhört durch diesen Ring, das prophezei ich Euch!«

»Ich bezweifle es«, sagte ich und spielte noch den Skeptiker, obwohl ihr Wort mich mit Freuden erfüllte. »Wie kannst du so darauf bauen, meine arme Mariette? Das ist doch alles nur Aberglauben und Gefasel.«

»Oh, mitnichten, Monsieur!« rief sie aus. »Fest und steif glaub ich an Wunder, und ich hab schon so viele gehört, die wahr sind wie das Evangelium, unter anderen eins, was mir das Herz ja um und um gedreht hat und was zur Zeit von König Henri dem Zweiten in der Kirche Saint-Germain-des-Prés passiert ist. Da hat eines Tages der Pfarrer vor einer großen

Gemeinde die Totenmesse gelesen für das Seelenheil eines Mannes, und auf einmal hat doch der Christus über dem Altar seine beiden Arme vom Kreuz genommen und hat sich die Finger in die Ohren gesteckt. ›Herr Pfarrer, Herr Pfarrer!‹ schrie die Gemeinde, ›was hat dieses Wunder zu bedeuten?‹ – ›Es hat sicherlich zu bedeuten‹, sagte der Pfarrer, ›daß der Herrgott nicht will, daß wir für jenen Mann beten, weil er ohne Zweifel schon verdammt ist.‹ Da erhob sich aus der Menge des Volkes ein Mann ganz in Weiß und sprach: ›Wahrlich! Ich halte für gewiß, daß jener Mann ein schlimmer Hugenotte ist, der sich nur zum Schein bekehrt und Gott heimlich weiter auf seine teuflische Weise angebetet hat!‹«

Der Schluß verdarb mir die Geschichte, die mich sonst ergötzt hätte.

»Und dann legte der Christus«, sagte ich spottend, » seine Hände wieder ans Kreuz, denn so habe ich ihn letzte Woche in Saint-Germain-des-Prés gesehen.«

»Sicher«, sagte Mariette, kein bißchen beirrt. »Christus tut viele Wunder! Und wißt Ihr, Monsieur, was derselbe Christus am Sonntag dem Sakristan ins Ohr geflüstert hat, wie er nach der Messe die Lichte schneuzte?«

»Ich werde es von dir hören«, sagte ich dürr.

»Er hat geflüstert, daß die Hugenotten, die ja nun wieder viel Fell im Reich gewonnen haben, seit der König zum Krieg gegen den Papst rüstet, auf Weihnachten eine große Bartholomäusnacht für die Katholiken machen wollen. Sie werden uns alle erschlagen! Das ist gewiß.«

Ich traute meinen Ohren nicht, daß die Bigotten und Frömmler der spanischen Partei zu einer solchen Niedertracht griffen und ihre Sakristane den gutgläubigen kleinen Leuten so schändliche Fabeln ins Ohr blasen ließen, um sie gegen den König aufzubringen! Und was für eine Ungeheuerlichkeit! Da wurden die Söhne Tausender Opfer der Bartholomäusnacht zu vermeintlichen Schlächtern des Pariser Volkes erklärt, um es aufzuhetzen und womöglich ein Morden heraufzubeschwören, das leicht in einen neuen Bürgerkrieg ausarten könnte, nur um die Ziele des Königs zu durchkreuzen, der ja obendrein nicht etwa gegen den König von Spanien oder gegen den Kaiser Krieg führen wolle, sondern gegen den Papst! Warum nicht gleich gegen Gottvater, da man einmal dabei war!

»Mariette!« sagte ich in großem Zorn, »ich werde meinem Vater diese schmutzige, dumme und böse Fabel berichten, und dann wirst du erfahren, was er davon hält. Einstweilen, das merke dir, will ich solche widerwärtigen Reden nicht mehr von dir hören. Es sind Feinde des Königs, die sich diese Abscheulichkeit ausgedacht haben, und Feinde des Königs sind keine Freunde dieses Hauses.«

»Aber, Monsieur! Monsieur!« rief sie vor Schreck, »das war doch nicht böse gemeint! Ich hab doch nur wiederholt, was der gute Sakristan gesagt hat.«

»Dein guter Sakristan ist ein Tollkopf und du eine unverbesserliche Tratsche!«

Hochrot und mit japsender Brust kehrte sie in ihre Küche zurück, und über meinen Ärger betrübt, aber kein bißchen überzeugt, brummelte sie im Gehen zwischen den Zähnen: »Weihnachten ist ja nicht weit. Da werden wir schon sehen, was daran ist.«

Am nächsten Morgen saß ich in der Bibliothek über meinen Studien, denn während der Abwesenheit meines Vaters hatte ich dort meine Zelte aufgeschlagen, weil ich diesen Raum wegen der Bücher und der Täfelung und seiner schönen Glasfenster sehr liebte, da kam Franz und sagte mir, eine Dirne mit einem Bündel verlange, mich zu sprechen.

»Es wird eine Bettlerin sein«, sagte ich, »oder eine Wahrsagerin. Schick sie weg, Franz.«

»Ich glaube nicht, Monsieur«, sagte Franz. »Für eine Wahrsagerin ist sie zu jung und für eine Bettlerin zu reinlich und geputzt. Niemand würde ihr etwas geben.«

»Meinst du damit, es ist eine Person von Stand?«

»Auch nicht, Monsieur. Sie ist ganz allein und nicht maskiert. Und sie ist zu Fuß hergekommen, in Galoschen, die sie vor der Haustür abgestellt hat. Trotzdem muß sie in sehr gutem Hause gewesen sein, das sieht man. Sie kann sich ausdrücken, und wenn Ihr sie empfangt, Monsieur, werdet Ihr mit ihrer Art zufrieden sein.«

Franz mußte an sich gedacht haben, als er dies sagte, da auch er einst in sehr großem Hause war, bevor er nach der Einnahme von Paris in das unsere gekommen war.

»Na schön! Führ sie herauf, Franz, wir werden sehen.«

Ich erkannte sie auf den ersten Blick. Ach! Bassompierre,

lieber Bassompierre! dachte ich, du trickst, damit ich gewinne!

»Philippote!« sagte ich und stand auf, sowie Franz die Tür hinter ihr geschlossen hatte. »Philippote, meine Freundin, wie ist es dir ergangen, seit wir uns in Saint-André-des-Arts leider nur so kurz gesehen haben?«

»Ich bitte tausendmal um Vergebung, Herr Chevalier«, sagte das Mädchen mit einem sehr anmutigen Knicks, »ich bin nicht Philippote, ich bin ihre Schwester Louison.«

»Du bist nicht Philippote?« sagte ich und glaubte meinen Ohren und Augen nicht.

»Nein, Monsieur. Sicher sehe ich ihr sehr ähnlich, aber ich habe keine zweifarbigen Augen. Meine sind blau.«

»Wahrhaftig, es stimmt!« sagte ich, nachdem ich sie von nahem betrachtet hatte. »Aber wenigstens schickt dich Monsieur de Bassompierre zu mir, nicht wahr, Louison?«

Sie machte große Augen.

»Nein, Monsieur«, sagte sie, »Monsieur de Bassompierre habe ich erst zweimal in meinem Leben gesehen, als er bei dem Herrn Konnetabel gespeist hat, weil ich derzeit bei der Frau Herzogin von Angoulême in Stellung war, aber ich habe noch nie mit ihm gesprochen.«

»Und wer schickt dich dann zu mir?«

»Aber Philippote, Monsieur, Euch zu dienen.«

»Meine Freundin, wo willst du Philippote denn gesehen haben, wenn nicht bei Monsieur de Bassompierre?«

»Dort war sie nicht mehr, als ich sie traf, Monsieur, sie war am Hof in Fontainebleau, bei der Frau Prinzessin von Condé, die sie wieder eingestellt hat.«

»Wie! Obwohl der Herr Gemahl sie entlassen hatte?«

»Die Frau Prinzessin hat dem Herrn Prinzen gedroht, sie springe aus dem Fenster, wenn sie ihre Zofe nicht wiederbekäme, und er hat nachgegeben.«

»Wäre sie gesprungen?«

»Nein, Monsieur. Aber der Herr Prinz glaubte es, er kennt doch Frauen nicht.«

Dies wurde mit einem kleinen Blitzen in den blauen Augen gesagt, das mir deutlich machte, daß es dem Schwälbchen nicht an Finesse fehlte.

»Und du, Louison, was hattest du in Fontainebleau vor?«

»Philippote um Hilfe zu bitten, weil die Frau Herzogin von Angoulême mich entlassen hat.«

»Was für eine Missetat hast du denn begangen?«

»Mit Verlaub, Monsieur«, sagte Louison munter, »von meiner Missetat kann nicht die Rede sein. Bei der Frau Herzogin von Angoulême bekam jeder mehr Ohrfeigen als gute Worte. Und in letzter Zeit, wenn sie bei ihrer Toilette war, verfiel sie darauf, mich wegen nichts und wieder nichts bis aufs Blut zu kneifen. Da habe ich mich schließlich beklagt. Sie fand meine Klagen ungehörig und hat mich entlassen.«

»Mein Gott! Eine gütige Herzogin! Und jetzt verstehe ich auch, daß du in Fontainebleau warst und Philippote gefragt hast, ob sie nicht eine Stelle für dich weiß.«

»Und da hat sie mir Euch genannt, Herr Chevalier.«

»Woher wußte sie meinen Namen?«

»Der Edelmann, der ihr in der Kirche Saint-André-des-Arts nachspionierte, sagte ihn in ihrem Beisein dem Herrn Prinzen.«

»Und meine Adresse?«

»Sie hat den Pagen gefragt, der in Fontainebleau zwischen Ihrer Majestät und der Prinzessin als Bote dient.«

»Und wie heißt der?«

»Romorantin, Euch zu dienen, Monsieur.«

Romorantin! Mein *wunnerbarer* Elegant, der kein »d« mochte und kein »o«! Natürlich wußte er, wo ich wohne, er hatte mir ja zweimal Botschaften des Königs gebracht ... Louisons so klare und offene Antworten beseitigten meine Zweifel. Eines ergab sich aus dem anderen, und Bassompierre hatte überhaupt keinen Teil daran.

Ich war sehr aufgeregt, das Herz klopfte mir zum Zerspringen, ich wich ein wenig zurück und mußte mich auf die Tischkante setzen, meine Beine trugen mich nicht mehr. Damit Louison nicht sähe, wie mir die Hände zitterten, umklammerte ich meine Linke mit meiner Rechten, da spürte ich den Feenring, denn die scharfen Kanten seiner Edelsteine schnitten mir ins Fleisch.

»Wie kommt es«, fragte ich endlich, weil das Schweigen zwischen uns mir peinlich wurde, »daß die Frau Prinzessin so großen Wert auf Philippote legt?«

»Oh, Monsieur, das ist kein Wunder! Außer daß Philippote die Prinzessin aufs beste frisiert und kräuselt, hat sie eine Zunge wie Honig. Sie wiederholt ihr von morgens bis abends, daß es nichts Schöneres gibt als sie und daß sie bestimmt Königin von Frankreich wird. Aber Philippote denkt das auch, sie hat sie nämlich nackend gesehen und fand sie so wunderschön, daß es an ihr nichts, aber auch rein gar nichts zu mäkeln gibt. Und sie sagt, wenn der König, der die Prinzessin schon angekleidet so über die Maßen liebt, sie in ihrer Natürlichkeit sehen könnte, würde er zu Boden gehen und ihr die Füße küssen.«

»Wie du das sagst, Louison!« sagte ich verwirrt. »Wärest du gerne an ihrer Stelle?«

»Doch, schon!« sagte sie«, aber was mich betrifft, mich bräuchte man nicht auf Knien zu lecken.«

Das kam ganz unbedacht und ohne Hintergedanken. Doch auf einmal lief sie rot an, ihre Stirn, ihre Wangen, ihr rundlicher Hals und der Ansatz ihrer Brüste. Da sie mich aber nicht entrüstet sah, ganz im Gegenteil, schenkte sie mir ein kleines Lächeln, und etwas durchlief sie von Kopf bis Fuß, als wäre sie von einem Schlänglein bewohnt. Verführt oder Verführerin, ich weiß es nicht, mich interessierte auch dieser Unterschied nicht mehr. Blitzschnell war mein Entschluß gefaßt. Ich wollte dieser zarten fleischlichen Falle helfen, mich zu umschlingen, und da der Ring mir vielleicht mehr Sicherheit gab, als ich ohne ihn gehabt hätte, trat ich auf Louison zu und faßte wortlos ihre Hand, die ich in meinen glühenden Händen drückte.

»Ach, Monsieur«, sagte sie, »Ihr seid wirklich, wie meine Schwester Euch mir beschrieben hat.«

»Und wie hat sie mich dir beschrieben?«

»Als einen sehr liebenswerten jungen Edelmann, der gerne mit Mädchen äugelt.«

»Und mißfällt dir das?«

»Nein, Monsieur, nicht, wenn einer ist, wie Ihr seid.«

Ich war entzückt, daß sie mehr als den halben Weg auf mich zu machte, und als ich von neuem sprach, kam meine Stimme aus tiefster Kehle, und ich hatte Not, klar zu sprechen.

»Louison«, sagte ich, »kommen wir zu unseren Hammeln zurück. Ich kann dich ohne meinen Vater nicht fest einstellen.«

»Ja, Monsieur.«

»Er entscheidet, nachdem er dich gesehen hat, aber was mich angeht, gefällt mir deine Art sehr, und ich werde mit aller Wärme für dich sprechen.«

»Ja, Monsieur.«
»Er legt auch deinen Lohn fest.«
»Ja, Monsieur.«
»Ist in dem kleinen Bündel da alle deine irdische Habe?«
»Ja, Monsieur.«
»Willst du dich in dem Falle, bis mein Vater zurückkehrt, gleich im Hause einquartieren?«
»Ja, Monsieur.«

Ich hatte alles gesagt, was es zu sagen gab: ich schwieg und ließ ihre Hand los. Doch zu gerne hätte ich ihre »Ja, Monsieur« bis ans Ende der Zeiten gehört, so hallte mir die Süße ihrer Bejahungen nach in meinem Herzen.

Als Louison mich so starr und stumm sah, fragte sie leise, als wollte sie mich nicht wecken: »Und was mache ich jetzt, Monsieur?«

»Such den Majordomus, damit er dich unterbringt.«
»Ja, Monsieur.«

Mit diesen noch leiseren Worten machte mir Louison eine tiefe Reverenz, die mir viel zu sehen bot, und als sie sich anmutig aufrichtete, schenkte sie mir wiederum ein halbes Lächeln und, um das Maß vollzumachen, noch ein kleines Blitzen aus den blauen Augen. Dann nahm sie ihr Bündel und ging.

Es war auch höchste Zeit.

* * *

So köstlich mich »die Rosen des Lebens« nach meiner langen »Witwerschaft« auch dünkten, schwankte ich gleichwohl ein wenig, ob ich hier darüber sprechen sollte, da in Frankreich und um Frankreich so große Interessen im Spiele waren, daß sie bei einem Zusammenprall die Welt in Brand setzen konnten. Doch immerhin war ich erst achtzehn Jahre alt, meine Studien nahmen mich voll in Anspruch, außerdem hatte ich keinen anderen Pflichten zu genügen als denen eines jungen Edelmannes. Und ich kann mich auf ein illustres Beispiel berufen, das die Frivolität, derer man mich zeihen könnte, entschuldigen mag, wenn es auch nicht von ihr freispricht. Es war das Bild eines großen Mannes, dem Gott ein Königreich anvertraut hatte und der, ohne daß er die Entschuldigung der Jugend hatte noch jene, daß die Liebe zum *gentil sesso* ihr erstes Feuer in ihn warf, sich inmitten höchster Gefahren nicht scheute, sein Leben in zwei Hälften zu teilen: in eine den großen Affären geweihte, für die er die Verantwortung trug und die er mit gewohntem Geschick führte, und in eine seiner Liebe geweihte, um die er mit einer Maßlosigkeit, einer Unvorsicht, einer Naivität und, ich möchte fast sagen, einer Knabenhaftigkeit kämpfte, die alle, die ihn liebten, sprachlos machte. Mit welcher Verblüffung hatte mein Vater erfahren, daß Henri, nachdem Condé die Prinzessin erneut vom Hofe weggeführt und in eines seiner Häuser verbannt hatte, nicht davor zurückgeschreckt war, sich als Hundeführer verkleidet und mit einem Pflaster auf einem Auge in ihre Nähe zu stehlen!

Er scheiterte ebenso lächerlich wie pathetisch: er sah sie, konnte sich ihr aber nicht nähern. Aufgebracht entführte Condé seine Frau abermals und sperrte sie, noch weiter entfernt, in das Schloß Muret bei Soissons.

Der König berief ihn mit der Prinzessin in den Louvre. Condé kam, doch er kam allein. »Ich werde Euch scheiden lassen!« schrie der König in höchster Wut. »Nichts wäre mir lieber«, sagte Condé, »aber so lange die Prinzessin meinen Namen trägt, wird sie mein Haus nicht verlassen.«

Der König kannte keine Beherrschung mehr. Condé stürzte davon, er beklagte sich bei Sully und drohte in verhüllten Worten, das Königreich zu verlassen. Diese Drohungen wurden einzig zu dem Zweck geäußert, wiederholt zu werden, und das wurden sie binnen Stundenfrist, so hatten sie Sully erschreckt. Wenn der Erste Prinz von Geblüt außer Landes ginge, wo fände er Zuflucht vor Henris Zorn – wo, wenn nicht in den Händen des spanischen Königs, der ihn sich zum Werkzeug gegen den König von Frankreich machen würde?

Sully riet dem König, den Prinzen unverzüglich in der Bastille festzusetzen. »Bah! Das sind wieder Eure Phantasien!« knurrte der König. »Wie sollte er weggehen, da er ohne meine Hilfe nichts zum Leben hat.« Es wollte dem König nicht in seinen von Liebe vernebelten Sinn, daß Spanien, wenn es Condé für nützlich erachtete, diese Pensionszahlungen übernehmen könnte.

Doch war die Gefahr bitterernst. Der Erste Prinz von Geblüt, den sein Rang unmittelbar nach dem König stellte, war eine hochwichtige Persönlichkeit im Staate und konnte – wie früher der Herzog von Guise – an die Spitze eines inneren Aufstands treten, der Spanien eine kostbare Hilfe in dem bevorstehenden Krieg leisten könnte. Und an diesem Punkte hatten mein Vater und ich zum erstenmal das Gefühl, daß die Geschichte mit der Prinzessin wahrhaftig in eine Staatsaffäre münden könnte.

Pierre de l'Estoile, der bei heftiger Kälte zu uns zum Diner kam, lieferte uns einen weiteren Grund zur Sorge.

»Mein Freund«, sagte mein Vater, »haltet Ihr es für verbürgt, daß die Verfolgung der Hugenotten bereits wieder zunimmt?«

»Sicher. Die Priester nehmen es nicht hin, daß der König sich mit protestantischen Staaten verbündet, um katholische Staaten zu bekriegen: vor dem Interesse der Kirche verschwindet für sie vollständig das Interesse des Reiches. Also vervielfacht sich das Gezeter der Kanzelprediger, und je schriller es klingt, desto mehr stachelt es die Getreuen auf, und unter ihnen in erster Linie die schwachen, törichten und fanatischen Geister. Wollt Ihr ein Beispiel? Der Comte de Saint-Pol, der sich in Caumont allmächtig wähnt, weil es seine Stadt und weil er der Cousin des Königs ist, hat die Protestanten jüngst aus ihrem Tempel verjagt, hat sich besagten Tempel angeeignet, hat die Kanzel des Pfarrers in Stücke gehauen und den Ort des Kultes zu seinem Pferdestall gemacht. In Orléans befahlen die Gerichtsherren – und der Bischof war damit nur allzusehr einverstanden –, daß die berittene Gendarmerie ein Fräulein der reformierten Religion exhumiere, weil sie fanden, man habe sie zu nahe bei Katholiken beerdigt ... Und was den Kardinal de Sourdis angeht, so läßt er in Bordeaux die Hugenotten erpressen, seien es selbst Minister oder Edelleute, und auch er schändet Gräber.«

»Zweifellos erregt all das große Besorgnisse um den Bürgerfrieden«, sagte mein Vater. »Und doch sind es Exzesse und von Schwachköpfen begangen, wie Ihr treffend sagtet. Der Comte de Saint-Pol ist bekanntlich ebenso verstopft im Gehirn wie in den Ohren. Und über den Kardinal de Sourdis scheute man sich bei Gericht nicht, zu sagen, man sollte ihm statt der roten Kalotte des Kardinals den grünen Narrenhut aufs Haupt setzen.«

»Trotzdem«, sagte Pierre de l'Estoile, »wenn solche Narren Macht haben, können sie eine ganze Provinz in Blut und Feuer hetzen. In Orléans saßen schon zweihundert hugenottische Edelleute zu Pferde, um den Vogt der Gendarmerie daran zu hindern, die Hugenottin auszugraben, deren Gebeine die katholische Scholle zu besudeln drohten. Und hätte der König nicht in letzter Minute Truppen geschickt, wären an jenem Tage nicht wenige Protestanten wie Katholiken zu dem unglückseligen Fräulein unter die Erde gewandert. Haß ist ein ansteckender Wahn. Und je unglaublichere Lügen er hervorbringt, desto treulicher werden sie geglaubt. Die gelehrte Predigt eines Jesuitenpaters vergröbert sich heimtückisch in dem bösen Unfug, den die Sakristane in die Ohren des Volkes träufeln. Meine Kammerfrauen und Diener sind fest überzeugt, daß die Hugenotten an Weihnachten eine große Bartholomäusnacht für die Katholiken veranstalten werden.«

»Dasselbe glauben auch unsere Leute«, sagte mein Vater. »Zwar habe ich hier verboten, diese Dummheiten nachzureden, aber die Sache selbst schwärt in den Köpfen und vergiftet sie weiter.«

»Was mich bei alledem am meisten betrübt«, sagte La Surie, »ist, daß man noch nie so schlecht über den König gesprochen hat wie jetzt, ob in den Hütten, den Läden oder den Adelspalais.«

»Aber«, sagte Pierre de l'Estoile, der sich plötzlich darauf besann, daß er ein betuchter Pariser Bürger war, »doch auch nicht ohne Gründe. Abgesehen von seinem verhurten Privatleben, nenne ich nur den hauptsächlichen Grund: um für seinen künftigen Krieg Geld zu raffen, weil der Schatz der Bastille ihm nicht reicht, erläßt der König ein Edikt nach dem anderen, und diese Edikte lasten schwer, sehr schwer auf Händlern und Rentiers.«

Ein Echo derselben Glocke hörte ich am folgenden Tag, als Toinon uns abermals besuchte.

Mein Vater und La Surie waren nicht zu Hause. Und nachdem meine Siesta zu Ende und Louison in ihre Kammer zurückgekehrt war, schlüpfte ich gerade in meine Hosen, als Franz bei mir klopfte und sagte, daß Toinon statt meines Vaters mich sprechen wolle, es sei dringend.

Es dauerte nicht lange, bis ich verstand, auf welchem Fuß sie mir begegnete, denn sie war ganz Reverenz und Zurückhaltung und nannte mich bei jedem Satz »Monsieur le Chevalier«. Wie fern waren die Zeiten, als sie mich »mein schöner Schatz« nannte und sich in meine Achselhöhle schmiegte.

Dummerweise war mir deshalb zuerst sehr beklommen zumute. Da ich mir aber sagte, daß sie mir damit mehr Weisheit bewies als ich, schickte ich mich darein, meine teuersten Erinnerungen aus Herz und Kopf zu verbannen und Toinon wenn möglich mit anderen Augen anzusehen.

»Herr Chevalier«, sagte sie, nachdem sie sich auf meine Bitte hin gesetzt hatte, »gerne hätte ich dem Herrn Marquis selbst millionenmal Dank gesagt, daß er sich für mich bei dem Herrn Zivilleutnant verwendet hat, denn sein Einschreiten hat Wunder gewirkt. Der Herr Zivilleutnant ließ seine Kommissare die Büchse herausrücken und erstattete mir das Bußgeld zurück.«

»Ich freue mich sehr für dich, Toinon«, sagte ich mit fester Stimme, »und ich werde meinem Vater deinen Dank übermitteln.«

Aber weil ich fand, daß dies vielleicht zu kühl gesagt war, setzte ich freundlicher hinzu: »Nun bist du also glücklich, hoffe ich?«

»Ach, Herr Chevalier«, sagte sie und schüttelte ihren hübschen Kopf, »wenn unsere Börse sich einerseits füllt, leert sie sich anderseits. Es ist genau die Geschichte von dem Faß, die Ihr mir einmal erzählt habt, als ich noch hier lebte.«

Bei diesem »hier« schienen mir ihre Wimpern ungewollt zu flattern, aber es ging so schnell, daß ich nachher bezweifelte, es wirklich gesehen zu haben.

»Herr Chevalier«, fuhr sie fort, »Ihr habt doch sicher von all den Edikten gehört, mit denen der König uns derzeit belegt, die schon schlecht an sich sind und noch schlechter durch die Ausführung, denn um sein Geld schnell hereinzukriegen, überläßt der König diese den Finanzpächtern, die uns dann rupfen wie Geflügel. Aber das Schlimmste, Herr Chevalier, das Schlimmste ist, daß der König sich darauf versteift, die Münzen des Reiches zu verschreien ...«

»Verschreien?« fragte ich stirnrunzelnd. »Was soll das heißen?«

»Herr Chevalier, das wißt Ihr nicht?« sagte Toinon ganz überrascht, daß sie einmal klüger sein sollte als ich. »Die ›Münzen‹ verschreien heißt, ihnen einen neuen Wert zu geben, sie schwächer zu machen. Wenn der goldene Ecu mit der

Sonne Frankreichs, der heutigen Tages noch fünfundsechzig Sous wert ist, auf fünfundfünfzig Sous abgewertet wird, verlieren wir an jedem Ecu zehn Sous. Das macht einen riesigen Verlust für alle, die Geld im Kasten haben! Ach, Herr Chevalier«, fuhr sie immer eindringlicher fort, »es ist ein Jammer, mit einem Federstrich den ehrbaren Handwerker zu ruinieren, der Nacht für Nacht an seinem Ofen schuftet! Und was wird aus uns, wenn der Krieg kommt und alles verwüstet? Wo bleibt dann alle Sonntag sein Huhn im Topf?¹ Der Vater meines Mérilhou hat während der Belagerung von Paris seine letzte Ente mitsamt den Knochen gegessen und hat nicht ein Pfund Mehl gehabt, sich sein eigenes Brot zu backen! Wenn der König uns schon nichts gibt, soll er uns wenigstens nichts nehmen! Das heißt denn doch, uns gar zu sehr auszupressen!«

Tränen rollten über ihre Wangen, und ohne daß ihr Gesicht sich im mindesten verzog, malte sich darauf so starke Verzweiflung, daß mein Herz sich vor Mitleid zusammenzog und ich mich zwingen mußte, sie nicht in die Arme zu schließen und zu trösten. Aber es war ein Impuls aus früherer Vertrautheit, und ich fühlte, daß dies nicht die Stunde für Zärtlichkeiten war. Und so betrachtete ich sie schweigend und versuchte, ihr allein durch meinen Blick zu sagen, was meine Umarmung ihr soviel besser hätte sagen können.

Schneller als gedacht, wurde sie ihrer Seele Herr und zog ein Taschentuch aus dem Ärmel, mit dem sie sich die Wangen abtupfte. Sie tat dies, wie sie alles tat: mit Anmut. Immer hatte sie unter ihrem Stand gelebt, ob als »Nichte« bei Bassompierre oder als »Soubrette« bei uns. Und weil sie nie wie Louison Zofe einer hohen Dame war, hatte sie ohne Vorbild auskommen müssen und schien sich diese kleinen Feinheiten ganz aus eigenem erworben zu haben.

Erstaunt war ich indessen, daß sowohl mein Vater wie La Surie dieses Münzedikt noch mit keinem Worte erwähnt hatten, obwohl es sie ja auch treffen mußte, da ihre Truhen doch alles andere als leer waren.

»Toinon«, sagte ich, als ich sah, daß sie sich wieder gefaßt hatte, »ist diese Abwertung des Ecu schon beschlossene Sache?«

1 Berühmter Ausspruch von König Henri: er werde dafür sorgen, daß jeder französische Bauer am Sonntag sein Huhn im Topfe habe.

»Gott sei Dank noch nicht, Monsieur! Das Parlament hat sich geweigert, das Edikt anzunehmen, aber das ist doch der Kampf des Tontopfes gegen den Eisentopf. Wenn der König dabei bleibt, muß das Gericht nachgeben. Ach, Herr Chevalier, und dieser Krieg, in den uns der König stürzen will, der bringt unsereinem nichts Gutes! Der wird der Ruin des Handels.«

»Aber nicht allen Handels, Toinon«, sagte ich lebhaft, »und bestimmt nicht des deinen. Brot wird immer gegessen.«

»Ja, wenn es Getreide gibt, Monsieur. Ihr wißt wie ich, daß das Korn in Kriegszeiten rar wird, und außerdem ist das Volk so dumm, daß es sich immer an den Bäcker hält, wenn es hungert.«

Ich schwieg, denn es war leider die Wahrheit, daß der Vater von Mérilhou während der Belagerung von Paris erschlagen und sein Laden von Aufgeputschten geplündert worden war, ohne daß man auch nur eine Handvoll Mehl finden konnte.

»Aber was können wir dagegen tun?« sagte ich nach einer Weile.

»Wir sicher nichts«, sagte Toinon, »aber Ihr vielleicht, Herr Chevalier.«

»Ich, Toinon?« fragte ich verblüfft.

»Wie ich hörte, Herr Chevalier, habt Ihr das Vorrecht, den König zu sehen, ihn von Angesicht zu Angesicht zu sprechen, weil Ihr ihm vorlest und er Euch liebt und Euch ›kleiner Cousin‹ nennt.«

»Wo hast du denn das her, Toinon?« fragte ich, starr vor Staunen.

»Die Frau Herzogin von Guise hat es vor Mariette gesagt, und stolz, wie die auf Euch ist, hat sie es mir erzählt.«

Soso. Mariette und ihre vermaledeite Zunge! Aber was sollte man auch von Madame de Guise denken, daß sie sich so unklug in Hörweite unserer Leute mit der Gunst ihres Patensohnes brüstete?

»Aber, Toinon«, sagte ich, »glaubst du, ich würde mich getrauen, dem König ins Gesicht zu sagen, daß sein Münzedikt schlecht ist? Es wäre sehr unverschämt! Und er würde mich einfach auslachen.«

»Kommt drauf an, Herr Chevalier, wie Ihr es ihm beibringt. Wenn Ihr ihm sagt, daß der Pariser Handel tief erschrocken ist und seinen Ruin befürchtet – der König ist doch nicht unbarmherzig, vielleicht rührt es ihn. Bitte, Herr Chevalier, sagt ihm ein Wort!«

»Ich denke daran«, sagte ich, indem ich aufstand, »aber zuerst frage ich meinen Vater. Wenn er nichts dagegen hat, dann tue ich es.«

Sie bedankte sich sehr und machte mir einen schönen Knicks, aber, die Klinke schon in der Hand, wandte sie sich um und fragte leise, als wollte sie ihre Worte auch gleich wieder löschen: »Ich höre, Monsieur, daß Ihr eine neue Soubrette habt ...«

»Ja«, sagte ich im selben Ton.

»Und? Seid Ihr zufrieden, Monsieur?« fragte sie nach einem kleinen Schweigen.

»Ich bin es, trotzdem habe ich dich nicht vergessen, wenn du das wissen willst.«

»Ich danke Euch, daß Ihr mir das gesagt habt«, erwiderte sie sehr ernst. Und sie ging.

Sobald mein Vater daheim war, berichtete ich ihm dieses Gespräch, und sein klares Gesicht verdüsterte sich.

»Toinon hat völlig recht«, sagte er. »Dieses Edikt über die Münzen will im Reich niemand. Es ist ungerecht, schädlich, bedrückt das Volk und ruiniert uns alle.«

»Auch Eure Truhen, Herr Vater?«

»Wenn es nur das wäre! Aber die Gelder, die ich meinem ehrenwerten Juden anvertraut habe, damit sie wuchern, nehmen ebenso ab. Und auch meine Mietzinse in der Stadt und meine Pachtgelder auf dem Land. Zum Glück habe ich davon nicht so viele, weil ich das meiste Land mit meinen Leuten selbst bebaue. Es kann auch sein, wenn der Krieg kommt, daß mein Getreide dann teurer wird und einen Ausgleich erbringt, aber der wäre klein und sehr ungewiß angesichts der Schwierigkeiten und Gefahren, das Korn zu transportieren.«

»Und der liebe Onkel La Surie?« fragte ich.

»Der liebe Onkel La Surie«, sagte La Surie, der soeben eintrat, »wird derselben Schröpfkur unterliegen, nur auf niedrigerer Ebene. Trotzdem müßt Ihr nicht erschrecken, mein Neffe, noch sitzen wir nicht so auf dem Trockenen, daß wir bei unseren Nachbarn Scheite angeln müßten.«

Die kleine Anspielung auf unsere kleine Seidennäherin gefiel meinem Vater wenig, und da er die Brauen runzelte, wechselte ich das Thema.

»Herr Vater«, sagte ich, »was meint Ihr: sollte ich den König ansprechen, wie Toinon es von mir erwartet?«

Die Frage war gut gestellt, denn er lachte.

»So schlau Toinon ist«, sagte er, »und so gewieft als Händlerin, ist es doch recht naiv von ihr, zu glauben, Euer Wort könnte irgend etwas ändern. Zumal es schon gesagt worden ist! Und von einem, der auf Grund seines Alters, seines Charakters und seiner Dienste ein unendlich größeres Gewicht besitzt.«

»Und von wem?« fragte La Surie.

»Von dem Marschall d'Ornano.«

»Ah, ich weiß!« sagte ich, »Ihr zeigtet ihn mir auf der Hochzeit des Herzogs von Vendôme. Es ist doch jener weißhaarige Edelmann mit den pechschwarzen Brauen und der dunklen Haut, so daß man ihn für einen Mauren halten könnte?«

»D'Ornano ist Korse, einen tapfereren und treueren Soldaten findet Ihr nicht. Er hat Henri II., Charles IX., Henri III. und unserem Henri gedient und mit einer diamantenen Loyalität, und er als einziger am Hofe hat es gewagt, freimütig zum König zu sprechen und ihm vorzustellen, daß das Volk an diesen Edikten, die man ihm aufzwingt, schwer trägt und nicht mehr kann. ›Sire‹, sagte er sogar, ›Ihr werdet von Eurem Volke nicht mehr geliebt, das ist die Wahrheit! Nie hat man über Henri III. so böse und lästerlich gesprochen wie derzeit über Eure Majestät. Und ich befürchte stark, daß dies am Ende umschlägt in Verzweiflung und Revolte.‹«

»Und was hat der König entgegnet?«

»Zuerst war er sehr zornig, aber als er ein wenig nachgedacht hatte, dankte er D'Ornano und umarmte und lobte ihn vor dem ganzen Hof für seine Offenheit.«

»Und«, fragte ich, »beachtete er den Vorwurf?«

»Wenig. Trotzdem hat er die schlimmsten Edikte widerrufen.«

»Und das Münzedikt?«

»Das zum Unglück nicht. Sully und er scheinen zu sehr darauf erpicht.«

* * *

Ende November traten zwei Ereignisse ein, deren erstes vorauszusehen war und als glücklich hätte gelten können, unterläge der französische Hof seit zwei Jahrhunderten nicht dem Salischen Gesetz[1]: die Königin kam im Louvre mit einer Tochter nieder, die Henriette-Marie getauft wurde, der man aber keinen freudigen Empfang bereitete, denn der König, die Königin, der Hof und das Volk hatten einen Sohn gewollt. Henriette-Marie schien allein auf Grund ihres Geschlechts die große Glocke des Louvre nicht wert, noch das Pulver eines einzigen Kanonenschusses und auch kein einziges Freudenfeuer auf öffentlichen Plätzen, nicht einmal das kümmerlichste kleine Hoffest, und die Hebamme wurde regelrecht dafür bestraft, daß sie es gewagt hatte, eine Pißliese auf die Welt geholt zu haben: sie bekam nicht die achttausend Ecus, die sie für die Brüder der Ärmsten erhalten hatte. Als Henriette zur Frau herangewachsen war, hätte ihr endlich das Glück lachen können, weil sie den Prinz of Wales heiratete und bald darauf Königin wurde. Aber 1649 verlor sie König und Thron, als ihr Gemahl König Charles I. auf dem Schafott endete.

Wenige Tage nach dieser Geburt rief mich der König am frühen Nachmittag in den Louvre, und nachdem er sich mit mir in einem kleinen Kabinett eingeschlossen hatte, diktierte er mir einen Brief an Jacob I. von England, den ich ins Englische übersetzen sollte. In diesem Sendschreiben – das ist heute kein Geheimnis mehr – bat Henri den König Jacob, ihn mit Männern und Geldmitteln in dem großen Krieg zu unterstützen, den er gegen die Habsburger, die österreichischen sowohl wie die spanischen, vorbereitete. Es war in den liebenswürdigsten Begriffen abgefaßt, doch bevor der König es mir diktierte, erleichterte er seine Galle mündlich über den englischen Herrscher, von dem man ihm sehr boshafte, ihn betreffende Äußerungen berichtet hatte.

»Weißt du, kleiner Cousin, was der Dickwanst über mich gesagt hat? ›Es ist keine Liebe, sondern eine Niedertracht, eines anderen Weib zu verführen.‹ Allewetter, so ein Mickerling, der nicht einmal soviel Kraft in den Lenden hat, sein eigenes Weib zu verführen, ist wohlberaten, mir Moral zu predigen! Seine Mutter hat ihren Mann ermorden lassen und den Mörder geheiratet! Wenn ich eine Morallektion brauche, beichte ich Pater Cotton und brauche die Homelien dieses Godon nicht! Was lachst du, kleiner Cousin?«

---

[1] Das die weiblichen Nachkommen von der Thronfolge ausschloß.

»Weil Ihr ›Godon‹ sagt, Sire, so wie Jeanne d'Arc die Engländer nannte. Und weil Jacob I. gar kein Engländer ist, sondern Schotte.«

»Das weiß ich, aber seit er seinen Fettarsch auf den englischen Thron gesetzt hat, hat er sich die uralte englische Manie zu eigen gemacht, nur an sich zu denken! Wie froh war er, als ich den tapferen Niederländern meine Truppen gegen die Spanier zu Hilfe schickte! Hätte sich der Spanier in Holland eingenistet, wäre das der Tod seines Reiches gewesen, das wußte er nur zu gut! Aber jetzt, da er fein heraus ist auf seiner Insel, rührt er nicht den kleinen Finger, um mir gegen die Habsburger beizustehen. Ganz im Gegenteil, am liebsten würde er sich mit ihnen befreunden, der Esel! Na, er wird schon sehen!«

»Trotzdem schreibt Ihr ihm, Sire.«

»Und in sehr freundlichen Worten, damit er mir Soldaten und Mittel leiht.«

»Aber wird er nicht ablehnen, Sire?«

»Sicher. Nur wird er über seine Ablehnung zu beschämt sein, um danach die Million Livres einzufordern, die ich ihm schulde.«

Und ich dachte bei mir, daß Frankreich hinsichtlich der »uralten Manie, nur an sich zu denken«, dem englischen Königreich doch wohl in nichts nachstand. Mein Vater lachte, als ich ihm diese Überlegung später mitteilte. »Jacob I.«, sagte er, »ist in dieser Affäre durchaus nicht dumm: er ist vorsichtig. Wie den deutschen Fürsten geben auch ihm die gewaltigen Ansammlungen von Truppen, Kanonen und Geld bei uns schwer zu denken. Würde er unserem Henri helfen, stünde zu fürchten, daß dieser zu stark würde und ihm vielleicht der Appetit beim Essen käme.«

Nachdem Henri sich also Luft gemacht hatte, diktierte er mir seinen vollendet höflichen Brief, dann schloß er mich für die Zeit ein, die ich zum Übersetzen benötigte und erlöste mich eine Stunde darauf. Und während er die beiden Texte, den französischen und den englischen, in seinem Wams verstaute, sagte er, daß Bassompierre mich nach Hause fahren würde, doch müßte ich darauf noch eine gute Stunde warten, denn er wolle mit ihm und einigen anderen noch eine kleine Partie spielen. So bat ich um die Erlaubnis, derweile den Herrn Dauphin besuchen zu dürfen, und er übergab mich einem Türsteher, damit er mich in die Gemächer seines Sohnes führe.

Als ich dort eintrat, stieß ich fast mit dem Dauphin zusammen, der im Begriffe stand, auszugehen. Sowie er mich erblickte, errötete er vor Freude, sprang mir an den Hals, küßte mich auf die Wangen und sagte zu Monsieur de Souvré: »Monsieur de Souvré, beliebt es Euch, daß Monsieur de Siorac mitkommt zu meiner kleinen Schwester?«

Mir fiel auf, daß seine Aussprache, seit ich ihn letztesmal sah, große Fortschritte gemacht hatte. Er bewältigte jetzt jedes »r«. Wie ich im stillen überschlug, war er nun acht Jahre und zwei Monate alt, und ich freute mich, wie gut er vorangekommen war. Dennoch stotterte er noch gelegentlich.

»Gerne«, sagte Monsieur de Souvré, den ich sogleich begrüßte wie auch den Doktor Héroard, der hinter ihm kam.

Als wir das Kabinett betraten, wo Henriette-Marie schlief, machten die drei Damen, die um die Wiege wachten, Louis eine so tiefe Reverenz, daß ihre Reifröcke sich auf dem Parkett bauschten wie Blütenkronen. Der Dauphin zog seinen Hut und ging, ihn am gestreckten Arm haltend, zu der Wiege, beugte sich darüber und faßte Henriettes Händchen.

»Lacht, Schwesterchen«, sagte er mit zarter Stimme, »lacht, lacht, Kindchen!«

Henriette lag mit geschlossenen Augen da und konnte noch nicht lachen, aber als ihr Händchen den Zeigefinger des großen Bruders zu fassen bekam, umschloß es ihn. Er war darüber so entzückt, als wäre dies ein großer Liebesbeweis.

»Seht Ihr, Monsieur de Souvré«, sagte er, »sie drückt meine Hand.«

In dem Moment trat Madame de Guercheville mit Mademoiselle de Fonlebon herein, welche mir jedesmal, wenn ich sie sah, noch schöner erschien. Louis tauschte mit ihr Grüße und fragte errötend: »Mademoiselle de Fonlebon, darf ich Euch küssen?«

»Gern, Monsieur«, sagte Mademoiselle de Fonlebon und ging ins Knie, um sich auf seine Höhe zu begeben.

Madame de Guercheville, die sich huldvoll erinnerte, wer ich war, streckte mir ihre Fingerspitzen hin. Mademoiselle de Fonlebon aber trat lächelnd auf mich zu, nannte mich »mein Cousin« und reichte mir ihre Wange.

»Siorac!« rief der Dauphin, als stäche ihn die Eifersucht, »Ihr küßt Mademoiselle de Fonlebon? Habe ich Euch darum gebeten?«

»Monsieur«, sagte ich, »um Vergebung, aber sie ist meine Cousine, denn sie ist eine Caumont wie meine Mutter.«

»Ah, das ist etwas anderes!« meinte der Dauphin.

»Monsieur«, sagte die Marquise de Guercheville zu ihm, »die Königin wünscht, Euch zu sehen, und ich komme, Euch zu ihr zu bringen.«

Auf Louis' Gesicht malte sich heftiges Widerstreben, und alle Anwesenden waren betreten. Jeder hier wußte, daß es zwischen der Königin und diesem doch so liebenswürdigen Sohn sehr wenig Liebe gab. Ich weiß nicht, wo ich gelesen habe, daß er sich ihr einzig nahe gefühlt habe, als sie ihn im Leibe trug. Mit dem Satz ist alles gesagt.

Der Dauphin war so verdrossen, daß man eine jener Szene befürchten mußte, wo sein Starrsinn sich in Tränen, Geschrei und Zähneknirschen entlud. Doch geistesgegenwärtig beugte Mademoiselle de Fonlebon vor ihm das Knie und fragte sanft: »Monsieur, beliebt es Euch, meine Hand zu nehmen, dann gehen wir miteinander durch die Galerie des Feuillants zur Königin?«

Der Dauphin neigte froh und wortlos den Kopf. Doch bevor er Mademoiselle de Fonlebon bei der Hand faßte, verabschiedete er sich von mir, der ich ja nur als Gast hier war. Darauf nahm Doktor Héroard mich beim Arm und führte mich in sein Zimmer.

»Mein Neffe«, sagte er, »wenn Ihr warten müßt, bis Bassompierre aufhört zu spielen, wartet Ihr womöglich noch Stunden und sterbt mir vor Hunger. Laßt Euch eine kleine Labe vorsetzen, damit Euer Magen nicht ungeduldig wird.«

Aus seinem eigenen Vorrat bot er mir Brot, Pastete und ein Glas Wein. Und mit großem Dank erwies ich seinem Imbiß die Ehre.

Doktor Héroard erzählte, wie Louis drei oder vier Tage vor Henriettes Geburt gesehen hatte, daß man in das Kabinett, das dem Neugeborenen bestimmt war, eine Wiege trug. Sogleich wollte er die Wiege selbst an ihren Platz stellen, er legte die Matratze hinein und bereitete das Bettchen. Dann legte er sich mit seinem kleinen Hund Vaillant hinein und verlangte, daß man ihn schaukele. Als Héroard geendet hatte, fragte ich ihn, was er darüber denke, da ich dieses Spiel für einen achtjährigen Knaben verwunderlich fand. Aber Héroard gab eine ausweichende Antwort, die seiner Bedachtsamkeit alle Ehre machte, und wollte sich nicht äußern. Mich aber rührte die Geschichte sehr, ohne daß ich erklären könnte, warum.

Der Page, dem Héroard mich anvertraute, als ich von ihm Urlaub nahm, führte mich durch das bekannte Labyrinth zu dem Gemach, wo der König seiner Spielleidenschaft zu frönen pflegte. Es war ein großer Raum mit zwei Fenstern, die mit karmesinroten und goldgefransten Samtvorhängen verschlossen waren. Die Lichte auf den Lüstern brannten und auch die auf den Wandleuchtern, und da der Raum keinen Kamin hatte, spendete eine Glutpfanne eine Wärme, die man an diesem Novemberabend als angenehm empfunden hätte, wäre sie nicht mit soviel Qualm einhergegangen. Gleichwohl machte das Gemach beim Betreten einen ziemlich behaglichen Eindruck; es war ringsum mit flandrischen Tapisserien bespannt, und unter dem großen runden Tisch in der Mitte breitete sich ein Orientteppich, dessen warme Farben bei dem grauen, naßkalten Wetter besonders erfreuten. Doch weiß ich nicht, ob die Spieler, die um den Tisch saßen, in ihrem Fieber all dieser Wärme bedurften.

Es waren ihrer sechs: der König, Bassompierre, der Herzog von Guise, der Herzog von Épernon, der Marquis de Créqui, und da ich ihn nicht ausstehen mag, wage ich ihn, wenngleich Prinz von Geblüt, als letzten zu nennen: der Comte de Soissons, der von seinem Liliengroll auf einem seiner Schlösser kurz zuvor in den Louvre zurückgekehrt war.

Nachdem ich meinen Kniefall vor dem König gemacht und ihm die Hand geküßt hatte, die er mir gnädig eine Viertelsekunde ließ, grüßte ich die Anwesenden, die meinen Gruß sehr unterschiedlich erwiderten: Bassompierre mit einem breiten Lächeln, mein Halbbruder Guise mit einem halben Lächeln, der Marquis de Créqui durch ein Kopfnicken, der Herzog von Épernon, indem er ein Auge zukniff, und der Comte de Soissons überhaupt nicht.

Offensichtlich war die Partie noch längst nicht zu Ende, und ich wäre mir höchst überflüssig vorgekommen, hätte der König nicht gefragt: »Spielst du, Siorac?«

»Er spielt weder, noch wettet er«, sagte Bassompierre. »Er ist eine reine Seele.«

»Wenn er eine reine Seele ist«, sagte der König tiefernst,

»dann ist das die letzte hier und wird mir Glück bringen! Schnell, einen Schemel hierher zu meiner Rechten, für den Chevalier de Siorac.«

Ich setzte mich, weniger geschmeichelt, als ich es hätte sein sollen, denn es fuhr mir durch den Sinn, daß ich nun eine endlose Zeit unbeweglich und stumm auf diesem Schemel hocken müßte, ohne etwas Interessantes zu hören und ohne das Geringste von dem Spiel zu verstehen, dem sich alle so leidenschaftlich hingaben, bald freudig erregt, und bald mit hängendem Kamm, je nach ihrem Glück. Aber so unzufrieden ich im stillen auch sein mochte: der König strahlte. Seit ich da war, hatte sich das Häufchen Ecus vor ihm verdreifacht, und dies schrieb er ohne jede Ironie der »reinen Seele« neben ihm zu.

Gestört wurde das Fest durch den Chevalier du Gué. Außer Atem, rot und zitternd erschien er und schrie mit stotternder Stimme: »Sire, der Prinz von Condé hat heute in der Frühe die Prinzessin, seine Gemahlin, entführt: sie haben Muret gegen vier Uhr verlassen und reisen gen Norden.«

In dem Schweigen, das auf diese Nachricht folgte, erhob sich der König mit wächsernem Gesicht und derart schwankend, daß er sich auf meine Schulter stützen mußte. Angst entstellte sein Gesicht, und er verharrte einen Augenblick, bevor er überhaupt sprechen konnte, aber was mich am meisten frappierte, er hielt seine Karten noch in der Hand, die er aus einer sicherlich unbewußten Regung an sein Wams drückte, als sollte niemand sein Spiel sehen. Endlich kehrte ihm die Sprache und das Gefühl für seine Würde wieder, er gab Bassompierre seine Karten und sagte, er solle für ihn weiterspielen und über sein Geld wachen. Dann befahl er dem Chevalier du Gué, ihm zu folgen, und noch immer auf meine Schulter gestützt (so daß ich keine andere Wahl hatte, als neben ihm her zu gehen), verließ er den Raum und begab sich schleppenden Schrittes zum Gemach der Königin.

Diese Zuflucht machte mich staunen, denn außer daß die Königin vor vier Tagen erst entbunden hatte und blaß und leidend unter ihrem Baldachin lag, konnte der König sich doch nicht vorstellen, daß er, wenn es sich um die Prinzessin handelte, bei ihr auch nur die mindeste Unze Mitgefühl finden würde. Sooft ich seit jenem Tage über diesen merkwürdigen Schritt Henris nachdachte, fand ich dafür nur den einen

Grund, daß er in dem Moment einer weiblichen Gegenwart bedurfte, sei sie auch stumm und sogar feindselig.

Inmitten großer Leuchter voller Duftlichte zur Linken und zur Rechten lag Maria von Medici nicht, sondern saß halb aufgerichtet in großen Seidenkissen, deren blaßblaue Farbe gewählt worden war, um ihre üppigen blonden Haare in Geltung zu setzen, das einzige, was an ihr bemerkenswert war. Nach der allgemeinen, aber allgemein sehr selten geäußerten Ansicht verweigerten die Unebenmäßigkeiten ihres Gesichts ihr jene Schönheit, welche die Maler und Poeten des Hofes bei ihrer Ankunft in Frankreich als beneidenswert gefeiert hatten. Der übliche Ausdruck ihrer Züge – mürrisch und dünkelhaft – tat nichts, diese Wirkung zu mildern. Zu ihren Gunsten hätte man höchstens sagen können, daß sie groß, gesund, kräftig, vollbusig und überaus fruchtbar war – die beiden letzten Eigenschaften hatten ihr die Achtung des Königs eingetragen, der allerdings von ihrer Urteilskraft die geringste Meinung hatte.

Doch muß man zugeben, daß die Königin nicht viel Geist benötigte, um zu verstehen, was in ihrer Gegenwart zwischen dem König und dem Chevalier du Gué und dann zwischen dem König und Delbène gesprochen wurde: die *Hurre* war im Morgengrauen von ihrem Mann entführt worden, und höchstwahrscheinlich war das Paar zur Zeit bereits nahe der niederländischen Grenze.

Der König schien von Sinnen. Wenn man sich jedoch an Marias Stelle versetzte, war dies eine Nachricht, die sie wunderbar für die Enttäuschung entschädigte, eine Tochter geboren zu haben. Hätte sie es gewagt und ihr Bauch es erlaubt, wäre sie in schallendes Gelächter ausgebrochen. Was war die *Hurre* denn anderes als eine elende kleine Zierpuppe, die durch ihre Grimassen die Liebe des Königs einzig mit dem Ziel erobert hatte, sich heiraten zu lassen? Und da Seine Heiligkeit der Papst, bei all den Kindern, die sie ihrem Gemahl geschenkt hatte, einer Scheidung niemals zustimmen würde, brauchte Maria nur aus der Geschichte ihrer väterlichen Familie zu schöpfen, um zu wissen, was auf längere Sicht aus ihr geworden wäre, hätte Condé nicht eine Grenze zwischen den König und die Prinzessin gelegt. Ein Wunder war geschehen, und sie würde seiner in ihren Gebeten nicht vergessen.

Während der König mit tonloser Stimme Delbène und den Chevalier du Gué ausfragte, nützte ich den Umstand, daß die Königin mich so wenig beachtete wie ein Möbel, um einige Blicke auf sie zu werfen. Sie gab keinen Laut von sich, sie hörte zu, ohne daß sich in ihrem Gesicht auch nur ein Muskel regte. Einmal vermeinte ich, daß sie zwischen den Zähnen murmelte: »*Che sollievo!*«[1], und ich schien mich nicht getäuscht zu haben, denn in genau diesem Augenblick wandte sich auch Delbène, der Florentiner war, kurz zu ihr um. Es war nur ein Blitz. Delbène hatte genug zu tun, die angstvollen Fragen des Königs zu beantworten, zumal der ihn zwang, die wenigen Informationen, die er besaß, unaufhörlich wiederzukäuen.

Die Szene steigerte sich zum Höhepunkt, als Bassompierre hinzukam und sagte, die Kartenpartie sei mit einhelligem Votum der Spieler abgebrochen worden, und er bringe dem König sein Geld. Da wandte sich dieser, ohne meine Schulter loszulassen, an Bassompierre, und sagte, indem er ihn aus verzweifelten Augen anblickte, mit klangloser Stimme: »Bassompierre, mein Freund, ich bin verloren! Dieser Mensch ist mit seiner Frau in einen tiefen Wald gefahren! Und ich weiß nicht, will er sie umbringen oder aus Frankreich entfernen.«

»Bestimmt will er sie nicht umbringen, Sire«, sagte Bassompierre, der diese Vermutung nicht nur unsinnig fand, sondern überhaupt schwer verstehen konnte, daß ein Mann wegen einer Frau den Verstand verlor.

Denn daß der König ihn ein wenig verloren hatte, davon war er überzeugt, als dieser – um sieben Uhr abends! – seinen Rat einberief, um zu erwägen, welche Maßnahmen zu ergreifen waren. Und als er ihn, was nun völlig ungewöhnlich war, überdies bat, dabei zugegen zu sein.

Mich forderte er dazu zwar nicht auf, doch mußte ich gleichwohl bleiben, so großen Wert schien er auf meine Gegenwart zu legen, sei es, daß meine Jugend ihn stärkte, sei es, daß er mich weiterhin als seinen Glücksbringer betrachtete. Immerhin war er sich der Partie, die jetzt anstand, ganz und gar nicht sicher, seiner Karten so wenig wie der Art, wie sie auszuspielen waren.

---

1 Was für eine Erleichterung!

Die Prinzen, die Herzöge und Pairs und einige Staatsräte versammelten sich also in dem Ratssaal, wo der Rat aber, wenigstens im Sommer, selten statthatte, weil der König seine Affären lieber behandelte, indem er in seinem nervösen, unermüdlichen Schritt durch seine Gärten wandelte.

Seine Majestät hatte die Beherrschung einigermaßen zurückgewonnen, er stellte die Tatsachen mit seiner üblichen Knappheit dar und bat einen jeden, seine Ansicht zu äußern. Was einer nach dem anderen tat, dabei aber weniger seine wirkliche Meinung abgab, sondern sich danach zu richten versuchte, was der König vermutlich hören wollte. Gleichwohl traten Nuancierungen zutage, fand ich, und vor allen anderen ragte nach meinem Eindruck der Staatsrat Jeannin durch Klarheit und zweifellos auch durch Aufrichtigkeit hervor, denn niemand hätte den Präsidenten Jeannin verdächtigen können, ein Höfling zu sein: er hatte sich vor dem Parlament gegen die ruinösen Edikte und besonders gegen das Münzedikt ausgesprochen.

Nach Jeannins Ansicht sollte der Prinz verfolgt werden, wenn es sein müßte auch über die Landesgrenzen hinaus, und zur Rückkehr ins Königreich bewogen werden. Wenn er sich weigerte, sollte die Regierung der Niederlande aufgefordert werden, den Flüchtigen kein Asyl zu gewähren.

* * *

»Schöne Leserin, darf ich Ihnen hier erklären ...«

»Monsieur, ein für allemal: bitte, keine beleidigenden Wiederholungen mehr! Ich wette, die kleine Prinzessin von Condé wird dem fröhlichen französischen Hof bittere Tränen nachgeweint haben. Aber wie kommt es, Monsieur, daß in dem überraschend einberufenen Rat des Königs Sully sich noch nicht geäußert hat?«

»Weil er noch nicht da ist, Madame. Er kommt, aber er kommt langsam. Obwohl der Weg zwischen dem Louvre und dem Arsenal (wo er über seinen Kanonen brütet) oder der Bastille (wo er über seinen Millionen brütet) nicht lang ist, zumal zu dieser Abendstunde, da Paris wie ausgestorben liegt, weil die Menschen sich bei Einfall der Dunkelheit aus Angst vor Räubern einmauern. Aber Sie kennen doch Sully: er ist so furchtbar stolz und so unglaublich eingebildet, daß er alle auf sich warten lassen will, einschließlich den König, der ihn, als er endlich kommt, aber ziemlich kühl empfängt, um seiner Arroganz einen Dämpfer aufzusetzen. Vergebliche Mühe! Natürlich hatte Sully alles gewußt! Er hatte alles vorausgesehen! Und er ließ es keinen jemals vergessen! ›Ich hatte es Euch ja gesagt, Sire, daß Condé sich von spanischen Emissären bereden und das Reich verlassen würde und daß man ihn hätte einsperren müssen!‹ – ›Rosny!‹ schrie der König, ›du sollst mir nicht die ganze Nacht mit deinem ›Ich hatte es Euch ja gesagt!‹ in den Ohren liegen. Der Wein ist gezogen! Jetzt muß er getrunken werden. Sag, was du heute vorschlägst.‹ Sully bat den König um eine kleine Bedenkzeit. Der König willigte ein, und er zog sich in eine Fensternische zurück, wo er dem Rat halb den Rücken zukehrte und seine breite Hand vor seine Augen legte.«

»Was für ein Theater! Und da heißt es, daß nur die Frauen Theater machten!«

»Nur, Madame, wenn Sully sprach, dann sprach er besonnen. Aber man mußte es ihm aus der Nase ziehen. Nach einer Weile rief ihn der König ungeduldig an: ›Nun, Rosny, habt Ihr nachgedacht?‹ – ›Ja, Sire.‹ – ›Und was ist zu tun?‹ – ›Nichts, Sire.‹ – ›Wie, nichts!‹ – ›Ja, Sire, nichts. Wenn Ihr gar nichts tut und zeigt, daß Condé Euch überhaupt nicht kümmert, wird man Condé mißachten. Niemand wird ihm helfen. Nicht einmal die Freunde und Diener, die er jenseits der Grenzen hat. Und in einem Vierteljahr, wenn die Not und die geringe Beachtung ihn zermürbt haben, könnt Ihr den Prinzen zurückhaben, falls Ihr noch wollt – wohingegen man ihm alle Achtung bezeigen wird, wenn Ihr Eure Pein bekundet und den dringenden Wunsch, ihn wiederzuhaben. Denn dann wird er von denselben Leuten Geld im Übermaß bekommen, und etliche, die glauben, Euch damit Mißfallen zu bereiten, werden ihn hoch in Ehren halten.‹ Nun, schöne Leserin, was sagen Sie dazu?«

»Zuvor eine Frage, Monsieur.«

»Fragen Sie.«

»War Sully verheiratet?«

»Ja, Madame.«

»Glücklich?«

»Nein, Madame. Über den Kanonen im Arsenal und dem

Schatz in der Bastille vernachlässigte er seine Frau, die ihn mit Herrn von Schomberg betrog, einer der Galane des Hofes und ein guter Freund von Monsieur de Bassompierre.«

»Da ist ihm der Kamm, den er so geschwollen trug, wohl ein bißchen gefallen.«

»Wir sprachen nicht über seinen Kamm, sondern über seinen Plan, Madame.«

»Es gibt einen Zusammenhang. Besagter Plan, Monsieur, hatte eine Schwachstelle. Er war hervorragend für den Prinzen, aber er vergaß die Prinzessin. Und ich würde mich sehr wundern, wenn der König ihn annähme.«

»Er nimmt ihn nicht an. Er übernimmt den gefährlichen Plan des Präsidenten Jeannin auf die Gefahr hin, sich die Nase an Ablehnungen wundzustoßen und sich im Angesicht der Christenheit der Lächerlichkeit preiszugeben.«

»Der Lächerlichkeit? Wieso?«

»Madame, sieht jetzt nicht alles so aus, als werde dieser alte Menelaos um seiner Helena willen den Trojanischen Krieg erklären?«

ZWÖLFTES KAPITEL

»Menelaos«, sagte mein Vater, nachdem ich ihm mein Erlebnis berichtet hatte, »trägt vor der Geschichte den Makel des Hahnreis. Nur war die schöne Helena seine legitime Gemahlin, er hatte das Recht und die Götter auf seiner Seite. Was man von unserem Henri schwerlich behaupten kann, der, wie Jacob I. von England treffend sagt, »eines anderen Weib zu verführen trachtet«. Der spanische König hat ein Meisterstück vollbracht, als er Condé zur Flucht in die Niederlande bewog, denn jetzt erstrahlt er vor der Christenheit nicht allein als der wahre Kämpfer für die katholische Kirche, sondern auch als Beschützer der Unterdrückten und Verfechter der guten Sitten. Und gegen wen? so wird er sich rühmen: gegen einen fälschlich bekehrten Hugenotten, einen Ketzerfreund, der grausam gegen seine tugendhafte Gemahlin handelt, tyrannisch gegen seinen Neffen, und der überhaupt ein infamer Hurenbock ist, den eine senile Leidenschaft um den Verstand gebracht hat ... Es ist immer eine üble Sache, mein Sohn, Krieg gegen einen Feind anzufangen, der unter dem Doppelbanner der Moral und der Religion ficht.«

»Und was wird jetzt nach Eurer Meinung geschehen?«

»Endlose Verhandlungen wird es geben zwischen dem König einerseits und anderseits dem Gesandten der Erzherzöge Pecquius, dem spanischen Gesandten Don Inigo de Cardenas und Ubaldini, dem Nuntius des Papstes. Endlose und nutzlose Verhandlungen. Alle Bitten, Druckmittel, Drohungen, Beschwörungen, selbst die päpstliche Vermittlung – nichts wird fruchten. Spanien wird seine Geiseln nicht heraus- und der König die Prinzessin nicht aufgeben.«

»Das heißt also Krieg?«

»Zum Krieg kommt es ohnehin, der König bereitet sich seit zehn Jahren darauf vor, nun aber kommt er schneller.«

Von diesen beiden Mutmaßungen meines Vaters bewahrheitete sich nur die erste, denn ehe der Krieg ausbrach oder auszubrechen drohte, verrannen abermals fünf lange Monate. Ein Beweis dafür, daß der König nicht so toll geworden war, wie manche behaupteten, und daß er den Feind nicht unüberlegt anzufallen noch sich seiner gewohnten Vorsicht zu begeben gedachte. Ein Beweis auch dafür, daß sein Wunsch, die Prinzessin zurückzubekommen, für ihn nur ein zusätzlicher Anlaß zum Losschlagen war, nicht der hauptsächliche, wie es mancherorts hieß.

Je mehr wir uns dem Weihnachtsfest näherten, an dem die bösen Hugenotten ja angeblich eine Bartholomäusnacht für die Katholiken veranstalten wollten, desto mehr geiferten die Prediger. Fogacer, der einige Tage vor dem Fest bei uns speiste, erbot sich, für uns drei Plätze in der Kirche Saint-Gervais freizuhalten, weil sie am hohen Festtag krachend voll sein würde, denn König und Hof sollten zur Predigt des Paters Gontier kommen, eines für seine Eloquenz berühmten Jesuiten, der sich vom Heiligen Stuhl beauftragt nannte, dem König die gute Botschaft zu überbringen.

»Dieser Pater Gontier«, sagte Ehrwürden Abbé Fogacer, der die Jesuiten verabscheute, »ist gänzlich Klauen, Hauer und Gift. Er ist das harte Gesicht der Gesellschaft Jesu, so wie Pater Cotton ihr sanftes und mildes ist. Glaubt mir, er wird den König nicht schonen noch den Krieg, den er gegen Spanien zu führen gedenkt, und als geistvoller Kopf wird er alle Mittel einsetzen, um ihn anzugreifen. Nachher wird Pater Cotton den König über all die Härte trösten und Tränen vergießen, wird sich ganz betrübt und mißbilligend geben und den König zum Schluß daran erinnern, daß er ihm vor langem hunderttausend Ecus für den Kapellenbau des Jesuitenkollegs La Flèche versprochen hat.«

»Wird der König ihm die denn geben«, meinte mein Vater ungläubig, »jetzt, da er alle Gelder zusammenscharrt, die er irgend findet?«

»Sicher. Der König will die Jesuiten dadurch entwaffnen, und Pater Cotton, der seine Rechnung kennt, wird sich ins Fäustchen lachen. Denn er lebt zu tief im Herzen des Ungeheuers, um nicht zu wissen, daß die Gesellschaft sich nicht entwaffnen läßt und keine Skrupel kennt, die Hand, die sie nährt, zu beißen, sofern es ihren reinen Zwecken nützt. Und welche Zwecke könnten reiner sein, als *perinde ac cadaver*[1] dem Heiligen Stuhl zu gehorchen und ihm blindlings zu dienen.«

---

[1] (lat.) wie ein Kadaver.

Von dieser Predigt in Saint-Gervais kamen wir, mein Vater, La Surie und ich, höchst erbaut nach Hause, nicht ganz so allerdings, wie Pater Gontier es sich wohl gewünscht hätte.

Ich betrachtete ihn neugierig, als er oben auf der Kanzel erschien und als erstes sagte, er sei »von unserem Heiligen Vater dem Papst, den Prälaten und Würdenträgern seiner Kirche hierher gesandt worden, auf daß ich – wenn auch ein Unwürdiger – Euch, Sire, die gerechten Klageschreie Eures Volkes deute, welches nicht leiden mag, daß der Feind es zum Kriege treibt, während die Kirche ihm Frieden singt.«

Dieser Pater, der die Kanzel mit zwei kräftigen Händen gepackt hielt, hatte nichts von einem durch Fasten und Kasteiungen ausgezehrten Geistlichen. Er war, ganz im Gegenteil, eine energiegeladene, vierschrötige Gestalt, welcher der massige Kopf dicht auf dem mächtigen Rumpfe saß. Seine Nüstern schienen Schlachtengeruch zu schnauben. Seine Stimme war so machtvoll und sein Wort so gebieterisch, daß es aussah, als stecke sein Leib eher in einem Harnisch als im härenen Hemd, als schwinge seine Hand ein Schwert anstatt des Ciboriums.

Anfangs fragte ich mich, wer dieser »Feind« wohl sei, von dem er sagte, »er treibe das Volk Frankreichs zum Kriege, während die Kirche ihm Frieden singe«. War es der Erzherzog Albert in Brüssel, der sich schon früher, mitten im Frieden, der Stadt Amiens bemächtigt hatte, die unser Henri dann durch eine lange und kostenreiche Belagerung zurückgewinnen mußte? Oder der Kaiser, der jüngst Kleve in Beschlag genommen hatte? Oder der Spanier, der zur Zeit der Liga in Marseille eingefallen war, der ein Komplott nach dem anderen gegen Henris Leben angezettelt und zu guter Letzt nun den Prinzen von Condé in sein Lager herübergezogen hatte, um ihn gegen seinen königlichen Onkel zu hetzen?

Ich ging völlig fehl. »Der Feind«, das waren die französischen Hugenotten, und »diese Aufwiegler müssen gestraft werden« und »dieses ganze hetzerische Gezücht an Eurem Hofe, Sire, gehört ausgerottet und verbannt«. Und diese Worte sprach der Pater Gontier mit der prachtvollsten Selbstgewißheit nicht allein vor dem König, dem er Instruktionen erteilte, als bezöge er sie geradewegs vom Himmel, nein, er sprach sie auch vor Sully, vor dem Herzog von Bouillon, vor dem Marschall von Lesdiguières und etlichen anderen großen und kleinen Herren des Hofes – allesamt Protestanten. In Wahrheit aber blieb in seiner ganzen ebenso kämpferischen wie scheinheiligen und mit jesuitischen Spitzfindigkeiten argumentierenden Predigt eines unausgesprochen: Der Feind war der König selbst; er war es, laut Pater Gontier, der »das französische Volk zum Kriege trieb, während die Kirche ihm Frieden singe«. Denn wenn der König »mit ihr Frieden sänge«, würde er »seine Untertanen heil und unbeschadet bewahren, solange es der göttlichen Güte gefiele, ihn bei glücklicher Gesundheit und am Leben zu erhalten.« Hieß das nicht, zu drohen und deutlich zu drohen: wenn der König auf seinen protestantischen Bündnissen und seiner Kriegspolitik beharrte, könnte Gott aufhören, ihn am Leben zu erhalten?

Einige Tage darauf erfuhren wir von Fogacer, daß ein weiterer Jesuit, der Pater Hardy, eine noch weniger verhüllte Drohung gegen Seine Majestät ausgestoßen hatte. In Anspielung auf die Millionen, die in der Bastille lagerten, hatte er gesagt, »die Könige sammeln Schätze, auf daß man sie fürchte, doch es genügt ein Bauer, und der König ist matt.«

Mein Vater war entsetzt.

»Aber das ist ja ein regelrechter Aufruf zum Mord!«

»Ja«, sagte La Surie, »diese Leute verstehen sich aufs Schachspiel. Unsere Königin haben sie schon gewonnen.«

»Und zwei Offiziere«, sagte ich.

»Wen meint Ihr damit?« fragte mein Vater.

»Condé und Épernon.«

»Ja«, sagte mein Vater, »der König hat wahrhaftig einen Fehler begangen, Condé nicht festzusetzen, als der davon sprach, das Reich zu verlassen. Und er hat allzulange gewartet, Épernon zu schlagen. Der ist der gefährlichste von allen.«

* * *

Als der König mich Anfang Januar in den Louvre befahl, fragte er sofort, ob ich jetzt imstande sei, einen französischen Brief ins Deutsche zu übersetzen. Ja, sagte ich, aber mit unsicherer Stimme, denn so eifrig ich die Sprache auch studiert hatte und meiner Gräfin weiterhin monatlich zwei Briefe schrieb, zitterte ich im stillen doch, ich könnte in dem Brief, den er mir diktieren würde, auf zwei, drei diplomatische oder militärische Begriffe stoßen, die ich nicht kannte. Da der Brief aber an den Kurfürsten von der Pfalz gerichtet war, der, wie ich durch Ulrike wußte, sehr gut Französisch sprach, beruhigte ich mich damit, daß ich ein mir unbekanntes Wort getrost auch in meiner Sprache hinsetzen könnte.

Ich hatte Glück. Das einzige Wort, das mir in dem langen Brief fehlte, war »contrat«. Nach kurzem Zögern entschloß ich mich, es wenigstens äußerlich einzudeutschen, und schrieb »Kontrat«. Zu Hause dann stürzte ich mich auf mein Wörterbuch und sah: es fehlte nur ein Buchstabe, das deutsche Wort hieß »Kontrakt«. Hätte ich mir das nicht denken können, da es vom lateinischen »contractus« abgeleitet war? Und warum, zum Teufel, hatten die Franzosen in ihrer Schlampigkeit das zweite »k« fallenlassen, das dem Wort »Kontrakt«, wie ich fand, etwas viel Ernsthafteres, Strengeres und Zwingendes gab?

Noch mitten im französischen Diktat nun wurde an die Tür des kleinen Kabinettes geklopft, wo Seine Majestät und ich am Werke waren, und Beringhen, der offenbar als einziger im Louvre wußte, wo der König sich aufhielt, meldete ihm, der päpstliche Nuntius Ubaldini sei seiner Einladung gemäß in unseren Mauern eingetroffen.

»Führ ihn herein«, sagte der König kurz angebunden.

»Hierher, Sire?« fragte Beringhen, der zweifellos dachte, daß man den Nuntius des Papstes nicht in einem kleinen Raum mit so wenig Möbeln empfangen könne.

»Du hast mich gehört!«

»Aber, Sire, außer dem Schemel, auf dem Euer Dolmetsch Platz genommen hat, ist hier nichts, um sich zu setzen.«

»Laß einen Lehnstuhl herschaffen, bevor du den Nuntius hereinführst.«

»Und Ihr, Sire?«

»Ich stehe.«

Beringhen warf einen Blick auf mich und sah den König an.

»Was hast du, Beringhen?« fragte Henri barsch.

»Für gewöhnlich, Sire, empfangt Ihr den Nuntius in Anwesenheit Eurer Räte.«

»Heute nicht.«

»Aber der Nuntius, Sire, ist mit allen seinen Geistlichen eingetroffen.«

»Er soll allein kommen!«

»Ja, Sire.«

Nach einem letzten Blick in meine Richtung machte Beringhen eine tiefe Verbeugung und verschwand. Sein Blick war so beredt gewesen, daß ich vorsichtshalber fragte: »Sire, soll ich mich zurückziehen?«

»Habe ich das gesagt?« fragte der König unwirsch.

Mit heftigem Schritt, die Hände auf dem Rücken, begann er durch den Raum zu wandern. Nur mit Not schien er den Zorn zu bemeistern, den die Ankunft seines Besuchers in ihm erweckte.

»Siorac«, sagte er, »dreh dich mit der Nase zum Fenster. Und schreib auf einem anderen Blatt alles mit, was du hörst.«

»Ja, Sire.«

Zwei Lakaien brachten einen Lehnstuhl herein, und zu meiner großen Zufriedenheit stellte ich fest, daß ich ihn, wenn ich meinen Schemel leicht verrückte, dank eines Florentiner Spiegels, der an der Wand hing, gut im Auge haben konnte. Die Frage war nur, ob ich Zeit finden würde, den Besucher zu beobachten, wenn ich seine Worte mitschreiben mußte.

Ich hörte seine Stimme, bevor ich ihn sah, denn da der König ihn nicht gleich aufforderte, Platz zu nehmen, war er noch außerhalb meines Blickfeldes. Und während er sich Zeit ließ, dem König seine Komplimente und die Komplimente Seiner Heiligkeit vorzutragen, blieb seine Stimme im Baßregister und hörte sich äußerst gefällig an, zumal sein italienischer Akzent den Wohlklang erhöhte. Ich kann diese Stimme nicht besser beschreiben, als daß sie den Eindruck von Billardkugeln erweckte, die in einer geölten Bratpfanne rollen. Wenn sie aneinanderstießen, spürte man zwar, daß sie hart waren, aber wegen des Öles, in dem sie hin und her glitten, hatte diese Härte immer noch etwas Sanftes.

Als der Kardinal sich endlich setzte und ich seine zeremoniellen Höflichkeiten noch immer nicht mitschrieb, warf ich mehr als einen Blick in den Spiegel. Er dünkte mich kleiner, als ich ihn von der Hochzeit des Herzogs von Vendôme in Erinnerung hatte, wo er in einem glänzenden Schwarm purpurner und violetter Roben erschienen war. Aber was mir besonders auffiel: alles an ihm war rund oder zumindest gerundet, Schädel, Gesicht, Augen, Nase, Kinn, Schultern und Bauch. Wie ein Kiesel aus rosa Granit, der sich lange an anderen

Kieseln im Vatikan abgeschliffen hatte. Rosa sage ich wegen seines strahlend frischen Teints und auch wegen seiner heiteren Züge, obwohl er angesichts der Schwierigkeiten, auf die er nun in seiner Pflichterfüllung stieß, sich meistens, wie ich bald feststellen sollte, »betrübt, bekümmert oder untröstlich« nannte. Aber es waren amtliche Untröstlichkeiten: seiner Behaglichkeit zu leben nahmen sie offenbar nichts.

Henri hingegen kürzte seine Höflichkeiten ab, stellte sich vor den Nuntius und kam direkt zur Sache.

»Herr Nuntius«, sagte er, »ich bin sehr unzufrieden mit dem Verbot, das Seine Heiligkeit gegen die *Histoire universelle* des Präsidenten De Thou erlassen hat.«

»Aber, Sire, wie sollte die Inquisition vergessen können, daß De Thou nicht nur der Verfasser dieses geistvollen und vorzüglich gelehrten Werkes ist, sondern auch des Ediktes von Nantes, das wir unsererseits verabscheuen, weil es in diesem Reiche etwas Verhängnisvolles gewährt: die Gewissensfreiheit.«

»Ohne das Edikt von Nantes«, sagte der König, »würden meine katholischen und meine hugenottischen Untertanen sich noch immer die Kehlen durchschneiden ... Doch wie könnte ich erwarten, daß der Heilige Vater von seinen Grundsätzen abweicht? Um so mehr überrascht mich das Verbot der Anklagerede Antoine Arnaulds in dem Prozeß gegen die Jesuiten, der nach dem Mordanschlag Jean Châtels auf meine Person statthatte.«

»Ach, Sire!« sagte der Nuntius, den der Name Jean Châtel unangenehm zu berühren schien, »der Heilige Vater wünscht das Vergangene zu begraben. Ihr selbst habt doch den Jesuiten ihre Unklugheiten vergeben, indem Ihr sie aus der Verbannung nach Frankreich zurückgerufen habt. Man kann sogar sagen, daß Ihr heute ihr Wohltäter seid, denn ohne Eure Hilfe hätten sie die Belehrung der Jugend nicht aufs neue in die Hände nehmen noch das prächtige Collège de La Flèche errichten können. Sie sind Euch dafür, wie Ihr überzeugt sein dürft, Sire, in unendlicher Dankbarkeit verbunden.«

»Davon merke ich in ihren Predigten nichts«, sagte Henri bitter. »Aber lassen wir auch das. Es gibt Schlimmeres! Das Verbot Seiner Heiligkeit betrifft nicht allein Arnaulds Anklagerede. Es betrifft ebenfalls ihre anhängigen Teile, darunter das Todesurteil, welches das Pariser hohe Gericht über Jean Châtel verhängte, weil es ihn des Mordversuches an meiner Person für schuldig befand.«

Da sein Gesprächspartner in Schweigen verharrte, fuhr der König in beißendem Tone fort: »Monseigneur, darf ich Euch in Erinnerung rufen, daß Jean Châtel sich unter die Menge der Höflinge im Louvre gemischt hatte, als ich aus der Picardie zurückkehrte, und daß er, weil er glaubte, ich trüge ein Kettenhemd, mit seinem Messer auf meinen Hals zielte. Die Vorsehung wollte es, daß ich mich just, als er zustach, zu Monsieur de Montigny herabbeugte, der vor mir niedergekniet war, und daß die Klinge nur meine Oberlippe spaltete und mir einen halben Zahn ausbrach. Ihr mögt Euch demnach vorstellen, wie besagte Klinge in meinem Hals gewütet hätte. Das Pariser Parlament verurteilte Châtel zum Tode. Was hätten wir nach dem Wunsche des Heiligen Stuhles tun sollen? Châtel für unschuldig erklären? Ihn freilassen, damit er es ein zweitesmal mit besserem Erfolg versuche? Erklärt mir, was diese Nichtigerklärung des Todesurteils gegen Châtel zu bedeuten hat? Bedauert der Heilige Stuhl die Gnade der Vorsehung, welche mich vor dem Messer des Mörders bewahrte?«

Da der Nuntius auf diese gereizte Frage nicht sofort antwortete, blickte ich in den Spiegel. Sein rosiger Teint hatte sich dem Ton seiner purpurnen Soutane genähert, sein Gesicht war schmerzlich und klagend verzogen, und Geigen schluchzten, als er schließlich sprach.

»Sire«, sagte er, »ich wäre unendlich betrübt, wenn Ihr meintet, der Heilige Vater könnte auch nur einen Augenblick in der Zuneigung nachlassen, die er für Euch hegt. Es mag ja sein, daß die Prälaten der Inquisition, die ihm zu diesem Verbot rieten, einige Logik darin sahen, zugleich mit Arnaulds Anklagerede auch deren Annexe für nichtig zu erklären.«

»Der Prozeß gegen Jean Châtel«, sagte der König, »und der Prozeß gegen die Jesuiten sind zweierlei. Man kann die Ausweisung der Jesuiten beklagen, ohne zugleich die Hinrichtung des Mannes zu bedauern, der mich ermorden wollte. Ich ehre und verehre Papst Paul V. und freue mich außerordentlich, daß er, wie Ihr sagtet, Zuneigung für mich hegt, aber es wäre mir angenehmer, er liebte mich eher lebendig als tot!«

»Oh, Sire!« sagte der Nuntius, »ich wäre zutiefst bekümmert, wenn ein solcher Gedanke Euch in den Sinn käme. Ich kann Euch versichern, daß Seine Heiligkeit jeden Tag für Eure Erhaltung betet.«

»Ich weiß ihm dafür den größten Dank. Beachtet indessen, welche Unordnung das päpstliche Edikt in meinem Reiche bewirkt hat. Das Pariser Parlament in seiner Entrüstung darüber, daß man sein gerechtes Todesurteil für einen Königsmörder auf den Index setzt, hat das päpstliche Verbot für null und nichtig erklärt und hat befohlen, es zu verbrennen.«

»Aber, das, Sire, geht denn doch zu weit!«

»Monseigneur, ich habe dem Parlament verboten, seinen Spruch auszuführen, aber nicht allein, um nicht die ganze Christenheit in Empörung zu versetzen, sondern auch, weil hierauf in Paris sogleich ein Krieg der Streitschriften ausbräche, und wer weiß, ob nicht einige zu dem Schluß kämen, nun, da das päpstliche Edikt diesen Jean Châtel freigesprochen hat, sei es statthaft, mich zu meucheln ...«

»Oh, Sire! Diese Worte zerreißen mir das Herz! Ich bin zutiefst betroffen. Und ich glaube, ich käme von Sinnen, müßte ich deren noch mehrere anhören. Sire, ich flehe Euch an, mir Urlaub zu gewähren.«

»Herr Nuntius«, sagte der König nicht ohne Sarkasmus, »bitte, kommt nicht von Sinnen, bevor Ihr nicht gehört habt, zu welchem Schluß ich über das päpstliche Edikt gelangt bin. Ich widerspreche der Verdammung der *Histoire universelle* von De Thou nicht. Das ist Sache der Inquisition. Dafür sehe ich mit Stirnrunzeln die Verdammung der Arnauldschen Rede gegen die Jesuiten, die seinerzeit voll gerechtfertigt war. Und was die Nichtigerklärung des Urteils gegen Châtel betrifft«, fuhr der König mit schärferer Stimme fort, »so betrachte ich diese nicht etwa nur für null und nichtig, sondern sehe sie als einen Angriff auf meine Sicherheit an und als einen Affront gegen meine Person! ... Infolgedessen bitte ich Seine Heiligkeit inständigst, mich dieser Schmach zu entheben und besagtes Verbot zu widerrufen.«

»Der Papst, und sein Verbot widerrufen!« schrie der Nuntius auf, in dessen Stimme alle Klageweiber zusammen winseltn. »Aber der Papst, Sire, spricht im Namen Gottes! Und wie, Sire, könnten wir urbi et orbi zugestehen, der Papst, der seine Eingebungen vom Heiligen Geist erhält, habe sich geirrt? Es wäre der Würde des Heiligen Stuhles unendlich abträglich!«

»Ihr werdet ein Mittel finden, Herr Nuntius, dieses Verbot zu widerrufen, ohne die Würde des Papstes anzutasten. Der Heilige Stuhl ist sehr subtil. Bis dahin, Monseigneur, wäre ich in einer solch tiefen Betrübnis, daß ich Euch keine Audienz gewähren könnte, so groß auch immer mein Wunsch wäre, Euch zu sprechen, und meine Freude, Euch zu sehen.«

»Sire, ich werde nicht versäumen, Seiner Heiligkeit zu übermitteln, welches Mißfallen dieses Verbot Euch bereitet, und ich bin sicher, daß Seine Heiligkeit unfehlbar einen Trost für Eure Majestät finden wird.«

»Das Wort ›Trost‹ bedünkt mich hier seltsam«, sagte der König, »wenn aber Trost, so erwarte ich diesen mit Ungeduld.«

Und er verabschiedete ihn. Der »Trost«, den der Nuntius dem König versprochen hatte, ließ einige Wochen auf sich warten, und als er endlich kam, entbehrte er in der Tat nicht der Subtilität. Die römische Kurie widerrief nicht jenes Verbot als unhaltbar, sie gab einfach einen neuen Index der verbotenen Texte heraus, in welchem zwar die *Weltgeschichte* des Präsidenten De Thou verzeichnet war, nicht aber das Todesurteil gegen Châtel.

»Was hilft das noch!« sagte mein Vater. »Die Botschaft ist heraus! Und seid gewiß, daß sie von Kirchturm zu Kirchturm fliegt, von Sakristei zu Sakristei, von Kloster zu Kloster! So stiftet man heutzutage Mord und wäscht seine Hände in Unschuld.«

* * *

Wie mein Vater es vorausgesagt hatte, schleppten sich die Verhandlungen, um die Prinzessin heimzuholen, ohne Ergebnis hin, und ein Versuch, sie aus Brüssel zu entführen, schlug großenteils deshalb fehl, weil der König zu früh Sieg geschrien hatte. Den Prinzen von Condé aber erschreckte dieser Versuch derart, daß er die Prinzessin in der tugendstrengen Obhut der Erzherzöge ließ und auf Umwegen nach Mailand ging, wo er sich den Händen des Comte de Fuentes überantwortete, und das war ein geschworener Feind Frankreichs. Und natürlich war der Erste Prinz von Geblüt für Spanien und Fuentes ein um so wunderbarerer Trumpf, als der Prinz keinen blanken Sou besaß und zum Leben gänzlich von fremdem Gelde abhing. So fiel es Fuentes leicht, ihn zu einer Erklärung zu veranlassen, in welcher er Henri Quatre der »Tyrannei« gegen ihn verklagte (und ich betone noch einmal die Folgenschwere dieses Wortes »Tyrannei«, da es nach der jesuitischen Kasuistik erlaubt war, einen Tyrannen zu töten). Außerdem behauptete der Prinz auch noch, die Scheidung des Königs von Königin Margot sei ungesetzlich gewesen, folglich sei Maria von Medici nicht Henris legitime Gemahlin und der Thronfolger Louis ein Bastard.

»Mit dieser Erklärung«, sagte Fogacer, den wir in unserer Ratlosigkeit um Hilfe anriefen, »vermeldet man den Anspruch des Ersten Prinzen von Geblüt auf den französischen Thron für den Fall, daß Henri stirbt ... Ob aber der Prinz selbst so große Lust hat, dieses gefährliche Spiel bis zum Ende durchzuhalten, bezweifle ich. Allzuleicht könnte man ihm seine eigene höchst zweifelhafte Legitimität an den Kopf werfen. Und trotzdem halten die Spanier mit ihm einen hervorragenden Bauern in Händen und können ihn benutzen, wie Philipp II. den Herzog von Guise gegen Heinrich III. benutzte: als Fanal, um die Ligisten, die Unzufriedenen und die Verräter zu sammeln.«

»Ihr habt recht, Fogacer«, sagte mein Vater. »Der Krieg ist noch nicht einmal ausgebrochen, da beginnt er für die Spanier schon sehr gut. Und außer dem Prinzen in Mailand haben sie ein noch kostbareres Pfand in der Person der Prinzessin in Brüssel. Und für dieses werden sie zum gegebenen Zeitpunkt einen hohen Preis verlangen – an Grenzfesten, an Land, an Ehre, an Prestige.«

Der Versuch, die Prinzessin aus Brüssel zu entführen, und die Mailänder Erklärung des Prinzen hatten, wenn ich nicht irre, Ende März 1610 statt. Anfang April wurde ich von Henri in den Louvre bestellt, um einen Brief an einen deutschen Fürsten zu schreiben. Der König war so ruhig und entschlossen, wie ich ihn an jenem verhängnisvollen Abend, als er seine Geliebte verlor, zerfahren und verzweifelt gesehen hatte. Er diktierte seinen Brief, als läse er ihn aus dem Kopfe ab, und ich auf meiner niederen Dienststufe war nicht weniger ruhig, denn diesmal hatte ich mir ein kleines deutsches Wörterbuch für den Notfall mitgebracht, der aber nicht einmal eintrat.

Als ich nach getaner Pflicht, wie jedesmal, den Dauphin besuchen wollte, hoffte ich, auch Mademoiselle de Fonlebon wiederzusehen, denn ich wußte, daß sie ihm gegen sechs Uhr einen guten Abend zu wünschen pflegte und sich auf beide Wangen küssen ließ. Doch es kam anders. Der Dauphin war, wie ich von einem Pagen hörte, bei der Königin, dafür stieß ich, als ich eben dort kehrtmachte, zu meiner großen Freude fast mit Mademoiselle de Fonlebon zusammen. Aber ich erschrak, als ich sie blaß und mit rotgeweinten Augen sah, und fragte sie nach dem Grund ihres Kummers.

»Ach, lieber Cousin«, sagte sie, indem sie meine beiden Hände faßte, »ich wünschte, ich wäre häßlich! Dann wäre das Unglück nicht über mich gekommen, in das mein bißchen Schönheit mich stürzt.«

»Euer bißchen Schönheit?« fragte ich und führte ihre Hände an meine Lippen. »Liebe Cousine, Ihr lästert!«

»Das Schlimmste daran ist«, sagte sie, während sie mir ihre Hände überließ, »daß ich angeblich der Prinzessin von Condé ähnlich sehe, denn deshalb stellt mir seit einem Monat der König nach! Aber in einer Weise, die mit seiner Bewunderung für *Astrée* wahrlich nichts zu tun hat. Als ich mir keinen anderen Rat mehr wußte, warf ich mich der Königin zu Füßen und habe ihr alles gesagt. Wie hätte ich mich sonst gegen so soldatische Angriffe auf meine Tugend wehren sollen? Die Königin war sehr gütig. Sie hob mich auf, küßte mich und versprach mir eine Mitgift, wenn ich mich einmal vermähle. Aber ihr Spruch ist unwiderruflich: morgen muß ich die Heimreise ins Périgord antreten zu meinen Eltern. Ich liebe sie wirklich sehr, aber, mein lieber Cousin, nach dem Gepränge des Hofes und nach dem schönen Paris werde ich mir doch wie in einer Wüste vorkommen! Wer, ich bitte Euch, wird mich denn in so weiter Ferne noch besuchen?«

»Ich werde Euch besuchen, Cousinchen! Ich verbringe den Sommer immer in Mespech. Und Mespech ist nicht weit von Castelnau. In wenigen Stunden zu Pferde kann ich bei Euch sein!«

Sie fiel mir um den Hals und küßte mich auf beide Wangen, dann aber errötete sie und entschuldigte sich für ihr Ungestüm.

»Chevalier«, fragte sie glücklich aufgeregt, »ist das wahr? Ist das wirklich wahr? Ihr wollt mich besuchen kommen? Schwört Ihr mir das?«

»Versprochen ist versprochen!« sagte ich und hob zum Eide die Hand.

Als ich meinem Vater abends von dieser Begegnung erzählte, verdüsterte er sich.

»Ihr solltet bei Mademoiselle de Fonlebon nicht so weit vorpreschen. Ihre Familie trägt die Nase hoch, und wenn Ihr Euch nach Euren Avancen zurückziehen wolltet, könnten ihre Eltern es sehr übelnehmen.«

»Aber ich fand sie so reizend und so ursprünglich, als sie mir aus ihrem Schrecken um den Hals fiel.«

»Ursprünglich? Solche Regungen sind bei Jungfern auch immer ein wenig Berechnung, nur erfolgt die Berechnung so geschwinde, daß die Regung ganz nach Ursprünglichkeit aussieht.«

»Komisch!« sagte La Surie, »da verfällt der König auf eine bloße Ähnlichkeit hin plötzlich in eine neue Leidenschaft!«

»Komisch kann ich das nicht finden«, sagte mein Vater. »Mir flößt es eher Mitleid ein, wie dieser sechzigjährige Liebhaber sich aus Verzweiflung auf ein Ebenbild stürzt und eine glatte Abfuhr erhält.«

Wie ich schon sagte, ging mein Vater nicht oft in den Louvre, trotzdem war er stets über alles Neue dort auf dem laufenden, und so teilte er La Surie eines Tages mit, daß der Hauptmann de La Force, ein Hugenotte und langjähriger Diener Henris, seinen Sohn, Monsieur de Castelnau, soeben zum Leutnant der Gardekompanie ernannt hatte, die er befehligte. Wie mein Vater es wohl erwartet hatte, spitzte ich bei dem Namen Castelnau sofort das Ohr und fragte, ob es ein Castelnau aus dem Périgord sei?

»Gewiß«, sagte mein Vater.

»Ist es etwa auch ein Caumont?«

»So wie sein Vater, Monsieur de La Force.«

»Dann wären wir also Verwandte?«

»Wir sind in der Tat Vettern«, sagte mein Vater mit einem Blick zu La Surie.

»Und wie ist dieser junge Castelnau?«

»So alt wie Ihr, und er hat auch ungefähr Eure Statur, nur sind seine Augen schwarz, und seine Haut ist braun. Ihr könnt ihn am Tor zum Louvre sehen, denn dort wird er als Gardeleutnant jetzt oft für seinen Vater Dienst tun.«

»Verbringt er den Sommer in Castelnau?«

»Das weiß ich nicht«, sagte mein Vater lächelnd. »Vielleicht fragt Ihr ihn selbst, wenn Ihr Euch dort meldet? Er soll ja, wie ich hörte, ein liebenswürdiger junger Mann sein.«

»Ist er auch Hugenotte?«

»Gewiß, so wie sein Vater. Monsier de La Force entkam der Bartholomäusnacht nur wie durch ein Wunder. Er war noch blutjung, als sein Vater und sein Bruder damals am 24. August von guten Christen niedergemetzelt wurden.«

Als mein Vater einige Tage darauf in den Louvre gerufen wurde, bat ich, ihn begleiten zu dürfen, was ihn nur deshalb verwunderte, weil er zur Zeit meiner Siesta dorthin mußte und ich diese also zu opfern bereit war. Doch ohne ein Wort oder ein Lächeln willigte er ein.

Und ich hatte Glück, denn am Tor zum Louvre sagte mein Vater: »Wie ich sehe, hat Monsieur de Castelnau gerade Dienst. Am besten, ich stelle Euch gleich einander vor.«

Beim ersten Hinsehen beneidete ich Monsieur de Castelnau ein wenig um sein blaues Leutnantskleid mit den roten Tressen. Es hätte mir, dachte ich, bestimmt ebenso gut gestanden wie ihm. Doch verging diese Regung so schnell, wie sie gekommen war, denn ich wußte, daß ich mich im Waffenmetier nur langweilen würde, obwohl ja kein Metier dumm sein muß, wenn man es gewissenhaft betreibt. Und man brauchte Monsieur de Castelnau nur anzusehen, um an seiner strengen hugenottischen Miene zu erkennen, daß er seine Wache nicht auf die leichte Schulter nahm wie die anderen aufgeblasenen Laffen, die sich am Tor des Louvre als große Eisenfresser gebärdeten.

Monsieur de Castelnau war offensichtlich keiner von denen. Sein schönes, ernstes Gesicht war gleichwohl freundlich und offen. Bisher kannte ich ja gewissermaßen keinen Burschen meines Alters, weil ich immer nur mit den Freunden meines Vaters umging, die bis auf Bassompierre alle ungefähr so alt waren wie er. Und um es frei zu bekennen, sowie ich dem Gardeleutnant in die Augen blickte, vergaß ich auf der Stelle, daß ich vorher an ihn nur als willkommenes Bindeglied zwischen Mespech und Castelnau gedacht hatte: ich faßte zu ihm eine schöne Freundschaft, und er zu mir.

Unsere Verwandtschaft war der erste Gegenstand unserer Unterhaltung, und indem wir die Caumonts auf seiten meines Großvaters und die Caumonts auf seiten seines Vaters aufzählten, erfuhr ich, daß wir Cousins dritten Grades waren, aber auch, daß Mademoiselle de Fonlebon seine Cousine zweiten Grades war, was mir sehr viel weniger behagte, weil ich mir nicht denken konnte, daß ein so schöner und wohlgestalter Edelmann wie Castelnau der Schönheit dieser Cousine widerstehen könnte wie auch sie der seinen. Doch eine Minute später, und ohne daß ich ihm eine Frage gestellt hatte, nahm er mir diese Riesenlast vom Herzen. Er liebe das Périgord so sehr, sagte er, und verbringe dort jeden Sommer, weil er heiß vernarrt sei in Mademoiselle de Puymartin. Alles schien mir jetzt wie durch ein Wunder an den rechten Platz zu rücken, denn mein Großvater war mit den Puymartins eng befreundet, deren Gut in der Nachbarschaft von Mespech lag. Mir klopfte das Herz, daß mein neuer Freund mir vom Blut und vom Orte her so nahe stand, ohne aber mein Rivale zu sein.

»Ihr seid jeden Sommer im Périgord?« rief ich aus. »Aber ich auch!«

Er war hocherfreut. Und was glauben Sie, wie eifrig wir beide uns nun in den kommenden Juli versetzten, unter der hohen Sonne Seite an Seite durch das blühende Frankreich streiften, in den Gasthäusern Mahl hielten und darüber ganz vergaßen, daß wir vorm Tor des Louvre auf glühendheißen und staubigem Pflaster standen.

»Oh, gewiß!« sagte er (und dieses ›gewiß‹ verriet den Hugenotten), »um wieviel lieber wäre ich heute in Castelnau, als hier die stickige Luft zu atmen!«

»Gehört Euch Castelnau?«

»Nein. Mein Vater hat den Titel, den Namen und die Einkünfte auf mich übertragen. Aber über das Haus habe ich keine Verfügung.«

Das Wort »Haus« auf diese schöne, mächtige Burg anzuwenden, welche über der Dordogne aufragt, berührte mich sehr. Unsere großen Familien in den Provinzen hegen eine Scham, sich ihrer wunderbaren Schlösser zu rühmen, aber sie tun es vielmehr, weil sie die Liebe dazu im Herzen tragen, und nicht aus Eitelkeit.

Während wir so plauderten, kam über den weiten Vorplatz des Louvre ein sehr großer Mann, unter dessen grünem Hut brennendrote Haare hervorquollen, die sich mit einem gleichfarbigen, struppigen Bart mischten. Auf halbem Weg hielt er inne, stemmte die Hände in die Hüften und musterte uns von weitem, Castelnau und mich. Seine Augen waren mit einem Ausdruck auf uns gerichtet, der etwas Beunruhigendes hatte.

Außer durch seinen riesigen Wuchs und seine breiten Schultern fiel der Mensch auch dadurch auf, daß er im Kontrast zu seinem sehr roten Haar ganz in Grün gekleidet war und daß sein Wams von flämischem Schnitt war.

»Dalbavie«, sagte Castelnau zu einem Sergeanten, »weißt du, was der Kerl von uns will?«

»Ach, der!« sagte Dalbavie. »Der kommt jetzt zum drittenmal. Zweimal hab ich ihn schon abgewiesen. Er gefällt mir nicht mit seinem Fell und seinen Augen. Ich glaub, der ist närrisch *coma la luna de mars*[1].«

»Den grünen Hut dazu hat er schon auf«, sagte ein kleiner Gardist mit lustigen, blitzenden Augen. »Schade! So ochsenstark wie der ist, gäb er einen guten Soldaten ab.«

»Hat er euch angesprochen?« fragte Castelnau.

»Ja«, sagte Dalbavie. »Der redet wie geschmiert. Mir scheint, wenn du den in eine Soutane steckst, hält der dir eine Predigt wie jeder andere.«

»Was hat er gesagt?«

»Mir, nichts«, sagte Dalbavie, »er hat sich an Cadejac gewandt.«

Das war der kleine Gardist mit den lachenden Augen, und als Castelnau ihn ansprach, lachten sie noch mehr.

»Er hat mich gefragt, ob es stimmt, daß der König gegen den Papst Krieg führen will.«

»Und was hast du geantwortet?«

»Daß der König mich lange nicht mehr zu Tisch gebeten hätte, um mir seine Pläne anzuvertrauen, aber daß ich ihm, wenn er daran dächte, schon gerne zur Hand gehen wollte.«

Cadejac lachte als erster über seinen kleinen Witz, und die anderen Gardisten fielen ein.

»Und was hat er geantwortet?«

»Er warf mir einen Blick zu, als sollte die Seine im Sommer gefrieren, und brummte zwischen den Zähnen: ›Lästerung! Lästerung! Den Papst bekriegen heißt Gott bekriegen! Denn der Papst ist Gott, und Gott ist der Papst!‹«

»Und was hast du darauf gesagt?«

»Wenn beide derselbe sind, hab ich gesagt, warum sind es dann zwei?«

---

1 (okzitan.) Wie der Märzmond.

Aber ich sah, daß der Spaß Castelnau nur halb gefiel, weil es ihm an Ehrfurcht vor dem Schöpfer gebrach. Dalbavie bemerkte seinen Patzer und setzte hinzu, um ihn wettzumachen: »Deshalb, Herr Leutnant, hab ich Euch doch gesagt, der ist närrisch. Den Papst mit Gott zu verwechseln, das ist doch, als wenn ich Euren Herrn Vater mit Euch verwechseln würde.«

Ich mußte lächeln, aber Castelnau nicht. Er richtete seine schwarzen Augen auf den rotschöpfigen Riesen, der von weitem nach ihm blickte, und winkte ihn heran. Der Rotkopf setzte sich entschlossenen Schrittes und ohne die mindeste Furcht in Bewegung.

»Ihr bleibt hier vorm Tor«, sagte Castelnau zu den Gardisten.

Als der Mann fünf Schritt vor ihm anlangte, rief Castelnau: »Halt! Was ist Euer Begehr? Warum verlangt Ihr Eintritt?«

»Ich will den König sehen, Monsieur. Ich muß ihn sprechen.«

»Was wollt Ihr ihm sagen?«

»Das sage ich nur ihm selbst.«

Der Mann sprach nicht wie ein Tölpel.

»Ihr müßt verstehen«, sagte Castelnau höflich, »der König kann nicht allen seinen Untertanen Audienz gewähren. Es sind zu viele.«

»Monsieur«, sagte der Mann, der sich plötzlich ereiferte, daß seine blauen Augen flammten, »ich flehe Euch an im Namen unseres Herrn Jesus Christus und der Jungfrau Maria, ich muß den König sprechen!«

Einen Hugenotten im Namen der Jungfrau Maria anzuflehen, dachte ich, war vielleicht nicht die beste Art, sein Ziel zu erreichen. Doch Castelnau blieb bei seinem höflichen Ton.

»Ich werde den Hauptmann fragen. Er allein kann Euch zum König führen, wenn er es für recht hält.«

Und zu den Gardisten sagte er halblaut: »*Mefia-te. Diu te garde d'aquel qu'a lo pial roje.*«[1]

Sowie Castelnau in den Louvre eilte, machte Dalbavie dem Halbdutzend Soldaten, die sich am Tor befanden, ein Zeichen, den Fremden zu umstellen, sicherlich für den Fall, daß dieser sich den Eintritt erzwingen wollte. Er machte aber nicht den Eindruck, sich dadurch eingeschüchtert oder beunruhigt zu

---

1 (okzitan.) Vorsicht. Gott schütze dich vor einem, der rote Haare hat.

fühlen. Einen guten Kopf größer als die Gardisten, stand er hoch aufgerichtet da und ließ die Arme hängen. Nur seine blauen Augen, die aus dem grellen Rot der Haare stachen, hatten eine Art, sich ohne jedes Wimpernzucken auf sein Gegenüber zu richten, daß einem seltsam unbehaglich wurde. Mir schien er nicht eigentlich närrisch zu sein, sondern eher sonderlich, überspannt und seiner und seiner Überzeugungen unmäßig sicher. Da Castelnau nicht gleich mit Monsieur de La Force wiederkam, fragte ich ihn: »Was meint Ihr zu dem bevorstehenden Krieg?«

Ohne jedes Zögern und im Ton felsenfester Gewißheit antwortete er: »Des Königs Herz soll sich allein darauf richten, die Hugenotten zu bekriegen.«

Den Vogel, dachte ich, hat man ja gut katechisiert! Aber wer zum Teufel mochte ihm eingeblasen haben, daß »Gott der Papst und der Papst Gott ist«? Hatte er diese kuriose Theologie nur aus seinem eigenen grünen Hut? Und da er den König zu sprechen begehrte, wollte er »sein Herz darauf richten«, daß er die Hugenotten bekriege, so wie Jeanne d'Arc einst den französischen König aufgefordert hatte, »die Engländer aus Frankreich hinauszuwerfen«?

Endlich kam Monsieur de La Force, gefolgt von seinem Sohn. Wenn ich auch Castelnau an diesem Tag zum erstenmal begegnet war, kannte ich Monsieur de La Force seit langem, und während er mich umarmte und sich nach meinem Vater und La Surie erkundigte, hafteten seine durchdringenden grauen Augen an dem herkulischen Rotschopf. Was er sah, schien ihm nicht sehr zu gefallen. Trotzdem war auch sein Ton höflich, als er ihn ansprach.

»Seid Ihr es, der Seine Majestät zu sehen wünscht?«

»Ja, Herr Hauptmann.«

»Wie nennt Ihr Euch?«

»Jean-François Ravaillac.«

»Wie alt seid Ihr?«

»Einunddreißig.«

»Was ist Euer Stand?«

»Ich war Schullehrer und Kammerdiener. Dann habe ich für einen Pariser Richter Prozesse mitgeschrieben.«

»Und was tut Ihr derzeit?«

»Ich bin stellungslos.«

»Wovon lebt Ihr?«

»Von Almosen, welche gute Menschen mir spenden.«

»Schämt Ihr Euch nicht, in Eurem Alter und so, wie Ihr gebaut seid, nicht zu arbeiten?«

»Ich vergeude meine Zeit nicht.«

»Was macht Ihr?«

Ravaillac straffte sich und sagte mit der Inbrunst eines Propheten: »Ich ergründe die Geheimnisse der ewigen Vorsehung.«

»Ist das nicht sehr vermessen? Glaubt Ihr denn, daß Ihr sie ergründen könnt?«

»Ich lese gute Bücher, die mich aufklären.«

»Von wem?«

»Von Pfarrer Jean Boucher, von Pater Mariana, von Pater Emmanuel Sâ.«

Keine vertrauenerweckenden Autoren: zwei Jesuiten und ein Pfarrer, der wegen der Maßlosigkeit seiner Predigten aus Paris verbannt worden war. Trotzdem schwieg Monsieur de La Force hierzu.

»Wo wohnt Ihr in Paris?«

»Ich wohne in Angoulême.«

So gleichmütig Monsieur de La Force sich auch gab, hier verriet er einige Erregung. Angoulême, eine erzkatholische Stadt, unterstand dem Herzog von Épernon, und es geschah nichts dort, wovon er nicht Kenntnis hatte.

»Kennt Ihr den Herzog von Épernon?«

»Ja.«

Und er setzte hinzu: »Er ist freidenkender Katholik.«

Dieser Zusatz und die ehrerbietige Miene, mit der Ravaillac ihn gab, erhellten Monsieur de La Force vollends, mit was für einem erbitterten Papisten er es zu tun hatte.

»Was wollt Ihr dem König sagen?«

»Das kann ich nur ihm selbst eröffnen.«

Monsieur de La Force blickte stumm auf den Fremden, dann fuhr er in demselben höflichen Ton fort: »Bevor ich Euch zu Seiner Majestät bringe, muß ich Euch durchsuchen lassen.«

»Ich habe es erwartet«, sagte Ravaillac.

Auf ein Zeichen von Castelnau trat Dalbavie an den Rotschopf heran und tastete ihm mit beiden Händen nacheinander Brust, Rücken, Arme, Hüften und Schenkel ab.

»Er hat keine Waffen bei sich, Herr Hauptmann«, meldete er, »auch kein Messer.«

Über das zugewachsene Gesicht Ravaillacs huschte etwas, das als ein Lächeln hätte gelten können, wäre sein Blick nicht unverändert starr geblieben.

»Ich unterrichte Seine Majestät«, sagte Monsieur de La Force. »Ihr behaltet ihn inzwischen im Auge.«

Wie wir später erfuhren, sagte La Force dem König: »Der Mann ist ein wütender Fanatiker, Sire. Er kennt Épernon. Das ist Jesuiten- und Ligistenbrut! Ich halte ihn für hochgefährlich, auch angesichts seiner Kraft.«

»Durchsucht ihn noch einmal«, sagte der König, »wenn Ihr nichts bei ihm findet, jagt ihn weg! Und verbietet ihm, sich dem Louvre und meiner Person zu nähern, sonst wird er ausgepeitscht.«

»Sire, man sollte ihn sofort einkerkern!«

»Tut, was ich sage«, sagte der König.

Als Monsieur de La Force wieder ans Tor kam, wirkte er ziemlich niedergeschlagen.

»Durchsucht ihn«, sagte er fast schroff zu Dalbavie.

»Aber ich habe ihn doch durchsucht, Herr Hauptmann!« sagte Dalbavie etwas gereizt, weil er sich vor seinen Männern bloßgestellt fühlte.

»Durchsucht ihn noch einmal!« befahl Monsieur de La Force stirnrunzelnd.

Dalbavie gehorchte mit ziemlich ungehaltener Miene. Von neuem tastete er den Mann ab, doch nachlässiger und im voraus überzeugt, daß diese zweite Durchsuchung unnütz war.

»Er hat nichts bei sich«, sagte er.

»Gut, laßt ihn gehen«, sagte La Force mißgestimmt. »Und wenn er wieder um das Tor streicht, peitscht ihn aus.«

Wie sich herausstellen sollte, war diese Durchsuchung unzureichend. Hätten Dalbavies Hände auch unterhalb der Knie getastet, hätten sie an der linken Wade, den Griff unterm Strumpfband verborgen, Ravaillacs Messer entdeckt.

* * *

Am zwölften Mai hatten wir Bassompierre zum Diner. Es war der Tag vor der Krönung der Königin, die nach alter Tradition in der Abtei Saint-Denis gefeiert werden sollte, was La Surie zu der Bemerkung veranlaßte, damit sei Maria dann »königlicher als der König«, da Henri, dessen Krönung ja mitten im Bürgerkrieg stattfand, sich mit Chartres hatte begnügen müssen. Saint-Denis war damals in der Hand der Liga.

»Oh, für mich besteht kein Zweifel«, sagte Bassompierre, indem er sich mit dem Finger über den Schnurrbart fuhr, »daß Concini ihr diese Idee in den Kopf gesetzt hat. Und die Galigai hat sie beim täglichen Frisieren darin befestigt. Aber ich meine, daß die Königin sich auch des Rates und der Zustimmung der Minister Villeroi und Sillery versichert hat, die Ihr, Marquis, der spanischen Partei zurechnet, die ich aber vorsichtiger die Friedenspartei nennen will.«

»Was Euch«, setzte mein Vater hinzu, »wenn der König den Krieg erklärt, nicht im mindesten hindern wird, ein Kommando in seinem Heer zu übernehmen.«

»Bin ich nicht der Pfarrsohn dessen, der Pfarrer ist?«

»Jedenfalls«, sagte mein Vater, »hat der König nach langen ehelichen Debatten der Krönung schließlich zugestimmt, obwohl er die Königin für wenig urteilsfähig hält?«

»Er hat sich einverstanden erklärt, um im Falle seines Todes die Nachfolge für den Dauphin zu sichern«, sagte Bassompierre. »Und damit beweist er, denke ich, wahre Seelengröße.«

»Graf«, sagte mein Vater, »Ihr lächelt. Steht Ihr nicht voll zu diesem Wort?«

»Dazu stehe ich durchaus. Ich lächele nur, weil mir soeben einfiel, daß Seelengröße bei einem Menschen sich auch mit weniger edlen Gefühlen paaren kann, zum Beispiel mit Zynismus oder mit einer nahezu komischen Naivität.«

»Das müßt ihr mir erläutern«, sagte mein Vater.

»Nun, am Tage, nachdem der König die Krönung der Königin akzeptiert hatte, zog er mich beiseite und sagte: ›Bassompierre, du weißt doch, wie erpicht die Erzherzöge in Brüssel auf Etikette sind. Ich möchte, daß du meine Frau dazu bewegst, ihnen einen Brief zu schreiben, in welchem sie verlangt, daß die Prinzessin von Condé ihrer Krönung beiwohnt.‹«

»Gerechter Himmel! Welch seltenes Taktgefühl!« sagte mein Vater. »Ich würde darüber lachen, wenn es sich nicht um den König handelte. Und übernahmt Ihr diesen Auftrag?«

»Hätte ich ablehnen können? Aber, soviel laßt Euch versichern, Marquis, daß ich vor der Königin meine Zunge siebenmal im Munde umdrehte, bevor ich ihr diese bestürzende Forderung übermittelte. Mein Gott! Und hätte sie zehn Augen gehabt, sie hätte mich nicht genug mit Blitzen durchbohren können. ›Comte!‹ sagte sie, ›für wen haltet Ihr mich? Und für wen hält mich der König? Für eine *ruffiana*[1]?‹«

Nachdem Bassompierre gegangen war und weil das Gehörte mich stark beschäftigte, fragte ich: »Weshalb soll Henri wahre Seelengröße bewiesen haben, als er der Krönung der Königin zustimmte, um die dynastischen Rechte seines Sohnes zu sichern. War das nicht selbstverständlich?«

»Es wäre selbstverständlich, steckte die Königin nicht voller Galle und Groll gegen ihn und ließe sie nicht, was noch schlimmer ist, das Haupt der spanischen Partei durch den Nuntius Ubaldini über alles unterrichten, was sie weiß. Und sie weiß viel, weil der König sich nicht genug in acht nimmt. Ihr müßt bedenken, mein Sohn, daß die starke Partei in Frankreich, die den Tod des Königs wünscht oder betreibt, das Land dennoch nicht in einen Bürgerkrieg stürzen will. Diese Bedrohung entfällt durch die Krönung der Königin, weil sie die Thronfolge sichert. Zugleich damit wird aber auch der Weg frei, und es vervielfachen sich die Gefahren, daß der König ermordet wird.«

»Weiß das der König?«

»Voll und ganz. Ich hörte, wie er in meinem Beisein zu Sully sagte: ›Vermaledeite Krönung! Mir bringt sie den Tod.‹«

Am dreizehnten Mai nahm ich mit meinem Vater und La Surie an der Krönungsfeier in Saint-Denis teil, die so prächtig war, wie es sich nur geziemte, und die ein freudiges Ereignis gewesen wäre, hätte sie im Geiste des Königs und seiner Getreuen nicht düstere Vorahnungen genährt.

Henri hatte die Zeremonie bis in jede Einzelheit vorbereitet. Und da ich dies wußte, machten mich vornehmlich zwei Dinge betroffen. Der König hielt sich der Weihe seiner Gemahlin zwar nicht fern, jedoch wahrte er Abstand. Er hätte seinen Thron im Chor aufstellen können. Statt dessen wohnte er der Zeremonie von weitem und von oben als Zuschauer in einer verglasten Loge bei.

---

[1] Kupplerin.

Dem Brauch gemäß hatte der Kardinal de Joyeuse die königliche Krone auf das Haupt der Königin zu setzen. Doch erhielt er nach dem Willen des Königs hierbei zwei unerwartete Helfer: zu beiden Seiten Marias hielten der Dauphin Louis und Madame, Louis' Schwester, die Krone, bevor sie die Stirn ihrer Mutter berührte. Die Damen fanden diese Neuerung reizend, doch meinten etliche, darunter auch mein Vater, hiermit sei bedeutet, daß Maria von Medici nur dank der Kinder, die sie von Henri hatte, zur Königin gekrönt wurde.

Was meinen Vater in dieser Ansicht bestärkte, waren zwei Vorkommnisse, das eine leichtgewichtig, das andere ernst, deren Augenzeuge er nach der Zeremonie wurde. Als diese beendigt war und bevor der Festzug sich zum Ausgang bewegte, begab sich der König von seiner verglasten Loge zu einem Fenster über der Kapelle und sprengte von dort einige Tropfen Wasser auf die Königin herab. Der kleine Spaß verwirrte die Beiwohnenden, weil man diese Art Taufe nicht als Verspottung der soeben erteilten Weihe zu deuten wagte. Doch als der König hinuntergestiegen war und seine Gemahlin in den höflichsten Formen empfing, sah er auch den Dauphin kommen. Seine Gesicht erhellte sich, und zu den Anwesenden gewandt, sagte er mit lauter Stimme und höchster Eindringlichkeit: »Meine Herren, dieser ist Euer König!«

Seine Worte und der Ton, in dem sie gesprochen wurden, hatten auf die Höflinge eine ergreifende Wirkung. Ihnen war, als stellte sich der König schon jenseits des Lebens, um ihnen einzuprägen, daß ihr wahrer Herrscher nicht die Frau sei, die man soeben gekrönt hatte, sondern dieser Knabe, der noch nicht neun Jahre alt war.

* * *

Wenigstens die erste Hälfte dieses Freitags, des vierzehnten Mai, war in meinem Leben ein Tag wie jeder andere. Monsieur Philipponeau, der einstige Jesuit mit den glühenden Augen, hieß mich ein Sonett von Malherbe ins Lateinische übertragen, wobei er mir hier und da ein wenig half. Hierauf befragte er mich, auch auf lateinisch, über die Eroberung Galliens. Dann gab mir der Ex-Luntenmeister Martial seine Mathematikstunde. Und als letzte erschien Mademoiselle de Saint-Hubert.

Sie war jetzt einunddreißig und charmant, lebhaft und empfindsam wie je, und dennoch glich sie einer langsam welkenden Blume. Mit ihrer gewohnten Sorgfalt unterrichtete sie mich in der Sprache Dantes, ohne mir auch nur eine der italienischen Verbformen zu schenken, die sich an Heimtücke mit den unseren wahrlich messen können. Wenn ich aber rein zufällig einmal ihre Hand berührte, zog sie diese mit einer fast verletzenden Heftigkeit zurück, so als ertrüge sie, nachdem sie so lange vergeblich auf die Liebe gewartet hatte, nicht einmal mehr die leichteste Annäherung des anderen Geschlechts.

Die Ungerechtigkeit ihres Schicksals betrübte mich um so mehr, als ich es in nichts mildern konnte, da ihr jede warmherzige Geste meinerseits verdächtig erschien: es war, als verursache ihr dies nur Bitterkeit und als fühle sie sich von allen und jedem zurückgestoßen, sogar durch Aufmerksamkeiten, die ich ihr erwies.

Obwohl mein Waffenmeister, der kleine Teufelskerl Sabatini, mich durch seine Ausfälle von Kopf bis Fuß unter Schweiß setzte und diese forsche Übung mich erheiterte und meinem Körper wohltat, wirkte der Gedanke an Mademoiselle de Saint-Hubert wie ein Nachgeschmack von Kummer in mir, als ich mit meinem Vater und La Surie zu Tische ging.

Ihre Unterhaltung vermochte ihn nicht zu zerstreuen: mein Vater brachte aus dem Louvre gewisse Einzelheiten über das letzte Gespräch des Königs mit dem Nuntius Ubaldini mit. Henri hatte sich nie darüber täuschen lassen, und schon gar nicht durch die Gewandtheit des Papstes Paul V., daß dieser, obwohl er in der Affäre Kleve als Schiedsrichter und Vermittler auftrat, in Wahrheit Partei für die Habsburger nahm. Die Neuigkeit aber war, daß der König dem Nuntius klipp und klar sagte: »Der Papst will von mir alles, von den Spaniern nichts.« – »Sire«, sagte Ubaldini, »der Frieden der Christenheit liegt in Euren Händen.« – »Wenn Ihr Frieden wollt, bewegt die Spanier, mir einige Zeichen guten Willens zu geben.« – »Sire, laßt Seiner Heiligkeit die Zeit, solche zu erhalten.« – »Ich habe lange genug gewartet! Am fünfzehnten Mai begebe ich mich zu meinem Heer.«

»Und hinter diesen Worten des Königs«, sagte mein Vater, »steht der Tod von Hunderttausenden Menschen.«

»Und sein eigener vielleicht«, sagte La Surie.

»Will der König tatsächlich morgen in sein Heerlager aufbrechen?« fragte ich.

»Nach dem Gespräch mit Ubaldini hat er seinen Zeitplan noch einmal geändert. Heute will er seine Dinge ordnen. Morgen geht er auf die Pirsch. Am Sonntag nimmt er am Einzug der Königin in Paris teil.«

»Sie ist doch schon da!« sagte La Surie mit einem Blitzen in seinem braunen Auge, während das blaue kühl blieb. »Zieht sie hinaus, um einzuziehen?«

»Ihr scherzt«, sagte mein Vater. »Nach einer Krönung verlangt es der Brauch, im Triumph in seine Stadt einzuziehen. Ich fahre fort. Am Montag verheiratet der König seine Tochter Vendôme. Am Dienstag feiert er diese Hochzeit. Und am Mittwoch dann, dem neunzehnten Mai, steigt er zu Pferde und begibt sich ins Heerlager.«

Als mein Vater endete, hielt Mariette ihren triumphalen Einzug mit einer riesengroßen Kirschtorte. Die Kirschen stammten von unserem Gut Le Chêne Rogneux, wo man sie unmittelbar vor der Reife gepflückt hatte, sonst hätten die Vögel keine einzige für uns übriggelassen.

Nicht nur mit dem Teig, seiner erfinderischen Verarbeitung und kunstreichen Verzierung hatte Caboche ein Meisterstück vollbracht, sondern auch durch die Größe dieses Monumentes, mit dem er seiner Herrschaft Ehre bezeugte und zugleich all unserem Gesinde Freude bereitete, das sich nachher um unseren großen Küchentisch versammeln und der Torte den Garaus machen würde.

Nach dem Essen zog ich mich in meine Kammer zurück. Mit meiner neuen Soubrette ließen sich die Dinge längst so an, daß mir in meiner Siesta sogar Zeit zum Schlafen blieb. Nicht daß Louison weniger bei der Sache war als Toinon, aber sie hatte die langsamen Annäherungen und feinfühligen Vorspiele meiner Bäckerin durch einen eher bäuerlichen Stil ersetzt. All meine Mühen, ihr Verfeinerungen beizubringen, waren vergebens: Louison sah überall Sünde. Und da ich meine Wünsche eher ändern konnte als ihre Theologie, begnügte ich mich schließlich mit ihrer gutmütigen Schlichtheit. Nicht ohne Scham gestehe ich, daß ich im Traum andere Gesichter sah als das ihre, so hübsch es auch war.

An jenem Tage riß mich Franz aus meinem Schlummer mit

der Meldung, daß Ihre Hoheit die Herzogin von Guise mir befehle, mich sogleich aufs beste anzukleiden, weil sie mich in ihrer Karosse mitzunehmen wünsche.

»Ist mein Vater damit einverstanden?« fragte ich Franz.

»Monsieur, er ist nicht zu Hause.«

»Und der Chevalier?«

»Der Chevalier auch nicht.«

Also spritzte ich mir ein bißchen Wasser ins Gesicht und legte mit Louisons Hilfe im Handumdrehn meinen blauen Anzug an, um in den Augen meiner lieben Patin zu bestehen, die denn auch bei meinem Anblick vor Freude strahlte, doch ohne daß ihre Worte mit den liebevollen Blicken Schritt hielten.

»Gott im Himmel!« sagte sie, »habt Ihr auf Euch warten lassen! Nun aber los! Ich habe anderes zu tun, als tagsüber im Bette zu faulenzen wie Ihr!« Und sie faßte meinen Arm und zog mich mit hurtigen Schrittchen zu ihrer Karosse, deren Gespann nicht weniger vor Ungeduld schnaubte wie ihre Herrin.

»Steigt ein, steigt ein, zum Teufel!«

»Aber wohin fahren wir, Madame?«

»Wäret Ihr allein, würde ich sagen zur Hölle: denn da ist Euer Platz, aber Gott sei Dank hege ich für mich andere Hoffnungen!«

»Madame, Madame!« rief Franz, als der Lakai schon den Tritt hochklappte und die Wagentür schloß, »ich bitte Eure Hoheit untertänigst, mir zu sagen, wohin Ihr den Chevalier entführt, damit ich meinem Herrn Auskunft geben kann, wenn er heimkommt.«

»In den Louvre, Franz! Nur in den Louvre! Dachtet Ihr, ins Bordell?«

Und auf diese Derbheit hin, die im Nu von Tür zu Tür unsere ganze Gasse entlang wandern würde, lachte sie aus vollem Halse.

»In den Louvre, Madame?« fragte ich, indem ich mich in den blaßblauen Polstern niederließ. »Und wozu in den Louvre, wenn ich fragen darf?«

»Das sag ich Euch, wenn's mir gefällt!« sagte sie ruppig. »Und keine Minute vorher! Meiner Treu, Söhnchen, das stinkt hier! Euch umschwebt eine ganz unerträgliche odor di femina! Herr im Himmel, schämt Ihr Euch nicht, jung wie Ihr seid, Euch jeden Tag, den Gott werden läßt, in Ausschweifung zu baden?«

»Für dieses Bad, Madame, ist kein Alter vorgeschrieben.«

»Frechdachs! Sagt Ihr das meinetwegen?«

»Nein, Madame, es war eine allgemeine Bemerkung.«

»Ach, Monster, Ihr!« sagte sie lachend, »Ihr meint doch wohl, ich sei über das Alter hinaus?«

»Ihr wißt, daß dem nicht so ist, Madame. Übrigens wird es Euch mein Vater alle Tage sagen.«

»Nur daß ich das Scheusal schon lange nicht mehr alle Tage sehe!« sagte sie mit einem Seufzer.

Bei diesen Worten glitt ein Anflug von Traurigkeit über ihr Gesicht, doch raffte sie sich schnell wieder und fand zu ihrem Temperament zurück. Gleichwohl ließ mich dieser kleine Augenblick erraten, wieviel Mut sie manchesmal aufbrachte, um ihre Frische und Fröhlichkeit zu bewahren. Sicher wußte sie nicht, daß es in unseren Mauern eine kleine Seidennäherin gab, aber sie bekam die Auswirkungen zu spüren.

»Gut denn!« sagte sie, »ob zwei Worte, ob tausend: ich nehme Euch mit zur Königin!«

»Zur Königin, Madame! Und was soll ich da?«

»Nichts. Sie wird Euch sehen, mehr nicht, während ich mit ihr, mit der Marschallin de La Châtre und einigen anderen verschiedene folgenschwere kleine Punkte der Etikette berate. Es geht um ihren Einzug in Paris.«

»Und was mache ich die ganze Zeit?«

»Ja, nichts, nichts! Ich sagte es doch! Ihr werdet sitzen oder stehen, je nachdem, und zwar in tadelloser, regungsloser Höflichkeit, und Eure Augen mit derselben Ergebenheit auf die Königin richten, als wäre sie die Jungfrau Maria, und Ihr werdet auch nicht den kleinsten Mucks sagen, außer wenn sie das Wort an Euch richtet. Und vor allem, Monsieur, vor allem: Sollten sich in dem Gemach, wo ich mit der Königin diese Beratung habe, einige ihrer niedlichen Ehrenjungfern aufhalten, werdet Ihr ein für allemal diese gefräßigen Blicke, mit denen Ihr die Weiblichkeit sonst verschlingt, einstellen, und keinen einzigen – hört mir gut zu! –, keinen einzigen in ihre Richtung werfen!«

»Und warum, Madame, wenn ich fragen darf, soll ich mich zu Regungslosigkeit, Stummheit und Blindheit verdammen? Gibt es dafür einen Grund?«

»Sicher gibt es einen. Hört gut zu. Der König geht in den Krieg, und es gibt zwei Möglichkeiten: entweder fällt er, oder er kehrt als Sieger zurück. Kehrt er aus diesem blöden Krieg heil und gesund zurück, wie ich es hoffe, weil ich ihn gern habe, obwohl er ein großer Narr ist, in seinem Alter noch den Helden zu spielen, dann setze ich alles daran, daß er Euch mit Mademoiselle d'Aumale vermählt.«

»Mademoiselle d'Aumale! Aber ich kenne sie überhaupt nicht!«

»Zum Teufel, Monsieur, wozu müßt Ihr sie kennen! Außer daß es ihr nicht an Reizen fehlt, ist ihr hauptsächlicher, daß sie nach der Mercœur eine der reichsten Erbinnen Frankreichs ist. Und was das Beste ist: wenn der König Euch mit ihr verheiratet, überträgt er Euch den Herzogstitel, den er ihrem Vater entzogen hat.«

»Der König hat Mademoiselle d'Aumale doch schon Bassompierre angeboten.«

»Und Bassompierre hat abgelehnt, weil er richtig ahnte, daß es ein Gascognergeschenk war: der König macht einen Ausländer sehr ungern zum Herzog, höchstenfalls ernennt er ihn zum Marschall von Frankreich.«

»Könnte Bassompierre das werden?«

»Sicher, Generaloberst der Kavallerie ist er ja schon. Aber, hört gut zu! Angenommen jetzt, dem König stieße ein Unglück zu und die Königin würde Regentin, hättet Ihr gute Aussicht, Mademoiselle de Fonlebon zu heiraten.«

Das kam so überraschend, daß es mir den Atem verschlug und ich Madame de Guise anstarrte, als sollten mir die Augen aus dem Kopfe fallen. Sie lachte.

»Nun seid Ihr baff, wie? Ja, am Hofe weiß man alles, mein schönes Kind! Ihr habt Mademoiselle de Fonlebon versprochen, sie im Périgord zu besuchen. Ihr habt Euch mit Monsieur de Castelnau verabredet, diese Reise mit ihm gemeinsam zu machen. Und schon heißt es auf Gassen und Plätzen, Ihr seid wie toll in sie verliebt. Außerdem muß das Frauenzimmerchen vor dem Abschied zur Königin von Euch gesprochen haben, denn die Königin hat mir gesagt, ich soll Euch mitbringen.«

»Und warum«, fragte ich verdutzt, »kann ich Mademoiselle de Fonlebon nicht heiraten, wenn der König lebt?«

»Seid Ihr närrisch?« rief Madame de Guise aus, indem nun sie mich mit großen Augen ansah. »Würdet Ihr dem König eine so tödliche Schmach antun wollen, Ihr, den er ›kleiner Cousin‹ nennt? Habt Ihr vergessen, wie stürmisch er dieser wohlgeborenen Jungfer nachstellte? Und wolltet Ihr, wenn Ihr verheiratet wäret, ein zweiter Prinz von Condé sein?«

»Jedenfalls«, sagte ich, »will ich Mademoiselle d'Aumale nicht heiraten.«

»Ihr kennt sie doch gar nicht!«

»Und ich brauche auch keinen anderen Namen: ich bin ein Siorac und will ein Siorac bleiben.«

»Larifari! Man ändert doch seinen Namen nicht, wenn man Herzog wird! Man fügt seinem Namen einen Titel hinzu. Der Vater Eures neuen Freundes Castelnau heißt Jacques Nompar de Caumont, Herzog de La Force, und Ihr hießet Pierre-Emmanuel de Siorac, Herzog d'Aumale. Na, wäre das nichts, sich hinter einem schönen Herzogstitel zu verschanzen, wenn man ein Bastard ist! Wer würde es dann noch wagen, Euch ein Maul zu ziehen?«

»Für jeden, der mir ein Maul ziehen wollte, habe ich meinen Degen.«

»Aber benutzen könnt Ihr ihn nicht. Der König hat vor kurzem ein Edikt gegen Duelle erlassen!«

»Gegen welches Eure Söhne, Madame, verstoßen.«

»Was kann ich denn ausrichten bei diesen unbesonnenen Gecken! Aber Ihr, Monsieur, enttäuscht mich. Ich hatte Euch für vernünftiger gehalten.«

Weil sie wirklich betrübt aussah, nahm ich ihre Hände und küßte sie.

»Ich werde so vernünftig sein, wie ich irgend kann, Madame, um Euch Freude zu machen, aber einmal sagt Ihr, ich soll Mademoiselle d'Aumale heiraten, und im nächsten Moment soll es Mademoiselle de Fonlebon sein. Da kommt man ein bißchen durcheinander!«

»Und woher wollt Ihr wissen, ob Ihr Euch nicht doch in Mademoiselle d'Aumale verliebt? Ihr seid erst achtzehn, und Euch haben schon viele Mädchen und Frauen gefallen. Wer ein so offenes Herz hat, Söhnchen, kann schwerlich auf seine Treue pochen. Aber«, fuhr sie nach einem Schweigen fort, »laßt uns nicht zanken, bisher ist noch alles auf unsicherem Land gebaut. Küßt mich hier auf die Wange, mein Kind. Und nun Frieden, und kein Wort weiter! Für alle Fälle haltet Euch jetzt gut. Keine der Frauen bei der Königin wird Euch auch nur einen Blick schenken, aber alle werden Euch belauern.«

»Aber, Madame«, sagte ich, indem ich hinaussah, »wir sind doch nicht beim Louvre, wir sind fast beim Arsenal ... Wollen wir Sully besuchen?« setzte ich scherzend hinzu.

»Das könnten wir nicht«, sagte sie im selben Ton. »Eine seiner Kriegsverwundungen – er hat einen ganzen Haufen, wie er sagt – ist aufgebrochen. Er leidet schwer. Im Louvre heißt es sogar, er habe ein Bad genommen: daran seht Ihr, daß er nicht gesund ist! Nein, nein, ich habe den Kutscher angewiesen, uns durch Paris zu fahren, weil ich von Angesicht zu Angesicht mit Euch reden wollte, ohne daß wir von Euren Leuten belauscht werden, besonders von Eurer vermaledeiten Mariette, die ihre Ohren ja überall hat. Wenn man nicht achtgäbe, man würde drauftreten!«

Daß meine liebe Patin nach dem, was sie Franz vorhin bei unserer Abfahrt gesagt hatte, Lektionen in Verschwiegenheit hielt, war mir neu! Aber obwohl sie, abgesehen von ihren Hirngespinsten, in ihrem sprudelnden Unbedacht die Ehrbarkeit verletzen konnte, ohne mit der Wimper zu zucken, war ich heilfroh, sie wieder bei ihrem gewohnten Humor zu wissen, während ich mich dareinschickte, nun im Louvre vor Langerweile edel zugrunde zu gehen wie befohlen.

Die Beratung der Damen über folgenschwere kleine Fragen der Etikette fand in dem großen Gemach der Königin statt, das ich zum erstenmal im November 1609, drei Tage nach der Geburt Henriette-Maries betreten hatte.

»Eure Majestät«, sagte Madame de Guise, »dies ist mein Patensohn, der Chevalier de Siorac, den Euch der König auf meinem Ball vorstellte.«

Nach den üblichen Kniefällen war ich bereits dabei, den Saum ihres Kleides zu küssen, und wartete noch immer auf ihre ersten Worte – würden sie freundlich sein oder unfreundlich, wer konnte das bei ihr wissen? Gleichwohl fand ich sie in ihrem malvenfarbenen Hausgewand, mit den ungekräuselten blonden Haaren, die ihr lang über die halb entblößten Schultern fielen, weit ansehnlicher als in Baskine und Schnürleib gepreßt und mit Schmuck überladen, daß sie kaum gehen konnte.

»Ah!« sagte sie, »*il figlioccio famoso!*[1] Möge er sich setzen! Caterina, einen Schemel, dorthin, an die Wand!«

---

1 der berühmte Patensohn!

Während ich aufstand und mich unter der vorgeschriebenen Folge von Reverenzen entfernte, warf ich einen Blick nach meiner Patin. Sie hob die Brauen, zweifellos um mir zu bedeuten, daß mein Empfang nicht so übel war. Jedenfalls war ich nun schon mehr als jener *cugino della mano sinistra*[1], mit dem sie mich auf dem Ball der Herzogin von Guise beehrt hatte. Zwar klang das *famoso* noch ein wenig giftig, denn inwiefern wäre ich »berühmt« gewesen, wenn nicht durch meine uneheliche Geburt? Jedoch gewährte sie immerhin, daß ich mich in ihrer Gegenwart setzte, eine Gunst, die, wie mein Vater sagte, »protokollarisch ihren Wert und hinterseits ihre Bequemlichkeit« hatte.

Weshalb diese Beratung im Schlafgemach der Königin und nicht in ihrem Kabinett stattfand, leuchtete mir auf den ersten Blick ein, denn auf ihrem Bett lag in seiner ganzen Pracht der rote Mantel ausgebreitet, den sie zu ihrem Einzug in Paris tragen sollte. Er war aus Samt, übersät mit goldenen Lilien, hatte ein Futter aus Hermelin und eine Schleppe von sieben Ellen[2], welche sich auf der seidenen Bettdecke wellte und ringelte wie eine riesige Schlange.

Außer der Königin und meiner lieben Patin befanden sich die verwitwete Herzogin von Montpensier, die Prinzessin von Conti, die Marschallin de La Châtre und die Marquise de Guercheville, welche ich alle mit tadellosem Respekt gemäß ihrer Rangfolge begrüßte, bevor ich mich auf den Schemel zurückzog, unweit der königlichen Ehrenjungfern, die stumm an der Wand entlang standen, vermutlich als Dekoration. Und stumm wie sie richtete ich meine Augen mit der äußersten Ergebenheit und frömmsten Demut auf Ihre Majestät, die ich ob ihrer Statur, ihrer kräftigen Stimme und ihrer Massigkeit jedoch schwer mit der Jungfrau Maria in eins bringen konnte.

Bald aber verschwamm mir ihr Bild, und da meine Zunge zum Schweigen verurteilt war und auch die heiß erörterten Fragen der Etikette mein Gehör nicht verlockten, bemerkte ich, daß ich von den Damen, die mich ja alle schon öfters gesehen hatten, in der Tat mit einem neuen Interesse gemustert und belauert wurde, das ich nur ihrem Plan, mich mit Mademoiselle de Fonlebon zu verheiraten, zuschreiben konnte. So unglücklich sie selbst vermählt waren, besonders die Prinzessin von

1 der Cousin linker Hand.
2 Etwa dreizehn Meter.

Conti, sie konnten es nicht lassen, dieses Unglück auch anderen zuzuschanzen.

Schöne Leserin, darf ich hier, ohne mir Ihre Feindseligkeit auf den Hals zu ziehen, bekennen, daß diese Heiratsvermittlerinnen mich hinsichtlich Mademoiselle de Fonlebon ein wenig abkühlten? Gewiß hatte ich mich aus jähem Entzücken Hals über Kopf in sie verliebt, doch sah ich mich plötzlich in den Netzen einer Ehe zappeln, an die ich weder gedacht, noch die ich gewünscht oder für die ich mich selbst entschieden hatte. Mir war, als würde mir die Welt der unendlichen weiblichen Vielfalt verschlossen, wenn ich eine einzige heiratete, obwohl dieses ja erst keimende Gefühl für Mademoiselle de Fonlebon meine unerfüllte Liebe zu Frau von Lichtenberg in keiner Weise aufgehoben noch meine Trauer um den Verlust Toinons vermindert hatte.

Und wie hätte ich mir überhaupt wünschen können, Mademoiselle de Fonlebon zu heiraten, jetzt, da ich wußte, daß ich es ohnehin nicht könnte, so lange der König am Leben war; und Leben wünschte ich meinem König hundert, so sehr liebte ich ihn trotz seiner Fehler und Schwächen und so notwendig dünkte er mich für das Glück seines Volkes.

Als hätte die Glut meiner Wünsche den Gegenstand so großer Bewunderung herbeigerufen, tauchte in dem Moment der König auf, höchst elegant in einem schwarzen Seidenwams und mit einem kurzen Mantel um die Schultern. Alle Reifröcke rauschten und schwirrten und erloschen auf dem Orientteppich, und nachdem Henri galant die Lippen der Königin geküßt und ihre bloße Schulter getätschelt hatte, küßte er hier Wangen, dort Hände und zeigte sich von der heitersten und charmantesten Seite. Zwischen ihm und meiner Patin flogen Scherze hin und her, daß die Marquise de Rambouillet schamrot geworden und die Königin in Entrüstung ausgebrochen wäre, hätte sie auch nur ein Viertel davon verstanden. Um sie für ihr Nichtverstehen zu entschädigen, machte Henri ihr die schönsten Komplimente über die Herrlichkeit ihres Lilienmantels.

»So ein Mäntelchen«, sagte er, »trüge ich im Felde auch gern über meinem Harnisch!«

»Aber dann ohne Schwanz!« sagte Madame de Guise.

Und Henri lachte. »Was sagt Ihr da, liebe Cousine?«

Dann setzte er, verändert in Ton und Miene, hinzu: »Vielleicht bräuchte ich es auch nicht. Könige werden in ihrem Krönungsmantel begraben.«

Nachher deuteten die Vertrauten Henris dieses wie manch anderes Wort, das der König an diesem vierzehnten Mai gesprochen hatte, als Äußerungen seines Vorgefühls, daß ihm sein Tod nahe war. Ich erörterte diese Frage oft mit meinem Vater, der es für baren Unsinn hielt, die Geschichte rückwärts zu erzählen. »Wäre Henri«, sagte er, »an diesem vierzehnten Mai nicht ermordet worden, wer hätte von einer Überlegung, die ganz in seinem Wesen lag, solches Aufhebens gemacht: von dem Lilienmantel kamen seine Gedanken auf seine Rüstung, von seiner Rüstung auf den Krieg und vom Kriege auf sein Grab. Jeder, der in die Schlacht geht, denkt an seinen Tod.«

Zu Bassompierre, der ihm an diesem Morgen ins Gedächtnis rief, welche glücklichen Zeiten er seit der Rückeroberung von Amiens im Jahr 1597 erlebt habe, sagte Henri: »Mein Freund, das ist alles vorbei.« Aber was war vorbei? Das Glück des Friedens? Oder das Leben? Für uns, die wir nach dem Ereignis darüber befinden, ist dieser Satz prophetisch. Aber wie könnten wir behaupten, daß er es für denjenigen war, der ihn sprach? Gewiß wirkte er am Nachmittag dieses vierzehnten Mai übererregt und ruhelos, aber wer wäre es nicht gewesen, der sich anschickte, alles auf eine Karte zu setzen: sein Reich, seinen Thron, seine Dynastie, sein Leben?

»Vor allen Schlachten, die er um seinen Thron zu bestehen hatte«, sagte mein Vater, »habe ich ihn fiebern sehen. Die völlige Unsicherheit seiner Situation im Sinn, die immer mögliche Niederlage und den Tod, sprach er und sprach. Jeder andere hätte diese Ängste hinter einer undurchdringlichen Maske verborgen, aber Henri war ein reger, empfindsamer, überschwenglicher Gascogner, reich an Einbildungskraft, immer zum Lachen geneigt und auch zu Tränen, zum Scherzen aufgelegt, aber ebenso leicht dramatisch. Und vor allem verhehlte er nichts. Da er vor jedem Kampf Durchfall bekam, machte er sich lauthals darüber lustig. Wenn er sich in die Büsche schlug, schrie er in die Gegend: Denen scheiß ich was! Danach war alle Schwäche vergessen, und er kämpfte wie ein Löwe.«

Auch La Surie sagte dazu sein Wort: »Man darf doch nicht vergessen, daß Henri in der Schwermut zur Übertreibung neigte. Erinnert Euch, wie er nach dem Tod von Heinrich III., als ein gut Teil der königlichen Truppen ihn im Stich ließ, sagte: ›Ich bin ein General ohne Heer, ein König ohne Krone und ein Mann ohne Frau.‹ Schwärzer konnte man nicht sehen! Aber er hatte ja noch ein Heer, klein, gewiß, aber glühend, tapfer, kriegsgewohnt ...«

»Und unbesiegt«, sagte mein Vater.

»Und wenn er ohne Krone war«, fuhr La Surie fort, »so doch nur, weil in Paris die Liga saß, aber das Gesetz war auf seiner Seite, sowohl vom Blut her wie dadurch, daß Heinrich III. ihn auf seinem Totenbett feierlich anerkannt hatte. Und mochte er auch ohne Gattin sein, so war er doch nie ohne Weib, da er mitten im Kriege auf Teufel komm raus von der hohen Dame zur Müllerin preschte und von der Müllerin zur Nonne.«

Nun, wie immer dem sei, nach jenem fröhlichen Lanzenbrechen der derben Späße bat Madame de Guise den König, ihr Urlaub zu geben, weil sie in einer Gerichtssache vorzusprechen hatte, und er gewährte ihn ihr mit Bedauern, während er mich noch bei sich behielt. Da er aber mit mir nichts anzufangen wußte, erklärte er nach kurzem, er wolle ein wenig schlummern, umarmte mich und empfahl mir, den Dauphin zu besuchen. Er ging in seinem hurtigen Schritt, den Kopf gebeugt, davon. Es war das letztemal, daß ich ihn lebend sah.

Der Dauphin, der soeben von seiner Zeichenstunde kam, wollte, daß ich mit ihm, mit Monsieur de Souvré und dem Doktor Héroard ausführe, um die Triumphbögen zu sehen, welche die Zimmerleute in der Stadt für den Einzug der Königin errichteten. Diese Bögen, hieß es, seien sehr kunstreich und würden von den Gärtnern mit Grün und Blumen geschmückt. Der Kutscher fuhr uns über die Rue des Poullies, bog dann nach rechts in die Rue Saint-Honoré ein und weiter zur Kreuzung du Tiroy. Ohne es zu wissen, nahmen wir denselben Weg, den wenige Minuten zuvor die Karosse des Königs eingeschlagen hatte. Welche Stunde es war, wüßte ich nicht zu sagen, weil ich meine Uhr nicht bei mir hatte. Und hätte ich sie bei mir gehabt, hätte ich es in Gegenwart des Dauphin niemals gewagt, sie zu ziehen.

Unsere Karosse kam wegen des starken Verkehrs von Gefährten um diese Zeit nur langsam voran, aber auch wegen der vielen Leute auf den Straßen, welche die Triumphbögen anschauten. Drei waren es: einer auf der Rue des Poullies, einer auf der Rue Saint-Honoré und einer auf der Kreuzung du Tiroy. Diesen aber, welcher der größte war, hatten wir kaum zu bewundern die Muße, obwohl der Dauphin gebeten hatte, die Karosse halten zu lassen. Denn im selben Moment, da der Kutscher die Pferde zügelte, kam in höchster Eile ein Page in den Farben der Königin auf uns zu gestürzt. Doktor Héroard beugte sich hinaus, denn wegen der Hitze waren die Schirmleder zurückgeschlagen. Aber der Page, der seine Botschaft offenbar nicht laut verkünden wollte, setzte einen Fuß auf eine Radspeiche, worauf er sich zu dem Doktor hinaufschwang, der ihm sein Ohr zuneigte. Ich hörte nicht, was der Page ihm sagte, aber ich begriff, daß es etwas Ernstes war: Doktor Héroard erblaßte, und als Monsieur de Souvré ihn fragend anblickte, sagte er: »*Rex vulneratus est.*«

»*Leviter?*«

»*Pagius nescit.*«[1]

Monsieur de Souvré wechselte die Farbe und verharrte, ohne daß er ein Wort herausbrachte; der Dauphin blickte bald auf ihn, bald auf seinen Leibarzt.

»Was ist denn?« fragte er schließlich mit gellender Stimme.

»Der König Euer Vater ist verwundet, Monsieur«, sagte Monsieur de Souvré mit tonloser Stimme. »Wir müssen sogleich in den Louvre zurück.«

Mein Herz begann zu klopfen, noch bevor ich nach der verstörten Miene Héroards erriet, daß das Schlimmste geschehen war und daß der Page mehr wußte und Héroard mehr gesagt hatte, als dieser uns mitgeteilt hatte.

Louis schwieg. Vielleicht fürchtete er aus Aberglauben, nach seiner ersten Frage eine zweite zu stellen. Jedenfalls aber stotterte er in erregten Momenten so heftig, daß er dann lieber stumm blieb. Mit einem Seitenblick stellte ich fest, daß sein Gesicht bleich und gespannt war, während seine Augen sich dem Schauspiel der Straße zuwandten. Seine Hand auf der Sitzbank tastete nach der meinen, ich ergriff sie, und sie erschien mir trotz der Maihitze eiskalt und – wer weiß, weshalb ich das empfand – soviel kleiner als sonst.

Der Louvre starrte vor französischen und Schweizer Gar-

---

[1] (lat.) Der König ist verwundet. – Leicht? – Der Page weiß es nicht.

den, die Ketten und Barrieren bildeten und die Piken gesenkt hielten, als erwarteten sie einen Angriff. Das Tor war so stark bewacht, daß der Offizier vor Aufregung die königliche Karosse nicht erkannte und uns zunächst den Einlaß verwehrte, so daß Monsieur de Souvré sich erst zu erkennen geben mußte.

Kaum in seinen Gemächern angelangt, nahm der Dauphin seinen kleinen Hund in die Arme, umhalste und streichelte ihn, ohne zu weinen, aber auch ohne einen Blick nach den Erwachsenen, die ihn umgaben, so als wollte er sich in seine eigene Welt verschließen, fern den Greueln der unseren. Monsieur de Souvré und Doktor Héroard erwogen mit sehr leiser Stimme, ob es nicht besser sei, ihm gleich alles zu sagen, oder ob sie warten sollten, daß die Königin es tat. Ich flüsterte ihnen zu, daß ich Nachrichten einholen wolle, und lief wie gehetzt zu den Gemächern des Königs, noch gegen jede Hoffnung hoffend, daß der Page den Zustand des Verwundeten übertrieben hätte.

Eine Welt brach in mir zusammen, als ich Henri sah: da lag er hingestreckt auf sein Bett, das schwarze Seidenwams war offen und blutig, sein Gesicht wächsern, aber seltsam still. Monsieur de Vic, der auf dem Bett saß, hielt ihm, wie mir schien, vergebens sein Ordenskreuz an den Mund und empfahl ihn Gott. Zwei Wundärzte hantierten mit Verbänden, die sie ihm anlegen wollten, und Milon, der erste Leibarzt, der in der Bettgasse stand, sagte weinend: »Was wollt Ihr denn? Es ist vorbei! Er ist hinübergegangen!«

Bei diesen Worten fiel ich auf die Knie und lehnte meinen Kopf an das Bett, mir war, als schwänden mir die Sinne. Vielleicht war es auch so, denn als ich wieder aufblickte, schwamm mir alles vor Augen. Nach und nach jedoch klärte sich mein Blick; ich sah Monsieur de Bellegarde in der Bettgasse knien, er hielt eine Hand Henris in der seinen und küßte sie. Nach Heinrich III. war es der zweite König von Frankreich, dessen Meuchelmord Bellegarde erlebte. Bassompierre, der am Bettende auf Knien lag, umklammerte die Füße des Königs mit seinen Händen. Neben ihm bemerkte ich Monsieur de Guise, der auch weinte.

Eine Weile blieb ich so und versuchte zu beten, ohne daß es mir recht gelingen wollte, und als ich den Herzog de La Force und Castelnau in einer Fensternische erblickte, die einer in des anderen Armen schluchzten, erhob ich mich mit zitternden Beinen und ging zu ihnen. Sie erkannten mich zuerst nicht, so sehr verschleierten Tränen ihre Augen. Als ich meinen Namen nannte, umarmte mich Monsieur de La Force und sagte mir ins Ohr: »Ach! Hätte der König mir doch erlaubt, den Schurken einzukerkern!« – »Wie?« fragte ich, »war es dieser Ravaillac?« Da erzählte mir La Force mit unterdrückter, immer wieder abreißender Stimme, wie Henri, weil er keinen Schlummer fand, hatte ausfahren wollen und was dann in der Rue de la Ferronnerie geschehen war, wie die Karosse des Königs im Gewirr der Wagen stockte und der Elende, einen Fuß auf dem Bordstein, den anderen auf einer Radspeiche, mit dem Messer in seiner linken Hand »auf den König einstach wie in ein Bund Heu«. La Force saß in der Karosse des Königs mit Montbazon, Roquelaure, Liancourt und Épernon. Aber das Attentat erfolgte so schnell, daß keiner außer Épernon die Messerstiche überhaupt sah, sondern nur das Blut, das dem König aus dem Munde brach.

Monsieur de La Force versagte die Stimme, und Castelnau, der mir seinen Arm um den Hals warf, drückte mich an sich und sagte mir leise ins Ohr: »Was können sie uns jetzt noch Schlimmeres antun, als das Edikt zu widerrufen und uns aufs neue zu verfolgen?«

Ich lief den ganzen Weg von den Gemächern des Königs zu denen des Dauphins zurück, der bei meinem Eintritt den Kopf hob. Sein Gesicht erschien mir weniger traurig als verschlossen, und erst als er sprach, verriet er sich. Seine Stimme war so kindlich wie lange nicht, und er stotterte sehr, als er sagte: »Siorac, wollt Ihr meinem Hund bitte guten Tag sagen?« Ich kniete neben seinem Schemel nieder und liebkoste Vaillant zugleich mit ihm. Meine Gegenwart schien Louis zu erleichtern, wie wenn er sich mir wegen meines Alters näher fühlte. Monsieur de Souvré und Doktor Héroard mußten sich geeinigt haben, ihm nicht mehr mitzuteilen, als was in der Karosse gesagt worden war, und standen stumm an seiner Seite, ohne daß er sie anzusehen oder Fragen zu stellen wagte.

Die Herzogin von Montpensier störte das Schweigen. Sie kam in das Gemach gestürzt und schrie mit schriller Stimme: »Wo ist der Dauphin? Wo ist der Dauphin? Die Königin will ihn auf der Stelle sehen!«

Der Dauphin hob nicht den Kopf, noch sah er sie an. Das Gesicht über seinen Hund gebeugt, fuhr er fort, ihn zu streicheln. Die Herzogin, die nicht wußte, was sie tun sollte, trat zu Monsieur de Souvré, der ihr lange ins Ohr sprach.

»Monsieur«, sagte sie nun in sanfterem Ton und mit einer tiefen Reverenz, »möge es Euch belieben, Ihre Majestät die Königin aufzusuchen. Der Chevalier de Siorac kann Euch begleiten, wenn es Euch Freude macht.«

»Siorac, wollt Ihr bitte mitkommen?« sagte Louis.

»Gern, Monsieur.«

Und ich sprach dieses »Monsieur« in der Gewißheit, die aus brennender Trauer, aber auch aus Liebe und Trost erwuchs, daß ich das nächstemal, wenn ich ihn anredete, »Sire« sagen würde.

Die Königin, die noch nicht frisiert und angekleidet war, spielte in ihren Gemächern eine Tragödie nach italienischer Manier, sie schluchzte, schrie und rang pathetisch die Hände und Arme, doch wenn man ihre Augen beobachtete, dünkte sie mich weder so überrascht noch so erschrocken, wie sie hätte sein müssen.

»*L'hanno ammazzato!*«[1] schrie sie auf, als Louis eintrat.

Bei späterem Nachdenken hierüber verwunderte mich der Plural, denn in der Folge behauptete die Macht, Ravaillac habe als einzelner gehandelt. Aber was ich in diesem Augenblick empörend fand, war, daß die Königin ihrem Sohn den Tod des Königs von Frankreich auf italienisch mitteilte.

Mit diesen Worten, die Louis vielleicht gar nicht verstanden hatte, warf sie sich über ihn, umschlang ihn und drückte ihre Lippen auf seine Wange. Der Dauphin wirkte mir höchst peinlich berührt und überrascht, und er hatte in der Tat einige Gründe, es zu sein, und erhielt dazu noch mehr im Lauf der Jahre: dies sollte der einzige Kuß bleiben, den er von seiner Mutter in den sieben Jahren erhielt, die ihre Regentschaft währte.

Der Kanzler de Sillery trat, nachdem er die Königin um Erlaubnis gebeten hatte, an ihre Stelle und gab dem Dauphin nun einen Bericht von der Ermordung seines Vaters; und dieser Bericht stammte zweifelsohne vom Herzog von Épernon, der im Gemach zugegen war.

---

[1] Sie haben ihn ermordet!

Zu Beginn dieser Szene war ich neben der Tür an der Wand stehengeblieben, und da ich ob meiner Nichtigkeit völlig übersehen wurde, konnte ich in aller Muße beobachten. Im Gemach des Königs beweinte man die Vergangenheit. Im Gemach der Königin, wie ich sehr bald feststellte, wurde die Zukunft vorbereitet. Es war sicherlich kein Zufall, daß hier die ganze spanische Partei versammelt war: die Königin, Villeroy, Sillery, Épernon. Niemand fehlte, nicht einmal Concini, der sich diesmal bescheiden und stumm in einer Fensternische hielt und auf alles lauschte.

Als der Kanzler Sillery seinen Bericht beendet hatte, sagte Louis: »Wenn ich doch dort gewesen wäre mit meinem Degen! Ich hätte den bösen Mann getötet!«

Seine Naivität schien niemanden zu rühren, und in dem Schweigen, das hierauf folgte, begann die Königin abermals mit ihren Klagen und Schreien: »Der König ist tot! Der König ist tot!« Entweder befand der Kanzler de Sillery, daß sie zuviel des Guten tat, oder er hielt den Moment zu handeln für gekommen, jedenfalls unterbrach er die Leier mit starker Stimme und sagte: »Madame, in Frankreich sterben die Könige nicht!« Und auf den Dauphin weisend, fuhr er fort: »Hier ist der lebende König!«

Da machte Louis eine Bewegung, welche die Anwesenden hätte erschüttern müssen, hätten sie den Kopf nicht mit ihren berechnenden Plänen voll gehabt. Auf das Wort: »Hier ist der lebende König!« hin drehte er sich um, als erwartete er, daß sein Vater heil und gesund hinter ihm stünde. Und erst, als Épernon, Sillery, Villeroi und Concini nacheinander vor ihm niederknieten, ihn »Sire« nannten und »sich ihm ergaben«, begriff er, daß dem nicht so war. Doch nahm er die Tatsachen noch immer nicht ganz an, denn als er am Tag darauf zum Parlament fuhr, um einen Gesetzeserlaß zu verlesen, und das Volk ihm zuzurufen begann: »Es lebe der König!« drehte er sich um und fragte: »Wo ist der König?« Concini, der auf Grund seines fühllosen Wesens nicht begreifen konnte, daß Louis einfach nicht hinnehmen wollte, daß sein Vater tot war, schloß aus dieser Begebenheit, Louis sei »schwachsinnig«. Ein Irrtum, der ihm später zum Verhängnis werden sollte.

Villeroi und Sillery, die mein Vater die »spanischen Minister« nannte und die Bassompierre schmeichelhafter als »Minister des Friedens« bezeichnete, waren siebzigjährige Herren, unterm Harnisch der politischen Affären weiß geworden und einer wie der andere reich an Erfahrung und Gewandtheit. Aus diesem Grunde hatte Henri sie auf ihren Posten belassen, aber in halber Ungnade und indem er sie dadurch zügelte, daß die Entlassung immer über ihrem Haupte schwebte. Mich dünkte, daß ihnen nach dem Tod des Königs neues Blut durch die Adern strömte, denn unter der Form weisen Rates, den sie der Königin erteilten, gingen sie sogleich an die Verteilung der Aufgaben und der Rollen.

Bassompierre sollte an der Spitze seiner leichten Reiterei durch die Straßen eilen, um Aufruhr und Plünderung zu verhindern; und Épernon, bekannt für seine Tatkraft und Entschlossenheit, sollte das Parlament energisch dazu bewegen, daß es die Königin zur Regentin erklärte.

Damit wurde, wie mein Vater mir dann sagte, dem Parlament ein Recht übertragen, das es nie zuvor besessen hatte und das der Versammlung der weltlichen und geistlichen Pairs und den Prinzen von Geblüt zustand. Aber Conti, der einzige in Paris anwesende Bourbone, war unfähig, Soissons schmollte auf seinem fernen Schloß, und Condé befand sich in Mailand. Durfte man deshalb den Thron unbestellt lassen, argumentierten unsere beiden Greise.

Das Parlament ließ sich von Épernon freudigst Gewalt antun. Entzückt über das neue Recht, erklärte es die Königin und Königinmutter ohne weiteres zur »allmächtigen und alleinherrschenden« Regentin von Frankreich. Und ohne daß es ausgesprochen und debattiert wurde, war damit der Regentschaftsrat aufgehoben, den der König in weiser Voraussicht berufen hatte, damit die Königin nur eine Stimme habe. Somit konnte sie unter dem Namen Regentin nunmehr ebenso absolut herrschen wie ihr Gemahl.

Unsere beiden alten Herren, die ja wußten, wie es um Marias Fähigkeiten bestellt war, dachten, daß in Wirklichkeit sie nun die Macht hätten. Épernon meinte, daß die Königin einen Schwertarm brauche und daß dies der seine wäre. Concini aber, der die Szene aus seiner Fensternische ohne das mindeste Lächeln betrachtete, wußte sehr wohl, daß Marias Starrsinn ein Felsblock war, den niemand außer ihm und der Galigai würde bewegen können.

Wie die Königin bemerkte, daß ihr Sohn immer noch regungslos und gezwungen an seinem Platze stand, hieß sie mich, ihn in seine Gemächer zu geleiten, wo er wenig und nur widerwillig aß. Die Tränen, die ihm dann und wann aufstiegen, drängte er zurück. Um neun Uhr brachte man ihn zu Bett, und wenig darauf verlangte er, bei Monsieur de Souvré zu schlafen, »weil ihm Träume kämen«.

Ich selbst übernachtete in der Kammer des Doktors Héroard. Als ich tags darauf die Gemächer des Dauphins betrat, um ihn zu besuchen, sah ich mit Verblüffung dort ein Dutzend schwarzer Soutanen. Es waren Jesuiten, die unter der Führung des Paters Cotton das ihnen versprochene Herz des verstorbenen Königs einforderten. Diese Forderung wurde dem neuen Herrscher mit viel Weihrauch, Klagen, schmerzlicher Trauer und Treuegelöbnissen vorgetragen. Während Pater Cotton sprach, musterte ich die Gesichter der ihn begleitenden Jesuiten, aber ich fand unter ihnen weder den Pater Gontier, der hatte durchblicken lassen, daß Gott aufhören könnte, den König am Leben zu erhalten, wenn er seine Politik nicht ändere, noch den Pater Hardy, der noch unverhohlener gedroht hatte, »es genüge ein Bauer, und der König ist matt«.

Dem Rat von Monsieur de Souvré gemäß, gab Louis ihrer Forderung statt, und neugierig folgte ich ihnen in das Gemach des Königs, wo der erste Leibarzt Milon ihnen das königliche Herz überreichte, das er der Leiche soeben entnommen hatte. Pater Cotton legte es in eine Urne aus Blei und diese in ein silbernes Reliquiar in der Form eines Herzens. Doch es bedurfte einer Persönlichkeit von Geblüt, um mit dem Pater Cotton die letzten Gebete zu sprechen, bevor man das Reliquiar davontrug. Da man Louis nicht um diesen Dienst zu bitten wagte, hatte man den einzigen königlichen Prinzen herbeigeholt, den es noch in Paris gab: den Prinzen von Conti, der zwar schwer hörte und noch weniger verstand, um was es ging, der aber unter dem Eindruck der Soutane und der ernsten Miene des Paters Cotton alles tat, was man von ihm verlangte. Kniend an der Seite des Paters Cotton sprach er vor dem Reliquiar die Gebete, die man anzeigte, indem man ihm deren erste Worte in die Ohren schrie. Nach einer Weile verkürzte Pater Cotton die Zeremonie: sie dauerte zu lange, weil der Prinz von Conti zu sehr stotterte.

Damit waren die Patres nicht am Ende ihrer Mühen. Das Herz mußte mit einem Zug von zwölf Karossen einen sehr weiten Weg nach La Flèche gebracht werden, mitten durch ein Volk, das ihrer Gesellschaft nun aufs neue feindselig gegenüberstand, denn die Menschen hatten nicht Tränen genug, Henri zu beweinen.

Auf die Bitte von Monsieur de Souvré schlief ich wiederum im Louvre; er hoffte, daß meine Gegenwart am nächsten Morgen Louis von seinem Schmerz ablenken werde, der um so heftiger war, als er ihn stumm und bleich in sich verschloß. Vorher schickte ich einen Pagen zu Madame de Guise, welche die Gemächer der Königin nicht mehr verließ, mit der Bitte, sie möge meinen Vater unterrichten lassen, wo ich mich aufhielt. Ich weiß nicht, wie sie es bewerkstelligte, doch als ich eine Stunde darauf in Héroards Zimmer kam, stand da der Marquis de Siorac und wartete auf mich mit von Tränen gezeichnetem Gesicht. Ich fiel ihm weinend in die Arme, halb vor Glück, daß ich meinen geliebten Vater noch hatte, halb vor Trauer, daß Louis um den seinen gebracht war.

Mein Vater hielt mich lange umarmt und sagte leise: »Alles wird jetzt anders. Seid sehr auf der Hut. Wägt jedes Eurer Worte, Eure Blicke sogar. Madame de Guise wird Euch beschützen, aber dieser Schutz bedürfte selbst der Führung, so unbesonnen ist Eure liebe Patin in allem.«

Ich schlief wenig und schlecht, und an dem Stöhnen und Wälzen, das von Héroards Lager zu vernehmen war, erkannte ich, daß den guten Doktor, der mit dem aufrichtigsten Eifer an Louis hing, eine tödliche Angst davor umtrieb, daß die Regentin ihn aus Feindseligkeit gegen seine Religion von dem jungen König entfernen und ihn durch einen rechtdenkenden, jedenfalls aber weniger ergebenen Arzt ersetzen könnte.

Da Héroard mir am folgenden Tag ein Wort darüber sagte, teilte ich meinem Vater später seine Befürchtungen mit. »Es wäre ein Verbrechen an dem jungen König«, sagte er traurig. »Aber vom Stumpfsinn steht alles zu erwarten, noch dazu, wenn er allmächtig ist.«

Warum sollte ich mich schämen, einzugestehen, daß diese Nacht, ebenso wie die vorige, die auf die Ermordung meines so geliebten Königs folgte, über Alpträumen und Tränen hinging. Obwohl ich bei der Bluttat nicht zugegen war, hatte der

Bericht von La Force in seiner schrecklichen Knappheit sie mir gegenwärtig gemacht. »Ravaillac«, hatte La Force gesagt, »stach auf den König ein wie in ein Bund Heu.« Dieser Satz kehrte unaufhörlich in meinen Träumen und in meinem Halbschlaf wieder, und es war seltsam, die Wiederholungen milderten das Entsetzen nicht, ganz im Gegenteil! Jedesmal war es, als empfinge ich selbst das Messer: es stach mich bis in die Eingeweide! Und sogleich sah ich, über mich gebeugt, den rothaarigen Riesen mit seinen unerträglichen blauen Augen. Welch verworfenes Instrument hatte ein so schönes Leben beendet! Dieser Narr, der nur aus Haß bestand! Dieser Überspannte, der die Geheimnisse der Vorsehung zu ergründen wähnte! Dieses arme, schwache, verstörte und fanatisierte Hirn! Diese blutrünstige Marionette, die man so geschickt an den Fäden gelenkt hatte! Ich sah ihn wieder vor mir, seine brandroten Haare, sein grünes, flämisches Wams, seinen starren Blick und, was keiner erkannt hatte: das Messer, das an seiner Wade klemmte. Gleichzeitig erhob sich in meinem Sinn in qualvoller Wiederholung immer dieselbe reißende und überflüssige Klage: hätte Henri doch auf La Force gehört und eingewilligt, daß man diesen Wirrkopf festsetzte! Oder hätte Dalbavie ihn wirklich von Kopf bis Fuß abgetastet und nicht bei den Knien aufgehört!

Nach allem, was durch die dicken Mauern des Louvre zu uns drang, beweinte das Volk Henri einmütig. Vergebens hatte man gegen ihn gezetert, gegeifert und ihn verleumdet. Daß er in den letzten Monaten unbeliebt gewesen war, und das nicht ohne Grund – es war vergessen. Die Edikte, die Steuern, die Münzabwertung, der Skandal seines Privatlebens, alles war vergeben. Frankreich fühlte sich verwaist ohne diesen großen König, der einem halben Jahrhundert der Bürgerkriege ein Ende gesetzt und Hugenotten und Katholiken in die Grenzen der Vernunft verwiesen hatte.

Mir war heiß, ich warf die Decke ab, drehte und wendete mich auf meinem Lager; ich konnte den armen Héroard auf dem seinen sich wälzen hören und sein unterdrücktes Stöhnen und Seufzen. Aber daß wir alle Kummer und Ängste hegten, er, ich, Henris Getreue und das Volk, es war doch ein sehr ohnmächtiger Trost. Im Gemach der Königin hatte ich sehen können, wie munter die neuen Herren sich in die Rollen teilten und wieviel Befriedigung ihre scheinheilige Trauer verriet. Alles, was mein Vater mir gesagt und was ich mit eigenen Augen gesehen hatte, bestätigte mir: die Macht fiel jetzt in sehr befremdliche Hände!

Wieder sah ich die Szene, die mir von Anfang bis Ende so falsch erschienen war: wie die Königin die Hände rang und schrie: »Der König ist tot! Der König ist tot!«, ohne jeden echten Schmerz in den Augen. Und jetzt war diese Trutschel die absolute Herrscherin über ein Volk, das sie nicht liebte; Concini, stumm in seiner Fensternische, aber die Augen blitzend vor Raffgier; Épernon, der kleine Mann ohne Herz und ohne Gewissen, der sich schon als Konnetabel sah. Und die beiden Greise, die an nichts weiter dachten, als auf den Privilegien ihrer Ämter zu glucken. Was für mittelmäßige und kleine Leute sie doch waren, die nur spanisch atmen, denken, sprechen und beten konnten! Wo bliebe bei ihnen der Sinn für die großen Interessen des Reiches?

So unwichtig ich selbst in dieser Katastrophe war, kam mir gleichwohl der untröstliche Gedanke, daß es nun vorbei war mit dem Dolmetsch des Königs: eine Aufgabe, die dem Adel, hätte er davon gewußt, verächtlich erschienen wäre, aber um wieviel reifer und reicher hatte sie mich gemacht, auch weil ich im stillen einen unendlichen Stolz daraus bezog, daß Henri mir, so jung ich war, Absichten und Zwecke mitteilte, die er seinen Ministern verbarg. Aus war es mit dieser begeisternden Rolle! Gewiß mangelte es mir weder an Liebe noch an Willen, Louis zu dienen, wie ich seinem Vater gedient hatte. Aber dürfte ich es? Erhielte ich dazu auch nur die Gelegenheit? Ließe man mich überhaupt noch in seine Nähe?

Sowie ich hörte, daß Héroard aus dem Bett stieg, erhob auch ich mich und kleidete mich an, ohne daß einer von uns einen Ton sagte, so sehr fühlten wir beide uns von einem Kummer erdrückt, der alle Worte überstieg. Aber kurz bevor wir die Gemächer des Dauphins betraten, faßte Héroard meinen Arm und drückte ihn heftig. Und ich verstand, was diese Geste mir bedeuten sollte. Wie viele von Henris Freunden würden in den kommenden Monaten Fremde für Louis werden, diesen armen kleinen König ohne Zepter, der so wenig geliebt wurde von der, die es führte?

Ohne daß wir das leiseste Geräusch gemacht hätten, erwachte Louis bei unserem Eintritt. Blaß, die Augen niedergeschlagen und umnebelt, sah er zunächst niemanden, nicht einmal seine Amme Doundoun, die man herbeigerufen hatte, damit er ein weibliches Wesen bei sich habe, und die neben seinem Bett schlief. Er setzte sich auf, ließ den Kopf hängen und verharrte eine ganze Weile so gedankenverloren.

»Woran denkt Ihr?« fragte die Amme, die sich noch nicht daran gewöhnt hatte, zu ihrem einstigen Säugling »Sire« zu sagen.

»Ich habe so gedacht«, sagte Louis.

»Und woran habt Ihr gedacht?«

»Ich dachte, wie gerne ich wollte, daß der König mein Vater noch zwanzig Jahre lebte.«

Diese Naivität drückte mir die Kehle ab. Louis erinnerte sich also der scherzhaften Frage, die der König ihm vor Monaten einmal gestellt hatte, nämlich ob er sich nicht wünschte, daß er ihm noch zwanzig Jahre lang die Rute geben könnte? Louis hatte darauf zweimal mit allem Nachdruck geantwortet: »Nicht, bitte!« Ich erwartete, daß er hinzusetzte, er bedaure diese Antwort. Aber er sagte nichts mehr. Zwei dicke Tränen rollten über seine Wangen.

Leseprobe aus

Robert Merle

Ein vernunftbegabtes Tier

Roman

*Aus dem Französischen
von Eduard Zak*

393 Seiten, Broschur
Euro 9,99

saß man auf dem winzigen Dreieck aus abgerundeten Steinen in der Bucht, war es fesselnd, den Kopf zu heben und die Betonplatte des Bungalows zu betrachten, die über den Spalt in der Klippe gespannt war, von unten gesehen, schien sie von der lächerlichen Dicke einer Sperrholzplatte zu sein, die Brandung brach sich, Kieselgeröll wälzend, drei Meter vor ihren Füßen, schloß man die Augen, machte es den Eindruck, Dutzende von Würfeln würden in einem riesenhaften Würfelbecher durcheinandergerüttelt, bevor die Hand eines wütenden Spielers sie alle auf einmal ausschüttete, ich bin in Sorge, sagte Arlette, ich spüre ein Mißbehagen in der Gruppe, es ist auch vorhanden, sagte Sevilla, die Achseln zuckend, Lisbeth ist zu Seiner Majestät Opposition geworden, Maggie tritt in ihre Fußtapfen, man bezichtigt mich der Inaktivität, Arlette blickte ihn an, ich gestehe, daß ich deine Sanftmut bewundere, mir scheint, an deiner Stelle würde ich sie ... nicht doch, sagte er, glaub mir, das wäre ein schwerer Fehler, es gehört oft mehr Klugheit und wahrer Mut dazu, Angriffe nicht zu erwidern, Arlette sah ihn an, ihre Augen funkelten entrüstet, ich kann die beiden Mädchen nicht begreifen, sagte sie, Sevilla hob die Hände, das ist doch einfach, Liebste, sie sind eifersüchtig, wenn auch nicht gerade auf die gleiche Person, er runzelte die Brauen und sah Arlette an, das wahre Problem ist Ivan, wenn ich dieses Problem gelöst hätte, wäre es unwichtig, was diese dummen Gänse tun oder sagen, unglücklicherweise finde ich keine Lösung, schlimmer noch, ich kann mich nicht konzentrieren, ich bin wie Ivan, fügte er mit einem kurzen Lachen hinzu, ich bin so glücklich, daß ich keine Lust mehr zum Arbeiten habe, ich weiß ja, das sieht ganz einfach aus, Ivan spricht nicht mehr, seit er Bessie hat, also gut, nehmen wir ihm Bessie weg, aber erstens verabscheue ich den Gedanken, sie zu trennen, er redete mit einer plötzlichen Leidenschaftlichkeit, die seine düsteren Augen aufglänzen ließ, seit Ivan spricht, sind meine Beziehungen zu ihm nicht mehr Beziehungen von Mensch zu Tier, sondern Beziehungen von Person zu Person, und außerdem, fuhr er energisch fort, *fühle* ich, daß das nicht die Lösung ist, ich würde Ivan einem fürchterlichen Trauma aussetzen, wenn ich ihm Bessie entzöge, und was passiert dann? Bestenfalls läßt er sich herbei, von neuem die vierzig Wörter zu erlernen und zu wiederholen, die er gelernt hat, und damit hört es auf, wir werden keinen Schritt weitergekommen sein, wir müssen etwas anderes tun, aber was, will mir nicht einfallen, er schwieg für ein paar Sekunden und betrachtete Arlette aus den Augenwinkeln, Lisbeth, fuhr er dann fort, würde sagen, mein schöpferischer Elan habe sich nicht gesteigert, er lachte kurz auf, aber ich akzeptiere einen so negativen Standpunkt nicht, und noch dazu, was versteht sie schon davon, die Unglückselige, sie ist einer von jenen Menschen, die sich ihr Leben lang nicht darüber klarwerden, welchem Geschlecht sie angehören, ist also von Natur aus zu einer Ideologie der Entsagung verurteilt, während meiner Meinung nach allein das Glück und nichts anderes einem Menschen helfen kann, sich zu entwickeln, und ich niemals daran glauben werde, daß der Frustration irgendeine magische Kraft innewohnt,

den Rücken an einen umfänglichen runden Felsblock gelehnt, saßen sie Seite an Seite auf dem Geröll, Sevillas Arm lag um Arlettes Schulter, und ihre Köpfe waren einander so nahe, daß sie sich trotz der Brandung mühelos verständigen konnten, hat Maggie über Bob mit dir gesprochen? fragte Arlette, du meinst, über die Schwierigkeit, das Datum ihrer Verlobung anzusetzen, sagte Sevilla mit einem Seufzer, seit fünf Jahren höre ich das, nur der Auserwählte wechselt, sonst nichts, ich bin einer davon gewesen, James Dean ebenfalls, wenn man sich vorstellt, sagte Arlette, daß sie James Dean so gut gekannt hat, darüber war ich immer erstaunt, Sevilla fing an zu lachen, im vergangenen Jahr hatte ich Gelegenheit, kurz nach Denver zu kommen, ich kann dir versichern, daß Denver im Staate Colorado existiert, die Karten der Vereinigten Staaten lügen nicht, auch Tante Agatha existiert, ich habe lange mir ihr gesprochen, auch der alte Ledersessel existiert, ich habe ihn gesehen und mich sogar hineingesetzt, aber damit hört die Wirklichkeit auf, nicht möglich! rief Arlette, Sevilla nickte, ein Wachtraum, sonst nichts, arme Maggie, ihr Fall wirft ein fürchterliches Problem auf, das um so fürchterlicher ist, als sich niemand dafür interessiert: das Problem des häßlichen Mädchens, und ein häßliches Mädchen hat schließlich ebensosehr wie andere Mädchen das Bedürfnis, daß ein Mann sie in seine Arme nimmt,

ich wollte nicht mit dir von ihrer Verlobung reden, sagte Arlette nach einer Pause, sondern von einem Zwischenfall, Maggie hatte mir versprochen, dir davon zu berichten: als ich vorgestern zur Lunchzeit Maggies Arbeitszimmer betrat, überraschte ich Bob, wie er gerade ihre Papiere durchwühlte, er wurde blaß und brauchte ein paar Sekunden, bevor er mir erklärte, Maggie selber habe ihn geschickt, ihre Schere zu suchen, das war selbstverständlich gelogen, ich habe mich sogleich bei Maggie davon überzeugt, Sevilla runzelte die Brauen, Maggie hat mir nichts erzählt, es wäre für mich übrigens nichts Neues gewesen, über Bobs Rolle bin ich mir seit Sonntag, dem 15. Mai, im klaren, an jenem Tag, fuhr er nach einer Weile fort, hatten wir, wenn du dich erinnerst, alle, bis auf die Wächter, das Labor verlassen, um ein Picknick zu halten, die Wächter aber hatte ich davon unterrichtet, daß sie in unserer Abwesenheit den Besuch von zwei »Elektrikern« erhalten würden, von zwei Elektrikern? wiederholte Arlette, er schüttelte den Kopf, ich weiß, das nimmt sich aus wie ein miserabler Spionagefilm, so dumm wie ein Flint oder so übel wie ein James Bond, unglücklicherweise, liebste Arlette, ist es wahr, der James-Bondismus wird allmählich zu unserem alltäglichen Leben, diese zwei Experten nun haben entdeckt, daß die *gesamte* elektrische Einrichtung in *allen* Räumen des Labors durch eine kleine, kaum sichtbare Anlage angezapft war, die alle Gespräche auf einem Miniaturbandgerät aufzeichnete, das in der Zwischenwand hinter Bobs Bett installiert war, das ist ja abscheulich, sagte Arlette, das ist noch schlimmer, als ich annahm, beruhige dich, sagte Sevilla, Bob ist kein russischer Spion, er ist ein guter Amerikaner und hat nur aus Patriotismus eingewilligt, sich zur Antenne für Mr. C zu machen,

für Mr. C, aber die »Elektriker«? fragte Arlette verdutzt,

nennen wir sie einmal die »Blauen« und die Freunde von Mr. C die »Grünen«, sagte Sevilla, es ist schon so weit, daß ich mich frage, er blickte sich um, ob ich mich wirklich noch auf die Kieselsteine verlassen kann, auf denen wir sitzen, überall argwöhne ich unsichtbare Abhörgeräte, und du lachst darüber? sagte Arlette, ich muß ja wohl, denn ich würde irre, wenn ich das Ganze nicht als eine Art Posse nähme, aber ich erzähle weiter, die Blauen haben die Anlage der Grünen gewissenhaft respektiert, so daß Bob weiter seine Rolle spielt, sie haben sich darauf beschränkt, parallel dazu eine gleichartige Anlage zu installieren, die in mein Büro führt, damit ich meinerseits an die Blauen weiterleiten kann, was Bob an die Grünen weiterleitet, das ist ja haarsträubend, sagte Arlette, es erweckt in mir das Gefühl, in eine Welt von Verrückten zu geraten, und dennoch ist es sonnenklar, sagte Sevilla, wir werden von zwei rivalisierenden Geheimdiensten überwacht, die einander bespitzeln, während sie uns überwachen, das ist doch absurd, sagte Arlette, weshalb machen sie sich Konkurrenz? Sevilla lächelte, soweit ich etwas davon begriffen habe, ist die interne Konkurrenz die goldene Regel jeder Spionage, es gibt niemals nur eine Geheimpolizei in einem Land, es gibt stets mehrere, und bisweilen bestehen innerhalb einer Geheimpolizei Cliquen, die sich bekämpfen, mit den Geheimdiensten ist es wie mit den Schlangen: indem sie sich umeinanderringeln, beißen sie sich schließlich in den Schwanz.

Arlette lehnte den Kopf an seine Schulter, ich weiß nicht, ob es richtig von dir ist, mir das alles zu erzählen, Lieber, vielleicht bin ich eine niederträchtige kleine braune Spionin im Dienst der UdSSR, da kannst du beruhigt sein, sagte Sevilla, die Grünen haben über dich, wie übrigens auch über mich, eine bis ins Detail gehende Nachforschung angestellt, das Ergebnis sind zwei äußerst gründlich ausgearbeitete Biographien, die sich die Blauen, ich weiß nicht auf welche Weise, zu verschaffen gewußt haben, die deinige haben sie mir nicht gezeigt, das ist noch ein Glück, sagte Arlette, aber sie haben mich wissen lassen, daß die Beurteilung in jeder Hinsicht günstig ausgefallen ist, Arlette lachte, ich weiß nicht, ob ich mich beruhigt fühlen soll, sie täuschen sich vielleicht, niemals, niemals! sagte Sevilla mit bitterer Ironie, die täuschen sich nie, die Blauen haben mir meine eigene Biographie gezeigt, sie ist von unwahrscheinlicher Genauigkeit und Gewissenhaftigkeit, ich habe über mein Leben Dinge erfahren, die ich selbst nicht wußte, auf eine Art ist es recht schreckenerregend, ich habe die Empfindung, nackt wie ein Wurm vor den Augen eines allwissenden Gottes gelebt zu haben, und die Beurteilung? fragte Arlette, Sevilla schob die Unterlippe vor, im ganzen günstig, aber dennoch hapert es bei Kleinigkeiten, so zum Beispiel bei meiner Herkunft, sie haben sich große Mühe gegeben, meinen Vorfahren nachzuspüren, aber es ist ihnen nicht ganz geglückt, nun sehen sie sich vor Probleme gestellt, bin ich Zigeuner, bin ich ein halber Jude, bin ich gar ein halber Araber, oder bin ich der gute und ehrbare Galicier, der mein Großvater zu sein behauptete? Und das ist für sie sehr wichtig? fragte Arlette lachend, man muß es annehmen, da es sie so beunruhigt, ein anderes Beispiel für die Gewissenhaftigkeit meiner Biographen: im Jahre 1936, rechne dir aus, wie alt ich damals war, habe ich Studenten der Columbia-Universität anvertraut, daß ich an die freie Ehe glaubte, und das ist schlecht, wirklich schlecht, so wird von dem oder den Biographen anständigerweise hinzugefügt, weil ich mich in der Folge zweimal verheiratet habe, Arlette fing wieder an zu lachen, aber es kommt noch schlimmer, einem Meinungsforscher, der mich 1955 fragte, ob ich an die Unsterblichkeit der Seele glaube, habe ich geantwortet: »Es kommt nicht auf das Glauben an, man müßte wissen«, und das ist nun sehr schlecht, Arlette hob den Kopf, warum? Weil sie daraus schließen, daß ich Atheist bin, und Atheist zu sein in diesem Lande, wo jedermann sich den Anschein gibt, als glaube er an Gott, bedeutet bereits, daß man im Verdacht steht, mit den Kommunisten zu sympathisieren, hingegen hatte ich im Jahre 1958 drei Monate lang (die Daten sind auf den Tag genau angegeben) ein Verhältnis mit einer ungarischen Gräfin, von der ich übrigens nicht wußte, daß sie Gräfin und Ungarin und außerdem auch noch Agentin der CIA war, und diese Dame hat eine erschöpfende Analyse meines Charakters, meiner Neigungen und meiner Gewohnheiten, einschließlich meiner erotischen Gewohnheiten, abgegeben, widerwärtig, sagte Arlette, ach, sagte Sevilla, ich weiß ja, daß die hohen Politiker oder die Atomwissenschaftler in der gleichen Lage sind, für mich hat alles angefangen, als ich mich für die Delphine zu interessieren begann, von diesem Moment an liefen parallel zueinander zwei Forschungsaufträge, wenn ich so sagen darf, ich beobachtete die Delphine, und *sie* beobachteten mich,

ich rede von den Blauen, fuhr Sevilla fort, denn die Grünen interessieren sich erst seit kurzem für mich, seit dem Besuch von Mr. C, und es ist sogar ein Wunder, daß es den Blauen gelungen ist, mich so lange vor den Grünen zu verbergen, kommen wir auf die Ungarin zurück, sagte Arlette, ja, kommen wir auf sie zurück, sie behauptet unter anderem, ich sei nicht eigentlich Atheist, nach ihrer Ansicht bin ich ein Katholik, der sich vom Glauben entfernt, aber großes Heimweh danach hat, und ist das wahr? fragte Arlette, ich bin mir dessen nicht bewußt, doch das will nichts besagen, bisweilen habe ich den Eindruck, daß sie mich besser kennen als ich selbst, den größten Dienst hat mir die Ungarin jedenfalls erwiesen, als sie aufs entschiedenste versicherte, ich sei auf politischem Gebiet eine Art Analphabet, und das ist ausgezeichnet, Arlette zog die Brauen hoch, für die Grünen ist ein Mann, der sich lebhaft für Politik interessiert, ohne sie zu seinem Beruf zu machen, ohnehin schon leicht verdächtig, die politische Unschuld aber ist wie eine Jungfernschaft: hat man sie einmal verloren, muß man auf das Schlimmste gefaßt sein, das ist wenigstens, wie die Blauen behaupten, der Standpunkt der Grünen,

ich kann bloß nicht verstehen, sagte Arlette, warum die Blauen dich von deiner Biographie in Kenntnis gesetzt haben, damit ich ihnen schriftlich erkläre, was ich davon halte, Arlette begann zu lachen, das erscheint so naiv! Ist es aber nicht, Liebste, ihre Psychologen finden einen Haufen interessanter Dinge in meinen Entgegnungen, ob sie ernst zu nehmen sind oder nicht, es trat Schweigen ein, ich möchte dich fragen, ob im Hinblick auf dich ein Unterschied zwischen den Blauen und den Grünen besteht, gewiß, die Blauen überwachen und beschützen mich mit einer Spur von Wohlwollen, die Grünen überwachen und beschützen mich mit einer Spur von Antipathie, von Antipathie? Na ja, für C habe ich den Makel, daß ich kein WASP[1] bin, für C bin ich ein hergelaufener Ausländer und a priori zu allem fähig,

mir dreht sich der Kopf, sagte Arlette mit einem Seufzer, ich

---

1 White Anglo Saxon Protestant: ein weißer Angelsachse und Protestant, das heißt ein Angehöriger der Majorität.

frage mich, ob sie nicht entdecken werden, daß ich slawischer Herkunft, Atheistin, politisch defloriert und im Begriff bin, mit Professor Sevilla die freie Ehe zu praktizieren, das wissen sie natürlich schon, sagte Sevilla, wieso, rief sie schaudernd, bist du sicher? Haben sie dir das gesagt? Nein, schau mal, aber das versteht sich von selbst, ich kann mir sogar denken, daß sie entzückt darüber sind, so sehr vereinfacht es ihnen die Überwachung, und du, sagte Arlette, du findest, daß du diesen Herren ihre Aufgabe erleichterst, indem du einen Bungalow von dieser Art für das Weekend mietest? Ich unterziehe mich ihrer Bespitzelung, sagte Sevilla, ich nehme sie als notwendig hin, habe aber keinen Grund, sie zu erleichtern, und möchte auch sagen, ich mißtraue ihren Übertreibungen, seit ich weiß, daß die CIA die Unterhaltungen des Präsidenten Sukarno mit seinen Frauen auf Tonband aufgenommen hat, Arlette führte beide Hände an ihre Wangen, das ist doch widerwärtig! Sevilla nickte, außerdem ist es sinnlos, denn ich nehme nicht an, daß Sukarno in solchen Momenten über Weltpolitik diskutierte, um aber wieder auf diesen Bungalow zurückzukommen, ich habe ihn gerade wegen seiner Abgelegenheit, wegen des beschwerlichen Zugangs ausgesucht, und vergiß nicht, sagte Arlette, wegen der fehlenden Fensterscheiben, Sevilla mußte lachen, darauf komme ich, die Grünen haben ein Gerät, das es möglich macht, außerhalb eines Hauses eine Unterhaltung aufzufangen, die in seinem Innern stattfindet, indem es die Schwingungen verstärkt, die sich von den Stimmen der Sprechenden auf die Fensterscheiben übertragen, ja, ich weiß, was du sagen willst, es ist entsetzlich, der alte Begriff des Privatlebens existiert nicht mehr, wir leben in einem Glaskäfig, werden mit unerbittlicher Genauigkeit beobachtet, analysiert und seziert, Arlette nahm seine Hand und drückte sie, fühlst du dich nicht in manchen Augenblicken wie ein Gefangener? Er hob wieder den Kopf, früher ja, aber nicht mehr, seit ich dich habe, er hielt inne und blickte sie lange an, meine Freiheit bist du.